ROGÉRIO VILELA

LIGUE OS PONTOS

JOGOS DO APOCALIPSE

LIGUE OS PONTOS

CRÉDITOS

EDIÇÃO: *Vinícius Mendes*

PREPARAÇÃO: *Thiago Cabello*

REVISÃO: *Riviane Reigadas, Aline Haar e Elisa Guimarães*

PROJETO GRÁFICO E DIAGRAMAÇÃO: *André Carvalho*

ILUSTRAÇÕES: *Janio Garcia*

ARTE DE CAPA: *Renato Guedes*

ARTE DE VERSO DA CAPA: *Caio Gomes*

AUXILIAR DE PRODUÇÃO: *Laura Reginin e Victória Cernicchiaro*

EDITORA-CHEFE: *Karen Soarele*

DIRETOR-GERAL: *Guilherme Dei Svaldi*

EQUIPE DA JAMBÔ: *Guilherme Dei Svaldi, Rafael Dei Svaldi, Leonel Caldela, Akila Gabriel, Ana Carolina Gonçalves, Ana Júlia Gamla, Anderson Dornelles, André Schwertz, Bruno Piñeiro, Daniel Boff, Dan Ramos, Dani Marques, Davide Di Benedetto, Elisa Guimarães, Gabriel Adam, Gabriel dos Santos, Jaime de Andruart, José Cerqueira, J. M. Trevisan, Julia Rosiello, Karen Soarele, Laura Reginin, Leticia Mendes, Marcel Reis, Marcelo Cassaro, Marina Alvarez, Marcus Vinicius, Marlon Vernes, Maurício Feijó, Miguel Souza, Priscilla Souza, Tatiana Gomes, Thiago Rosa, Tiago Guimarães, Tiago Orib e Victória Cernicchiaro.*

JAMBÔ

Rua Coronel Genuíno, 209 • Porto Alegre, RS • CEP 90010-350
contato@jamboeditora.com.br • jamboeditora.com.br

2ª edição: março de 2025 | ISBN: 978658337591-9
Dados Internacionais de Catalogação na Publicação

V699l Vilela, Rogério
v. 1 Ligue os pontos / Rogério Vilela; ilustrações de Janio Garcia. — Porto Alegre: Jambô, 2025.
624p. il.

1. Literatura brasileira. I. Vilela, Rogério. II. Garcia, Janio. III. Título.

CDU 82-312.9

Prólogo [ANTES DE MAIS NADA, TUDO]

Tem que começar em algum lugar
Tem que começar em algum momento
Qual lugar melhor do que aqui?
Qual melhor hora que agora?

— GUERRILLA RADIO, ZACK DE LA ROCHA
(RAGE AGAINST THE MACHINE)

Havia somente dois deles.

— Vai me contar ou não? — o recém-chegado perguntou. — Vai, me diz como ele termina.

O outro, mais velho, bem mais velho, a quem o questionamento se dirigia, hesitou por um átimo e prevendo a insistência do jovem amigo, escolheu responder:

— Então... eu achei que era impossível morrer dentro de um sonho.

— E... não é?

— Aparentemente, não. É isto que vem acontecendo. Sempre acontece, sabe? E assim que eu morro, acordo.

— Hum... acho que você deveria fazer algo a respeito.

— Pode ser. O que sugere?

— Se você é o que diz ser — o jovem disse —, deveria saber o que quero dizer. Já sabe, não?

— Sem jogos de palavras ou adivinhações — disparou o ancião, demonstrando a típica irritação de quem costumeiramente encerrava assuntos indigestos. — Desembucha!

— Por falar em jogos...

— Ah... lá vem você de novo com essa história!

O jovem, como era de se esperar, empolgou-se. Ele era assim sempre.

Deu dois passos curtos, afastando-se do mais velho. Permaneceu de costas por alguns segundos antes de virar-se. Lentamente. Parecia que tentava sincronizar o giro do corpo com o ritmo da frase que pronunciava:

— É sobre isso que queria falar.

— Eu... sabia! — o idoso reclamou.

— Como é chato falar com você! E tem sido pior ultimamente.

O mais velho, sem nenhuma ruga no rosto, sentou-se no que parecia ser uma cadeira, mas que não era uma cadeira. E arfou, ansioso. E bradou, acomodado naquela não-cadeira:

— Eu sei!

Depois aconteceu um breve silêncio de anos. O ancião reprimiu a raiva dentro do peito cansado e contou mentalmente até três.

— Eu sei — ele resolveu repetir a frase, agora com uma forçosa ironia.

— Tá vendo? De novo você vem com graça e eu falando sério! Olha, o jogo é a única alternativa. E você sabe disso.

— Eu? Eu não tenho mais tanta certeza.

O mais novo estranhou. Gostava de pensar que conhecia o amigo como ninguém. Mas sempre algo o surpreendia. O velho andava cheio de dúvidas. Por quê? E por que... agora?

— Essa é a primeira vez que ouço você dizer essa frase — externou. — Não deixa de ser estranho. E engraçado. Se eu contasse aos outros...

— Ninguém deve saber — interrompeu o ancião. — Por mim, tudo bem.

— Por mim, também.

— Então... isso é um sim?

— É.

— E quando vai ser?

— Daqui a pouco.

— Como assim? E o restante, como fica? Não é melhor planejar tudo antes?

— Se eu bem te conheço, meu jovem, e eu o conheço muito bem, você já deve ter planejado tudo por mim. Nos mínimos detalhes.

— Sim, mas eu não sou você.

— As coisas se ajeitam. No final, tudo se ajeita. Acredite em mim.

— Você sabe que eu acredito. Por quanto tempo?

O ancião primeiro respondeu com um meneio de cabeça. Como percebeu não ser o bastante, achou por bem traduzir o gesto em palavras:

— Pra sempre. Pode ser?

— Pra sempre é muito tempo.

— É sempre uma questão de ponto de vista, meu amigo — completou o velho, sem convicção alguma, com o olhar tão perdido quanto seu sorriso.

— Insuportável... você é!

— Vai sentir minha falta, Yoda?

— Yoda? Por que fica trocando o meu nome. É esse meu nome agora?

— Ah, não, é só uma brincadeira que você ainda não tem como entender. Relaxe. Mas... — O velho esfregava as mãos uma na outra. — ...diga-me: vai ou não sentir minha falta?

— O que você acha? — Havia indignação na voz do jovem.

— Tá perguntando o que eu sei ou tá perguntando o que eu acho?

— Você me entendeu bem!

— Eu entendi. E você? Entendeu?

— Eu vou.

— Vai o quê?

— Você me entendeu.

— Será mesmo?

— Eu vou sentir sua falta. Tá feliz agora?

— Feliz? Não... Você sabe como estou.

— É, eu sei.

— Sim, sabe. Agora, é a minha vez de saber — disse o ancião quando apoiou as mãos nos dois braços do assento de pedra e pôs-se em pé. Tirou os calçados machucados pelo tempo e caminhou sem pressa até chegar ao fim daquele enorme salão. Parado, ali na borda que delimitava aquele mundo, sentiu seus cabelos dançarem ao som do vento. Não por muito tempo. Um breve instante que pareceu durar uma eternidade foi o suficiente para ele tomar a decisão mais importante de sua existência. Na primeira vez que ele tentou, nada aconteceu. Estranho ele tentar. Agora, depois de ter refletido melhor, entendeu o que estava errado, como sempre entendia. Aceitou o fato de uma vez por todas. Era impossível para ele errar duas vezes seguidas o mesmo erro.

Mesmo que quisesse.

Mesmo que pudesse.

Mesmo assim...

O velho, o mais velho entre todos eles, o mais velho que já existiu, antes de saltar, entortou o olhar na direção do amigo e proferiu as tais palavras, de modo solene:

— Nos veremos ainda, meu amigo, quem sabe... no fim!

Palavras que ecoariam por éons.

Mergulhando no abismo, ele não sonhou mais nada. Nunca mais.

E assim que ele tocou o desconhecido, soube que o jogo, aquele jogo, teve início.

PARTE 1 / O JOGO

Capítulo I [AQUELA NOITE]

Morrer é fácil, difícil é a comédia.

— EDMUND GWENN

Marcel

[agora]

— Vou perguntar de novo… — disse o homem coberto por roupas multicoloridas e exóticas. — Que tipo de pessoa você é?

Marcel escolheu abusar da sorte:

— Comediante, ué. Não disse? — ironizou.

— E pra ser comediante não precisa ser *engraçado*?

A visão estava cada vez mais turva e o esforço que o comediante fazia para encarar o homenzarrão sentado na poltrona à sua frente era insano e praticamente inútil. Quando finalmente conseguiu focar a cena — ainda que por alguns segundos —, encontrou no rosto daquela figura fantasiada, pela primeira vez, uma expressão de irritação. *Absolutamente tudo pode acontecer a partir de agora*, pensou. Porém, qualquer um dos desfechos que vislumbrava em sua mente era minimamente satisfatório. Olhou para trás: a mulher com a máscara de diaba estava ainda estacionada no mesmo local e, ansiosa, apenas esperava por uma ordem de seu chefe para atirar em sua nuca. Marcel soltou um riso nervoso antes de desviar o olhar para onde o seu destino repousava: a maldita bala na palma de sua mão esquerda. Aquela munição era a resposta para todas as suas perguntas.

Decidido, agarrou o revólver com firmeza e apontou-o na direção dos olhos inexistentes de seu pior inimigo.

Apertou o gatilho repetidas vezes.

O homem cego gargalhou e bateu palmas.

— É ou não é um comediante? — zombou. — Agora, preste muita atenção no que vou lhe dizer: "Lembre-se do Homem de Lata". E atire em você, oras!

Marcel não quis perder tempo pensando no significado daquela frase. Era mais um dos apelidos estranhos daquele homem? *Homem de Lata.*

Ou era mais uma tentativa de confundir a sua cabeça com enigmas sem sentido? *Foda-se o Homem de Lata!* Ele sabia o que tinha que fazer.

Abriu o enorme tambor do revólver: dezoito câmaras vazias.

Colocou a bala solitária em uma das seis câmaras da fileira do cilindro localizada mais ao centro.

Tomara que a garota esteja certa!, torceu.

— E sabe o que é mais engraçado, ô macacão?

O homem coberto de peles de animais, tatuagem e colares se ajeitou calmamente na poltrona velha e embolorada do quarto de hotel amaldiçoado enquanto parecia escolher o melhor sorriso sarcástico de sua coleção de expressões bizarras para vestir o rosto. Suspirou alto e só então fez sinal com uma das mãos dando permissão para que o comediante prosseguisse em sua fala.

— Eu não sei que tipo de pessoa eu sou! — Marcel esbravejou ao girar o tambor de metal. E antes mesmo que o cilindro parasse de rodar, ele deu um tranco no revólver para a direita fazendo com que voltasse para dentro. Chegou a se impressionar por conseguir fazer aquilo sem ensaio algum. Sentia um orgulho idiota. Não fosse a dor aguda, crescente, espalhando-se por todo o corpo, com certeza gastaria mais tempo sorvendo aquela sensação de contentamento. Mas não havia tempo. Então, baixou a cabeça e fechou os olhos numa tentativa de diminuir a sua agonia — e por ser mais dramático.

Faltava agora disparar uma frase de efeito e... foi o que fez:

— Não faço a menor ideia de que porra tá acontecendo na minha vida!

Levou o cano da arma, em um calculado *slow motion,* de encontro à parte inferior do queixo como se aquela fosse a cena final do longa-metragem de sua existência. Imaginou como seria vê-lo de um ângulo distante. Era como se pudesse assistir a si mesmo em um filme. Ele era agora apenas o espectador, sentado de maneira confortável em uma poltrona de cinema, assistindo ao protagonista da aventura tomar uma decisão heroica e, ao mesmo tempo, trágica. Já não era mais ele ali, naquele quarto fétido, era outro que tinha a arma nas mãos. Era um ator. Imaginava que assim ficaria mais fácil fazer o que deveria fazer.

Atuava em um filme de ação e suspense.

Um bom filme, afinal.

Marcel vasculhou os cantos empoeirados de sua mente em busca das últimas palavras. Últimas palavras do ator. Quando ficou satisfeito com a escolha, externou-as, impostando a voz para parecer mais grossa do que a sua natural:

— Eu só sei que tipo de pessoa eu *não* sou!

Marcel abriu os olhos.

A dor aumentou.

Cerrou os dentes.

Puxou o gatilho.

O som do tiro se misturou a um grito abafado e curto.

E uma voz diferente atrás de si. *Quem é?*

Sentiu seu corpo sendo desligado aos poucos depois de desabar no chão.

Não demorou, a escuridão tomou conta de tudo.

[5 horas antes]

A loja estaria vazia não fosse aquele último cliente, sempre ele, fuçando as prateleiras abarrotadas de livros e revistas de histórias em quadrinhos. Pelo monitor do sistema de segurança, Marcel podia ver o garoto obeso com poucos fios de barba e muitas espinhas no rosto equilibrar em um dos braços quatro álbuns encadernados do *Hellboy*, os dois últimos volumes lançados de *The Walking Dead* e o enorme *Big Damn Sin City*, uma versão de 10 quilos da obra compilada de Frank Miller. O braço que lhe restava servia apenas para escavar, tirar as revistas da frente, na tentativa de revelar alguma possível edição que o Indiana Jones dos nerds ainda não havia comprado. Sem muito esforço, encontrou um exemplar de *Liga da Justiça vs. Vingadores* e pareceu se divertir com a descoberta. Puxou a revista sem cuidado algum do fundo da prateleira, desalinhando toda a fileira da frente. Apoiou o exemplar na coxa recém-levantada e que agora servia de base para ele folhear o gibi. Estático nessa desconfortável e desajeitada pose de flamingo, Cid, que vestia uma camisa com a estampa do Thanos por baixo de uma blusa xadrez, deu uma risada bizarra alta demais, falsa demais, e virou-se na direção do balcão, gritando:

— Que tipo de pessoa você é?

Marcel ouviu, mas não respondeu. Achou melhor ignorar. *Se eu fingir que não escutei, ele vai embora logo!*, pensou. Colocou os fones e voltou a escrever com uma caneta preta 0.5 mm no seu caderninho vermelho. Criava piadas novas para serem testadas naquela mesma noite em um show de comédia.

O adolescente de cabelos descoloridos deu passos decididos até a frente do balcão de madeira e despejou as pilhas de livros dos braços roliços em cima de duas das cinco colunas de outros livros e revistas anteriormente separados por ele. Marcel, mesmo de cabeça baixa, com sua visão periférica, percebeu que uma das torres à frente estava prestes a desmoronar. Ele não podia ouvir nada por causa do *Oingo Boingo* ricocheteando dentro de seu cérebro com a música *Dead Man's Party* tocando no volume máximo. Mesmo assim, conseguiu ler nos lábios de Cid a repetição da exata pergunta que havia feito e que tinha sido prontamente ignorada. *Que tipo de pessoa você é?* Somente quando o número 4 da minissérie *Liga da Justiça vs. Vingadores* caiu em cima de seu caderninho e tampou uma parte de suas anotações foi que Marcel se sentiu na obrigação de dar a devida atenção ao cliente.

Destacou os fones dos ouvidos e esforçou-se na difícil arte de parecer prestativo:

— Desculpa, já quer fechar?

Sentiu um toque no ombro direito: era Reali, seu chefe, que descera pela escada e estava posicionado atrás dele, sabe-se lá por quanto tempo.

— O Cid tava perguntando que tipo de pessoa você é — disse Reali, fingindo simpatia, dando tapinhas no ombro de Marcel. — Né, Cid?

— Isso! — o nerd concordou.

— Ah, desculpa, Cid, é que eu tava com os fones e...

— Responde o Cid, Marcel! — Reali não esperou nem que o funcionário terminasse a frase.

— Tipo de pessoa? Como assim?

Cid apontou para a capa da revista em cima do caderno do Marcel, mas ele continuou sem entender coisa alguma.

— Você é marvete ou decenauta? — Cid insistiu.

— Maveti ou desce-o-quê?

— Você prefere Marvel ou DC Comics, Marcel? — explicou Reali, demonstrando clara irritação.

— Erh... DC, claro! — respondeu Marcel, sem pensar muito no assunto.

A resposta curta foi a desculpa perfeita para o gordinho desandar a falar rápido num dialeto que Marcel desconhecia.

— Esse *Vingadores e Liga da Justiça*... é da sua época, né? Eu tinha curiosidade, mas meio que tinha medo. Nada a ver misturar os heróis assim, até porque todo mundo sabe que eles não vivem no mesmo universo. DC e Marvel, saca? Ah, para! A arte é incrível, do George Perez, mas ele não é bom como os caras do Novos 52. O Batman nem usa aquela armadura maneira, é tipo... tipo um colante. Colante não é da hora. Sabe o que é pior?

— O que é pior? — repetiu Marcel, em um tom irônico que Cid não detectou, mas Reali, sim. Assim que seu chefe percebeu o sarcasmo, fuzilou Marcel, arregalando os olhos e inclinando a cabeça para o lado.

— Fala pra mim, Cid. — Marcel pediu, emulando certo entusiasmo. — O que é pior?

Cid, alheio à pantomima dos dois, respirou fundo e retomou o discurso:

— O Batman luta com o Capitão América. E perde! Assim... na boa, sério? Perde? Ele nem luta direito. Os dois ficam meio que se olhando e... tipo, o Batman admite até que não venceria a luta, mas desconversa, dizendo que o inimigo é outro. — Fez uma pausa para soltar um longo e doloroso suspiro. — Mano, que raiva!

Marcel começou a passar as compras usando uma calculadora verde do Ben 10 e tentava pensar em alguma coisa relevante para dizer, mas o máximo que escapou de sua boca foi um grunhido estranho por entre os dentes:

— Hum...

— Então! Sério! Porra, o cara tinha a chance de fazer uma luta épica. Imagina o quebra-pau com um Jim Lee da vida desenhando! Este sim é um desenhista foderoso! Mas o roteirista merda prefere que o Batman *perda* a luta, né?

— *Perca* — Marcel corrigiu, baixinho.

Reali deu uma tossida alta e Marcel entendeu o recado.

Cid olhou para um, depois para o outro, e retomou seu discurso apaixonado:

— Ele não tá respeitando a mitologia do morcego, entende? Batman nunca seria derrotado numa luta, ainda mais contra o coxinha do Capitão América! Nunca!

Marcel pegou os últimos encadernados, separou as compras em várias sacolas de plástico amarelas de tamanhos diferentes com o logo da loja e apontou para três caixas em cima do balcão:

— Vai levar os bonequinhos também?

— Os *action figures*? Sim, sim, pode passar. Quem você acha que ganharia a luta, Marcel?

Marcel acrescentou as réplicas em miniatura do Doutor Estranho, do Rorschach e da Noiva do filme *Kill Bill* à soma total.

— É pra presente, algum desses aqui?

— É — disse o cliente, soltando uma risadinha. — Pro Cidney.

Marcel já começava a embrulhar uma das caixas com papel de presente, mas sua ação foi interrompida pelo seu chefe:

— Cidney é ele, Marcel. Cid-ney. Cid. Grande Cidão!

— Ah... então não é pra presente?

Cid respondeu com um meneio de cabeça e Reali com um "não, idiota" silencioso estampado nas linhas de seu rosto magro e ossudo.

— E você ainda não respondeu o Cid: quem você acha que ganharia a luta, Marcel?

— Cês tá ligado que isso tudo não existe, né? Batman, Capitão América... É tudo invenção, é quadrinhos, gente!

— Marceeeel — Reali esticou a última vogal, igual as mães costumam fazer quando estão bravas com os filhos. Marcel entendeu o recado.

— Batman, sem sombra de dúvida! Sou *team* Batman. Coringa é *top*! Batman, sempre ele!

Marcel percebeu que exagerou demais na empolgação. Tratou então de levantar a calculadora do Ben 10 a fim de esconder seu rosto.

— Deu 843 reais e 45 centavos, 840 arredondando... para você, Cid. Quer dividir?

— *Dividir*? Tipo... eu pago metade, você paga metade?

— Não, eu perguntei se você queria...

— Foi uma piada, Marcel! — interrompeu Cid, com um Mastercard Black espremido em sua mão de dedos curtos. — Não quero parcelar, não. Aqui, ó! — E soltou uma risada.

Reali soltou uma gargalhou bem falsa para agradar o rico cliente.

Marcel então se viu na obrigação de acompanhar os dois e, a contragosto, trouxe um meio sorriso lá do fundo da alma.

— Quer dividir? Ahahaha! Você paga metade? — repetia Reali, dando a volta pelo balcão com o braço esticado, braço que passou por trás das costas de Cid num abraço desajeitado. Com a mão direita, Reali apertava o braço do cliente e com a esquerda, apontava para Marcel. — Ahahaha! Muito boa! Tipo, demorei pra entender... mas muito, muito boa! Aprende essa, Marcel! Sabia que ele é comediante, Cid?

— Ah é?

— Comédia *estandarte* — disse Reali em tom jocoso.

— *Stand-up*! — Marcel corrigiu por puro reflexo.

Marcel enfiou o cartão na abertura, pediu que Cid digitasse a senha e aguardou a maquininha cuspir a primeira via. Apertou um botão e a segunda via saiu. Entregou a Cid, que jogou o papelzinho dentro de uma das sacolas, agradeceu com a cabeça e falou:

— Tô ligado. Já vi uns vídeos no YouTube.

— Viu qual vídeo meu?

— Não. Vi de um tal de Patife. Moleque-zica ele! Da quebrada, faz um personagem da periferia.

— Não é personagem! É ele mesmo. Patife é meu amigo. Olha, *stand-up* não é lance de personagem, sabe? A gente fala da própria vida, dos nossos problemas. É uma forma de comédia que...

— Em janeiro tem a *Expo-Comix* — Reali interrompeu — e a gente vai tá com todo o estoque em promoção. Aparece lá no Expo Center Norte!

— Já até comprei os ingressos — disse Cid, tirando o bilhete do bolso. — Se quiser, pode usar, Marcel.

— Não vou poder ir. Tenho que trabalhar no dia aqui na loja e...

— A piada. Pode usar no teu show.

— Ah... valeu!

Cid se encaminhou para a saída da loja carregando nove sacolas amarelas. Reali o cortejou até a porta e depois voltou ao balcão. Sua expressão havia mudado e ele parecia agora um demônio, gritando, agitando os braços, numa dança corporal bizarra.

— Marcel, o que tá acontecendo, cara? Na boa, me conta!

— Foi mal, não vai acontecer mais.

— Qual parte?

— Parte?

— É — Reali rebateu. — Qual parte não vai acontecer mais? Será que a parte do "tô usando fone pra não escutar nada?" ou seria a parte do "foda-se o cliente?" ou, ainda, seria a parte do "sou engraçadinho e tenho que fazer piada com tudo e com todos?". Ah, não! Deve ser a parte do "eu trabalho numa *comic shop* e não sei nada do universo pop"!

— Universo *nerd*. Do pop, eu manjo.

— Aí, tá fazendo de novo!

— O quê?

— Piadinha!

— Não fiz. Juro!

— Marcel, me ajuda a te ajudar.

— Por falar em ajudar... será que talvez, no caso... eu poderia sair hoje mais cedo?

— Mais cedo que horas?

— Tipo, agora. Faltam uns quinze minutos pra fechar a loja. E ela tá vazia.

Reali conferiu o relógio dentro da cabeça do Homer Simpson pendurado na parede.

— Faltam 37 minutos, Marcel.

— Libera aí, chefe! É que vou de carona pro show.

— Tem estoque pra organizar... mas belê, né? Eu arrumo, não tenho dois filhos, cachorro e mulher em casa pra dar atenção.

Marcel pensou em fazer um comentário lembrando a ele que, realmente, ele não tinha mulher, nem filhos ou mesmo um cachorro em casa, mas achou melhor ficar quieto. Afinal, desde que Marcel ficou desempregado, anos atrás, Reali lhe ofereceu um emprego e um quarto em seu apartamento. Amigos de longa data, nenhum deles se lembrava ao certo onde haviam se conhecido. Agora, Marcel sentia que a amizade dos dois estava cada vez mais abalada desde que decidiu começar a fazer comédia e deixou a loja em segundo plano.

— Sabe o que você merece? — disse Marcel, com uma voz sexy caricata, aproximando-se para dar um beijo no rosto de Reali, que conseguiu evitar empurrando o rosto do amigo.

— Saiiii! Vaza! — pediu, com cara de nojo. — Vai fazer seu *showzinho*, vai!

— Valeu mesmo, chefinho! Te amo! Mesmo!

Marcel encaixou a caneta na lateral de seu caderninho de piadas e passou o elástico vermelho por cima, prendendo tudo num mesmo bloco.

Colocou-o no bolso de trás da calça jeans. Pegou seu celular embaixo do balcão, desplugou o cabo dos fones, fez um bolo com eles e arrumou-os na abertura esquerda da blusa de moletom cinza que vestia por cima da camiseta preta com a estampa de um gato de topete brilhante: o logotipo da banda Stray Cats.

— Tô indo então, hein? Só lembra que foi *você* que permitiu isso, ó chefe supremo!

Reali tentava a todo custo fazer pose de patrão severo, mas, no fundo, não passava de um coração de manteiga. Marcel e todo mundo se aproveitavam disso.

— Tá vendo? Você confunde amizade com trabalho!

— Amanhã, chego mais cedo.

— Não, chega não.

Marcel já estava na rua e teve que berrar as palavras para ser ouvido:

— Juro! Chego sim!

— Não vai! Não depois desta noite! — berrou de volta Reali, arrumando meticulosamente as revistas na prateleira que o cliente desarrumara.

[4 horas e 24 minutos antes]

Marcel notou o sujeito estranho assim que entrou no vagão do metrô. Muito magro e muito velho, ele se destacaria mesmo se estivesse no meio de uma multidão. Vestindo roupas antiquadas e desgastadas, passaria facilmente por um viajante do tempo que acabara de desembarcar no presente, vindo de um tempo histórico indefinido. Usava um colete marrom escuro cheio de botões, apinhado de figuras parecidas com plantas bordadas em alto relevo na cor dourada. Por baixo do colete, uma camisa ocre com uma faixa preta amarrada em torno de um dos braços. Para completar o figurino, uma gravata preta e um chapéu coco de couro marrom brilhante. A calça, do mesmo marrom do colete, tinha um corte diferente, desalinhado, com uma faixa preta, gêmea da outra, amarrada na altura de um dos tornozelos. Calçava sapatos pretos lustrosos e luvas com a mesma cor e brilho. O conjunto, apesar de estranho, parecia seguir uma certa lógica. Combinava com aquele velho alto e corcunda de bochechas rosadas. Combinava com a barbicha e o enorme bigode, brancos, que o faziam lembrar o homem da logomarca do KFC, o Coronel Sanders.

Marcel estava com a atenção voltada para o seu caderno e só foi reparar de novo no idoso peculiar porque ele gritou do mesmo modo que as pessoas malucas fazem: de repente e sem motivo algum.

— Eeeeeeei!

Marcel se arrependeu de virar o olhar na direção da voz. Foi algo instintivo. Alguém fala "ei" e é impossível não levantar a cabeça e procurar por quem chamou. Marcel sabia que, ao cruzar o olhar com o velho, ele estaria dando abertura para uma eventual conversa. Conversa-de-gente-doida. E bater papo com um louco no metrô era a última coisa que ele queria.

Tinha somente duas estações para repassar o texto que testaria no show daquela noite.

Disfarçou e baixou a cabeça de novo, resmungando para si mesmo:

— Velhote doido...

Marcel começou a escrever. Rabiscava rapidamente frases aleatórias, qualquer coisa que demonstrasse ao estranho que ele estava ocupado.

O idoso tirou um caderninho velho do bolso do colete e uma correntinha dourada, presa a ele, ficou à mostra. Abriu, escolheu uma folha em branco e começou a rabiscar, imitando Marcel como os mímicos de rua fazem. Quando Marcel parava, ele parava. Quando Marcel coçou a cabeça, ele repetiu o gesto. É só ignorar o velho, Marcel! Mas era tarde demais, o maluco agora sabia que havia atraído a sua atenção e isso, aparentemente, era o que ele mais desejava. Decidido, o viajante do tempo se levantou do lugar onde estava sentado, pegou uma mochila do banco ao lado e jogou-a sobre o ombro esquerdo. *Uma mochila do Bob Esponja? É do netinho, certeza!* Ficou em pé, parado, encarando o comediante com um sorriso indeciso: os dentes que ainda resistiam na boca do idoso eram amarelados, escurecidos, esburacados.

O alto-falante cuspiu a informação "Estação Trianon-Masp", e as portas se abriram.

Um povo saiu, um povo entrou e o vagão do metrô ficou mais cheio do que antes.

Um apito e as portas se fecharam.

O velho permaneceu exatamente no mesmo lugar.

Imóvel.

Todos desviavam dele. Pelo menos, era o que parecia. Mesmo quando o trem retomou a velocidade, o velhinho ainda se equilibrava sobre as duas pernas abertas num compasso, sem que precisasse se segurar em nenhuma barra de apoio, dando a impressão de que não era afetado pelo chacoalhar do vagão, muito menos pelas leis da física. Marcel pensou que já seria impressionante para alguém que aparentava ter mais de 80 anos conseguir manter-se em pé ali, no meio do vagão. Mas... e aquilo? Observando o velho, acabou tendo uma ideia para uma piada nova. Voltou a escrever. SABE QUANDO A GENTE PERCEBE QUE TÁ VELHO? QUANDO UMA VELHA FICA TE OLHANDO COM DESEJO. E VOCÊ PERGUNTA A IDADE DA VELHA... A VELHA TEM A SUA IDADE! Quando levantou a cabeça novamente, quem estava em pé, à sua frente? O velhinho doido.

Com o mesmo sorriso. O mesmo sorriso assustador.

Sou mesmo um para-raios de maluco.

— Q-que tipo de p-pe-pessoa você é? — perguntou o velho, esticando ainda mais o sorriso em seu rosto enrugado. Agora revelava, além dos dentes podres, uma inchada gengiva de cor arroxeada. O conjunto todo dava-lhe um aspecto doente e senil.

O velho é gago? E por que ele fez a mesma pergunta que o Cid havia feito?

— Gosto da DC, velhinho! — Marcel disse, tentando ser engraçado.

O senhor encurvado, ainda firme na mesma posição, decidiu abrir seu caderno na última página e mostrar a Marcel suas anotações, o que fez a corrente que segurava a brochura esticar até o limite. A folha estava completamente cheia de pequenos números. Centenas deles. Riscada sobre todos os números, uma enorme letra "O". Ou seria o número zero? Difícil saber.

— Z-zeeee-zerado! — o velho gaguejou.

— A conta deu zero, vovô? É isso? Fez de cabeça? O senhor é um contador?

— Ze-zerador.

— Saquei — disse Marcel, com real interesse. — Se o senhor me permite, eu tenho que terminar aqui umas paradas e...

A justificativa de Marcel foi quase que soterrada pela voz do alto-falante: "Estação Brigadeiro".

O velho gago olhou para a porta, depois para Marcel. Então arrancou a folha do caderno, a mesma folha que mostrara ao comediante, e deixou-a cair sobre o colo dele. Marcel pegou o papel nas mãos e, olhando com mais atenção, descobriu que não eram apenas minúsculos números naquela folha. Ele se equivocara. Havia, entre os números, símbolos estranhos, dezenas deles, e letras que pareciam fazer parte de algum alfabeto esquecido. Por um tempo, ficou tentando achar alguma coerência naquele mar de rabiscos, procurou por qualquer palavra ou soma escondida, algo que fizesse algum sentido. Nada. Parecia somente um monte de garranchos aleatórios feitos por um velho-gago-hipster-maluco. Só isso.

Marcel levantou a cabeça, quis devolver a folha ao velho, mas era tarde: ele já não estava lá. Olhou ao redor, procurou o gago pelo vagão, mas só foi encontrá-lo do lado de fora, na estação, com uma cópia do mesmo sorriso de antes fincado no rosto. *Velho doido da porra!* O alto-falante apitou. *E a mochila? Ele não tá com a mochila?* As portas se fecharam. *Cadê a mochila do velho?* Olhou para o chão e viu o Bob Esponja encostado em seu banco.

O velho esqueceu a porra da mochila!

Assim que o trem começou a se movimentar, o ancião começou a dar tchauzinho para Marcel que, ajoelhado no assento, virado para a janela, levantava a mochila de encontro ao vidro, mostrando para ele o objeto esquecido. O velho pareceu não se importar e continuou a acenar, como um robô que executava uma ação previamente programada.

Marcel escorregou no banco de plástico duro com a mochila colorida no colo. Estava atrasado. Puto. Não voltaria uma estação para devolver a mochila para o maluco. Não havia nem tempo para isso. Poderia entregar a um funcionário do metrô e ele que se encarregasse de achar o velho. Decidiu que faria isso na próxima estação. *Pronto, decidido!* Marcel olhou a mochila do Bob Esponja na esperança de encontrar alguma informação referente ao velhinho. Achou uma etiqueta pendurada no zíper recortado no formato de hambúrguer. Havia um nome escrito à mão: MARCEL M. DURAN. Qual seria o motivo daquilo? *Como esse mané sabe meu nome?*

Hesitou por alguns segundos até decidir o que faria com a mochila. O rosto amarelo do Bob Esponja, que se esparramava pela parte da frente da mochila, parecia incentivá-lo a seguir adiante. *Abre logo!*, suplicava o personagem dentuço de olhos esbugalhados.

Resolveu obedecer o mais célebre morador da Fenda do Biquíni.

Puxou o zíper e o compartimento maior da mochila se abriu.

Uma mulher de vestido azul, no fundo do vagão, disse:

— Não é não!

— Essa mochila... — explicou Marcel à mulher, apontando para etiqueta. — Ela é pra mim. Tem meu nome aqui!

A mulher continuou olhando em sua direção, mas, definitivamente, não falava com ele. Ela usava um fone *bluetooth* em uma das orelhas.

— Brigadeiro? — a mulher continuou — N-não! Na outra, a próxima, isso, pode me esperar lá... Não. Na farmácia!... Tá!

Marcel afastou as abas da mochila e espiou o seu interior. Viu uma máscara estranha que cobria a visão de outros objetos. Parecia uma máscara artesanal de carnaval de rua. Tirou-a da frente e passeou às cegas pelo interior da mochila, tateando, tentando sentir o que mais havia lá dentro. Seus dedos logo tocaram um cubo plástico, um celular, algo que parecia uma fruta e alguma coisa fria e pesada, largada no fundo da mochila. Um objeto feito de metal que, pelas formas, parecia se tratar de um revólver. Tirou a máscara e colocou-a no banco ao lado. Afastou a fruta e espiou a arma, trazendo a mochila para perto do rosto e se atentando para que ninguém conseguisse ver. Sim, era realmente uma arma. Um enorme revólver cromado. Estaria carregado? O sistema de som do vagão avisou: "Estação Paraíso". Era a sua estação. As portas se abriram. Ele colocou a máscara de volta à mochila e fechou-a, decidido a deixá-la ali, no banco do metrô. Levantou-se, foi até a porta. Pensou melhor. A etiqueta. Seu nome estava na etiqueta. Voltou, tentou arrancar a etiqueta no formato de hambúrguer e não conseguiu. Pegou a mochila e colocou-a contra o peito. Passeou os olhos pelo vagão. Alguém estava prestando atenção nele? Não. Ninguém. E se aquilo fosse um truque? E se policiais o esperassem do lado de fora, prontos para prendê-lo por porte ilegal de arma de fogo? Era isso! Aquele revólver havia sido usado num roubo, num assassinato, e suas digitais... estavam nele agora! O velho era só uma isca. E ele... ele caíra como um trouxa. Uma armadilha.

Um apito soou perto dele.

Pensa, Marcel! E se for uma réplica? Não era. Era de verdade. Não tinha certeza, mas apostava que a arma era real. A luz em cima da porta do vagão começou a piscar. Vestiu a mochila nos ombros e correu para deixar o trem, mas a porta o interrompeu, fechando-se ao seu redor, separando-o da mochila. Ela do lado de dentro e seu corpo do lado de fora do vagão. Ele tirou as alças e usou toda sua força para afastar as duas metades da porta, que, não demorou muito, abriram-se. A mochila caiu no chão da plataforma, em cima dos seus pés, e o olhar eufórico do Bob Esponja parecia querer agradecê-lo pela coragem.

Um jovem de topete azul que acabara de descer na estação se ofereceu para ajudá-lo. Marcel fez sinal de que estava tudo bem. Pegou a mochila do chão e voltou a colocá-la nas costas, passando a alça pelo ombro direito.

E caminhou decidido em direção à escada rolante.

Não poderia largar a mochila dentro da estação. Essa era a pior das decisões possíveis. Suas digitais estavam lá. Na mochila, no revólver... mas sair com a mochila do velho? E ainda havia a maldita etiqueta com seu nome! E se criminosos estivessem à sua procura do lado de fora da estação?

Seu celular vibrou dentro da blusa de moletom.

— E aí, príncipe? — Era o Robson. — Tá onde?

— Na rua — mentiu —, do lado de fora da estação, procurando vocês faz duas horas.

— Tamo no posto de gasolina do lado esquerdo da estação.

— Esquerdo de quem sai ou de quem entra?

— Ti fudê! — praguejou Robson. E desligou.

Marcel pediu licença e um casal se espremeu no lado direito da interminável escada rolante. Andou pelos degraus e se sentiu um homem biônico ao chegar tão rapidamente ao final da escada.

Depois de uma corridinha, alcançou a rua.

Olhou ao redor.

Nada suspeito. De suspeito mesmo, talvez, só ele, com a mochila amarela do Bob Esponja. Muito suspeito. Parecia um assassino de crianças? Um pedófilo? Ou era apenas um dedicado pai indo buscar o filho? Marcel não conseguiu decidir. Caminhou até a esquina do lado direito e avistou o belo Chevette do Robson. Estavam lá também Patife e Thiago, os dois bebendo cerveja.

Assim que viram o amigo, todos sacudiram os braços.

Marcel atravessou a rua e cumprimentou um a um com um soquinho no punho.

Robson entrou pela porta do motorista. Ligou o carro, abriu a porta do passageiro por dentro e avisou:

— O Marcel vai atrás com o Patife que o Thiago tem que ir na frente.

"Thiago tem que ir na frente" significava que o Thiago era imenso para todos os lados. Alto, quase dois metros de altura e muito gordo.

E os gordos, segundo a regra deles, sempre sentavam no banco da frente do carro. E também porque era o único lugar que ele cabia num Chevette de duas portas.

— Thiago sempre de camisa preta, né, Thiagão? — Marcel provocou.

— Ele acha que preto emagrece — completou Patife.

— Sua mãe nunca reclamou do meu peso, Patife.

— Colocou a mãe no meio — disse Robson —, perdeu!

— Vamos, galera, entra logo, vai!

Marcel baixou o banco e fez sinal com a mão para Patife entrar. Patife agradeceu a gentileza e repetiu o sinal que Marcel fizera anteriormente, dizendo:

— Primeiro as damas.

Quando Marcel se inclinou para entrar no carro, tomou um tapa do Patife na nuca.

— Que isso, mano? — Marcel disse, irritado.

— Esse pescotapa é só por causa desta mochila ridícula, cuzão! Vai, entra!

O Chevette SL 1.4 dourado do Robson tinha câmbio de 4 marchas e tração traseira. Ano de fabricação: 1978. Mais velho que o próprio dono do carro. O SL, por incrível que pareça, significava Super Luxo. Tinha vidro elétrico, ar-condicionado e direção hidráulica? Nada disso. Nos anos 1970, luxo significava apenas ter banco com encosto alto, acabamento cromado ao redor das janelas e frisos de borracha nos para-choques e laterais do carro. Apesar de antigo, o automóvel parecia recém-saído da concessionária. Pintura impecável, cheirava a carro novo. Quando perguntavam como aquele Chevettinho estava tão bem cuidado, Robson costumava dizer que era pelo fato de ele ser o segundo dono. E o primeiro proprietário tinha sido o pai dele.

— De novo atrasado, príncipe? — perguntou Robson.

— Não tenho papai rico que paga minhas contas não! — provocou Marcel. — Preciso trampar na loja até as oito, e sair de lá antes é embaçado.

— Se eu tivesse pai rico, acha que eu tava indo pro show de Chevette?

— E o Camaro? — Patife lembrou.

— É do meu pai, caraio! — Robson defendeu-se.

— Então... *papai rico*, caraio! — disse Marcel.

O pai do Robson não era milionário, mas a família toda dele era muito influente na cidade e tinha muito dinheiro. O Chevette, assim como a comédia, eram para Robson apenas distrações. Formado em Direito, ele largara o emprego no escritório de advocacia do pai para "perseguir seu sonho na comédia". Morava numa cobertura em um prédio caindo aos pedaços no centro de São Paulo, dirigia um Chevette ancestral e se portava como um mendigo: fazia os shows de chinelo, deixava a barba toda desgrenhada e usava camisetas surradas e largas.

Robson pisou fundo no acelerador e o Chevette dourado tocou a avenida 23 de Maio exatamente às 20h14 de uma noite abafada de dezembro. Marcel passou todo o caminho até o bar calado, nada disse sobre como havia conseguido a mochila ou sobre seu conteúdo. Permaneceu ali, no banco traseiro, cabeça encostada no vidro, perdido em elucubrações repetitivas. A conversa no interior do carro, animada, era apenas um zumbido distante, semelhante a quando Marcel esquecia a TV ligada num programa evangélico da madrugada e dormia ao som da pregação. Pensava sobre sua vida, sobre como se sentia só ultimamente. Por que, mesmo num show lotado, ele se sentia assim, sozinho? Não se tratava de autocomiseração. Ele não era esse tipo de pessoa. Há tempos vivia assim, sem se sentir pertencente a nenhum grupo e, podia-se dizer, até que vivia bem com esta realidade. A verdade é que ele havia tentado mudar seu jeito várias vezes de diversas formas, mas não conseguiu. Esforçou-se para ser uma pessoa mais sociável, alguém mais agradável... Tentara muito, principalmente na adolescência, mudar seu jeito. E mais recentemente, desde que começou a fazer shows de *stand-up*. Afinal, seria bom para sua carreira ser amigo de todos os comediantes. Ser mais sociável. *Amigos lembram dos amigos na hora de chamar para fazer os shows*, repetia para si mesmo, tentando convencer-se. E os shows pagam as contas. Mais shows pagam mais contas. Mas ele preferia ficar em seu mundo, um universo restrito aos seus pensamentos e suas limitações. Queria tanta coisa e conseguia tão pouco que se acostumou a decepcionar-se consigo mesmo. Poderia ter feito mais. Ter conseguido ir além. Por isso, os colegas eram poucos e os amigos... bem, os amigos... será que ele tinha realmente algum amigo? Reali e Patife eram os mais próximos, mas será que podia contar com eles para tudo? Acreditava que não. Era melhor assim. Mais cedo ou mais tarde, ele decepcionaria quem quer que se aproximasse dele, como havia feito com todos os outros amigos, as namoradas e os parentes que passaram por sua vida. Era sua habilidade singular. Brincava consigo mesmo que aquilo era um superpoder que ele adquirira após a morte de seu pai. Se perguntassem para ele "Marcel, no que você é realmente bom?", ele com certeza responderia: "Decepcionar as pessoas!". Por isso, ele comumente se isolava do mundo. Melhor desiludir todos os dias uma única pessoa. E essa pessoa era ele.

Marcel virou os olhos para cima e, olhando através do vidro do carro, notou uma noite sem nuvens ou estrelas. Lá, acima das luzes dos prédios, o céu era de um breu sem fim. E quando voltou o olhar para dentro de si, sentiu-se triste sem saber exatamente por quê. Experimentava uma sensação estranha ali, dentro daquele carro a caminho de mais um show, um pressentimento de que tudo em sua vida fora previamente planejado por alguém. Um ser que deveria ser punido pela sua má sorte.

Com esse pensamento martelando na cabeça, preferiu acreditar que tudo que vivera até aquele momento fora inevitável.

Marcel até sorriu com a ideia absurda.

[4 horas antes]

— Já abriu a comanda? — Alana perguntou.

— Oi? — Marcel respondeu. — Não, acabei de chegar. Não tinha te visto.

Alana preencheu a comanda escrevendo MARCEL em letras de forma.

— Como tamo de público?

— Tinha só nove reservas até o final da tarde. Ehr… quinta-feira, né? É o dia mais fraco do bar, né, querido.

O bar a que ela se referia era o Beverly Hills, que se autoproclamava como o primeiro *comedy club* do Brasil. Não havia consenso em relação a isso, já que ele era um bar comum que um dia, de repente — antes de todos os outros, é verdade —, começou a promover shows de humor. A coisa deu tão certo que ele virou um clube de comédia. Um bar de comédia. O Comedians, outro estabelecimento localizado em São Paulo, também tentava vender-se como o primeiro do país, enfatizando que era o primeiro espaço construído unicamente para esse fim no Brasil, nos mesmos moldes dos tradicionais *comedy clubs* americanos.

— Já falei pro Alex mudar o nosso dia aqui — Marcel argumentou. — Sexta já seria melhor. Beeeem melhor. Sábado então, melhor ainda!

— Sexta tem o show das mulheres e sábado tem duas sessões — Alana lembrou —, uma de show solo e a segunda de um grupo de improviso. E todas essas sessões desses dias lotam.

— Tá… e domingo?

— Domingo é dia de jogo. E dia de futebol não vem ninguém, querido. Vem à tarde, beber e ver futebol no telão. Mas não vão ficar depois pra ver um show. Já tentamos, não rola. Aqui, ó! — Ela esticou o braço, entregando a comanda para Marcel. — Você tem vinte reais de consumação.

Marcel dobrou e guardou a comanda no bolso.

Seguiu na direção do camarim, mas parou depois de dois passos e, virando para a *hostess*, perguntou:

— Alana… Não eram cinquenta reais por comediante?

— Pouco público, sabe como é… o Alex pediu pra dar uma diminuída. Bonita mochila, aliás!

— Mochila?

Marcel tinha até se esquecido de que carregava uma mochila infantil e colorida nas costas.

— Ah… Bob Esponja é a minha cara! Escuta, viu o Whats que te passei com os nomes?

— VIPs?

— Isso, na verdade é um só. O nome é... — Marcel tentava buscar no fundo de sua memória o nome da garota, mas não lembrou. Ele tinha problemas sérios no quesito "guardar nomes de pessoas".

— Beatriz Ki-alguma coisa, né? Ainda não chegou.

— Isso! Ela! — disse, dando tapinhas na testa.

— *Peguete* nova?

— Nem! — respondeu, envergonhado. — É amiga. Na verdade, nem amiga é! É uma inscrita do meu canal, fã, acho. Não conheço. É do Face, da minha página, ela pediu...

— Ih... tá se explicando demais!

— Nem conheço. Juro! Pessoal pede e eu fico sem jeito de falar não.

— Estranho só mulher pedir, né?

Alana sorriu porque sabia que havia deixado Marcel sem graça. Marcel espremeu os lábios, balançou a cabeça e, por fim, se deu por vencido:

— Ponto pras meninas! — disse, com a voz do Sílvio Santos.

— Mesmo lugar de sempre?

— Mesmo. A mesa do canto, cadeira perto do palco.

Alana deu uma piscadela simpática para Marcel e voltou, equilibrando-se nas suas sandálias de salto alto, para seu posto, na entrada do bar.

Marcel foi até o balcão onde o barman preparava um drink. Pegou o morango fincado na borda do copo e comeu. Ouviu um xingamento antes de empurrar as portas tipo *saloon* que separavam o salão principal do bar da cozinha. Cumprimentou os funcionários no caminho, foi ignorado por todos eles e subiu as escadas até o camarim, que nada mais era do que um quarto pequeno de uma edícula que alguém, por acaso, resolveu chamar de camarim. Estava lotado. De pessoas, de móveis, de quinquilharias. Um televisor ligado, sem som, transmitia uma reprise de luta de UFC e era ignorado por todos. Dois sofás, uma mesa de centro, um armário grande, uma prateleira e uma arara coberta de fantasias penduradas disputavam espaço com mais seis comediantes. Um dos sofás era ocupado apenas pelo Thiago e sua porção de batatas fritas com cheddar e bacon. No outro sofá, o maior, estavam Patife, Robson e um homem bem-vestido, espremidos. Fabio falava ao celular, escondido entre as araras e o armário.

Marcel chegou colocando a mochila no chão do camarim e estendendo a mão para o único a usar terno ali:

— A gente ainda não se conhece, conhece?

— Marcel, a *xente* já fez um show juntos, num teatro. Mas faz um tempo e eu estava com roupas *normales*.

Marcel lembrou do rosto, mas o nome não veio.

O colega falava um português muito bom com pouco sotaque. Apenas umas poucas palavras e algumas conjugações erradas entregavam que ele não era brasileiro.

— Então eu deveria lembrar do seu nome...

— Benicio Cárcamo — ele ajudou.

— Cárcamo, claro! — disse Marcel, aplaudindo teatralmente. — Lembrei! Claro, o mágico argentino! Porra, *agora sim* você tá parecendo um mágico!

Cárcamo se levantou e abriu os braços, num tipo de reverência. Ele vestia um clássico terno azul-marinho, camisa branca e gravata preta. Muito gel no cabelo escuro penteado para trás. Completando seu visual de ilusionista, um cavanhaque bem cuidado. Totalmente diferente do conjunto jeans-camiseta que o mago-comediante costumava usar nas apresentações anteriores.

— Só lembrando que *soy* chileno. Só nasci na Argentina. Meu *padre* era ministro de esporte do Salvador Allende e foi exilado por Pinochet. Minha família fugiu para a Argentina.

— Marcel já chega xingando o cara de argentino? — Robson provocou. — Puta cara sem noção!

Marcel ficou visivelmente sem graça, o que só fez todos ali no camarim rirem mais ainda.

Cárcamo aproveitou o clima descontraído para sacar um lenço branco de dentro do paletó. Balançou o pedaço de pano e colocou-o em cima do seu punho, previamente cerrado, cobrindo totalmente a mão. Pegou uma caneta do bolso e deu duas batidinhas no tecido. Quando retirou o pano, a mão segurava uma garrafa.

Marcel e Thiago aplaudiram efusivamente.

— Odeio mágicos — Patife comentou, fingindo estar aborrecido —, *putaqueopariu*, como odeio mágicos! De onde tirou isso, tio?

— Do seu cu, Patife! — respondeu Marcel. — Acha que eles contam como fazem as mágicas?

— O Cárcamo me pediu pra fazer uns minutinhos — disse Thiago enquanto mastigava as batatas. — Tudo bem, pessoal?

O grupo assentiu, cada um a seu tempo.

— Quanto tempo até começar? — Marcel perguntou.

— Já devia ter começado, tio, na moral! — disse Patife.

— Eu abro? — Marcel sugeriu, sem convicção nenhuma. Robson entrou na conversa:

— Se fizer questão, bebê...

— Nem tô a fim.

— Taí, Marcel nunca tá a fim — resmungou Thiago —, nunca abre. Sempre só quer fechar.

— Cárcamo fecha — sugeriu Robson. — Não dá pra entrar depois de um mágico.

Mais uma vez o grupo respondeu com as cabeças: todos estavam de acordo.

— A gente não tinha definido que ia ser sorteio a partir de hoje? — Marcel perguntou.

Fabio, o mais alto dali, desligou o celular, saiu detrás da roupas penduradas e entrou no debate:

— Galera, posso abrir, se quiserem.

Fabio fazia parte de um programa novo na TV, o CQC, que havia caído no gosto dos brasileiros e que a cada semana só aumentava em popularidade.

— O legal seria você ir perto do fim, Fabiones — disse Thiago. —Afinal, você é atração da noite, caraio. Galera veio pra te ver.

— Atração merda que nem lotou o bar, né?

— Ah, o bar não divulga — Robson disse, tentando amenizar. — Relaxa, príncipe. Eu faço o MC, o mestre de cerimônias. Vou quebrar essa para vocês. Bora começar?

Thiago pegou um dos guardanapos sujos de óleo de dentro do seu prato, agora vazio, e rasgou em quatro quadrados irregulares. Depois escreveu números do 1 a 4 em cada um deles e explicou:

— Vou colocar o Fabio no sorteio então. Cárcamo não, que ele é o quinto e último. Robson também não que ele faz o MC. Belê?

Como todo mundo concordou, Thiago dobrou porcamente cada um dos recortes e colocou todos em sua mão direita, fechando com a esquerda no formato de concha. Chacoalhou as mãos enormes e jogou na mesa de centro os papeizinhos dobrados.

Patife se abaixou, fez o sinal da cruz e pegou um dos papéis.

— Sou a porra do primeiro! — resmungou assim que abriu o papel. — Merda!

Robson deixou o camarim, descendo para o palco.

Marcel pegou a mochila e fez menção de seguir Robson, mas foi interrompido pela pergunta de Thiago:

— Não vai esperar o sorteio?

— Preciso ir ao banheiro — mentiu.

— Tira o meu papel e depois me entrega, Patife? — Marcel disse, fazendo cara de carente para o amigo.

— Mas… — Patife ficou sem palavras.

— Preciso demais matricular os moleques na natação — Marcel explicou.

— Vai cagar de mochila, cuzão?

Marcel ouviu da escada a pergunta de Patife, mas não se deu ao trabalho de responder. Estava com muita pressa de chegar ao banheiro masculino. Assim teria tempo e privacidade para, enfim, analisar os objetos estranhos da mochila.

[3 horas e 29 minutos antes]

Marcel entrou e fechou a porta de um dos dois reservados. Escolheu o que lhe pareceu estar menos sujo. O interior do reservado era apertado até mesmo para ele que tinha as pernas curtas. Tentou imaginar como o Thiago conseguiria sentar-se naquele espaço tão reduzido. A privada estava sem o tampo e não havia nem mesmo um gancho nas paredes para pendurar a mochila. *Maravilha! Não vou sentar naquele vaso molhado de urina de forma alguma,* pensou. Apertou o botão de descarga mandando a água amarelada e fétida embora. Em seguida, destacou vários pedaços do rolo de papel higiênico e foi posicionando as faixas rosadas de papel meticulosamente ao redor da borda da privada tomando extremo cuidado para não deixar nenhum espaço da louça à mostra. *Missão cumprida!* Havia feito um bom trabalho e os papéis agora cobriam totalmente a borda. Tirou a mochila das costas e virou-se com cuidado para se sentar no vaso, fazendo um esforço tremendo para descer de modo que não produzisse vento algum e bagunçasse a tão frágil proteção de papel higiênico. Conseguiu. Posicionou a mochila do Bob Esponja no chão, apoiada em cima dos pés, não queria que ela tocasse o chão encharcado. *Pronto!* Agora poderia examinar com calma e certa privacidade todo o conteúdo dela. Marcel podia ouvir a voz de Robson do palco, aquecendo a reduzida plateia.

Abriu o zíper da mochila, puxou a máscara e constatou que ela era feita de papel machê. Tosca, assumidamente imperfeita, com olhos desenhados em volta das aberturas por onde se enxergava. A máscara carnavalesca tinha um sorriso macabro, com os dentes de baixo à mostra, marcados e separados por linhas pretas grossas. As duas sobrancelhas eram como uma única taturana preta que atravessava a testa inteira de forma a torná-la assustadora. A monocelha fazia par com um bigode da mesma cor, que contornava toda a boca e tinha as pontas enroladas, cobrindo parte das bochechas rosadas. Marcel resolveu colocar a máscara no colo, com o rosto diabólico virado para baixo. Remexeu o interior da mochila, procurando pela arma. Achou antes um controle de Playstation quebrado. Pelo que se lembrava, Marcel deu falta de um dos botões, o que tinha o símbolo do triângulo. *Para que o velhinho tinha um controle de videogame incompleto?* As mãos voltaram para a mochila e logo sentiram o frio do cano de aço do revólver. Puxou a arma para fora da mochila com cuidado e analisou-a. *Que arma estranha!* Tinha um formato que ele nunca havia visto antes. Tratava-se de um revólver calibre .38, isso era certo, mas era enorme e com um cano triplo bem mais longo do que o habitual. Marcel não tinha um conhecimento profundo sobre armamento, no entanto, aquele revólver não parecia ser uma réplica ou um brinquedo. Primeiro, pelo seu peso. Segundo, pelo acabamento refinado. Não parecia de forma alguma as pistolas de *airsoft* que já tinham passado pelas suas mãos. Além disso, não possuía a ponteira laranja obrigatória, que diferenciava as imitações das armas reais. E tinha um enorme número de série gravado nela. Letras e números. Apontou o revólver para o chão do banheiro e, com o polegar direito, empurrou o dedal serrilhado. Com a outra mão, trouxe o tambor para fora. *Nenhuma bala!* Estava descarregada. *Não é bala, é munição!*, corrigiu em pensamento, lembrando-se da bronca nada sutil que tomou do instrutor de tiro logo da primeira e única vez em que esteve num estande de tiro. *Se chamar de bala, vou fazer você chupar ela até ela sumir!* Marcel contou 18 círculos vazados no tambor do revólver, que parecia ter sido feito a partir de três metais diferentes, e com cores diferentes. Estranho... Não sabia que existia um revólver com um tambor de 18 tiros. Repousou a pesada arma dentro da máscara que estava em seu colo. Voltou a mergulhar as mãos na mochila. Acabou pescando um cubo mágico com as cores embaralhadas. *O velho não teve paciência ou talento para resolvê-lo,* imaginou. Era um cubo igual a tantos outros que havia visto na infância. Notou apenas uma diferença: havia linhas pretas sobre alguns quadrados coloridos, que provavelmente formariam figuras em cada uma das faces depois de montado, e não seria ele, agora, que brincaria de montar um cubo mágico. Não ali, naquele banheiro sujo de bar. Mais uma vez, pediu licença ao simpático Bob para revirar suas entranhas. Tirou de lá um papel, uma folha rasgada, possivelmente de uma revista de passatempos. A brincadeira da página era "Ligue os Pontos". No lado de trás da folha, o conhecido "Jogo dos Sete Erros" com desenhos do que pareciam ser várias estradas e carros.

Encaixou a folha entre sua barriga e a máscara.

A porta do reservado ao lado rangeu, surpreendendo-o no momento em que ele retirava um espelho quebrado de dentro da mochila. Tinha companhia agora. Ouviu o jato de urina e um pigarreio. *Puta cara nojento!* Esperou, imóvel e mudo, o homem terminar de se aliviar. A porta ao lado gemeu novamente e o homem saiu de seu cubículo e, sem lavar as mãos, deixou o banheiro.

Marcel estava só novamente.

Aproveitou para analisar com mais atenção o espelho quebrado em suas mãos: tinha uma moldura vermelha de plástico retorcido. Assemelhava-se aos espelhos vagabundos, bem comuns, vendidos nas barracas de camelôs nas ruas do centro. Na parte de trás do espelho, uma frase escrita à mão: LASCIATE OGNE SPERANZA VOI CHI'NTRATE. Era italiano ou latim aquilo? Não soube dizer. Apoiou o espelho barato na barriga, num espaço mínimo que encontrou ao lado da folha de passatempos. A mochila ainda guardava algumas surpresas: uma fruta estranha e espinhosa que ele não conhecia, uma corrente com um pingente e um celular antigo dentro da mochila. Despejou os novos itens no seu colo, aumentando a dificuldade de equilibrar todos aqueles objetos singulares e desconexos nas suas pernas. Tentava organizá-los da melhor forma possível quando três batidas curtas na porta do seu reservado o assustaram e ele derrubou tudo no chão. Marcel foi obrigado a esticar o pé direito para evitar que o cubo mágico fugisse pelo vão debaixo da porta.

Escutou uma risada e, depois, a voz do Robson:

— Tá tudo bem aí, príncipe?

— E por que não estaria?

— Show já tá rolando faz uma cara, ô *Cagãozinho-da-Estrela*!

— Porra, nem cagar em paz o cidadão de bem pode mais? Já vou, mano!

— Não esquece de lavar as mãos.

— Quem tá no palco?

— O Thiago. Vai, acelera, Ayrton!

— Qual a ordem, hein?

— A ordem é fazer o povo rir.

Robson saiu do banheiro.

Com cara de nojo, Marcel pegou um a um os objetos caídos no piso e posicionou-os no interior da mochila, como se aquela arrumação valesse algum prêmio. Sentado no vaso, com a mochila no colo, Marcel se preparava para levantar quando a porta do cubículo chamou a sua atenção. Não a porta em si, mas o que estava escrito e desenhado nela: a madeira branca estava quase totalmente coberta por rabiscos. Palavrões, frases de autoajuda, pedidos, orações, números de telefone e desenhos de caralhos. Muitos e muitos órgãos masculinos. Havia pintos alados, cacetes de todos os tamanhos e formas, rolas e mais rolas. Normal. Que banheiro não tinha um monte de pênis desenhado? No centro da porta, alguém implorava por um boquete. Um outro sujeito, solícito, deixou o telefone de uma tal de Margarete escrito logo abaixo e a garantia de ela resolver o problema do tarado acima. Marcel riu quando leu escrito em vermelho: LÁ FORA VOCÊ É UM MAXÃO MAS AKI DENTRO VC É UM CAGÃO. Quem entra com um pincel atômico vermelho num banheiro? ESCREVI E SAI CORRENDO... PAU NO CU DE QUEM TÁ LENDO. Riu da ironia que leu em letras garrafais: NÃO RABISKE A PORTA - MOSTRE TUA CULTURA. Ao lado de um desenho de um rostinho bravo, havia a frase CALIEL ESTEVE AQUI.

Quanto tempo Marcel ficou ali, lendo e se divertindo com aquele monte de recados? Cinco minutos? Dez? Difícil saber. Na parte inferior da porta, ao lado do que parecia ser uma data escrita em vermelho, 28.12.17, havia a frase LEMBRE-SE DO HOMEM DE LATA, foi quando Marcel leu as palavras mais perturbadoras. Em letras de forma, com uma caligrafia caprichada, estava escrito: LIGUE OS PONTOS. Abaixo da frase havia o número 1 e, ao lado, um círculo preto com uma linha saindo dele, que percorria lateralmente a superfície da madeira até sumir no final da porta. Era uma caligrafia caprichada e destoava do restante da porta do reservado do banheiro.

Marcel pegou a alça da mochila, tirou-a do chão e levantou-se da privada. Ouviu um breve tilintar. Só aí percebeu que o pingente preso na corrente, antes esquecido entre suas pernas, agora se encontrava dentro do vaso sanitário. Marcel já tinha decidido deixar aquele adorno inútil ali. Azar do velho se sua intenção era presenteá-lo com aquilo. Mas... e se aquilo fosse de alguma forma importante? Seria aquele pingente valioso? Não parecia. Certamente não passava de um enfeite feito de metal velho. Pelo menos era o que aparentava ser. Mas não antigo o suficiente para valer uma fortuna. Marcel tentou convencer-se disso para deixar o pingente lá sem remorsos. O enfeite, que parecia uma chave, era feito de um metal fosco e enferrujado e estava preso por uma corrente oxidada de cor prata. E prata não oxidava, disso ele sabia. Para piorar, era feio e rugoso, aquele objeto estranho. Mas, e se alguém encontrasse o pingente ali? Teriam coragem de colocar a mão para pegá-lo? *Sempre tem um maluco para fazer essas coisas,* pensou. Não ia se perdoar se descobrisse que aquele pingente enferrujado valia uma grana. *E aí, Marcel?* Se pensasse muito, desistiria. Melhor agir rápido. Arregaçou a manga do moletom, agachou, apoiou uma mão na tira de papel higiênico que ainda cobria a borda do vaso, fechou os olhos, fez uma careta e, por fim, enfiou a mão naquela água turva da privada.

— Merda-de-bosta-de-velho-escroto-do-caraio!

Com o colar em uma das mãos, expressão de asco, seguiu até a pia daquele banheiro. Largou o objeto na cuba e abriu a torneira. Deixou a água cair sobre o objeto sujo. Pressionou o botão do dispenser e um fio de sabonete líquido escorreu até encontrar sua mão molhada. Adicionou mais água e começou a ensaboar as palmas das mãos, friccionando uma de encontro à outra. Esfregou o sabão entre os dedos. Lavou o dorso das mãos. Passou mais sabão nos punhos, esfregou mais e enxaguou tudo. Repetiu o processo com o antebraço. Sentiu-se como um médico fazendo assepsia das mãos antes de uma cirurgia. Serviu-se de quatro folhas de papel toalha, contrariando o aviso na parede que dizia: 2 FOLHAS SÃO SUFICIENTES PARA SECAR AS MÃOS. Usou ainda mais duas folhas para secar o pingente e mais três para embrulhá-lo. Guardou-o na mochila. Quando foi fechar a torneira, notou bem acima dela um pequeno número 2 e uma bolinha preta desenhados na parede recém-pintada de branco. Havia também uma linha que seguia pelos dois lados, passando por aquele círculo. A linha ia para a direita até o final daquela parede, contornava pela outra até encontrar a porta do primeiro reservado. Passava por toda a extensão da madeira e só parava no encontro com a segunda porta. A porta do reservado onde Marcel estava. Ele nem precisou ir até lá para conferir. Na verdade, lembrou-se de que a linha não desaparecia, apenas continuava do lado de dentro, na madeira da porta, até morrer no círculo com o número 1. A linha também continuava para o lado esquerdo do ponto número 2 em cima da torneira e seguia até desaparecer na porta de saída do banheiro. Marcel, claro, seguiu a linha, que continuava pelas paredes do bar, contornando obstáculos como portas, bancadas e colunas até terminar abruptamente numa parede de tijolinhos. Não havia bolinha nenhuma determinando o fim, nem nenhum número. Não havia o número 3 ao final da linha, apenas uma frase escrita. A mesma que acabara de ler na porta do reservado do banheiro. CALIEL ESTEVE AQUI. *Alguém devia ter se cansado de brincar de "Ligue os Pontos",* pensou Marcel. Só isso. O esquisito era a linha terminar bem ali, na parede que ficava atrás de onde havia uma cadeira vazia. Logo a cadeira da mesa reservada para os convidados dos comediantes e onde deveria estar sentada a sua convidada da noite, que estaria lá se não tivesse dado bolo.

[3 horas antes]

Já que era o mestre de cerimônias da noite, Robson estava no palco de novo. Assim que avistou o amigo, fez sinal com a mão avisando-o que ele seria o próximo. Marcel checou suas redes sociais pelo celular. Havia uma mensagem de Beatriz Kiepert no seu post com o flyer do show: "MARCEL, SOU SUA FÃ. COMO VI SUA RESPOSTA SÓ AGORA, VOU CHEGAR UM POUCO ATRASADA. TUDO BEM? DIZ QUE SIM!!! :) BJSSSS". Um pouco atrasada? Ela estava muito atrasada, o show já se encaminhava para o final. Provavelmente, nem viria mais. Não seria a primeira garota a pedir ingresso grátis e não aparecer no show.

— E agora — Robson anunciou ao microfone —, senhoras e senhores... é hora de chamar o idoso do *stand-up*, o mais velho do nosso grupo, o homem, a lenda, o mito... Marceeeeel Duran!

A pequena plateia aplaudiu, não muito animada.

Marcel deixou a mochila em cima da mesa da ausente Beatriz e subiu ao palco, arrancando o microfone das mãos de Robson. Pediu mais aplausos para o amigo depois que ele havia saído do facho de luz. Esperou o fim das palmas cansadas para começar seu *set* de piadas:

— Vocês podem olhar para minhas roupas caras, me ver neste palco chique, neste show lotado e pensar: esse comediante deve estar milionário! É... Mas saibam vocês que nem sempre foi assim. Eu cresci num bairro muito pobre. Zoado mesmo. — Do palco, Marcel percebeu uma garota entrando no bar e se encaminhando para a mesa onde estava sua mochila. Seria a Beatriz? — Meu bairro era tão zoado que, na Festa Junina, o pessoal pintava o dente de branco.

O público pareceu não ter entendido a piada. Não entendeu ou não achou graça. Somente um barbudo, bêbado, no fundo do bar, riu. O resto da plateia permaneceu em um silêncio constrangedor. Marcel, quieto, demorou uns dez segundos até se recuperar, concentrar-se e recomeçar o show. E cada segundo ausente de palavras no *stand-up* (a não ser que aquele silêncio faça parte do número) pode parecer uma eternidade. Para o comediante e para a plateia. Tudo por causa da Beatriz. Ele acompanhou do palco a loira de olhos claros que atravessou o bar inteiro até se sentar na cadeira reservada a ela. Mas não foi a beleza dela que deixou Marcel mudo no palco. Era outra coisa que o incomodava: a roupa dela, mais especificamente a camiseta. A garota usava uma camiseta baby look com uma estampa do número 3. Um enorme e colorido número 3 dentro de um círculo preto. Do palco, Marcel pôde ver que a linha do jogo que começou no banheiro terminava exatamente nela: Beatriz era o tal "número 3" do jogo "Ligue os Pontos".

Assim que se acomodou na cadeira, ela sorriu para Marcel e desenhou um "obrigado" com os lábios. Ele retribuiu o sorriso e, saindo da hipnose momentânea, continuou:

— Erh... eu... eu acredito em Deus, claro que acredito! Mas eu não rezo como vocês. Eu sou amigo dEle. Eu troco ideia com Deus. Semana passada, fui fazer um show em um lugar perigoso. Na volta, no carro, parei num semáforo e vi pelo retrovisor uma moto vindo com dois caras em cima. Pensei: vou ser assaltado! Certeza! Resolvi rezar para Deus. Deus, me faça invisível, faça meu carro ficar invisível! E não é que deu certo? Os caras na moto passaram por mim e...

Marcel engatava uma piada atrás da outra. Apesar do começo desastroso, o pequeno público do bar ria muito agora, assim como Beatriz.

No fundo do salão, ao lado do caixa, Robson ligou a lanterna do celular e balançou algumas vezes. Aquele era o sinal para Marcel: ele só teria mais dois minutos para encerrar sua participação. Como eles eram, ao todo, seis comediantes, o combinado seria que fizessem doze minutos cada, com um sinal de luz aos dez minutos para sair do palco em, no máximo, doze minutos. Marcel viu a luz balançando por trás de algumas cabeças e fez sinal de positivo para Robson.

O telefone de Beatriz vibrou em cima da mesa. Ela, até então alegre e sorridente, mudou de expressão na hora, estava agora incomodada com alguma coisa que acabara de ler na tela do aparelho. Ela fuçou sua bolsa à procura de uma caneta. Pegou um guardanapo e escreveu alguma coisa nele. Depois deixou o papel em cima da mochila do Bob Esponja que Marcel largara na mesa, guardou a caneta e se levantou.

Ela acenou para Marcel, soltou um sorriso desajeitado e saiu às pressas, esbarrando em algumas cadeiras no processo.

Marcel, incomodado com a saída repentina da convidada, tentou evitar que seu desconforto transparecesse ao público, mas não conseguiu. O comediante não esperou seu tempo acabar e acelerou seu ritmo para finalizar logo a piada que estava contando sobre futebol de rua, deixando-a de difícil entendimento. Agradeceu a plateia e chamou o MC de volta ao palco.

Entregou o microfone para Robson, passou pela mesa de Beatriz, pegou o guardanapo e correu na direção da saída do bar na tentativa de alcançá-la.

— Marcel Duran, senhoras e senhores! — Robson disse ao microfone. — Que idoso rápido ele, não? Que noite, não? Estamos chegando ao fim do show de hoje...

Ouviu-se um tímido "ahhhh" vindo de algumas pessoas da plateia. Era a deixa que Robson esperava para poder continuar:

— Tá bom, tá bom! E para finalizar com chave de ouro a noite de hoje, que tal um pouco de magia? Quero que vocês recebam com muitos aplausos e gritos histéricos o mágico... direto do Chile... Benicio Cárcamo!

Marcel já estava do lado de fora do bar procurando por Beatriz quando o ilusionista iniciou sua apresentação. Nem sinal de sua convidada apressada. Voltou até a entrada do bar, onde Alana fechava algumas comandas.

— A garota? — Marcel perguntou.

— Saiu. E sem consumir nada — disse Alana ao mostrar a comanda para Marcel.

— Viu pra onde ela foi?

— Pra rua. E com pressa.

— Isso eu sei. Tô perguntando se viu se ela entrou num carro, se encontrou com alguém, se...

— Ei! Não precisa ser grosso!

— Desculpa, foi mal.

— Não vi não, querido.

— Merda!

— O que você falou no palco pra ela sair assim, no meio do teu show?

— Nada. Acho que recebeu um Whats de alguém. Alguma coisa deve ter rolado... ela deve... deve ter acontecido alguma coisa.

— Deve. Pelo menos deixou o telefone, né? — Alana apontava para o guardanapo na mão de Marcel.

— É... deixou.

— Ué... liga pra ela então!

— Boa! Vou fazer isso! — respondeu Marcel, a fim de encerrar o assunto.

Alana ficou olhando para o comediante com cara de "ué, não vai ligar?".

Marcel se viu pressionado a seguir com a mentira: tirou seu celular do bolso, olhou para o guardanapo e fingiu digitar um número de telefone. Esperou Alana abaixar a cabeça para encerrar sua encenação e poder sair do bar. Não havia número de telefone algum naquele guardanapo. O que Beatriz havia escrito nele era algo que, àquela altura, não fazia o menor sentido para ele. Ainda com o guardanapo nas mãos, ele lia e relia a frase, tentando achar algum significado oculto: SE QUISER VIVER... O que ela queria dizer com "Se quiser viver" e com aquele quadrado desenhado logo abaixo? Virou o guardanapo. Do outro lado, havia mais um aviso e mais outra figura geométrica: OU... VÁ PRO INFERNO!

Embaixo da frase, ela desenhou um triângulo.

Triângulo, quadrado e frases desconexas...

Quem seria aquela garota misteriosa? E que mensagem tão urgente havia recebido? E por que ela estava vestindo uma camiseta com o número 3? As perguntas que surgiam em sua mente logo desapareciam, dando lugar a outras tantas perguntas.

— Salve, salve, meu aliado! — disparou Patife, saindo do bar. — Tá suave, cachorro? — Depois de dois tapinhas nas costas, entregou a mochila para Marcel, que aproveitou a deixa para jogar o guardanapo misterioso em seu interior.

— Mano, eu... porra... Olha, pra falar a verdade, num tô não!

— Me liguei nessa fita aí, tio. Você estoura o tempo direto e hoje não fez nem deizim. Era pra cê fazer uns 12 minutim, na moral mano. E não fez. O mágico tá lá no palco. A essas horas, ele tá naquele truque de sumir com a graça do show.

— Achei que só você sabia fazer essa mágica! — Marcel disse esboçando um sorriso.

— Caraio, cuzão! Tá me tirando?

— A gente agora vai ter mágica, é? Achei que nosso show era só de *stand-up*. Daqui a pouco vai ter ventríloquo no palco.

— Semana que vem, cachorro. Semana que vem tem.

— Mentira!

— Nem. Robson que marcou essa fita aí.

— E o Fabio? Nem falei direito com ele...

— Ixi... Ele já picou marcha, certeza que foi pegar uma pombinha, tá famosinho. Artista de novela e os carai agora, né, tio? Aí, na moral, bora colá lá no palco e dá uma atenção pro pessoal; dar as ideia dos recado, passar a visão e pá?

— Vai lá. Vou ficar aqui mais um pouco.

— Qué trocá um papo, né, danado? Mulher? Eu logo vi, aquela minazinha top picou o pé e saiu fora. Filezão ela, hein, cuzão. Na moral!

— Também é sobre ela. Mas, cara... não é só isso. Umas coisas estranhas estão acontecendo...

Patife atravessou a rua e sentou na guia da calçada. Depois, fez sinal com a mão para que o amigo se acomodasse ao seu lado.

Marcel obedeceu.

—Na moral, cuzão. Bora trocá umas ideia porque eu tô ligado que você é um saco de vacilo. Solta a voz, vai!

Marcel colocou a mochila no chão de asfalto, à frente dos dois.

— Começando por essa mochila: um velho doido me deu no metrô.

— Logo vi que não era sua essa fita aí! Por quê?

— Por que o quê?

— Ele te deu.

— Deu!

— E por quê?

— Na verdade, ele esqueceu a mochila no metrô.

— Então não deu, tio!

— Tem meu nome nela, então... ela era pra mim... — Marcel fez uma longa pausa. — Peraí! Saquei!

— Quê?

— Pegadinha, né? Pro canal do Robson, no YouTube! Porra, mano, como eu sou idiota! Claro! Como não me liguei antes?

— Anh? — Patife fez uma careta.

— Você, a tal da Beatriz, o Robson... quem mais tá no esquema? Todo mundo aqui no bar? Porra, claro! Coloca depois o vídeo na internet pra eu me foder mais ainda. Pra eu pagar de otário! Porra! Minha vida já tá bacana mesmo... aí, povo, vamos rir do Marcel!

— Misturou Coca-cola com Nescau, é? Brisa ruim essa... Tá locão, tio?

Marcel ergueu-se num salto.

— Cadê as câmeras? Não vi, devem ser as pequenininhas, né? Tipo GoPro. Porra, o velho louco era um ator... olha só, como não me liguei? As roupas... os dentes tudo podre. Maquiagem? Trampo profissa, parabéns!

— Te acalma, tio!

— Fala a real, Patife!

— A real é que cê tá chapando e eu num tô entendendo é nada até agora! Qual é as suas ideias, tio?

Marcel ficou olhando para Patife, tentando enxergar algum traço de dissimulação. Conhecia o amigo tão bem que era capaz de saber quando ele mentia e quando falava a verdade. Marcel teve certeza de que o amigo estava sendo verdadeiro.

— Então você e o Robson não armaram pra mim esta noite? — insistiu.

— Tá falando do sorteio da ordem do show?

— Não. Tô falando do resto.

— Que resto, cuzão?

— Do velho no metrô. Do "Ligue os Pontos" escrito na porta do banheiro.

— Na moral. Continuo sem entender nada, tio.

— Jura?

— Juro. Pelo seu pai *morto*!

— Jura pela *sua* mãe?

— Num liga minha coroa nessas fita aí não que ela ainda tá viva, tio. Já seu pai...

— Porra, pegou pesadão falando do meu pai... — Marcel fingiu indignar-se. Mas não foi capaz de sustentar por muito tempo a pose de ofendido. Logo sorriu, abrindo assim caminho para o amigo continuar com a gozação:

— Quer dizer que eu me *queimei* com você?

— Mas que grande filho da puta que você é!

— Sabe que só te sacaneio porque sei que você é suave, não pega pilha. Faz até piada de incêndio no palco, fala da mãe que te abandonou quando viu tua cara feia saindo da xoxota dela... né não? Então... dá nada não. — Fez uma pausa, procurando na expressão de Marcel alguma confirmação. — Dá?

A verdade é que, no fundo, Marcel se importava sim. Ficava mal ao lembrar. Só fazia piada sobre a morte do pai na intenção de exorcizá-la de dentro de si. Funcionava por um tempo, mas, depois, a dor da perda voltava. Ainda mais forte. E sobre sua mãe... ele nem sabia o que sentia. Conhecia-a apenas por fotos. Fotos antigas dela e de seu pai, mais novos. O pai contou que ela morava em outro país, com outra família. E quando ele ou o irmão perguntavam se podiam visitá-la, desconversava. Sempre.

— Acabou, tio.

— O que acabou?

Patife apontou para o bar.

— O show.

O pequeno público deixava o Beverly Hills e pouco a pouco o bar ficava mais vazio. Assim como a rua em frente ao estabelecimento.

— Quer saber mesmo de tudo? Então senta que lá vem história.

— Eu já tô sentado! Senta você e solta essa sua voz. Qual foi?

— Seguinte... — Marcel voltou a sentar-se na calçada. — Um velho que nunca vi na vida me deu essa mochila no metrô. Ele estava com umas roupas estranhas e me perguntou quem eu era.

— Quem cê era? Com'assim, tio?

— Falou: "que tipo de pessoa você é?".

— E o que cê falou?

— Isso não importa. Importa que um nerd gordo tinha me perguntado a mesma coisa no meu trampo.

— Mesma fita? Coincidência, ué.

— Pode ser. Bom... abro a mochila e o que tem dentro? Um revólver e um monte de objeto nada a ver...

— Carai, logo uma peça, cuzão? É de verdade mêmo?

— Claro que é de verdade!

— Oxi, podia ser aquelas de brinquedo ou de soltá tinta, tá ligado?

— A arma é de verdade!

— Mostra!

Marcel se irritou:

— Vai ficar me interrompendo toda hora, mano?

Patife fez sinal de zíper ao deslizar os dedos por cima dos lábios.

— Cheguei aqui no banheiro do bar e tinha uma parada escrita na porta. Esava escrito "Ligue os Pontos". Aí tinha uma linha que... uma linha com números, saca? Número 1 na porta e o 2 tava em cima da torneira, aí a linha saía do banheiro e chegava onde tinha a mina que chamei aqui, a Beatriz. E adivinha o que tinha na camisa dela, desenhado?

— Como vou lembrar, tio? Só olhei pras peitcholas dela... aliás, que puta peitão-monstro! No respeito, claro, né, irmão!

— O número 3! Tinha a porra do número 3 na camisa dela. O número 3 era ela.

— Tipo um jogo?

— Ligue os pontos.

— Tá de brinks né, cachorro?

— Não tô.

— Então se prepara pra mais uma coincidência cabulosa, tio.

Patife enfiou a mão no fundo do bolso da calça. Tirou um pedaço de papel, o guardanapo recortado com a ordem do show e entregou a Marcel.

— Sabe qual seu numerozinho hoje no sorteio?

Marcel faz contas com a cabeça antes de abrir o guardanapo dobrado.

— Éramos seis. O Robson foi MC e não entrou no sorteio. O mágico ficou por último, eu fui o penúltimo... então...

— Então olha!

Marcel encarou o papel: havia um número 4 escrito nele.

— Isso tá *bizarro* demais...

— É "Ligue os Pontos", né? — Patife disse, esfregando as mãos. — Do 1 ao 4 já temos. Onde tá o 5?

— Cinco o quê? — Marcel demorou a entender. — Ah... sei lá do 5!

— Ué, tem que ter a porra do 5 em algum lugar!

— Não é assim que funciona.

— Ué, deve ser. Vai por mim que cê passa de ano.

Patife levantou da calçada. De repente, ele começou a dançar, fazendo uns passinhos ridículos de funk no meio da rua.

— Achei o 5! Achei o 5! — Cantarolava Patife. — Achei a porra do 5!

— Onde?

Patife voltou gingando até onde Marcel estava. Agachou e continuou a musiquinha, solfejando com a boca fechada.

— Fala, demônio! — Irritou-se Marcel — Onde tá?

Patife não falou nada. Ficava apontando com a cabeça para o lado esquerdo de onde o amigo estava sentado. Marcel se virou para um carro sedan preto parado: a placa dele era LOP 0005.

— "LOP" de Ligue Os Pontos — disse Patife, orgulhoso. — E depois disso... tem o 5. Tcharam!

— Será?

Marcel pegou a mochila e levantou-se aflito ao ver que Patife já estava com a cara colada no vidro lateral do carro.

— Sai daí! Vão achar que a gente tá querendo roubar a porra do carro!

Patife virou a cabeça para Marcel com expressão de frustração, a película nos vidros era tão escura que o impedia de enxergar o interior do automóvel.

— Tem alguém aê? — Patife bateu no vidro do veículo. Uma, duas vezes.

— Vai disparar a porra do alarme, ô mané! — Marcel ainda puxava Patife pelo braço quando o vidro do carro de luxo desceu até a metade, revelando ao volante um homem com uniforme completo de chofer, inclusive com as luvas brancas e o quepe.

— Você é o Marcel? — perguntou o motorista a Patife.

Patife se afastou do carro, sorriu para o chofer e apontou para Marcel dizendo, satisfeito:

— Ele é que é!

[2 horas antes]

— Se eu soubesse — disse o educado motorista —, falava pro senhor. De verdade.

— Não te deram *nenhum* nome? — Marcel insistiu.

— Só o seu.

— No celular, quando você atendeu, apareceu qual nome? Tenta lembrar, Eliomar. É Eliomar, né?

— É sim, senhor. Apareceu "número não identificado".

— Era ele ou ela? Lembra?

— Isso eu lembro: era voz de homem.

— Voz de homem novo ou voz de velho? Tinha sotaque?

— Voz normal de homem, acho. Não sei se era velho.

— E ele não falou mais nada importante?

— Falou pra levar o senhor pro endereço. Sozinho.

— Não precisa me chamar de senhor, Eliomar. Que endereço?

— Assim o senhor me complica.

— Você! Me chama de você!

— Você me complica fazendo essa pergunta, seu Marcel.

— Posso tá enganado, mas a gente tá passando pela terceira vez por esta rua, não tá?

O motorista olhou para o seu relógio de pulso, depois encarou Marcel pelo retrovisor e explicou:

— É que ainda não tá na hora.

— E quando é a hora?

Eliomar ligou a seta, estacionou o carro próximo a uma banca de jornal. Apagou as luzes do carro e começou a tamborilar com os dedos no volante.

Ligou o rádio numa rádio evangélica.

— Se importa?

— Me importo em não saber aonde tô indo. Por que a gente parou, Eliomar?

Eliomar desligou o rádio.

— Tamo perto, seu Marcel. Ele ficou de me avisar quando ir.

— E se eu sair daqui agora? Sabe que eu posso sair agora do carro, né?

— Pode sim, seu Marcel. O senhor quer sair?

— Quero — disse Marcel, destravando a porta do seu lado.

— O homem falou que isso podia acontecer.

— E o que acontece se eu sair?

— Eu perco mil reais.

— Mil reais só pra *me* levar? Porra, tô valendo a pena!

— Dois mil. Mil eu já recebi. Mais mil quando chegar lá.

— Ele te pagou como?

— Peguei o dinheiro dentro de uma lixeira, na calçada, perto do bar onde fui te buscar.

— Tipo filme de espionagem.

O motorista sorriu envergonhado.

— Tá na hora — disse Eliomar, assim que seu relógio começou a apitar.

O chofer pegou uma caixa grande do banco de passageiro e entregou para Marcel.

— Seu Marcel, vou pedir pro senhor vestir isso.

Marcel abriu a caixa. Havia uma roupa de gala dobrada e protegida por um plástico grosso.

— Tamo indo pruma festa, Eliomar?

O motorista não respondeu.

Religou o carro, colocou o câmbio na posição DRIVE. O sedan voltou a se movimentar e Eliomar olhou para Marcel através do retrovisor.

— Seu Marcel — rogou —, eu só posso dizer pro senhor que preciso *muito* desses mil reais.

— Tá bom, Eliomar. — Marcel abriu o zíper do plástico que protegia o smoking. — Tá bom...

Assim que Marcel terminou de vestir o smoking, o motorista avisou que eles haviam chegado ao destino. O comediante então abriu o vidro do carro, viu o restaurante do outro lado da rua e gargalhou.

— Mas é muita criatividade desse povo...

Marcel conhecia bem aquele lugar. Alguns dos shows em cartaz na cidade tinham apoio daquele estabelecimento e, por isso, ele já havia jantado lá. Várias vezes. Era um restaurante conhecido por ter pratos com nomes de famosos e ser frequentado por celebridades e subcelebridades. Principalmente subcelebridades como ele.

Marcel debruçou-se na janela do carro, sacou o celular e fez uma ligação.

— Adivinha onde é o ponto 6! — disse ao telefone.

Patife, do outro lado da linha, respondeu que não fazia a menor ideia.

— O Paris 6. Como não pensamos nisso, me fala? E acredita que o Eliomar aqui me fez vestir um smoking pra entrar num *restaurante*?

Marcel virou-se para o motorista e encheu a voz de ironia:

— Achei um pouco demais isso, Eliomar!

— Seu Marcel, eu vou lá pegar o meu pagamento. O senhor me espera aqui?

O motorista abriu sua porta sem esperar resposta e desceu do carro.

— Ei! Ei! — Marcel gritou na direção do chofer.

Eliomar voltou a cabeça para dentro do carro e explicou-se:

— Já volto.

— Não é pra descer?

— Me espera aqui no carro. Por favor.

Patife queria saber o que estava acontecendo, metralhava uma pergunta atrás da outra pelo telefone. Marcel estava atrapalhado entre escutar o amigo e falar com o motorista. Fez sinal para Eliomar esperar e voltou a falar com o amigo:

— Peraí, Patife, já te ligo... Tá!... claro que sim, ou ligo ou mando mensagem... tá bom, *mãe*! Parece a minha mãezinha que nunca tive! Eu sei me cuidar... tá... já falou sim!

Marcel encerrou a ligação e tentou retomar a conversa com o motorista, mas Eliomar não estava mais lá. Viu-o cumprimentar o segurança pouco antes de entrar no Paris 6.

Marcel desceu do carro. Sentia-se estranho com aquele traje. A única vez que usou smoking na vida tinha sido em sua formatura há muito tempo. Atravessou a rua desviando-se de um casal bêbado que apontou para ele e riu. Era tão visível assim que estava desconfortável com aquela roupa chique? Foi quando olhou para os próprios pés e entendeu: estava com seu tênis azul da Nike. Smoking e tênis.

— Que maravilha! — resmungou para si.

Marcel ficou do lado de fora espiando o interior do restaurante. Nada do Eliomar. Hesitou em entrar. Queria saber quem estava por trás da brincadeira. O velho? Na fachada, uma placa avisava: BISTRÔ PARISIENSE 24 HORAS. A decoração de lá era inspirada nos estabelecimentos do gênero da capital francesa? Como ele nunca havia saído do país, não soube responder. Mesas do lado de fora disputavam espaço com rebuscados postes de luz. O comediante olhou através das janelas e viu que o restaurante estava abarrotado de gente bem vestida. Ninguém, entretanto, usava smoking. Nada de senhores ricos e velhos com roupas estranhas também. *Daqui a pouco vão me confundir com os valets*, pensou.

O celular vibrou: era o Patife.

— Fala, mano! Não! Não entrei ainda... é... se cê me der licença... o quê? Grosso? Eu?... Não sou grosso, você que é apertadinho! Tchau! Calma... te ligo quando descobrir alguma coisa... 'té mais!

Marcel guardou o telefone e observou o motorista sair do restaurante e passar por ele, acelerado, carregando um envelope.

— Eliomar!

O chofer, além de não vê-lo, não escutou seu grito e entrou no carro. Quando percebeu que Marcel não estava lá, saiu do carro e começou a procurar por ele.

Marcel berrou de novo:

— Eliomar!

Eliomar olhava para os lados, nervoso. Alguma coisa o perturbava. Quando viu Marcel, fez sinal para que voltasse ao carro.

Marcel atendeu ao pedido. Dentro do carro, vacilante, o motorista falou com a voz trêmula:

— Seu Marcel… meu trabalho ainda não terminou. Eu tenho… erh… me pediram pra levar o senhor pra outro lugar.

— Uma festa?

— Não sei?

— Escuta, cê viu o velho?

— Que velho?

— Quem te entregou esse envelope com dinheiro?

— Não é dinheiro.

— O que é?

— A gente tem que ir agora. O senhor não pode chegar depois da meia-noite lá. Ele me disse isso mais de uma vez.

— Já sei, se não, não te pagam, não é?

— Pior. Eles matam minha mulher e filho.

— O quê?

Eliomar entregou o envelope a Marcel, que abriu e viu fotos de uma mulher ao lado de uma criança de uns oito anos, os dois amarrados em uma coluna num tipo de porão sujo e escuro.

— Eliomar, quem tá te ameaçando? Isso é sequestro! Vamos… a gente tem que ir até a polícia!

— Nada de polícia, ele disse.

— Quem disse?

— O homem mau. Eu preciso que o senhor coloque os sapatos.

— Você não me deu sapatos. Ô, Eliomar, desencana dos sapatos! Vamos resolver a parada.

— Putz, a caixa do sapato tá lá atrás. "Não esquece dos sapatos", ele disse… — Eliomar estava visivelmente abalado. — Não esquece dos sapatos!

— O tal homem ainda tá lá dentro?

Eliomar não ouviu o que Marcel lhe perguntara. Acionou um botão na sua chave, o porta-malas abriu e ele saiu novamente do carro.

— Eliomar?

Marcel olhou para trás, através do vidro traseiro. Não conseguia ver o motorista. A lataria preta do porta-malas aberto cobria totalmente sua visão. Pensou em deixar o carro e fugir da brincadeira de uma vez por todas. Mas e se o tal homem mau estivesse observando os dois? Ouviu um estampido seco, abafado, seguido de um gemido. *Gemido?* Mais barulhos estranhos. *Que demora é essa?* Marcel aproveitou a espera para ligar para Patife.

— Mano, tá tenso aqui!... É... não entrei, não... Escuta... o motorista, pegaram a família dele e...

O carro tremeu e em seguida Marcel ouviu o baque do porta-malas sendo fechado. Olhou para trás. O motorista não estava mais lá. Virou a cabeça a tempo de ver o chofer passando pela lateral do carro.

— Ele tá voltando pro carro. Avisa a polícia que... — A porta do automóvel se abriu.

Um homem vestido com a mesma roupa do motorista, que não era o motorista, entrou com uma caixa de sapatos em uma das mãos e um envelope em outra. Ele era bem mais forte, bem mais alto do que Eliomar. Quando tirou o quepe, Marcel pôde ver que ele tinha a cabeça toda raspada, com exceção de uma pequena cruz feita de cabelo, recortada um pouco acima da testa brilhosa. Marcel percebeu também que aquele homem não parecia estar nada feliz.

— Oi? Cadê o Eliomar?

O brutamontes ignorou, colocou o envelope no banco de passageiro e entregou a caixa de sapatos para Marcel.

— Os seus sapatos. Coloca agora!

Marcel rejeitou a ordem lançando a caixa para longe de si. Passou o celular para a outra mão, pegou a alça da mochila e fez menção de sair do carro. O homem, entretanto, foi mais rápido e, com apenas um *click*, trancou todas as portas. Depois, pegou um caderno de dentro do paletó e começou a escrever freneticamente.

Marcel colocou o celular de encontro ao seu ouvido. Patife estava na linha. Quieto, mas ainda estava lá, esperando o desenrolar dos acontecimentos.

— Isso... — atuou Marcel ao telefone. — Esse endereço mesmo que te mandei. Manda a polícia aqui... Tô aqui ainda na frente do Par...

O homem, num bote certeiro, arrancou o telefone da mão de Marcel, abriu a janela ao seu lado e jogou o aparelho para fora do carro. Fechou o vidro. Marcel assistia a tudo sem reação. Quis xingar, gritar alguma coisa, mas nenhum som saiu da sua boca. Passados os segundos de transe, ele avançou para cima do homem. Acabou percebendo da pior forma possível que aquela fora a decisão menos inteligente que ele podia ter tomado. Levou uma cotovelada bem encaixada no meio do rosto, um golpe certeiro que o mandou de volta para o banco traseiro.

Não demorou, seu nariz começou a sangrar.

— Filho da puta! — rosnou Marcel, com os dedos em volta das narinas; encarava o homem pelo espelho retrovisor, bufando, com ódio nos olhos. — Cê quebrou meu nariz, seu filho da puta! Seu merda!

O homem arrancou o retrovisor e o jogou contra o peito do Marcel.

— Coloca os sapatos — disse com extrema calma.

O carro entrou em movimento.

Marcel achou melhor obedecer dessa vez.

Tirou os seus tênis azuis e colocou os sapatos.

Quando Marcel viu o seu par de tênis jogado em cima do banco, ao lado da mochila e do retrovisor destruído, teve uma ideia. Ele lembrou do revólver, dentro da mochila. Não tinha balas, mas poderia enganar o homem e talvez conseguisse sua liberdade. Um plano arriscado, mas que valia a pena tentar.

— Acho melhor não fazer o que está pensando em fazer — o homem disse, mostrando sua pistola automática. — *Esta, sim,* tá carregada.

E Marcel desistiu de tentar qualquer coisa dali para frente.

[1 hora e 30 minutos antes]

O sedan preto cortava a cidade de São Paulo sem fazer alarde.

Marcel tentou memorizar o trajeto, mas, em algum momento, o céu escuro e ausente de estrelas acabou atraindo a sua atenção de forma definitiva. Aquele negrume tão profundo e melancólico composto por nuvens pretas que se chocavam como ondas transparentes era diferente de tudo que já vira.

Uma chuva fina começou a cair e logo o chuvisco se intensificou a ponto de se transformar em um temporal. Sem ter para onde ir, a água começava a se acumular em poças. Nas ruas. Nas calçadas. O Centro de São Paulo era incrivelmente charmoso à noite, principalmente quando ficava encharcado: o asfalto refletindo a multidão de luzes da cidade, as lágrimas da chuva manchando os muros grafitados, colorindo a pele daquele monte de concreto cinza-metrópole.

A cidade de São Paulo virara um mundo pós-apocalíptico, e os poucos sobreviventes que tentavam a sorte correndo sob o aguaceiro agora teriam que lidar com uma tempestade elétrica. O céu se iluminou um milhão de vezes em uma fração de segundos, e um potente estrondo fez tremer as vidraças dos prédios. A ele, seguiram-se mais três outros tremores.

E a cidade ficou escura.

Blecaute?

Somente os faróis dos carros desafiavam a escuridão.

O carro diminuiu a velocidade, subiu na guia até parar totalmente.

O brutamontes ligou o pisca-alerta, pegou o envelope em cima do banco do passageiro e entregou-o a Marcel.

— Você tem cinco minutos para entrar lá — ordenou o motorista, sem, no entanto, apontar o dedo ou desviar os olhos para algum lugar específico.

Marcel vasculhou a rua com o olhar: o apagão atingira toda a região com a exceção de um prédio velho do outro lado da avenida de onde algumas luzes amarelas e trêmulas conseguiam bravamente escapar.

— É pra eu abrir o envelope antes de ir?

O homem não respondeu. Estava concentrado demais nas anotações que fazia em um caderno pautado e maltratado.

— Acho que isso é um sim — concluiu, checando o envelope. O nome MARCEL M. DURAN estava escrito à mão, com pincel atômico, em letra de forma bem no centro do papel pardo. Abaixo do seu nome, havia uma sequência enorme de zeros e uns:

01010001 01110101 01100101 01101101 00100000 11101001
00100000 01000100
01101111 01110010 01101111 01110100 01101000 01111001
00100000 01000111
01100001 01101100 01100101 00111111 00100000

Código binário, deduziu. Abriu o envelope e puxou de dentro uma fita VHS de *O Mágico de Oz* dublado. A embalagem estava bastante deteriorada pelo tempo, e as cores, desbotadas. Dentro da caixa, a fita não estava em melhor estado: na parte da frente havia três etiquetas adesivas coladas. Em uma delas, a mais nova e mais branca, tinha um código de barras com números e letras. Na outra etiqueta, já amarelada, o famoso aviso que nem sempre era respeitado: APÓS O USO, FAVOR REBOBINAR. No terceiro adesivo, o maior e mais afetado pelo tempo, Marcel leu os nomes do filme e da locadora datilografados. Embaixo, carimbado, o logotipo da locadora com o endereço e telefone borrados. Ele reconheceu o lugar: tratava-se de uma locadora que ia com o pai e o irmão, nos anos 80, no centro da cidade de São Bernardo do Campo. Fechou a caixa do VHS e enfiou a mão até o fundo do envelope onde achou um bolo de bonequinhos feitos de papel jornal. Esticou o maço de papel, revelando uma série de homenzinhos de mãos e pés unidos, recortados a partir de um jornal amarelado. Lembrou-se de quando seu pai ensinou a fazê-los, ainda criança.

— Quatro minutos — disse o homem, com uma serenidade irritante.

Marcel recolocou a fita VHS dentro do envelope e no momento em que ia guardar os bonequinhos, percebeu que a página de jornal que fora usada no recorte era de um periódico bem antigo. A data da publicação: 11 de novembro de 1990. Tratava-se de um trecho de uma notícia de uma tragédia que causou várias mortes. Um incêndio com um único sobrevivente, um garoto de dez anos de idade. Em um dos bonecos de papel, Marcel encontrou a foto do menino. Embaixo da foto, ao lado do crédito do fotógrafo, um nome. O seu nome. Marcel sentiu o coração na boca.

— Que porra vocês querem comigo? — perguntou ao brutamontes, aterrorizado.

— Saia do carro — ele respondeu, apontando a arma para Marcel.

— Só saio depois que...

O homem engatilhou a pistola.

Marcel fechou os olhos, contraiu o corpo e esperou pelo impacto.

Ouviu o som alto e agudo de um tiro atravessar o vidro da janela do passageiro.

Quando abriu os olhos, o homem mirava sua cabeça novamente.

— Vai! — disse o homem, trincando os dentes.

Marcel pegou o envelope, a mochila e saiu do carro.

Coincidência ou não, assim que a porta foi aberta, o temporal cessou.

Sob a trégua da chuva, ele conseguiu chegar com seu smoking seco ao outro lado da avenida, depois de pular pelo canteiro central. Já seus sapatos novos não tiveram a mesma sorte e chegaram ao final da travessia lambuzados de barro.

Parado em frente ao único prédio aceso, Marcel olhou para cima e reconheceu a construção: era o antigo edifício do INSS. Com um total de 14 andares, o prédio foi um dos primeiros a serem erguidos naquele trecho da Avenida 9 Julho, hoje tão movimentada e repleta de espigões. Abandonado há mais de 20 anos, o gigante *art déco* já havia chamado a atenção de Marcel nas muitas vezes em que ele passava de ônibus por ali. Lembrava da criatura alienígena do antigo jogo de Atari, *Space Invaders*, grafitada sobre a entrada cimentada, provavelmente para evitar invasões.

Totalmente pichado, vidros quebrados, tapumes de madeira no lugar de cortinas.

Um edifício fantasma, pensou.

Estranhamente, naquela noite, a entrada não estava obstruída.

O decadente prédio tinha um recuo em relação aos outros que permitia que o calçadão à frente servisse de estacionamento de automóveis. Marcel contou sete carros de várias marcas, todos pretos e com os vidros escuros, parados dos dois lados da entrada. Alguns deles, difícil saber quantos, estavam com os motores ligados.

O enorme pórtico de entrada impressionava. A iluminação bruxuleante que Marcel havia observado de fora, descobriu, era gerada por centenas de velas, de todos os tamanhos e cores, espalhadas pelo *lobby* do que parecia ser um hotel de luxo.

Mesmo contra a vontade, Marcel entrou, pois sabia estar sob a mira de um maluco que parecia saber muito bem como usar uma arma de fogo. Imaginou que pudesse fugir dali de dentro por alguma outra saída.

Assim que colocou os pés no interior do edifício, o temporal voltou a desmoronar do lado de fora, o pacote completo: raios e relâmpagos e trovões e muita, muita água.

O salão de entrada era amplo, luxuoso, destoava do exterior agonizante do edifício.

Marcel se encaminhou até a recepção, que ficava no fundo do *lobby*. O chão de madeira, mesmo vestido com tapetes espessos, rangia sob seus pés. Passou por um conjunto de sofás vazios, reunidos em volta de uma lareira acesa, e somente quando chegou perto do balcão foi que conseguiu enxergar melhor a recepcionista, vestida com uniforme carmim e uma máscara salpicada de losangos brancos, dourados e vermelhos, que cobria a metade de cima de seu rosto. Iluminada por três velas num castiçal apoiado no balcão, ela sorriu e disse:

— Benvenuti all'Hotel Gago y Zavala. Signore, avete già una prenotazione?

— Fala português? — perguntou Marcel, valorizando cada sílaba, como se isso facilitasse o entendimento do que acabara de dizer. Logo concluiu que seria inútil falar em português com alguém que provavelmente não entendia a sua língua. Resolveu tentar o inglês:

— Do you speak...?

— Mil perdões, meu senhor — interrompeu a mulher mascarada —, são tantas pessoas, de tantos lugares diferentes... Me desculpe mesmo!

— Escuta, isso aqui é um hotel?

A recepcionista retornou para um tom mais formal:

— Bem-vindo ao Hotel Gago y Zavala. Teria uma reserva, senhor?

— Hum... Deve ter. Acho que sim. Marcel é meu nome.

A recepcionista abaixou-se e voltou do chão com um calhamaço de folhas, de onde fisgou um papel impresso com o logotipo do hotel. Ela leu com dificuldades por baixo da desconfortável máscara:

— Marcel Montag Duran?

— Isso mesmo.

— Você foi o último a chegar. Mais um minuto e eu nem poderia mais fazer seu check-in.

— Dizem que "os últimos serão os primeiros".

— É. É o que dizem... Mas acabou perdendo uma peça de teatro. Ouvi dizer que era muito ruim, entretanto. O final principalmente.

— Peça ruim? Que... sorte, então, não?

— Quantas noites, senhor?

— Não tem escrito aí na reserva?

A mulher fez sinal de negativo com a cabeça.

— Então, sei lá... uma noite?

A funcionária do hotel começou a preencher o papel.

— Tem outra saída do hotel ou só essa por onde entrei?

— Sabia que você não é a primeira pessoa que me pergunta isso hoje?

A mascarada apontou para o lado esquerdo de Marcel.

— Aquele senhor lá sentado também parecia bem interessado em saber tudo sobre rotas de fuga.

Marcel procurou por ele. Viu um grupo de pessoas, homens e mulheres, agrupados em outros sofás ao redor de outra lareira também acesa.

Difícil saber qual era o senhor a quem ela se referia. Todos os homens vestiam roupas de gala parecidas e usavam máscaras estranhas.

— Infelizmente, só temos essa entrada que, não por acaso, também é a nossa saída — respondeu de forma polida com um sorriso no rosto. — É um edifício muito antigo, sabe? Alguns o chamam de "O Grande Hotel Cinza", enquanto outros o conhecem por "A Torre dos Jogos Proibidos". A verdade é que o local foi construído muito, muito antes das regras atuais de segurança tão chatas e desnecessárias. E nos perdoe pela iluminação precária. Estamos sem energia há um bom tempo.

— Mas a luz acabou não faz nem *meia hora*!

A recepcionista demorou um tempo para compreender o que ele havia dito. Quando entendeu, deu uma batidinha de leve na madeira do balcão, sacudiu a cabeça e disse:

— Ah... você diz aqui na *sua* cidade. Sim, sim, isso deve ser verdade também.

A funcionária pegou o candelabro de cima do balcão e carregou a claridade mais para o fundo da recepção, onde Marcel pôde ver uma infinidade de nichos de madeiras. A maioria deles, vazios. Embaixo de cada compartimento havia um número de um quarto gravado em uma plaquinha de metal. Pela quantidade de quartos, Marcel avaliou que o hotel era bem maior do que parecia ser quando visto do lado de fora.

— E não é que eu achei um quarto pra você, hein? O pior é quando aqui fica cheio de viajantes.

Marcel ficou na ponta dos pés, esticou-se todo para cima do balcão tentando ver o número do seu quarto. Impossível.

A recepcionista voltou com o castiçal em uma das mãos. Na outra, segurava uma carta de baralho.

— Você disse... viajantes?

— Sim, é um estabelecimento que atrai não só jogadores, mas viajantes de toda a parte. Talvez por estarmos tão próximos do entroncamento.

— *Entroncamento?* De estradas?

— Ah, sim. De muitas. — A funcionária colocou uma carta de baralho sobre o balcão. — Sua entrada, senhor.

— Mas... estamos no meio da cidade e a estrada mais próxima daqui é a...

— A carta lhe dará acesso ao seu quarto — ela interrompeu. — Não usamos chaves por aqui, se é que o senhor me entende!

— Então... tá. — Marcel deu uma boa olhada para o Valete de Paus antes de guardar a carta num dos bolsos da calça. — E agora?

— Agora é aquela hora que você me entrega a mochila — disse a recepcionista ao dar uma piscadela por baixo da máscara, que por pouco não passou despercebida por baixo da cavidade que deixava à mostra seus incríveis olhos lilases.

— Não posso subir com a mochila pro quarto?

— Infelizmente, não. Mas você *deve* escolher três coisas de dentro dela pra levar com você.

— Três coisas?

— Ah, um conselho: é bom que uma delas seja a máscara! — Ela deu uma nova piscadela, só que desta vez, ergueu a máscara para ter certeza de que Marcel visse, revelando assim seu rosto enrugado e coberto por uma pesada maquiagem branca. O rosto envelhecido não combinava com os braços e mãos jovens dela. — A discrição, dentro deste hotel, se faz necessária. E faz bem para os dentes.

Marcel entendeu a brincadeira como um tipo de ameaça, tirou a mochila dos ombros, abriu o zíper e puxou a máscara. Achou melhor não vesti-la ainda. Pediu permissão à recepcionista para que pudesse aproximar o candelabro da mochila. A recepcionista deu de ombros. Com a nova fonte de luz, ele conseguia manobrar as mãos de forma mais producente dentro da barriga do Bob Esponja.

— Pode ser qualquer coisa daqui? Mesmo?

— As outras duas? Sim, claro. Inclusive a fruta. Você é o único daqui que tem a fruta, sabia?

— Interessante. Mas não estou com fome no momento.

— E nada de esconder o celular dentro do sutiã, hein? — A recepcionista disse, arrematando a frase com um sorriso largo e falso.

— Sutiã? Eu... Perdi meu celular. Perderam, na verdade.

— Piadinha boba sobre outra hóspede. Esquece! E aqui dentro seu telefone não faria diferença nenhuma. Não tem sinal.

Marcel colocou a arma no balcão, ao lado da mochila. Com o canto dos olhos, checou se a recepcionista se opunha à sua escolha. *Nenhuma palavra? Bom!* Marcel pensou qual poderia ser a terceira coisa: o cubo mágico, o colar? Mas antes mesmo de fazer a última escolha, lembrou de pegar o guardanapo que Beatriz havia escrito para ele. Nem perguntou se aquilo contava como "uma coisa". Marcel desamassou o papel, colocou-o dentro do bolso do smoking deixando uma pontinha branca para fora, como se fosse um lenço. Olhou para a recepcionista, orgulhoso de sua grande ideia. Como não obteve nenhuma reação, pensou que talvez não tivesse sido uma ideia tão original assim.

— Este é o meu *lenço de pobre*! — Marcel explicou, sem graça.

A recepcionista respondeu com um vago meneio de cabeça.

— O que vai ser? O terceiro objeto?

Marcel pegou o pingente, meio sem saber o porquê da escolha. Colocou em volta do pescoço.

— Estou pronto, acho. Tô bem?

— Com essa chave pendurada no pescoço? — a recepcionista zombou. — Acho que sim. É como disse: chaves não são necessárias por aqui.

— Chave? Achei que era um pingente, um enfeite... então tá, né?

A mulher ficou na ponta dos pés, debruçou-se sobre o balcão e arrumou a gravata borboleta dele.

— Assim que colocar a máscara, pode se juntar àquele grupo — disse, apontando na mesma direção que antes.

Marcel cobriu o rosto com a máscara e logo percebeu o quanto seria difícil enxergar através dos furos em um ambiente parcamente iluminado por velas.

— Bom... então... eu vou lá e...?

— Espera alguém te chamar.

— Vão chamar meu nome?

— Lembra da carta?

— Ah...

Marcel pegou o revólver e, quando se preparava para sair, a recepcionista interrompeu-o, abaixando-se por trás da bancada e voltando de lá com uma caixa colorida.

— Não quer uma caixa pra guardar isso?

Marcel respondeu que não com a cabeça, pensou que seria melhor acomodar o revólver atrás, na cintura, preso pela faixa preta do smoking, debaixo do paletó.

— Ok. Sem caixas então. Diferente, ele...

A recepcionista fechou a mochila e, com a ajuda da luz do castiçal, posicionou o Bob Esponja no chão. Marcel pôde ver o sorriso idiota do personagem no final de uma fila composta por outras mochilas, sacolas e bolsas.

— Então... até mais! — ele disse, acenando com a mão.

A mulher mascarada não respondeu.

Caminhando de costas, pôde ver a recepcionista cuspir de forma nojenta nas velas do castiçal, apagando uma a uma até que sua figura inteira sumisse no negrume da recepção.

— E lembre-se... — ela alertou, no meio da escuridão. — Este lugar é tudo, menos um lugar seguro.

Marcel sentiu um frio percorrer a espinha.

Passou pela cabeça dele fazer algum comentário engraçado, mas acabou perdendo o *timing* da piada, que demorou a vir à cabeça. Por isso, ele se encaminhou calado para o lado que ela apontara. A luz da lareira era seu norte. Enquanto andava, ouvia somente sua respiração pesada, abafada pela máscara.

O grupo era formado por duas mulheres e três homens. Eles usavam *black tie* enquanto as mulheres haviam optado por vestidos de gala longos e coloridos. Uma da mulheres, a de cabelos escuros, se vestia de verde, outra, morena de cabelo curto, estava coberta por um tecido azul. Havia a outra, uma negra pequena e musculosa, que usava um vestido vermelho com uma fenda lateral enorme na coxa.

Marcel cumprimentou a todos com um *oi* entusiasmado. O que recebeu de volta foi uma avalanche de frases em línguas diferentes que deveriam significar a mesma coisa, presumiu ele, já que a única coisa que realmente entendeu foi um *buenas noches.*

Sentou numa poltrona vazia, ao lado da lareira e de costas para ela. Além das respirações pesadas de todos, ele pôde ouvir o crepitar do fogo atrás de si. Iluminadas pelas chamas, Marcel agora observava melhor cada uma daquelas pessoas. Estariam todos ali contra a vontade, como ele? Como todos tinham uma caixa nas mãos, Marcel fez um exercício de imaginação tentando adivinhar o que cada um deles poderia ter escondido dentro de suas caixas. *Armas?* As máscaras na frente dos rostos, iluminadas pelas chamas, criavam um ar de mistério e sugeriam um filme de terror barato. *Terror não, elas lembravam o filme "De olhos bem fechados", do Kubrick,* pensou. Não demorou muito, o filme se transformava em um outro, agora dirigido pelo David Linch, quando uma anã pareceu materializar-se na frente de todos, saindo do meio da escuridão e assustando os que estavam mais próximos a ela. Trajava um uniforme de carregador de malas que se assemelhava aos daqueles hotéis chiques de filmes antigos. Usava um chapéu esquisito, uma jaqueta vermelha cheia de botões dourados ligados por linhas bordadas também douradas e, por baixo, uma mini saia preta. Botas até o joelho, luvas brancas e ombreiras pretas com fiapos dourados escorrendo por cima da roupa. Para completar o visual peculiar, uma máscara de meia face na cor vermelha escondia a parte esquerda de seu rosto com uma maquiagem borrada. Marcel imaginou uma piada sobre ela. A anã só pareceria uma mini paquita da Xuxa depois, é claro, de você ter escutado o disco dela ao contrário. Chegou a esboçar um riso por baixo da máscara por causa da própria piada. Se Patife estivesse ali, com certeza os dois estariam rindo alto da cena, apesar do ambiente hostil.

A anã mostrou uma carta de baralho.

— Por favor, as pessoas que possuírem o *Valete de Paus* — disse com uma voz rouca e claudicante —, levantem-se!

Um senhor magro, provavelmente o mesmo homem a quem a recepcionista havia se referido antes, apoiou-se numa bengala e ergueu-se, exibindo a sua carta. Depois, foi a vez de uma mulher negra alta, de braços musculosos, mostrar sua carta. Os dois tinham a mesma carta que Marcel, que tinha a mesma carta que a anã.

Houve um certo falatório e Marcel achou estranho que, apesar da minipaquita falar português, todos ali pareceram entendê-la perfeitamente.

— Me acompanhem — disse a anãzinha, sacando um isqueiro do bolso que, de pronto, foi usado para acender as velas de um candelabro que Deus sabe lá de onde ela tirou. As chamas do castiçal iluminaram o pequeno rosto redondo da anã, revelando uma pele extremamente enrugada. — Aos demais: aguardem a minha volta e não retirem a máscara por nada neste mundo.

Marcel, o senhor de idade e a negra bombada seguiram a anã até a entrada de um estreito corredor. A luz do candelabro iluminava a passagem que parecia não ter fim.

— A partir daqui — ela disse ao virar-se para o trio recém-formado —, devemos seguir rigorosamente as três regras do lugar.

— Könnte ich auf die Toilette gehen? — o velho disse.

— Não, agora não! — a anã gritou, furiosa.

Marcel ficou tentando imaginar o que aquele frágil senhor poderia ter dito à anã para que ela tivesse lhe devolvido uma resposta tão ríspida. Era alemão aquilo? Parecia ser. A anã, com a cara fechada, ficou um tempo encarando todos, em silêncio. Segundos depois, ela soltou uma gargalhada longa e tétrica, mostrando os seus dentes pontudos para, logo em seguida, voltar a ficar séria. Por fim, a mulherzinha bipolar começou a recitar as tais regras:

— Regra número 1: se for convidado a entrar em um jogo, não importa qual, você terá de jogar.

Marcel mudou de opinião: parecia estar em outro filme agora: Clube da Luta.

— Regra número 2: cada jogo demora o tempo necessário para que se tenha um vencedor, sem pausas ou interrupções. Horas, dias, anos... não importa!

Anos?

— E, finalmente, a regrinha número 3: o vencedor pode tomar para si algo valioso que pertença ou pertenceu ao derrotado como prêmio pela sua vitória. O prêmio, no entanto, deve ser entregue somente no momento em que o vencedor julgar apropriado. Enquanto ele não reclamar seu prêmio, o vencido fica em dívida com o vencedor.

— Alguma dúvida? — Ela sorriu, agora de uma forma mais contida.

Marcel levantou a mão, como se estivesse numa sala de aula, e foi ignorado.

A anã virou-se, encarou o corredor à sua frente, respirou fundo e andou o mais rápido que suas perninhas arqueadas puderam aguentar, pendendo para os dois lados, como um pinguim de desenho animado. O trio formava uma fila indiana logo atrás dela, com Marcel ao final. As paredes do corredor estavam cobertas por um papel de parede rebuscado e cheio de formas geométricas confusas que se misturavam aos padrões criados pelas enormes manchas causadas por infiltrações. Em várias partes, ele estava descolando da parede. Pareciam feridas abertas, que deixavam os tijolos à mostra como se fossem os ossos alaranjados do edifício. O cheiro de mofo era forte e, à medida que se embrenhavam pelo tétrico corredor, a passagem parecia se estreitar. Andaram uns 60 passos, até pararem de frente à uma porta de elevador.

— Alguém poderia apertar o botão? — a anã pediu.

A musculosa prontificou-se de imediato e um círculo na parede do corredor iluminou-se emoldurando a letra L em seu centro. Com o barulho do elevador em movimento, Marcel imaginou que a energia pudesse ter voltado, mas, se isso fosse verdade, as arandelas posicionadas nas paredes daquele corredor também estariam acesas. Deveria haver um gerador somente para fazer o elevador funcionar. A anã poderia até saber a resposta, mas ele não quis tentar perguntar de novo com medo de ser mais uma vez ignorado.

O elevador chegou, todo iluminado, jogando triângulos de claridade nas paredes do corredor através da porta pantográfica de ferro.

A anã descansou o candelabro no chão e puxou a primeira porta de metal. Depois, abriu a outra.

Entraram todos.

Ela fechou com dificuldade as duas portas de ferro, deixando o castiçal do lado de fora, no corredor. Depois, escalou um banquinho que ficava embaixo do painel que continha uma quantidade absurda de botões de andares sem numeração.

Apenas um deles possuía a letra L, provavelmente de *lobby*.

— Qual andar? — a anã perguntou.

Os três pensaram um pouco e a mulher foi a primeira a responder:

— Veertiende vloer.

O alemão, o segundo:

— Acht.

Marcel lembrou do Paris 6, seu último ponto. Se os outros dois naquele elevador estivessem jogando o mesmo jogo que ele, decerto estariam em momentos diferentes. Em pontos diferentes. Se é que estavam jogando o mesmo jogo do "Ligue os Pontos".

— Sete... sétimo andar, por favor — Marcel disse, sem muita convicção em sua voz.

A anã demonstrou uma clara satisfação com as escolhas deles e apertou três botões: o 14, depois o número 8 e, por último, o andar de Marcel, o 7. *Como ela não gritou com eles ou gargalhou como vilã de filme B, provavelmente os três estavam no caminho certo,* ele pensou.

Não demorou muito, o elevador parou. A paquita macabra empurrou as duas portas de lâminas de ferro sanfonadas e a luz interna do elevador revelou um número 7 pintado com tinta vermelha no chão de madeira do andar.

Marcel ficou travado, encarando o corredor à sua frente por algum tempo.

O que estaria por vir era incerto, arriscado e, provavelmente, assustador, ele pensou. Sentiu medo. Um medo profundo e paralisante.

— Escuta... eu corro risco de morte? Só isso que eu queria saber. Se... sabe se... alguém vai tipo... me matar quando eu sair do elevador?

— Não — a anã respondeu secamente.

— Certeza que não vou ser morto?

A anã perdeu a pouca paciência que tinha e começou a empurrar as pernas de Marcel por trás de seus joelhos, fazendo força para que ele deixasse o elevador. A cena chegava a ser cômica, não fosse trágica. Marcel poderia simplesmente ter ficado parado, pois era muito maior e mais forte do que ela, mas deixou o seu corpo ser levado para fora sem oferecer resistência alguma. Três passos e estava do lado de fora. No corredor do sétimo andar, Marcel escutou-a dizer, ofegante:

— Não, meu caro, você não corre perigo de ser morto aqui.

Ela respirava com dificuldade. Com as últimas forças que lhe restavam, fechou as duas portas pantográficas.

O elevador começou a subir.

— Porque se está aqui... — A anã interrompeu a frase no meio para retomar o fôlego. Depois, completou: — ...é que já está morto.

Marcel assistiu, passivo, ao elevador deixar o sétimo andar.

A última réstia de luz esvaiu-se e ele sentiu o abraço gélido da escuridão sem fim.

[25 minutos antes]

Quanto tempo Marcel ficou ali, parado no escuro, sentado naquele chão frio? Ele não saberia dizer. Claro que ele havia tentado chamar o elevador de volta, apertando insistentemente o botão por repetidas vezes. O botão não voltou a acender, tampouco o elevador passou novamente pelo seu andar. Ele esperou, imóvel. Depois, deu passos tímidos para lá e para cá, andando em círculos, sem nunca, no entanto, se afastar muito de onde a anã o deixara. Elaborou planos, imaginou possibilidades, fantasiou lutas corpo a corpo, ensaiou tiros empunhando sua arma descarregada fazendo cara de mau. Só evitou fazer barulho, pois imaginava que enquanto ficasse em silêncio, estaria invisível.

Marcel perdeu-se em meio aos seus pensamentos.

Se ele tentava antever tudo o que poderia acontecer dali para frente, fazia também o caminho contrário, andando para trás no tempo, repassando mentalmente tudo o que havia ocorrido com ele naquela noite e em todas as outras, antes.

Por que ele?

Por que estava ali?

A cabeça doía e o nariz voltava a sangrar.

Marcel tombou a cabeça para trás até que o sangramento cessasse. Pegou o guardanapo do bolso frontal do paletó, limpou o vermelho em volta da boca e devolveu o papel manchado ao seu lugar. Seus olhos, agora mais acostumados ao breu, começavam a perceber o arredor: havia um corredor que se escondia para os dois lados e ele estava num tipo de *hall* em formato de meia lua.

Um rangido separou Marcel dos seus devaneios, trazendo-o de volta para o mundo real.

Levantou-se num salto.

— Q-quem tá aí?

Sacou a arma, procurou e encontrou a origem do som: uma porta que se abrira, com seu contorno desenhado por uma fina linha de luz que vazava pela fresta. Apontou o cano triplo do revólver descarregado para a porta e caminhou em direção à claridade. Era o que ele deveria fazer? Com certeza não era o que queria fazer. Mas foi o que fez.

Usava uma das mãos para segurar o pesado revólver e a outra para tatear as paredes úmidas do sétimo andar. Mais perto da porta, ouviu uma série de estalos curtos e sentiu um cheiro desagradável de pele queimada. Os sons e cheiro vinham do quarto. Marcel ficou imóvel, como se isso melhorasse sua audição e olfato. Quando o cheiro desagradável se dissipou, voltou a andar pé ante pé até ficar frente a frente com a porta. Deu mais um passo e notou que tinha pisado em algo. Alguma coisa crocante acabara de ser esmigalhada bem embaixo do seu pé. Levantou o sapato e a faixa diagonal de luz que escapava da fenda revelou migalhas de um biscoito em volta de uma pequena tira de papel.

Marcel agachou-se e pegou o papelzinho.

Ele conhecia aquilo: era um papel como tantos outros que vira em biscoitos da sorte, que sempre acompanharam seus pedidos de comida chinesa. Aquele papel tinha uma série de cinco números impressos de um lado 15 47 54 47 52 32 e a frase GENÓI HOIOS ESSI MATHON impressa do outro lado.

Guardou a pequena tira de papel no bolso junto à carta de baralho. Do ângulo em que se encontrava, viu que a luz vazando do quarto delineava um contorno luminoso perfeito, separando a porta do batente. Pensou em abrir a porta, mas decidiu que o melhor seria bater antes de entrar. Deu uma, duas, três batidinhas. Não houve resposta. O único barulho que podia escutar era uma melodia distante da chuva batendo nas janelas do quarto. Com os dois braços esticados e a arma apontada para frente, empurrou a pesada porta com a ponta do pé e entrou lentamente.

Marcel não se surpreendeu ao ver o quarto iluminado por uma infinidade de velas, afinal, encontrou o lobby do hotel da mesma forma. A surpresa que teve foi pela cena singular que se apresentava bem em frente aos seus olhos. Uma composição que parecia mais uma pintura surrealista de tão excêntrica e absurda: os personagens do quadro, os móveis e a decoração do quarto eram tão díspares e estranhos quanto fosse possível. Um homem com máscara de macaco permanecia sentado numa larga poltrona, com os braços caídos, jogados para fora do móvel. Ele vestia roupas espalhafatosas e a única imagem que veio à mente de Marcel para descrevê-lo foi a de um gigolô cyberpunk viciado em crossfit. Que combinação de roupas e acessórios era aquela? Casaco de peles, camiseta regata verde, luvas amarelas, calça boca de sino roxa e anéis, colares e pulseiras sem fim. Ao lado dele, duas mulheres donas de corpos esculturais e totalmente tatuados usavam trajes que se assemelhavam àqueles que as assistentes de um mágico comumente usam. No caso desse hipotético mágico ser sadomasoquista, é claro. As duas assistentes apoiavam-se nos ombros do homem-macaco de maneira simétrica, como se posassem para uma foto. Uma delas, a mais alta, usava uma máscara de diabinha enquanto a outra, tinha uma máscara de anjinha tapando o rosto. Apesar dos trajes sensuais e convidativos, a diaba carregava um fuzil e a anja, uma enorme espada de lâmina curva mais larga na extremidade, uma cimitarra colossal. A poltrona onde o cara metido a gigolô estava afundado era forrada com pele de tigre e fazia par com outra, de pele de zebra. Se haviam matado os referidos animais para revesti-las ou se os móveis eram de couro sintético, Marcel não soube dizer. As duas poltronas ficavam dispostas uma em frente da outra, separadas apenas por uma mesinha baixa de madeira com um jarro e um cálice dourados em cima. Todo esse conjunto estava posicionado no centro do quarto, que era do tamanho de um apartamento inteiro.

— Entre, feche a porta — o homem disse — e acomode-se, por favor.

— Estou no lugar certo?

— Não há lugar mais certo para estar hoje do que aqui.

Marcel não abaixou a arma. Em vez disso, deu dois passos na direção dele.

— Já estamos jogando? — perguntou ao homem.

— Esquece isso.

— O jogo?

— A arma.

O gigolô com máscara de macaco apontou para a poltrona vazia. O outro braço, aquele que parecia esconder algo, continuava caído ao lado da poltrona e isso deixava Marcel mais incomodado.

No momento em que Marcel acomodou-se, um baque indicou que a porta havia se fechado atrás dele. Tomou um susto tão grande com o barulho que instintivamente desviou a mira de seu revólver do homem para a porta.

Mas não havia ninguém lá.

— Deve ter sido uma corrente de vento — o homem-macaco explicou.

— Ah, deve... — ironizou Marcel, bufando, e voltou a mirar o revólver para o cara fantasiado.

— Deixa a arma em cima da mesa, vai! Mesas são feitas para isso, para apoiar objetos.

— Tô bem assim.

— Qual é a sensação de apontar uma arma de fogo descarregada pra alguém? Sente-se *poderoso* fazendo isso?

Marcel deu um muxoxo por baixo da máscara, pensou por um instante e, por fim, decidiu colocar o revólver sobre a mesa.

O homem ficou um bom tempo sem dizer nada, somente encarando Marcel. Pelo menos, era o que parecia, já que com aquela máscara assustadora de macaco que não tinha os furos para os olhos, era um mistério saber se o gigolô o enxergava. A calmaria só foi interrompida quando o estranho inclinou o corpo para frente num movimento brusco e trouxe seu braço esquerdo, que estava caído atrás da poltrona, para cima da mesa, revelando finalmente o que sua mão segurava: uma raquete elétrica.

Marcel ouviu vários estalos enquanto o homem balançava a raquete em órbitas erráticas. Após os estalos, veio o desagradável cheiro de carne queimada.

— Caralho, que puta susto, mano! — disse Marcel, demonstrando irritação.

O homem aproximou a raquete de seu rosto mascarado. Parecia não estar satisfeito com a matança. Apertou e segurou o botão vermelho na lateral do cabo. Marcel ouviu mais estalos e viu minúsculas chamas saírem de dois pernilongos presos na raquete que torravam entre os finíssimos fios de arame eletrificados.

— Morram, filhos d'umas puta! — o gigolô comemorou, triunfante, e voltou a recostar-se em seu exótico assento de tigre, descansando a raquete na lateral da poltrona.

— Odeio esses bichos! — desabafou. Olhando para uma e depois para a outra garota, o homem comentou:

— Acho que agora matamos todos eles...

As duas concordaram, balançando as cabeças em um movimento sincronizado.

O gigolô girou o corpo para Marcel, esfregou as mãos, suspirou e por fim disparou:

— Podemos começar? Primei...

— Primeiro, quem é você?

— Uou! Já? Tá bem... Se é assim... Saiba que já me chamaram de vários nomes, você escolhe.

— Pra eu escolher, tenho que saber os nomes.

— "O Olho", "O Artista", "O Sim", "O Cego", "Macaco Cego" ou "Mizaru"... — disse, apontando para sua máscara.

— Não são nomes, são apelidos.

— Entenda um coisa: nomes têm poder.

— Apelidos também. Principalmente se o apelido pega...

— Me chama de "O Artista". Pode ser?

— Tipo o Prince.

— Tipo isso.

— Tá... E por que *eu*?

— Não te falaram? É porque você é especial. O escolhido. O salvador que vai redimir o mundo e vencer as forças do mal numa batalha monumental no fim dos tempos. Você é *o* cara!

O silêncio tomou conta do quarto e até a chuva pareceu dar uma trégua. Marcel encostou a cabeça na poltrona, ficou pensando nas palavras que acabou de ouvir. Seria ele mesmo especial? Sua vida inteira passara e estava descobrindo isso somente agora?

— Sério? — Marcel perguntou.

O homem com a máscara de macaco virou a cabeça novamente para as duas assistentes e soltou uma gargalhada por baixo da máscara.

— Garoto, você precisa saber três coisas a meu respeito... — ele disse, começando uma contagem com os dedos. — Primeira: não acredite em nenhuma palavra do que eu digo. Segunda: eu só digo a verdade. E terceira e mais importante de todas... — O Artista pigarreou e fez uma pausa que durou uma semana antes de levantar o terceiro dedo da mão direita. — A verdade aprisiona, a mentira liberta.

— Por que eu tô aqui?

— Eu poderia fazer a mesma pergunta: por que você está aqui?

— Porque fui obrigado.

— Você veio até aqui porque quis.

— Errado! Eu vim porque um cara me apontou a porra de uma arma, me deu uma cotovelada na cara e ameaçou me matar se eu não entrasse aqui.

— E antes disso?

— Um outro motorista...

— Não, antes disso!

— Antes disso, a merda do velho podre entregou uma mochila pra mim. Se ele não me desse a merda da mochila... ele que me fez fazer o caminho até aqui, seguindo os pontos do jogo.

— Ele te *obrigou* a seguir os pontos?

— Não, mas...

— A-há! Está aqui por sua livre e espontânea vontade. O que fizemos foi só te dar um empurrãozinho, mas, no fim das contas, quem deu o salto foi você. Maldito livre-arbítrio, não é mesmo?

— O velho trabalha pra você?

— O Bom? Sabe, ele é muito *bom* com números. Ele encontrou você. Encontrou a mochila. Depois, a mochila encontrou você. Ele acredita que vocês sejam o problema e ao mesmo tempo a solução para o que está acontecendo.

— *Vocês*?

— Alguns dos que estão aqui hoje, estão pelo mesmo motivo. Deveriam estar mortos.

— Eu deveria estar morto? Não sei se entendi.

— Morto. Falecido. Cadáver, presunto, finado…

— Eu sei o que significa *morto*. Só não entendi por que eu tinha que tá morto.

— Aparentemente, essas pessoas ao redor do mundo já deveriam ter morrido. E não morreram. Pode ser uma falha isso. E pode ser outra coisa também. Bem pior…

— Falha? De quem? Do brucutu no carro que não me matou?

— Ele não ia te matar. Só te assustou e te empurrou pra cá, lembra?

— Então *eu* sou uma falha?

— Sim. A partir do momento que você e outros não morreram, vocês automaticamente começaram a influenciar o mundo, mas da maneira errada. Mudaram o curso da história, machucando, inclusive, o tecido da realidade. Isso, claro, se o Bom estiver certo em suas contas. E ele nunca errou. Ele é o melhor dos Zeradores no quesito "cálculos-complexos-pra-caráleo".

— Imagino que *Bom* seja o apelido do velho.

— Sim, de um dos três Zeradores — o Artista explicou. — O que conheceu mais cedo.

— Os Zeradores, eles sabem quando uma pessoa vai morrer?

— Eles fazem contas. Quando a conta zera, significa que a pessoa morreu. Todos os humanos nascem zerados e morrem zerados. No decorrer da vida, ganham pontos ou perdem, dependendo de cada mínima decisão que tomam.

— Com boas e más ações? Tipo nota de escola?

— Esquece isso. Nada a ver com ser bom ou mau. Tipo, se você virar uma esquina, ganha quatro pontos. Se comer uma melancia, perde dois. Estou dando exemplos esdrúxulos, mas só pra você entender.

— Não tem lógica?

— Tem uma lógica que só os Zeradores entendem.

— É tipo um dom.

— Tipo isso. Eles sabem quantos pontos cada pessoa ainda tem para perder e quanto falta para zerar. Na maior parte da vida, as contas das pessoas são muito positivas, números altos. Perto do fim da vida, os números vão ficando cada vez mais próximos do zero.

— Então, vocês vão me matar pra corrigir a falha?

— Se fosse tão simples assim, a gente já teria feito isso. Como se a gente pudesse…

Marcel sentiu-se aliviado com a notícia.

— Então, o que estamos fazendo aqui? Essa conversa, as máscaras… Aliás, já posso tirar a máscara?

— Pode.

O comediante tirou a máscara e colocou-a ao lado do revólver, na mesinha. Respirou fundo, inalando o ar pesado e úmido da sala, experimentando um misto de alívio, ansiedade e medo.

— Eu serei um tipo de mestre e você, o aprendiz — o Artista explicou. — É um saco essas coisas, eu sei, mas...

— Tipo papo de Jedi.

— Tipo isso.

— Peraí! Aqui não é aquele lance da seita maluca? Mofoalgumacoisa?

— Não, relaxa. Aqui é só um lugar onde as coisas acontecem. Um lugar especial para pessoas especiais serem testadas.

— Que tipo de teste?

O homem cheio de correntes inclinou o torso e arrastou o jarro dourado para mais próximo de si. Usou a colher perdida dentro dele para tirar do fundo pequenos pedaços disformes de carne crua, que despejou sem qualquer cuidado sobre o tampo da mesa. Repetiu o procedimento até ter certeza de não restar mais nenhuma carne dentro. O Artista mergulhou mais uma vez a colher no líquido, agora para inundá-la com o suco viscoso e vermelho. Com a colher flutuando na altura do queixo, estalou os dedos da outra mão, sinal entendido pela diabinha, que agachou-se, levantou a máscara até que sua boca se revelasse. Ela então envolveu a colher com seus lábios carnudos e, fazendo um barulho irritante, sugou o nojento líquido contido na colher. Baixou a máscara de volta, ergueu-se e, voltando ao seu posto, ao lado da cadeira do gigolô, começou a fazer uma pantomima inusitada: passeou com a mão pela sua barriga, desenhando vários círculos invisíveis ao mesmo tempo que emitia um sonoro "hummmm", como as mães costumam fazer para os filhos quando querem convencê-los de que a comida que oferecem a eles é gostosa. Marcel entendeu que aquela mímica tosca era para ele, para convencê-lo a beber o líquido.

— Nem a pau que vou tomar essa porra!

O Artista não teceu nenhum comentário. Apenas fez um sinal com o dedo indicador. A anjinha entendeu que era a hora de tirar a máscara de macaco do seu mestre.

Marcel não conseguiu disfarçar a surpresa ao ver o rosto daquele homem. O Artista não tinha olhos. No lugar deles, um amontoado de fendas profundas e cicatrizes vermelhas em alto relevo faziam companhia aos feixes de pele queimada e retorcida, criando uma faixa que ia do início da testa até a altura da boca na vertical, de orelha a orelha, deixando parte do couro cabeludo à mostra, em ambos os lados. Dois olhos abertos, cartunescos e assimétricos haviam sido tatuados por cima de todo aquele terreno irregular que era seu rosto. Marcel não conteve sua curiosidade, levantou-se e balançou a mão na frente do rosto do Artista.

— Por que tá fazendo isso?

— Tá vendo a minha mão? Ué, você não é cego?

— E o vento que você tá produzindo na minha cara, não conta?

— Ah...

Marcel voltou ao seu lugar.

— Desculpa perguntar... mas o que aconteceu com seus olhos?

— Esse tipo de coisa não se pergunta.

— Foi mal.

— Tudo bem... aconteceu há muito, muito tempo. Nem vale a pena te contar. Digamos apenas que talvez Deus quisesse que eu ficasse assim.

— Ora, ora... então quer dizer que você acredita em Deus? — Marcel perguntou num tom de zombaria.

— De que Deus está falando? Do Deus burro? — o Artista disse, apontando para cima. — Não, de maneira alguma. — Depois, ele devolveu a colher ao jarro. Segurou-a com o dedo, enquanto despejava o líquido viscoso na taça dourada.

— O que é?

— Bebe para saber.

— Já disse que não vou beber. O que é?

— O líquido que separa os meninos dos homens.

— Tá. Mas o que é? Sangue?

— Bebe logo. Depois que isso fizer efeito, não vai precisar fazer tantas perguntas. Você vai *ver* as respostas. Se você for quem achamos que é.

— Tipo Santo Daime?

— Tipo isso.

— Se eu ficar locão, como vou fazer o teste?

— Bebe, porra! — gritou.

— Saquei: você mesmo faz os dois policiais. O "tira bom" e o "tira mau". Daqui pra frente vai ser só o tira mau?

O Artista bufou e as suas duas assistentes sadomasoquistas, como se fizessem uma coreografia ensaiada, saíram de suas posições e assumiram as mesmas poses, só que agora, ao lado de Marcel. O clima amistoso havia desaparecido. Marcel pegou a taça. Cheirou. Passou o dedo e lambeu. Tinha gosto de ferro. E era sutilmente doce.

— Quer saber? Foda-se!

Marcel bebeu todo o conteúdo da taça num gole só. Depois colocou de volta a taça na mesa, de cabeça para baixo, como comumente se faz após uma dose de tequila. Limpou a boca com a manga do paletó.

— Sabe, o gosto não é tão ruim. E só pra te avisar... Não aconteceu nada!

— Espera...

Ele esperou.

— Deixe que minha voz irá guiá-lo dentro da sua cabeça.

Marcel percebeu que a voz do Artista estava ficando diferente, modulando entre um tom agudo, histérico, e um grave hipnótico e pacífico. Parecia uma melodia, às vezes, as palavras que saíam de sua boca. Sentiu a iluminação da sala aumentar. Tudo ficava mais e mais brilhante, vibrava com a luz saltitante das velas. Ao fundo, ouvia uma multidão de vozes, ora gritando, ora sussurrando em seu ouvido. Não conhecia os idiomas das vozes, mas sabia exatamente o que aquelas milhares de bocas diziam. Havia medo e loucura naquelas falas. Eram preces. Uma avalanche delas. Havia fúria, tristeza e uma desesperança sem fim naquelas vozes.

— Marcel, você acredita em coincidências? — disse o Artista dentro de sua cabeça.

— Não. — Marcel não percebeu sua boca mexer, mas ouviu as palavras que saíam de sua boca.

— Exato. Coincidências não existem...

— Minha cabeça. Ela tá doendo... O que tinha no líquido?

Marcel olhava para suas mãos, como se fosse a primeira vez que fizesse isso. Estavam diferentes, gigantes e desproporcionais. Esfregava as palmas das mãos de modo contínuo e assim, sentia a textura de sua pele como nunca havia sentido. Acreditava agora que sabia o momento exato que cada um de seus poros se abria. *Que isso?* Ele olhou para o homem, tentando focar a visão. Tinha uma enorme dificuldade para fazê-lo. Às vezes, o rosto dele parecia deslocar-se para os lados, deixando um rastro de cores que pulsavam à medida que Marcel fechava e abria seus olhos. O comediante tentou pegar o jarro, mas, desajeitado, derrubou o restante do suco doce e vermelho na mesa e no assoalho. Suas roupas tinham a mesma cor do líquido do jarro. *Tô sangrando?* O vermelho tingiu a sua arma e a sua máscara. Os pedaços de carne que boiavam em cima da mesa pareciam estar vivos. Respiravam, mudavam de forma e tamanho. E de dentro da carne, de repente, começavam a brotar minúsculos vermes. Uma centena de finas minhocas que rapidamente se espalharam pela madeira da mesa molhada.

Que porra é essa?

Marcel enfiou os dedos na garganta, tentou vomitar, mas não conseguiu nada além de uma tosse seca. A tontura fez com que ele apertasse mais e mais os braços da poltrona com as mãos suadas. Precisava se equilibrar. Seus lábios adormeceram e seu nariz latejava. As pálpebras pesaram de vez. Sentia sono, mas lutaria bravamente contra ele. Era um esforço hercúleo que fazia para não dormir. Estava perdendo a batalha.

O gigolô enfiou a mão em seu casaco de peles, procurou alguma coisa em um bolso. Voltou de lá com um pano verde na mão e colocou-o na mesa. Depois, desenrolou as pontas, esticando o pano para os lados, revelando em seu interior três balas coloridas. Uma delas era feita de um metal vermelho vivo, enquanto a outra era levemente azulada e a terceira, fabricada em um tom rosáceo.

O Artista se virou para Marcel e perguntou:

— Que tipo de pessoa você é?

— Essa pergunta de novo?

— É a primeira vez que eu te pergunto isso.

— Eu sou eu — respondeu grogue. — Satisfeito?

— Você não está se esforçando, Marcel.

— O que... — Marcel fez uma pausa. Esperou por um arroto que não veio. — ...você quer que eu responda?

— A *verdade* — o Artista respondeu.

Marcel bocejou. Olhando paras as assistentes do Artista, disse:

— Verdade? Olha só, seu chefe quer a porra da verdade!

A sonolência.

Incontrolável.

Marcel sentiu a boca ficando mais seca. Passou a língua sobre os dentes e a gengiva.

A gengiva... Seu coração pulsava sob a gengiva.

Ele precisava sair dali, não podia dormir agora.

— Feche os olhos, Marcel! Olhe pra dentro de sua alma e responda...

— É livro de autoajuda agora 'saporra?

— Que tipo de pessoa você é?

— Vai à merda!

O Artista fez um sinal estranho para as assistentes.

A anjinha passou uma das pernas por cima da mesinha, ficando cara a cara com o comediante. E, sem aviso algum, desferiu um soco bem no meio do rosto de Marcel, fazendo com que a sua cabeça batesse no encosto da poltrona com toda a força. Marcel sentiu um gosto férreo de sangue na boca. *Seu sangue não era doce como o líquido que bebera,* pensou. A gostosa angelical sorriu, contorceu-se por cima da mesa e ficou de quatro, deixando que sua bunda apertasse o rosto de Marcel contra a cadeira. Marcel desvencilhou-se das enormes nádegas em busca de oxigênio e pôde ver a garota pegar o revólver de cima da mesa. Tal qual uma contorcionista, dobrou-se até sentar cheia de lascívia no colo de Marcel, de onde saiu somente depois de rebolar muito e largar a arma no meio das pernas do comediante. Depois, passou o corpo novamente por cima da mesa, refazendo o caminho até que voltasse a ficar ao lado do Artista.

A diaba esperou a amiga parar antes de se movimentar. Deu passos lentos e seguros na direção de Marcel, que protegeu o rosto de um novo golpe. Mas a assistente diabólica preferiu desviar dele e se posicionar atrás de sua poltrona.

Marcel agarrou a sua arma com força.

— Nada como um bom incentivo para fazer alguém tomar a decisão certa... — o Artista disse, aplaudindo.

— Quer que eu coloque essas balas no revólver e atire? É isso?

— Escolhe só uma.

— Tipo roleta russa?

— Tipo isso.

— Você quer que eu me mate?

— Só se souber usar a munição correta.

Marcel pegou as três balas na mão e fechou o punho em volta delas.

— Achei que era importante eu tá vivo... se eu morrer agora... como vai saber o porquê de eu não ter morrido antes?

— Se morrer agora, as contas de Haheuiah estavam erradas.

— De quem?

— Do *Bom*.

— E se eu ficar vivo?

— A gente se abraça, comemora, bebe, fode com essas duas putas até amanhecer e viramos melhores amigos daqui pra frente.

— Fala a verdade! E se eu não morrer?

— Aí, quando encontrar seu pai, diz que eu mandei um "oi, sumido!".

— Meu pai tá morto.

O Artista levantou a mão. A diabinha virou o rifle e empurrou a cabeça do Marcel em direção à mesa. Ele resistiu, fazendo força na direção contrária. A diabinha deixou a cabeça dele retornar um pouco, e desferiu uma coronhada em sua nuca. Não forte o suficiente para Marcel apagar, mas o bastante para machucá-lo.

Uma dor aguda que espalhou pela cabeça inteira fazendo com que Marcel soltasse o revólver na poltrona e levasse a mão à nuca. Bufou.

O nariz dele agora era um chafariz, tingindo a camisa branca e a gravata borboleta de vermelho.

— Tá feliz agora, babaca?

— Peninha — o Artista disse com uma voz infantil. — Achei que iríamos ser amigos…

Marcel pegou do bolso o guardanapo que Beatriz lhe dera. Já sujo de sangue, quase escondia o que ela havia escrito. SE QUISER VIVER… limpou o nariz e, dessa vez, não guardou o guardanapo ensanguentado de novo no bolso. Preferiu descartá-lo em cima da mesa. O guardanapo caiu com o outro lado para cima, o lado que havia escrito: VÁ PRO INFERNO! e um triângulo. Marcel precisava escolher uma das balas. Por quê? Que diferença isso fazia? A dor, antes restrita à cabeça, espalhava-se lentamente pelo seu corpo. Seria alguma daquelas balas ou todas elas de festim? Era essa a brincadeira? Ele atiraria em si e nada aconteceria. Um teste de coragem. Era isso? Abriu o punho. As três balas apareceram de novo. Analisou-as com carinho e concluiu, com seu pouco conhecimento no assunto, que eram idênticas e verdadeiras: todas elas eram munições de uma arma calibre .38. As três balas tinham o mesmo peso, a mesma forma. Além das cores, elas se diferenciavam das balas que já havia visto por outro detalhe: na base delas havia uma inscrição em baixo relevo, ao redor da espoleta, lia-se 38 SPL. Até aí, ok. Mas havia algo mais, um desenho gravado, um símbolo. Em uma, um círculo, em outra um quadrado e na última, um xis. *O guardanapo!* O recado de Beatriz…. SE QUISER VIVER… O desenho geométrico. O quadrado… seria isso? Não existem coincidências, o gigolô disse. E ele não queria ir pro inferno. Nenhuma bala tinha um triângulo desenhado. *Melhor assim!* Marcel devolveu duas das balas de volta ao pano verde em cima da mesa e ficou com uma delas na palma da mão. A bala com o quadrado. Sua visão piorava exponencialmente, escurecendo nas bordas, como uma projeção de um filme antigo.

Se fosse fazer alguma loucura, pensou, que fizesse logo.

— Agora? — Marcel perguntou.

— Agora! — o Artista respondeu.

Beatriz

[agora]

Beatriz engatinhou até conseguir encostar o ouvido na madeira fria.

Inútil. Era impossível escutar qualquer som vindo do interior do quarto.

Estava quase na hora, ela lembrava bem do sonho.

Já que não podia contar com a maior parte dos seus sentidos, necessitava acreditar que tudo aconteceria na hora exata.

Aqueles minutos agora eram como dias inteiros para ela.

Conferiu o tambor de seu revólver várias vezes e a contagem era sempre igual: seis balas.

Seu coração batia neurótico.

Deixou o caderno no chão e ergueu-se lentamente.

Colocou a mão esquerda na maçaneta.

A mão direita, firme, era a mão que segurava a arma. *Entrar, mirar, atirar.* É matar ou morrer. Não. Morrer não era uma opção. Havia se preparado bem. Virou frequentadora assídua de um *stand* de tiro depois de comprar de um policial uma arma com a numeração raspada, especialmente para ser usada naquela noite. As mãos formigavam... *É normal isso?*

Em segundos, viraria uma assassina. Já o era no seu pesadelo de toda noite. Precisava acreditar muito que o que estava fazendo era o correto. Ela havia se convencido há tempos do custo de suas ações. Desempenharia o papel certo. Consertaria o curso da história e evitaria o desastre final. Ela, Beatriz. Ela e a Ordem dos Profetas.

"Uma nova pedra faz um novo jogo!", o velho lhe dissera.

No três, Beatriz?

Por que fazia perguntas retóricas a si mesma? Ela sabia que a resposta era sim.

Olhou o relógio.

"Sem liberdade nenhuma".

Isso! *No três!* Um... dois...

Agora!

Respirou fundo, girou a maçaneta e entrou disparando.

Seis tiros.

Uma das mulheres gritou uma palavra antes de ser atingida, algo que Beatriz não entendeu.

Em seus ouvidos, só um zunido agudo e contínuo.

Três corpos tombaram.

As duas mulheres tatuadas.

E... Marcel?

Marcel não podia morrer.

Não agora. Ele sempre morria no fim. Só no fim. No último dia.

No sonho, agora era a hora que ela salvava sua vida.

Sempre salvava.

Mas o único que permanecia vivo naquele quarto era o homem sem olhos que vestia roupas estranhas. Ele estava agachado, com as mãos na cabeça ensanguentada de Marcel.

Mas... como?

Nada de cor vermelha nele. Só nas mãos. Luvas amarelas manchadas de vermelho.

Cadê o sangue no corpo dele?

Errou o alvo?

Não, ela lembrava bem. Na altura do peito.

Três tiros.

Ou não?

Dois erros.

Marcel e o homem sem olhos.

Acertou um tiro, errou o outro.

Ou o contrário?

Seis balas.

Seis disparos.

Descarregara a arma dentro do quarto.

Acertou dois corpos. Tinha certeza disso.

Anja e diaba. Mortas.

As tatuagens cobertas de sangue eram a prova.

Marcel morto.

O homem sem olhos subtraiu a taça dourada da mesa e pôs-se de pé com a ajuda de um grande cetro ornado com uma pedra verde em seu topo. A passos morosos e confiantes, caminhou em direção à porta, esbarrando propositadamente em Beatriz antes de alcançar o corredor.

— Ei! — Beatriz berrou para ele.

— Desculpa o ceguinho?

— Por que... — perguntou com a voz trêmula — você não morreu?

O homem sem olhos vestiu uma máscara de macaco e soltou uma gargalhada abafada.

— Deveria saber que suas balas de mentira não me atingem.

Beatriz assistiu, passiva, ao homem sem olhos desaparecer na escuridão pelo corredor sem fim. Mesmo sem vê-lo, ela sabia que ele se afastava pois ouvia o *toc-toc* das batidas de seu cetro no chão de madeira ficando cada vez mais distantes.

Depois de alguns longos segundos, veio o silêncio total.

Até a chuva havia cessado de golpear as janelas.

Era o que parecia.

Beatriz foi até Marcel. Ele estava banhado pela cor vermelha.

O sangue que escorria da cabeça dele formava uma poça ao seu redor.

Estava imóvel.

Morto?

Chacoalhou seu corpo.

Nada.

Ela não atirou nele, não faria isso. Claro que não faria.

Faria?

Ela colocou os dedos embaixo do nariz de Marcel e não sentiu o ar saindo dele.

No sonho, ela entrava segundos antes de ele atirar em si próprio.

Ela fez tudo o que ele pediu.

O sonho lhe pedia, ela fazia.

Ela obedecia.

Deveria ter funcionado.

Funcionou até agora.

Talvez o sonho estivesse mentindo esse tempo todo...

Talvez não e ela deveria ter entrado antes.

Deveria mesmo ter entrado antes? Antes quando?

Aquilo era um pesadelo.

Ouviu vozes no corredor.

O homem-macaco... ele vai voltar.

Ela sabia que ele ia voltar.

Maldito sonho...

Beatriz tinha que sair dali, mas precisava de algo que estava no pescoço de Marcel.

Ela puxou a corrente que não resistiu e partiu-se.

Retirou a chave pendurada na corrente.

Saiu do quarto.

Pegou seu caderno, celular do chão do corredor e correu na direção da luz do elevador pelo corredor escuro.

Arma em punho.

Ninguém precisava saber que estava descarregada.

O homem sem olhos sabia.

Marcel estaria vivo?

Rezou para que estivesse.

Ela era uma assassina.

Burra e assassina.

A porta do elevador.

Entrou, fechou as duas portas de metal e apertou o botão do lobby.

Nada do elevador se movimentar.

Lembra do sonho!

Lembrou.

Olhou para aquele painel cheio de botões brancos sem números dos andares.

O sonho.

Havia, na parte de baixo do painel, uma espécie de mini fechadura.

Para manutenção do elevador decerto.

Igual ao sonho.

Sabia o que tinha que fazer... A chave.

Ela encaixou a chave na reentrância, girou para a esquerda e, num tranco, o elevador começou a descer.

Não fazia a menor ideia do que a esperava lá embaixo.

Seu sonho recorrente terminava sempre no momento em que ela apertava o botão L.

L de lobby.

Como agora.

Ela acordava nesse ponto.

Sempre.

Apertava o botão, girava a chave e acordava.

Se tudo não passasse de um sonho, esse era o momento de despertar.

Era um sonho?

Beliscou o braço.

Confirmou: estava acordada. Infelizmente.

O elevador deu um tranco.

Beatriz tirou a chave estranha da mini fechadura e guardou no bolso.

Abriu a porta de metal pantográfica.

Só uma.

Havia agora outra porta, de madeira escura. Por que a outra era diferente? Não eram as duas do tipo pantográfica? Duas portas de metal? Estranho...

A segunda porta era de empurrar, não de puxar. Não podia confiar totalmente em seus sonhos... Agora estava por sua conta e risco.

Empurrou a porta.

A arma foi a primeira a sair do elevador, depois foi a vez dela.

Não havia ninguém no lobby.

Sorte.

O lobby tá diferente!

Descera em outro andar?

Não.

Era o lobby. O andar térreo.

Dava pra ver a rua através das portas de vidro.

Definitivamente, não era o imenso saguão por onde entrara.

Este era menor, mais moderno.

Por algum motivo, estava em outro lugar, sem aquele monte de velas espalhadas pelo chão.

Havia luz.

Dentro e fora do prédio.

O dia estava nascendo, ela podia ver através dos vidros.

Impossível.

Ela conferiu as horas no celular : 01h01.

Como já é dia, meu Deus?

Ela não passou tanto tempo assim no hotel.

Achava que não.

Achava não, Beatriz tinha certeza.

01h02.

O celular estava com o horário errado? Bizarro...

Abriu a porta giratória de vidro e, a passos firmes, afastou-se do edifício.

Andava por ruas que não reconhecia. Beatriz se dava conta de que aquela região não era a que, na noite anterior, estacionou o seu carro. Todos, sem exceção, olhavam para ela. Pensou que um dos motivos de ela estar chamando tanta atenção para si vinha do fato de usar um exuberante vestido rosa logo pela manhã. O outro motivo, o principal, certamente era o fato de seu vestido de gala estar coberto por manchas de sangue.

Olhando para as placas espalhadas pelas calçadas e para os estabelecimentos comerciais, Beatriz convenceu-se de que aquela não era a cidade de São Paulo.

Demorou um tempo para entender que percorria as ruas do centro histórico da cidade de Varsóvia. Olhou para a torre do relógio do Castelo Real que marcava em seus ponteiros a hora certa: 6h06.

Inexplicavelmente, Beatriz estava na Polônia.

[4 horas antes]

Beatriz dormia submersa na água da banheira, respirando pelo snorkel verde-limão que comprou em Cancún no ano anterior, quando um som alto de tiro separou-a de seus sonhos. Abriu os olhos e levantou-se assustada, debatendo-se, cuspindo água, sem entender muito bem onde estava. Pensou que já deveria ter se acostumado com o desarranjo de ideias no pós-despertar.

Precisou de um tempo para processar os pensamentos.

Apoiou as mãos enrugadas nas bordas da banheira e tossiu.

Muito.

Olhou ao redor e pouco a pouco começou a se lembrar.

A banheira cheia de espuma.

O chão alagado pela água que transbordara.

O vapor embaçando o espelho do banheiro.

Saiu da banheira com o coração ainda acelerado. Não era a primeira vez que tinha esse tipo de sonho. Beatriz os chamava de sonhos, mas estavam mais para pesadelos, aqueles filmes que insistiam em passar na sua cabeça quando fechava os olhos. Imagens desconexas, mortes, perseguições e guerras. Parecia uma edição preguiçosa de filmes de gêneros diferentes que, cada vez mais, ficava confusa com mais personagens e novos acontecimentos. No meio de tudo isso, havia uma pessoa. Um personagem, um tipo de figurinha repetida que, ela demorou a acreditar, existia no mundo real. Marcel. Beatriz descobriu seu nome assistindo, por acaso, um vídeo de comédia no Facebook. Um dos seus vídeos de stand-up. Algum amigo compartilhou o link na timeline e... pronto! Num primeiro momento, pensou ser coincidência, mas o seu rosto insistia em aparecer nos seus sonhos recorrentes. Não tinha como os dois, o homem do sonho e o do vídeo, não serem o mesmo indivíduo. Claro que ela ficou apavorada com a possibilidade de fantasiar pessoas que nunca havia visto na vida. Ou ela o conhecia? Fora apresentada a ele em alguma festa e seu rosto ficou impresso em seu subconsciente? Precisava descobrir isso. E rápido. Só sabia que, assim como o personagem Kenny, do South Park, Marcel morria em todos os episódios dos seus sonhos. Levava um tiro no último dia do mundo. Caía e morria. Sempre. Sempre era morto, não importava o que Beatriz fizesse.

Enrolada numa toalha felpuda, Beatriz escutou mais tiros vindos da sala. Abriu a porta e gritou, sem colocar a cabeça para fora do banheiro:

— Amor, abaixa o som do videogame, pel'amor! Os vizinhos já, já estão tocando o interfone aqui.

O noivo de Beatriz abaixou tão timidamente o volume da TV que ela pensou ter sido novamente ignorada por ele, como acontecia na maioria das vezes.

Deixou a porta entreaberta por uns segundos, esperou parte do vapor escorrer para fora do banheiro e só então tornou a fechar a porta.

Beatriz olhou com atenção para o espelho embaçado: havia palavras e símbolos rabiscados nele. Coisas que ela provavelmente escreveu com o dedo durante o transe do sonho. Afastou-se um pouco para poder ver o conjunto todo, tentar se lembrar do porquê de ter escrito aquelas coisas aparentemente desconexas. Havia desenhos de formas geométricas como um quadrado, um círculo, um xis e um triângulo. E muitas palavras soltas: MARCEL, MOFO, A CHAVE > ELA ABRE QUAL PORTA?, HOMEM SEM OLHOS, BOM-MAU-INDIFERENTE, ANDAR 7, HOMEM DE LATA, ÚLTIMA TEMPESTADE. Aproximou-se do espelho e, com o dedo indicador, escreveu mais três palavras na superfície ainda úmida: PAPEL, PEDRA, TESOURA.

Em cima da pia, seu celular vibrou com uma notificação.

Beatriz curvou-se, aproximando os olhos do aparelho e leu a mensagem que vinha de Marcel. Ele havia respondido sobre o pedido de ingresso VIP. Beatriz havia curtido a página dele há uma semana e comentado em seu último post, que divulgava o show daquela noite, que queria muito vê-lo se apresentar.

Segundo o que leu, seu nome estaria na entrada do bar e haveria uma mesa ao lado do palco reservada para ela.

Beatriz conferiu as horas: estava atrasada.

E ela não podia se atrasar ou se adiantar naquela noite. Teria que ser pontual como nunca fora em sua vida.

Pensou por um tempo e achou melhor avisá-lo que chegaria com o show já começado. Digitou a mensagem e enviou para a página de Marcel torcendo para que ele a lesse a tempo. Vestiu a roupa que havia separado em cima da pia: camiseta branca, calça jeans e tênis. Era importante usar exatamente a mesma roupa que vestia no sonho. Por algum motivo estranho, ela deveria aparecer no bar com uma camiseta branca estampada com o número 3. Como não achou nenhuma camiseta do tipo, foi obrigada a mandar o desenho, que ela mesma fizera, para um site especializado em produtos personalizados. Custou 45 reais. Recebeu depois de uma semana. Com a camiseta, estaria pronta para o encontro. Como bem sabia, não adiantava tentar entender os motivos, as causas, o importante era garantir os efeitos das escolhas certas. E as escolhas dependiam de ela se lembrar, não se esquecer de nenhum detalhe, só assim poderia torcer para que a cena sonhada se repetisse no mundo real. Tinha feito testes. Pequenos testes. Sonhava com alguma coisa acontecendo num lugar em um momento específico. O que ela fazia? Simplesmente ia. De coração e mente abertos. Às vezes, funcionava. Quanto mais detalhes havia em seus sonhos, maior a chance de aquele acontecimento se reproduzir na vida real. Quando a lembrança era um conjunto mal acabado de manchas, cenas desconexas ou flashes, ela aprendeu, era melhor esperar que o sonho se tornasse mais inteligível. Era melhor que o filme estivesse o mais completo possível em sua cabeça antes que ela fosse assisti-lo ao vivo. Às vezes, os sonhos eram sobre ela e às vezes, não. Em muitos sonhos, não passava de uma mera observadora. Via um encontro de um casal no shopping ou um acidente de carro com vítimas. Era como ter vários *spoilers* da vida. Via sempre o futuro, nunca o passado. Aprendeu, o futuro não era definitivo. Ela, às vezes, conseguia mudá-lo.

Por isso aquela noite era tão especial.

Durante anos e anos, aquela noite formava-se em sua mente, fora de ordem e com grandes lacunas. Com o passar do tempo, minúcias eram acrescentadas e a ordem cronológica dos fatos ficava cada vez mais clara. Descobria os personagens, o local, o tempo exato de cada acontecimento. Mas faltavam algumas coisas. Poucas, é bem verdade. A história se bifurcava, dependendo de suas ações. Como um videogame. Ela morria ou alguém morria, dependendo das escolhas. E sempre alguém morria naquela noite. Era importante ela se lembrar do que deveria fazer para obter os melhores resultados. *Save points.* Esses momentos únicos e decisivos eram os mais importantes, os que ela precisava prestar mais atenção, aqueles que ela deveria memorizar. Para isso, usava cadernos onde anotava nomes, endereços, desenhava rostos e cenários para não se esquecer de nada. Teria que saber quem eram as pessoas. Descobrir onde e por que estavam lá. Mesmo atrás das máscaras, ela deveria saber, afinal, Marcel corria perigo. O mundo corria perigo. Mas o que aquele prédio tinha de especial? E por que hoje? As respostas... ela precisava ir, ver com os próprios olhos e interferir. Fazer acontecer. E torcer para que estivesse certa. Nunca tivera tanta convicção quanto agora. Era a noite decisiva. A noite em que desvendaria, de uma vez por todas, se era uma louca, uma vidente ou só uma pessoa normal que assistia a filmes demais. Seria uma noite perigosa? Sem dúvidas que sim. Preparou-se bem. Sabia quais objetos deveria levar. Tudo que pudesse lhe dar alguma vantagem, ela usaria. Na hora certa. Mas as lacunas ainda preocupavam Beatriz. Os malditos espaços vazios.

Conferiu o relógio.

Melhor sair sem secar os cabelos.

Abriu a porta do banheiro, passou pela sala e berrou para o noivo, que estava no meio de mais uma saraivada de tiros e explosões:

— Tô indo, amor! Sair com as amigas, lembra? Vou dormir na casa da minha mãe hoje, tudo bem?

Ele demorou a responder e quando o fez, sem pausar o game, deixou claro que não tinha prestado atenção em nada do que ela dissera:

— Beleza! Traz pão!

No estacionamento do subsolo do prédio, Beatriz apertou o botão do alarme do carro, destravando as portas.

Abriu o porta-malas e conferiu as duas caixas. Na primeira, um sapato Scarpin de salto agulha. Na segunda caixa, um vestido de gala. Tinha gastado mais de três mil reais nele: era um vestido longo rosa, de cetim, estilo sereia, feito sob medida a partir do desenho que ela fizera. Vintage, bordado com miçangas, decote em V. E segundo figurino da noite. Igual ao que vestia em seu sonho. *Se o vestido sobrevivesse ileso ao que estava por vir, ela poderia usá-lo no casamento de sua amiga, no final do ano,* pensou. Ao lado das caixas, pendia uma máscara de gueixa ainda com a etiqueta de preço. Ela arrancou o papelzinho, colocou a máscara na frente do rosto e olhou seu reflexo no vidro escuro do carro. Ficou satisfeita com o que viu.

A máscara era assustadoramente idêntica à do sonho. Soube ser a máscara correta assim que a viu naquela loja grande de fantasias da Rua 25 de Março.

Fechou o porta-malas.

Entrou em seu Honda Fit prata e deu a partida.

Jogou a máscara no banco do passageiro e, com um toque, o porta-luvas se abriu revelando um revólver calibre .38. Ela pegou a arma e guardou em sua bolsa, mesmo destino do seu anel de noivado, que ela acabara de tirar do dedo.

Posicionou a bolsa ao lado da máscara sinistra e do caderno de desenhos no banco do passageiro.

Estava pronta.

Saiu da garagem com uma ideia fixa na cabeça: sobreviver àquela noite a qualquer preço.

[2 horas e 40 minutos antes]

Depois de cruzar a cidade, Beatriz finalmente chegou ao *comedy club* e não teve dificuldades para estacionar na rua ao lado.

Desceu do carro com a bolsa colada ao corpo, olhou pelo vidro do bar e viu que Marcel já havia subido ao palco. O ambiente estava quase vazio. Segundo seu roteiro da noite, esta era a primeira parada, e ela deveria estar lá dentro. Ainda havia tempo. As coisas sairiam mais apressadas, mas sabia que poderiam funcionar. *Vai dar tudo certo! Ah, vai!* Desde que ela se sentasse no lugar correto, deixasse o recado no papel e sumisse do bar antes de ele sair do palco para evitar uma conversa. Não deveria, em hipótese alguma, conversar com ele no bar. Apenas uma única vez isso aconteceu em seus sonhos, a vez em que ele conseguia alcançá-la, ainda na saída. E o sonho se transformou em um pesadelo: ela e Marcel mortos pelas mulheres tatuadas.

Melhor não arriscar.

A hostess entregou a comanda, ela agradeceu e entrou, apressada. Esbarrou em uma cadeira, passou por todo o bar até chegar à mesa reservada, localizada bem ao lado do palco. Sentou-se na cadeira certa. Exatamente onde a linha terminava. Pronto. Tudo corria mais ou menos como o planejado.

Ela mandou um "obrigada" sem som para Marcel. Ele respondeu por meio de um sinal com a cabeça que não combinou com a piada que estava contando. A plateia talvez tenha percebido que o sinal era para ela. Talvez não. A verdade é que Marcel pareceu incomodado com alguma coisa. Possivelmente com a estampa de sua camiseta. Não compreendia ainda por que isso tanto o incomodava, mas era isso. Nas vezes em que não usou a camisa com o número 3, nos sonhos, Marcel não chegou ao hotel. Era preciso que ele fosse até aquele prédio. Ele e ela precisavam estar lá na hora correta. Se não, como ela tiraria a Chave dele?

Esperou o show prosseguir. Por quase dez minutos, ela se divertiu, esqueceu-se até do nervosismo e ansiedade pelo que estava por vir. Seu celular vibrou. Era o alarme que havia previamente programado. O primeiro dos três daquela noite. Olhou para a tela e demonstrou uma preocupação exagerada. Nem precisou interpretar muito, pois a sua inquietação era genuína. Aquela atuação era direcionada a Marcel. Ele tinha que notá-la do palco. E deu certo. Ela aproveitou que ele estava olhando para ela e escreveu no guardanapo as palavras que estava destinada a escrever sem saber o significado. SE QUISER VIVER. Colocaria os três pontos ou não? Achou melhor colocar. SE QUISER VIVER... Pronto.

Desenhou um quadrado embaixo da frase, virou o guardanapo, escreveu a outra frase, rabiscou o triângulo, colocou o guardanapo em cima da mochila colorida, deu um tchau com a mãos e saiu do mesmo jeito que chegara: tropeçando nas cadeiras e chamando a atenção do bar inteiro e, por conseguinte, de Marcel. Não era difícil para ela interpretar uma mulher desastrada.

Ela torceu para ele não segui-la de imediato.

Entrou no carro e, acelerando como uma louca, dobrou a esquina. Ainda pôde ver, pelo retrovisor, Marcel do lado de fora do bar procurando por ela. Por pouco ela não estragou tudo. O que importava era que a primeira tarefa da noite havia sido cumprida com sucesso. O relógio do painel do carro avisou sobre os 15 minutos que ainda lhe restavam até a chegada na segunda parada da noite: uma festa estranha com gente esquisita.

[2 horas antes]

Beatriz seguiu a voz do GPS e passou pela frente do hotel.

Conhecia a avenida, mas nunca havia reparado naquele prédio.

A fila não era grande. Homens e mulheres bem vestidos, alguns mascarados, na frente de um edifício caindo aos pedaços. Típico. *Paulistano adora fazer festas em lugares decadentes. Lixo por fora, luxo por dentro,* pensou.

Demorou para achar um estacionamento 24 horas. Não podia deixar o carro sem seguro na rua. Seria furtado na madrugada ou multado pela manhã.

Acabou encontrando uma garagem aberta a três quadras dali.

Parou numa vaga no fundo do estacionamento. O local era escuro e longe da guarita.

Foi até o porta-malas e trocou de roupa ali mesmo, um pouco antes da garoa começar a cair. Saiu do estacionamento dentro do vestido de gala, com a máscara em uma das mãos e o caderno e a bolsa em outra.

Andava com dificuldade. Salto alto e calçada cheia de buracos nunca foram uma boa combinação.

Ocupou seu lugar no fim da fila e presenciou vários carros de luxo pretos chegarem e saírem do hotel.

Minutos depois, quando não era mais a última da fila, seu telefone vibrou com uma mensagem no WhatsApp:

NÃO ESQUECE DO PÃO! TRAS CHOCOLATE SEM SER DO AMARGO! T AMO BJ.

Ficou irritada com a palavra "traz" escrita com a grafia errada, mas não mandou resposta para o noivo. Colocou o telefone no modo avião e escondeu o aparelho dentro do vestido, prendendo abaixo dos seios, no arame do sutiã. Sabia que a recepcionista não notaria. Ponto para ela, que comprou o menor smartphone disponível na loja e colocou o maior silicone que seu médico lhe indicara.

O lobby do hotel estava iluminado por velas. Muitas velas. Aquele prédio velho era o único sem luz na região.

— O que aconteceu? — Beatriz perguntou à recepcionista mascarada.

— Português, né?

— Brasileira.

— Ah… falei do idioma. Olha… estamos sem luz há dias. Mil perdões, senhorita. Bem-vinda ao Hotel Gago y Zavala. Reserva no nome de quem?

— Catarina Buarque — respondeu Beatriz, lembrando do nome que ela sempre utilizava nos sonhos. Não sabia quem era a tal de Catarina, mas se funcionou lá, decerto funcionaria na realidade também.

— Perfeito — a recepcionista disse. — Agora, eu vou precisar de mais umas informações e já explico a programação do hotel, tudo bem?

Beatriz sabia o que viria a seguir: aquela mulher lhe faria perguntas, depois preencheria a ficha com seus dados falsos sem duvidar de nada e pediria para ela escolher três objetos. Ela ficaria com a máscara, porque era um item obrigatório, com o caderno e, é claro, com a sua arma. Beatriz perguntaria se poderia levar a bolsa também para que pudesse guardar as coisas e a mulher mascarada diria que não, oferecendo uma caixa que Beatriz aceitaria prontamente. Depois, a mulher atrás do balcão faria algum comentário sobre o revólver, ela sorriria, pegaria a carta de baralho das mãos da recepcionista mascarada e iria se sentar com um grupo de gringos, ainda na recepção do hotel.

Tudo transcorreu exatamente como ela sabia que aconteceria. Como nos sonhos recorrentes.

Até ali, não havia lacuna nenhuma.

Mas o pesadelo mesmo, sabia, ainda estava por começar.

[1 hora e 41 minutos antes]

A anã chegou, como Beatriz já esperava, com o candelabro na mão. Um pouco menos assustadora do que em seus sonhos, convenceu-se. E mostrou a carta de baralho, uma carta igual a sua: Rainha de Copas.

— Por favor, as pessoas que possuem esta carta... — disse, com sua característica voz rouca. — Levantem-se! Vai!

Beatriz foi a primeira a erguer-se. Mais seis mulheres a copiaram, quase o grupo todo ao redor da lareira acesa.

— Venham comigo, crianças sonhadoras! — disse com animação falsa a anãzinha que, girando sobre os calcanhares, começou a caminhar.

Beatriz ouviu comentários em vários idiomas. Sabia exatamente o que cada uma daquelas mulheres havia dito, pois fizera questão de pesquisar certa vez depois do sonho. Nada demais. Uma perguntava "Pra onde vamos?", outras resmungavam variações de "boa noite" e uma mulher baixinha, quase tão baixa quanto a pequena anfitriã, quis saber se a anã sabia o paradeiro de sua filha desaparecida. Beatriz não conseguiu traduzir tudo. Era difícil entender o que as pessoas falavam por baixo daquelas pesadas máscaras. A anã mal-humorada não respondeu a nenhum dos questionamentos. Nem nos sonhos, nem na vida real. Marchava, decidida, e o grupo a seguia de perto, formando um amontoado disforme em que todas tentavam usar a pouca luz do castiçal para não tropeçarem no lixo espalhado pelo chão dos corredores. Não demorou muito, o bando de mulheres chegou a uma sala não muito grande. Parecia um mini teatro adaptado, com um palco elevado de madeira, uma cortina vermelha surrada e cerca de 60 cadeiras dispostas em cima de um tipo de arquibancada. A maioria dos lugares já estava tomado por outras mulheres. De todas as idades, tamanhos e raças. Beatriz sentou-se então na terceira fila de cadeiras, entre uma garota careca com máscara da Marilyn Monroe e uma magrela albina alta com a máscara da Peppa Pig. Entre colocar a caixa no chão, entre as pernas, e no colo, Beatriz preferiu a segunda opção. Esperou. Ela não sabia muito bem o que ia acontecer dali para frente durante a peça. Aquela parte era umas das muitas lacunas em seus sonhos, uma daquelas em que sempre se ausentava. Lembrava-se somente de algumas coisas. Uns trechos. Mas sabia o que aconteceria no final da peça. Ainda bem, porque, ao que parecia, era muito importante ela se lembrar da hora exata do desfecho do espetáculo. Por isso, programara seu celular para despertar. Sabia de antemão que a peça seria curta e bizarra, que a história não faria muito sentido. Talvez agora, assistindo à apresentação completa, sem as lacunas, o enredo demonstraria ter um propósito. Era importante que entendesse o porquê daquele final tão trágico e aterrador.

Só depois que todas as mulheres mascaradas se acomodaram foi que Beatriz se deu conta de que esta era a primeira vez que iria assistir a uma apresentação teatral à luz de velas. No centro do palco havia uma banheira. Só. Era este o cenário. Dourada, reluzente, a banheira estilo vitoriano parecia feita de ouro. Beatriz não duvidou que fosse.

Após um longo e agudo apito, um ator vestindo uma túnica branca e máscara de mesma cor entrou em cena. Dobrou o corpo numa reverência e fez um coraçãozinho com as mãos. Depois apontou para a plateia e balançou os braços pedindo aplausos. Foi atendido prontamente. Ao final das palmas, andou até a banheira onde acomodou-se e, sentado, tirou a túnica ficando completamente nu. Era um velho careca e barrigudo, com uma barba branca enorme e um pênis minúsculo. *Quem é o diretor da peça? O Zé Celso?*, perguntou-se Beatriz. O peladão então recostou e fingiu dormir na banheira. Enquanto cochilava, roncava um ronco estridente e assumidamente falso enquanto a banheira dourada se enchia de água. Beatriz tentou ver por onde a água entrava, mas não achou nenhum cano, mangueira ou torneira. *Um belo truque*, avaliou. Assim que outros dois homens entraram no palco, saindo do meio das cortinas, cumprimentaram o público, que aplaudiu de novo, com menos entusiasmo. Um deles estava vestido de Espantalho enquanto o outro usava uma fantasia completa de Homem de Lata, inclusive com o machado nas mãos e o funil de metal na cabeça. Beatriz reconheceu aqueles figurinos do filme "O Mágico de Oz", que vira em algum momento obscuro de sua pré-adolescência. Eram claramente roupas de baixa qualidade, é verdade, mas aquela maquiagem pesada que vazava por baixo das máscaras, aliada à iluminação precária das dezenas de velas no palco, ajudavam a dar um aspecto menos mambembe para o espetáculo. Parecia até fazer parte da proposta artística aquela falta de esmero na produção do cenário e figurino. Mas aí, eles começaram a falar...

— Ei! Onde está *ele*? — perguntou o Espantalho, dando grande ênfase à palavra "ele".

— Deve estar *criando* — respondeu o Homem de Lata. — É o que ele faz o tempo todo, não é mesmo? Cria, inventa, concebe, elabora, melhora, inova e depois... cria ainda mais! E quando achamos que ele acabou, ele volta a criar mais e mais!

— Mas *taaaaaanto* assim? — o Espantalho retrucou. — Para que criar mais? Todos estão satisfeitos e felizes com o que ele criou.

Os atores eram péssimos: canastrões, totalmente perdidos em cena, interpretavam como se alguém tivesse acabado de passar as falas para eles.

Beatriz se incomodou bastante com o exagero no gestual: eles usavam os braços de forma exagerada para reforçar o significado das palavras. Se o intuito daquela peça era ser séria, haviam errado feio na escolha dos atores. E o texto? Se haviam mirado em uma tragédia grega, acertaram numa farsa. O público começou a rir timidamente e isso não pareceu incomodar o grupo de atores. Beatriz lembrou das peças da escola, interpretadas pelos colegas de sala. Esta, conseguia ser pior.

— Você conhece o *chefe* — disse o Homem de Lata.

— Verdade — o Espantalho assentiu com a cabeça. — Quem não conhece *ele*? — completou a fala passando os olhos pela plateia. — E mais! O *chefe* disse que ainda faltava criar a sua obra-prima!

Beatriz notou que os atores valorizavam sempre uma ou duas palavras na frase. Forçavam a elasticidade de seus corpos tanto quanto as fantasias permitiam.

— Vou ter que sair *um pouco* — explicou o Espantalho —, você fica de olho *nele*?

— Mas é claro que sim! Eu vou ficar aqui, sozinho. Vigiarei o chefe! Pode deixar, *irmão*!

E o homem-espantalho saiu do palco.

O ator pintado de prata com o funil na cabeça cutucou, numa pantomima exagerada, o homem na banheira.

— Chefeeee, Chefe! Você está *beeeeem*?

O homem nu de barba não respondeu, nem mesmo se moveu.

Homem de lata olhou para seu machado de plástico. Achou que seria uma boa ideia golpear o velho barrigudo com ele. Mas, antes, é claro, ele teve que explicar para a plateia o que iria fazer e o porquê:

— Deixa eu pegar meu machado e conferir se o coração dele *ainda* bate!

O ator fazia um esforço danado para golpear seu chefe com seu machado em uma das mãos. A outra, ele usava para estourar um saquinho de sangue falso no peito da vítima. Depois, com a mesma mão, espalhou o líquido vermelho pelo corpo do velho, pela banheira e pelo seu próprio rosto.

— Ó não! O que foi que eu fiz? — bradou o Homem de Lata, ajoelhado ao lado da banheira. Primeiro, com os braços levantados e, em seguida, cobrindo o rosto, chorando um choro desprovido de lágrimas e emoção.

A plateia riu de novo, ao invés de impactar-se com o tosco assassinato.

Enquanto isso, a banheira começava a transbordar, mas a água que escorria para fora era vermelha, escura e viscosa. *Estranho!*

— Eu *tenho* que fazer alguma coisa e rápido! — o Homem de Lata exclamou. E, decidido, arrastou o velho para fora da banheira com muito esforço — o esforço parecia ser real. A sua intenção na peça era a de esconder o cadáver, mas faltou-lhe força e o corpo do barrigudo nu desabou no chão. A água, que parecia ser sangue puro, continuou vazando da banheira para o palco e do palco para a primeira fileira de cadeiras da plateia.

Pisando nas poças de sangue, oito atores entraram apressados no palco. Seis deles gritaram, em uníssono, apontando para o Homem de Lata:

— Você matou o cheeeeefe? *Assassinooooo!*

Somente agora, com os dez atores e atrizes alinhados, em pé, no meio do tablado, Beatriz pôde conferir o desenho que fizera no seu caderno de desenhos. A pouca luz do teatro dificultava, mas ela conseguiu ver que seus traços se assemelhavam muito ao que ela observava agora, no palco. Em uma única página, rabiscara os dez personagens da cena. O velhote de túnica, o Homem de Lata, o Espantalho — que estava de volta — e os novos personagens. Havia uma mulher vestida com fantasia de leão, outras duas garotas e um homem fantasiados com roupas de macaco e, por fim, mais três homens que usavam aventais brancos e que podiam representar cientistas ou professores (era difícil saber). Tinham coroas nas cabeças e objetos nas mãos indicando, talvez, suas áreas de conhecimento. Era evidente para Beatriz àquela altura, que aquela peça toda era uma metáfora para uma história maior. Algo real, sobre pessoas reais. Se ela conseguisse entendê-la, saber quem eram os personagens retratados com aquelas fantasias ridículas, solucionaria a charada de seus sonhos premonitórios usando a apresentação à sua frente como um tipo de gabarito.

Rabiscando quase no escuro, Beatriz acrescentava alguns detalhes aos seus desenhos no caderno quando os três personagens com roupas de macaco se aproximaram do corpo do morto. Um deles, ao vê-lo coberto de sangue, tapou os ouvidos enquanto o outro, os olhos e o último cobriu a boca com as mãos.

— Ele não matou o chefe! — disse o Espantalho. — O chefe estava doente e deve ter morrido de uma doença no *coração*! Vejam o sangue no peito dele!

— Você não tem *cérebro*? Vejam o sangue no machado do Homem de Lata — disse o ator que carregava uma tesoura na mão direita. Os demais entoaram um coro de "óoooooo".

Tá ridículo demais isso!, Beatriz pensou.

Outro homem, de avental e calculadora nas mãos, tomou a frente e começou um discurso inflamado:

— Temos aqui... uma morte. De uma pessoa que nós amávamos. Que *todos* amavam. E temos aqui também um suspeito! Nosso irmão. Ele é o único que poderia ter matado o chefe. Mas... eu me pergunto, senhoras e senhores, ter o sangue do chefe nas mãos e no rosto e no machado não quer dizer que ele o matou. Nãoooo! Não podemos nos apressar em deduzir algo do tipo — ironizou. — E se a morte foi causada por causas naturais? É sabido que nosso chefe não andava muito bem de saúde. Não podemos, em hipótese nenhuma, meus caros, apontar o dedo e acusar alguém sem provas concretas, sem termos a absoluta certeza de que este *assassino prateado* com o machado sujo com o *sangue do morto* — disse, apontando para o Homem de Lata —, seja o culpado!

Algumas pessoas da plateia riram. Outras, provavelmente, não entenderam a piada.

— Faça-me o favor, meu *Bom* irmão! — interveio o homem de avental e tesoura na mão. — Este sangue no machado é a *prova*!

— Não, *Mau*! — disse aquele que foi chamado de Bom. — Temos que ouvir o Homem de Lata. Homem de Lata, apresente sua defesa!

— Já tava assim quando eu cheguei! — respondeu o Homem de Lata como se aquilo fosse seu bordão em um programa humorístico de baixa qualidade. A plateia caiu na gargalhada.

— Vocês não *veem* que ele é culpado! — gritou o macaco que tinha as mãos à frente dos olhos.

Outra onda de risadas da plateia.

A macaca com a mão tapando a boca resolveu entrar na discussão e começou a tagarelar. Claro que só o que se ouvia eram grunhidos, já que sua voz era abafada pelas mãos e pela máscara. Mais risos. Beatriz estava achando a peça hilária. *Era tão ruim, mas tão ruim, que era até boa*, pensou. Mas... o que significava aquela encenação?

— Eu proponho uma votação! — declarou o homem de avental e ampulheta na mão.

— Gosto da ideia do *Indiferente* e... — Era a primeira fala da mulher vestida de leão, que interrompeu a frase no meio ao mesmo tempo que desviou o olhar para a plateia. — ... será que não tinha uma fantasia de leoa em vez dessa de leão-macho opressor?

A plateia adorou o "caco" da atriz, a quebra da quarta parede.

Beatriz ficou satisfeita em saber o nome de alguns personagens, facilitando fazer a ligação entre os nomes já revelados na peça e os desenhos que havia feito em seu caderno. Assim, ela escrevia embaixo de cada ilustração quem era quem.

Beatriz deve ter sido a primeira a notar algo inusitado: o ator que interpretava o morto havia deixado o palco. Desaparecera sem que ninguém visse como. Nem os personagens, nem a plateia. Estavam todos atentos, prestando tanta atenção ao debate que talvez ele tenha rastejando lentamente para a coxia.

— Ei, cadê o chefe? — a macaca com as mãos nas orelhas perguntou.

— Ele sumiu e eu *não vi*! — disse o macaco com as mãos nos olhos.

— O quê você *disse*? — a macaca com os ouvidos tampados perguntou de volta.

Àquela altura, a peça já tinha virado um pastelão.

Os atores procuraram o morto por todo o palco, sem sucesso.

— Sem corpo, sem crime! — gritou o Homem de Lata.

— Vamos fazer uma votação! — ordenou Mau, demonstrando impaciência. — Homem de Lata é ou não culpado pela morte do nosso chefe amado e idolatrado?

Todos os atores levantaram a mão, exceto o Espantalho e, é claro, o Homem de Lata. Mau pediu para a plateia votar também. Foi até a frente da arquibancada e não ficou satisfeito até que a plateia inteira optasse pela condenação do réu. Quando todos na arquibancada levantaram os braços, ele anunciou:

— Pela maioria das maiorias de todas as maiorias, fica decidido que o Homem de Lata é culpado pela morte do nosso chefe. A punição para esse tipo de crime é a demissão! Que ele vá para longe, para o olho da rua! E que nunca mais volte!

— Eu voltarei! — bradou o Homem de Lata, deixando o palco irritado. — Eu juro por tudo que me é sagrado! Eu *voltarei*! E com sede de vingança!

Sincronizadas ao final da fala do assassino condenado, todas as velas do lugar se apagaram ao mesmo tempo. E o pequeno teatro foi tomado totalmente pelas trevas.

A plateia aplaudia efusivamente, sem entender como o truque fora feito quando o celular de Beatriz vibrou com o segundo alarme: hora de sair dali.

E rápido.

Isso se ela quisesse mesmo sobreviver àquela noite.

[1 hora antes]

Quando os disparos começaram, Beatriz já estava do lado de fora do teatro, de volta ao mesmo corredor escuro de antes, agora acompanhada por outras duas mulheres que, assim como ela, deixaram a arquibancada antes que homem com a máscara de diabo começasse a fuzilar a plateia. As três sobreviventes do massacre haviam tropeçado em cadeiras e pessoas e caixas até a saída. Tudo aconteceu rapidamente: antes dos aplausos finais perderem a força, uma música clássica começou a tocar e uma voz que saía do alto-falante pediu que ninguém deixasse a sala até que as velas fossem acesas de novo. A plateia obedeceu. Quando Beatriz se preparava para sair, veio a risada. Demoníaca. Infinita. Um faixo de luz vermelha, vindo do teto, iluminou um homem baixo com chifres e rabo falsos, que vestia com um collant vermelho e carregava uma enorme metralhadora.

Foi uma chacina.

A anã apareceu de lugar nenhum, com o candelabro nas mãos. Quando Beatriz a percebeu, ela já havia passado a corrente e trancado, com um enorme cadeado, as portas de ferro do teatro deixando as pessoas lá dentro condenadas à morte.

— Elas não souberam interpretar os sonhos — disse a anã chacoalhando a cabecinha. — Uma pena. Crianças preguiçosas...

Os gritos quase foram abafados pelo som dos tiros.

Beatriz escutou algumas poucas mulheres que, de alguma forma, haviam conseguido chegar até a porta, mas que a encontraram trancada. Bateram, desesperadas, até que fossem também alvejadas. Beatriz, em vão, tentou abrir o cadeado e forçar a porta.

A anãzinha, da mesma forma que aparecera, havia sumido na escuridão do corredor sem fim.

Beatriz pegou seu celular e checou o sinal. Fora de área. Ligou a lanterna do aparelho. Suas mãos tremiam. Sentiu remorso, culpada por não ter avisado às pessoas de seus prováveis destinos. Mas, se fizesse isso, sabia, todos morreriam do mesmo jeito. Ninguém sobreviveria. Nem ela, nem as duas mulheres ao seu lado. É o que os sonhos sempre disseram a ela. *Malditos pesadelos!* As mulheres ao seu lado gritavam em outros idiomas. Beatriz não distinguiu nenhuma daquelas línguas estranhas. As duas estavam, como ela, aterrorizadas. Beatriz aproximou a luz do celular de seu rosto e fez sinal para elas a seguirem. Elas balançaram a cabeça negativamente. Beatriz entendeu. Aquelas duas mulheres também eram assombradas pelos sonhos premonitórios. E sabiam, cada uma de uma forma particular, qual caminho seguir. Seus destinos. Cada uma deveria percorrer a sua trilha solitária e perigosa. Beatriz pensou em segui-las também, mas seria arriscado tentar mudar algum detalhe de seu sonho. Por isso, preferiu seguir o corredor rumo às escadas, que encontraria a uns oitenta passos dali, escondida numa parede falsa.

As duas mulheres, de mãos dadas, sumiram no breu seguindo na direção contrária.

Beatriz conferiu as horas.

Faltava pouco, bem pouco, para o terceiro e último alarme da noite tocar.

[42 minutos antes]

Beatriz aproximou a luz do celular da pequena placa de metal parafusada na porta corta-fogo e conferiu a inscrição: 7º ANDAR. Era o andar correto, tinha certeza. Respirou fundo e agradeceu e muito às aulas de *step* da academia. Não fossem elas, os incontáveis degraus que acabara de subir sem parada para descanso a fariam desmaiar de fadiga.

Antes de entrar no corredor escuro, tirou o caderno e a arma de dentro da caixa, que considerou melhor descartar ali mesmo. Chegou a pensar em deixar também o caderno, mas sabia que iria precisar dele no futuro.

Desajeitada, Beatriz tentava iluminar o corredor com a mesma mão que segurava o caderno já que a outra estava ocupada segurando a arma. Eram muitas portas, todas exatamente iguais. Como saber qual a correta se nenhuma exibia numeração?

No sonho, a primeira porta que ela conseguisse abrir era a que valia. Beatriz tentou girar a maçaneta da primeira porta. Trancada. A segunda porta estava igual à primeira. Foi só na terceira tentativa que a porta se abriu.

Entrou devagarinho com a arma engatilhada.

Cercado por velas, um velho sentava-se em uma cadeira de palha à beira de uma cama desarrumada, com os cotovelos debruçados nas coxas e ambas as mãos suportando o peso da cabeça, caída. Em cima da cama, um tabuleiro com um jogo começado e duas cumbucas com pedras brancas e pretas.

— Se você é quem eu penso ser — o velho disse, sem levantar a cabeça —, nosso encontro está adiantado, não? Pensei que nos veríamos somente no fatídico 28 de dezembro de 2017.

Beatriz sentiu seu corpo gelar. *Como ele sabe da data?*, ela pensou, estarrecida.

— Sou eu mesma. E o senhor é exatamente quem eu esperava encontrar aqui hoje — respondeu Beatriz, baixando o braço que segurava a arma e retirando a máscara do rosto.

O velho ficou em pé num salto desajeitado e estendeu a mão para cumprimentar Beatriz. Ela, de forma mais desajeitada ainda, jogou o caderno e o celular na cama, passando a arma para outra mão e ao mesmo tempo levando a mão, agora livre, de encontro ao cumprimento do homem de chapéu bege. Formal, o velhinho simpático recuou, mancando de uma perna e apontando para a cadeira vazia do outro lado da cama, disse:

— Fique à vontade. As coisas estão mudando a uma velocidade monumental. Difícil, até para uma pessoa como eu, acompanhar todos os eventos.

Beatriz sentou-se na beirada da cama e deu uma boa olhada naquele homem que aparentava ter pouco mais de 70 anos e vestia um suéter de lã xadrez por cima de uma camisa social azul.

— Espero não estar atrapalhando seu jogo — disse, fitando o tabuleiro.

— Ah, não... não se preocupe com isso, minha cara. Estou à espera do meu nada nobre adversário, que, aliás, não deve aparecer hoje. Um dia, acredito eu, terminaremos esta disputadíssima peleja. Conhece este jogo?

Ela disse que não com a cabeça.

— No meu sonho — Beatriz explicou —, em cima desta cama, havia vários papéis, fotos, envelopes e jornais espalhados. Além de um cinzeiro pra lá de esquisito. Ah... e você comia um troço nojento.

O velho sorriu, mostrando os dentes manchados.

— Isso? — disse, retirando uma tira fina e abaulada de carne defumada de dentro do bolso da calça. — Então... quer dizer que no seu sonho, eu sou uma versão descuidada de mim mesmo?

Beatriz não soube o que responder.

— Go! — exclamou o velho subitamente.

— O quê?

— O jogo. Go é o nome dele. É possível aprender suas regras em minutos, mas pode levar uma vida inteira para tornar-se um bom jogador.

— Nunca ouvi falar.

— Trata-se do jogo de tabuleiro mais antigo que continua sendo jogado. Foi criado na China há mais de 4.000 anos. Uma lenda diz que o Go foi inventado pelo imperador Yao como uma forma de entreter o seu filho idiota. Mas isso não é verdade.

— Não?

O velho franziu o cenho.

— Não. O filho dele era tudo, menos um idiota.

O homem de chapéu pegou duas pedras, uma branca e uma preta, de dentro de uma cumbuca e mostrou-as para Beatriz.

— Luz guerreando contra as trevas — disse, posicionando as duas pedras na frente de cada um dos seus olhos pálidos. — Pedra contra madeira. Linhas, quadrados, círculos. Ação e reação. Vida e morte.

— É parecido com o xadrez então.

Ele torceu o beiço e fez um muxoxo.

— No xadrez, cada jogador tem 20 opções de jogadas a cada vez. No Go... são mais de 200.

— Parece muito.

— Muito? — O velho sorriu paternalmente, perdendo a expressão grave que assumira momentos antes. — O número de jogadas possíveis em uma partida de Go é um número tão absurdamente alto que supera em muito o número de átomos no universo. Nenhuma partida de Go foi jogada exatamente do mesmo modo até hoje. Cada embate é único. Para jogar Go, há de se caminhar pelo limiar entre intelecto e intuição. O tabuleiro é um campo de batalha e o jogador com mais território vence. — O ancião manco desviou o olhar do tabuleiro para Beatriz. — Você ainda não me disse seu nome, Catarina.

— Catarina? Ah... — repetiu Beatriz, quase se esquecendo do nome falso que usara para entrar no hotel. — Ué, se previu nosso encontro no futuro, como ainda não sabe meu nome? Eu sei o seu porque vai dizê-lo daqui a pouco.

— Eu não prevejo nada. Eu faço contas. Cálculos tão complexos que o melhor computador de vocês levaria décadas para realizar. Avalio, dentro de um universo de possibilidades, a mais provável de acontecer. Nem sempre dá certo, é verdade. Como achamos de comprovar agora, mocinha, com a sua vinda precoce. O problema é que uma pequenina mudança no início de um evento qualquer pode trazer consequências enormes e absolutamente desconhecidas ao final dele. Nódoas, mudanças...

— Efeito borboleta — a garota completou.

— Exato!

— Beatriz o meu nome, vovô.

— *Beatrice!* O amor platônico de Dante! A guia do poeta pelo Paraíso. Gostei! Suponho que não foi sua mãe que escolheu o nome. Nenhuma das três faces dela.

— Foi ela que escolheu, acho. Você conheceu minha mãe?

O velho assentiu de maneira desajeitada.

— Era amigo dela? Algo assim?

— Amigo? Não. Nos esbarramos uma vez somente e creio que não causei uma boa impressão.

— Ah... — Beatriz suspirou. — Então... eu não li esse livro. Deveria ter lido na faculdade, mas não li. Mas lembro de você citando o livro no sonho, como agora.

— Verdade. Esta conversa deve ter acontecido várias e várias vezes na sua cabeça, não?

— Sim. Quer dizer, mais ou menos. Sabia que, numa das versões do sonho, você se apresenta com o nome de Baltazar?

— Olha, até que Baltazar não é *mau*... — o velho sorriu. — Faz séculos que alguém não se referia a mim assim...

— Então... te chamo como? Baltazar, Caliel, ou te chamo de "O Açougueiro"?

— Prefiro Caliel.

— Você é açougueiro?

— Tenho uma rede de açougues, portanto não posso ralhar com alguém que se refira a mim desse jeito. Às vezes chamamos as pessoas pelo que elas fazem ou pelo que elas são em vez de seus nomes. Antigamente era muito comum isso. Seria o mesmo que eu te chamar de sibila, não?

— Sibila?

— Sim. Um dia entenderá o significado dessa palavra, julgo eu — Caliel disse ao trazer um cinzeiro no formato de um par de pulmões do chão para cima da cama. — Quer fumar?

— Não — mentiu Beatriz. Ela adoraria acender um cigarro, mas parara há um ano e estava firme na luta contra o vício.

— É por causa da gravidez?

Beatriz empalideceu.

Que brincadeira é essa?

Será que o velho tinha conhecimento de sua condição? Apesar de não ser nenhum grande segredo o fato de ela não poder ter filhos, Beatriz não saiu por aí espalhando que fora diagnosticada com endometriose profunda, muito menos publicou nas suas redes sociais a notícia. Além de seu médico, apenas poucas pessoas sabiam: seu noivo, duas amigas e alguns familiares mais próximos. Ela nunca escondeu de ninguém que seu maior sonho era o de ser mãe, mas após três tentativas frustradas de fertilização in vitro, ela e o noivo decidiram que adotariam uma criança depois do casamento.

— Gravidez? — Beatriz perguntou, visivelmente irritada. — Por que tá me perguntando isso?

— Desculpe minha indelicadeza — Caliel desculpou-se. — Olha aí o cinzeiro que você viu no sonho!

— Pois é... Não tinha como não fixar um objeto tão bizarro desses na minha memória! O senhor fuma?

— Ah, não. Isso não é meu — disse o velho, retirando as bitucas de dentro do cinzeiro para depois guardá-las meticulosamente dentro de um maço de cigarro vazio. — Diga-me, minha cara, como termina este nosso colóquio?

— Se eu te dissesse, a conversa não terminaria do mesmo jeito do sonho, não acha?

— Tens razão. Normalmente eu tenho a vantagem de conhecer os prováveis entroncamentos das coisas. Você, no entanto, parece conhecer com precisão o que vai ocorrer de fato. Deve ser de uma utilidade tamanha, um...

— Um pesadelo — ela completou, arregalando os olhos e franzindo a testa.

— Talvez seja mesmo.

— Acredite, é horrível!

— Sabe… aqui neste hotel, na beirada dos mundos, algumas das pessoas que vieram até aqui hoje, elas vieram porque nós as encontramos. Esqueça os viajantes malucos! Mas o seu caso foi singular. Você e mais duas mulheres são notáveis. *Sui generis*, diria. *Vocês* três que nos acharam. As outras não, as tantas outras que ficaram pelo caminho.

— Você quer dizer "foram assassinadas" pelo caminho?

— Me declaro inocente sobre essa questão. Se as mulheres morreram é porque, talvez, não fossem tão especiais assim. O Artista achava que trazê-las em terreno neutro como este hotel seria o mais sensato a se fazer. Bom e Boca concordaram e eu… eu fui voto vencido. Mas eles têm certa razão. Só aqui podemos cometer ações sem as punições devidas. Vivemos um tempo de urgência, Beatriz. Infelizmente.

— Foi um massacre… — ela murmurou.

O velho tirou o chapéu e colocou em cima do peito em sinal de respeito.

— Nem me fale… — Caliel lamentou, sacando a segunda tira de carne do bolso. — O que importa é que *você* sobreviveu!

Beatriz deu de ombros.

— Saiba que estou do lado dos mocinhos, minha cara. Não é isso que seus sonhos lhe dizem?

— Nos meus sonhos, você parece ser uma boa pessoa. Alguém que tem uma missão nobre no final das contas.

O velho sorriu, tossiu por um bom tempo uma tosse seca, deu uns tapas no peito e se desculpou.

— É… no final das contas, eu sou *bom*. Quero o melhor para a humanidade, como você.

Beatriz pegou seu caderno de desenhos e abriu na página dos desenhos com os atores da peça.

— Então, você é o "Bom"? Faz sentido, você, com uma calculadora… as contas…

— Alto lá!

— Na peça… aliás… que peça tosca! Na peça, você era…

— Eu tampouco fui o responsável pela criação da peça — o velho interrompeu. — Era para ser apenas um gatilho. Há vários gatilhos aqui hoje. Um conjunto simbólico para que… para as espectadoras… bem, você sabe, serviria para que tudo fizesse sentido.

— Quem era você lá?

— Quem eu era? — o velho gargalhou. — Eu *era*... provavelmente aquele com a tesoura de bronze nas mãos. Ou melhor, o ator é que *era* eu.

— Fiquei confusa — Beatriz conferiu as anotações e desenhos de seu caderno. — Então você é o "Mau". Você é uma pessoa má?

Caliel deu a ela um esboço de sorriso, apontou para o chapéu e disse:

— É como este chapéu-panamá que estou usando. Não sei se sabe, mas, apesar do nome, ele é fabricado no Equador. Mais especificamente em Montecristi. Porém, ficou conhecido por este nome desde que o então presidente Roosevelt usou um destes durante sua visita ao canal do Panamá em 1906. Os homens, assim como os chapéus, às vezes ficam conhecidos por nomes que não os definem corretamente.

Beatriz desenhou um chapéu ao lado da cabeça do personagem que tinha o nome MAU escrito logo abaixo.

— Você carrega uma abundante soma de talentos, minha cara.

— Obrigada, mas, Caliel, na peça, você tinha uma coroa. Você e os outros dois de aventais brancos.

— Coroa é um símbolo. De poder e legitimidade. Ou triunfo, honra, vitória da vida após a morte... sabia que o principal símbolo do fogo, excetuando-se o próprio fogo, é a coroa? A coroa representa a fogueira acesa sobre a cabeça do indivíduo que a usa. Uma maneira metafórica de dizer que a pessoa está conectada com o divino.

— Reis usam coroas.

Caliel assentiu.

— Reis, membros da nobreza, anjos, santos e deuses.

— Santos e anjos têm auréolas, não coroas.

— Coroas, auréolas ou até mesmo a famosa lâmpada acesa acima da cabeça do criador que indica um insight ou uma ideia genial não passam de adornos que culturas diferentes escolheram para representar raios, chamas ou halos de luz emanando da cabeça. Simples assim.

— Então vocês três são... reis ou nobres? Não sei se entendi.

— Como disse, tudo na peça é alegórico e descobrir o que cada símbolo representa faz parte da diversão. Se eu lhe revelasse tudo, qual seria a recompensa? Não haveria nenhuma, não é mesmo? Mas fique tranquila, que no final tudo ficará muito claro para você e sei que estará do nosso lado. Assim eu espero. E respondendo à sua pergunta anterior... sim, fomos reis. Ou algo assim.

— Normalmente eu odeio *spoiler*, mas dada a minha condição... você sabe... os sonhos... seria incrível saber como tudo termina.

O velho sorriu e deu de ombros.

— Não posso fazer isso. Por você. Para o seu bem.

— Entendo. — Beatriz levantou-se. — Agora, se me permite, eu *tenho* que sair.

— *Tem mesmo*? — o velho rebateu. — Tens mesmo que matar aquelas pessoas?

A garota deteve-se, próxima à porta. Pensou por um instante e respondeu:

— É, acho que não faço mais parte da turma dos mocinhos...

— Talvez não mesmo. Ou talvez você só esteja em *atari*.

— *Atari*, o videogame?

— Cada ponto vazio adjacente a uma pedra é chamado de *liberdade* — disse Caliel, mostrando uma parte do tabuleiro para Beatriz. — As liberdades são tão importantes para o jogo Go quanto a respiração é para a vida dos seres vivos. Sempre que um grupo de pedras tem apenas uma liberdade sobrando, ele está em atari.

— Eu estou com pouca liberdade no momento. Na minha vida. Entendi de novo. Acho.

— O poder das pedras está sempre regulado pelo número de liberdades que elas têm.

— Então, tenho pouquíssimo poder no momento. Tirando as lacunas dos sonhos, eu sei somente o que devo fazer. E sei também o que acontece quando não faço o que devo fazer. Ou seja...

— Me permite ajudá-la?

— Toda ajuda é bem-vinda, Caliel.

— Lembre-se de manter suas pedras conectadas e saiba que uma nova pedra faz um novo jogo.

— Ah, é sobre o jogo... — lastimou Beatriz, sem ter certeza de ter entendido. Sabia, no fundo, que aquelas dicas não diziam respeito somente ao jogo. Ela percebeu que o velho gostava de metáforas. Faltava saber a quem ele se referia. Quem eram as pedras além dela própria? — Obrigada, acho... — agradeceu. E fechou o caderno, olhando o relógio no celular. Ainda tinha algum tempo. — Posso te fazer três perguntas?

— Acabou de fazer a primeira. Pode fazer mais duas.

— Neste jogo, quem está ganhando?

— Meu adversário. Mas isso está prestes a mudar. A noite de hoje vai determinar isso, assim espero. E, caso queira saber... sempre jogo com as brancas.

— Imaginei que sim. E por que você é o único aqui a não usar máscaras?

— Será que não estou usando uma?

Outra metáfora? Ou ironia? Beatriz não soube dizer.

— Terceira pergunta: notei que você não pisca nunca.

— É que... às vezes, eu me esqueço completamente das coisas mais básicas do seu mundo.

O telefone de Beatriz vibrou. Terceiro alarme.

— Está na minha hora.

— Antes de ir... — O velho foi até o criado-mudo, abriu a gaveta e voltou com uma embalagem de biscoito da sorte na mão. Quando entregou a Beatriz, revelou: — Um presente.

— Eu já sei o que tem escrito dentro dele.

— É bom que saiba o latim.

— Não sei. Vi você me dando este biscoito no sonho. Dei um Google quando acordei e... bem... *voilá!* Achei a tradução:

TORNA-TE QUEM TU ÉS.

Caliel assentiu.

— Duro é saber quem *eu* sou.

— Temo dizer que o presente não é para você — o velho explicou meio sem jeito.

— Imaginei. Não vou abrir desta vez, prometo.

— Lembre-se que um jogador que tem um grupo de pedras em atari não é obrigado a tentar proteger aquele grupo. As pedras podem ficar indefinidamente em atari.

— É? Mas acho que não sou esse tipo de jogadora.

O velho sentou-se, esticou as pernas sobre a cama, tirou mais uma tira de carne defumada do bolso e deu uma boa mordida. E depois de uma piscadela para Beatriz, arrematou:

— Última e valiosa dica: não jogue pedras *boas* perto de pedras *ruins*.

Beatriz agradeceu calada. Baixou a máscara da testa de modo a cobrir seu rosto novamente, pegou o revólver, o celular e o caderno e saiu do quarto.

Deixou a porta aberta, sabia que o velho receberia mais visitas naquela noite.

[31 minutos antes]

Sem poder usar a luz do celular, Beatriz foi obrigada a tatear as paredes até encontrar a segunda porta destrancada do andar. Girou a maçaneta com cuidado. Queria só confirmar se aquela era a porta certa. Era, mas ainda não podia abri-la. Ela então desembrulhou o biscoito da sorte e posicionou o doce no assoalho de modo que ficasse exatamente em frente à porta destrancada.

Envolta pelo escuro do corredor, esperou.

Não demorou muito, ouviu o som do elevador chegando ao sétimo andar.

As duas portas pantográficas se abriram e a luz que escapava do elevador clareou debilmente o hall do andar. Marcel foi empurrado para fora pela mesma anã que ela aprendeu a odiar. Ele gritou, bateu na grade, apertou o botão do elevador várias vezes e depois, como sempre fazia nos sonhos, desistiu. E ficou lá aguardando a volta do elevador em silêncio...

Tudo acontecendo como tinha que acontecer.

Agora era a sua deixa para agir: abriu a porta e uma réstia de luz escapou do quarto. Antes que Marcel pudesse vê-la ali, voltou a esconder-se na escuridão do corredor.

O rangido da velha porta chamou a atenção de Marcel, que grunhiu, ao longe:

— Quem tá aí?

O filete de luz o guiou até a porta. De onde estava, Beatriz acompanhava tudo: Marcel pisando no biscoito, pegando o papel, entrando no quarto.

Uma pedra boa no meio de pedras ruins, pensou. *A pedra era... Marcel?*

Beatriz esperou um pouco antes de se aproximar da porta. Iria fechá-la. Mas não agora. Agora, ela deveria sentar-se no chão do corredor, de frente para a porta, com os braços por cima dos joelhos: segurava o revólver com as duas mãos, apontando para a madeira da porta. Melhor estar preparada, caso algo saísse do roteiro original que escrevera em sua mente.

Deixou o celular aceso ao lado dela e ficou de olho no reloginho no canto superior da tela.

Ela teria que esperar até a meia-noite e meia para entrar naquele quarto.

Meia-noite e meia em ponto seria a hora exata em que ela se tornaria uma assassina.

Pedra

[agora]

Pedra, fantasiado de motoboy, fingia ser um entregador de pizza desta vez. Mais um disfarce! Estacionara o carango preto de rico bem longe do local do seu destino. Não senhor, nada de pagar estacionamento! Pagar para ficar parado? Quando chegou na guarita do prédio, pediu para ser anunciado.

— A pizza chegou! — mentiu.

Disse o andar certo para o porteiro. Não gostava de mentir. O andar certo, o apartamento certo. O Padre anotara tudo para ele. E ele, claro, passou tudo para o seu caderno. Quando o Padre pedia para ele mentir, ele mentia. Porque aí não era pecado. Mas só quando o Padre pedia. O porteiro disse alguma coisa que Pedra não entendeu. Deve ter falado no dialeto dos porteiros que só os porteiros entendem. Pedra só entendeu uma parte. A parte que ele falou que era muito tarde para comer pizza. Ele falou isso mesmo? Porteiro folgado! O porteiro repetiu. Não. Era sobre o capacete. O porteiro pediu para ele tirar o capacete antes de entrar no prédio. Mas ele não podia ainda tirar o capacete. Pedra mostrou o treisoitão. O porteiro abriu o portão de ferro. Claro que abriu. O primeiro portão. Depois o segundo portão. Foi assim que Pedra entrou. Mato o porteiro, Padre? Lógico! Sem sujeira, Padre? É difícil. É mais fácil sujando. Sempre é. Mais rápido também. Pedra estava atrasado e carregava duas caixas de pizza. Guardou a arma dentro da caixa de cima. A caixa de baixo estava vazia. Subiu pelo elevador de serviço. O Padre o mandou ir pelo elevador de serviço. Ele obedeceu. Mas Pedra é patrão. Pedra só anda no elevador social. Quando não está disfarçado, é claro. Quando não está em uma missão divina. Como esta. O Padre é muito inteligente. Ele é santo. Às vezes, ele é Deus. Ô Pedra, vê se presta atenção! Desce no andar certo, Pedra! O Padre anotou tudo. Pedra repetiu no seu caderno. Tudo. E ele decorou. Tudo. Foi para o andar certo depois de ir para o errado.

Apertou a campainha do apartamento certo. Esperou.

Ouviu sons de tiros.

Os tiros vinham de dentro do apartamento.

Apertou de novo.

Alguém atrás da porta berrou:

— Já falei que não pedi pizza, cacete!

Pedra sabia que isso ia acontecer. Tinha anotado.

00h33: TOCAR A CAMPAINHA. O MORADOR VAI DIZER QUE NÃO PEDIU PIZZA.

00h34: DEIXAR AS CAIXAS DE PIZZA NO CHÃO. E APERTAR DE NOVO A CAMPAINHA DO THOMAS.

Mais sons de tiros. Pedra largou as caixas na frente da porta. E deu marcha à ré. E entrou no elevador. Pedra entrou no elevador, mas não deixou o elevador descer nem subir. Como o Padre tinha ensinado. Pedra ainda não tinha escutado o barulho da porta. Só depois que ouvir a porta você volta, Pedra. O Padre disse isso. Pedra decorou. Como o Padre sabia de tudo, assim? O Padre é Deus. Deus sabe de tudo. Pedra iria fazer exatamente o que o Padre pediu. Se possível, sem sujeira. Tirou o capacete. Preparou-se. Ouviu a porta abrir. Saiu correndo e conseguiu impedir que o pecador fechasse a porta. O pecador estava com as caixas das pizzas na mão, como o Padre contou que ele faria. Pedra empurrou com força a porta. Abriu totalmente a porta, que bateu com força na parede do apartamento. O homem-pecador, claro, estava com medo. Quem não fica com medo com Pedra? Thomas era o nome dele. Thomas Markellin da Silva. Nome de gringo. Pecador das Europa? Que adianta ter um nome cheio de frescura se tem Silva no final? Nome foda, sobrenome de fodido. Thomas... É Thomas-na-bunda? Pedra riu com a piada que acabara de criar. Riu sem fazer som de risada. Dentro da cabeça, ele riu. Thomas. Você vai me entregar o que eu quero, Thomas?

— Quem é Dorothy Gale? — Pedra questionou.

O homem gaguejou. Ele estava usando aqueles fones enormes com um microfone fino na frente da boca e Pedra não teve certeza se ele tinha escutado sua pergunta.

Pedra, não tira a pistola ainda! Calma!

— Quem é Dorothy Gale? — repetiu impaciente.

Pedra arrancou os fones do sujeito com um tapa bem dado.

O homem resmungou alguma coisa que Pedra não entendeu.

Pedra fechou a porta e empurrou Thomas no chão.

Hora de tirar a arma e apontar para a cabeça do pecador caído.

Pedra lembrou o que anotara no caderno.

00h40: MOSTRAR A ARMA.

00h41: MOSTRAR A FOTO DA TAL DA BEATRIZ.

Ele pegou o envelope que tinha o número 3 escrito na frente. Além do 3, tinha também um nome. Thomas. Pegou as fotos e jogou no rosto de Thomas. Thomas olhou para as fotos caídas no chão do apartamento.

— O que você fez com ela? — ele berrou.

Pedra ignorou a pergunta e voltou a perguntar a pergunta que o Padre pedira para ele perguntar. Nome estranho. Dorothy. E Gale? Mais estranho ainda. O Padre ensinara como Pedra tinha que falar o nome. Gay-o. Pedra riu de novo e agora sorrira com som. Gay! O homem-pecador é gay?

— Quem é Dorothy Gale? — Pedra repetiu, segurando o riso.

— É a Beatriz, minha noiva, na foto. Os outros dois eu não conheço! E não conheço nenhuma Dorothy. Juro!

Jurando? O pecador jura? Mentindo e jurando? Pedra apontou para as fotos. Mas ele tá é querendo me foder? Só quer! Quer me foder, me beija! Ele sabe. Claro que sabe. Pedra pegou uma das fotos do chão e esfregou no rosto de Thomas. Era a foto de um jovem de cabelo black.

— Pela última vez: quem é Dorothy Gale?

Irritado com a nova negativa do homem, Pedra apertou o gatilho. Uma, duas vezes. O sangue espirrou na parede azul bebê. O corpo do pecador ficou estirado no chão do corredor de entrada do apartamento. O sangue do Thomas-na-bunda estava também no chão. Sujar, sempre suja um pouco, né, Padre? Desculpa, mas não tem jeito. Perdão, Padre. Pedra saltou o corpo do morto e começou a revirar o apartamento. Sabia o que procurar. Só não sabia onde estavam os cadernos de desenhos que o Padre havia pedido para ele. Ouviu sirenes de polícia ao longe. Lembrou do porteiro morto. Os cadernos não estão na sala, Padre! Foi para o quarto. Achei o livro, Padre! Livro, não. Cadernos pesados. Revirou as gavetas do armário. Nada. Foi para outro quarto. Um escritório. Devia estar ali. Havia uma prancheta grande, de vidro. E uma cômoda ao lado. Abriu e encontrou mais dois cadernos. Folheou. Desenhos, um monte deles. Era isso. O Padre disse que era isso. Cadernos sagrados, ele disse. Disse? Ah, disse! Pedra tinha certeza. Ou o Padre disse ou o Padre escreveu. O Padre era amigo dele. Era Deus. Esquece disso, Pedra! Missão cumprida, Pedra! Parabéns. Pode beber agora? Pode, Pedra! Hoje você pode tudo!

Guardou os cadernos grandes numa mala de couro que achou no outro quarto.

E saiu de lá o mais rápido que pôde. Dois minutos atrasado.

01h02: EU SAIO DO PRÉDIO DO THOMAS.

01h08: ENTRO NO CARANGO DE RICO COM O VIDRO QUEBRADO.

Quando Pedra terminou de anotar seus atos no seu caderno, jogou a mala para o banco de trás.

Agora, enfim, poderia voltar para o hotel e beber.

O Padre iria gostar de saber que tudo deu certo.

Teve um pouco de sujeira?

Ih... teve sim.

Mas deu certo.

Eu sou foda, pensou.

Muito foda.

E bota foda nisso!

[7 horas antes]

O despertador do quarto grasnava.

O fluxo de pensamentos dentro da cabeça de Pedra era intenso e caótico.

Pedra tentava raciocinar, mas tinha uma merda de som apitando na cabeça dele e, a essa altura do campeonato, estava difícil separar os pipipis reais dos imaginários. Era impossível voltar para o mundo dos vivos. Não era do lado de dentro que o zunzunzum vinha, decidiu. Era do lado de fora. Tinha certeza. Tinha? Parecia que o apito vinha do lado de dentro. Estaria no hospital ainda? Pedra ficava confuso. Às vezes ele era confuso, ele sabia disso, as pessoas falavam isso para ele sempre. Você é confuso, Pedra! Ninguém dizia essas coisas na cara dele, claro. Se falassem, não estariam vivos. Nem vivos e nem com todos os dentes na boca. Eu sou foda! Esse era o lema do Pedra. Eu sou foda! Repetia à exaustão. O apito continuava apitando. Merda! Para piorar, tinha um bando de cachorros lá fora, fazendo um barulho dos diabos, e um bebê cantando funk no quarto ao lado. Putaqueopariu da Silva, será que não tem ninguém para desligar essa coisa da minha cabeça? Ele perguntou, ele mesmo respondeu: não, não tem! Pensamento rápido. Ideias mudando de lugar. O pipipi. Abriu os olhos. Ele tentava localizar o alvo. O rádio-relógio. Era isso que estava apitando na cabeça dele. 5h31. Ele não podia se atrasar. Nunca se atrasava nem se adiantava. Sempre no horário. Entendeu? Sempre no horário. Repetia isso pra si mesmo. Sempre no horário. Por que estava acordando agora? Bebeu? Não pode beber, ô Pedra. O Padre disse. O Padre é santo. Ele é Deus. Tudo ainda era muito confuso para ele. Tá quente para caralho e o lençol gruda no corpo igual aqueles plásticos na praia de Santos grudavam nas pernas dele quando era criança. E o apito continuava. Além disso, tinha uma coisa gemendo e agonizando em cima dele, uma coisa que as pessoas conheciam como ventilador de teto, mas que Pedra preferia chamar de batedeira. A batedeira confundia ainda mais seus ouvidos. Ele tentou se localizar no tempo e no espaço. Não coisas do tipo "Quem sou e de onde vim?", não essas merdas de perguntas-sem-respostas. Ele só queria saber de coisas mais simples, do tipo "O que eu tô fazendo nesse quarto cheirando a mofo?" e "Por que o despertador tocou às 5h33 da porra da tarde?".

Ele acordou do sono. De verdade agora. Para sempre, ele acordou. Do maldito sono. Esticou o braço e com a mão martelou o rádio-relógio. Oito vezes até acertar o botão. Não parou o pipipi? Botão errado. Esticou o corpo todo e puxou o fio da tomada. É só esticar a mão. Viu? É assim que ele era. Pedra. Um cara que faz as coisas acontecerem. Se o negócio é desligar alguma coisa, ele desligava a porra da coisa! Era um dom. Pronto. O apito parou. Assim ninguém mais fica nervoso com a porra do apito. Cabeça, pode pensar. Eu deixo. Agora só falta o bebê-funk! Para de gritar, porra! Ele olhou ao redor, coçando a barriga. Dormiu pelado. Eu sempre durmo nu, sem roupa. Nu é sem roupa, porra! Pensa direito, Pedra! Procura alguma pista! Pedra mexeu o torso, quis levantar mas não levantou. Onde está você, memória? Hein? Hora de voltar para dentro da cabeça, memória dos infernos. Cabeça rodando. Pensou. Decidiu. Agora vai, Pedra! Ele tentou sair da cama de novo e despencou. Não sentiu dor nenhuma. Saco vazio não para em pé, ouviu uma velha dizer uma vez. Uma vez só, não! Foram, no mínimo, umas três vezes. Por que gente velha repete as coisas? Não se alimentava fazia tempo também. Mas bebeu. Bebeu, né, Pedra? O Padre vai saber. É pecado, Pedra! Eu sou foda… Pedra confundia quais eram os seus pensamentos e quais eram os do Padre. Padre não fala palavrão. Ele descobriria o que estava acontecendo, era só se acostumar com sua cabeça. Com o novo tamanho dela. O quarto. O quarto estava escuro para cacete. Ele procurou alguma coisa no tapete. Achou um caderno. Seu caderno. Ainda bem que o Padre deu aquele caderno para ele. O caderno o fazia lembrar das coisas. Estava escrito PEDRA na etiqueta da frente. Escreveu não leu, o pau comeu! Tinha um coelho na capa. É o meu caderno! O Padre deu o primeiro caderno para ele fazia tempo. Muitos cadernos antes daquele. Caderno com linhas. Para escrever retinho. Deus escreve certo, mas as linhas é que são tortas. É isso? Ele não queria um caderno com as linhas tortas, falou isso pro Padre. O santo Padre conseguiu cadernos com linhas retas. Ele mesmo que escrevia tudo. Reto. Retinho, tudo retinho. Padre e Deus são a mesma pessoa. Deus é Deus, não é uma pessoa. São três, o padre disse. Pai, Filho e Espírito Santo. Não o estado do Espírito Santo. Tem gente que confunde essas coisas. Pedra não era desse tipo de pessoa. Ele abriu o caderno, passou as páginas, molhando o dedo antes. Leu o que tinha escrito em uma delas. **23h45**: AMANHÃ VAI TER ENCONTRO COM O PADRE. NÃO ESQUECER! Era a sua letra, ele soube quando leu. Ele passou para outra página. **15h35**: ESCOVEI OS DENTES DE NOVO. Correu mais páginas. Até chegar na última folha. Estava escrita até a metade. É essa! Foca nessa, Pedra! Ele leu o que tinha escrito. Letra bonita, Pedra! 'Brigado, seu Padre! O Padre sempre elogiava a letra de Pedra. **11h20**: ENTREI NO HOTEL. Leu mais e mais. Ler é estudar. E estudar é aprender! **11h22**: HOJE TEM REUNIÃO COM O PADRE ÀS CINCO E TRINTA DA TARDE!, **11h35**: BEBI CINCO GARRAFINHAS DA GELADEIRINHA. Bebeu, Pedra? Por quê, Pedra?

Bebida alcoólica não pode. Tinha água de coco. Por que não bebeu água de coco e Coca Zero? **12h14**: SENTINDO SONO, QUERO DORMIR., **12h16**: TOMEI O REMÉDIO QUE O PADRE ME DEU. DO VERMELHO E DO VERDE. CABEÇA TÁ PEQUENA AGORA., **12h29**: AINDA NÃO DORMI, MAS O OLHO ESQUERDO TÁ TREMENDO., **12h53**: QUE SONÃO! Parava ali. Não tinha nada escrito. Fim. Pedra pegou a caneta com o nome do hotel na ponta e escreveu no caderno. **17h31**: ACORDEI NO HOTEL CHEIRANDO MOFO. Capricha na letra, Pedra! **17h37**: TENHO UMA REUNIÃO COM O PADRE DAQUI A POUCO. NÃO LEMBRO ONDE. Procurou sua roupa. Estava jogada, espalhada pelo quarto. Ele achou a calça, a camisa do Real Madrid. Cadê a cueca? Cadê a jaqueta de couro maneira? Sentou-se no chão do banheiro. Os azulejos estavam rodando. A cortina girando. Eu tomei Engov? Pedra não lembrava. Levantou o corpo e apoiou os braços na parede. De olhos fechados. Eu tomei Engov? Tinha que ter tomado a porra do Engov, Pedra! Abriu os olhos. Tinha uma mulher na banheira. Ela usava sua jaqueta de couro. Tá dormindo? Olhos fechados, dentro da banheira. Tá tirando um cochilo. Mas e o sangue na água? Menstruação? Não, menstruação não suja o corpo todo. Só se ela gozou daquele jeito que as mulheres gozam soltando um jato. Um jato de prazer e de menstruação. Ela sujou a jaqueta dele de sangue. Pedra retirou a jaqueta da mulher com todo o cuidado. Verificou que ela não estava dormindo. Tá morta! Porra, Putaqueopariu da Silva! Tem uma mulher morta na minha banheira. Eu conheço ela? Pedra não sabia dizer. Pode ser o amor da minha vida. Ele olhou bem para ela. Mataram o amor da minha vida? Sangue. Qual o nome dela? Tem sangue para todo lado. Eu tenho certeza de que amo essa mulher. Não lembrava do nome dela, nem do rosto. Mas a amava e jurou protegê-la na saúde e na doença. O amor da sua vida estava naquela banheira. Morta. Um puto matou minha amada com a minha arma. A porra da minha arma! Descobri o plano do pecador. O cara que matou a puta quer acabar comigo. Não fala assim, Pedra! É sua mulher, não é uma puta! O Padre não vai gostar disso. O Padre não vai saber disso. Mas eu não minto para o Padre. Padre lê as ideias da gente? Acho que lê. Pedra estava confuso. E lembrou-se que estava pelado. Começou a procurar a cueca. Achou no canto do banheiro. Vestiu a cueca laceada. O que eu faço agora? Não sabia. O Padre disse para ele matar a mulher? Não. O Padre só pede para matar gente ruim. Ela não era ruim. Era sua esposa. Não tinha aliança no dedo. Mas era. Ele tinha certeza disso. Na riqueza e na pobreza. Pedra ajoelhou-se ao lado do corpo ensanguentado da mulher. Rezou pra Deus, para o Padre. Rezou a oração que o Padre fazia na missa de domingo. Rezou Cordeiro de Deus, que tira o pecado do mundo. Colocou a calça jeans. Receba Senhor este sacrifício. Cordeiro de Deus, que tira a porra do pecado do mundo. Colocou a bota e amarrou os cadarços das botas. Tá bom, Padre. Ok. Entendido. Tô fechado contigo, Deus! Eu tenho que sair daqui! Senhor, eu não sou digno de que entreis em minha morada, mas dizei uma só palavra. Vestiu a camisa do Real Madrid. Dai-nos a paz. Colocou seu casacão de couro maneiro. Limpou como pôde, mas ainda estava sujo de sangue menstrual. Menstrual não, sangue mortal!, corrigiu-se. Remexeu os bolsos da jaqueta. Achou um papel. Em nome do Pai. Ele fez o sinal da cruz, com a mão direita, como o Padre falou para fazer. Do Filho e do Espírito Santo. Espírito Santo de Deus. Não o nome do estado do Brasil.

Abriu o papel. Estava escrito: PEDRA, TEM REUNIÃO ÀS 17h30 NO HOTEL QUE VOCÊ ESTÁ HOSPEDADO. QUARTO 77, NÃO ESQUECE, MEU FILHO! Encontrar aquele papel na sua jaqueta suja do sangue santo de sua mulher santa foi um milagre. Ele rezou e o Padre falou com ele. Falou através de um bilhete. Amém. Aleluia! Rosana nas alturas. Quem é Rosana? Pedra não sabia quem era Rosana. Uma santa, com certeza. Rosana. Pedra beijou a sua mulher santa, a Rosana. E quando fez carinho nos cabelos dela, achou sua arma. Atrás da Rosana. Ela escondeu sua pistola? Pistola-arma, não pistola-pênis. Pedra pensou isso na sua cabeça. Ele achou graça de pensar pistola-pênis. Colocou a arma na cintura, onde ela gostava de ficar. Um puto matou minha esposa, a Rosana, santa mulher da minha vida que agora tá no céu das alturas. Amém? E com a minha arma. A arma de matar gente. Não, a arma de matar pecador. Pedra tinha que corrigir suas ideias a todo momento. Amém? Era sempre muita gente pensando junto. Ele, o Padre e Deus. Os três na sua cabeça. Amém! Ele ajoelhou e fez um juramento. Jurou vingar sua mulher. Um cara matou a melhor mulher que ele já conheceu na vida. A sua melhor trepada. Ele não se lembrava direito, mas sabia que tinha sido sua melhor trepada. Foi sim! Hoje é dezembro, Pedra. Lembra? Pedra não lembrava. Pedra só se recordou de uma coisa. Que era foda. Eu sou foda! Ele sabia falar com Deus dentro da própria cabeça. Isso era um dom. Falar sem emitir nenhum som. Pergunta pra galera, pergunta quem sou eu. Eu sou foda. Se o assassino-pecador soubesse, não chamaria o Pedra para briga. Se matou meu amor, me chamou pro pau! Duelo e morte. Só não pergunta pro Padre, que ele não sabe de umas coisas. O Padre é Deus. Eu sou um homem bom, o Padre fala sempre. Sou e não sou. Pedra tinha dúvidas às vezes. Mas não era idiota. Pedra nunca foi um cara muito inteligente. Ele sabia disso. Casa decimal, raiz quadrada e hipotenusa, para ele, era coisa de gay. E ele não era gay. Era homem. Homão da porra! E só porque ele não era um gênio, não queria dizer que ele não sabia fazer contas. As fáceis. Conta, para ele, só de somar e de tirar. Dividir e multiplicar, o Padre que fazia. O Padre é bom nas contas. O Padre sempre fazia um monte de contas no livrinho dele. Não esse lance de decimal, não a hipotenusa, nem o catete, nem o cacete a quatro. O Padre não é gay. O Padre é Deus. Deus não é gay. Perdão, Padre! Deus é amor, mas não amor gay. Pedra faria contas difíceis com calculadoras se elas não fossem burras. Ele não gostava de calculadora cheia de botões.

Máquinas são sempre burras, o Padre dizia.

O telefone preto do quarto tocou.

Polícia? Seu guarda, eu não matei ela. Foi um assassino, um pecador que usou minha arma. Ele fugiu. Pedra atendeu o telefone antigo, de discar. Alô. Seu guarda? Padre? Pedra estava falando somente dentro da cabeça dele. Isso estava errado, pensou. Tem que falar para fora! Usar a boca desta vez. Pensa e fala, Pedra!

— Alô, quem é? — falou ao telefone.

Do outro lado da linha, o Padre disse que era o Padre e pediu para ele descer para a reunião.

— Quarto 77? — Pedra perguntou.

O Padre desligou o telefone sem responder. O Padre às vezes não tinha paciência com ele. Porque ele pecava, porque errava.

Mas pedia perdão e recomeçava tudo de novo do ponto onde tinha parado. Como no videogame. Pedra abriu a cortina e o quarto ficou claro. Quem bagunçou tudo? As roupas da mulher estavam espalhadas pelo quarto. A calcinha e o sutiã estavam em cima do abajur. Pedra tinha que sair. Depois ele arrumaria tudo. Depois chamaria a polícia. Não, polícia, não! Melhor perguntar para o Padre antes. Ele me diz o que fazer. Sempre dizia. Tem o pessoal do hotel. Eles iriam limpar tudo quando fosse a hora certa.

É isso! Deixa pra mulher que arruma as camas. Ela arruma tudo.

Saiu do quarto e deixou a porta aberta. Foda-se. Eu sou foda! Pedra desceu as escadas no escuro. E sorriu, confiante de que a noite ia ser boa. Lembrou-se de que esquecera seu caderno e seu lápis preferido. Deu um tapa na cabeça. Pedra, se concentra! Voltou correndo para o quarto. Pegou o caderno e o lápis. E fechou a porta desta vez. Não confiava nos funcionários do hotel. Não confiava em ninguém além do Padre.

— O padre não gosta de esperar... — murmurou, dando tapinhas na própria cabeça. — Eu sou foda! — Pedra disse e não teve certeza se sua voz saíra para fora da cabeça desta vez.

[6 horas e 40 minutos antes]

O Padre estava na cadeira clara esperando por ele.

Pedra entrou no quarto cheio de velas. Foi até o homem santo e beijou a mão santa dele.

— Não precisa disso, Pedra.

— Louvado seja, Rosana nas alturas, Padre. Amém, obrigado.

— Amém.

— Desculpa pelo atraso, Padre — disse, de cabeça baixa.

O Padre sorriu. Pedra sorriu de volta. Esperava para ver se o Padre iria mandar ele sentar. Como ele fazia na igreja. Pedra ficava em pé. Depois sentava, depois ficava de joelhos. Depois, de pé de novo. Ele esperava o Padre falar agora. Ele não sabia a coreografia certa. Na igreja, no começo, errava. Aí começou a copiar as pessoas ao lado. Nunca mais errou. Mas não tinha mais ninguém ali. Só ele e o Padre.

— Pode se sentar, Pedra.

Pedra obedeceu.

— Trouxe o caderno, Pedra?

— Trouxe, Padre.

Pedra entregou o caderno para o Padre. Ele ficava nervoso quando se encontrava com o Padre. Seus pensamentos, já confusos, aumentavam em quantidade e se chocavam dentro da sua cabeça. Como bolhas de sabão, explodiam. Sumiam antes que ele pudesse transformar alguma coisa em palavras. O Padre conferiu. Fechou o caderno e devolveu para Pedra. Em cima da cama, que separava as duas cadeiras, Pedra viu várias fotos, envelopes, páginas de jornais espalhadas e papéis preenchidos com contas e anotações de todos os tipos. Uma bagunça. Uma bagunça santa, é claro.

— Padre, por que tá tudo escuro?

— Acabou a energia.

— No meu quarto, o rádio-relógio e o ventilador estavam ligados.

— Não, Pedra... não estavam. Você imaginou isso.

Pedra acreditou no Padre. Se ele falou, tinha que ser verdade.

— E tinha uma mulher morta na banheira, Padre. Mas não sei se é verdade.

— Isso é verdade, Pedra?

— Eu não matei ela. Era minha mulher, a Rosana.

— Correto, Pedra. É sobre isso que vamos falar.

O Padre devolveu o caderno para Pedra. O Padre pegou duas folhas e cinco fotos de cima da cama e entregou para Pedra, que passou os olhos e percebeu que elas estavam repletas de informações: endereços, tarefas e horários. Tudo muito bem explicadinho, de forma simples e cronológica.

O Padre apontou para as fotos e disse:

— Você vai matar o assassino da sua esposa. Um pecador. Eu vou te passar o local e você vai lá, mata o criminoso e coloca ele dentro do porta-mala do carro. E traz ele aqui. Anota tudo isso. Essas fotos são do motorista assassino da sua mulher, do Marcel e do Thomas. Tá tudo direitinho nesta folha. Quem é quem, onde e que horas. E tem seu uniforme de hoje. Não esquece. Pedi que te entregassem no quarto. Entregaram?

Pedra não soube responder. Não podia mentir.

— Se o senhor tá falando que tem, então tem.

— Faça como sempre fez, meu menino. Sabe como é?

— Sem erros, Padre.

— Sem erros, meu filho.

Pedra pegou as fotos e guardou-as no meio do caderno. Depois anotou tudo o que o Padre pediu a ele. Tudo o que estava nas folhas. Era muita coisa. **17h59**: PADRE MANDOU EU MATAR UM PECADOR. VER ENDEREÇO QUE O PADRE ESCREVEU ATRÁS DA FOTO. **18h00**: PADRE PEDIU PRA GUARDAR ELE DENTRO DO PORTA-MALAS.

— Pedra?

Pedra parou de escrever em seu caderno para poder olhar para o Padre.

— Anota tudo que te passei. Estuda tudo, anota tudo. Ensaia bem. E faz o que você sabe fazer. Sem sujeira desta vez.

— Sim, Padre.

Enquanto Pedra escrevia, o Padre dobrou uma folha de jornal. Pedra olhava o Padre com o canto do olho. O Padre pegou uma tesoura do chão e recortou com cuidado o jornal. Era um jornal velho. Pedra queria olhar diretamente para o que o Padre estava fazendo, mas não podia parar de escrever. É pecado desobedecer o Padre, ele sabia. Levantava os olhos e baixava assim que o Padre cruzava seu olhar. Perdão, Padre! Ele não falou, ele imaginou que falou. O Padre terminou de recortar o jornal. Depois, com o jornal dobrado e recortado, o Padre retirou as sobras e jogou em cima do lençol. Colocou a tesoura na cama. Abriu o recorte de jornal, puxando as pontas com as duas mãos, formando uma fileira de pequenos homenzinhos com as mãos e os pés colados.

— Tesoura corta papel — disse o Padre.

Milagre! O Padre é santo, só pode. Como ele fez um homenzinho de papel virar um monte de homenzinhos de papel? Pedra queria olhar só para o Padre, mas não podia. O Padre fechou a sanfona de homenzinhos e guardou o amontoado de papel dobrado dentro de um envelope pardo que estava estufado depois de ele ter colocado uma fita VHS dentro. Havia um nome escrito na frente do envelope. O mesmo nome que estava em uma das fotos que o Padre havia entregado para ele.

— Sabe... — disse o Padre, trazendo o envelope para junto do corpo, abraçando-o com os dois braços cruzados. — No princípio, havia somente um espelho e o espelho era tudo. Só um silêncio de coisas. Uma ausência, um reflexo. Tudo era infinito, sem margens, linhas que definissem ou separassem uma coisa da outra. Então, surgiu uma ideia, flutuando num mar de pensamentos, sonhos e lamentações. Depois... depois veio a guerra. A grande batalha entre o certo e o errado. E um terço do céu desabou sob nossos pés, mas isso, isso você já sabe, não é, meu filho?

Pedra não tinha certeza se compreendia aquilo tudo. Mas importava? Não. Era uma reza. E reza é assim. Era bonito. Sempre era lindo quando o Padre falava as rezas bonitas.

— E então, um jogo foi concebido — o Padre continuou. — Depois, bem depois, outros jogos foram criados. Na mesma velocidade em que apareciam, iam sendo esquecidos. Não me interprete mal, a verdade é que... nada mais importava. Só o jogo. Conhecer os jogadores, as regras... sabe? No entanto, interferir no jogo é meu dever. Ainda que isso tenha consequências graves, mais graves ainda são meus motivos.

— Acabei, Padre. — Pedra fechou seu caderno. — Muito bonito demais o que o senhor falou. Tá na Bíblia, não tá?

— Temo que não. Ainda não... — respondeu dentro de um sorriso sincero.

Pedra abaixou a cabeça em sinal de respeito ao Padre. O Padre afagou carinhosamente a cruz feita de cabelo na cabeça raspada de Pedra. Uma das linhas da enorme cruz ia do fim da testa até a nuca enquanto a outra linha que a cruzava, ia de uma orelha a outra.

— Bom menino. Agora volta para o seu quarto. Prepare-se, vista-se de acordo, que esta noite é a noite na qual você, meu filho, receberá o perdão de todos os seus pecados.

— Amém, Padre. Assim seja o bendito fruto do seu ventre nas alturas!

Pedra pôs-se de pé, determinado e confiante. Tinha poucas horas para ensaiar suas falas, treinar seus movimentos. Muito trabalho para fazer. Sem sujeira.

— Sem sujeira — Pedra repetiu o pensamento em voz alta.

O velho ajeitou seu chapéu-panamá e limpou a cama, juntando todas as folhas, jornais, fotos e envelopes. Quando toda aquela bagunça foi retirada da cama, um tabuleiro de um jogo começado se revelou. O velho, sem paciência alguma, jogou todo aquele mar de papéis debaixo da cama e guardou a velha tesoura de cobre no bolso.

— Háb-bitos a-a-antigos são d-difíceis de s-se perder — disse o homem com o colete cheio de botões, que acabara de sair das sombras do quarto.

— Padre, quem é ele? — Pedra perguntou.

— Meu irmão, Pedra. Agora fique quietinho!

Pedra obedeceu.

O Padre deu tapinhas nos ombros do outro velho e disse:

— Já terminou os cálculos?

— S-sim.

— E?

— E... e-estamos c-ca-caminhando para o fim, como eu c-cacalculei anteriormente. T-te-temos pouco tempo, a menos que...

— É deveras imperioso achar Dorothy — o Padre interrompeu. — Nada urge mais do que isso.

O irmão do Padre assentiu com a cabeça e apontou para o tabuleiro, perguntando:

— O Homem d-de La-lata? N-não veio?

— O que acha, meu caro?

Pedra acompanhou com os olhos e ouvidos o Padre e o irmão do Padre rirem uma risada santa.

— N-não achei que ele apa-pareceria, C-Caliel. V-você nem a-acreditou que ele r-responderia ao se-seu convite. Se-se é que ele r-re-recebeu a mensagem pelo celular.

— O aparelho não estava mais com ele. Está na mochila e a mochila estará com o filho dele mais tarde, como você bem sabe.

— V-ve-verdade. O z-zerado... ele nos levará até o p-pai dele.

— Sim. Ele só precisa de um incentivo. E de companhia.

O Padre tirou uma mochila amarela com um rosto risonho debaixo da cama e entregou ao velho. É o Bob Esponja? Pedra não teve certeza. Não assistia ao desenho. Viu uma vez ou outra e quando viu, mudou de canal. Desenho é coisa de criança. Mas que é o Bob Esponja, é!

— Você cuida dele, Bom, que eu cuido da garota.

O velhinho de colete vestiu a mochila infantil nos ombros.

— A g-g-garota. Nos m-meus cálculos... ela mo-morre no final.

— Ela é uma pedra importante nesse jogo. Não deixaremos que isso aconteça de forma alguma, entendeu? Não antes do tempo.

— O Olho di-d-discorda. Ele e a B-Boca.

— Houve um tempo em que a gente não precisava fazer nada. Era só falar e... pronto! Acontecia. Obediência total — disse o Padre, num tom solene —, recorda-se?

— F-f-faz m-mui-to tempo isso... m-mas eu lembro sim.

— E os outros?

— Est-tão chegando. Os que sob-s-sobraram, v-você diz?

— Sim. Dá pra confiar nos Moldadores, Bom?

— E t-t-temos o-outra alt-t-ternativa?

— Não... no momento atual, necessitamos deixar nossas diferenças de lado e aceitar de bom grado toda ajuda que conseguirmos.

— L-lembra da última vez que nos r-re-eunimos?

— Era diferente. Da última vez em que estávamos todos juntos... — O Padre fez uma pausa enorme a fim de comer uma tira inteira de carne defumada. — Ainda existia alguma esperança.

— Perdão, Padre — Pedra disse, cabisbaixo.

Os dois olharam para ele ao mesmo tempo.

— Já posso sair, Padre?

— E posso lhe questionar por que ainda não se retirou?

— Porque o senhor não tinha mandado. Perdão de novo. E perdão pro seu irmão, Padre.

O Padre fez um sinal da cruz apressado e um outro em seguida para Pedra ir embora dali.

O brutamontes dobrou o corpo em sinal de reverência.

— Amém, Padre. Amém, irmão gago-santo do Padre — disse, ao deixar o quarto dando passos curtos para trás. — Ah, não tô fazendo *moonwalk* do Michael Jackson, tá? — Eu falei isso em voz alta? Merda! Era só pra pensar, Pedra, não para falar. Pensa mais e fala menos! Ok. Agora pede perdão pro Padre. Perdão, Padre! Em voz alta, Pedra!

— Perdão, Padre. Perdão infinito!

[2 horas antes]

Pedra gostava de comer. Qualquer comida. Não tinha frescura com nada. Comida chique, caviar, PF de boteco, pastel de feira, tudo. E se não tinha que pagar nada então, melhor ainda. Agora estava sentado numa mesa de um restaurante de bacana. De gente rica. Restaurante de artista de televisão. Comida de graça. O Padre tá pagando, viu, gente! Abriu o cardápio. Tinha umas palavras estranhas nele. Em estrangeiro, Pedra concluiu. E depois das palavras estranhas, uns nomes de uns artistas. Alguns ele conhecia, outros, não. Nãoseioquê Regina Duarte. Blablablá Daniela Mercury. Como ia escolher o prato? Ia na sorte? Pedra gostava de tudo, não tinha como errar. Nhenhenhé Miguel Falabella. Pra que facilitar, né? Vamos complicar! Pedra chamou o garçom. Pediu pelo nome do artista, desencanou do resto das palavras, do sobrenome do prato. Me vê um Paulo Ricardo. O garçom perguntou um monte de coisa e Pedra disse sim para tudo. Ele estava com fome. Sempre estava. Anotou no seu caderno **22h30**: PEÇO COMIDA NO RESTAURANTE ENQUANTO ESPERO O MOTORA. Pediu uma Coca-Cola. Não podia beber bebida alcoólica, estava trabalhando. O Padre mandou, ele obedeceu. O Padre bebe o vinho que é o corpo de Cristo. Mas o vinho é sagrado. A pinga não é. A pinga é pecado. É mijo do diabo. Pedra gosta de pinga, de Catuaba, de vodka, de caipirinha. Gosta de álcool. Bebida de macho só. Amarula, Smirnoff Ice e vinho, não! Bebidas de menina, de gay. Quer Smirnoff Ice, senhor? Piroca acompanha? Ah, vai tomar no centro do meio do olho do cu! Traz bebida de homem, rapá! A Coca chegou. Gostava de tequila, de cachaça. Pedra vestia uma roupa de chofer. O Padre pediu. O Padre manda. Pedra achava ridícula aquela roupa. Cadê a camisa de time? Cadê a jaqueta de couro maneira? O Padre sabe o que faz, sempre soube. É um disfarce, Pedra. Pedra perguntou para o garçom se a comida ia demorar. Já tá saindo, o garçom falou. Se já tá saindo, então traz logo, porra! Ele não disse, ele pensou. Restaurante chique, se comporta, Pedra. Pedra colocou o envelope número 1 em cima da mesa. Sem sujeira, o Padre disse. Pedra anotou no caderno: **22h33**: COLOCO O ENVELOPE DO MOTORA NA MESA. OS OUTROS, CLARO QUE NÃO COLOCO! Pedra deu mais uma olhada na foto do motorista, em cima da mesa. Memorizou o rosto. Era bom com fisionomias. Procurou ao redor. Nada dele ainda. Era cedo. Daqui a pouco, o motorista aparece. Esse era o combinado. Eliomar, o nome dele. Marisa era o nome da mulher dele. Maicom, o nome do filhinho dele. Família bonita, mas família barulhenta, viu? Tive que colocar pano na boca deles. Muita gritaria por pouca coisa. Gritar pra quê? Adiantou? Não. Pedra olhou no relógio. Fome. A comida chegou. Peixe e arroz empapado. Pedra apontou para o prato e reclamou do arroz. Tá tudo grudado essa porra! Risoto, o garçom falou. Risoto é o cacete. Arroz colorido. Arroz amarelo. Quero arroz do branquinho. Feijão é preto ou marrom. Mas arroz é sempre branco. Amarelo é seu cu, garçom. Pedra riu da piada. Era boa. Cu amarelo. Restaurante chique e os caras não sabem fazer arroz. Pedra dá uma garfada. Arroz bom. Amarelo, mas bom. Peixe bom. Coca boa, gelada. Com gelo e limão. Restaurante caro eles perguntam sempre: limão e gelo, senhor? Limão, sim. Gelo, sim. Tá pago, quero do bom e do melhor. Limão do bom. Gelo do bom. Pedra comeu tudo. Ainda estava com fome. Pediu sobremesa. Não pediu pelo nome. Falou que queria sobremesa. Só isso. Qual? O garçom queria saber o nome da sobremesa. Pedra repetiu a palavra "sobremesa". Sobremesa doce, caralho. O garçom sugeriu duas ou três diferentes. Pedra escolheu a que tinha um artista que ele conhecia. O garçom trouxe. Pedra comeu. Ainda estava com fome. **22h37**: COMI UMA SOBREMESA DE CHOCOLATE. MOTORA AINDA NÃO CHEGOU. Mal terminou de escrever a frase, Pedra levantou os olhos e reconheceu Eliomar. Mesmo uniforme que ele. Disfarce bom, Padre. Chamou o motorista até sua mesa. **22h39**: MOTORA CHEGA NO RESTAURANTE. Eliomar veio e se sentou. Pedra disse para ele não fazer escândalo. Disse que para ele ficar quieto. Ele obedeceu, claro. Quem é que desobedece o Pedra? Pedra sabia convencer as pessoas. Pedra é foda. Pedra mostrou as fotos da família do motorista, isso ajudou. Eliomar é o seu nome? Eliomar concordou. Pedra falou o que ele tinha que fazer. Pedra falou sobre os sapatos. Eliomar implorou alguma coisa. Um blablablá baixinho. Pedra não escutou. Tinha muita gente. Gente rica também fala alto às vezes, que nem gente pobre no Habib's. Eliomar chamou Pedra de "senhor". Pedra gostou. Não se esquece dos sapatos, Eliomar. Repete! Eliomar repetiu. Pedra é foda! Pedra pediu a conta. Garçom falou que já estava pago. O Padre é Deus. Tanto é Deus que nem precisa estar no restaurante para pagar a conta. Paga à distância. Wi-Fi santo. Deus está em todo lugar. Restaurante bonito. Luz bonita, quadro com foto grande na parede. Foto de artista. Um dia vai ter uma foto minha nessa parede, Pedra pensou. Eliomar pediu para sair. Pedra falou sobre o tal do Marcel.

— Pode ir agora, eu permito — Pedra falou.

Pode ir, Eliomar. Tá surdo, Eliomar? Eliomar saiu. Pedra agradeceu ao garçom. Obrigado, disse. Eu disse ou só imaginei que disse? O garçom quer gorjeta. Todo garçom quer, né? Pedra não deu gorjeta. Pedra saiu da mesa. Foi ao banheiro. Levou seu caderno. Anota, Pedra! **22h40**: VOU MIJAR NO BANHEIRO DO RESTAURANTE CHIQUE. Pedra teve que escrever apoiando o caderno na parede, não tinha pia boa pra escrever.

Banheiro de rico é pia diferente. Pedra saiu do banheiro. Viu que Eliomar estava abrindo o porta-malas. Eliomar não vai conseguir fazer o que ele tem que fazer. Pedra não acreditava nele. O Padre falou "sem sujeira". O Padre pediu para o Eliomar levar Marcel para o hotel. Eliomar não vai conseguir. Ele é fraco, tem medo. Tem medo porque tem família. Só segue ele, Pedra. Não, mata, só segue! Depois do hotel, mata ele. Guarda a carne dele. O Padre tem um açougue. O padre gosta de falar a palavra "carne". Pega a carne. Guarda a carne. Salga a carne. Pedra atravessou a rua correndo e encontrou o motorista abrindo o porta-malas. Pedra deu uma coronhada na cabeça do motorista. Ninguém viu? Atirei no Eliomar e ninguém viu. Pedra colocou o motorista no porta-malas. Perdão, Padre. Com sujeira. Depois eu limpo. Eu juro que limpo. Pedra pegou a caixa de sapatos. Padre, eu tenho que levar a encomenda eu mesmo. O Senhor me conhece. Eu faço tudo direito. Eliomar não ia conseguir. Eu juro pro senhor. Juro. Pedra fechou o porta-malas do carro. Para que seguir o carro dele de um Uber se eu mesmo posso dirigir? Pedra sabia improvisar. Ele era bom nisso. Para que matar depois se podia matar agora? Proatividade. Pedra tinha assistido um curso na internet que falava isso. Seja proativo! Ou era na TV que ele tinha visto? Um cara de gravata falou bonito. Falou isso. Pedra tinha decorado. Tinha sido no "Fala que eu te escuto". Sim, foi no programa da Rede Record de madrugada. Lá eles sempre tiram os capetas das pessoas e falam como ser uma boa pessoa. Falam também para depositar nessa conta e naquela outra. Ser bom custa caro, eles dizem. Pedra ajeitou o quepe e entrou no carro com a caixa e os envelopes 2 e 3 nas mãos. As armas na cintura. As duas. A de matar pecador e a de matar carne do Padre. Gostava mais do revólver maior, de três canos. Matar carne verdadeira contava mais ponto no céu. Padre que disse uma vez. Disse?

— Oi? — perguntou o cara dentro do carro. — Cadê o Eliomar?

Pedra não respondeu. Pensou em toda a sequência de coisas que precisava fazer. Adaptar. Mudanças de planos. Eliomar morto. Pensa, Pedra! O envelope. Não. O envelope não é agora. Pedra jogou o envelope com o nome e os números escritos no banco de passageiro. Marcel é o nome dele. Ele é pecador ou é carne? O Padre não falou.

Pedra entregou a caixa para Marcel.

— Os seus sapatos. Coloca agora! — ordenou Pedra.

O pecador não colocou os sapatos, em vez disso, jogou a caixa no banco traseiro. Ele não fazia ideia com quem ele estava tretando. Pedra é foda. Ah, ele quer sair? Pedra trancou as portas apertando o botão da sua porta. O pecador colocou o telefone no ouvido. Grande bosta! Tô morrendo de medo de você, nanico! Liga mesmo! Vai ligar pra mamãe? Chama o papai, seu bosta!

— Isso... — disse Marcel ao telefone. — Esse endereço que te mandei. Manda a polícia aqui...

Pedra pegou o caderno de coelho de dentro do paletó.

Anotou **22h51**: MARCEL PEGA O TELEFONE E LIGA PARA POLÍCIA. TÔ MORRENDO DE MEDO! (É MENTIRA, EU NÃO TÔ!) — Tô aqui ainda na frente do Par...

Pedra puxou violentamente o telefone da mão do pecador e, sem interromper o movimento, atirou o aparelho pela janela do carro. Pela sua visão periférica, percebeu que Marcel avançava sobre ele. Pedra é foda. Esse franguinho quer tirar uma comigo? Pedra deu uma cotovelada em Marcel. Não precisou nem virar. Instinto puro. Faro de lutador. Boa, Pedra! O nariz dele tá sangrando! Sem sujeira, o Padre pediu. Difícil fazer tudo o que o Padre manda. Camisa branca com manchas vermelhas. Sujou um pouquinho só, Padre. Ainda bem que ele tá com roupa de rico. Lavou, tá novo!

— Filho da puta! — berrou Marcel — Cê quebrou meu nariz, seu filho da puta! Seu merda!

Pedra não deu importância. Tinha uma tarefa. Pode xingar. Escreveu em seu caderno. **22h53**: DOU UMA COTOVELADA NO MARCEL. NÃO ERA PRA MACHUCAR, SÓ PRA ACALMAR ELE.

Pedra guardou o caderno. Ele tá me olhando? Ora, ora, vejam só, o pecador tá me olhando! Pedra arrancou o retrovisor e jogou no peito dele.

— Coloca os sapatos — ele pediu, sem se estressar desta vez. O Padre falava que o céu era dos mansos. Corno manso. Ele não era calmo, nem corno. Mas queria entrar no céu. Então, falava calmamente com as pessoas. Mas mata minha mulher santa pra você ver! Matou, pagou! E hoje o assassino vai pagar. Depois. Antes, Pedra tinha que levar o pecador até o hotel.

Ligou o carro, calculou o tempo certo para chegar ao destino e arrancou, cantando pneu.

Pedra dirigia quieto, lembrando todas as tarefas que tinha que fazer. Mentalmente, passava e repassava seus movimentos. O frangote pecador, depois da cotovelada, ajudou. E teve a chuva também. E teve o apagão. Vou ter que anotar essas coisas, Padre? Chegou dois minutos atrasado. Entregou o envelope para o pecador. O envelope certo. Enquanto ele olhava o conteúdo do envelope, Pedra anotava em seu caderno. **23h24**: MARCEL TÁ VENDO O ENVELOPE. TUDO NORMAL, TUDO COMO PROGRAMADO. Pedra estava feliz em poder ajudar. E quando chegou a hora certa, colocou o pecador para correr. Fez ele sair do carro. Foi um tiro só. Pedra é foda! E ele saiu correndo se cagando de medo. Improviso. Proatividade. Pedra acompanhou com a mira do revólver de matar carne o pequeno homem atravessar a avenida e entrar no mesmo hotel mofado. Anotou mais tarefas. Esperou. E depois, esperou mais um pouco. **23h38**: MARCEL AINDA TÁ DENTRO DO HOTEL. **23h50**: ESPERANDO ATÉ O MOMENTO COMBINADO PARA IR PRO PRÓXIMO ENDEREÇO. NADA DO MARCEL SAIR DO HOTEL. ACHO QUE ELE NÃO VAI SAIR MESMO. **23h56**: VOU ESPERAR SÓ MAIS UM POUCO PRA TER CERTEZA.

Na hora certa, Pedra acelerou, partindo para as próximas tarefas da noite: matar o pecador dos pecadores que matou a mulher da sua vida. A sua santa esposa. Rosana nas alturas. Mas antes de matar o Thomas, o Padre queria que Pedra descobrisse uma coisa. Uma coisa antes da outra coisa. O Padre queria saber quem era essa tal Dorothy Gale. Pedra ia descobrir. Era uma pecadora? Se o Padre não gostava dela era porque era uma pessoa ruim. E as pessoas ruins têm que morrer, ele pensou. Daqui a pouco, ele seria santo. Santo, santo, santo, senhor Deus do universo. Se é Tua vontade que eu seja perdoado na noite de hoje, dê um sinal. Perdoado de todos os meus pecados. O Padre disse. O Padre prometeu. Promessa de Deus. Seja assim na Terra como no céu. Seja sempre e sempre a colheita de Deus que tira os pecados do mundo.

Amém?

Um trovão fez tremer os vidros do carro. Pedra sorriu. Era a confirmação de que Deus estava ouvindo tudo o que ele pensava, vendo tudo o que ele fazia.

E Deus era o Padre.

Amém?

Amém.

Capítulo II [DEPOIS DAQUELA NOITE]

Minha palavra vale um tiro e eu tenho muita munição
Na queda ou na ascensão, minha atitude vai além
E tenho disposição pro mal e pro bem

— CAPÍTULO 4, VERSÍCULO 3, RACIONAIS MC'S

Marcel

[agora]

Ao abrir os olhos, Marcel foi obrigado a protegê-los da claridade com as mãos. Era dia, podia ver pela luz que escorria, vinda das janelas do corredor. Recobrou a consciência e viu-se refletido no espelho, deitado num chão de carpete áspero que cheirava a mijo de cachorro e cigarro. A cabeça doía e a sensação era igual a de acordar no meio de uma ressaca colossal. O problema era que ele não se lembrava de ter enchido a cara. Na verdade, não se lembrava de nada. Ele apagara na madrugada e acordou somente agora, já de manhã. O intervalo entre os dois momentos era um grande vazio.

Seu corpo estava impedindo a porta do elevador de se fechar. Metade para dentro, metade para fora. Quanto tempo esteve ali, caído? Apoiou-se no chão e viu em seu pulso esquerdo uma fita amarela impressa com o logotipo azul do Hospital Beneficente Português acompanhado de um nome de paciente: LECRAM G. NARUD. Embaixo, na fita, uma frase escrita com sua letra: NÃO CONFIE NO REALI! *O que o Reali aprontou desta vez?*, Marcel se perguntou. Usou as paredes do cubículo como apoio para levantar-se, segurando a porta do elevador com as mãos, evitando assim, ficar preso no lado de dentro. Estava desorientado, isso era um fato. Sua confusão mental era mais em relação ao tempo do que ao espaço. Reconhecia aquele lugar: o elevador pequeno e fedido, o corredor sujo e a decoração antiga daquele prédio. Sem soltar a porta, virou-se de novo para o espelho. Estava ainda com a mesma roupa que usara no hotel. Sem a máscara. A mochila estava jogada do lado de fora do elevador. Ele ajeitou o cabelo como pôde. Nenhum sinal de sangue nas roupas. Estranho... Pegou a ponta do nariz e girou. Sem dor, não parecia estar quebrado. Melhor assim. Passou a mão debaixo do queixo e um filme passou pela sua cabeça: roleta russa, homem-macaco, anjinha e diabinha. Lembrou-se do tiro. Do som. Depois, ele caído no chão e tudo ficando escuro. Uma mulher com um vestido rosa entrando pela porta. E só. Estaria morto? Se a resposta fosse sim, o Paraíso não tinha nada a ver com as descrições dos livros nem com as imagens mostradas nos filmes. O Paraíso era bem meia-boca afinal. Ou estaria no Inferno? A ideia, mesmo parecendo absurda, fez seu estômago gelar.

Pegou a mochila do Bob Esponja do chão de carpete, abriu a porta e saiu.

Caminhou alguns passos trôpegos e tocou a campainha do apartamento que tinha o número 30 pregado na porta. Suas pernas pareciam pesar 100 quilos cada. Escutou alguém no interior da moradia pedir para esperar um pouco.

Esperou.

Reali abriu a porta de pijama com uma cara amassada de sono.

— Olha só! — o amigo disse, surpreso. — Quem é vivo sempre aparece! E às seis horas da tarde.

— Aceito a zoação, mano. Foi mal. Desculpa pelo horário. Aliás, não sei onde tá a minha chave nem como cheguei aqui...

— Tomou todas na festa, foi? — perguntou Reali.

— Que festa?

Reali apontou para o smoking:

— *Essa* festa.

— Ah... não... não era festa. Olha, não pensa que pedi pra sair mais cedo pra ir numa festa não.

— Pediu o quê?

— Ontem. Pedi pra sair mais cedo pra ir a um show, lembra? Isso aqui... — Marcel esticou o paletó do smoking. — Foi depois do show. Longa história.

— Quem disse que ontem você foi trabalhar?

— Espera! Que dia é hoje?

— Domingo.

— Como assim? Ontem era quinta!

— Ih... — Reali balançou a cabeça negativamente. — Bebeu e esqueceu...

— Juro, não bebi. Não bebida alcoólica. Bebi um líquido estranho. Olha... você tem todo direito de tá bem puto, Reali. Mas tomo um banho rapidex e vou direto pro trampo e compenso esses três dias que faltei. Domingo ainda cê tá abrindo a loja mais tarde, né?

— Você não trabalha mais comigo, Marcel. Ou achou que eu ia ficar esperando você voltar depois desse tempo todo?

— Três dias e já arranjou outro?

— Tá falando sério? — disse Reali, rindo. — Acha mesmo que vou acreditar nessa *puta* historinha sua de *três dias*?

— É, eu sei que é difícil acreditar, mas Reali...

— Você sumiu. Não deu satisfação, não retornou as ligações, não respondeu mensagens no Face, no Insta... Marcel, você desapareceu da face da Terra!

— Eu sei. Pode descontar do meu salário esses três dias.

— Três dias? — Reali gargalhou com vontade. — Marcel, você sumiu faz três anos!

Beatriz

[agora]

Beatriz estava do lado de fora do círculo mesmo sabendo que essa ação lhe traria consequências gravíssimas. Tinha sido alertada. Por mais de uma vez inclusive. Batia os dentes. De frio. De medo. Um terror que nunca experimentara antes na vida. Seu corpo inteiro tremia no mesmo compasso.

Primeiro, ela derramou toda a gasolina do galão sobre aquele corpo estranho estendido no chão. Depois, revirou os bolsos da jaqueta até que seus dedos gelados tocassem a caixa de fósforos molhada e deformada, escondida atrás das luvas de borracha. Tirou um palito, dos grandes, e mais três outros caíram na vegetação. Era a última caixa e, mesmo sabendo o que isso significava, ela não se abaixou para pegar os fósforos desertores. Não restava muito tempo. Foi obrigada a riscar pelo menos cinco vezes — tentando dos dois lados da caixa — para conseguir uma chama. Com a outra mão em formato de concha, protegeu a tímida labareda, descendo o braço devagar até chegar mais perto da criatura que ainda respirava com dificuldade. Ele não estava morto. Ainda não. Beatriz deixou o palito aceso cair e assim que ele tocou a pele escamosa e cheia de sulcos, uma fogueira se formou. Alta, vigorosa. E a carne do monstro começou a queimar. O maldito se contorceu, debateu-se, enquanto a sua pele tingia-se da mesma cor negra que preenchia o interior dos seus olhos. Urrava de dor e de raiva, aquela coisa. Era um ruído estridente, ensurdecedor. O fogo ardia, projetava sombras nas árvores da floresta ao redor. Beatriz pensou em correr, mas estava paralisada, hipnotizada pela luz alaranjada da fogueira. Ajoelhou-se e murmurou uma oração de proteção que ela decorara em uma língua já esquecida há muito tempo. Prestava atenção em cada palavra, na pronúncia e intenção. Não podia errar nada. O centro da chama, para onde ela olhava agora, era palco de uma dança de cores e formas fantasmagóricas. Assim que terminou a prece, fez um sinal da cruz e imaginou o que aconteceria se desistisse. E se ela simplesmente parasse com a Operação antes de começar a próxima fase? E se ela fugisse de lá? Para longe. *Como se eu pudesse...* Ela perguntava, ela mesma a respondia, dentro de sua cabeça. Provavelmente morreria e, junto com ela, um número absurdo de pessoas ao redor do mundo, em pouco mais de uma semana. Ela pôde ver isso repetidas vezes nos sonhos.

Desistir não era sequer uma opção.

Beatriz despiu-se da roupa suja de sangue e despejou peça por peça na fogueira, ficando somente de calcinha e sutiã. E meias. Nem mesmo o par de tênis seria poupado das chamas. Não podia voltar de maneira alguma para a cabana com o sangue impuro daquela criatura nas vestes. O frio era cortante e maltratava seu corpo. Mas não era só isso. As marcas roxas em seu pescoço e braços lembraram a ela de como havia sido a sua luta pela sobrevivência minutos atrás. *Um erro leva a outro. E a outro...*

Escurecia rapidamente e não havia mais tempo para arrependimentos. Pior, a névoa espessa que confundia tudo tornava mais difícil a tarefa de separar a noite do dia. O relógio sem o vidro de proteção em seu pulso apitou e foi quase imediatamente sufocado pela sirene aguda e chorosa do povoado, ao longe, que gritava um grito rouco por entre as densas árvores, avisando a todos do perigo iminente. Hora de voltar. Beatriz buscou no chão a adaga e a caixa de fósforos. Limpou a lâmina na folhagem e correu feito uma louca, como nunca havia corrido antes, abrindo caminho pela mata fechada, no meio da neblina. Galhos, folhas e espinhos arranhavam seu corpo, machucavam ainda mais sua pele. Quase torceu o pé , que já sangrava a essa altura, num buraco. Isso a fez diminuir a marcha. Parou e pulando em um só pé, arrancou uma meia suja de barro e sangue, depois outra, suja somente de barro, e descartou-as pelo caminho. Estava longe da cabana. Passava por troncos marcados com tinta vermelha. Árvores que alguém marcara há tempos, sinais que indicavam um caminho seguro e rápido em direção ao seu santuário. Ficar perdida na mata à noite seria letal. Era um erro que ela não cometeria.

A floresta perdia densidade, indicando que a cabana estava próxima.

Voltou a correr e logo avistou a clareira. Atravessou o círculo branco incompleto e entrou na casa para logo voltar de lá com um pesado saco plástico preto nas mãos. Sacou um punhado de sal de dentro do saco e tratou de preencher aquela linha interrompida. Completado o círculo branco no chão de terra, respirou fundo, tomou fôlego e voltou para dentro da cabana sem olhar para trás. Dessa vez, trancou a pesada porta de madeira.

Pelas frestas da janela, observava a floresta à procura de alguma mudança. Esperou. O relógio de pulso marcava 17h45.

Estava na hora. Seu coração disparou, suas pernas tremeram.

De frio.

De medo.

Imediatamente após o pôr do sol, eles vieram.

Pontualmente, eles rodearam a cabana.

Os encapuzados das túnicas verdes e símbolos bordados nas vestes estavam de volta. Misturados ao nevoeiro, eles esperavam, imóveis, a um passo do círculo de proteção. Como faziam, noite após noite, nos últimos dois meses, aguardavam por uma falha de Beatriz. Um erro mínimo que fosse. Erro que hoje, pela primeira vez, ela cometeu ao deixar o santuário, ao cruzar o círculo sagrado, embrenhando-se na floresta amaldiçoada. Beatriz queria fechar a cortina e se preparar para o ritual noturno, mas estava apreensiva, sabia que algo havia mudado. Por isso, quando um deles atravessou o círculo e se aproximou da casa carregando um balde com sangue, ela esperou pelo pior. Não havia como se defender se todos os visitantes resolvessem invadir a casa ao mesmo tempo. Somente o círculo de sal a protegia. Mas ela deixou o círculo, fez um buraco nele. Uma falha. Mais um erro. Estranhamente, o encapuzado se deteve embaixo do batente da porta, banhou sua mão esquerda no líquido vermelho espesso e começou a desenhar algo na madeira. Com movimentos lentos e ritualísticos, terminou seu trabalho em poucos segundos. Depois, afastou-se da porta com três passos de igual medida, dando marcha à ré, e ajoelhou-se para deixar no chão o que parecia ser um pequeno rádio. Para surpresa de Beatriz, ele se levantou em seguida, ainda de cabeça baixa, e voltou para o lugar de onde viera. De lá não mais se movimentou. Nem ele, nem nenhum outro indivíduo do grupo. Tudo voltava à rotina. A noite inteira eles permaneceriam ali, ela sabia. E só iriam embora ao nascer do sol, como sempre.

A quebra de padrão daquele homem que, por algum motivo, não fora afetado pelo círculo mágico, a deixou insegura, minou de vez a confiança que levou longos seis meses para construir. Queria abrir a porta da cabana para poder ver o que o encapuzado havia desenhado na madeira. Sentia que era o melhor a fazer, mas estava aterrorizada demais para isso.

Sentada no sofá da sala, com a cabeça apoiada na janela coberta por tábuas de madeira, esperou.

Pedra

[agora]

Pedra aguardava pelo multimilionário tempo suficiente para ficar irritado. Não que precisasse de muito para se irritar. Pedra era pontual e exigia que todos fossem como ele. Ali, sentado naquele enorme e desconfortável sofá mostarda, no meio de uma sala monstruosamente espaçosa escavada na rocha, Pedra bufava, tamborilava os dedos nas pernas, repassava mentalmente todas as etapas de sua missão. Era uma forma de manter-se focado e de fazer o tempo passar mais rapidamente. Mas a falsa lareira crepitante e a TV com todas as polegadas do mundo ligada na CNN atrapalhavam-lhe o pensamento, chacoalhando as ideias dentro da sua cabeça. Merda! Pedra abriu o caderno e anotou: **18h09**: O TAL DO RICAÇO AINDA TÁ ME DANDO CHÁ DE CADEIRA. VOU EMBORA? Esperou o relógio avançar mais um minuto e só então preencheu a próxima linha no caderno, como um passatempo. **18h10**: TÔ AQUI AINDA FIRME E FORTE! TÔ FAZENDO O QUE O PADRE ME FALOU PARA FAZER. A vontade de Pedra era deixar a maleta naquela mesa e ir embora. No entanto, sabia que não podia seguir seus instintos. Dessa vez, simplesmente não podia, e havia dois motivos para isto. Primeiro, porque o Padre havia pedido para ele entregar em mãos a tal da maleta. Pediu? Não. Ele mandou. E o Padre é Deus. Segundo porque ele estava no meio do nada. A porra da merda do nada, o cu do mundo! Impossível ir embora a pé. Impossível qualquer ser humano sair de lá a pé. Viera de avião e barco e helicóptero. Teria que voltar da mesma forma. Por essas duas razões e uma terceira que ele não lembrava, era obrigado a esperar. Quieto, aproveitou para conferir suas anotações no caderno. Tinha esquecido de algo? O Padre pediu para anotar e Pedra anotava sempre. Tudo. Voltou duas páginas e leu. **16h21**: ESTAMOS UMAS HORAS AÍ VOANDO. EM CIMA DO MAR, AGORA EM CIMA DO MATO. Pedra odiava helicópteros. "E esse Fusca com hélice?", ele disse para o piloto. Era isso que o helicóptero era para ele. E até onde ele sabia, os Fuscas não tinham sido feitos para voar.

Nem Fusca, nem Uno Mille, nem Corsa. Eles voam, mas só se você cair com eles de um barranco. Voam pouco, mas voam. Pedra riu com o seu pensamento, porque uma vez voou de uma ribanceira com um carro. Era um Monza Classic. Um Monza velho, roubado. Pedra não entendeu no começo por que ele não podia ir de carro. "É uma ilha", o Padre falou. O Padre sabia das coisas. "É longe", o Padre falou também. Pedra não decidia se apagava as coisas que tinha escrito. Eram perguntas, não ações.

16h40: CADÊ A CASA DO RICÃO? SERÁ QUE O PILOTO É BURRO? **16h42**: SÓ TEM ÁRVORE, PRAIA E ÍNDIO LÁ EMBAIXO, NADA DA CASA DE NINGUÉM. SERÁ QUE O PILOTO SE PERDEU? Pedra ficara na dúvida. **16h51**: POR QUE OS ÍNDIOS TÃO ATIRANDO FLECHAS NO HELICÓPTERO? TÃO BRAVOS? **16h52**: É PORQUE SÃO BURROS COMO O PILOTO. AS FLECHAS NÃO MATAM O FUSCA VOADOR. Pensou se deixava ou não os questionamentos. O Padre não gostava quando ele não era direto. Gostava de clareza, o Padre. Ele sempre queria saber de tudo, o Padre. Mas só queria saber o principal. O Padre. Não queria saber das perguntas de dentro da cabeça dele. Nunca queria. Às vezes, o Padre perguntava os detalhes. É... às vezes perguntava. Então, era melhor deixar as ideias, ele decidiu. O piloto ficou quieto a viagem inteira. Pedra não sabia pilotar um helicóptero. Sempre quis saber como uma coisa sem asas poderia voar. Avião voa, mas tem asa. Avião, pássaro, anjo e super-herói voam também. O Super-Homem não tem asa, mas tem capa. A capa balança e ele voa. É tipo uma asa. O sonho de Pedra era voar. Que nem os pássaros. Que nem os super-heróis. Seu pais voaram uma vez e não voltaram nunca mais. Pedra lia e corrigia os seus erros no caderno. Apaga, Pedra! Apaga e escreve direito! Escrever dentro de um helicóptero que voa e balança era uma coisa muito, muito difícil. Apagava com a borracha branca da ponta do lápis e escrevia por cima. O Padre não deixava ele escrever com caneta. Melhor assim. Caneta borra e não dá para apagar. Aquela borracha vermelha e azul não funcionava nunca mesmo. A parte vermelha, só ela que funcionava. Apagava o lápis. Às vezes borrava. Aí ele passava de novo e de novo até ficar tudo apagado. O branco da folha. Mas tinha a parte azul da borracha que rasgava o caderno. Sempre rasgava. Uma, duas folhas até. Fazia um buraco no papel. Foi nesse dia que o Padre pediu para Pedra não usar mais caneta. Ele disse assim: "Não usarás mais as canetas, meu filho. Amém?". Amém, Padre. Só lápis. Lápis apontado e borracha que não borra. Melhor assim. Fica bem mais bonito e o Padre gosta mais de mim, Pedra lembrou. E sorriu com a lembrança. Leu mais coisas. Tinha tempo de sobra.

17h12: O HELICÓPTERO PARA NO MEIO DA ILHA. O PILOTO FALA EM ESPANHOL PARA EU DESCER. "PUEDE DESCER, MUTIATIO". EU ACHO QUE ELE FALOU ISSO. **17h13**: FALO PRA ELE QUE SÓ TEM MATO LÁ EMBAIXO. **17h14**: TEM UMA ESCADA SAINDO DO HELICÓPTERO. ELE FAZ SINAL PRA EU DESCER. ACHO QUE FALA QUE É PERIGOSO. ACHO QUE FALA DOS ÍNDIOS. CUIDADO COM LOS INDÍGENAS FEROSSES! **17h17**: EU DESÇO ATÉ UMA COISA DE METAL E VIDRO ESCONDIDA NO MEIO DAS ÁRVORES. **17h19**: É UM ELEVADOR. E ELE TÁ DESCENDO. MANEIRO! **17h20**: FINALMENTE ELE PAROU. **17h20**: ESTOU COM SEDE. Pedra sorriu quando leu aquilo. Ele estava com sede mesmo àquela hora. Mas não era de água. Era da água que passarinho não bebe. Mas que ele parou de beber. Ele nunca mais iria beber na vida. "Nunca mais!", ele disse isso para o Padre. Mais de uma vez, ele falou. Ele prometeu. Nunca mais! O padre pediu que ele prometesse. Nunca mais! Eu prometo, Padre! Amém. **17h22**: UMA LUZ VEIO NO MEU OLHO E UM BIP-BIP ABRIU A PORTA PARA MIM. Virou a página, para onde estava a última anotação. Olhou no seu relógio. **18h23**. Pedra preparava-se para começar a escrever em uma nova linha quando percebeu um som de passos atrás dele. E uma voz o alcançou antes que ele pudesse se virar para conferir:

— Está com fome? Quer beber algo?

Pedra não respondeu a voz. A voz contornou o sofá e posicionou-se na frente de Pedra que escolheu não se levantar.

— Certeza que não quer nada? Foi uma longa viagem, imagino. Somos intrusos aqui, nesta ilha. Eu e você. Os nativos devem ter lhe dado as boas-vindas. — O anfitrião esperou uma resposta de Pedra que não veio. — Com certeza fizeram isso. Eles, como eu, não gostam de intrusos. De nenhum tipo. Pergunta pro missionário americano John Chau. — Sorriu. — Ah, você não poderia, pois ele foi morto ao tentar fazer contato com os nativos daqui, um grupo de não mais que 80 indivíduos, que não quer saber de nenhum contato com o restante do mundo. Por isso escolhi este lugar isolado, a Ilha Sentinela do Norte, na Baía de Bengala, considerado o lugar mais difícil e perigoso do mundo para ser visitado, para construir minha residência e laboratório. Como os vilões dos filmes do James Bond fariam.

Pedra ficou mudo.

Olhava para aquele homem franzino tentando adivinhar sua idade. Tentou lembrar de onde o conhecia. Fez algumas contas malucas na cabeça e chutou que o bilionário deveria ter por volta dos 35 anos. Mas como o ricaço não parava de falar, logo descobriria que o jovem tinha, na verdade, 29 anos e era dono de uma fortuna acumulada de 200 bilhões de dólares segundo o índice Bloomberg Billionaires. O homem mais rico do planeta. Descobriria também que ele, além de ser o fundador da maior rede social, a Mitu, e do serviço de pagamentos pela internet PayMitu, era um visionário que pretendia construir uma cidade para 100 mil pessoas em Marte com tecnologia autossustentável. Pedra tinha uma memória boa para nomes e números. Decorava tudo, mesmo sem entender direito o que significavam. Soube que a Caleuche, sua nave espacial, tinha feito diversas viagens ao espaço, estocando material na Estação Espacial desde o final dos anos 90. Um sonho que começara com seu pai e que ele levava adiante. O ricaço de bigode estranho tinha dito a Pedra que enviaria a primeira missão tripulada ao planeta vermelho em breve. Aquele ricaço de bigode estranho e de roupas estranhas era o responsável pelos maiores avanços na ciência? Balela! Mas nada disso importava a Pedra, que continuava encarando o rapaz por tempo demais, na esperança de entender como um cara tão mirrado e com cara de idiota tinha conseguido ficar rico e famoso.

— Bhishma Bhagwanti Mitu — ele disse, estendendo a mão —, ao seu dispor.

— Você é engraçado — respondeu Pedra, sem esboçar emoção alguma. Também não estendeu seu longo braço de encontro ao de Bhishma que sorriu, meio sem graça, mostrando seus dentes incrivelmente brancos e alinhados. O ricaço então recolheu a mão para junto de seu corpo. Seus enormes olhos negros, emoldurados por olheiras severas e grossas sobrancelhas, pareciam tentar transmitir um certo grau de amistosidade a Pedra. Mas foram as suas roupas e sua pele que serviram de estopim para o próximo comentário do brutamontes:

— Você parece uma barra de chocolate saindo da embalagem.

Bhishma gargalhou.

— Ou só gostou do meu sherwani… — disse ele, passando as mãos pelo bordado do tecido. — Ou… tá só sendo um pouco racista. Sou indiano, aliás.

— Tá me zoando, né? Não gostei da sua roupa de gay.

O bilionário fechou o sorriso e perguntou a Pedra num tom mais formal:

— Como posso te chamar?

— Me chama de Pedra.

— Pedra é seu nome?

— Só Pedra.

Porra, fala para um caralho esse bosta! E não fala logo qual é a parada!

— Feitas as devidas apresentações, vamos ao que interessa!

Só agora, ricaço? Pedra sentou-se na beirada do sofá, tirou a maleta de cima do tapete felpudo e colocou-a em cima da mesa. Encarou Bhishma e, sem desviar os olhos dele, arrastou a valise de alumínio pelo tampo de madeira preta, fazendo com que os livros e vasos que enfeitavam a mesa desabassem no chão. Assim que destravou os dois fechos, ouviu o homem-chocolate dizer:

— Espera!

Pedra esperou.

Porra, pega logo a parada e me deixa ir embora, vai! Pedra achou o sotaque do ricaço engraçado. Parecia que ele estava com a língua anestesiada. Saiu do dentista, mané? Mas não disse isso para ele. Não queria que o chocolate voltasse a falar sem parar sobre ele mesmo. Cara chatão, ele pensou. Todo rico é chato.

Chato para cará-lê-ô.

— Não é perigoso? — Bhishma perguntou.

— É só papel velho e uma fruta estranha. Posso abrir agora?

Bhishma deu um passo para trás e fez um sinal com a mão para que o brutamontes prosseguisse. Pedra virou a maleta para ele e abriu-a lentamente, revelando uma fruta vermelha e dourada e um papiro enrolado, lacrado por barbantes e sinetes vermelhos.

O indiano ajoelhou-se na frente da mesa, engoliu em seco e não se importou em demostrar seu arrebatamento diante do que via. Depois, desviou o olhar para Pedra como se pedisse permissão. Pedra assentiu com a cabeça e ele então tocou o papiro amarelado com extremo cuidado e júbilo, como se tateasse a pele de uma virgem intocada. Num misto de respeito e lascívia, sentiu a rugosidade, a textura em seus dedos. Sem nenhuma pressa, com a ajuda da outra mão, trouxe o papiro para próximo de seus olhos. Conferiu cada detalhe. Havia barbantes desgastados e sujos que mantinham o rolo de pergaminho fechado e sobre eles, os dois selos vermelhos marcados com símbolos em alto relevo.

— Está incompleto.

Pedra bufou.

— Já tava assim quando peguei, ô Toblerone.

— Estes sinetes de cera com os números. Deveriam ser sete. Há somente dois deles. Aqui, em cima deste barbante, deveria ter mais um e aqui, outro, e mais outro e mais outro — disse Bhishma, apontando com o indicador para as duas extremidades do papiro.

Pedra levantou a maleta aberta na direção de Bhishma.

— Então não vai ficar com a parada?

— Não disse isso — respondeu Bhishma, levando o frágil rolo antigo na direção da luz que vinha do lustre principal da sala. — Pena não podermos ver o que tem escrito na parte interna do papiro. Soube que somente depois de abertos todos os selos é que a leitura é possível.

O ricão falava de um jeito estranho e difícil. Parecia o Padre. Mas era só um cara rico. E os ricos não vão para o céu. Só os pobres, os justos e os corinthianos, que são tudo gente boa. Era o que ele aprendera com o Padre.

— Se quiser abrir, pode abrir, Sonho de Valsa! — disse Pedra com um sorriso preso no canto da boca, pronto a escapar. — Já pagou mesmo, né? — Sonho de Valsa é engraçado pra porra!

Pedra pensou, não disse isso. Melhor que Toblerone.

— Como se fosse assim... simples. Tenta abrir, Pedra.

— Eu? Nem!

— Abre. Se conseguir, claro.

— Tirar essas paradas vermelhas e desenrolar o papel?

Bhishma assentiu.

— E por que você mesmo não tira?

O bilionário tentou puxar um selo, depois outro, sem conseguir descolá-los do papiro.

— Sua vez — disse, entregando o rolo a Pedra.

— E se eu rasgar?

— Não tem problema.

— Sério que você não tem força pra descolar as paradas?

O indiano deu de ombros e sorriu.

E Pedra, assim como Bhishma anteriormente, não conseguiu arrancar os selos. Depois, tentou rasgar o antigo papiro. Nada aconteceu.

— Mágica, né? — Pedra disse, quase que como um desabafo.

Bhishma arqueou a sobrancelha, arregalou os olhos e disse, num tom de mistério:

— É que nós não somos *ela*. Agora, vamos tentar fazer algo mais ousado.

O ricaço retirou um isqueiro dourado com um enorme xis gravado em baixo relevo de um de seus bolsos e encostou-o na borda do pergaminho.

— Se fosse para queimar a bagaça, eu nem precisava ter vindo até esse fim de mundo. Eu mesmo tacava fogo pra você, parceiro. Lá na porra do Brasil!

— Eu vivi um tempo em Porto Alegre, sabia?

— Por isso fala português assim, Chokito?

Bhishma sorriu, segurou o isqueiro entre o polegar e o dedo indicador da mão direita, deslizando seu dedão pela lateral, para cima, até que a tampa se abrisse num clique. Com firmeza, girou a roda dentada do isqueiro com o mesmo polegar de antes, em um movimento rápido para baixo, fazendo com que uma chama alta se insinuasse para cima. Quando o fogo finalmente pulou para uma das extremidades do pergaminho, fechou a tampa do Zippo, guardou-o no bolso e voltou com o papiro para cima da mesa. E esperou.

— Se queimar a parada, já fica sabendo que não vou devolver a grana nem a pau!

— Observe o que vai acontecer — disse o indiano, apontado para o papiro em chamas.

Pedra observou uma luz ígnea que percorria toda a superfície do papiro. Pedra parecia agora um menino assistindo atento e maravilhado a um truque de mágica. A chama amarela e laranja tomava conta de todo o rolo sem, no entanto, queimá-lo. Com a mesma rapidez com que se espalhara, o fogo desapareceu, deixando o pergaminho intacto em cima do tampo de madeira ao lado da maleta.

— Definitivamente ele é uma das Dádivas! — festejou Bhishma, batendo palmas de maneira afetada.

Pedra não disse nada e fechou a cara, tentando esconder seu encantamento. Não queria que o indiano visse que ele estava intrigado com o que o acabara de fazer. Pedra não demonstraria fraqueza. Somente os fracos demonstram fraqueza. Os fortes são fortes. São fodas. Ele era foda. Mas que parecia os milagres do Padre, parecia, ele pensou. Será que o cara era santo? Não. Não era. É só um truque! Bhishma era mágico e o Padre era santo, porque o Padre era Deus. Pedra pegou o pergaminho ainda respirando calor e colocou-o na maleta sem o menor cuidado. Mágicos são pecadores. Porque eles tentam enganar a fé das pessoas. Igual aos travestis que falam que não têm pênis, mas têm. Pedra tinha medo de ser enganado, então sempre perguntava antes. Você tem piroca? Se o homem com corpo de mulher falasse que sim, ele parava de beijar e ia embora. Já aconteceu. No Carnaval do Rio. Duas vezes. Mulher com piroca ele não queria. Não era uma coisa de Deus. Deus fez a mulher e fez o homem. Homem de piroca e mulher de bunda e xoxota. Homem tinha bunda também, mas era peluda. De mulher era bunda gostosa. E Pedra adorava bunda lisa. Pedra sorriu com o pensamento. Com a lembrança. Travestis beijam bem. Apesar de terem bunda de mulher, têm piroca de homem. Pena.

— É transgênero que fala hoje em dia, Pedra. Travesti pode soar ofensivo para algumas pessoas.

Ele ouviu meus pensamentos? O indiano pode ler minha cabeça? Ou eu que falei alto?

— Agora vou aceitar aquela bebida. Pode ser? — Pedra perguntou, sem graça, buscando uma expressão de simpatia lá no fundo empoeirado de sua memória.

— Ótimo! — Bhishma comemorou, exultante. — Me siga.

No caminho até o bar, na outra extremidade da sala, Pedra sentiu como se andasse por quilômetros. Puta casa grande da porra! O indiano abaixou-se por trás da bancada e voltou de lá com uma garrafa enorme de whisky Macallan Imperiale "M" Decanter. Posicionou dois copos fumês abaulados em cima da maleta e encheu cada um com o líquido alaranjado.

— Esta garrafa foi comprada em um leilão em Hong Kong por uma quantia equivalente a um milhão e meio de reais. E repassada a mim por mais um pequeno acréscimo de alguns milhares de dólares. Estava esperando uma ocasião especial para abrir o whisky mais caro do mundo. Acho que este é o momento. Acho não, tenho certeza de que é.

Esse cara fala mais que o homem da cobra!, Pedra pensou.

— Quer dizer que um papel enrolado e mofado que não queima é motivo para tudo isso, Twix?

— Vai mesmo continuar me chamando por nomes de chocolates?

— Até acabar os nomes? Sim.

— Espero que não conheça muitos nomes.

— Posso passar a noite inteira falando de chocolates. Você não?

Bhishma deu de ombros.

— Você não tem ideia mesmo do que carregou esse tempo todo? Eu andei procurando por isso a minha vida toda. E meu pai, antes de mim. E o pai dele, bem antes.

Pedra engoliu a bebida num gole só. Fez uma careta e esticou o braço com o copo vazio. Não achou o gosto muito diferente dos outros whiskies que já tinha bebido. Claro que ele preferia uma cerveja gelada. Skol, Brahma, Heineken, Bavaria... a marca não importava. Só tinha que estar gelada. Todas elas, ele mandava para dentro. Bebida dada não se olha os dentes, ele lembrou. Depois se corrigiu, na mente. Cavalo. O certo é cavalo dado. O anfitrião preencheu o copo de Pedra com o líquido raro. Isso se repetiria até que os dois esvaziassem por completo aquela garrafa de seis litros. Depois, mais duas garrafas de vodca vieram e tiveram o mesmo destino. E depois, mais uma de rum. E mais uma de licor.

— Posso te perguntar uma coisa, Pedra?

— Manda, Milkbar!

— Como Caliel conseguiu a Dádiva? Você o conhece por esse nome, não? Ou é Baltazar? Ele não me diz, por mais que eu pergunte a ele...

Pedra não entendia por que o ricaço ficava chamando aquele papel de "Dádiva". Era um rolo de papel velho, porra! Só isso! Dádiva de cu é rola! Dádiva de cu é rola! Ele repetiu para si mesmo tantas vezes em sua cabeça que acabou sorrindo com o pensamento. Dádiva de cu é rola! Mas o que saiu de sua boca, entretanto, foi outra coisa:

— Tá falando do papel? — perguntou.

— É.

Pedra não sabia o que dizer. Se o Padre Baltazar não tinha lhe contado, como ele iria saber? E se soubesse, diria? Provavelmente não, ele pensou.

— Apesar de todo dinheiro e esforço — o indiano continuou —, não conseguimos nunca localizá-la. Havia muita especulação entre os Acumuladores sobre onde e quando...

— O Padre sabe sempre de tudo! — Pedra concluiu.

— Entendi... Caliel não é muito de contar as coisas... e olha que somos amigos de longa data.

— Baltazar! O Padre Baltazar é Deus. E Deus também não conta as coisas pra mim. Só quando eu durmo.

— Vem — disse Bhishma, tirando a maleta da mesa —, quero te mostrar uma coisa. Traz a garrafa de rum.

— Espera!

Pedra pegou o caderno, olhou para seu relógio de pulso por um bom tempo e anotou (com muita dificuldade) mais uma linha de texto. **19h53**: ESTOU COMEMORANDO COM O RICÃO PORQUE ELE DISSE QUE PODIA. ELE É SEU AMIGO. ME PERDOA, PADRRE. AMÉM.

Bhishma espiou o que Pedra acabara de escrever.

— Então... quer dizer que ele não te deixa beber?

— Deixa beber de tudo, menos a bebida que me faz virar outra pessoa.

— Whisky, vodca e rum... pode?

— Eu não vou virar outra pessoa hoje. — Pedra se concentrava nas palavras que dizia, fazia um esforço tremendo para articular as frases, tentava fazer com que elas não revelassem muito do que se passava na sua cabeça caótica. — Eu vou ser só o Pedra hoje.

— Hoje já é amanhã.

Pedra não entendeu o comentário dele.

— Quê porra cê falou, Diamante Negro?

— Você tá anotando os horários do Brasil. O fuso do Brasil. Aqui estamos adiantados. Hoje é amanhã.

Pedra fez várias contas em sua cabeça e não chegou à conclusão alguma. Pensou se deveria acreditar no amigo do Padre. Concluiu que sim. Bhishma, por sua vez, deixou a sala segurando o copo em uma mão e a maleta na outra, sugeriu que Pedra o acompanhasse. Pedra precisou de tempo para se decidir. Quando o fez, usou os poucos e espaçados móveis para se apoiar. Desceu lentamente as escadas, sempre acompanhando o ricaço de perto. Era uma escadaria infinita que levaria os dois para uma antessala, num andar subterrâneo, preenchida por vigas de aço que sustentavam o teto. O indiano digitou um código no painel e esperou uma luz verde iluminar seu olho. Depois que a luz se apagou, a porta decidiu abrir. Atravessaram a pesada porta de metal e andaram alguns passos até Pedra parar no meio do corredor. Apoiou o caderno na parede, escreveu mais uma linha. **20h06**: O INDIANO TÁ ME LEVNDIO PARA UM LUGARE DEBAIXO DA CASA PAR ME MOSTRAR UMAS COISA. A escrita de Pedra era irregular, cheia de erros, e dançava por entre as linhas do caderno, apesar do esforço absurdo que fazia para desenhar as letras de forma correta. Quando percebeu o esforço e o capricho que Pedra demonstrava ao escrever, Bhishma, curioso, voltou dois passos, olhou para o caderno de Pedra e gargalhou.

— Deus escreve certo por linhas tortas!

— Cala boca, M&M's!

Passaram por outras tantas salas, outros elevadores, escadas e corredores. Bhishma apertou outros botões, colocou o olho em mais luzes verdes e digitou outros montes de códigos. E como resultado, mais de uma dezena de portas se abriram até que aquela dupla improvável chegasse a uma instalação imensa: um galpão que se estendia em todas as direções e sumia na escuridão. Algumas salas de vidro, acesas, quebravam a aparência de abandono do lugar.

Pedra sentiu frio.

— Aqui é onde eu faço a maioria dos meus experimentos. Curas para doenças incuráveis, invenções de coisas impossíveis, produ...

— Foda-se! — Pedra disse. E riu.

O indiano gargalhou. Não era comum alguém interrompê-lo desse jeito.

Andaram pelo galpão. Passaram por uma sala repleta de porcos vivos e raivosos que se debatiam contra os vidros. Havia sangue por toda parte. Numa outra sala de vidro, Pedra viu que todos os porcos estavam mortos. Vermes estranhos saíam de suas entranhas. Havia muitas salas de vidro espalhadas pelo andar. Em volta delas, dezenas de cadeiras estavam alinhadas e vazias, como se algum público um dia tivesse se reunido para assistir ao que acontecia naquele espaço.

Bhishma parou na frente de uma sala escura. Essa era a única em que não se podia ver o interior. Em vez de vidro, a pequena sala era revestida de um metal liso e peculiar, que mudava de cor conforme o ângulo de observação.

— E aqui, é onde guardo todos meus brinquedos. Tire os sapatos, por favor.

Pedra não obedeceu.

Esvaziou a garrafa e escaneou com seus olhos bêbados a sala que era debilmente iluminada por pequenos fachos de luz vindos do teto e das paredes. As luzes estavam direcionadas estrategicamente para que revelassem várias colunas. No fundo da sala havia prateleiras recheadas pelos mais diversos objetos: pedras, pedaços de madeira, rádios de vários modelos, vasos de cerâmica, de metal, um relógio de parede, máscaras, duas TVs, espelhos, copos, taças, talheres, caixas, pinturas, fotos, livros e muitos outros objetos estranhos que Pedra não soube nomear. Parecia uma feira de antiguidades, ele chegou a pensar. No meio da sala, pedaços de dez colunas brotavam do chão, como se tivessem sido plantadas em grupos de três. Desgastadas pelo tempo, elas mergulhavam pelo carpete cinza e sumiam para aparecer de novo, talvez, em um andar inferior. Bhishma explicou a Pedra que se tratavam de colunas gregas de estilo jônico e serviam de mostruários exóticos para os objetos diversos e aparentemente sem valor que repousavam sobre elas.

Sob o olhar atento do indiano, Pedra passeou pela sala, conferindo o topo quadrado de cada uma daquelas colunas. Percebeu que todas possuíam uma placa de metal e que cinco delas não continham item algum sobre o tampo. O bilionário explicou que as placas tinham o nome das Dádivas e o número ao lado indicava a ordem de sua criação. Pedra pensou em anotar tudo o que via e ouvia, mas acabou desistindo. Teria que escrever muita coisa. Talvez mais tarde, quando o mundo à sua volta parasse de rodar. Melhor memorizar. Tudo. Anotar na cabeça. Ele era bom nisso. Eu sou foda, não sou?

— Sou! — Pedra respondeu a si mesmo, só que em voz alta.

Bhishma esboçou um sorriso.

— Tá rindo do quê?

O bilionário desculpou-se.

Pedra observou que na primeira coluna grega (uma das ociosas) uma placa de metal indicava qual Dádiva deveria estar ali. 1. A CHAVE CELESTIAL. Bhishma avançou até Pedra, apoiou a mão em seu ombro. Levou como resposta instintiva um empurrão do brutamontes. Depois, ele ainda fechou a cara, os punhos e soltou um xingamento.

— Não gosto de homem perto de mim, ô filho da puta! Vai, afasta de mim, gay-veado!

Bhishma achou melhor recuar. Circundando a coluna pelo outro lado, pegou a placa em suas mãos, explicando:

— A Chave que abre todas as portas.

— Só mudar a porra da fechadura da porta!

Na coluna ao lado, lia-se: 2. O CUBO DE METRATON. Abaixo da placa, havia treze buracos que estavam ligados por um emaranhado de linhas esculpidas na pedra. O resultado era um desenho intrincado, a soma de várias figuras geométricas sobrepostas. Somente cinco dos treze buracos estavam preenchidos por esferas coloridas. Sobre elas, sustentado por fios invisíveis, flutuava um cubo opaco.

— Parecem bolinhas de gude — Pedra resmungou, intrigado, apontando para as esferas, lembrando-se de sua infância e de uma de suas brincadeiras favoritas.

— Mas se olhar para dentro destas *bolinhas* — disse Bhishma, retirando uma das esferas de sua cavidade —, verá um universo de coisas.

A pequena esfera agora flutuava alguns centímetros acima da palma da mão do indiano. Pedra curvou-se para vê-la melhor e ficou admirando a bola colorida por um bom tempo. Estava intrigado. Translúcida, a esfera brilhava num turbilhão de cores sulfurosas. Formas dançavam, tremeluziam e pareciam ganhar vida. O brutamontes permaneceu mudo, imóvel, enquanto assistia atento àquela confusão de tons se transmutarem em imagens vívidas de rios, montanhas, florestas, desertos e nuvens. Bhishma retirou outra esfera e a fez flutuar sobre sua outra mão. Que bruxaria era aquela? Na nova esfera, Pedra encontrou mãos, bocas e olhos. Milhares de pequeninos olhos que se abriam e se fechavam, formando galáxias que eram estrelas e planetas. Mundos que nasciam e morriam em questão de segundos, tudo à sua frente. Ouviu a multidão de vozes indistintas e sufocadas por pensamentos agonizantes e, depois, escutou o silêncio profundo. Um interminável vazio de coisas. Um sentimento de tristeza tomou conta dele. Lágrimas brotaram de seus olhos. Pedra colocou a culpa na bebida alaranjada e no anfitrião. O indiano é mágico! É isso! Pedra não chorava há tempos. Chorar é para os fracos, para as mulheres e as crianças. E Pedra não era mais criança nem fraco. E nunca foi mulher.

A voz de Bhishma desconectou-o do transe:

— Se eu fosse você, não ficaria olhando muito pra elas. Há sempre o perigo de não querer mais voltar...

Pedra enxugou, envergonhado, a umidade do rosto enquanto o Bhishma guardava as duas esferas na maleta. Pedra seguiu o bilionário até a coluna seguinte: a terceira, que exibia a placa com a inscrição: 8. A AMPULHETA DE PRATA. Pedra fotografou o objeto peculiar com a mente. Pensou que só assim conseguiria escrever sobre ela depois, quando estivesse sóbrio. O Padre tinha que saber. A Ampulheta era grande, antiga, feita de metal brilhante e vidro. E a areia em seu interior era o acúmulo de um trilhão de grãos minúsculos que reluziam em um branco impossível.

— A Ampulheta foi a primeira Dádiva que eu adquiri, sabia?

Pedra esticou o braço na direção da Ampulheta na intenção de virá-la para que a areia escorresse de cima para baixo, mas Bhishma foi mais rápido e colocou a mão espalmada sobre o objeto.

— Não toque em nada, por favor. É mais seguro assim…

— Quem disse que eu ia, Prestígio? — Pedra mentiu, recolhendo o braço. — O que esta merdinha faz?

— Bagunça com o tempo. Faz ele passar mais devagar. Ou mais rápido, se assim você desejar.

Pedra pensou em perguntar como era o lance do tempo passar mais rápido. Mais devagar, ele nem queria saber. *Foda-se!* Quem quer que o tempo passe mais devagar? O tempo já passa devagar para caralho. Muito devagar. Ainda mais quando se espera alguma coisa. Nas filas, por exemplo. Devagar demais para ser atendido. E quando ele esperava o jogo de futebol começar? Devagar-zaço! E quando ele queria que chegasse o Natal? Nossa, como demorava! Ele adorava o Natal. Ganhar presentes do Padre. Sempre ganhava presentes. O Padre era bom. Mas não ia perguntar nada para o chocolate. Não. Para quê? Só tinha uma coisa que ele queria saber. Dá para voltar no tempo? Bhishma não respondeu. Pedra pensou se repetia a pergunta. Ele não é o Padre, Pedra! Ele não lê a cabeça das pessoas. Não?

Não. Melhor perguntar em voz alta.

— Dá pra voltar no tempo?

— Infelizmente, não. O que foi, já foi, Pedra. Por quê?

— Nada não.

— Você voltaria? Pra que época?

Pedra pensou, pensou. Nunca ninguém tinha perguntado uma coisa assim para ele. Uma pergunta boa. Pergunta que fazia a cabeça doer de tanto pensar. Mas mesmo assim, era boa. Pensou o quanto ele queria ir para outros lugares. Outras épocas. Queria ver os dinossauros que falavam com as pessoas. Queria estar ao lado dos anjos. E se fosse direto para a época em que ele era um garoto medroso. Ele ia falar para o Pedrinha, ia contar sobre o Pedra grande. Você vai ser foda, garoto! É só fodinha ainda. Mas um dia vai ficar fodão. Que nem o Pedra aqui.

— Eu voltaria para ver os dinossauros — Bhishma disse —, você não?

— Quero ficar aqui mesmo — Pedra respondeu, fechando a cara. Tinha ficado chateado com a escolha do indiano. Era ele quem deveria ter escolhido os dinossauros. Agora o ricaço tinha ficado com a melhor opção e ele não podia falar algo repetido. Pedra não queria perder no jogo. Não ia dizer que queria conhecer os anjos. O indiano ia rir. E isso não é motivo de piada. Se risse, Pedra seria obrigado a matar o cara. E Pedra não queria matar o cara. Gostava do cara. O cara com cara de chocolate que era amigo do Padre. Era mágico. Um mágico bom.

— Voltaria para comer a tua mãe e você me chamar de pai.

Pedra ficou feliz com a resposta.

— Vamos então, papai Willy Wonka?

Pedra pensou em perguntar que porra era aquela de Willy Wonka, mas ficou com medo de cair numa pegadinha. Do tipo daquela do "Que time é teu?". Para essa, ele tinha resposta: "Bateu na trave e entrou no teu!". Mas para essa do Willy Wonka, não. Ponto para o indiano.

Bhishma conduziu Pedra para a próxima coluna. Estava vazia. Havia somente a placa de metal que dizia: 3. O LIVRO DOS SETE SELOS.

— É o rolo de papel que eu trouxe? — Pedra disse, apontando para a maleta pendurada na mão de Bhishma.

O indiano balançou a cabeça no formato de um sim.

— Não vai colocar a parada aqui?

— Ainda não — disse Bhishma, abraçando a maleta contra o peito. — Preciso fazer uso desta Dádiva ainda hoje. — E conferindo as horas, perguntou: — Aliás, vamos?

Pedra concordou, mas antes tinha um trabalho a fazer. Passou pelas colunas restantes e leu as plaquinhas de metal, tentando memorizar os nomes de cada Dádiva: 4. PEDRA DE ESMERALDA ESCARLATE, 5. PEDRA ÂMBAR, 6. PEDRA DE OBSIDIANA VERDE, 7. O CÁLICE DE OURO, 9. A TESOURA DE BRONZE. 10. ? Pedra ficou preocupado com a avalanche de informações. Queria lembrar de tudo. Tinha de lembrar. O Padre poderia querer saber.

— Uma taça dourada, bolinhas de gude, uma pedra amarela e uma pedra vermelha — Pedra repetia para si mesmo ao sair da sala. — Uma taça dourada, bolinhas de gude, a ampulheta, não esquece da ampulheta, uma pedra amarela e uma pedra vermelha. A pedra verde não tava na coluna. Nem a tesoura. Uma taça dourada, bolinhas...

— Por que você está falando isso? — perguntou Bhishma logo que saiu da sala à procura de Pedra.

— Pra lembrar, ué.

— De manhã, você lembra de tudo, Pedra. E aí anota. Tem que aprender a relaxar um pouco.

Pedra ignorou, precisava continuar com seu mantra.

Atrás deles, as luzes da sala se apagaram e as portas espessas selaram aquele pequeno museu de extravagâncias. De súbito, Pedra sentiu tontura e enjoo. O estômago parecia inchar. Ele mordeu os lábios para controlar a dor.

— Toma! — Bhishma disse, mostrando a ele uma pedra vermelha brilhante. — Leva pro Padre Baltazar. Parece que ela não serve pra nada mesmo. Era só um enfeite aqui.

— Mas... — Pedra grunhiu.

— É o combinado. O pagamento pelo Livro que você trouxe.

Pedra tentou agarrar a joia vermelha, mas viu a pedra escorregar entre seus dedos e cair no chão do galpão.

— Você tá bem?

Pedra se apoiou em uma parede de vidro. Respirou fundo.

Não foi o suficiente.

Vomitou.

Bhishma fez menção de pegar a pedra vermelha do chão, mas percebeu que a joia estava envolta em muco e arroz.

— Que nojo, cara!

Pedra esperou até que a ânsia passasse por completo e, ainda com as mãos na parede, foi se enrolando até que pudesse pegar a Dádiva do chão.

— Eu sei, eu sei... — Pedra limpou a joia porcamente com a mão e em seguida guardou-a no bolso interno de seu casaco.

— Deixa que eu mesmo envio para ele — o indiano pediu. — Melhor.

— O que tinha nas bebidas? — Pedra disse, devolvendo a pedra vermelha para o indiano.

— Álcool, *cará-lê-ô*! — disse Bhishma, tentando imitar o mesmo tom de voz de Pedra. Depois, voltando à sua voz monótona e fina, completou: — Escuta, você tá bem mesmo?

— Eu tô bem, eu s...

Essas foram as últimas palavras de Pedra antes de vomitar em seus próprios sapatos.

Bhishma gargalhou.

Pedra limpou a boca com o dorso da mão e depois com a manga da jaqueta, riu um riso quieto, quase envergonhado. Talvez pela primeira vez em anos. Depois riu um riso alto, que o fez vomitar mais uma vez. O bilionário riu mais ainda.

— Tô bem — o brutamontes anunciou, por fim, levantando os dois braços.

E os dois engasgaram, tossiram de tanto rir. Riram como bêbados costumam fazer, sem motivo algum. Quando o riso cessava, alguém começava a sorrir de novo e voltavam às gargalhadas. Era até contagioso, parecia. Sentaram no chão e só quando conseguiram segurar o riso por alguns segundos foi que Bhishma trocou a expressão alegre por uma mais séria e disse:

— Acho que agora é a hora de falarmos sobre ela, não acha? Ou pensa que não sei por que Baltazar te mandou vir até aqui?

Pedra ergueu-se num salto, como se o efeito da bebida tivesse magicamente ido embora. Ajudou o novo amigo que fizera a ficar de pé. Arrumou a roupa estranha do ricaço e encarando-o, perguntou:

— Dorothy Gale? Quem é Dorothy Gale?

— E quem não é? — A voz de Bhishma soou melancólica. — Já falei pro Açougueiro que é tudo uma paranoia dele. Mas... você sabe como ele é cabeça dura. Se ele acha que vai acontecer a volta, sobra pra mim, né? Fazer o papel de vilão, coisa e tal...

Pedra cruzou os dedos e torceu as mãos, estalando os ossos. Repetiu a pergunta:

— Quem é Dorothy Gale?

— Calma que mais tarde eu vou te apresentar a mulher. Quem sabe você não tira essa dúvida com ela?

— Kit Kat, meu chapa — Pedra disse, com uma sobrancelha mais levantada que a outra —, por que é que tinha uma coluna com a porra de um ponto de interrogação nela?

— Porque ninguém sabe o que a Décima Dádiva é. Eu tenho um palpite e vou fazer o que for necessário para ir até ela. Ela será minha em breve. E com ela, salvarei o mundo.

— Ai, eu vou ter isso, vou ter aquilo! — Pedra forçava uma voz fanha e engraçada e fazia poses afetadas. — Ai, eu sou rico! Puta papo chato de rico chato!

— Ei! Não sou rico...

— Ah, não? Tá bom!

— Sou Bilionário, trilhardário. Eu sou é rico para cará-lê-ô! — Bhishma completou, como se cantasse uma marchinha de carnaval.

— Quer saber? — Pedra franziu a testa e coçou a cruz em sua cabeça. Depois, encarando Bhishma com uma tremenda cara de mau, disparou: — Vai tomar no meio do centro do olho do teu cu, ô pote de Nutella!

E gargalharam.

E beberam.

Por horas e horas...

Marcel

[2 horas depois]

O Bob Esponja ainda mantinha o mesmo sorriso idiota estampado em seu rosto amarelo-hepatite. Mesmo com suas entranhas sendo reviradas por um cirurgião descuidado como Marcel, que retirava, um a um, os objetos remanescentes de dentro de seu estômago e os posicionava sobre a mesa da sala de estar do apartamento de Reali. A máscara foi a primeira a ser resgatada. Como uma cicatriz, ela servia para lembrar continuamente da noite de terror a que ele sobrevivera. Marcel olhou a parte interna dela procurando por algo novo e acabou encontrando uma minúscula inscrição feita a mão: P. 28. Seria algo relativo ao Ponto 28? Talvez. Marcel posicionou o envelope pardo cheio de números e com seu nome escrito ao lado da máscara. Conferiu o VHS do Mágico de Oz e se os bonequinhos feitos de jornal ainda estavam lá. Estavam. Meteu a mão na mochila e foi trazendo o que encontrava pela frente: o cubo mágico, o espelho quebrado e o telefone azul com o carregador. Carregador que antes não estava na mochila quando o velho entregara a ele no metrô. *Estranho, hein?* Procurou pelo pingente (que a recepcionista do hotel preferiu chamar de chave) com a corrente e não encontrou, assim como a fruta. *Claro que a fruta não sobreviveria a três longos anos. Frutas apodrecem em questão de dias*, pensou. Pegou então o controle quebrado de Playstation e, por fim, fuçando na bolsinha lateral da mochila, pescou a página de passatempos toda amassada e uma caneta Bic azul. De um lado da pequena folha de papel, o "Jogo dos Sete Erros": dois desenhos quase iguais, exceto por alguns detalhes, os tais erros. Marcel adorava aquela brincadeira quando era criança. Os dois desenhos eram a representação de um emaranhado de estradas, um tipo de macarronada impossível feita de asfalto e carros. Contou um total de cinco carros na imagem do lado esquerdo. Alguns erros Marcel viu logo de cara, como um dos carros subtraído no desenho da direita. E uma nuvem do céu. E uma faixa da pista. Virou a folha. Do outro lado encontrou o maldito jogo do "Ligue os pontos", origem de toda a confusão de sua vida recente. Mas havia algo diferente nele. A folha estava riscada agora. Alguém (ele?) havia traçado uma linha que ligava os número que iam do 1 ao 29 daquele passatempo. Deu-se conta de que ele já podia unir mais um ponto, esticar a linha até o número 30, número do apartamento do Reali. É isso? Será que vale? *Deve valer!*, pensou. Com a Bic azul, traçou a curta linha. Agora faltavam três pontos somente. Os números 31, o 32 e o 33 e... fim de jogo! Será que ele teria ido a cada um daqueles vinte e nove lugares já unidos do desenho? Bem... ele teve três longos anos para descobrir, jogar o jogo, ligar os pontos. Mas por que não se lembrava de nada disso? A causa seria a bebida do hotel, uma lavagem cerebral ou um acidente? Esteve num hospital, como a pulseira de identificação em seu punho sugeria. Hospital Beneficente Português. E se sofresse de uma amnésia que não pudesse ser revertida? Marcel sabia, por algum motivo que lhe escapava, que um trauma poderia causar uma perda da memória. Ou então, um acidente. Ou os dois juntos. Sensação estranha era aquela de que iria descobrir o que havia ocorrido com ele mais cedo ou mais tarde. De alguma forma, conseguiria recuperar a memória. Quando completasse o jogo, talvez. Melhor que fosse rápido. Odiava a ideia de ter feito coisas e não se recordar de nenhuma delas.

Marcel olhou ao redor. A sala estava diferente. Novos móveis, paredes pintadas de outra cor. Sentia-se como um intruso naquela casa que já fora seu lar.

Muita coisa aconteceu nesses três anos. Na sua vida. E, claro, na vida de Reali, que estava namorando e sua namorada havia se mudado para o apartamento. Ele teria que dormir ali mesmo, no sofá da sala, já que seu antigo quarto virou o "quarto da bagunça", segundo Reali. Suas roupas estavam todas guardadas em caixas de papelão ali, assim como restos de computadores, milhares de revistas em quadrinhos e um sem número de bugigangas geeks. Por esse motivo, fazia um cosplay de Reali: camisa do Batman tamanho G e calça de moletom com o logo da Netflix folgada na cintura e empapada na altura dos calcanhares.

Sem sono, decidiu olhar com mais atenção para cada um dos objetos, especialmente para a folha de passatempos: os pontos formariam o desenho de um velho, dava para sacar mesmo antes de ligar todos. Ele percebeu desde a primeira vez que olhara para aquele papel. A cabeça do ancião careca já estava desenhada desde o começo, como se fosse um passatempo para crianças bem novinhas. E agora, com os pontos quase todos unidos, uma longa barba branca formava-se na parte inferior do rosto do simpático idoso. Não fosse ele careca, Marcel teria concluído que o desenho se tratava de uma representação cartunesca do velho louco do metrô, o mesmo que lhe entregara a mochila. Mas definitivamente não era ele. Marcel procurou por algo novo na folha. Algum detalhe escondido. Reparou que no título LIGUE OS PONTOS, bem no topo da página, a palavra LIGUE estava marcada em amarelo. Assim como o número 9 do desenho. Eram as duas únicas coisas assinaladas com um marcador amarelo na página impressa em preto e branco. Por que ele fez isso? Se ele havia destacado tanto a palavra quanto o número, talvez os dois elementos tivessem alguma importância. *Ligue - número 9?* O que isso poderia significar? Marcel pensou por um tempo e, olhando para o celular antigo em cima da mesa, teve um estalo. Era uma dica? Speed dial. *Ligue para o número 9!* Ele segurou o Nokia pré-histórico nas mãos e ficou até surpreso por ele ter alguma carga. Apesar de ser domingo à noite, o comediante apertou o número 9 e segurou a tecla por alguns segundos. Colou o telefone azul na orelha e com coração acelerado, esperou alguém responder do outro lado da linha.

Depois de dois toques, uma voz masculina atendeu:

— Biblioteca Mário de Andrade, boa noite. Baltazar falando. Em que posso ajudá-lo *desta vez*?

Marcel engoliu em seco e desligou o telefone sem dizer palavra alguma.

Beatriz

[5 horas depois]

A sensação era a mesma de estar caindo.

O frio na barriga, a dificuldade em respirar, o tumulto no coração...

E a voz.

Suave, onipresente e poderosa, a voz que sussurrava em seus ouvidos era a mesma que ressoava, ricocheteando por todos os lugares e voltava até ela, clamando por ajuda.

Me... ajuda?

Lá do alto, Beatriz podia ver tudo acontecendo: o antes, o durante e o depois.

Os sonhos eram sempre assim: uma sequência de eventos que culminavam de maneira inevitável em uma explosão de luz. Intensa e grandiosa. Tudo começava inexoravelmente com um vento forte. Depois vinha a debandada de milhares de pássaros errantes. Depois, o som de vozes ao longe. E depois, bem depois, os gritos, a correria, o desespero e a dor. Um tiro e um corpo desabando. Era Marcel, ela sabia. Morto. Ele sempre morria em seu sonho. *Marcel!*, ela gritou, apavorada, no sonho. Sempre gritava seu nome. Som potente de águas. Caindo. Um estrondo e mais outro e o céu negro, pouco a pouco, ia sendo riscado por linhas de fogo num mar de estrelas náufragas. Era a guerra começando? A voz dentro da sua cabeça, misturando-se aos seus pensamentos, dizia: *Faltam seis dias para o fim.*

Beatriz não compreendeu.

Nunca entendia.

Mas... como? O que devo fazer? Quem é você?

A voz revelou seus nomes. Nem sempre fazia isto. Esquecidos pelo tempo, eram tantos quanto possíveis, aqueles nomes. No entanto, aquela voz não lhe revelava como deveria agir. Nunca. Apenas computava os meses e, mais recentemente, os dias, numa contagem regressiva para o Apocalipse.

Será às 19 horas e 7 minutos, 28 de dezembro de 2017, disse a voz melancólica no sonho.

Beatriz protegeu os olhos quando o clarão tomou conta de tudo e a luz acendeu a noite.

Agulhadas, um milhão delas, por todo o seu corpo. Então, veio o calor. E com ele, um medo mudo da morte.

Mas o escuro e a dor já tinham ido embora?

Assim, de repente?

Beatriz acordou. Ela sempre acordava nessa parte.

Conferiu o relógio: 23h03.

Levantou-se do sofá onde havia adormecido, puxou a cortina e espiou através dos pequenos furos na madeira que cobriam totalmente a janela. Os encapuzados ainda estavam lá, esperando a noite ir embora. Pela manhã, quando eles forem embora, quando o primeiro raio de sol tocar as copas das árvores da floresta, ela iniciaria a fase final do ritual: os seis dias restantes, seis dias para tentar trazer o seu Santo Anjo Guardião.

Seis chances para evitar o fim do mundo.

O tempo passava de maneira singular naquele canto do mundo. Minutos que se arrastavam como décadas e horas que, por vezes, pareciam eras. Dias longos e noites infinitas, ela costumava dizer para si mesma. Não fosse o calendário na parede, Beatriz não saberia nem mesmo em que estação do ano estava. Fora e dentro da cabana, o clima sempre era o mesmo: um frio áspero e cortante. Ali, no alto da Serra do Mar, afastada da civilização, o santuário onde ela estava era protegido pela densa Mata Atlântica e pela envolvente neblina. O que a protegia, a amaldiçoava. Paranapiacaba, o distrito mais próximo, não passava de um vilarejo com uma população em queda vertiginosa, desde que as mortes começaram a pipocar nos noticiários policiais, há cerca de um ano. O lugar, desde então, afugentava os turistas, sua principal fonte de renda, assim como os moradores que abandonavam o povoado por medo, falta de dinheiro ou ambos. Quando Beatriz se mudou para a cabana, pouco mais de cinquenta habitantes ainda insistiam em viver naquele lugar esquecido por Deus ou nas redondezas. Um toque de recolher fora imposto, ao cair da noite, visto que os assassinatos aconteciam sempre depois que o sol se punha. Mais de 25 cadáveres foram encontrados no meio da floresta, isso além das dezenas de desaparecidos. Não demorou muito, histórias e lendas sobre vampiros, lobisomens, demônios, aliens e outros tantos seres fantásticos que habitariam a mata começaram a ganhar força em blogs, canais sobre assuntos sobrenaturais e programas sensacionalistas. Enquanto a polícia não prendesse ninguém, enquanto não houvesse pelo menos um suspeito pelas mortes, abriria-se espaço no imaginário das pessoas. Não demorou muito até o vilarejo receber a alcunha de Silent Hill brasileira já que a sirene perto do pátio ferroviário soava sempre ao cair da noite, avisando aos corajosos habitantes remanescentes que era hora de se trancar dentro de suas casas e não sair de jeito nenhum até que o sol nascesse.

Beatriz permanecia confinada no santuário havia seis meses.

Não muito tempo atrás, se alguém lhe contasse o modo como chegaria até aquela cabana, ela, com certeza, não acreditaria: através de uma simples fotografia de uma porta. Sim, era um absurdo. Improvável. Impossível. Mas agora, depois de tudo que vivera, ela seria capaz de acreditar até em Papai Noel de novo.

Beatriz havia se acostumado desde muito nova a mudanças constantes de casa. Desde que se lembrava, nunca parava mais de dois anos em um mesmo endereço. Seu pai, militar, era sempre transferido de uma capital a outra, e ela e a mãe, arrastadas com ele para os cantos mais distantes do Brasil. Saiu da casa dos pais e mudou-se com o noivo para os EUA. Depois, voltou para São Paulo e acabou criando raízes, ficando no mesmo apartamento por cinco anos seguidos, um verdadeiro recorde para ela. O problema era que, depois do incidente no hotel, três anos antes, não passaria mais do que uns poucos dias num mesmo lugar. Tinha se tornado uma fugitiva, perseguida por pessoas que não hesitariam em matá-la. As decisões que tomou naquela noite no hotel a condenaram para sempre: desagradou pessoas importantes. Não podia voltar para casa e, mesmo que pudesse, não havia mais ninguém lá esperando por ela. Perdera, em poucos meses, o noivo e seus familiares mais próximos. Todos brutalmente assassinados. Iscas para atraí-la. Beatriz se tornou uma peça importante no tabuleiro de um jogo que agora chegava aos seus momentos finais. Um desfecho iminente que imaginara havia tempos, repetido à exaustão em sonhos cada vez mais nítidos e assustadores. O que ela tentava ali, naquela cabana, era mudar a sua sorte, se é que isso era possível. Um salto no escuro, disseram. Disseram não. “Ele” disse. Ele a convencera a realizar o ritual. Insistiu que era o único caminho possível caso ela quisesse virar o jogo. Era a forma de fazer o destino pender finalmente para o lado dos bons. E bons, entenda-se, era a Ordem dos Profetas. Ele usara o termo “Ordem dos Profetas” quando referiu-se a ele e ao grupo que lutava contra o poder econômico, político e espiritual vigente no mundo. Os homens por trás das cortinas, aqueles que desejavam implantar uma Nova Ordem Mundial e que lucrariam com o fim do mundo, com a guerra, as doenças e com a fome.

Os cavaleiros do Apocalipse, ele explicou a ela.

Os Senhores do Mundo.

Beatriz pensava agora na ordem exata dos acontecimentos que a trouxeram ali. Lembrou do encontro despretensioso, num poço profundo, um ano atrás na cidade de Sintra e da conversa que teve com um estranho que se recusou a dizer seu nome verdadeiro e apresentou-se com o nome de Justo.

Justo, Beatriz descobriria logo nos primeiros minutos de conversa, não era humano.

[1 ano antes]

— E você... deve ser o Justo.

O homem com os olhos cobertos por enormes óculos escuros assentiu.

Justo era um negro alto, que se destacava na multidão, com seu rosto marcado por cicatrizes, seus enormes óculos escuros e seu corpanzil de dois metros de altura por quase a mesma medida de largura. O homenzarrão parecia um armário. E, apesar de ser bem velho (ela soube depois), aparentava ter pouco mais de 35 anos. O frio não era muito intenso, mas mesmo assim ele usava um pesado sobretudo, gorro e cachecol de lã, além de luvas escuras de couro, quando Beatriz o encontrou, conforme combinado, na abertura superior do Poço Iniciático, na Quinta da Regaleira, em Portugal.

— Como chegou à minha localização de forma tão precisa? — ele perguntou.

— Google Maps e biscoito da sorte — Beatriz respondeu, mostrando o celular.

— Garota inteligente! Engraçado... lembrava de você loira.

— Eu era — disse Beatriz, mexendo nos cabelos. — Tive que pintar de castanho escuro, você sabe, né? Qualquer coisa que me ajudasse a ficar diferente...

O homem tirou o gorro azul, revelando sua careca brilhante.

— Sei bem como é. Eu faço isso. De tempos em tempos, eu também pinto meu cabelo.

Beatriz sorriu, mostrando os dentes brancos e perfeitamente alinhados.

— Como posso ter certeza de que você não quer me matar?

— Uma dica: *se* fosse te matar, não iria marcar nosso encontro num local público assim, cheio de turistas, não acha?

Beatriz debruçou na mureta de pedra e tirou seus óculos escuros para poder enxergar melhor o fundo soturno daquele abismo enigmático.

— Faz sentido. Mas tem que admitir que aqui seria um bom lugar pra empurrar alguém em direção a uma morte certa.

— Verdade. Uma queda de 27 metros. Nada mal.

— Eu sei que o meu tamanho e minhas cicatrizes também não ajudam. — Justo disse, passando os dedos sobre os profundos sulcos na pele. — Tenho cara de vilão, já me disseram.

— Eu não quis...

— Lúpus.

— O quê?

— A causa das cicatrizes e da falta de cabelos: lúpus eritematoso discoide ou LED, uma doença autoimune.

— Já ouvi falar… — Beatriz estava desconfortável com o rumo da conversa. Apontou para o desenho gravado no mármore e perguntou: — Por que aqueles símbolos lá embaixo, no piso? São maçons, não?

— É a rosa dos ventos, uma estrela de oito pontas sobre uma cruz Templária. Este poço é chamado de iniciático porque acredita-se que ele era usado em rituais de iniciação à maçonaria. Este é um dos motivos de eu ter escolhido este local.

— Como assim?

— Hoje… aqui. É um tipo de iniciação para você. Se aceitar, é claro.

— Depende do que estamos falando.

— Acho melhor nos movermos — sugeriu Justo, esticando a mão para Beatriz, fazendo um convite para que ela o acompanhasse na descida. — Nunca é bom ficar muito tempo no mesmo lugar, você sabe…

— É, eu sei bem o que é isso — disse Beatriz, agarrando a mão do homem misterioso. — É só o que tenho feito nos últimos dois anos.

A escadaria estava molhada por causa da água que escorria das colunas e pelas paredes. Parte da água acumulada no caminho pingava nos arcos e parecia haver umidade por todos os cantos. Não havia muito espaço para descer e para piorar ainda havia pessoas circulando nos dois sentidos. Cada vez que eles cruzavam com alguém subindo, Justo era obrigado a parar e espremer-se contra a mureta, facilitando assim a passagem.

— Essa escadaria tem 9 patamares separados por lances de 15 degraus cada um, uma referência à Divina Comédia de Dante. Os 9 círculos infernais, sabe?

— Se for por causa do número nove… não seria por causa das *nove* seções do purgatório ou ainda por causa dos *nove* céus do paraíso? Sim… eu li A Divina Comédia — gabou-se Beatriz.

— Acredite no que digo — disse Justo, ao interromper a descida para abrir caminho para um casal de espanhóis não muito simpáticos. — Este poço *só* tem a ver com o Inferno e não há dúvidas sobre isto. Inclusive, há o fato desta estrutura toda parecer uma torre invertida. Falo porque conheci o verdadeiro responsável pela construção e sei o motivo de ele tê-la feito assim. Então… quer dizer que você leu a Divina Comédia?

— Li. E reli depois que seu amigo me falou deste livro, há um tempo… vocês são amigos, não?

— Amigo? Quem?

— Caliel.

— Ah, o Mau... Definitivamente não é meu amigo. Ele é meu irmão.

— Aliás, posso falar? Família estranha essa sua...

— Isso porque não conheceu os outros! — Justo sorriu e apoiou-se no parapeito de pedra. Beatriz espelhou a sua pose. O gigante apontou para frente. — Olhe... pode contar, Beatriz... são 23 nichos nesta torre e eles não foram colocados aqui, assim desta forma, por acaso. Estão agrupados em três conjuntos, separados entre si à medida que se desce para o fundo do poço: 17, 1 e 5. Esta organização... estudiosos acreditam, tem a ver com o ano de 1715, ano em que Francisco Albertino Guimarães de Castro comprou a propriedade. Acertaram o ano, erraram a razão da escolha do ano. 1715, na verdade, foi uma homenagem ao meu irmão mais velho, que veio a falecer no mês de dezembro deste mesmo ano.

— Sinto muito... e qual era o nome dele?

— Não sinta. Israfil é um cara que não consegue ficar morto durante muito tempo...

Beatriz olhou para Justo, confusa. Justo torceu o beiço, deu um muxoxo e voltou a descer a escadaria em espiral.

— Então... tá — murmurou. E o seguiu.

— A simbologia toda deste local tem a ver com a crença de que a terra é o útero materno. A terra, da mesma forma que provém a vida, torna-se sepultura, o lugar para onde tudo um dia voltará. Ritos de iniciação sempre são sobre nascimento e morte. Morte de um estilo de vida e nascimento de outro. Ventres geradores e sepulcros, ambos no seio da Terra-Mãe.

— Justo — ela o interrompeu —, por que tô aqui?

— Porque você me pediu ajuda.

— E por que está me ajudando?

— Porque é a única que preenche todos os requisitos. Porque sonha *os sonhos*. Sabe o que eles são, Beatriz? O que nós pensamos que eles são?

— Não. Você sabe? Peraí, *vocês* quem?

Justo ouviu as perguntas mas não respondeu a nenhuma.

Eles haviam chegado ao fundo do Poço Iniciático e não estavam sozinhos. Havia mais três turistas por lá tirando fotos. Trinta e cinco selfies depois, os jovens japoneses saíram, deixando o espaço livre para que Justo e Beatriz pudessem caminhar até pisarem o centro da rosa dos ventos. Justo olhou para cima, para o círculo de luz que corajosamente invadia aquela torre escura, revestida de pedra e musgo. O recorte redondo e brilhante do céu claro parecia mais o enorme olho de um dragão, rodeado por suas escamas escuras feitas de pedras lúgubres. Era uma visão intimidante. Beatriz sentiu uma energia diferente ali, algo inescrutável, mágico até. Mas a sensação poderia ser creditada ao tom sombrio que Justo utilizava em seu discurso. Beatriz era muito influenciável e sabia disso.

— Seus sonhos... acredito que alguém está tentando se comunicar com você. Um pedido de socorro, sabe?

— Mas... quem? — disse Beatriz, protegendo os olhos da claridade.

— É o que vamos descobrir ao final da Operação. Se tudo der certo e você não cometer nenhuma falha.

— Operação? Desculpa, eu...

— Sim — interrompeu Justo —, eu fiz alguns ajustes, acrescentando alguns símbolos extras e um par de orações já esquecidas, mas a base de tudo será um ritual conhecido como Operação de Abramelin.

— Você disse antes que eu preencho "todos os requisitos", mas como se... se nem faço ideia do que você está falando?

— Calma! — Justo sorriu. — Eu irei ensinar tudo. Passo a passo. Podemos continuar andando?

— Sempre em movimento! — Beatriz disse baixinho, para si mesma, seguindo aquele homem misterioso.

Os dois entraram em um túnel escuro e saíram em outro poço, menor que o anterior.

Não havia nenhum turista por lá e os dois ficaram em silêncio por um bom tempo, observando os detalhes. Beatriz podia escutar o tímido barulho da água gotejando, deslizando pelas pedras.

— Aqui é o Poço Imperfeito, formado por pedras brutas, dispostas de modo impreciso, aleatório... — a voz de Justo ecoava nas pedras, destruindo a quietude do lugar. — Elas significam uma perfeição inatingível. Saindo daqui, há um labirinto de galerias cobertas com rochas trazidas da orla marítima, da região de Peniche. Expressão do mundo submerso, tudo neste local tem um valor simbólico, sabe? Como a água que aparece por todo o lado, na Gruta do Labirinto, no Lago dos Cisnes ou ainda no Lago da Cascata. E água... ela representa purificação. Note que os quatro elementos estão aqui: a terra, a água e o ar. O ar, antes que me pergunte, foi a brisa que sentimos ao passar pelas aberturas, lembra? E há também o fogo...

— Fogo? Onde?

Justo deixou Beatriz para trás, sumindo na escuridão de um túnel. A voz dele serviu como guia para que ela fizesse a escolha certa e entrasse por uma das fendas: o túnel que a levaria ao encontro dele. Teve que apressar o passo para alcançá-lo.

— O fogo é hoje simbolizado pelas luzes artificiais e toscas que você vê pelo chão das galerias. Luzes que, se me permite a observação, quebram todo o clima místico deste lugar. Mas tente imaginar que em tempos mais remotos, por aqui, eles usavam velas e tochas para iluminar e facilitar as travessias nestes escuros túneis.

— Interessante…

— Mesmo a mata da Quinta da Regaleira não está disposta ao acaso. Se prestar atenção, andando pelos quatro hectares da propriedade, poderá notar que a parte de baixo é mais ordenada, cuidada e à medida que se sobe, ela torna-se mais densa e selvagem. Aqui existem vários caminhos possíveis, com sentidos e direções diversas.

— Você é guia turístico? Se não é, deveria, viu?

Justo estacionou de repente.

Beatriz esperou por uma bronca ou mesmo por uma resposta ríspida, mas Justo levantou os óculos escuros e devolveu a provocação dela na forma de um tenro olhar paternal. De modo sereno, explicou:

— Eu sei que não parece, mas estou apresentando a você um mundo diferente, cheio de símbolos e significados. O caminho que irá percorrer é longo, tortuoso e por vezes, até perigoso. Uma escolha errada e… bem, sabe… é muito importante que você tenha cabeça, coração, olhos e ouvidos abertos para o que está por vir, para tudo o que vou revelar a você. Lembre-se que só se pode atingir o céu se antes passar pelo inferno e provar-se digna de ascender a um mundo superior. Descer para as trevas e subir para a luz. Isto lhe diz alguma coisa?

— A trilha que estamos seguindo aqui?

— Exato.

Os dois deixaram para trás o escuro das galerias subterrâneas para encontrarem um caminho feito de pedras sobre um lago verde parcamente iluminado pelo sol tímido de inverno. Tiveram que esperar a velhinha de calça legging terminar a sua árdua travessia para que pudessem seguir. Depois, subiram por uma escada que os levaria a outras atrações do local. A tarde caía rapidamente e a horda de turistas parecia se encaminhar, em romaria, para a saída da Regaleira.

— Há inúmeros exemplos na literatura — Justo continuou —, mitologia e religiões primitivas de iniciações subterrâneas. Além da Divina Comédia de Dante que comentei anteriormente, temos a Caverna das Ninfas da Odisseia de Homero, as grutas de Dionísio, as câmaras subterrâneas do Mitraismo ou ainda a Caverna de Proserpina, dos Mistérios de Elêusis. No xamanismo, a tradição de descida aos mundos subterrâneos e ascensão aos mundos superiores também é presente. Se eu tivesse que te dar um conselho somente, seria esse: Apressa-te devagar!

— Apressar devagar?

— Apressa-te devagar. Um oximoro latino. Oximoro é uma figura de linguagem que coloca numa mesma expressão palavras com conceitos contrários. Como "silêncio ensurdecedor", "ilustre desconhecido", já ouviu coisas assim?

— *Quase sempre* — Beatriz respondeu com uma piscadela.

— Exato! "Quase sempre" é um bom exemplo de oximoro. Sabe... hoje em dia não é mais visível por aqui, na Regaleira, mas havia uma inscrição numa das paredes, em latim, que dizia FESTINA LENTE. "Apressa-te devagar". Ou: você tem que fazer o que tem que fazer de maneira rápida, porém não de forma apressada. Entende?

— Acho que sim. Devemos ser rápidos porque, sei lá, não temos muito tempo na Terra, no entanto temos que ser dedicados e atenciosos na realização das coisas.

— Sabia que entenderia.

— Tá... e o que tenho que fazer?

— Antes de mais nada, acreditar que existem coisas que hoje você julga como bobagens, fantasias, mas que são reais.

— Exemplo?

Justo sentou-se no banco de pedra encravado no Portal dos Guardiões e pediu com a cabeça que Beatriz fizesse o mesmo. Ela aceitou o convite. Estavam sozinhos mais uma vez.

— Anjos e demônios são reais. Inferno e Paraíso existem. Isso, só pra começar...

— Foi mal! — Beatriz ria ao mesmo tempo que se desculpava com as mãos. — Não quero ser grosseira, mas não faço o tipo religiosa. Já fui até, um dia, mas... eu deixei de acreditar em Deus há muito tempo. E faz tempo...

— Entendo. Poucos realmente acreditam nEle, Beatriz.

— Deus é o Papai Noel dos adultos.

— De *qual* Deus está falando?

— Ué, Deus não é um só?

— Ah, sim. O Deus original. Yahweh, para os mais íntimos.

— Imagino que tenha provas de Sua existência.

— Como não? Eu estive na Presença dEle.

— Sei, sei... minha mãe dizia o mesmo, todas as manhãs dos domingos. Nem por isso eu acreditava nela, né? O papa deve falar, o Edir Macedo deve falar isso também, mas... acho que é só uma forma de a pessoa dizer que rezou e se sentiu bem. Só isso... e tirar uma grana dos trouxas.

— Não me entenda de modo figurado. Saiba que eu realmente estive com Ele. Dia após dia, eu *trabalhei* pra Ele.

— Trabalhou para Deus? Você é o quê? Um pastor, um padre?

— Um malaquim.

— Mala-o-quê?

— Um mensageiro, um celestial.

— Tipo... um anjo? — Beatriz apontou para o céu.

— Anjo é só uma das várias hierarquias dos celestiais. Mas se preferir, pode se referir a mim como um anjo, não me importo. De verdade. Mas eu era muito mais do que uma *Sombra*.

— Sombra?

— Sim, é como um *anjo* é conhecido no Primeiro Céu. Um apelido maldoso, eu sei.

— Imagino que Primeiro Céu seja o Paraíso.

Justo tirou o cachecol, fez dele uma bolota de pano e colocou-o sobre os joelhos. Depois, recostou-se no banco e olhou para o céu nublado.

— O Paraíso fica no Segundo Céu. O Primeiro Céu era o lugar onde o Criador e nós, os Verdadeiros, ficávamos.

— E os Verdadeiros são...?

— Os nove, as três tríades. Os primeiros seres que foram criados por Ele. Depois de Lúcifer, claro.

— Peraê! Lúcifer foi criado antes de vocês?

— Sim... "O Primeiro dos Primeiros". Ajudou Yahweh a criar a base de tudo o que existe e, pelo que sabemos, foi o primeiro habitante do Inferno, depois que foi expulso por causa de um desentendimento com o Criador. Quando surgimos, ele já havia partido e quando os primeiros malaquins tombaram na Guerra Furiosa e mergulharam em direção ao Inferno, ele já havia saído de lá. Lúcifer é, portanto, um rosto que ninguém nunca viu. E que mesmo assim, influencia a todos.

— Por que disse que vocês *ficavam* lá? Não ficam mais? *Tombaram* também, na Guerra?

— Longa história... Quer o resumo? Perdemos a guerra e não estamos mais lá, mas voltaremos em breve. Se você nos ajudar.

— Eu? Eu sou só uma desenhista de histórias em quadrinhos aposentada, uma fugitiva que não acredita em Deus. Como diabos eu poderia ajudar?

— Você e Marcel têm um *papel* importante nos eventos que se aproximam.

— Marcel? Ele tá morto.

— Deveria, mas não está.

— Ah, mas está sim! Eu o matei por engano. Eu *vi* ele morrer.

— Se não acredita em mim... pergunte a ele.

— E-ele tá aqui?

— Deveria. Mas está atrasado.

— Onde eu vou encontrá-lo? Antes do último dia?

— Não se preocupe, ele vai te achar. O jogo dele é seguir pistas e encontrar pessoas e lugares e coisas. Mas... me fale dos seus sonhos. O que vê neles?

— O fim de tudo.

— A guerra?

— Acho que sim. Deve ser a guerra. Tudo leva a ela. Há anos que sonho que estou num determinado dia, numa determinada hora, numa casa, no meio da floresta. Eu corro e, de repente, estou em outro lugar, rodeado por água. Um mar de água, correndo em várias direções. Mas a luz forte que toma conta de tudo me persegue... e cega meus olhos. Há corpos por todos os lados. Há corpos caindo dos céus, há corpos boiando nas águas. Marcel morre com um tiro e depois, todo mundo morre. Fim.

— E me diga. No sonho, está sozinha na casa?

— Não consigo definir. Parece que não. Eu sinto que há alguém mais ali, uma presença. Mas essa luz... eu não consigo ver nada. Eu corro, eu fujo. Só isso. É uma cabana, parece.

Daquelas que ficam no meio da floresta, longe de tudo.

— Sei...

— Sabe o quê?

— Sei agora que você é mesmo a pessoa certa para fazer o serviço. Por tudo o que me disseram sobre você e pelo que acaba de me dizer. Definitivamente é você quem terá de fazer o ritual.

— Por causa do Apocalipse, dessa tal de guerra?

— Sim. Imagino que só assim poderemos trazer um aliado poderoso para nossa luta contra as forças do mundo e dos céus.

— Achei que a minha missão era impedir a guerra de acontecer.

— A guerra é inevitável. A guerra impedirá o Apocalipse.

— Quando você fala "guerra", tá se referindo a uma guerra aqui na Terra ou... no céu?

— À guerra, à Última Guerra, que irá se espalhar por todos os mundos. O tecido da realidade já vibra de maneira diferente, não consegue sentir? O ar, a tempestade se aproximando...

— Não. Quer dizer, eu acho que não. Como disse, sou só uma pessoa comum.

— Isso não é verdade.

— Como não? Pra começar, o que eu tenho de especial?

— Pra começar, a Chave — Justo respondeu, de pronto.

— A chave mágica?

— Achei que não acreditava em coisas como magia, fé...

— É só um nome. É como eu a chamo.

— E por que a chama assim?

— Porque ela... você sabe... me sinto até maluca só de falar isso, mas... digamos que ela me leva de um lugar a outro.

— Chaves fazem isso. Abrem portas que levam a outros ambientes.

— Você não entendeu. Ela abre portas em lugares distantes. Eu estou num lugar, abro uma porta e... — Beatriz estalou os dedos — Plá! Tô em outra cidade, outro país.

— Então, ela é mágica — arrematou Justo.

— Na falta de uma palavra melhor, sim.

— Sei exatamente do que está falando. Eu conheço a Chave. E sei para *quem* ela foi criada.

— Marcel? Eu peguei dele. Soube que tinha que pegar, mas não sabia o porquê. Até usá-la pela primeira vez...

— A chave *estava* sim em poder de Marcel, mas a Dádiva não foi feita para ele.

— Você chamou a chave de "Dádiva"? É isso?

— Sim. A Chave, o Livro dos Sete Selos, o Cubo, a Ampulheta, a Tesoura, as Pedras... elas são Dádivas. Objetos inundados do poder do Criador, foram dados como presentes a nós. Por Ele. Imagine que elas carregam a essência original de Deus e apesar de elas poderem ser usadas por qualquer criatura que as possuir, somente os donos originais conseguem extrair desses santos objetos todo o seu real potencial, se é que me entende.

— Não entendo.

— Você está usando apenas uma parte do poder que a Dádiva tem. E a cada vez que usa, abala o tecido da realidade. Chama a atenção para você.

— Não querendo ser chata e já sendo, queria te pedir uma coisa: toda vez que introduzir termos como "Dádivas" ou "tecido da realidade"... toda vez que disser uma coisa que ache que eu não vou sacar de cara, e te adianto que sou bem lerda pra essas coisas, já explica, meu anjo, pra eu não ficar te perguntando tudo, né? — Beatriz terminou o discurso dando um cutucão na barriga de Justo, num impulso impensado. Houve um momento de desconforto, em que Beatriz pensou ter exagerado, afinal, não tinha nenhuma intimidade para agir assim com alguém que acabara de conhecer. Mas, ainda que Justo tenha se assustado com o gesto da garota, acabou achando graça. O gelo havia sido quebrado de vez entre os dois.

— Verdade, mocinha! Eu vou falando e falando e esqueço que você é novata no assunto. Tá... vamos por partes. As Dádivas, elas *carregam* poderes, como você pôde atestar. Alteram o tecido da realidade. E o tecido da realidade... — Justo virou-se para ela, tentava achar um gesto com as mãos que combinasse com a metáfora que iria usar. — É uma membrana que separa o Mundo Físico do Espiritual. Uma barreira. Como esta luva, que separa minha mão do frio.

Beatriz coçou a cabeça, pensou em perguntar uma infinidade de coisas, mas percebeu que Justo ainda não tinha terminado sua aula.

— Se houver o rompimento deste tecido — Justo disse, ao arrancar a luva de uma das mãos —, vocês estarão totalmente desprotegidos, já que espíritos, demônios e outros seres de menor poder terão livre acesso para transitar por este mundo, podendo fazer algum estrago. Como minha mão agora, exposta ao frio.

— Mas *você* atravessou essa tal de membrana, não?

— Sim, mas não por vontade própria. Digamos que eu fui empurrado. Sabe... existem formas, existem lugares. Contudo, não é fácil, não é rápido e não é para qualquer um. Malaquins conseguem atravessar o tecido mais facilmente. E há ainda lugares onde essa membrana é mais fina. Santuários e cemitérios, por exemplo. É comum que humanos relatem visões de fantasmas nestes locais, não? Assim como há datas especiais em que a membrana afina, como o Dia das Bruxas. Ah, e temos ainda os Artefatos... isso sem falar em vórtices, vértices e portais.

Beatriz abriu os braços, inconformada com a quantidade de termos novos.

— Calma, calma que eu vou explicar! — Justo juntou as mãos num pedido desajeitado de perdão. — Tudo a seu tempo. Mas antes, a gente vai ter que dar o fora daqui.

— Por quê? Agora que tô começando a acreditar em anjos? Desculpa, em um malaquim.

— Tá vendo aquele rapaz lá? Ele está fazendo sinal pra gente.

— Ele sabe? De você? De mim?

— Não, mocinha... — Justo sorriu. — Ele só trabalha aqui. E está nos dizendo que é hora de fechar. Vamos continuar o papo em outro lugar. Gosta de doces?

— Se gosto? Sou viciada! Eu vivo pra comer doce.

Justo levantou o corpanzil sem dificuldades, vestiu a luva em sua mão enorme e enrolou o cachecol em volta de seu largo pescoço.

— Então me siga!

Os dois caminharam, desviando dos turistas, por vielas estreitas apinhadas de casas e lojas grudadas umas nas outras do centro histórico de Sintra. Um fado escapava de alguma janela e servia como trilha sonora. Era uma voz melancólica, triste, quase um choro de uma mulher cantando seus infortúnios. Justo explicou a Beatriz a hierarquia dos malaquins e contou um pouco de sua história na Terra. Vez ou outra, parava o que estava falando para tomar um pouco de ar e queixar-se do cansaço.

— Não acredito que você tá de novo reclamando de andar! — Beatriz bronqueou. — Não deu nem dois quilômetros até aqui.

— Estou velho. Me dá um desconto, vai!

— Podia vir voando, né?

Beatriz gargalhou e tentou cutucar a barriga do celestial novamente. Mas ele se protegeu desta vez, colocando, instintivamente, o cotovelo na frente do corpo, evitando assim, o ataque.

— Gostei do reflexo! Agora, sério. Serião mesmo! Cadê suas asas? A camisola branca, a harpa, a auréola? Caaaaadê?

— Esquece... deixa essas coisas para os filmes, para as pinturas.

— Mas na Bíblia...

— Não sei se sabe, mas a palavra "anjo" quer dizer "mensageiro". E ainda que o termo "*um* anjo do Senhor" apareça nas Escrituras para designar realmente um anjo, por vezes ela é utilizada para qualificar os homens enviados em missões sagradas, entende? As asas são narradas somente quando alguém descreve querubins, serafins. Pode conferir: na maioria das vezes que os anjos fazem suas aparições na Bíblia, usam a forma humana mesmo. E facilmente poderiam ser confundidos com homens comuns.

— Tá bravinho porque não tem asas, né, *meu anjo*? — Beatriz estava gostando de provocar Justo.

— Asas? — perguntou, dando uma espiada por cima de seus ombros. — Não seria nada, nada mal... — Justo, de súbito, parou de andar. E mostrou, sacudindo a cabeça, a entrada de uma pastelaria. Beatriz olhou para uma parede coberta por azulejos amarelos com um letreiro fixado na parte superior. Em néon, estava escrito PIRIQUITA.

— Piriquita? Você tá me zoando? Sabe que parte do corpo feminino tem o apelido de "periquita" lá no Brasil?

— Sei — disse Justo, meio sem jeito. — Eu não escolhi por causa do nome, mas por causa dos doces. — Justo fez uma reverência afetada para Beatriz, que respondeu com outra mais exagerada ainda, agradecendo a gentileza do malaquim. — Primeiro as damas!

Logo que se acomodaram, Beatriz fez menção de pegar o cardápio da mesa, mas Justo impediu-a com um gesto brusco. Com a mão que estava livre, chamou a atendente do local.

— Deixa comigo, Beatriz! — E virando-se para a garçonete, disse: — Vamos querer dois travesseiros e dois cafés.

— Não tomo café.

— Então os dois são pra mim! — disse Justo, com um sorriso bobo no rosto. — Todo mundo que vai a Lisboa come o tradicional pastel de Belém. E todo mundo que vem a Sintra, *tem* que comer o travesseiro na Piriquita.

Beatriz riu de novo. Ainda não se acostumara com a palavra "piriquita" sendo usada em frases sem o tradicional duplo sentido do Brasil.

Não demorou, os doces e os cafés chegaram e Beatriz deu uma mordida no doce.

— Cuidado que acabou de sair do forno — Justo advertiu.

— Mara-vi-lho-so isso! Vou querer uma água, viu? Doces só ficam bons se forem acompanhados de água. E mais um travesseiro desse.

Justo fez o pedido à garçonete.

— Humm... essa massa folhada com um recheio de creme de amêndoas... divino! — disse Justo depois de abocanhar totalmente o doce no formato de travesseiro.

— Esqueceu de falar das gemas de ovos! — lembrou Beatriz. — Sabe por que aqui em Portugal tem esse monte de doce feito com gemas de ovos?

— Sei.

— Deixa de ser chato! Você não vai me deixar exibir *toda* minha sabedoria? Essa é a única coisa que eu aprendi aqui, conversando com os locais.

— Tá... — Justo se ajeitou na cadeira. — Não sei, mocinha. Por que tem tantos doces na culinária portuguesa são feitos com gemas de ovos?

— Boa pergunta! Eu respondo: é que nos conventos, a clara do ovo era usada pelas freiras para engomar as roupas, logo... sobravam as gemas. E foi assim, *meu anjo*, que esses doces foram criados e são conhecidos hoje como "doces conventuais".

Justo levantou da cadeira e começou a bater palmas. Primeiro, lentamente. Depois, à medida que Beatriz ficava mais envergonhada, ele aumentou a velocidade e a intensidade dos aplausos.

— Senta aí! Ei! E aquele papo de não chamar a atenção? — disse baixinho Beatriz, envergonhada.

— Desculpe!

A atendente voltou com a água e o segundo travesseiro de Beatriz.

— Como você me encontrou, Justo? Nunca fico muito tempo em uma cidade. Uso dinheiro vivo sempre, não tenho celular, só entro em computadores públicos e abandonei minhas redes sociais...

— Israfil, o dono original da Chave, tem uma ligação especial com a Dádiva, ele me ajudou. Além disso, é bom saber que ela vibra em todos os planos. Como uma lanterna na escuridão. Quando você usa a Chave em uma porta e sai em outra, de uma outra cidade, você está rompendo a membrana da realidade. Vergando a realidade à sua vontade. E isto, claro, tem um custo. Tudo tem um custo. E assim, a Dádiva, em vez de iluminar como uma lanterna, passa a brilhar intensamente, girando em todas as direções e mundos como um farol na beira de um penhasco. Essa luz, acredite, pode ser vista de longe por todo tipo de criaturas.

— Você tem uma Dádiva?

— Sim e não.

— Sim e não?

— O Cubo não está mais comigo.

— E esse Cubo aí faz o quê?

— Boa pergunta. Há muitas teorias sobre o que ele pode fazer se estiver completo. E devo dizer que todas elas são aterradoras.

— Você nunca teve o Cubo completo em suas mãos pra testar?

— Não. Assim que o recebi de Yahweh, ele me foi tirado. Alguns dos meus queridos irmãos acharam mais seguro separar as esferas do Cubo e de mim assim que me condenaram pelo crime de traição. Espalharam as esferas pelos mundos antes de me expulsarem de casa. Recuperei apenas uma das treze esferas dele. O Cubo, eu sei muito bem onde ele está. Mas o custo de reavê-lo é muito alto. Apesar de tentadora, recusei a oferta de Caliel várias vezes.

— Você queria juntar as peças todas para ver o que o seu Cubo faz?

Justo assentiu.

— E se for perigoso?

— Provavelmente é, mas espero que quando eu puder juntar as partes, possa usá-lo da melhor forma e na hora certa.

— Tá, e o que aconteceria se todos os objetos... todas as Dádivas, se elas fossem reunidas por uma única pessoa?

— Aí é que está o problema. Muitos têm tentado em tempos diferentes. Agora, mais do nunca. Basicamente, três grupos lutam pelas Dádivas. Um deles acredita que os objetos são fragmentos do Criador. E estão certos sobre isso? Estão. As Dádivas são partes de Deus, mas o que neste nosso vasto universo não é parte dEle? Se tudo foi feito a partir de Sua vontade, então... tudo tem um pouco da essência de Deus. O problema é que essas pessoas acham que, ao conseguir juntar todas as Dádivas, terão consigo o poder absoluto, o conhecimento de todas as coisas. Esse pequeno grupo reúne os homens mais ricos e poderosos do mundo e são conhecidos como os "Acumuladores". O nome é autoexplicativo. Eles querem acumular o máximo de Dádivas, Artifícios e Artefatos para, assim, acumular mais poder. Mais do que já têm.

— Artifícios e Artefatos?

— Isso. Os Artifícios, me perdoe por isso, mas eu deixarei que alguém com mais propriedade que eu, um amigo que você conhecerá em breve, explique num futuro próximo. Já os Artefatos, eles são objetos criados por malaquins para ampliar seus poderes aqui na Terra. Têm menos poder do que as Dádivas que foram criadas por Deus, claro. São cobiçados? Sim, pois alguns deles são até poderosos. A maioria, no entanto, faz ou permite fazer coisas banais ou têm um uso específico demais. Podem aumentar a sorte de alguém, curar uma gripe ou fazer crescer pelos nas axilas. Contudo, podem também causar chuvas, influenciar grupos de pessoas, aumentar sentidos e por aí vai... abundantes, os Artefatos só existem e funcionam aqui no plano material. Ninguém sabe ao certo o número total deles, já que podem ser criados e destruídos a qualquer momento, ao contrário das Dádivas que são, sempre foram e sempre serão nove. Ou dez.

— Nove ou dez?

— Isso também vai ter que ficar para depois. É irrelevante por ora. Os Acumuladores, até onde sei, conseguiram juntar seis das Dádivas, cinco esferas do meu Cubo e mais de quinhentos Artefatos. Eles têm o auxílio de meus irmãos, os Perfeitos, o que os torna ainda mais perigosos.

— E os Perfeitos são...?

— Lembra que falei das três tríades? Eu, Israfil e Jeliel fazemos parte da primeira delas, os Primeiros. As outras duas tríades são os Zeradores e os Moldadores. Lembrou?

— Sim. Mas quem inventa esses nomes? Não... sério! Ruins demais!

— Alguns se referem a nós como Prismas, já que decompúnhamos o poder de Deus, transformando-o na Palavra. Os Moldadores, também conhecidos como Meios, cuidavam da mediação entre o criador e os humanos e os Zeradores já foram chamados de Fins, pelo fato de cuidarem da finitude das coisas. Mas você ainda pode preferir a nomenclatura que se usa aqui na Terra. Os humanos preferem falar "Serafins, Querubins e Tronos".

— Bem mais familiares esses termos. Pelo menos já ouvi alguma vez na vida. Mas se acha que algum dia decorarei todos os nomes... esquece!

— Você terá um ano para se preparar, estudar... pode relaxar por enquanto!

— Vai ter prova pra passar de ano, professor? — Beatriz disse num tom de brincadeira.

Justo assumiu uma pose mais séria, franziu o cenho, quebrando a empolgação da aprendiz.

— Posso... continuar?

— Tá bom, só quis deixar o clima mais leve e...

— Desculpa, Beatriz, desculpa mesmo. Sei que estou sério e que é um papo chato... mas a situação é grave demais, entende? E olha que eu ainda nem cheguei a falar do mais importante.

Beatriz se ajeitou na cadeira e fez sinal com a cabeça dando um tipo de permissão para o malaquim prosseguir.

— Bem... o segundo grupo que luta pela posse das Dádivas é uma seita que se autodenomina "Os Filhos do Mofo". Não passa de um bando de fanáticos que têm feito de tudo para despertar Lúcifer.

— Já ouvi falar. É de um cara que se autoproclamou a nova reencarnação de Cristo, né? O tal do Inri Deus? Ué, o cara se diz o novo Cristo e quer falar com Lúcifer? Não faz sentido.

Justo concordou com a cabeça.

— Ele quer derrotar Lúcifer e, assim, iniciar o milênio, Beatriz. Como na Bíblia. Mas o que esse maluco não sabe é que as Dádivas não podem ser destruídas. Não pelas mãos de humanos, não aqui na Terra. O problema é que eles, os Filhos do Mofo, são muitos. E imprevisíveis. Pregam desobediência civil porque acreditam que a humanidade está sendo controlada por anjos e demônios desde que Deus foi morto. Não sei como souberam disso, mas as...

Justo parou a frase no meio. Percebeu a expressão de dúvida em Beatriz, que entortava a cabeça como os cachorros costumam fazer. Ela até fez menção de dizer algo, mas deu um suspiro que cobriu por completo as palavras em forma de perguntas que sairiam de sua boca. Não havia percebido que, de todas as informações que escutara até agora, esta era, com certeza, a mais bombástica. *Como assim? Deus está morto?* Isso era importante demais para ele ter soltado de maneira despretensiosa.

— Acho que eu deveria ter deixado essa informação para o final... — Justo apertou os lábios.

— Eu não acredito em Deus, lembra? De qualquer forma... primeiro você diz que Deus existe e agora está me dizendo que Ele está... morto?

— Sim para as duas perguntas.

Beatriz tombou para trás, golpeando com as costas, o encosto da cadeira.

— Isso não faz o menor sentido — ela disse, abrindo os braços.

— Posso deixar essa parte pro final?

Beatriz fez um muxoxo.

— Eu insisto, Beatriz.

— Tá, pode.

— O terceiro grupo que quer as Dádivas é a Ordem dos Profetas. No caso, nós. E incluo você neste pequeno e seleto grupo.

— Eu? Acho que vou querer um café agora

— Claro — Justo mostrou sua xícara para a atendente e fez um sinal indicando que queria mais um. A moça com avental pareceu entender.

— A Ordem tem como prioridade juntar as Dádivas e levá-las de volta ao lugar onde elas foram criadas, que é o Trono de Deus. Mas somos poucos e estamos em desvantagem. Por isso, precisamos de sua ajuda. Eu, Israfil e Jeliel.

— Os Primeiros.

— Sim, os Primeiros. Mas Jeliel, nossa irmã querida, está desaparecida, provavelmente morta.

— Justo... eu prestei atenção no que disse. E pelo que eu entendi... se entendi direito... são quatro grupos e não três: os Acumuladores, os Perfeitos, os Filhos do Mofo e vocês com esta tal de Ordem dos Profetas. E tem ainda Lúcifer, correndo por fora. Tô errada?

— Na verdade, ninguém sabe onde Lúcifer está. Ele é uma incógnita. Dizem que dorme um sono profundo e irá despertar um dia. E este dia está próximo.

— Vira essa boca pra lá!

— Se ele despertar, é bom que seja nosso aliado contra Deus, aumentariam nossas chances de vencer.

— Contra Deus?

Justo pediu paciência com as mãos.

— Os Acumuladores e os Perfeitos formam um só grupo. Eles e mais uns figurões do poder político, econômico e religioso. São os "Os Senhores do Mundo".

— Não seria mais fácil ter falado isso lá no começo?

— E tem ainda os Cobradores — continuou Justo. — Esse é o grupo de humanos com quem deve tomar mais cuidado.

— E eles cobram o quê?

— Eles caçam malaquins.

— Então, tô de boa.

— Eu não diria isso... você tem uma Dádiva.

— Isso me transforma em um malaquim?

— Não, mas as Dádivas valem muito. São moeda de troca para eles.

— Então estão atrás das Dádivas também.

— Sim, mas não querem nem podem ficar com elas.

— Eles trocam as Dádivas pelo quê?

— Por malaquins. Os Senhores do Mundo usam os Cobradores para fazer o trabalho sujo.

— Eles caçam e matam vocês?

— Sim. E fazem coisas piores.

— O que é pior do que morrer?

— Há muitas coisas piores do que morrer.

— Por falar em morte...

— O quê?

— O papo de Deus estar morto.

— Ah, sim. Ele está morto.

— E?

— Deus Yahweh está morto. Foi morto pelo meu irmão mais velho, Israfil. Fim da história.

— Então... a peça é real?

— Peça?

— É, eu vi uma peça no hotel, dois anos atrás. Tinha uma encenação de uma morte. E só agora entendo do que se tratava. Era sobre o assassinato de Deus. Faz todo sentido. Um cara vestido de Homem de Lata matou um velho. Era Deus, então?

— Ah... — disse Justo estalando os lábios. — Homem de Lata... eles ainda chamam a gente por esses nomes. Era para ser pejorativo, sabe? Mas não só não ligamos para estes apelidos como até os usamos, vez ou outra. Israfil é o Homem de Lata! Eu sou o Espantalho e minha irmã, era o Leão.

— Como no filme do "Mágico de Oz".

— Isso, como no filme. Os apelidos tinham a ver com as nossas atribuições. Entenda que a gente estava em contato direto com Yahweh, na sala do Trono, e... veja bem... sendo bem simplista, podemos dizer que Israfil era mesmo o "coração" dEle, capaz de sentir as emoções e eu, o "cérebro", porque lia os pensamentos do criador e finalmente tinha a nossa irmãzinha Jeliel, que era a "vontade" de Deus ou a "coragem" se preferir, já que podia absorver e entender os instintos do Pai em seu íntimo.

— Vocês ajudaram na criação do universo?

— Depois que Lúcifer foi embora? Sim. Nove para fazer o trabalho de apenas um. Mas entenda uma coisa: a criação sempre partiu dEle, a gente só a transformava na Palavra. É impossível a qualquer ser, mesmo a Lúcifer, creio eu, transformar o "nada" em "algo", entende? Precisamos sempre da Palavra dEle.

— E a Palavra era o evangelho?

— Não, nada disso.

— Viu como não manjo de Bíblia?

— A Palavra é uma coisa poderosa, tradução da imaginação de Deus. Há uma Palavra para cada coisa criada, sabia?

— Não sei se entendi. *Uma...* palavra?

— Entenda assim: Deus é poder. Puro. De onde não havia nada, Ele criou... *tudo*. Todas as possibilidades imaginadas por Ele existem desde que Ele assim desejou. E do Seu universo de ideias formou-se o Mar do Todo ao redor da Morada. Dentro da Morada ficava o Trono, onde Ele repousava, onde criava. Era lá que surgia a corrente de águas, que chamamos de "O Espelho", e que alimentava tanto o Mar do Todo como Deus num ciclo contínuo e maravilhoso. De águas. De ideias. Retroalimentação, entende? Acontece que, de tempos em tempos, Deus adormecia, ou algo parecido com isso, em seu Trono, afogando-se no Espelho. Depois emergia com novos sonhos. Caóticos, poderosos, incríveis... novas águas, entende? Novas ideias. Assim, o Espelho se expandia mais e mais. Assim, o Mar do Todo foi formado. Ele e todos os rios que ligavam os mundos. A partir do Espelho, nós, os Verdadeiros, "peneirávamos", decompúnhamos e codificávamos o poder de Deus (sentimentos, instintos e ideias) em sons e símbolos (letras, números, desenhos), transformando tudo na Palavra. A Palavra era então transcrita em livros. Livros-espelhos. É como são conhecidos até hoje. As Palavras são usadas para criar a Verdade e a Verdade é o conjunto de todas as coisas que um dia foram sonhos de Deus e hoje existem, das que ainda não vieram a existir e, inclusive, das que nunca existirão.

Beatriz premiu os olhos. Sua cabeça doía com a quantidade de novas informações por minuto.

— Mas Ele mesmo não botava a mão na massa, Justo-meu-anjo?

— O que quer dizer com isso?

— Deus não criou o universo. Foram vocês!

— *Ele* criou. Olha... Ele nos criou para sermos o instrumento de trabalho dEle. Somos uma extensão dEle. Ou éramos. Somente Ele conseguia ver a Verdade em sua plenitude. Nós, os malaquins mais próximos, estávamos sempre limitados a ver a parte que nos cabia no processo. O que nos era permitido ver. Já vocês, humanos, ganharam a habilidade de observar o mundo visível e o mundo invisível por completo. Na teoria, é claro. Poderiam ir além do que sabem se não houvesse as amarras. Limites que meus irmãos colocaram em vocês por puro e genuíno medo. Inveja, ouso dizer. Mas nem sempre foi assim...

— Antes era diferente?

— Ah... sim! Muito diferente. Os primeiros humanos tinham tudo. Podiam tudo. Mas... né?

— Adão e Eva?

— Lilith. Depois Adão e depois Eva.

— Lilith foi a primeira mulher. Já li sobre isso, acho.

— Sim. Mas ela foi castigada depois do Absenteísmo.

— Absenteísmo é o nome que deram pra expulsão deles do paraíso?

— Não, nada disso... Absenteísmo é quando o Tempo da Graça acabou. É como chamamos o tempo sem Deus. Começou quando ele *desapareceu* e persiste até hoje. Vivemos o Absenteísmo.

— Quando ele *morreu*, né?

— Isso.

— Confuso. Mas acho que entendi. Deus sonhou. Vocês interpretaram e transformaram os sonhos na Palavra. A palavra gerou a Verdade, que é tudo o que ele imaginou, que é tudo que existe e que não existe.

— Exato. Você explicou melhor que eu inclusive.

— Então Ele já criou o passado, o presente e o futuro?

— Passado, presente... e *futuros.*

— Futuros?

— Sim. Todos os futuros possíveis. Ou acha que tudo está pré-determinado?

— Não está? Achei que Deus já sabia de antemão de todas as coisas.

— A onisciência era somente dEle. Não nossa.

— Mas por que Deus criaria coisas que não vão existir nunca?

— Eu sei que é complicado entender. Mas todas as coisas... elas existem. Só não foram trazidas à realidade. Imagine uma tela em branco, onde um artista irá pintar sua obra-prima.

— Tá. Essa é uma analogia que eu, como desenhista, entendo. Gostei.

— Digamos então que, antes de começar a misturar as tintas e passá-las dos pincéis para a tela, o pintor decida fazer esboços. Vários deles. Ideias e mais ideias do que pode ser a pintura final. Os rabiscos são caóticos, soltos. Pode ser que sejam usados. Pode ser que não. O grande artista está se aquecendo. Experimentando. Criando. Um emaranhado de linhas e cores e formas.

— Entendi. Eu faço vários esboços. Na maior parte das vezes, jogo muita coisa fora até chegar ao desenho final.

— Isso. Agora imagine um esboço sem fim, onde todas as linhas e formas e cores possíveis e impossíveis se acumulam, sobrepondo-se. Nesses rascunhos estão as informações necessárias para se fazer qualquer quadro. Todas as possibilidades de quadros possíveis estão lá. Os que foram pintados, os que ainda não foram, os que nunca virão a ser pintados por algum motivo. Todos nós influenciamos o resultado final. A pintura final. A grande obra-prima de Deus é uma pintura feita por incontáveis mãos.

— Mas Ele sabia o que nós iríamos escolher? Quais cores e traços? Sempre soube? Quero dizer... temos mesmo livre-arbítrio se ele sabe o que vamos fazer?

— Israfil, romântico como é, costuma dizer que Ele sabia sim. Meu irmão cuidava dos sentimentos de Deus e esteve com Yahweh em seus momentos finais, então...

— Então por que Deus... — Beatriz interrompeu a fala, querendo formular uma frase de efeito, mas Justo imaginou o que viria a seguir e, por isso, adiantou-se:

— Já sei. A pergunta de um milhão de dólares... não, nós não sabemos como aconteceu. Nem do porquê de ele ter matado Deus. Não faz sentido! Eu conheço Israfil.

— Experimentaram perguntar pra ele?

— Meu irmão teve a chance de se explicar e como teve! Mas ele simplesmente abriu mão de qualquer defesa e assumiu a culpa de imediato. Repetia a toda hora que simplesmente não se lembrava de ter cometido o assassinato. Dizia que não se lembrava de nada, de como havia feito. E eu acredito nele.

— Ah, para! Que papo de psicopata! E como alguém poderia matar Deus já que Ele sabia de tudo?

— Sei aonde quer chegar. Se Deus sabia que o Israfil iria matá-lo, por que não o impediu?

Beatriz não respondeu. Somente abriu os braços e balançou a cabeça concordando.

— E se Deus *quisesse* morrer? — sugeriu Justo, com a expressão entristecida.

— Mesmo que Ele quisesse... ué... Ele não era onipotente? Ele mesmo que se matasse!

— Deus poderia criar uma pedra tão pesada que Ele mesmo não conseguisse levantá-la? — Justo provocou.

— Entendi. — Beatriz coçou a cabeça. — Paradoxo da Onipotência. Se a resposta for "sim", Deus não seria todo-poderoso, pois Ele não teria o poder de levantar a tal pedra. E se a resposta for "não", Deus também não seria o todo-poderoso, afinal haveria uma coisa que Ele não poderia fazer: criar a pedra em questão.

Justo esboçou um sorriso.

— Desculpa, Beatriz, mas não tenho *essa* resposta, infelizmente. Mesmo transtornado com o ato covarde e inimaginável que meu irmão mais velho cometera, aceitei ser seu advogado de defesa no julgamento.

— Então houve um julgamento?

— Sim, todos votaram pela sua culpa. Inclusive Jeliel, que mais tarde, dizem, se arrependeu. O remorso a corroeu de uma forma que ela abandonou o Primeiro Céu e veio viver aqui. Depois do dilúvio, nunca mais foi vista em plano algum. Sua Dádiva, no entanto… foi usada depois de seu desaparecimento, o que é estranho.

— Ué, alguém não pode ter usado no lugar dela?

— Os selos, pelo que sabemos, só podem ser abertos por ela.

— Então, está viva.

— Eu saberia. Ela é minha irmã gêmea.

— Esses selos são os do Apocalipse?

— Sim, eles selam o sagrado Livro dos Sete Selos. Sabemos que cinco deles já foram abertos.

— Me ilumine. Faltei nas aulas de catequese. O que eles fazem mesmo?

— *Fizeram*. Guerras, fome, doenças… morte. E quando for aberto o último… Lúcifer despertará.

— Achei que ele era o Anticristo. E, até onde eu sei, o Primeiro Selo já liberou ele pro mundo!

— Ah, então quer dizer que *nessa* aula da catequese você foi?

— Isso todo mundo sabe: Lúcifer, o cara que queria ser Deus, foi mandado pro inferno depois de perder a guerra no céu.

Justo sorriu

— Você estava lá, meu anjo! Para de suspense e fala logo! O que aconteceu de verdade?

— A verdade é que, depois da morte de Deus, aconteceu muita coisa. Guerra e batalhas grandiosas, revoltas… aí veio Guerra Furiosa, pós--Absenteísmo. Ou seja, ela não ocorreu por causa de Deus. Deus já não estava lá. Foi uma luta para ocupar seu Trono, vago àquela altura. De um lado, Miguel e os Perfeitos. De outro, eu, Beliel, Uriel.

— E Lúcifer?

— Lúcifer nunca lutou. Essa ou nenhuma outra guerra. Quando a primeira guerra começou, ele já estava no inferno e quando terminou, 859 anos depois, ele já tinha escapado de lá.

— Que guerra dura esse tempo todo?

— O tempo é sentido de maneira diferente nos planos espirituais.

— Então... Lúcifer tava no Inferno e fugiu?

— Isso. Ele foi o primeiro a entrar no Inferno e o primeiro a conseguir sair de lá, algo que se acreditava ser impossível.

Justo tocou discretamente o joelho de Beatriz por debaixo da mesa.

— O que foi? — ela perguntou.

Justo arrastou sua cadeira para ficar mais próximo do canto da mesa. Depois, puxou a cadeira de Beatriz para sua direção com extrema facilidade, como se não fizesse esforço algum. Ele era muito mais forte do que aparentava ser. Frente a frente, ele levantou seus grandes óculos escuros para cima da testa e só então Beatriz pôde notar que havia algo diferente em seus olhos, que agora se assemelhavam a duas diminutas fogueiras acesas. Lá no fundo, ela viu uma infinidade de tons. Amarelados, ora avermelhados e, por vezes, azuis. Eram ígneas, aquelas íris no centro das órbitas oculares do malaquim, que brilhavam cada vez mais de um modo único e hipnótico.

— Beatriz?

— Oi... desculpa. É que... seu olhos...

— É meu "sentido de aranha".

Beatriz entendeu a referência.

— Quer dizer que estamos em perigo?

— Quer dizer que há concentração forte de poder por aqui.

Beatriz levantou-se da cadeira para poder olhar ao redor, mas o malaquim puxou-a de volta com violência e, com o dedo em frente aos lábios num sinal de silêncio, sussurrou:

— Beatriz, não olhe agora. Mas há um suspeito com o boné do Benfica entrando aqui na Piriquita.

Beatriz soltou um sorriso e prontamente desculpou-se com as mãos quando percebeu que a intenção do malaquim não era a de fazer piada de duplo sentido. Sua expressão era grave.

— Benfica? — ela perguntou, já recomposta e com o braço vermelho por conta do apertão.

— Disfarça. Boné vermelho do time de futebol português.

No balcão.

— Tá... tá. Vi. Que tem ele?

— Ele estava lá no Poço Iniciático.

— Você acha que...

— Estamos sendo seguidos por um Cobrador. Não pode ser! Tomei todas as precauções. A menos que... você... você não trouxe a Chave consigo, trouxe?

— S-sim... — Beatriz desculpou-se dentro de uma careta.

Justo mudou a expressão. Premiu os lábios e fechou um dos punhos, fazendo menção de socar a mesa, mas deteve-se no último instante. Foi a primeira vez que Beatriz viu aquele homem enorme sem seu semblante manso e amigável.

Quando ele se inclinou para cima da mesa e cerrou os dentes, fez valer cada palavra:

— Eu falei... eu fui muito claro sobre não trazer a Chave... por que você trouxe?

— Fiquei com medo. Se você quisesse me matar, eu fugiria por uma porta. Qualquer porta. Foi mal, me perdoa!

— Não temos tempo pra isso. Mudança de planos — Justo puxou discretamente um pequeno gravador digital do bolso e três papéis quadrados de dentro de seu sobretudo e passou às mãos de Beatriz por baixo da mesa. Ela demorou a entender o que ele queria. — Toma, pega! — Beatriz tirou o gravador da mão de Justo e guardou na sua bolsa. Não sem antes dar uma olhada de relance nos papéis. Eram três fotografias coloridas de portas de madeira. Cada uma parecia ser de um lugar distinto.

— Onde ficam estas portas?

Justo não respondeu. Observava o homem de boné que agora falava ao celular.

— Guarda as fotos. Proteja-as com sua vida e use-as no dia certo, na hora certa. Tá tudo anotado.

Beatriz jogou as fotos na bolsa, sem se preocupar em amassá-las.

— E o que a gente faz agora?

— Você? Foge. Usa a Chave. Eu... eu dou um jeito. Ele tem a tatuagem no pescoço. É mesmo um Cobrador.

O falso torcedor do Benfica desligou o telefone e se virou na direção deles.

— Mas... e o tal do ritual?

— Está tudo no gravador. Não tente mudar uma vírgula e siga à risca as instruções. Me promete?

Beatriz assentiu, apavorada.

Justo levantou-se da cadeira ao perceber que o rapaz de boné se aproximava da mesa deles. E adiantou-se, dando dois passos à frente, envolvendo o homem num apertado abraço, agarrando-o pela cintura, impedindo que seus braços se movimentassem.

— Quanto tempo, meu amigo! — disse o malaquim, num tom forçadamente amistoso. — Como vai a família? — E virando-se para Beatriz que se mantinha ainda sentada, berrou: — Vai! Agora!

Beatriz pôs-se de pé num pulo, derrubando a cadeira. O homem de boné tentava se desgrudar do corpo de Justo, sem sucesso. Apesar de estar fora de forma, com uma proeminente barriga, Justo era muito forte, corpulento, ela já conferira. O Cobrador conseguiu, no entanto, a duras penas, tirar um canivete de caça do bolso. Empurrou um botão para cima e uma lâmina enorme e afiada saiu. Golpeou Justo como pôde, na perna. Uma, duas vezes. Justo não soltava o homem, apesar da dor lancinante. Clientes assustados gritavam no salão da pastelaria e corriam para a saída. Mais golpes nas costas dele. Beatriz viu o sangue vermelho de Justo tingir o sobretudo e, depois, o chão. Queria ajudá-lo, queria fugir. Estava paralisada. Não conseguia decidir mesmo depois que viu Justo desabar no chão, de joelhos dobrados. O algoz aproveitou para desferir mais golpes com sua lâmina afiada. Acertou o braço e o ombro do malaquim. Beatriz assistia àquele ser de força descomunal que, mesmo ferido e esvaindo-se em sangue, não soltava as pernas do homem para protegê-la.

— Vai... — Justo repetiu, com o pouco de ar que lhe restava nos pulmões.

Beatriz não podia ir para a saída da confeitaria sem passar pelo Cobrador. Decidiu que o melhor seria correr para o fundo do salão. Foi o que fez. E apesar da porta do banheiro feminino não estar trancada, ela usou a Chave para abri-la.

E somente depois que fechou a porta atrás de si pôde finalmente respirar aliviada. Sabia que estaria segura. Pelo menos por ora, estava longe daquela ameaça. Muito longe. Beatriz percorrera quase 7.000 km em um simples abrir e fechar de portas. Saíra de Sintra direto para um velho edifício caindo aos pedaços no centro da ensolarada cidade de Havana, em Cuba.

Pedra

[6 horas depois]

— Essa sereia tesuda aí que é a tal da Dorothy?

A boca de Bhishma, retorcida na transversal, demonstrava impaciência.

— Meu amigo — disse o indiano, já sóbrio, dando as costas para Pedra —, achei que eu já tinha te explicado isso.

Pedra virou-se 90 graus e deu um passo à frente até que ficasse alinhado, ombro a ombro, a Bhishma. Os dois ficaram com os olhos voltados para a mesma parede espessa e transparente, cortada por enormes vigas de metal equidistantes. Fitavam a mesma criatura. Através do vidro abaulado que ia do chão ao teto e esticava-se para ambos os lados, numa curva sem fim, que sumia no meio da escuridão. A enorme quantidade de água enclausurada dentro daquele tanque infinito era iluminada por dezenas de círculos de luzes de uma cor fria e azulada e que brilhavam ao longe. Pedra logo se deu conta de que estava observando uma prisão. É isso! Um aquário-prisão. Pedra disse para si e repetiu para poder se lembrar mais tarde e anotar. Percebeu também que vários cabos esticados conectavam-se a caixas de ferro repletas de luzes vermelhas no piso do tanque. Bhishma havia mencionado em algum momento da conversa que eles haviam chegado ao nível 19 do complexo 2, o local mais profundo e seguro de toda a instalação. Pedra achou engraçado que o novo amigo morasse em uma casa tão grande e com tantos andares e salas. Para alguém que vivia sozinho, aquele espaço todo era um desperdício total. Coisa de gente rica, ele pensou. Rica e mágica. O Padre é humilde e mora em cima de um açougue. O Padre é foda! Doa seu dinheiro aos pobres. Perdão, Padre. O senhor é santo. Foda é o Pedra. Eu sou foda. O Padre é santo. Pedra achou exagerada também toda aquela precaução do ricaço para manter presa uma única mulher magrela, nua e cabeluda, que visivelmente não oferecia perigo algum. É uma sereia? Não? Mas eu vou chamar de sereia assim mesmo. A sereia nadava de um lado a outro como se respirasse embaixo d'água. "Ela respira, Bhishma?", pensou em perguntar. Mas não perguntou. Ficou com vergonha de perguntar algo tão óbvio. Achava que sereias respiravam dentro do mar. Mas ali não era um mar. E ela não era uma sereia, segundo ele. Ia perguntar depois pro ricaço. Agora não. Agora, Pedra queria mais é ficar admirando a gostosa e linda sereia. Os cabelos negros dela, incrivelmente longos, serpenteavam graciosamente pelo tanque em movimentos que ora pareciam sincronizados com o resto do corpo, ora não. Uma coreografia de uma dança sinistra. A mulher, uma silhueta desfocada até então, chegou mais perto do vidro e Pedra pôde ver pela primeira vez seu rosto. Era pálido. Carregava uma expressão de uma calma arrebatadora. A boca da sereia não passava de uma linha fina e sem cor. Ele podia ver as pernas dela. A sereia não tinha rabo de peixe. Não era uma sereia mesmo. De longe, a mulher gostosa parecia uma sereia. De perto, não.

— Eu chamo ela de "A Velha" — Bhishma disse, apontando para a mulher.

— Com esses peitões e essa bunda arrebitada? Dou uns 23 anos pra ela. Velha é as minhas bolas do meu saco enrugado!

— A idade real dela é um mistério. Pelo seu DNA, avaliamos que ela tenha entre 3.000 e 4.200 anos. Mas deve ser bem mais do que isso...

— Veia enxuta — Pedra comentou. E se arrependeu do comentário impreciso. — Molhada — ele corrigiu. — Veia molhada.

Agora, sim, Pedra!

Bhishma não sorriu desta vez. Estava hipnotizado pela mulher, parecia.

— Ela está aqui há apenas três anos e neste período não sentiu fome, sede ou frio. E acredite, nunca disse uma palavra sequer. Nada que nós façamos ou digamos irá fazê-la falar.

— E a linguagem do amor? — sugeriu Pedra, ao fingir abrir o zíper da calça.

Bhishma não notou o gracejo de Pedra. Estava ocupado demais digitando um extenso código num painel retangular fixado em uma das vigas. Assim que terminou de teclar, esticou o dedo para dentro de um orifício de onde uma microagulha o espetou. Uma tela então se acendeu, mostrando um desenho em preto e branco de duas mãos negras e abertas que se tocavam e formavam vãos que, Pedra notou, pareciam dois raios brancos.

Bhishma tirou uma esfera da maleta.

— A bolinha de gude? O que vai fazer com ela?

O bilionário pediu calma com as mãos. Tocou a tela e um tipo de gaveta se abriu na moldura da tela. Havia uma pequena reentrância ali do exato tamanho da pequena esfera. Assim que o indiano depositou a bolinha translúcida no buraco, a portinha em forma de gaveta fechou-se. Ouviu-se então um estampido seco seguido de um barulho contínuo e grave produzido por enormes hélices localizadas dentro de tubos que brotavam do teto e que agora arrastavam enormes colunas de água para fora do tanque. Não demorou muito, o chão do enorme aquário ficou completamente seco e Pedra pôde ver, para sua surpresa, uma piscina invertida, restrita à metade superior do tanque, que desafiava as leis da gravidade. Pedra precisou encostar o rosto no vidro para ter certeza de que não havia truque algum. A água parecia flutuar. Emudeceu. Como uma criança maravilhada por ver uma mágica impossível, seus olhos começaram a brilhar de emoção. As luzes das pesadas caixas posicionadas no chão agora eram verdes e piscantes. Onde estava a mulher? Foi necessário que Pedra procurasse com muita atenção na parte de cima da instalação para que pudesse encontrá-la nadando calmamente no meio dos cabos esticados. Ela parecia estar totalmente adaptada à nova disposição das águas, acostumada com as mudanças bruscas e repentinas daquela enorme prisão feita de água e vidro e ferro.

— Que porra é essa, Kinder Ovo?

Bhishma, no entanto, nada disse. Talvez para manter o mistério da cena. É mágico, né? E um mágico nunca conta como faz as paradas dele. Malditos mágicos e seus segredinhos de merda.

O indiano abriu a maleta novamente e tirou de lá o papiro e a fruta.

— Duvido você dar duas mordidas nessa fruta — disse Bhishma. — Só duas, hein?

Pedra não gostava de ser desafiado. Quem esse bosta pensa que é?

— Comer a maçã estranha?

— Isso. Preciso testar uma coisa. Consegue?

Pedra sorriu porque pensou: "Claro que consigo. Já comi quatorze pedaços de pizza num rodízio, não vou dar duas dentadas numa fruta?"

— E o que eu ganho comendo a fruta?

— Mais tempo.

Mais tempo? Vou ganhar um relógio? Pedra deu uma mordida. Sentiu um gosto horrível e fez uma careta exagerada. Olhou para o indiano e deu a segunda mordida na fruta, desta vez fazendo força para não mudar a expressão. O cara me fez comer uma fruta estragada?

— Quero o seu relógio de rico! — Pedra disse, olhando para o pulso de Bhishma. — Ganhei a porra da aposta.

Bhishma demorou a entender o pedido.

— Ah, mais tempo! Entendi. — Quando se deu conta, sem hesitar, ele tirou seu relógio dourado do pulso e entregou-o a Pedra. Desviando seu olhar de novo para o vidro, não pareceu surpreso ao ver a mulher de cabelos longos nadar até a metade do tanque e pendurar-se em um dos cabos, depois os usando para descer até o chão seco da prisão. Pedra, atônito, se perguntava que loucura era aquela. A gravidade... como ela funcionava lá dentro? A água subiu e a mulher desceu? Pedra mexia as engrenagens de seu cérebro e não chegava a nenhuma conclusão. Milagre. Era isso. Não era mágica coisa nenhuma! Era um milagre do amigo do Padre. Amém. Pedra observou a sereia que era a Velha. A expressão dela era maligna agora e seus olhos estavam fixos no Livro dos Sete Selos.

Pedra acenou, fez caretas, mas ela não tirava os olhos do papiro apoiado nas mãos de Bhishma.

— Veja isso — disse o indiano a Pedra, ao encostar a Dádiva no vidro.

A reação da Velha foi imediata. Insana. Tomada por uma fúria descabida, a pálida e descabelada mulher avançou até chocar seu corpo contra o vidro. Batia violentamente a testa, mãos e seios por repetidas vezes. Pedra assustou-se. E como era raro Pedra levar sustos. A verdade é que o grandalhão até esboçou um grito que acabou ficando preso na garganta. Depois envergonhou-se de sua reação, claro. Pedra não toma susto, porra!

A prisioneira reprisou o processo tanto que seu sangue carmim cobria completamente o vidro no local onde, do lado de fora, o papiro estava.

O bilionário, no entanto, não pareceu satisfeito com o resultado.

Depois de uma risada histriônica, Bhishma fez vários experimentos: mexeu o Livro para esquerda e para direita, fazendo a Velha se mover mecanicamente, atraída pela Dádiva como os mosquitos que seguem uma luz. Ela é um zumbi, Pedra definiu. É isso! Velha-zumbi. Os rastros de sangue causados pela movimentação da prisioneira pelo vidro eram um emaranhado de traços e formas vermelhas. O vidro do tanque transformara-se em uma imensa e macabra tela de uma pintura abstrata.

— Acho que conseguimos chamar a atenção da *criatura,* Pedra.

Por que o ricaço chamava aquela sereia-zumbi de "criatura"?

— Pedra — disse Bhishma —, abre a maleta e pega a taça dourada lá de dentro?

— E a palavrinha mágica, mágico?

— *Por favor?*

Pedra balançou a cabeça num sim, satisfeito.

Quando entregou o Cálice a Bhishma, o bilionário fez sinal para que Pedra o substituísse na função que ele desempenhava. Pedra então segurou o papiro e ficou espiando, curioso, o que o indiano faria com a taça. Bhishma apertou a tela de novo e o sangue do vidro começou a se mover, indo na direção de onde estava localizado o painel. Magicamente. Mais uma mágica do mágico, hein! Depois de alguns segundos, não havia mais a cor vermelha no vidro da prisão, então, posicionou a taça dourada abaixo da tela e puxou uma alça da viga de ferro, destacando-a do conjunto. A alça agora estava atada a uma pequena jarra dourada. Dentro da jarra de metal, o sangue da Velha. Que porra ele vai fazer?

— Saquei, Chocolate! Boa, vai fazer exame de sangue pra saber se ela é uma sereia mesmo?

Bhishma negou com um meneio de cabeça, despejando o líquido vermelho dentro do Cálice.

— Então, o quê... — Pedra interrompeu a frase no meio ao ver Bhishma, numa só golada, beber todo o sangue.

— *Cará-lê-ô*! Cê é um vampiro?

— O sabor não é dos melhores — Bhishma desconversou. — Quer entrar lá dentro, Pedra?

— Nem a pau!

— Tá com medo?

Pedra enfureceu-se. Se havia uma coisa que deixava Pedra realmente puto, era duvidarem de sua coragem. Pedra é foda! O ricaço não sabia disso? Não, ele não sabia. Pedra tinha que explicar para ele. Tinha que mostrar isso para ele. Aceitar o desafio.

— Só não te mato *agora* porque você é amigo do Padre — vociferou. — Abre aí essa porra!

Bhishma apertou a tela e, depois de uma sirene soar, a pesada porta de metal começou a se abrir. Uma porta que estava escondida nas sombras, longe de onde estavam. Acendeu-se uma linha amarela e luminosa no chão. Pedra usou a linha para chegar até a entrada. Engatilhou seu revólver de matar carne. Entrou. Esperou a porta se fechar num estrondo e caminhou de modo confiante até ficar posicionado atrás da Velha que, estranhamente, continuava imóvel. Ela estava sob o controle do Livro dos Sete Selos? Bhishma ainda segurava o Livro no mesmo ponto, do outro lado do vidro. Tá sim! Certeza que tá! Pedra apontou a arma na direção da cabeça da Velha e ela não moveu um músculo. Com a outra mão, o brutamontes apertou as nádegas da mulher. E mais uma vez, não obteve nenhuma reação por parte dela.

— Tá vendo? — gritou para Bhishma, apoiando a mão que estava com a arma no ombro da prisioneira. — Não tem perigo!

Pedra então encostou seu corpo ao corpo nu da mulher. E beijou o pescoço dela enquanto acariciava o seio com a mão esquerda. A mulher soltou um breve suspiro. Pedra já estava de pau duro. Gostosa! Que mulher gostosa da porra! É a mulher da minha vida, ele teve certeza. Sereia. Vamos nadar pra sempre. Eu não sei nadar, mas você me ensina, minha linda. Seu nome é Linda? Linda sereia. Pedra desceu a mão do peito, escorregou-a até a boceta dela. Enfiou um dedo. Boceta quente e úmida. Bom! Enfiou outro dedo. Mais um suspiro da minha Linda? E um suspiro mais demorado. "Tá gostando, né, vadia?", ele pensou em falar. A mulher trocou o peso de uma perna para outra. Nescau? Tá vendo? O que faltava pra ela era rola, meu chocolatinho! Pedra beijava o pescoço da mulher, percorria com a língua a orelha e tentava alcançar a boca, mas ela recusava-se a virar o rosto. Puta! Vira a porra do rosto, puta! Mas a prisioneira não virava, tinha o olhar fixo direcionado ao papiro.

— Vou comer a gostosa sem camisinha! Só olha! — disse Pedra entre os dentes, fitando Bhishma. — Vai ser no pelo mesmo, Hershey's! Tá me ouvindo, Linda?

A mulher respirou fundo e rangeu os dentes. Calma, gostosa, papai nem começou! Pedra agarrou-a mais firmemente. Trouxe seu corpo esguio para trás. Ela estava trêmula. Pedra não disse a ela, mas já planejara tudo o que iria fazer com ela. Ela iria ser a nova mulher da sua vida. Queria casar com ela. Não era mais uma puta. Eu vou tirar você desta vida e vamos viver felizes para sempre. Você vai ser a minha sereia, só minha! Ela reagiu, empurrando Pedra. Furioso, ele a agarrou de novo. E virou seu corpo. E cruzou os braços ao redor do pescoço daquela mulher tentando aplicar-lhe uma mata-leão. Queria fazê-la desmaiar, mas ela se desvencilhou dele com extrema facilidade e partiu novamente na direção do vidro. Determinada, mas sem a impetuosidade de antes, caminhou a passos firmes para perto do papiro.

Pedra sentou e esperou.

Queria ver o que ela faria dali para frente. Tirou os sapatos e a jaqueta enquanto aguardava a volta do amor de sua vida. Iria consumar a união ali mesmo, no chão daquele aquário santo. E torceria para que a água não desabasse sobre eles quando estivessem transando. Transando, não. Fariam amor.

Pedra desabotoou a calça, tirou o pênis ereto para fora e abriu os braços.

— Vem cá — disse, cheio de lascívia —, mozão da minha vida!

A mulher, entretanto, não respondeu. Por que elas nunca me respondem, Padre? Será que a sereia era muda? Tinha língua? E se tinha língua, falava português? Não importava. Pedra gostava de mulher calada. As quietinhas são as mais safadas. Sempre são. E Bhishma? O que é que ele tá fazendo?

Pedra, mesmo longe, pôde ver Bhishma retirar um dos dois selos vermelhos do papiro com facilidade. Era isso mesmo? Pedra não tinha como ter certeza. A mulher cobria parte de sua visão. Ele se ergueu. O bilionário exibia o selo para ela e para ele como se fosse um troféu. E fazia uma dancinha estranha como se estivesse comemorando um gol de seu time. Vampiro-mágico-estranho da porra! Pedra não conhecia os times da Índia. Tinha futebol? Que time é teu? Bateu na trave e entrou no teu! O ricaço não tinha cara de quem gostava de futebol, concluiu.

Pedra tirou as meias e a camisa do Bayern de Munique.

A mulher passou a mão pelo corpo e embebeu-a de sangue. E começou a desenhar letras pequenas no vidro. Eram letras? Pedra não sabia dizer. Eram letras estranhas que formavam uma palavra estranha. Pedra ficou curioso, mas não entendeu o significado do que havia escrito: TETELESTAI. E ouviu, vinda do alto-falante instalado dentro do tanque, a voz de Bhishma que repetia "Está consumado!". O que tá consumado? A mulher pareceu perder o interesse em Bhishma e virou-se na direção de Pedra. Disparou numa corrida irracional e saltou para cima dele, fazendo com que Pedra batesse fortemente a cabeça e as costas contra o chão frio. Feroz, ela desferiu dois potentes socos em seu rosto. Pedra sentiu os golpes. A minha esposa é forte! Não houve tempo para mais nada. Pedra até procurou por sua arma, tateando o chão, revirando suas roupas amontadas ao lado de seu corpo, mas a mordida que a Velha lhe deu no pescoço o fez desistir de tudo. Tentava conter o sangue. E se fosse a hora de morrer? Era, Padre? Sentiu um milhão de agulhadas pelo corpo. Padre, é isso mesmo? A visão turvou, logo ficou preta e seu sangue tingiu o chão de púrpura. Ajoelhada sobre o corpo do brutamontes, ela soltou uma risada maligna. Tossia e gargalhava com a boca coberta pelo sangue de Pedra e seu próprio sangue. Pedra não sentia mais as mãos. Os pés também? Não vou me entregar. Porra, Deus! Deus tenha piedade de mim, porra! Que cheiro é esse? Enxofre? Perfume? Tô no céu ou no inferno, Padre? Pedra já não distinguia os sons dos cheiros. Amém, Padre. Um gás que saía de finas aberturas localizadas no chão e nos cantos do tanque tomou conta da parte seca daquela prisão. A névoa que agora cobria tudo fez a Velha desabar. Pedra tirou as mãos da abertura do pescoço. As entranhas no chão, espalhadas. Meu sangue... no chão! Que sujeira... O

Padre não gosta de sujeira. Sem esperanças, o corpo de Pedra começou a falhar. Foda-se! Este é o meu corpo e o meu sangue. Padre... Amém! Amém, porra! Pedra teve certeza de que aquela era a sua hora. A hora de dizer adeus. Tentou pensar em suas últimas palavras. Uma oração. Qual delas? São tantas... O Padre que sabe. Eu só sei o Pai Nosso. Pedra quis que suas últimas palavras fossem santas e sábias, mas a raiva de estar morrendo... o ódio... Aceita a morte, Pedra. Pai Nosso... que estais na porta do céu... o chão... ele tá tremendo? Como é? Não tô lembrando a oração, Padre. Me perdoa? Pedra soltou um palavrão. O mais curto deles. Primeiro dentro de sua cabeça. Em seguida, repetiu, gritando:

— Que cu!

E cerrou os olhos.

PARTE 2 / OS JOGADORES

Capítulo I [FALTAM 5 DIAS]

Nunca é só um jogo quando é você quem está ganhando.

— GEORGE CARLIN

Marcel

[agora]

O comediante manobrou seu corpo pela calçada e ficou um bom tempo olhando para a fachada azul e amarela da Çomix, um dos últimos lugares da face da Terra onde se podia encontrar não um, mas dois aparelhos de videocassete funcionando perfeitamente. Tinha ido a pé, afinal, do prédio do amigo até a loja do mesmo amigo, a distância a ser vencida era de apenas três quadras. O único problema era o tênis tamanho 42 que pegara emprestado do Reali. Marcel calçava 39. Nada que um chumaço de algodão em cada uma das pontas dos calçados não dessem um jeito.

Dentro da comic shop vazia de clientes, ele encontrou Cid atrás do balcão.

— Você aqui? — perguntou Marcel, acostumado a ver o nerd como cliente da loja.

— Sempre tô por aqui.

— Trabalhando... não!

Cid mostrou os dentes num largo e bizarro sorriso.

— Ou era isso ou meu pai me obrigava a voltar pra faculdade de medicina.

— Tendi — disse Marcel, fingindo interesse. Sentiu-se triste ao ver outra pessoa no seu lugar. Estranho ele se chatear por perder um emprego que mal suportava. Vai entender... Era como tomar um pé na bunda de uma namorada que você não atura mais, mas que não terminava por pura comodidade. Quando um dia ela te dá o fora, você fica mal ao pensar que talvez o relacionamento não fosse tão ruim assim.

— E o Reali?

— Deu uma saidinha. Ele falou que você apareceu de terno e gravata ontem dizendo que foi abduzido por três anos.

— Eu tava era de smoking, e o lance da abdução já é viagem dele.

— Você não se lembra mesmo de nada nestes três anos que... — Cid fez sinal de aspas com os dedos das duas mãos — ... sumiu?

— Não!

— Então, vê "Alienígenas do Passado"! Tem vários relatos assim. Baixa depois e vê. Eles enfiam sondas em todos buracos das pessoas e fazem experiências com elas.

— Se fizeram isso comigo... — disse Marcel, soltando uma piscadela para Cid — melhor nem lembrar, né? Vou subir lá, belê?

— Reali não tá.

— Você já disse. Vou só ver uma parada no videocassete.

— Mas o vídeo tá aqui, ligado na TV.

Marcel olhou para a velha TV de tubo ligada a um videocassete. Um anime aleatório tomava conta da tela.

— Tem outro videocassete lá em cima.

— Então, tá. Mochila estilosa, hein?

Marcel ignorou o comentário e subiu a escada em espiral até o segundo andar, onde ficavam as revistas raras, antigas ou fora de catálogo. Quem ia parar lá, normalmente ficava peneirando as edições que faltavam nas suas coleções. A grande maioria das revistas nas prateleiras era de mangás. Tudo devidamente organizado e envolto em plásticos feitos na medida dos gibis. Reali era bem metódico e cuidadoso em relação a isso. Marcel tirou o videocassete de dentro de um dos armários localizados na salinha reservada aos funcionários. Levou para o terceiro andar da loja, onde havia uma TV mais velha do que a do térreo no chão. Videocassete e televisão de tubo? Parecia uma viagem no tempo. Ajeitou tudo em cima de duas enormes caixas, ligou a TV, depois o videocassete prateado de 7 cabeças da Panasonic e enfiou a fita VHS. Usou o controle da TV para trocar a saída para AV e começou a assistir ao filme. Ele queria ver se havia algo diferente naquela fita. Com certeza ele já assistira àquele filme nestes três anos de amnésia.

O leão da Metro Goldwyn Meyer rugiu no meio da tela, mas logo sumiu, dando lugar ao título do filme: THE WIZARD OF OZ. As letras flutuavam num céu escuro de nuvens sépias. Por cima da trilha, uma voz empostada avisava: *O Mágico de Oz*. Era uma voz engraçada. Depois, vieram muitas telas com os créditos do filme. Marcel estava impaciente e já teria avançado a fita, não fosse o medo de perder alguma mensagem oculta na abertura. Não demorou muito, a voz do narrador foi ouvida novamente: "Versão Brasileira, Herbert Richers". Quantas e quantas vezes ele não imitara aquela voz? Repetindo exatamente aquilo que mais parecia um bordão de um programa humorístico: "Versão brasileira... Herbert Richers!". Aquilo o fez voltar à sua infância. Que lembrança boa! Marcel já havia visto aquele filme clássico e à medida que o tempo passava, ia se lembrando da história. A garota de 11 anos vivia com os tios em uma fazenda no Kansas e por causa de um tornado, ela e o cãozinho foram arremessados para a Terra de Oz. Lá, contaria com a ajuda de novos amigos que fariam o impossível para ajudá-la a voltar para casa. Marcel assistia a tudo com muita atenção, afinal a mensagem poderia estar no cenário do filme ou quem sabe, em alguma fala de um dos personagens. A cena em que Dorothy abria a porta da casa depois do ciclone era impressionante, pois passava de um sépia chocho para uma explosão de cores vibrantes e intensas. Marcel tentou imaginar a inevitável surpresa do público da época, das pessoas que assistiram ao longa-metragem de 1939 no dia de sua estreia. Marcel havia pesquisado bastante sobre a película antes de ir para a loja de Reali. Soube que, mesmo aquele filme não tendo sido o primeiro a ser produzido em Technicolor, acabou ficando bastante conhecido por fazer parte do início arrasador do cinema em cores. Fora lançado simultaneamente com o filme *E o Vento Levou.* Por isso, acreditava Marcel, a aparição repentina de matizes tão vibrantes devia ter causado um deslumbramento ímpar nas pessoas da época, algo parecido com o que ele sentiu quando os dinossauros digitais apareceram pela primeira vez no primeiro Jurassic Park, de Steven Spielberg.

Marcel se incomodou com o ritmo do filme: arrastado e com aquela gente cantando toda hora. Isso sem falar dos movimentos de câmeras. Lentos demais. Sem cortes. Numa cena, por exemplo, a câmera demorou quase um mês para percorrer todo o cenário, passando por entre árvores de plástico até enquadrar Dorothy, só no final da cena. Fosse feita hoje em dia, a mesma cena teria mil cortes. Tudo ali no filme era assumidamente falso. Incrível como aquele mundo retratado no longa se assemelhava a um parque temático. Hoje em dia, pensou Marcel, a coisa mudou tanto que os efeitos especiais são usados para fazer a quase totalidade dos cenários fantásticos e das cenas de ação. Quase todos os objetos de cena do filme que assistia estavam lá, eram reais, para que os atores interagissem de verdade. Essa característica de produção, na opinião de Marcel, não chegava a comprometer. Ao contrário, dava ares de grandiosidade ao longa, afinal, eram cenários construídos especialmente para o filme. E aquele fundo pintado, imenso? Incrível! Os efeitos especiais, figurino e design de produção não lhe pareceram antiquados. O filme avançava e uns anõezinhos alegres e irritantes ajudavam Dorothy na tarefa de encontrar o Mágico de Oz. Eles e a Bruxa Boa do Norte indicaram o caminho a seguir: a famosa estrada dos tijolos amarelos que desaguava na capital de Oz, a Cidade das Esmeraldas. No caminho, a menina ainda encontraria com o Espantalho, que ansiava por um cérebro. Claro que ele cantou no filme, todo mundo que encontrava com a Dorothy no filme sentia uma incontrolável necessidade de dançar e cantar. Não demorou, veio o Homem de Lata. Ele queria um coração. E tome mais música! Quando o homem pintado de prata, ao final da dança, desequilibrou-se em suas pernas de metal enferrujadas e caiu sentado num tronco, o filme começou a falhar. A tela da TV foi tomada por chuviscos e um chiado irritante cobriu as vozes dos personagens. Marcel se aproximou do televisor e ouviu, abafada pelo ruído, uma risada esganiçada. A imagem do filme voltou e sumiu de novo. O processo se repetia e quando conseguiu ver alguma coisa, Marcel identificou a Bruxa Má do Oeste em cima do telhado de uma casa. Era difícil distinguir qualquer coisa depois que a interferência que afetava o som e a imagem do filme cresceu ao ponto de tomar a tela toda.

Marcel olhava fixamente para a TV na esperança de que o chuvisco revelasse algo.

Quando ele era criança, seu pai costumava dizer que, quando a TV estava fora do ar, um programa chamado "A Corrida de Arroz" começava. Por muito tempo ele acreditou nisso, achava mesmo que aqueles pontinhos aleatórios eram milhares de grãos de arroz correndo pela tela. Seu pai nunca desmentiu a história e somente anos depois da sua morte foi que Marcel resolveu pesquisar o porquê de aquele fenômeno acontecer: não passavam de ondas eletromagnéticas, conhecidas também como "ruído de fundo".

Irritado, Marcel cogitou se deveria avançar o vídeo.

Melhor não.

Quando o ruído e o chuvisco cessaram, a imagem de um homem negro aparentando ter no máximo 30 anos surgiu na tela. À frente de um fundo branco, ele acendeu um cigarro sem nenhuma pressa e, antes que pudesse tragá-lo, olhou para a câmera e disse:

— Marcel, eu sou seu pai!

Marcel deu PAUSE no vídeo para que pudesse observar o jovem de cabelo black power e barbicha estilosa com mais calma. Ele usava uma camiseta branca básica que se misturava ao fundo e uma calça preta esportiva com as três listras da Adidas. Marcel procurou nele algum traço de seu pai. E se seu pai tivesse gravado esta mensagem antes de morrer, usando maquiagem e peruca? Não. Os traços arredondados do jovem não tinham nada a ver com o rosto comprido e melancólico de seu pai, Euzébio. *E cadê os olhos caídos do meu pai?* Era o que Marcel mais recordava. Os olhos. Sempre tristes. Sempre baixos. Definitivamente, aquele homem no vídeo não era seu pai. Tratava-se de uma piada? Um ator contratado por alguém? Quem faria isso e por quê?

Apertou o PLAY no videocassete e o negro continuou:

— "Luke, eu sou seu pai". Sabia que a frase, uma das mais clássicas do cinema, nunca foi dita no filme? Não desse jeito. O correto é "Não, eu sou seu pai". Não tem nada de "Luke". Mas... não é que todo mundo repete e repete o mesmo erro, citando o filme, falando: "Luke, eu sou seu pai". O jovem na tela finalmente lembrou de tragar o cigarro e, por causa disso, fez uma pausa. Deixou um sorriso escapar, junto com um fio de fumaça de sua boca. — Uma mentira repetida mil vezes — ele disse, num tom mais sério —, torna-se verdade. Efeito Mandela. Já ouviu falar?

No VHS, o homem, por vezes, olhava para os lados, com apreensão, como se temesse algo. Estaria sendo ameaçado? Aquele lugar era um esconderijo? Marcel não chegou a nenhuma conclusão. Não era possível saber nada além do que o homem lhe revelava. Relaxou, afastou-se da tela e decidiu que veria tudo primeiro e somente depois tentaria entender.

— A propósito, meu novo nome é Leam. Tenho 27 anos e sim, eu sei, isso parece absurdo, esse lance todo de eu ser mais novo que você. Eu sei, meu filho... sua cabeça, neste momento, deve estar a mil por hora. Assista até o final, por favor, é importante que você preste muita atenção em tudo o que tenho a dizer. Provavelmente esta fita... apesar dos meus esforços... pode ter sido interceptada por um dos meus inimigos. Eles são tantos e se... se isso aconteceu e ainda assim você está vendo esta gravação, significa que partes do que gravei foram apagadas ou adulteradas. Tenha isso em mente. Este vídeo não será, no entanto, a minha única forma de contatá-lo, de contar a minha versão dos fatos. Temos aliados. Poucos, é verdade. Você irá conhecê-los no momento oportuno. Siga em frente apesar do medo e da dúvida. Se estiver indeciso, cruze informações e confie no seu instinto e na sua memória. Se estiver inseguro em relação à veracidade de alguma pista, a minha dica sempre será a mesma. Pense: "Isto é algo que só eu e meu pai sabemos?". Se a resposta for afirmativa, vá em frente! Só lhe peço que seja persistente e não confie ou acredite em ninguém. Só nela. Justo e eu podemos até nos enganar, mas ela, não. A sibila te ajudará a enxergar o todo e a chegar até mim. Na hora certa, no local exato. E me perdoe por ter te abandonado naquele dia, naquela casa. Eu não tive controle da situação como achei que teria... eu... eu morri naquele dia, naquela casa. Mas você, não. Isso era o que importava.

Leam voltou seu olhar para baixo, levando as mãos ao rosto. Estava chorando.

Se fosse um ator mesmo, Marcel pensou, esse tal de Leam estava de parabéns. Era um dos melhores. Isto porque, apesar do rosto, da idade e da voz serem bem diferentes, ele falava igual ao seu pai. As mesmas pausas, a mesma entonação. Até a escolha das palavras era semelhante. Como Marcel achava aquilo tudo perturbador...

Por que Leam disse que *ela* o levaria até ele, se, em seguida, afirmou estar morto? Não estava? Marcel vira ele morrer. Ele e o irmão, naquela casa. E quem era *ela*? Sibila? Justo?

O vídeo continuava:

— Minha cabeça está a prêmio e o mundo inteiro me odiará um dia, quando souber o que fiz. Se já não me odeia inconscientemente... só espero que... você me perdoe. Um dia. Mas entendo se não conseguir. Quanto aos jogos... o aceite jog... orre perigo... já... — O som e a imagem do vídeo começaram a falhar, a interferência ficava mais e mais intensa. — ... e encontre-me na Casa 9 antes que a... eles rap... Então, o chuvisco tomou conta de toda a tela de novo.

Marcel imaginou que alguém havia apagado aquele trecho, já que o filme da Dorothy não retornou. O jovem que dizia ser seu pai o alertara que aquilo poderia acontecer.

Marcel apertou a tecla FF do videocassete.

Nada.

Só estática.

Chiado e corrida de arroz.

STOP.

PLAY.

O padrão de chuviscos, estranhamente, começou a diminuir em tamanho. Os grãos ficavam menores e o chiado, cada vez mais baixo. Uma borda preta arredondada nos cantos tornava-se visível. À medida que a câmera afastava, Marcel percebia que aqueles chuviscos estavam, na verdade, em uma outra TV agora e o zoom acabou por revelar que a TV fora do ar encontrava-se num quarto escuro, iluminado somente pelo brilho da tela do aparelho e por velas acesas, esquecidas pelo chão do mesmo quarto desarrumado.

Então, uma voz rouca ecoou, saindo dos pequenos alto-falantes da televisão:

— Você pode me tachar como louco, Marcel, mas eu gosto de ficar olhando um canal não sintonizado às vezes. Só para lembrar de como era o Universo em seu nascimento: uma visão genuína do infinito... sabe?

Grande parte dos milhões destes minúsculos pontinhos dançando na tela são causados pela radiação cósmica de fundo, ondas de rádio que viajaram 14 bilhões de anos até chegarem a este televisor. Incrível, não?

Agora, a imagem se afastou e começou a virar até encontrar um velho vestindo um puído paletó xadrez e chapéu cor de palha. Era dele a voz.

— Inquestionavelmente é melhor ver isto do que a maioria dos programas da TV atual.

O vídeo parecia ter sido gravado com uma câmera mais moderna, pois a imagem agora tinha mais definição e cores mais vivas do que o vídeo anterior de seu pretenso pai.

— Marcel, Marcel... seu pai é um mentiroso e você... você sabe disso! Só não se lembra. Ainda.

A expressão daquela figura enigmática era rígida e inescrutável.

— Não sei em que momento do jogo você, meu caro, assistirá a este vídeo, mas garanto que depois de fazê-lo, não lhe sobrará muito tempo até o acerto de contas. — O senhor de chapéu falava num tom dramático. — Os dias que restam escorrem como grãos de areia numa ampulheta de prata antiga e esquecida. Seu pai foi julgado culpado uma vez. O tempo não curou as feridas, não o tornou inocente. Uma vez assassino, sempre assassino. O que Israfil fez foi errado e a insanidade... a atrocidade que ele está prestes a cometer será ainda pior. Os atos dele só nos trarão aniquilamento e danação.

O velho, notou Marcel, raramente piscava seus olhos quase totalmente brancos.

— Vá até ele, leve-nos até ele. Empreenda o que somente você é capaz. Jogue o jogo, ligue os pontos. E talvez, você viva. Talvez todos nós vivamos. Boa sorte para nós. Amém.

O velho fez um sinal para alguém fora da cena.

Fim da gravação.

Os chuviscos tomaram a tela.

Marcel esperou o filme retornar. Mais de três minutos e nada. Só a corrida de arroz e chiado. Ele avançou o filme até que as cores voltassem. Era o meio de uma cena onde os protagonistas andavam por um corredor verde que os levaria até a sala do Mágico de Oz. Desta cena até o final do longa metragem, nenhuma outra interrupção aconteceu. Não houve mais mensagens do jovem negro nem discursos do velho louco que não piscava.

Marcel apertou o EJECT e a fita foi cuspida para fora do videocassete.

Guardou-a na carcomida caixa de plástico da finada locadora.

Desplugou o cabo vermelho e amarelo de áudio e vídeo do televisor, tirou o cabo de força da tomada, enrolou os dois em volta do videocassete e levou-o até o armário empoeirado de onde tinha tirado o aparelho. Notou que havia lá dentro muito mais caixas do que o normal. Mais do que ele lembrava de sua época como vendedor. Reali não era o tipo de pessoa que deixava caixas fechadas ou lacradas. Era muito ansioso para isso. Seu amigo e dono da comic shop gostava de abrir todas as caixas, separar e descer logo o material para o andar de baixo e colocar as revistas, bonecos e livros à venda.

No topo de cada uma das caixas havia uma etiqueta com o mesmo texto escrito com a letra de Reali: A/C DARTH VADER - ENTREGAR EM MÃOS!

Darth Vader, Reali?

Marcel achou estranho. O tal do Leam citara o vilão de Star Wars no vídeo. Teria agora que abrir as caixas para entender o que aquilo significava. Se é que era algo relevante mesmo ou só uma coincidência. Rasgando as fitas adesivas que selavam uma das caixas, Marcel encontrou dezenas de embalagens plásticas de DVDs. Abriu uma das caixinhas de plástico e leu o que estava escrito na superfície fosca do disco, em azul: MARCEL 12/12. Abriu outra: MARCEL 10/13. Logo ele perceberia que todas as embalagens continham discos com seu nome seguido por números, que ele deduziu, eram datas. Meses e anos, respectivamente. Não achou nada do período em que estivera ausente, de 2014 a 2017. Precisava abrir aqueles DVDs. Todos. Seriam arquivos de texto, de imagem ou vídeos? Marcel lembrou do notebook do ex-chefe e torceu para ele não tê-lo levado de lá. Desceu até o térreo e encontrou o computador em uma das portas da parte interna do balcão. Inventou uma desculpa qualquer para Cid, que lia um gibi na loja deserta de clientes.

Marcel subiu para a salinha do segundo andar.

Ligou o *laptop*, que pediu usuário e senha.

Se Reali não mudou, a senha ainda seria ROLADEADAMANTIUM.

Sim, era a mesma senha.

Abriu o compartimento do CD/DVD localizado na lateral, colocou um dos discos e descobriu que se tratavam de arquivos de vídeo. Muitos. Todos da casa do Reali. Imagens das câmeras de segurança editadas só com as cenas em que Marcel aparecia. Som e vídeo. Acreditava que as câmeras que Reali instalara pelo apartamento inteiro captavam só imagens e que eram apagadas depois de uma semana ou duas para darem espaço a novas gravações. Pelo menos era isso que Reali dissera a ele.

Marcel colocou mais discos para ver. Mesma coisa.

— Marcel! — berrou Reali do andar de baixo. — Meu notebook, cara!

O coração de Marcel acelerou.

— Já desço!

Ejetou o disco. Fechou o laptop. Guardou os DVDs na caixa, menos quatro deles, que escondeu na sua mochila do Bob Esponja.

Marcel entregou o computador ao amigo, que perguntou:

— Veio atrás do seu emprego?

— Não, só vim aqui pedir uma grana emprestada. Rola? Pra ir até o banco, almoçar e chorar com minha situação financeira.

— Se eu disser que não, o que vai fazer?

— Vou ficar aqui te enchendo o saco até conseguir.

Reali abriu a carteira e deteve-se.

— Sabe... chegou uma correspondência bem estranha lá em casa. Acho que era pra você.

— Se tava no meu nome, era pra mim, ué.

— Não tava endereçada a você.

— Então, como sabe que era pra mim?

— Porque eu abri.

— Acho que é crime abrir a correspondência dos outros.

Reali deu de ombros.

— O que tinha dentro?

Ele não respondeu. Foi até o balcão da loja, abaixou-se e voltou com um envelope pardo nas mãos.

Marcel reconheceu tanto o nome do remetente quanto do destinatário.

— Quem é esse tal de Lecram? — Reali perguntou.

— E eu que vou saber? — Marcel respondeu, tirando um papel amassado de dentro do envelope. — Pois acho que *ele* te conhece.!

Marcel,

Nós dois estamos metidos em problemas. Sérios problemas.

Se tem perguntas em sua mente (e eu sei que tem), procure por Beatriz.

Ela tem todas as respostas. Ou quase todas.

Abs,

Lecram G. Narud (sou seu fã!)

— É, parece que tenho um fã, Reali! — Marcel desconversou. *Que porra é essa? É o mesmo nome que tava escrito na minha pulseira do hospital,* ele pensou. — E a grana que te pedi emprestada?

— Emprestada? Sei bem! — Reali voltou a abrir a carteira e, desta vez, puxou uma nota de 50 reais. — Não vai gastar em besteiras, hein?

— Juro que te pago de volta.

— Sei...

— Um dia pago. Quando você menos esperar.

— Aham!

— Juro! Mesmo que mudar de cidade, de país, eu vou até lá e te pago.

— Duvido...

— Vou até onde Judas perdeu as botas pra te pagar!

— Tá Marcel, já entendi!

Marcel se deteve, pensou em responder ao amigo com alguma piada boa, mas nada veio à mente. Ela estava ocupada pensando no quanto Reali estava envolvido naquele jogo que ele jogava.

Pedra

[agora]

Ninguém, no mundo inteiro, dormia tão pesado como Pedra naquele momento.

O som da impressora matricial era como uma cantiga de ninar para ele.

O ruído contínuo dos papéis impressos se acumulando embalavam seu sono profundo.

No sonho, viu-se criança, jogando o jogo Joquempô. Pedra estava perdido em algum lugar entre seus 13 e 15 anos. A época que mais jogou o jogo. Joquempô era simples e ele gostava de jogos sem frescuras. Foi o Padre que ensinara as regras para ele, numa época em que o Padre era só o Baltazar. Um homem comum. Antes de ele virar santo, de ser Deus. Papel embrulha pedra. Pedra quebra tesoura. Tesoura corta papel. Simples. Na escola, Pedra queria sempre jogar o jogo do Joquempô. Papel, pedra e tesoura, umas crianças diziam. Não, era Joquempô o nome do jogo. Era assim que ele aprendera, era assim que era. Simples. Pedra ganhava nas vezes que ficava espremendo a cabeça, remexendo as ideias do cérebro, fazendo contas para saber qual das três era a mais forte: tesoura, papel ou pedra? Ele tinha um dom especial para adivinhar qual coisa o outro menino ia formar com as mãos. Se adivinhasse, poderia fazer com que suas mãos vencessem. Mãos abertas era papel. Mãos fechadas, pedra. Dois dedos esticados formavam uma tesoura. Simples. Mas não podia ser só na sorte, ele achava. Nem sempre dava pra adivinhar. Crianças pensam tudo errado. Ele queria pensar certo. Tinha que haver uma coisa entre as três coisas feitas com a mão que fosse mais potente. Uma, duas vezes, ele ganhou. Dez e onze vezes, ele ganhou. Depois, começou a perder. Umas poucas vezes, é verdade. Passados alguns dias, só perdia. E ele não gostava de perder. Perdia desde quando chegara à conclusão de que "pedra" era o elemento mais forte de todos. Ele decidira que sempre escolheria Pedra a partir de então. Os meninos sacaram isso. Aí, abriam as mãos: papel. E papel embrulha pedra. E pedra perdia. Ele perdia. Pedra ganha de tudo! Pedra gritava, brigava, na hora do recreio. Por isso, o jogo passou a não fazer mais sentido para ele. A pedra é dura. "A pedra machuca se você tacar na cabeça de alguém", Pedra justificava. Porque pedra é pedra! Ele queria mudar as regras. "A partir de agora, Pedra vai ganhar de todos!", ele propôs. Ninguém aceitou. Papel embrulha pedra. Mentira! "Depende da pedra, moleque teimoso, depende do tamanho do papel", ele berrava. Os outros berravam mais alto. Aí Pedra berrou ainda mais alto: "Pedra rasga, arrebenta qualquer papel!". E todos riram da cara do Pedra. Esse dia foi o dia que ele virou o Pedra. O apelido vinha daí. Pedra. Mas Pedra não ligava para isso. Até gostou de seu novo nome na verdade. Fez um discurso bonito. Usou umas palavras difíceis até. Convenceu todo mundo. Pedra é melhor. Todas as crianças concordaram. Todas, menos um moleque de óculos e aparelho nos dentes, que não parava de dizer que todos os três eram iguais. "Não são iguais!", irritou-se. O moleque conseguiu convencer mais garotos idiotas. "Não são iguais, seus idiotas!". Cada vez mais moleques ficavam do lado do idiota dos idiotas. "É igual, Pedra! Tesoura, pedra e papel são a mesma coisa!", o idiota repetia e repetia de novo. E de novo. "Um ganha de um e perde de outro. Iguais!". Mentira! Pedra ficou com ódio dele. Uma raiva do tamanho de um caminhão basculante. "Não tinha nenhum que era mais power", o moleque disse. Páuer? E deu risada. Babou e riu, o desgraçado! Ele disse páuer? Que bosta de garoto. O que é páuer? Pedra fez o moleque idiota concordar com ele. O idiota também chamou Pedra de burro. Pedra não se lembrava. Fazia tempo. Ou de trouxa. Foi a última vez que o moleque falou isso para ele. Seja lá o que ele falou, foi a última vez. Foi a última vez que ele falou qualquer coisa pra alguém. A professora ficou furiosa com Pedra. "Você fez uma coisa muito, muito ruim", ela disse. Pedra explicou o que aconteceu. Falou que o moleque mentira. "Ele, professora, gritou pra todo mundo que não tinha nenhum que era mais páuer". "Meu Deus, por que você fez isso com a língua do seu coleguinha?", a professora repetia "Meu Deus" várias vezes quando falava. E ela falava bastante. As professoras, todas elas, falavam muito. E de um jeito difícil. Usavam aqueles lances de pretérito do perfeito, subjunto, essas coisas... Pedra se recordava de todas as professoras. Todas, não. Lembrava da maioria. Pedra não gostava de quando a professora falava, gostava mais quando ela olhava para ele sem dizer nada. Mandaram ele para outra escola. Na escola nova, as crianças eram esquisitas. Todas tinham o mesmo rosto e o mesmo corte de cabelo. Não falavam coisa com coisa. Os moleques lá eram diferentes dele. Não tinham medo dele. Por que não tinha meninas lá? Quando o Baltazar virou Padre Baltazar, ele falou que as meninas só causavam confusão na cabeça dos meninos, e que fora da escola, no mundo, era diferente. Mas Pedra nunca saía da escolinha. Ele dormia lá. O Padre não deixava ele sair nunca. "O pecado mora lá fora, Pedra". O Padre rezava e rezava para tirar o pecado do mundo e falava isso para ele. Pedra achava esquisito as crianças não terem medo dele. As crianças do outro colégio tinham. Elas davam lanche para o Pedra. Nesse outro lugar, tudo mudou. Pedra e as crianças apanhavam para valer lá. O Padre falou que era para tirar os desejos dos corpos deles. Tinha umas vezes que alguém chorava. Mas era bem baixinho, porque assim o Padre não escutava. Chorar na escolinha era pecado. O Padre e os amigos do Padre, eles não gostavam da gente se a gente chorasse. Eram os donos daquele lugar, os amigos do Padre. O Padre era bom. Ele nunca batia, Pedra lembrava bem disso. Mas tinha os outros. Teve uns dias em que Pedra também chorou. Uma ou duas vezes, mas só nos primeiros dias lá naquela escolinha. Pedra nem lembrava o motivo. Chorar era coisa de menininha. Homem não chora. Pedra é foda. Pedra não chora. Ele só pensava em fugir no começo. Depois, não quis mais. Acostumou-se com a escola. Com as pessoas que mandavam neles todos. Que faziam os garotos fazer as coisas. Pedra se acostumou com o lugar, com os donos deles. Deus estava lá, às vezes. Amém. Para que sair se lá ele tinha comida e tinha amigos? Ele se acostumou, só isso. É engraçado como as pessoas se acostumam com as coisas. Pedra logo se acostumou a matar pessoas. Altas, baixas, gordas, magras, desdentadas, médicos, advogados... pecadores. Quando você mata alguém pela primeira vez acha que fez a pior coisa do mundo. Era isso que Pedra pensava. No começo. Nossa, que coisa feia! Depois... depois se acostumou. E até achou legal. Pedra só não gostava muito quando tinha dinheiro na jogada. No começo, o dinheiro comprava a munição e é por isso que ele fazia por dinheiro. O dinheiro comprava uma porrada de coisas. Principalmente de noite. O dinheiro não trazia felicidade, mas trazia namoradas bonitas que faziam carinhos no corpo dele. Fora da escolinha podia. O Padre falava que elas eram anjos, as mulheres que o dinheiro pagava. Pedra não conseguia mais lembrar de seu nome. Seu nome era uma coisa do passado, bem antiga e sem valor. Ele era Pedra desde que se lembrava de ser chamado de alguma coisa. Nome? Pedra. Sobrenome? É só Pedra, meu chapa! O Padre fez documento para ele. Colocou Pedra no documento. O Padre dava trabalho, dava dinheiro, dava comida e dava namoradas. O Padre é santo.

Amém.

Pedra abriu o olho. Só um.

Este é o céu? Tô no céu? A sala, mesmo sendo toda de espelhos, não deixava ele ver o que acontecia do lado de fora. Eu morri e tô no Inferno? Merda. Eu bebi e fiz sujeira. O Padre me avisou para não fazer sujeira. Abriu o outro olho e girou a cabeça. Sentiu o travesseiro macio. Bom! O zunido da impressora vinha de um lugar fora de seu campo de visão. Por que ele não conseguia levantar o corpo? Só conseguia mexer a cabeça. Mexeu a cabeça para cima e para baixo. Dor no pescoço. Dor foda. Força, Pedra! Tá no inferno, abraça o capeta. Mexe os braços. Nada. Mexe a piroca. Nada. A piroca? Sério mesmo? Inferno! Piscou os olhos. Olhos, ok. A boca não falava. O ouvido só ouvia. Só o som do tictictec. Que porra é essa? Tictictectictic. Cadê a minha voz? Um barulho. A porta. Não vejo a porta, mas ouvi a porta. Um vulto. Pedra usou a visão periférica. Era uma criatura verde cabeçuda com o queixo enorme e pontiagudo. Um alienígena. Certeza de que era um ET. Eu tô numa nave. É isso. Não morri. Eu tava num helicóptero e depois vim parar na nave. Não fazia sentido. O marciano chegou mais perto. Pegou minha mão, levantou meu braço. Tava cheio de fio no meu braço e na minha mão. Tudo tá embaçado, Padre! Me ajuda, Padre.

— Pedra, como se sente? — a criatura disse. A criatura falou comigo, na minha língua. Que nem nos filmes. Todo mundo no universo todo fala a mesma língua. Amém. Eu quero responder, mas não consigo. Tô na merda, ET. Tira os fios. Faz meu pau voltar a funcionar. Depois se preocupa com as outras partes do meu corpo. ET? Eu gostei de você. Mesmo. O ET verde tinha um tipo de tromba na frente. Era a boca? Pedra não soube dizer. Viu o marciano injetar uma coisa nele. Um líquido vermelho numa seringa gigante. Era vermelho ou laranja? No seu braço. Isso aí vai me deixar melhor, fera? É remedinho? Por que se não for, vou te quebrar na porrada. As palavras não saíam da sua boca.

O ET me conhece e eu não reconheço o ET. Ele tá ficando escuro. Atrás dele também. Tudo escuro. Tictictec. Não tem mais ninguém na minha frente. Só o tictictec.

Beatriz

[agora]

A garota esfregou os olhos mais uma vez, enrolada numa coberta felpuda e úmida. Ainda vestia a mesma calcinha e o mesmo sutiã do dia anterior. Adormecera agarrada com a espingarda, no sofá da sala.

Dez horas da manhã, ela conferiu no seu relógio de pulso sem o vidro: ela dormira demais.

Estava ensopada de suor e a culpa era do pesado cobertor. Descartou-o no chão de madeira e descansou a arma em cima do sofá. Ajoelhada no estofado, deu uma boa olhada no exterior através dos pequenos furos da janela fechada. Atenta, procurava notar qualquer mudança no cenário diurno. Tudo aparentemente normal. Assistia à mesmíssima paisagem que se acostumara a ver, dia após dia. A linha circular feita de sal estava lá, completa, como ela a deixou antes do anoitecer. Mesmo assim, não tinha mais a convicção plena de estar segura. Justo garantira a ela que, caso o círculo de sal fosse interrompido, coisas ruins aconteceriam. Dissera também para nunca atravessar o círculo mágico.

Coisas ruins... ela não podia perguntar a ele "que coisas" eram essas. Justo não estava lá. Não fisicamente. Havia somente seus ensinamentos pré-gravados para responder às suas perguntas. O malaquim deixara no pequeno gravador uma série de áudios descrevendo cada passo, cada detalhe da Operação de Abramelin. Eram muitos. Quinhentos e dois áudios ao todo. Alguns eram longos demais e outros (a maioria deles) não passavam de cinco minutos. E, apesar da complexidade toda da Operação — cheia de termos e palavras que Beatriz nunca escutara —, todos os áudios eram bem didáticos. Justo tinha sido um bom professor à distância. Usava analogias e exemplos práticos da vida comum para explicar o inexplicável. E funcionava, na maioria das vezes. Até ali. Algumas orações que ela precisou decorar estavam em outras línguas. Italiano, alemão, aramaico. Orações que ela deveria repetir sem errar palavra alguma. Precisava saber a exata intenção das palavras, a entonação e o ritmo correto. Havia ainda áudios que tinham uma única função: dar a ela apoio moral. Aquecer seu coração e não deixá-la desistir. E estes, na opinião de Beatriz, eram os melhores. Pegou-se várias vezes escutando estes áudios em looping infinito e sem pausa. Aquela voz, não demorou, tornou-se sua única companhia nos seis meses que esteve ali, isolada do resto do mundo. A voz suave e precisa de Justo a acalmava. O malaquim era, ao mesmo tempo, seu melhor e único amigo, segundo pai e mentor. Desde a fuga de Portugal, Beatriz não teve mais notícias dele. A última cena (ele sendo atacado por um Cobrador para que ela pudesse escapar ilesa) ainda passava repetidamente em sua cabeça. Era um pensamento que ela tentava empurrar para longe. Às vezes, até conseguia. Sentia-se culpada entretanto. O problema é que não havia nem um áudio sequer sobre os Encapuzados. Por isso, ela não entendia por que eles montavam guarda noite após noite ao redor da cabana. A primeira vez que chegaram, ela se lembrava bem, apavorou-se. Aconteceu poucos dias após ter chegado à cabana. Não sabia ainda que eles não pretendiam (ou não podiam) atravessar o círculo sagrado. Não diziam nada, vestiam túnicas compridas com capuzes que cobriam totalmente o corpo e escondiam seus rostos. E como as roupas eram dos mesmos tons de verde da vegetação da floresta, quase sumiam em meio às pesadas brumas. Até que, em uma noite, surgiram com tochas. Beatriz temeu que o intuito deles fosse incendiar a cabana e forçá-la a sair, mas logo descobriria que eles continuariam a não atravessar a linha que circundava seu santuário. No entanto, duas noites atrás, algo mudou. Os Encapuzados vieram no mesmo horário, com as mesmas tochas, mas, desta vez, fizeram sons estranhos com as bocas. Um tipo de canto em uma língua estranha. Seria um tipo de encantamento? Uma invocação? Provavelmente sim, Beatriz concluiu, depois que outros sons vindos da floresta irromperam num volume altíssimo. Eram sons assustadores, bestiais. Não demorou, olhos vermelhos apareceram por todos os cantos, no meio da vegetação. Ela podia sentir o mal se esgueirando ao redor da cabana, espreitando, esperando por uma falha de Beatriz. E não é que o erro, enfim, aconteceu? Beatriz cometera uma falha grave. Após uma chuva forte, não percebera o galho caído sobre a espessa linha feita de sal. Não notara que ele havia aberto uma lacuna no círculo sagrado. E mesmo quando se deu conta de que a linha em volta da cabana estava descontinuada (uma brecha pequena, mas suficiente para quebrar a proteção), ela hesitou. Deveria ter saído imediatamente para fechar o círculo, antes que alguma criatura pudesse atravessar. Justo a alertara para sempre checar o círculo. Pelo menos três vezes ao dia, ele ensinara. *O círculo a protegerá do ataque de tudo que é e não é humano. Deixará a cabana invisível a todas as criaturas.* Mas ela estava assustada demais para deixar a cabana. Quando se deu conta, o monstro golpeava a madeira da porta, das janelas, procurando alguma abertura por onde pudesse entrar. A besta era uma coisa disforme, uma mistura de uma infinidade de animais. Havia, entretanto, algo naquela criatura que fazia Beatriz crer que um dia ela já fora humana. Ela possuía garras, guelras, tentáculos, chifres e espinhos espalhados ao longo de sua carcaça negra. Seis pés de dragão, um rabo de escorpião e olhos vermelhos e brilhantes, essencialmente maus. E os gritos? A criatura guinchava por uma abertura central que parecia uma boca, de onde brotavam milhares de dentes afiados. Beatriz lembrava bem daquele som. De seus piores pesadelos de quando era criança. Tomou coragem e abriu a porta com a espingarda de cano triplo carregada com três balas. Um só disparo e a fera foi arremessada para longe. Recarregou a espingarda com mais três munições, conforme Justo a ensinara, mas a criatura fugiu, esvaindo em sangue para dentro da floresta. Beatriz perseguiu-a, deixando o círculo sagrado. Mais um erro. O segundo do dia.

Beatriz agora fitava seus pés descalços.

O esquerdo parecia um quadro expressionista abstrato, pintado com manchas roxas e vermelhas de sangue coagulado. Ainda sentada, apoiou um pé, o bom, e depois o outro no piso, sentindo uma dor viva durante o processo. Abaixou-se, tateou o pé dolorido e conferiu por baixo da cor carmim que escondia um inchaço. Luxação, avaliou. Massageou o pé na esperança de curá-lo. Pouco adiantou. Levantou-se do sofá e ajeitou a calcinha já laceada de tanto uso. Havia uma faixa escura no tecido. Mais sangue. Um sangue que não era seu. Disso ela tinha certeza. Sabia também que cometera o terceiro erro trazendo o sangue impuro para dentro do círculo. Quantos erros mais cometeria?

A porta, lembrou-se.

Um dos Encapuzados havia transposto o círculo e pintado algo na porta da cabana, também deixara alguma coisa no chão. Aquilo tinha realmente acontecido ou fazia parte de seus devaneios? Ela precisava sair para saber.

Tirou a calcinha e o sutiã e se enrolou novamente na coberta. Com o molho de chaves na mão, destrancou cada um dos cinco cadeados e arrastou lateralmente os ferrolhos. Abriu a porta e, com excessiva cautela, espichou o pescoço para fora da casa, deu uma boa olhada ao redor e nada viu além dos vários tons verdes e amarelos daquela floresta amaldiçoada. O vento era frio e trazia com ele o cheiro de uma chuva distante, iminente. Puxou a porta mais para dentro e o número 32 pintado nela ficou visível. *Merda!* O que significaria aquilo? A conclusão a que chegou foi que aquele número era uma forma de identificar a cabana em que estava como parte do jogo que Marcel jogava. Ligue os Pontos. Jogo que eles tanto tentaram completar durante o tempo que ficaram juntos. Mas e se fosse outra coisa? Podia ser qualquer coisa. Um tipo de magia, um ritual maligno... O Encapuzado (seria o líder deles?) estaria condenando a cabana? Foi até onde o Encapuzado havia deixado o objeto na noite anterior. Era um rádio de pilha. Portátil, cinza, antigo. *É uma armadilha?*, ela perguntou-se. Provavelmente sim. Ou então, por qual outro motivo ele deixaria aquele aparelho ali? Pegou o pequeno rádio mesmo sabendo que aquele poderia ser seu último erro e, antes de voltar para o interior da cabana, desfez-se da sua roupa íntima suja de sangue arremessando a calcinha e sutiã para fora do círculo.

O radinho era de formato retangular, tinha uma alça plástica preta saindo do canto superior. Beatriz chacoalhou, cheirou, mexeu aqui e ali. Era um modelo antigo de três faixas da marca Motoradio. Destacou a antena prateada do encaixe que ficava no topo do rádio e puxou a ponta fazendo-a dobrar de tamanho. Virou o aparelho e abriu o compartimento traseiro, onde ficavam as pilhas. E lá estavam elas, tão velhas quanto o rádio, de uma marca que ela desconhecia. Havia sinais claros de oxidação. Girou o disco de plástico lateral denteado e sentiu um clic. Como esperado, nenhum som saiu do radinho. Passou o dedo para cima e para baixo, fazendo a barra vermelha se mexer pelo dial. FM, MW, SW. Nada. Aparentava ser mesmo somente um arcaico rádio portátil quebrado. Mesmo assim, Beatriz decidiu devolvê-lo ao chão. Não valia a pena correr o risco de levá-lo para dentro da cabana. Podia ser algum tipo de instrumento de espionagem. Poderia ser qualquer coisa. Poderia, inclusive, tratar-se de um simples e inofensivo rádio portátil. E ainda que fosse isso, não teria e menor utilidade, já que não funcionava. E mais: no interior da casa não havia energia para ligá-lo. Justo não a alertara sobre rádios. Tinha sido enfático somente em relação a espelhos. A cabana era desprovida de qualquer tipo de espelho. Para uma mulher vaidosa como Beatriz, isso foi um problema no primeiro mês. Um martírio até. Mas como maquiar-se era algo proibido por ali, ela foi se acostumando com a ausência de seu reflexo. Mesmo as janelas eram cobertas por madeiras. Nada era feito de vidro naquela cabana. Copos? Metal. Assim como os talheres e demais utensílios na cozinha. Justo enumerara, em um único áudio, todos os perigos de se ter espelhos na cabana. Todos eles alertavam-na de que eles poderiam ser usados como portais. *Ok, sem nenhum reflexo então*. Facas, colheres e objetos de metal? Opacos, nunca brilhantes. Qualquer coisa que pudesse gerar reflexo na casa tinha sido pintada de preto ou sido coberta por madeiras. Justo também explicara o problema de ter água parada. Beatriz não deveria encher bacias com água, por exemplo. Não podia acumular água em nenhum recipiente por muito tempo. Beatriz achou isso um exagero, mas obedeceu às ordens do malaquim. Pensava que o real motivo era outro, entretanto. Concluiu que aquilo podia fazer parte da preparação para a Operação de Abramelin e que tudo aquilo seria uma forma radical de sufocar o seu ego, de fazer com que ela esquecesse de sua aparência exterior para que vivesse uma vida simples e sem luxos. Deu resultado. Beatriz mal se lembrava de como era a vida moderna. Sem suas séries preferidas, sem música e sem internet. Há muito, ela deixara de se importar com a beleza. O fato de não haver ninguém há quilômetros de distância para notar ajudava e muito.

Beatriz entrou, trancou a porta sem fechar os cadeados e tratou de ouvir alguns áudios de Justo na tentativa de achar algo relacionado com o que ocorrera na noite anterior. Talvez encontrasse algumas respostas sobre os Encapuzados. Ouvindo-os agora, os áudios mais pareciam um tipo de bula de remédio. Estava tudo lá: informações ao paciente, contraindicações, precauções e reações adversas. Faixa após faixa, Beatriz ia se lembrando de como sua rotina fora entediante, desgastante e, por vezes, dolorosa. Seguira à risca todas as recomendações de Justo. Durante os longos seis meses, ela se utilizara de um regime de abstinência cumulativa e cerimonial. Se as exigências eram poucas na primeira fase do rito, as tarefas e deveres aumentavam em número e complexidade conforme ia progredindo. Beatriz sabia, desde os primeiros dias, que a Operação de Abramelin tinha como objetivo final conhecer, invocar e uni-la ao seu Santo Anjo Guardião. Somente ele poderia lhe revelar a "Verdadeira Vontade". E a Verdadeira Vontade era... bem... Beatriz nunca entendeu direito o que aquele termo realmente significava, apesar dos esforços de Justo em seus áudios. Em um deles, o malaquim dizia que o Anjo Guardião revelaria a ela a sua real missão na Terra e a guiaria para cumpri-la de modo pleno. Em outro áudio, Justo fazia uma promessa a ela de que a Verdadeira Vontade seria a realização de seu desejo mais íntimo, que nem ela poderia imaginar qual era. Havia ainda um outro, em que ele fazia uma associação de ideias, desfiava algumas teorias e por fim assumia total ignorância sobre o real significado do termo. Ninguém, em toda a existência humana, havia realizado o ritual com total sucesso, ele afirmava; entretanto, havia uma vasta literatura descrevendo os inúmeros fracassos. Havia uma cópia d*O Livro da Magia Sagrada de Abramelin, o Mago* na cabana, mas Justo alertara Beatriz sobre ele. Disse, nos áudios, que ele serviria apenas para ajudá-la a desenhar os quadrados mágicos pelo chão do santuário. O malaquim assegurava que o livro estava errado em vários pontos e de nada serviria sem as alterações que ele havia feito e descrito nos áudios.

A cabana, conforme ele explicou, fora construída em solo sagrado e estava devidamente preparada antes mesmo da chegada de Beatriz, cumprindo assim todas as exigências descritas nos grimórios. Ele não cansava de repetir o mantra: *Tudo o que irá precisar está no santuário. Depois de começada a Operação, não atravesse o círculo mágico de jeito nenhum. As consequências serão desastrosas. Tudo o que necessita está dentro ou ao redor da cabana. Comida, remédios, água e utensílios.* Com dois andares e muitos cômodos, o chão de toda a cabana era feito de madeira de pinho branco. O oratório, parte mais importante da casa, ficava no quarto maior, localizado no andar superior, e tinha uma janela virada para o norte, que conduzia a um terraço descoberto. O terraço seria usado na hora certa para chamar os espíritos maus e, por isso, estava forrado com areia de rio pura, com dois dedos de profundidade. No altar, Beatriz deveria manter uma lâmpada onde queimava óleo de oliva. E o altar não passava de um gabinete de madeira oco que armazenava as ferramentas mágicas. Sobre o altar ela deixava uma vara de amendoeira, lisa e reta, do comprimento de cerca de meio côvado, um incensário de prata e uma bandeja de metal para receber o excesso de carvão e cinzas. Somente a bandeja, alertara o malaquim, poderia deixar o oratório depois de começado o rito. A Operação seria dividida em seis fases. A fase 1 abarcou os primeiros dois meses, quando Beatriz entrava no oratório duas vezes ao dia, pela manhã e à noite. Nesse período, ela se confessara e orara durante os seis dias da semana. Somente aos sábados lhe era permitido acender a lâmpada no altar e queimar o incenso. Durante a fase 2, os dois meses seguintes, Beatriz jejuara, lavara-se com água purificada (que tirava do poço fora da cabana, dentro do círculo) e passava horas seguidas orando com total concentração. O esgotamento mental e físico servira como preparação para os dois últimos meses. As palavras de Justo eram graves em relação às fases finais da Operação de Abramelin.

Os últimos sete dias serão os mais importantes. Tudo o que fez de bom ou de ruim até aqui irá se refletir nos momentos derradeiros. Agora é a hora, é quando o ritual propriamente dito irá se estabelecer, Beatriz.

Entenda, depois destes seis meses de crescente purificação e preparação, entraremos num período final de sete dias. Sete dias de provações, pesadelos, tentações e medo. Prepare-se para o pior. Não estou exagerando. O terror irá, por muitas vezes, tomar conta de seu íntimo, mas tenho muita fé de que você terá forças e armas suficientes para vencê-lo. Estes dias serão extremamente extenuantes e árduos. Jejum total, muitas horas de oração, uso de ferramentas mágicas poderosas e procedimentos precisos sem margem para erro algum. É como uma receita de bolo. Ou o bolo fica pronto ou... Lembra do papo que tivemos em Sintra? Quero dizer, espero que tenhamos tido esse papo, já que gravei estas aulas antes, muito antes daquele encontro.

O rito acarretará em um estado de consciência alterado e avanço gradual no entendimento da mecânica dos reinos espiritual e físico, o que significa muito poder em suas mãos. Maior o poder, maior a responsabilidade e maiores serão os riscos. Explicarei melhor nos áudios seguintes, mas os derradeiros dias serão divididos assim: um dia para a fase 4, três dias para a Fase 5 e mais três dias para a fase 6. Isto quer dizer que você terá um dia para a consagração dos materiais e sala de oração, três dias para a convocação do bem e espíritos santos (incluindo a invocação do Santo Santo Anjo Guardião), e três dias para a convocação dos espíritos maus. Façamos o bolo! Acredito que será capaz. Amém.

Beatriz pausou o gravador, imaginou o esforço do grandalhão em tentar passar uma certa descontração na voz tentando criar um vínculo entre eles mesmo antes de os dois terem se conhecido. Ela sentia saudade de Justo. Conhecera-o pouco, mas o bastante para que nutrisse por ele algum carinho. Ansiava saber sobre seu estado atual. Estaria vivo? Se estava bem, por que é que não mandava notícias? Beatriz iria orar mais tarde por ele, como fazia dia após dia, desde a fuga de Portugal. Sua mãe certamente se orgulharia da filha, de sua repentina conversão. *Sou uma crente agora, mãe*, queria poder dizer a ela. Difícil seria não crer diante de tudo o que ela vira e vivera nos últimos anos, pensou. Sua vida esteve por um fio e não foi uma só vez. Mas se suas preces eram direcionadas a Deus e Deus, ela sabia, estava morto, quem as ouvia então?

Segundo Justo, tudo era uma questão de acreditar, uma questão de fé.

E a fé era tudo o que lhe restava ali, no meio da floresta.

Beatriz não se lavou naquela manhã ou cobriu-se com o Robe Branco. Era o momento de se vestir de negro. Ela deveria usar o Robe de Lamentação e um véu cobrindo totalmente a face, como Justo lhe explicara.

Hoje pela manhã, entre na sua sala de oração, os sapatos ficam do lado de fora, como sempre. Com os pés descalços e com a Chave nas mãos, abra totalmente a janela, acenda o carvão no incensário, depois a lâmpada. "Não te aproximes; tira os sapatos de teus pés, porque o lugar em que tu estás é terra santa". Êxodo 3:5. As portas de sua alma serão escancaradas a partir do dia de hoje, Beatriz. Consagre todos os materiais e ferramentas que usará (suas vestes, a coroa, varinha, o óleo sagrado etc.). Não use o robe branco. O robe branco deve ser colocado no altar, junto ao robe vermelho, à cinta, à coroa e à vara de amêndoa. Jogue um pouco do perfume no fogo. Segure o óleo sagrado em sua mão esquerda e, em seguida, prostre-se, ore e consagre as ferramentas. Depois de orar, levante-se e unja o centro de sua testa com óleo sagrado. Desenhe nela um triângulo e os símbolos que lhe descrevi anteriormente. Feito isso, mergulhe o dedo no mesmo óleo e unja os quatro cantos superiores do altar. Não esqueça de untar também as vestes, a coroa, a cinta e a varinha. De ambos os lados. Unja as portas e as janelas. Depois, com o dedo mergulhado no óleo, escreva nos quatro lados do altar estas palavras: "Em qualquer lugar, pode estar... comemoração do meu nome será feito... eu virei a ti e abençoar-te-ei".

Após a consagração, vista a túnica negra, a cinta e a coroa.

Ajoelhe-se e faça a oração do áudio 188.

Depois de orar por horas, Beatriz perguntou ao Santo Anjo Guardião se ele gostaria de escrever algo sobre a placa de prata. Mal terminou a pergunta, um aroma doce invadiu o ambiente. Isso era algo novo. Um cheiro de infância, que trazia à mente uma agitação de emoções e lembranças. Ela voltou a ter 9 anos, à casa de sua avó e viu, com os olhos de sua alma, a velhinha lhe preparar o pão doce que ela tanto gostava. O cheiro era idêntico. Lágrimas vieram-lhe aos olhos. Prostrada, de olhos cerrados e rosto colado ao chão, com os braços esticados à frente de sua cabeça e mãos espalmadas, podia sentir uma presença ali. Algo poderoso inundava a casa. Seria o Santo Anjo Guardião? Ela precisava saber. Pediu ajuda, iluminação, mas obteve só o silêncio como resposta.

Ela respeitou o silêncio.

E esperou.

Imóvel e calada.

Quando achou que já era hora de repetir a mesma pergunta ao Santo Anjo Guardião, um som vindo do lado de fora da cabana a calou.

Era uma música.

Conhecida.

Antiga.

Era difícil compreender os versos, interrompidos pelos chiados.

Antes que pudesse buscar na memória o nome da canção, o som abafado cessou.

Beatriz abriu os olhos, desceu as escadas e, num impulso, abriu a porta da cabana.

O rádio, lá fora.

A música vinha dele.

Beatriz pegou o aparelho nas mãos.

Mudou de estação e a música voltou a sair dos pequenos e frágeis alto-falantes.

Mudaram as estações, nada mudou
Mas eu sei que alguma coisa aconteceu
Tá tudo assim, tão diferente
Se lembra quando a gente
Chegou um dia a acreditar
Que tudo era pra sempre
Sem saber que o pra sempre sempre acaba

Aquela música... era uma de suas músicas preferidas...

Beatriz rodou o disco do aparelho, tentando sintonizar outras rádios, mas a mesma música continuou.

Mesmo com tantos motivos
Pra deixar tudo como está
Nem desistir, nem tentar
Agora tanto faz
Estamos indo de volta pra casa

Ao final da música, o chiado voltou.

De nada adiantaram as suas tentativas de achar uma nova estação.

O rádio parecia ter voltado ao que era.

Beatriz achou por bem tirar as pilhas dele.

Não queria que ele ligasse do nada e a assustasse, no meio da noite, enquanto dormia ou fazia suas orações. Se fosse mesmo o Santo Anjo Guardião tentando comunicar-se com ela, as pilhas não seriam um problema para um ser tão poderoso, pensou.

Com essa certeza no coração, entrou na cabana e trancou todos os cadeados.

Precisava descansar: o dia seguinte do ritual era importante demais.

Marcel

[3 horas depois]

Marcel chegou ao número 39 da Rua Monsenhor Passaláqua e escolheu o botão com o número 8 no interfone. Como sabia ser esse o apartamento certo? Por causa do jogo. Descobrira em sua ida ao banco, pois, estranhamente, havia feito um seguro contra incêndios para o endereço. Ele só ligou os pontos. Do outro lado do interfone, ninguém respondeu. Fazia todo sentido, afinal, se ele fosse mesmo o dono e morador daquele apartamento, seria natural que estivesse vazio agora, pensou. O prédio era desengonçado, maltratado, sujo, decadente, não destoava da vizinhança. Sacos de lixo remexidos, espalhados por toda a calçada esburacada, davam o tom do que o esperava em seu novo-velho lar doce lar. Aquilo ali não era nada do que ele imaginara quando soube estar rico horas antes, com mais de 3 milhões na sua conta. Sim, quando sua gerente dissera seu saldo, ele nem tentou esconder a felicidade. Sacou logo uma bolada de grana. Nunca tivera tanto dinheiro nos bolsos. O período que havia esquecido havia sido bom então. Financeiramente, pelo menos. Torcia para que as boas notícias não parassem por ali.

Não havia portaria no baixo edifício, e as janelas dos apartamentos da frente avançavam e debruçavam-se sobre a calçada. Privacidade zero. Pensou em chamar o zelador do prédio, quando uma velhinha passou por ele com a cabeça baixa e parou na sua frente. Arrastada até ali pelo seu poodle, a idosa que usava óculos de lentes extremamente grossas e um lenço vermelho na cabeça ignorou por completo a presença do novo milionário e tentava agora desesperadamente manter-se no mesmo lugar enquanto procurava a chave do portão num molho com uma penca de chaves iguais.

— Precisa de ajuda? — Marcel perguntou.

— Ah, Lecram! — a velhinha ajeitou os óculos, semicerrou os olhinhos emoldurados por rugas profundas e escaneou Marcel de cima a baixo. — Não tinha te visto... minha vista tá é uma merda que só! Me ajuda?

— Claro!

Marcel pegou aquele bolo de metal que se mantinha unido por um chaveiro com a imagem de Nossa Senhora Aparecida e tentou adivinhar qual seria a chave que abriria a porta de vidro. Não queria se valer do método da tentativa e erro. Iria demorar tempo demais.

— É a chave vermelha — disse a senhorinha, apontando para lugar nenhum.

Marcel procurou a chave vermelha e não encontrou. A única chave colorida era uma com a parte de cima coberta por um plástico duro e verde. Experimentou-a na fechadura e a porta abriu-se.

— Obrigado, Lecram.

Ele ouviu de novo a palavra "Lecram", o mesmo nome que estava escrito na pulseira amarela do hospital, em seu braço. Precisaria descobrir onde fica esse hospital e, se possível, iria investigar o porquê da pulseira e do nome. Se é que a pulseira era realmente dele...

— De nada! — disse, curvando o corpo para ficar da altura da velhinha. — Disponha!

A velhinha entrou, mas seu poodle, não. Latia do lado de fora, indignado com o final do passeio. Marcel pegou o animal no colo, que rosnou para ele exibindo os minúsculos dentes afiados e desalinhados.

— Que bonitinho... — mentiu Marcel. — Qual o nomezinho dele?

— Como se você não soubesse, né? É *ela*. Fudida, ora essa!

— O quê?

— *Fudida*. Olha a cara dela... tooooda fudida! — a velha riu até engasgar.

— Boa! — O riso dela não contagiou o comediante. — Até mais, senhora!

— Até!

Marcel soltou o cachorro-demônio no chão que, ao tocar o solo, voltou a latir e a puxar a velha para fora do prédio. Sem elevador, ele foi obrigado a subir pelas escadas. Quando chegou ao apartamento de fundo do primeiro andar, com o número 8 colado na porta, notou que o capacho na frente da porta tinha o desenho de um Gandalf estilizado ao lado de sua famosa frase: YOU SHALL NOT PASS. Definitivamente, era seu apartamento. Reconheceu o tapete da loja de Reali. Levantou o grosso capacho nerd e encontrou uma chave pequena. Sua chave. Como sabia disso? Não sabia, foi um palpite. Abriu a porta e deparou-se com um apartamento simples, mas extremamente espaçoso. As paredes estavam forradas de post-its. O bege das paredes havia praticamente desaparecido devido à quantidade imoral de papeizinhos colados nelas. De várias cores e tamanhos. No chão de tacos de madeira, logo na entrada, Marcel pisou em um post-it grande e rosa com o número 1 e o seguinte texto escrito com letras de fôrma: 1.) BEM-VINDO DE VOLTA, LECRAM. Ele logo entendeu que tinha que seguir os números nos pequenos adesivos coloridos, agora, nas paredes, todos na cor rosa. 2.) BOM! AGORA VÁ ATÉ O ESPELHO DO BANHEIRO COM A PULSEIRA NAS MÃOS. Marcel acatou a ordem. Tirou de dentro da mochila a pulseira amarela e, com ela nas mãos, foi até o banheiro. O espelho estava totalmente coberto com um pano negro. Ele retirou o pano. Havia um post-it rosa grudado no vidro com mais instruções. 3.) LEVANTE A PULSEIRA E, DEPOIS DE LER, CUBRA O ESPELHO NOVAMENTE COM O PANO. SEJA BREVE! Marcel sentiu-se um idiota ao ler, no reflexo, seu próprio nome. Lecram G. Narud nada mais era do que seu nome ao contrário. Marcel Duran. O "G" era a última letra de seu sobrenome Montag. Ao lado do espelho, na parede coberta por pastilhas verdes, encontrou mais dois post-its da mesma cor dos anteriores. 4.) FOI NECESSÁRIO APAGAR A MEMÓRIA PARA PROTEGER O MEU (O NOSSO) PAI E BEATRIZ. 5.) CASO VOCÊ AINDA NÃO TENHA PERCEBIDO, EU SOU O MARCEL DO PASSADO E VOCÊ, O MARCEL DO FUTURO. SÓ PRA NÃO CONFUNDIR, TÁ? Cada post-it que ele lia, ia retirando da parede, amassava e jogava no chão. Lembrou-se da brincadeira que seu pai fazia com ele e o irmão, na Páscoa, quando escondia os ovos e espalhava pistas pela casa. Os papeizinhos coloridos continuavam, dentro do box do banheiro. 6.) É UM SACO FICAR ESCREVENDO EM PARTES. VAMOS DIRETO PARA OS DIÁRIOS. ELES ESTÃO DEBAIXO DA NOSSA CAMA. ESTRANHO ESCREVER "NOSSA CAMA" :)

O Marcel-do-passado era mais bem-humorado do que o do futuro, Marcel pensou.

7.) POR QUE AINDA TÁ SEGUINDO OS POST-ITS? NÃO MANDEI IR LER OS DIÁRIOS?

8.) VAI LÁ! DE VERDADE!

Marcel sorriu ao imaginar-se escrevendo estes recados endereçados a ele mesmo. Há quanto tempo teria feito isso? Dias, meses, anos? Pensou que o Marcel-do-passado deve ter se divertido, pensando na cara do Marcel-do-futuro lendo os post-its.

O apartamento era grande, cheio de cômodos e talvez esse tenha sido o motivo de ele ter escolhido o local como sua casa e quartel-general. *O imóvel velho e simplório*, pensou, *podia ser pelo fato de não chamar atenção. Uma cobertura triplex, por exemplo, traria inevitavelmente um holofote desnecessário e perigoso para ele. Seria arriscado demais.*

Não foi difícil achar o quarto certo: saindo do banheiro e caminhando pelo corredor, era o maior, à esquerda, onde uma cama de casal, espremida contra uma das paredes, parecia convidá-lo para uma soneca. Era uma cama do tipo box, king size, arrumada e repleta de travesseiros e almofadas da mesma cor do edredom lilás, que escorria pelas laterais da cama até o chão. Não parecia o tipo de coisa que ele faria. Ele definitivamente não era o tipo de pessoa que arrumava a cama diariamente. Fazia esse esforço tremendo apenas em ocasiões especiais, tais como as visitas importantes com uma alta probabilidade de sexo.

Marcel ajoelhou-se sobre o tapete macio, levantou o edredom que revelou duas grandes gavetas encravadas na madeira escura da cama. Abriu uma delas e encontrou nove cadernos da marca Moleskine, com etiquetas brancas na capa. Nas etiquetas, reconheceu sua letra. A mesma dos post-its: LIGUE OS PONTOS - DIÁRIO 1.

Os outros cadernos mantinham o mesmo padrão nas etiquetas: LIGUE OS PONTOS - DIÁRIO 2, LIGUE OS PONTOS - DIÁRIO 3 e assim por diante. O comediante deslizou o elástico do primeiro caderno para trás e folheou-o. Estava completamente cheio de palavras, números e localizações em forma de coordenadas.

Marcel ajeitou-se na cama, abriu o primeiro diário e uma folha amarela escorregou em seu colo. Nela, um texto com o título: AVISO IMPORTANTE! Abaixo do título, um texto introdutório assinado e datado.

MANUAL DE VIAGEM NO TEMPO

Se você está lendo este diário, você sou eu. Se você não sou eu, significa que estou morto.

Marcel, se está lendo isso, quer dizer que, além de perder a memória dos acontecimentos pós-hotel, perdi também a memória dos últimos dias. Fuga espetacular na Argentina, hospital no Amazonas e finalmente aqui, de novo. Te peço desculpas pela nova amnésia. Foi necessário fazer de novo.

Calma, tudo será explicado.

Leia tudo e entenderá! Estes diários te guiarão por caminhos que já percorri. Te mostrará até onde liguei os pontos. Quando comecei a escrever, não sabia ainda que iria ter que apagar a memória de novo, não tinha a menor ideia de quase nada, portanto os diários foram escritos com outro propósito. Havia (e ainda há) o perigo... eu tinha muito medo de morrer. E medo de que minha morte não significasse nada, que fosse em vão e que ninguém soubesse o que está realmente acontecendo comigo ou com o mundo. O medo é bom, Marcel.

Evita que você seja displicente...

Tenha em mente então que estes diários estão cheios de detalhes, pensamentos, ideias e teorias. Ao ler, você poderá sentir o que eu senti, entender o raciocínio que usei para chegar a cada ponto do jogo. Irá conhecer pessoas e seres que esbarrei pelo caminho. Por isso, se achar que estou sendo prolixo, pode passar alguns trechos. Entretanto, recomendo ler tudo, pois acredito que assim, ficará mais fácil para você ativar suas memórias.

Estes diários foram escritos à medida que eu juntava as pistas e resolvia alguma parte do jogo. Às vezes no mesmo dia, às vezes no dia seguinte e de vez em quando, dias ou semanas depois. O importante é você saber o que está resolvido está aqui nos diários. Os diários são um apanhado geral e completo de todas as experiências. Tirando as partes chatas e que não me levaram a lugar nenhum, é claro. Pouparei você de dias e dias de total frustração, de desânimo e vontade de desistir. Mas te garanto que tem emoção, aventura e até romance (ui!) nas histórias a seguir.

Sugestão: deite na cama, ligue o som, relaxe e aproveite a leitura. É a sua história que estará lendo. Nossa história (ui de novo!). Combinado?

Pela casa, espalhados estão todo tipo de material de apoio: mapas, fotos, desenhos e recortes. Depois, sugiro que circule pela casa. Sua nova casa. Eu falei nova? Brincadeira!!!!!

Na geladeira tem geleia de mocotó e a "fruta vermelha". Dê uma boa mordida na fruta (o gosto é horrível) e espere para ver a mágica acontecer!

Divirta-se com as redescobertas e boa viagem!

Bem-vindo de volta ao meu (nosso) mundo e nossa (minha) cabeça.

Fica à vontade, a casa é sua... Obrigado.

De nada.

Marcel Duran, 21 de dezembro de 2017.

Marcel respirou fundo e virou a primeira folha do diário.

[extraído do diário de Marcel Duran]

- 23 de dezembro de 2014 -

Começando do começo...

Eu, Marcel Duran, estou num jogo criado pelo meu pai há muito tempo, ao que parece. Ligue os Pontos. Conhece? Então vamos lá... Um velho me entregou uma mochila com 9 objetos, no metrô ontem, dia 22 de dezembro de 2014 (presta muita atenção nas datas!).

Os objetos são aparentemente desconexos e sem valor:

Espelho quebrado

Controle de playstation faltando uma tecla

Fruta estranha

Folha de passatempos com o jogo Ligue os Pontos de um lado e o jogo dos Sete Erros do outro

Revólver de três canos (sem balas)

Telefone antigo Nokia

Corrente com pingente

Máscara de Carnaval

Cubo Mágico

Depois de receber a mochila, me vi ligando os pontos do tal passatempo. Vou exemplificar para você entender, ponto a ponto:

P1. Desenho na porta de um banheiro

P2. Torneira do mesmo banheiro

P3. Estampa da camiseta de uma garota (Beatriz)

P4. Número do sorteio no show

P5. Placa do carro que me levou até o próximo ponto

P6. Paris 6

P7. Andar do hotel

A última coisa que me lembro da noite passada é de disparar um tiro. Em mim. Um tipo de roleta russa. Fim.

Fim? Nada disso! Por algum milagre, não morri, como você bem sabe (estou aqui escrevendo, não estou?). Ouvi tiros, gritos e, do chão, caído, vi uma imagem embaçada, escura, de uma misteriosa mulher mascarada com um vestido rosa.

Acordei no dia seguinte, dia 23 de dezembro de 2014 (hoje), na frente do hotel. Já de manhã, deitado na calçada, junto a um grupo de mendigos, ainda vestido com o mesmo smoking e com mochila nas costas. Não havia mais nenhum automóvel preto estacionado na frente do hotel e adivinha? Não havia mais hotel! A entrada estava selada, cimentada e toda pichada.

Voltou a ser um prédio abandonado.

Quando me preparava para sair dali, ainda meio tonto e desnorteado, um dos mendigos levantou-se do lixo e aproximou-se de mim. Tomei um susto, claro, e meu instinto foi de me afastar dele. Mas ele me segurou pelo braço fortemente. Ele olhava para os lados, como se estivesse preocupado em estar sendo observado. O mendigo era baixo, negro, cabelo black power e não tinha mais do que 35 anos. Tinha uma aparência muito saudável. Ele me disse "Se eu me levantar mais uma vez do meio dos mortos, não se assuste!". E sorriu com seus dentes extremamente brancos. Eu perguntei o que ele queria e ele disse num tom grave: "Você corre perigo. Vá para o seu apartamento agora!". Assim que terminou de falar isso, fez um sinal com a cabeça, apontando para o outro lado da rua, onde um carro estava parado, de vidros abertos. O motorista gritou "Você é o Leam?". O negro enrolado no cobertor rasgado tirou um celular novinho do bolso da calça suja e mostrou para o homem dentro do automóvel: "Sou eu!". Depois se virou para mim e me entregou duas chaves num chaveiro de metal, dizendo: "Vai pro seu novo apartamento, filho, e siga as instruções". Até então, ainda não tinha visto a fita do Mágico de Oz e recomendo que você o faça depois de ler os diários. Eu assisti hoje, assim que cheguei neste apartamento e encontrei os diários em branco.

Usei as chaves para abrir a porta de vidro e do apartamento; assim que entrei nele, encontrei post-its nas paredes com instruções sobre coisas diversas. Post-its escritos pelo meu pai, que deve ter vivido neste apartamento por um tempo. Eram muitos post-its. Acabei gostando da ideia e fazendo o mesmo, como você pôde perceber. Achei mais fácil ir colocando ideias e pistas e lembretes para mim e para você pelas paredes. Usei a seguinte regra: post-it rosa para tarefas, azul para teorias e o laranja é a cor do perigo (coisas para temer). A cor verde é a das pistas.

Lembra do jogo Ligue os Pontos? Então... chegando a este apartamento, liguei o ponto 8.

- 25 de dezembro de 2014 -

O ponto 9 do Ligue os Pontos, depois de muito quebrar a cabeça (perdi dois dias nisso, acredita?), descobri o que era. A pista estava na minha cara o tempo todo: a palavra LIGUE *e o número 9 tinham sido marcados de outra cor no papel de passatempos. Liguei no speed dial do telefone-tijolo que veio de brinde na mochila e descobri ser o número da Biblioteca Municipal Mário de Andrade. Fui até lá no mesmo dia sem saber direito o que iria encontrar.*

PONTO 9: CAVALOS E CAVALEIROS

- dezembro de 2014 -

Antes de ir para a biblioteca, procurei nos objetos da mochila que recebi do velho do metrô e entre as coisas que recebi ou encontrei na noite do hotel, pistas de livros. Será que algum dos números ou palavras relacionadas a eles seriam códigos? Anotei tudo que pude. Várias combinações de números/palavras/letras, que explicarei mais à frente se me foram úteis.

Desci do Uber numa pracinha atrás da biblioteca. Achei propícia a estátua do Dante Alighieri estar no meio daquela praça dos infernos que cheirava à urina e à merda. Seria um presságio? Espero que não.

O pórtico de entrada da Biblioteca Mário de Andrade era grandioso e o prédio público estava muito bem conservado, sem uma única pichação. O balcão do guarda-volumes ficava logo na entrada. Pedi informações sobre como poderia localizar livros a partir de códigos alfanuméricos (eu tinha alguns para testar), mas o rapaz ou não sabia ou não quis me ajudar. Me sugeriu que fizesse a mesma pergunta para a funcionária mais antiga do local.

Cheguei até o setor de Obras Raras, onde a outra funcionária de nome Rachel prometeu me ajudar na busca. Mostrei pra ela o papel onde eu anotara os conjuntos de números e letras. Ela não entendeu de cara. Quis saber qual livro eu queria consultar. Expliquei que não tinha o livro, somente seu código. Que estava no papel. Ela continuou não entendendo, mas mesmo assim perguntou qual das sequências correspondia ao livro. Eu menti que tinha anotado e não me lembrava qual delas era o código certo.

Ela olhou, olhou e disse que somente um deles parecia pertencer a um livro.

Mas antes, melhor eu explicar de onde tirei os "códigos".

Bom... achei quatro deles revirando a mochila amarela (não vou falar da sequência de zeros e uns no envelope que o segundo motorista bruto me deu, que é, na verdade, um código binário e já solucionei — mais tarde te explico!). Quatro das sequências, eu achava, podiam esconder algum significado. Uma delas era o número de série gravado no cano do revólver: 233137S463403W. O outro, um conjunto de seis números do papelzinho do biscoito da sorte que achei (e pisei!) no hotel: 15 47 54 47 52 32. Para finalizar, havia outros dois conjuntos de números e letras, que faziam parte de um código de barras em uma das etiquetas adesivas do VHS do Mágico de Oz. Uma sequência estava em cima e outra abaixo do amontoado de linhas verticais de grossuras diversas. ING1723 1 e 993994AP612. E foi exatamente para este bloco de números e letras que

Rachel apontou. Mais precisamente para ING1723 1, *onde ela desenhou uma barra antes do número* 1. *Ficou assim:* ING1723/1. *Rachel explicou que aquele primeiro número era referente a uma Obra Rara. Eu estava no caminho certo, pensei. Ela disse que o "*ING*" significava internacional, onde o "G" significava "grade" e que* 1723 *era o ano de publicação. Perguntei sobre o número* 1 *e ela desconversou, disse que era algo sobre somente ter esta obra com tais especificações no setor. Ou algo assim. Pedi então para que ela pesquisasse para mim o código, para ver qual livro apareceria. Rachel se demonstrou mais empolgada em descobrir o mistério do livro oculto do que eu. "É uma Bíblia antiga", ela disse. "De* 1723*", completei. Ela assentiu com a cabeça e um sorriso.*

De início, ela não queria me deixar olhar a Bíblia, me explicou as regras do setor de Obras Raras: eu teria que ter feito o pedido através do e-mail da biblioteca e blablablá. Justifiquei minha pressa, contei um monte de mentiras e ela... acreditou.

Rachel voltou carregando uma pesada Bíblia com capa de couro marrom, toda desgastada pelo tempo e manuseio. A funcionária descansou o livro sobre a mesa de madeira, apoiou sua mão direita nela, como se fosse fazer um juramento, e me disse que eu tinha dez minutos para consulta. Pedi uma caneta. Ela me deu um lápis, explicando o porquê de as canetas serem proibidas naquela sala. Ué, não dá pra vandalizar um livro com o lápis, Rachel? Pensei isso, não falei para ela, claro! Abusei da generosidade daquela mulher pedindo um pedaço de papel. A funcionária trouxe o papel com menos simpatia que antes e voltou para sua mesa de cara fechada.

Coloquei o pedaço de papel com os conjuntos de números e letras ao lado da Bíblia e risquei a primeira sequência (afinal, já a tinha usado para descobrir a Bíblia). Sobrava ainda o 994AP62.

Dois ganchos enferrujados, presos na parte traseira, lacravam aquele livro. Abri a Bíblia em latim com todo cuidado do mundo para que ela não se desfizesse em minhas mãos.

Na primeira página, uma gravura cheia de detalhes e simbolismo onde pude ler BIBLIA SACRA *em letras maiores e logo abaixo,* VUGATAE EDITIONIS. *Em outra linha,* NOTIS ILLUSTRATA E JUXTA EDITIONEM. *Embaixo de tudo,* ANTONII VITRE.

Como se tratava do livro sagrado, supus que o código restante do meu papel — 994AP62 *— poderia ser relativo a um trecho de um dos livros da Bíblia, com indicações do capítulo e dos versículos, respectivamente. Eu me lembrava bem de como era. Na missa de domingo o padre, antes de ler o* *trecho, sempre passava o endereço dele. Eu sempre chamei de "endereço", como se a Bíblia fosse um mapa, com cidades, ruas e número de casas.*

Analisando, assim, de cara, notei que as letras AP *eram a abreviação de* APOCALIPSE. *O que estava à direita das letras, deveria ser o número do capítulo e versículos. Mas e os números à esquerda? Folheando a Bíblia, logo pude perceber que se tratava da numeração da página. E a página* 994 *ficava no final da Bíblia. Adivinha onde? Sim! Apocalipse. Sabendo a página, ficou fácil definir o resto. Apocalipse* 6:2. *Como estava em latim, eu fiz um esforço tremendo para entender, sem sucesso, o que dizia o versículo. Achei melhor anotar o trecho e ver em casa, com mais calma. Prestei mais atenção na gravura assustadora, no topo da página: uma imagem confusa com quatro cavaleiros (um deles, um esqueleto humano) cavalgando sobre as nuvens, com arcos, flechas e foices. No chão, havia pessoas sofrendo, algumas mortas. A gravura não tinha legenda nenhuma, mas deduzi que aquelas quatro figuras representavam os quatro cavaleiros do Apocalipse.*

Fui até o final da Bíblia, folheando com cuidado as páginas, aproveitando o restante dos meus três minutos. E na última página, uma surpresa. Estava escrito: CALIEL ESTEVE AQUI *e depois da frase, uma carinha desenhada com expressão triste. Triste? Acho que sim. Tipo um emoji.*

Em casa, num site, achei a tradução do tal trecho da Bíblia em latim. Lá vai: "E olhei, e eis um cavalo branco; e o que estava assentado sobre ele tinha um arco; e foi-lhe dada uma coroa, e saiu vitorioso, e para vencer".

Aprofundando um pouco mais na pesquisa, descobri que os sete selos são uma série de julgamentos de Deus e a abertura de cada um deles acarretará um ou mais eventos. Os julgamentos vão piorando progressivamente e se tornarão mais e mais devastadores à medida que o fim dos tempos se aproximar. O primeiro selo representaria o Anticristo, segundo o site. A abertura do segundo selo causaria grandes guerras. O terceiro selo traria a fome e o quarto dos sete selos causaria pragas e assim, mais fome e mais guerras.

Com certeza irei entender o porquê de o meu pai ter escolhido esse trecho mais tarde, ligando mais pontos. Pelo menos é o que espero...

[4 horas depois]

Marcel fechou o diário e conferiu o relógio em cima do móvel de cabeceira da sua nova cama. 14h00. Decidiu que era hora de comer alguma coisa antes de se enfiar de novo e de vez na leitura daqueles relatos da sua vida esquecida.

Caminhou até a cozinha, abriu a geladeira e ficou ao mesmo tempo feliz e surpreso ao encontrar o eletrodoméstico repleto de iogurtes, frutas, sucos, refrigerantes e conforme prometido por ele mesmo na carta dentro do diário, geleias de mocotó e a fruta vermelha.

Marcel seguiu seu conselho e deu uma pequena mordida na fruta vermelha estranha. Arrependeu-se. O gosto era ácido e azedo. Muito azedo. A fruta parecia uma mistura dos piores remédios que já tomou. Devolveu a fruta à geladeira.

De volta ao quarto, esparramou-se na cama, tomou um pouco de água, deu uma colherada na geleia de mocotó e abriu novamente o diário, na página em que havia parado, mas o som de um telefone tocando o impediu de recomeçar a leitura. Um toque estridente e nostálgico.

A mochila, lembrou.

Correu até a sala, onde o Bob Esponja o esperava.

Puxou o zíper, revirou a mochila até encontrar o aparelho da Nokia jurássico com a tela acesa e um nome: CALIEL.

— Alou! — disse ao atender a ligação.

Nenhuma resposta.

— Quem é?

— Seu adversário — uma voz de homem respondeu.

— Caliel?

— Você pode ser lento, mas burro não é. Como está?

— Vivo, acho.

— Fico feliz em saber.

— Aqui no telefone apareceu escrito Caliel.

— Faz sentido. É como seu pai me chamava e é o meu nome.

— Você disse que era meu adversário. Estamos jogando um contra o outro?

Caliel bufou do outro lado da linha.

— Retiro o que disse sobre você *não* ser burro.

— Se sou tão burro — Marcel disse, irritado —, como é que já estou no número 30?

— Mas saiba que o jogo termina no 33.

— Sei bem.

— Sabe que eu já cheguei ao ponto 32? Interessante o que *tem* lá...

— O que tem lá?

Caliel riu.

— Marcel... acha mesmo que eu te diria?

— Por que não? Sou burro, não sou?

— Verdade. Posso te dizer o que tem lá se você fizer algo por mim.

— O quê?

— Vá até um espelho. Qualquer um.

— Pra quê?

— Você faz muitas perguntas, meu caro. Apenas vá.

Com o celular grudado na orelha, Marcel foi até o banheiro, onde reencontrou o espelho coberto pelo pano.

— Tô aqui — disse Marcel —, desembucha!

— O espelho decerto está coberto. Poderia descobri-lo para mim?

— Como sabe que tem um pano nele?

— Não sabia, apenas supus.

Marcel puxou o pano e gritou ao olhar para o seu reflexo:

— Que porra é essa!

Marcel não acreditava no que via. Havia um velho atrás dele, no banheiro. Imediatamente se virou e não encontrou ninguém. Do outro lado da linha, a risada bizarra de Caliel estava sincronizada com a mesma risada, mais alta e nítida, que saía de dentro do espelho.

— Você não está louco, Marcel! Ou... está?

Quando voltou a olhar para o espelho, Caliel continuava lá. E era o mesmo idoso de chapéu e olhos vidrados que lhe alertara sobre seu pai ao final do filme VHS. Observando a cena com mais atenção, Marcel notou que a imagem do velho estava sobreposta à sua imagem refletida no espelho, a impressão era de que estava atrás dele. A figura do velho era definida, perfeita, como se os dois estivessem frente a frente. Percebeu que seu reflexo no espelho era mais suave e flutuava sobre a imagem de Caliel.

— Que mágica é essa? O espelho é uma tela de TV plana? — perguntou Marcel, enquanto procurava alguma coisa na parte de trás do espelho, algo que indicasse que o espelho era, na verdade, um monitor finíssimo e ultramoderno.

Mais risadas duplicadas.

— TV? Não, não é um televisor, meu caro. Estamos tão distantes quanto é possível e ainda assim, você me parece tão próximo... está, no entanto, bem diferente da última vez que nos vimos.

— O quê? Quando foi isso, vovô?

— Foi há muito tempo... você estava junto com seu pai e seu irmão. Lembra?

Marcel não se lembrava.

— Você conheceu meu pai então?

— Ele é meu irmão, não acabei de lhe dizer? O que faz de você meu sobrinho. Como vai, sobrinho?

— Não acredito em uma palavra do que diz.

— E eu não te *condeno* por isso.

— Você me disse que iria contar o que tem no ponto 32.

— Disse.

— E?

— Uma garota. Ela corre perigo. E você a conhece.

Marcel pensou em um nome, depois, repetiu-o em voz alta:

— Beatriz?

— Ela precisa de sua ajuda antes que seja demasiado tarde.

— Tá, mas como faço pra chegar até ela?

— Ora, ligue os pontos!

O comediante pensou em insistir na pergunta, mas entendeu que o velho não tinha nenhuma intenção de revelar o local onde a garota estava, pois, se o fizesse, Marcel certamente o alcançaria no jogo.

— Onde você está agora, velhote? Parece ser um lugar bem grande aí. A Beatriz tá aí?

— *Aqui*? — Caliel olhou ao redor como se procurasse por algo. Atrás dele havia uma grande mesa no centro de uma sala imensa, iluminada por vitrais coloridos. — Não, ela não está... *aqui*.

— O que você quer de mim?

— A localização do seu pai. Só isso.

— Ele morreu, não sabe?

— Achei que havíamos passado pela fase das mentiras, Marcel. Ele está vivo, como você mesmo comprovou em Segesta. Chegamos tarde. Uma pena. Uma gafe que não vou cometer de novo. De qualquer forma...

— Segesta? Do que tá falando, velhote louco?

O tom amistoso havia ficado para trás.

— Primeiro: nunca mais me interrompa! — gritou Caliel, furioso. — Segundo: você não se lembra ou não *quer* se lembrar?

— Primeiro: vai se foder, vovô! Segundo: não sei de que merda cê tá falando!

— Convenceu-me. — O velho tirou o chapéu e coçou a cabeça. — Talvez tenham mesmo apagado a sua memória... Inteligente. Muito inteligente. Não achei que poderia ter feito isso. Não agora.

— Olha, Calielzinho, na boa... eu quero encontrar o meu pai que nem você. Não sei se ele tá te devendo grana, se pisou na bola contigo... mas olha... assim que eu achar ele, te ligo, tá bom? Não me liga, deixa que eu te ligo.

— Bem que o Artista me disse que você era *engraçado*.

— É, eu tento. Peraí, o Artista?

— Meu irmão também. Família grande. Como deve saber, se eu ganhar o jogo, e eu *vou* vencer, poderei *tirar* algo valioso de você. É a regra. E adivinhe, já até escolhi o meu prêmio pela vitória.

— Eu não sigo regras.

— Ah, meu caro sobrinho... essas regras foram criadas há muito tempo. Nem eu, nem você, nem ninguém tem o poder de alterá-las ou desrespeitá-las. Nem mesmo seu pai jamais teve essa capacidade. Ainda mais aqui, neste mundo frio e condenado...

— Tenho que desligar. Foi um prazer falar com você, vovô.

— Tio — Caliel o corrigiu. — E o prazer foi meu — disse, revirando o bolso da calça. — Até daqui a cinco dias.

— Cinco dias?

O velho levou uma tira de carne defumada à boca. Deu uma mordida, mastigou calmamente e por fim, explicou:

— O jogo acaba em cinco dias. Ou ele acaba ou os mundos acabam.

Assim que terminou a pequena refeição, o velho voltou a remexer os bolsos.

— Vou ficar assistindo você comer essa coisa nojenta?

Caliel esticou seu braço na direção de Marcel e ele deu um passo para trás, assustado. O braço do velho havia atravessado o espelho e a sua mão enrugada agora estava a poucos centímetros de seu rosto. Seu cérebro demorou para processar o que estava acontecendo. O velho abriu a mão e revelou um isqueiro que se desprendeu de seus dedos e despencou direto para a pia do banheiro. O ancião então trouxe o braço de volta para o seu lado e pareceu se divertir com a expressão de desespero do sobrinho.

— Esse isqueiro é um presente, Marcel. E é a segunda vez que o entrego a você. Não o perca desta vez.

Marcel pegou o isqueiro marcado da pia e, em suas mãos, analisou-o: havia um xis gravado em baixo relevo. Nada veio à sua lembrança.

— Foi difícil pegá-lo de volta — o velho continuou —, achar essa belezinha no meio dos escombros e cinzas do incêndio.

Marcel enfureceu-se.

— Você... — berrou Marcel, emulando uma coragem que sempre desejou ter. — Foi você então que causou o incêndio! Eu vou te achar, velho filho da puta!

Caliel abaixou a cabeça para escrever algo em uma folha de papel amarela.

— Olha, uma reunião deveras importante terá início por aqui em breve — ele disse ao mostrar o papel para Marcel —, mas antes de desligar, devo agradecê-lo pelo colóquio. Obrigado, Marcel... obrigado de coração por atender a ligação e vir até o espelho. Se não fizesse essas gentilezas, não teria me dado sua localização. Faltava-me o ponto 8. Não me falta mais.

Caliel sorriu sem produzir som ao descolar o celular azul de seu ouvido. Depois, apertou uma tecla que fez com que sua imagem desaparecesse, deixando o comediante sozinho no banheiro, encarando a si mesmo.

Ainda com o telefone na orelha esquerda, Marcel, colérico, desferiu um soco violento no meio do seu rosto perplexo refletido no espelho. O sangue escorreu pela sua mão e manchou a sua imagem, agora craquelada e interrompida por novas linhas escuras de diversos tamanhos que tinham como epicentro o local do impacto raivoso. Marcel abriu a torneira, deixou o celular fora do alcance da água, na pia, e lavou a pele manchada de vermelho. Durante o processo, guinchou uma combinação improvável de palavrões.

Marcel respirou fundo, enrolou a toalha branca de rosto em volta da mão machucada, apoiou-se nas bordas da pia e ficou encarando seu duplo distorcido naquele espelho rachado por algum tempo.

— Como pude ser tão burro? — resmungou, com a voz trêmula escapando entre os dentes cerrados. — Como pude ser tão estupidamente burro?

Caliel

[5 horas depois]

O homem debaixo do chapéu panamá estava mais agitado do que o usual. Sentado na nona cadeira, a sua cadeira, chacoalhava as pernas de modo frenético. Inquieto, tinha a pele quente, o coração acelerado e os músculos do corpo retesados. Sinais de uma ansiedade que era associada com frequência aos mais jovens e aos inexperientes. Apesar de ser o caçula, não era jovem, muito menos inexperiente. Mas, então, por que fora tão impulsivo? Não era o seu estilo de agir. Ligar para Marcel sem ter certeza do quanto ele se lembrava? Uma manobra arriscada, quase irresponsável.

Em uma das mãos ossudas, Caliel brincava com o pedaço da folha de papel amarelo onde havia a frase provocativa que escrevera para Marcel: CALIEL ESTEVE AQUI. Não era de seu feitio debochar dos adversários. Em absoluto. Mas não se tratava disso. Ele tentara, mais uma vez, desestabilizar, irritar, forçar o filho do assassino a entrar no seu jogo mental. Aparentemente, conseguira seu intento. O telefone, envolto por sua outra mão, ainda exibia o nome de Israfil em letras serrilhadas pretas naquela tela iluminada por uma luz verde e cansada. O polegar permanecia sobre o mesmo botão. Desgastado, o número 1 estava quase irreconhecível. Recebeu várias ligações de volta de Marcel, mas não atendeu a nenhuma delas. Não havia razão. Tudo o que havia para ser dito já não fora dito? O garoto seguiria o curso que ele traçara.

Manipular as pessoas era tão fácil, pensou Caliel. E como lhe era útil esse seu talento nato!

Agora, toda a sua atenção se voltou para uma das três paredes da descomunal sala em formato triangular, onde três espelhos pendiam de forma inusitada do teto sem cabos ou qualquer tipo de estrutura que lhes desse sustentação. Aqueles três enormes retângulos brilhantes que flutuavam a meio metro do solo faziam companhia a mais seis espelhos gêmeos, num total de nove, todos envoltos por grossas molduras feitas de madeiras douradas generosamente ornamentadas.

Ele escolhera o Farol principalmente pela gravidade da situação. Também por estar alinhado ao mesmo tempo à Morada, no Primeiro Céu, e à Torre Invertida, no Inferno. A construção ainda se espelhava por todos os demais reinos e mundos, físicos ou espirituais. Aquele era um dos derradeiros locais que ainda guardava uma massiva parte da essência do Criador e, por isso, servia como um ótimo ponto de intersecção entre todos os planos e mundos. Um lugar único. Sagrado. Erigido sobre uma enorme e única rocha que se pronunciava por centenas de metros acima do oceano em direção às nuvens, a ilha mínima podia estar ao mesmo tempo em todos os lugares e em lugar nenhum. Os gregos chamavam de Olimpo e os nórdicos, de Valhalla. Era Aruanda para os africanos, Palácio Celestial para os japoneses. Já os malaquins preferiam referir-se àquela massiva construção simplesmente como O Farol. Desde sempre, os homens, impelidos por lendas, tentaram descobrir a localização daquele local sagrado. Entretanto, era impossível chegar ali por meios naturais.

Caliel levantou-se de seu assento e caminhou a passos lentos e claudicantes ao encontro de seu reflexo no espelho que trazia uma placa quadrada de metal cravada na parte inferior da moldura. Passou os dedos e sentiu o relevo do brasão na forma de um coração.

— Veneno de Deus... amaldiçoado seja! — ele disse baixinho, quase sem expulsar o som de dentro da boca, com um ódio incontido que, pensou, seria mais prudente evitar demonstrar na presença dos irmãos que chegariam em breve. Sempre sereno, o malaquim podia estar travando uma batalha homérica por dentro que, ainda assim, seu semblante e expressão corporal denotariam paz. Ele era muito bom em esconder seus sentimentos sob uma carcaça de serenidade.

Encarando sua imagem espelhada, quase não se reconheceu. Mesmo ciente de que aquela não era sua aparência real, mesmo entendendo que aquilo não passava de uma casca que havia escolhido para viver neste mundo frio e desolado, questionava-se se não deveria estar mais acostumado aos traços profundos perdidos naquela pele envelhecida e castigada pelo tempo gasto entre os humanos. Não deveria mais espantar-se ao se ver reproduzido em fotos, vídeos e, principalmente, refletido nos espelhos. Mas era o que acontecia.

Ele sempre se surpreendia. Os espelhos eram comumente mais sinceros e menos gentis. Caliel não se conformava. Mesmo depois de centenas de anos ali, vivendo no Terceiro Céu, era esse o seu principal sentimento: estranheza. E saudade: Caliel sentia falta da Presença.

Íntimo de suas lembranças, sensações difusas, distantes e poeirentas, ele nunca precisou fazer esforço para recordar-se da companhia dEle, para lembrar-se do tempo em que sua alma, preenchida por completo, não fazia pergunta alguma sobre o futuro como repetidamente fazia nos últimos anos. Ao final do Tempo da Graça, imaginara que muito pouco lhe restaria por conta da lacuna infinita em seu peito. Uma ferida colossal, aberta. Será que nada mais importaria? Não. Ele era orgulhoso demais para admitir que estava derrotado, que não havia nada mais a fazer. Agarrou-se no que lhe restava: o ódio, o desejo de vingança. Sentimentos ardentes que seriam, decerto, sua herança, seu legado. Iria sobreviver a tudo e a todos. Voltaria ao Trono, seu lugar por direito, de onde havia sido arrancado injustamente pelos Alvos. De lá, de dentro da Morada, restauraria a Ordem. Em todos os reinos, para todo o sempre. Todos se lembrariam dele, fariam preces somente a ele. Os malaquins e os humanos contariam histórias, muitas histórias sobre seus feitos, de como havia vencido as forças do mal e restabelecido a paz. Venceria a Ordem dos Profetas, Miguel e sua guarda. Derrotaria até Lúcifer (caso ele despertasse algum dia) e o Inferno inteiro se fosse necessário. O bem prevalecerá sobre a besta. Como na Bíblia. Como nas melhores histórias e lendas onde o herói vê-se obrigado a tomar decisões difíceis que o igualam, às vezes, ao vilão. Ele era o vilão? De maneira alguma, ainda que muitos o rotulassem como tal. Era este tipo de narrativa que buscava. Uma odisseia em que a verdade seria revelada por completo somente no fim. Só então todos poderiam entender que os fins sempre justificam os meios. Era esse o plano de Caliel, o nono dos Verdadeiros, um Zerador, o líder dos Perfeitos, o grande vencedor da Guerra Furiosa e o terceiro a sentar-se no Trono.

Como um deus fora transformado em um mísero ser errante que, de uma hora para hora, viu-se sentindo fome, sede, frio e medo? *Como?* Deus estava morto. Isso não podia ser o fim. Caliel acreditava ter uma missão sagrada: voltar a reinar. Para todo o sempre. *Há a luz, há as trevas. E definitivamente... eu sou a luz.*

O velho Nokia azul resgatou Caliel de seus pensamentos grandiosos. A imagem em um dos espelhos agitou-se, estimulada pelo telefone esquecido em sua mão, que clamava por atenção. O velho olhou para o visor e sorriu de surpresa ao reconhecer o nome que piscava. Aceitou a ligação, levou o celular ao ouvido e moveu-se com dificuldade até o espelho ao lado, onde a imagem de um negro careca vestindo um sobretudo ocupava todo o reflexo. Na moldura do espelho, um brasão com um desenho de um cérebro cercado por ondas do mar.

— Ora, ora, quem é vivo... — Caliel disse, afastando-se do espelho para que assim, pudesse ver o irmão por completo.

— Mau! — saudou sem entusiasmo o homem de dois metros de altura e óculos escuros que cobriam metade de seu rosto cheio de marcas.

— Metraton? — ironizou Caliel com um sorriso falso escapando entre os dentes. — Como *profetizou* que eu ia te ligar neste exato momento?

— Achei que depois de ligar para o nosso irmão mais velho, seria eu o próximo. Você é muito metódico para não usar a sequência natural dos números, Mau... e certamente ligará em seguida para o número 3, mesmo sabendo que não obterá resposta. Chamará depois o número 4, o 5... acertei?

— É... indubitavelmente me conhece bem, irmão. Quer dizer então que está ajudando o garoto?

— O garoto... a garota.

— Hum... a sibila também? Não sabia — mentiu.

O negro de dentro do espelho tirou os óculos do rosto revelando seus olhos ígneos. Num tom áspero, disse:

— Tanto sabia que mandou um Cobrador atrás de nós.

— Se você diz... mas... creia-me, ela não me preocupa. Nunca me preocupou.

— *Ela* talvez não. Mas quem ela pode trazer ao jogo, sim.

Caliel deteve-se por um instante, pensativo.

— Lúcifer? — o velho arriscou.

— Não sei do que tá falando — despistou Metraton. — Olha, tenho que desligar, Mau.

— Por quê? Acha que eu iria até aí? — Nem bem havia terminado a frase, Caliel já havia esticado o braço. Assim que seus dedos tocaram o espelho, o vidro tornou-se aquoso e ondas concêntricas fluorescentes começaram a se mover a partir de sua mão, percorrendo toda a superfície do reflexo até que se chocassem com as bordas. Depois, voltavam mais fracas ao local de origem num processo contínuo e cumulativo.

— Acho que você não seria tolo o bastante para vir até aqui — Metraton advertiu.

Caliel ignorou a ameaça e abriu um largo sorriso senil em seu rosto. Empurrando seu punho através do espelho (que agora havia se transformado em uma improvável piscina vertical), rompeu com facilidade a fina membrana de realidade que o separava do irmão. Quando seu braço atravessou por completo o portal aparecendo do outro lado, foi prontamente segurado pela enorme mão de Metraton.

— Eu poderia desligar o telefone agora e decepar seu braço, caçulinha — ameaçou.

— E por que não faz isso, *poderoso* Metraton?

O malaquim tirou o telefone da orelha e fez menção de apertar o botão que finalizaria a ligação, mas mudou de ideia ao ver que Caliel não gerava resistência alguma. Parecia até desejar que o irmão cumprisse a ameaça.

— Você é um louco! — Metraton disse, ao soltar o braço do irmão caçula.

— E você, um fraco — retrucou Caliel ao fazer seu braço percorrer o caminho de volta até o Farol. — O que foi fazer em Siena, na Itália? Escavar o passado?

— Vim ver o Arcebispo.

Caliel sorriu amarelo. Entendera a ironia do irmão e tentou não demonstrar que fora afetado pelo comentário. Tentou disfarçar o nervosismo sacando lentamente uma tira de carne defumada de seu bolso.

— Aliás, meu caro Espantalho — continuou —, *ele* está aí?

Metraton deu de ombros.

— A oferta que eu lhe fiz *ainda* está de pé — disse Caliel, ao dar uma boa mordida no aperitivo.

— E a minha resposta *ainda* é não.

— Bem, se mudar de ideia... você já sabe. Estou com *sua coisinha* aqui. Sabe que não tem utilidade para mim.

— Nem para mim, incompleto do jeito que está.

— Pensei que houvesse uma ligação forte entre vocês.

— Pois pensou errado. Posso te ajudar em mais alguma coisa? Preciso ir.

— Ei! Saiba que ainda dá tempo de se unir ao lado vencedor.

— Não sou um traidor.

— Pois já o foi.

— As pessoas mudam — disse Metraton. E desligou o telefone, desaparecendo do espelho.

— Outras não mudam nunca — sussurrou o velho para si mesmo, completando a frase do irmão.

Nós, para começo de conversa, nem somos "pessoas", pensou. Caliel caminhou arrastando sua perna esquerda até o último espelho da parede reservada aos Prismas, apertou e segurou o número 3 de seu aparelho, como Metraton disse que faria. O nome de Jeliel apareceu na tela do

Nokia simultaneamente à imagem gigantesca impressa no reflexo do espelho. A figura esmaecida não se movia. Era apenas uma representação sem vida, como um retrato que descoloriu com a ação do tempo. O que o velho via agora eram somente as sobras de informações armazenadas na memória daquele espelho antediluviano. A moldura ainda ostentava o brasão da irmã: duas mãos estilizadas e um raio. O malaquim esperou pacientemente pelos cinco toques no celular até ter a certeza de que ninguém atenderia a ligação. Fazia parte do protocolo certificar-se de que todos os Verdadeiros fossem formalmente convidados para os encontros. Mesmo os ausentes, até os mortos. A regra era clara para o anfitrião. Caliel, o caçula, era quem convocaria a reunião de família desta vez. Era ele o anfitrião.

Seguiu então para a parede contígua, onde havia os três espelhos dos três irmãos Moldadores. Yesalel respondeu ao chamado de Caliel em um daqueles telefones enormes e antigos de discar, com um largo sorriso em que exibia todos os dentes. A bela garota aparentando pouco mais de vinte anos possuía um nariz adunco e ostentava, orgulhosa, uma gargantilha com uma enorme pedra vermelha dependurada. A esmeralda escarlate tinha a cor de seu vestido longo e colado ao corpo que, à la Jessica Rabbit, demarcava as curvas e realçava os enormes seios siliconados daquela ruiva que era maldosamente chamada de "A Boca".

— Que sorriso lindo, Yesa!

— Isso não tem a menor graça, irmãozinho! — respondeu a malaquim, corada, com o pouco do que sobrara de seu sorriso. — Quase não lembrava de como você era *antes*...

— Que inconveniente você é! Vamos mudar de assunto?

— Você está atrasada.

— Sempre! — disse a versão gigante de Yesalel antes de trespassar o espelho.

A Yesalel em tamanho real apareceu do outro lado do portal líquido com a ajuda do irmão, que a conduziu pela mão e deixou seu ombro para que ela usasse de apoio para descer do espelho. A mulher que pisou no chão da sala da Torre usava um *niqab* carmesim que deixava apenas seus lindos olhos lilases à mostra. Por baixo do véu islâmico, no entanto, havia uma mulher que não se parecia nem de longe com a garota de poucos segundos atrás. Minada por um tanto de intervenções cirúrgicas nem sempre bem sucedidas e com intuito de desviar a atenção de sua boca, agora inexistente, ela calçava luvas, botas altas e um vestido longo que tinha a árdua missão de cobrir todo o corpo e esconder a atual aparência desta senhora que agora aparentava ter no mínimo 80 anos.

— Seja bem-vinda, Yesa — saudou Caliel, genuinamente animado.

Yesalel não respondeu de imediato. Envolveu o irmão num demorado abraço, depois fez um sinal com a mão para que ele esperasse até que ela tirasse de sua bolsa o que parecia ser um pequeno alto-falante quadrado e o posicionasse em cima da mesa central. Por fim, apertou um botão, uma luzinha azul se acendeu e uma voz sintetizada foi ouvida pelo salão:

— Gostou da minha nova voz?

— Melhor que a máquina de escrever que usou na última reunião, lembra?

— E vocês tinham que esperar as palavras serem datilografadas com o que eu tinha pra dizer para continuar a conversa... — disse a voz. — Se me lembro! Horrível! Este ainda é um protótipo e a voz metálica é uma emulação da minha voz original. Ou o mais próximo que o Artífice conseguiu. Nunca fica igual, sabe como é, né? Mas, ouça, tem uma certa entonação, percebeu?

— Se eu fechar os olhos, é você — disse o velho, com os olhos cerrados.

— Ah, também não precisa ser falso! Sei que parece a voz do Google tradutor, mas é melhor isso do que usar as outras tralhas...

— Sim. E devo dizer que é menos assustador também. — Caliel fez uma mesura. — Agora, se me der licença... — E dirigiu-se ao espelho que tinha como brasão o desenho de uma orelha rodeada por dois ramos de folhas. Assim que o velho apertou a tecla 5 do speed dial de seu telefone, um rosto branco como porcelana composto por um nariz fino, uma boca carnuda sanguínea e olhos cor de âmbar ganhou vida. Era Haziel, com seu maxilar marcado, bochechas macias e rosadas e cabelo curto pintado de azul e laranja.

Caliel notou que duas linhas brancas disformes cortavam os dois lados do rosto de sua irmã na altura das bochechas.

— Isso é hora de ligar, ô caraio? — ralhou Haziel.

Um cartão de crédito coberto por ouro e diamante da Dubai's First Royal MasterCard dançou para os dois lados da imagem, cobrindo partes do rosto da exótica jovem. Assim que as faixas do pó branco ficaram paralelas e simétricas, ela usou uma nota de 100 euros enrolada na forma de um canudo para aspirar a cocaína de cima do espelho. Jogou a cabeça para trás e seu rosto diminuiu até sair de cena. Segundos depois, voltou, aumentou de tamanho, tomou toda a superfície do espelho até escurecê-lo por completo: a cabeça de Haziel havia tombado para a frente e acabou vazando para o outro lado do mundo, no Farol. Caliel foi obrigado a segurar a testa de Haziel e escorar firmemente o corpo da moça junto ao seu tronco, evitando que ela caísse desacordada no chão do salão. Deu dois tapinhas em seu rosto, despertando-a, e devolveu a jovem malaquim, com um leve empurrão, de volta ao quarto que ficava do outro lado do portal, em Budapeste.

Haziel demorou uns instantes para conseguir manter a cabeça firme e mais um tanto para abrir os olhos. Só então se deu conta de quem a chamava. Cuspiu um meio palavrão com sua voz rouca. Seu olhar era vazio e melancólico e lembrava as manhãs nubladas e frias da Segunda Terra, o mundo dos mortos, pensou Caliel.

— Ora, ora, vejam se não é a minha *esquimó* preferida?

Haziel apoiou os dois cotovelos na escrivaninha e as duas mãos na fronte. Reclamou para o telefone posicionado entre o espelhinho e seu cotovelo esquerdo:

— Odeio quando me chama assim, Mau. Porra!

— *Desna Jissika*?

— Também não precisa ser assim tão... — a frase foi interrompida por um bocejo. — ...tão formal, né?

— Olha, DJ, eu sei que o termo "esquimó" é pejorativo e que inexoravelmente lhe vem à mente o significado: comedora de carne crua. Sei também que o melhor é usar a palavra "inuíte" ao invés de esquimó e... irmã... sei que estou me afastando do meu objetivo hoje. Apenas desconsidere o que disse seu irmão caçula aqui, tentei fazer um chiste para amenizar o clima entre nós e me parece que...

— Qual o lance? — interrompeu Haziel, sonolenta.

Caliel franziu o cenho, inclinou a cabeça e deu de ombros.

— Mau, nem a pau que vou aí se não me der antes a fita toda do bagulho. Tô ocupadona aqui, como cê bem pode ver.

Haziel retirou o pequeno espelho de cima da madeira manchada da escrivaninha e levantou-o, revelando o fundo do quarto timidamente iluminado pela luz verde de um letreiro de neon que vazava através da janela aberta daquele hotel decadente. Caliel pôde ver uma garota nua, desacordada, esparramada numa cama em formato de coração. Seu ronco era estridente e cômico.

— Você sabe que o assunto é pertinente, DJ. E o sabe pois, irrevogavelmente, já está desde ontem sentindo os mundos *vibrarem* de maneira incomum, não está?

— Como se eu me importasse... Quanto às vibrações, devem ser só Dádivas sendo usadas. Nada mais.

— Haziel... DJ, sabe que eu não convocaria uma reunião como esta se não fosse de suma importância a presença de todos.

— Quem tá aí?

Yesalel saiu de sua cadeira e ficou ao lado de Caliel, acenando para a irmã.

— Só a Yesa? Sucesso esse encontro, hein?

— DJ... — disse a voz que saía do pequeno alto-falante. — Estamos perto de encontrar o assassino de nosso pai. Achei que gostaria de saber.

Muito bem, Yesalel! Muito bem! Sempre pude contar com você, irmã.

A expressão de Haziel mudou e um tom sombrio assumiu as linhas de seu rosto. Era como se um fio fosse puxado, levando sobrancelha, boca e as linhas dos olhos para baixo ao mesmo tempo. Ela encostou a boca no iPhone ligado no viva-voz e disse:

— Achei que ele tava morto... Não precisam me dizer mais nada!

Haziel estapeou a face repetidas vezes, arregalou os olhos e deslizou a mandíbula para os lados causando uns estalos. Mais desperta, deixou o seu caro smartphone ligado na tomada da escrivaninha e fez a travessia.

A mulher de pouco mais de 1,50 m de altura tinha o abdômen à mostra e usava uma calça rasgada e um top, ambos feitos de vinil preto. Os braços e as pernas mostravam sinais de automutilação. Eram frases e desenhos feitos por ela com todo tipo de objetos cortantes. Suas orelhas estavam totalmente cobertas por um par de fones de ouvidos laranja desproporcionais para o tamanho de sua diminuta cabeça.

— Notei que não usou a imagem residual do espelho, DJ — disse a voz que vinha do sintetizador.

— Não preciso, me sinto bem assim como sou hoje — alfinetou a pequena inuíte. — Bora começar? Mau?

— Sabe que ele odeia esse apelido — Yesalel disse com sua voz sintetizada —, irmãzinha?

— Claro que eu sei, *Boca* — provocou.

Caliel fez sinal com a mão, dizendo que não se importava.

Yesalel premiu os olhos, fez sinal de positivo e voltou ao seu lugar à mesa. Não queria briga. Sabia que a irmã adorava cultivar sua fama e ser a encrenqueira nas reuniões de família.

Mebahel, o Artista, desceu do espelho número seis e comentou:

— Mas este local anda é *muito* mal frequentado!

— Sempre a mesmíssima piada! — rosnou DJ. — Depois ainda quer ser chamado de Artista...

— Hazi-Esquimó, Mau, *Stephen Hawking*... — disparou o Artista, tentando irritar a todos ali de uma só vez. — Quem mais vem?

Yesalel franziu o cenho por conta da piada de mau gosto com sua voz e fuzilou o irmão com o olhar mesmo sabendo que ele não enxergaria a irritação impressa em seu rosto. O Artista usava um casaco feito com peles de diversos animais sobre uma camisa brilhosa amarela, calças boca de sino roxa e luvas da mesma cor da camisa. Caminhava com o auxílio de seu cetro ornado pela pedra de obsidiana verde. Fugindo ao costume, não usava óculos escuros ou algo que cobrisse seus olhos queimados e cobertos por pele retorcida.

— Tome o seu lugar, Mebahel — pediu Caliel. — Ainda preciso chamar mais dois de nós.

— Ok. Pahaliah vem?

— Nunca veio — Haziel lembrou.

— Haheuiah — disse o velho ao telefone, em frente ao espelho de número 7 —, estamos aqui à sua espera.

Haheuiah, o Bom, assim que desceu do espelho ao salão do Farol, tratou de cumprimentar todos os presentes com beijos e efusivos abraços. Só então ocupou sua cadeira à mesa triangular. Era, sem dúvida, o mais querido da família. Não à toa, o apelido de "O Bom" pegara. Talvez este tenha sido o principal motivo de ele ter sido o escolhido para ocupar o Trono ao fim do Tempo da Graça. O Primeiro Reinado. Bom era conciliador, amável e o melhor matemático dos mundos.

Depois de esperar os cinco toques protocolares e não obter nenhuma resposta do irmão armazenado na memória interna do Nokia com o número 8, Caliel deixou para trás o espelho com a imagem residual de Pahaliah, o Indiferente, e decidiu que já era hora de começar a reunião. Não sabia por quanto tempo conseguiria manter todos ali sem que antigas rusgas viessem à tona e encerrasse o encontro, como sempre acontecia. Sabia que teria trabalho em fazê-los acreditar em suas convicções. Sua maior preocupação era convencer a rebelde Haziel. Se DJ acreditasse nele, todos estariam no mesmo barco e aceitariam ser liderados por ele naquele plano arriscado.

— Será que Pahaliah tá morto? — o Artista questionou.

— Creio que ele tenha desistido de tudo — disse Caliel —, de todos... ou talvez... talvez ele só tenha mergulhado de vez em sua loucura. Risco, aliás, que todos nós corremos vivendo aqui.

— Então... — a voz metálica de Yesalel interrompeu o silêncio fúnebre que se instalara no salão após as palavras nada animadoras de Caliel. — Acho que já é hora de sabermos o real motivo da reunião, não?

— Ué, não é sobre o assassino? — questionou DJ. — Não é sobre a gente achar e matar o maldito Homem de Lata? Ele ri da nossa cara e cospe no túmulo de nosso Pai a cada segundo que continua respirando neste mundo.

— Sim, sim — assentiu Caliel —, logo chegaremos a ele. Mas há algo maior, mais inquietante. Estamos aqui reunidos, os Verdadeiros, os primeiros nove seres que antes de todos os outros seres floresceram. Os nove filhos amados do Pai. Prismas, Moldadores e Zeradores. Nós, os que sobrepujaram a imensidão do...

— Cê tá me zoando, né? — interrompeu Haziel. — Nenhum Prisma tá aqui, não sei se notou, somos só nós cinco... vai, acelera!

— É o protocolo DJ, como você bem sabe. Devo passar a palavra, então... Bom, faça as honras!

Haheuiah levantou-se de seu lugar, puxou a correntinha e sua caderneta surrada de cálculos saltou do bolso. Depois, tossiu diversas vezes, deu uma bela passada de olhos pela mesa e disse:

— S-se-segundo m-meus cálculos, nos r-re-restam s-somente cinco dias.

Ao final da frase, o velhinho de colete estampado fez uma reverência aleatória e voltou a sentar-se em sua cadeira.

— Um fala demais e o outro aqui... — a voz sintetizada de Yesalel ecoou no ambiente sem o toque de ironia que provavelmente a malaquim desejava.

— O que o Bom quis dizer — explicou Caliel em seu habitual tom professoral — é que temos cálculos precisos que mostram que o Apocalipse está próximo. O fim. O Livro dos Selos foi usado ontem novamente e nada nos garante que não será usado de novo.

— Mas... como? — DJ perguntou. — Jeliel... ela não tá morta? Pensei que somente ela poderia abrir os Selos

— O Livro dos Selos está agora nas mãos de alguém que... — disse Caliel, levantando um dos polegares e iniciando a contagem: — Um: descobriu como usá-lo. Dois: é sabedor das consequências da abertura dos selos. E três: é inescrupuloso a ponto de não se importar com o resultado de suas ações.

— E quem lucraria com a porra do Apocalipse? — DJ levantou-se da cadeira, indignada. — Se os mundos colidirem, não sobra nada. Não faz sentido algum!

— Acho que vocês devem imaginar quem poderia estar por trás disso, não? — o velho indagou, olhando para cada um dos presentes.

— O assassino de Deus? — a inuíte arriscou.

Yesalel tirou os olhos de DJ e apontou-os na direção de Caliel em busca de alguma confirmação.

O velho assentiu com a cabeça.

— Israfil? — disse a voz metálica. — Mas ele...

— Está mesmo vivo — disparou Caliel. — Está confirmado. O Homem de Lata deu o ar de sua graça neste mundo mais uma vez. Em outra *casca* obviamente.

Houve um certo alvoroço ao redor da mesa. Discussões acaloradas sobre o que deveria ser feito e como eles deveriam agir. Caliel havia conseguido plantar a semente do medo e reavivar o sentimento de vingança entre eles. Calculou que tais sentimentos seriam suficientes para unir de novo os irmãos em torno de um mesmo objetivo. O seu objetivo.

— No entanto — ele continuou —, não convoquei os senhores e as senhoras aqui somente por causa de nosso irmão assassino. Encontraremos o filaucioso Israfil e faremos o que tem que ser feito. Isso, meus caros, é um fato. Porém, o que me fez e faz perder horas de sono foi descobrir *quem* está por trás dele.

Caliel agora se perguntava se eles comprariam a sua ideia maluca. Aquela era uma aposta alta.

Torcia para que pelo menos algum deles mordesse a isca.

DJ bufou, não estava gostando do rumo que a conversa havia tomado:

— Você vai mesmo insistir nessa loucura?

— Quem? — perguntou a voz que saía do sintetizador. — Tô perdida, Mau. Lúcifer?

— Ei! — berrou DJ. — Só vim aqui porque achei que iríamos atrás do Homem de Lata, aquele assassino de bosta!

O Artista, que até então estava mais interessado em brincar com suas dezenas de correntes, resolveu entrar no debate:

— "O Primeiro antes dos Primeiros!", a Estrela da Manhã... sabe, estou disposto a ouvir o que o caçula tem a dizer. Que *mal* nos faria?

Muito bem, Mebahel. Bem na hora!

Caliel garantiria que cada um deles soubesse apenas alguma parte de seu plano, tivesse acesso a informações incompletas. O Artista, no entanto, era o único que conhecia quase totalidade das intenções do irmão. Mas não todas.

— Vocês não estão raciocinando direito — irritou-se DJ —, fala sério! Não há nenhuma prova em relação a Lúcifer. Apenas historinhas de bicho-papão que se espalharam pelos tempos sabe-se lá como.

Caliel tomou a palavra novamente:

— A Bíblia Sagrada nos diz que...

— Então agora você *acredita* na Bíblia? — DJ interrompeu, aplaudindo o irmão sarcasticamente. — Essa é boa!

— As prof-fe-fecias são r-r-reais — Bom disse. — Está t-tudo doc-cumentado nos Livros Esp-pelhos.

O homem com o chapéu-panamá sorriu de satisfação. *Muito bem, Haheuiah. Esperava mesmo que você nos brindasse com seu conhecimento exatamente agora que cito a Bíblia. Você tem mais credibilidade que eu perante meus irmãos.*

Haziel fuzilou cada um dos presentes com seus enormes e amendoados olhos âmbar. Procurava encontrar alguém que compartilhasse de sua opinião. Repousou, por fim, seu olhar em Yesalel, mas Boca deu de ombros e abaixou a cabeça. Ela então pôs-se em movimento, desfilando pelo salão até parar atrás da cadeira do velho irmão caçula. Soprando as palavras em seu ouvido, disse:

— Caliel, Caliel... todo mundo aqui sabe. Ou pensa que a gente não se lembra do que fez em relação aos textos sagrados? O que aprontou com Cristo... ou será que já se esqueceu?

— Não me esqueci, Haziel, em absoluto — justificou-se Caliel sem demonstrar remorso. — Eu estava lá, esqueceu? A questão primordial aqui repousa no fato de que Israfil e Metraton estão recebendo ajuda externa, o que é de uma obviedade sem tamanho. Os dois foram condenados e punidos pela Lei. E através dela, destituídos de todo poder. Os dois, sozinhos, não seriam capazes de muita coisa além de nos cobrir de opróbrios.

— É, faz sentido... — concordou o alto-falante de Yesalel.

Mais uma aliada! Falta só persuadi-la de abdicar de sua Dádiva momentaneamente.

Caliel precisava ainda convencer Haziel e, por isso, resolveu mudar um pouco a estratégia.

— Então, DJ, diga-me... por acaso você se recorda de alguém ardiloso, pernóstico, capaz de um feito tão grandioso como escapar de sua prisão no Inferno? Sabe de mais alguém que tenha conseguido?

— Além de Israfil e Metraton? — perguntou a garota de cabelos coloridos.

— Antes deles, DJ. Muito antes.

— Ué... — ela hesitou. — Segundo as lendas idiotas, somente Lúcifer.

— Todas as lendas têm um fundo de verdade — Caliel arrematou.

Caliel cutucou o Artista por baixo da mesa. Ele entendeu e resolveu ajudar o irmão caçula:

— Há vestígios e sinais de que ele tenha passado pelo Inferno, DJzinha.

— E por acaso você viu algum dos... *sinais*? — perguntou DJ ao Artista. Encarando um após outro naquela sagrada sala, completou: — Alguém de nós aqui já esteve alguma vez na porra do Inferno pra saber?

O silêncio instaurou-se no ambiente por uma era inteira.

— Foi o que pensei — DJ arrematou. — Sem mais, meritíssimo! — E voltou a sentar-se na quinta cadeira com os braços cruzados e expressão de vitória.

Foi a vez de Caliel sair de seu lugar.

— Ok, digamos que seja uma mentira, um delírio de minha cabeça — Caliel disse, caminhando com dificuldade pela sala. — Então... não corremos nenhum risco. Mas se for verdade, caso ele exista mesmo, não acha que devemos estar preparados, DJ?

A inuíte encolheu os ombros e se enfiou na sua cadeira, emburrada.

— Façamos um breve exercício de imaginação — o velho pediu, arrastando sua pesada cadeira para que ficasse mais próxima a Haziel. — Qual é o único propósito de Lúcifer em toda sua existência?

— *Se* ele algum dia existiu? — grunhiu DJ.

Caliel assentiu com a cabeça, tomando de novo seu lugar à mesa.

— Bem — continuou —, *se* ele é real, então, acho que ele iria querer ser como Deus e reconstruir do zero o Universo. Fazer do seu jeito. Não é isso que as lendas dizem?

— E o que precisa acontecer — provocou Caliel —, segundo as profecias, para que ele consiga seu intento?

— O Apocalipse — DJ respondeu. E se arrependeu da resposta.

Ela mordeu a isca!

— Então, se evitarmos o Apocalipse, frustramos seus planos de reinar sobre todos os reinos.

— *Se* ele existir — lembrou DJ.

— Isso! — concordou o velho. — *Se* ele existir. Veja bem... Deus está morto, os céus, enfraquecidos, o Inferno está condenado e nós, divididos. Se Lúcifer irá mesmo despertar, como dizem as profecias, nós...

— Tá — interrompeu DJ, impaciente —, digamos que ele não seja um *bosta* como nós. Vamos começar por aí. Digamos que, além de "pai do rock", o chifrudo pés de cabra seja mesmo o *fodidão* que vocês tão pintando... então me explica uma porra só: por que esse puto nunca demonstrou seus poderes? Por que precisa de Israfil e Metraton e, principalmente... por que *só agora*? Por que não no dia seguinte a fuga da merda do Inferno?

— Não temos ciência da extensão de seus poderes, minha pequena esquimó — interferiu o Artista. — Nem aqui, muito menos nos mundos inferiores. Não sabemos nem se Lúcifer recebeu mesmo uma Dádiva como nós recebemos.

— Nós saberíamos, Artista! — rebateu DJ.

DJ está sozinha agora. São quatro malaquins contra um.

— Continuando nosso exercício imaginativo... — Caliel retomou a palavra. — Se Lúcifer tivesse usado a Décima Dádiva, decerto saberíamos. Mas... e se não a usou ainda? E se, para que se igualasse a Deus, ele tivesse que primeiro sentar no Trono para só depois unir todas as nossas Dádivas a dele? Imagina o poder disso?

— T-tudo sobre Lúcifer s-se encontra lo-localizado…

— Na Biblioteca das Coisas Proibidas, Bom? — DJ interrompeu, transtornada. — Ah, para! Desculpa, mas essa era mais uma das bobagens que Pahaliah um dia acreditou.

— Ele não está aqui para se defender — o Artista lembrou.

— É, não tá! — disse DJ, batendo com as palmas das mãos na mesa. — Nem ele, nem Deus, nem Lúcifer! Entenderam? Só temos a porra das nossas vidas ridículas e sem sentido… então, pra que eu vou me preocupar com isso? Pra que me preocupar com qualquer merda? — Haziel terminou o discurso com um olhar perdido. Estava longe, absorta em seus pensamentos.

Está na hora. Deu certo! Ela está sentindo…

Enquanto a discussão continuava acalorada pela mesa, a pequena malaquim levantou-se mais uma vez de sua cadeira, seguiu até seu espelho e ajoelhou-se. Trouxe com ela toda a atenção da sala.

— Haziel? — perguntou a voz metálica de Yesalel. A inuíte não respondeu. — DJ? — reformulou.

O Artista insistiu:

— DJ, não acha que devia est…

— Shiiiii! — ela pediu, colocando um dedo à frente dos lábios. — Estão sentindo? — DJ retirou os fones pesados, deixando um conjunto retorcido e queimado de pele nas têmporas à mostra. Depois, deitou a cabeça até encostá-la, de lado, no mármore frio do grande salão do Farol. A vibração… É diferente de tudo — ela continuou. — Eu *sinto* agora. Está no ar, em cada molécula que compõe esta torre. Conseguem… *ouvir?* — Fez uma nova pausa. — Está aumentando agora.

A sala ficou quieta. Ninguém disse uma palavra por um bom tempo. Todos (com a exceção óbvia do Artista) se entreolhavam porque sabiam da habilidade de Haziel em perceber qualquer alteração, ainda que mínima, no tecido da realidade.

— É o fim? — perguntou a voz monotônica que saía do alto-falante de Yesalel. — O Dia do Julgamento é agora? É isso, Caliel? Por que não pedimos logo ajuda aos céus?

— Já foi feito — lamentou Caliel. — E mais uma vez fomos ignorados.

— Vocês não entendem… está aumentando… — murmurou DJ, trêmula — Ele… tá vindo. Estou sentindo um poder monumental… se aproximando… não é possível que vocês não estejam ouvindo!

Então agora ela acredita?

Houve um alvoroço na mesa, um zunzunzum de questionamentos, lamentos e preces.

Haziel descolou a cabeça do chão num movimento brusco e procurou avidamente por seus fones laranjas. Assim que os encontrou, tratou de enfiá-los de volta em torno da cabeça a fim de tentar abafar os sons que só sua audição apurada era capaz de detectar. Em vão. Desesperada, batia desordenadamente com as mãos na cabeça, em pânico. E gritava de dor. Os seus gestos canhestros aliados à visível confusão de ideias e expressão de terror não demoraram a contagiar os irmãos presentes. A pequena malaquim ainda teve tempo de soltar um curto xingamento em inuíte, sua língua natal, um segundo antes do estrondo que fez tremer toda a estrutura do Farol. Era como se uma bomba explodisse acima do teto, no topo da construção. Seguido ao barulho da explosão, nove sóis brilhantes escaparam de dentro dos nove espelhos suspensos para se unirem num só clarão que inundou o salão por completo e que cegou a todos, com exceção do Artista, que se atirou aos chão e anunciou:

— Ele está no meio de nós!

Quando a luz diminuiu, os cinco irmãos trataram logo de se prostrar aos pés daquele ser poderoso feito de luz e fúria que acabara de fazer a travessia.

Deus estava ali.

[extraído do diário de Marcel Duran]

PONTO 10: VAI, TIMEEEE!

- março de 2015 -

Antes de continuar, devo dizer a você, meu caro leitor, que fiquei um tanto paranoico desde que comecei a jogar o jogo. Tudo parecia uma pista que poderia me levar ao próximo ponto. Minha cabeça por vezes dói tanto só de ficar pensando nas muitas possibilidades. Quantas vezes segui por caminhos e trilhas que não me levaram a lugar nenhum? Você deve imaginar... Nas ruas, procurava por números. Em placas de carros, nos letreiros dos estabelecimentos. Fuçava em folhetos, jornais, revistas, procurava por padrões, por algo.

Sempre procurando por números.

Eu vejo números por toda a parte e quase fiquei louco nos primeiros dias...

Um exemplo: lembra daquele código binário do envelope?

Então... eu o traduzi num site e apareceu a frase: QUEM É DOROTHY GALE? *É o nome da personagem principal de O Mágico de Oz, o filme gravado na fita* VHS. *Dorothy certamente era o codinome de alguém. Saberei isso mais para frente (assim espero).*

Mas... como cheguei ao "ponto 10"?

A dica esteve na minha cara o tempo todo! Corrigindo: esteve debaixo do meu queixo por uns segundos e dentro da mochila do Bob Esponja no restante do tempo. A pista era o número de série da arma: 233137S463403W. Analisando melhor os números, as letras e tentando achar um padrão... bem, primeiro coloquei os números todos juntos, numa sequência, sem as letras, na busca do Google: 233137463403. Nada. Depois, digitei só as letras "SW" e apertei o enter. O Google me cuspiu mais de 778.000.000 resultados. Nem um pouco animador. O terceiro resultado que apareceu, porém, achei que poderia render alguma coisa, era um link da Wikipédia.

Cliquei. Na página, vi que "SW" era a sigla de "southwest" (sudoeste em português). O conjunto alfanumérico poderia então se tratar de uma localização. Uau!!!! E foi por aí que comecei a quebrar a cabeça. Partindo desta premissa, percebi que em 233137S463403W, o "S" e "W" estavam separados, não juntos, como na abreviação de southwest. Concluí que o "S" era, portanto, o South (sul) e o "W", west (oeste). Achei sensato dar uma nova busca no Google, agora grafando a coordenada contida no revólver de maneira correta para a busca: 23° 31'37" S, 46° 34' 03" W.

No Google Maps, cheguei a uma localização que fez todo sentido para mim: MEMORIAL DO CORINTHIANS, *um museu localizado na sede antiga do clube, o Parque São Jorge.*

Vai, Corinthians!

E eu fui. Ficou caro, mas fui de táxi. Foda-se, agora sou rico! Posso andar de táxi pra onde quiser!

Depois de pagar dez reais pela entrada (olha o número 10 aí!), passei pela catraca do Memorial e logo na parede de entrada, uma foto e um texto me contavam como e quando o Corinthians havia sido fundado. Primeiro de setembro de 1910 (mais um 10!). Empurrei uma enorme porta branca e curva que me deu acesso a uma antessala redonda decorada com todas as variações do uniforme atual do time. Uma outra porta branca, menor que a anterior, levou-me a uma sala toda escura, onde só dois monitores tremeluziam na escuridão. Caminhei através do silêncio até encontrar uma nova porta, que, assim que foi aberta, liberou uma mistura frenética de sons de vozes e luzes.

Depois de passar por um corredor habitado por taças, minicalçadas da fama, televisores e ampliações fotográficas de cenas de jogos, cheguei a um grande salão. Amplo e dividido em várias seções, parecia ser o salão principal do Museu.

Vou resumir pra você, leitor: meu pai Euzébio jogou no Corinthians nos anos 60. Por pouco tempo, é bem verdade. Veio do Penapolense, time da segunda divisão paulista, onde havia sido ídolo e um dos maiores goleadores da história do clube (comprovei isso nas vezes que visitava a cidade que, inclusive, foi onde ele nasceu).

Lembro do meu pai me contando como foi mudar para a cidade de São Bernardo, logo depois do casamento, para jogar no Corinthians. Ele disse que teve poucas chances lá e que era reserva do reserva. Mas não teve muito tempo para provar seu valor. Com a mulher grávida, decidiu abandonar a carreira um pouco antes do meu nascimento para trabalhar numa metalúrgica. Tudo aconteceu muito cedo para ele, o casamento, a gravidez...

Lembro que quando eu perguntava da razão de ele ter parado, meu pai sempre respondia que, na época dele, jogador não ganhava tanto como hoje. Meu pai ressentia-se de ter largado o futebol, eu sabia disso, mas nunca me culpou por nada, mesmo eu sabendo que, no fundo, era um dos motivos determinantes para ele ter abandonado os gramados.

Por isso, deixar uma pista no Memorial do Corinthians fazia tanto sentido para mim. Eu sentia que estava no caminho certo. Se algum lugar poderia ser o ponto 10, era lá. Só faltava mesmo a confirmação...

E não é que a encontrei numa parede pintada de preto, coberta pelos nomes de todos os jogadores que já haviam vestido a camisa do timão. Estavam divididos por décadas, os nomes. E por ordem alfabética. Fui direto ao espaço reservado aos anos 60 e procurei pelo nome dele. Na letra "E", passei os dedos, procurando... Édson Cegonha, Eduardo (zagueiro), Eduardo (ponta), Egídio, Espanhol e... Euzébio! Lá estava! E ao lado do seu nome, escrito em caneta preta sobre a parede de mesma cor, quase invisível, uma anotação: 3.10x6

Só consegui perceber porque a tinta da caneta era brilhante e a tinta da parede era fosca. Mais um mistério a ser solucionado...

Meu primeiro palpite foi pensar que aquilo poderia se tratar de um placar de algum jogo, mas 10x6 *é um resultado difícil de ocorrer no futebol. Não, não podia ser isso... e se fosse uma conta? Tipo:* 3.10x6=18.6

Andei mais pelo Museu em busca de algo que fizesse um click nas minhas engrenagens cerebrais. Nada parecia dialogar com aqueles números que meu pai escrevera ao lado de seu nome. Foi só quando resolvi olhar para a parede atrás das taças reluzentes que me veio uma ideia, um palpite ao ver um painel cheio de fotos.

Fui até lá.

Ao lado daquele painel, havia outro. E atrás de cada um deles, outro de igual tamanho. Quatro painéis no total, com centenas de fotos que contavam a história do Corinthians através das décadas, de 1910 *até os dias atuais. Contei as fotos:* 168 *fotos por painel, diagramadas num padrão de* 21 *fotos na horizontal por* 8 *na vertical.* 21x8. *Era isso! Os* 10x6 *era a posição de uma foto. Mas qual painel? O número* 3 *seria a referência para isso. Fui direto ao terceiro painel (seguindo a ordem cronológica) e procurei pela décima foto na linha horizontal e sexta na vertical. A fotografia fazia parte da década de* 1980 *e era de um Ayrton Senna ainda jovem e sorridente com um macacão vermelho semiaberto que ostentava uma camisa branca do Corinthians por baixo. Tá, e daí? O que tem a ver o Senna? De antemão, eu sabia de duas coisas: Senna era corintiano e meu pai era muito, muito fã de automobilismo. A foto do Senna era delimitada pela madeira do painel, que servia de moldura. Apertei a foto em uma das extremidades. Entre a madeira e a fotografia formou-se um espaço, um vão estreito, onde encontrei um papel dobrado.*

Era um post-it dobrado. Nele, uma frase escrita com a mesma caligrafia das outras frases de meu adversário: CALIEL ESTEVE AQUI! *E embaixo, o mesmo rostinho triste desenhado.*

Ou era um rostinho furioso? Difícil saber... O velho, de novo, estava à minha frente.

Pensei que, como o painel que emoldurava todas as fotos era preto fosco, poderia haver mais alguma coisa escrita em preto brilhante também, como na outra parede. E havia. Uma frase, com a letra do meu pai. NADA PODE ME SEPARAR DO AMOR DE DEUS.

Anotei a frase.

Entrei num táxi um pouco antes do Memorial ser fechado.

Em casa, tentaria descobrir o próximo ponto. Quais as pistas? Uma foto do Senna e uma frase do meu pai.

Achei que já era o suficiente pra começar...

PONTO 11: ACELERA!

- abril de 2015 -

Procurei por alguma conexão entre o número 11 e o piloto Ayrton Senna. Comecei vendo os números dele na Fórmula 1: em dez anos, Ayrton Senna havia disputado 161 corridas, venceu 41 e conquistou 65 pole positions. Nada do 11! Passei então para os números dos carros deste período:

19 - 12 - 12 - 12 - 12 - 1 - 27 - 1 - 1 - 8 - 2

Nenhum com o número 11. Ele havia corrido com um carro número 11 somente na Fórmula Ford, em 1982. É isso?

Ah... e ainda havia o texto: "Nada pode me separar do amor de Deus"!

Dei uma busca no Google e logo de cara descobri que se tratava de um trecho da Bíblia, uma adaptação de Romanos 8:38-39. Agora eu tinha o Senna, o número 11 e o trecho da Bíblia.

Dei aquela nova googlada básica juntando estas coisas na mesma busca e a mágica aconteceu!

Apareceram fotos e links do túmulo do piloto, no Cemitério do Morumbi.

Abri uma das fotos: era a placa sobre a sepultura do Ayrton Senna e nela, o epitáfio: "Nada pode me separar do amor de Deus". E o número do túmulo? Adivinha? Sim, era o 11.

Mais um ponto ligado.

Era só ir lá e procurar pelas pistas do próximo número.

No dia seguinte, não tive problema em entrar no Cemitério.

Ninguém me perguntou nada.

Andei um pouco pelo asfalto até chegar a um enorme círculo de grama bem cuidada, pontilhada por jazigos espaçados de forma ordenada em diversas linhas circulares e concêntricas. Olhei para o entorno. Estava sozinho. Lugar lindo: arborizado, bem cuidado e o vento soprava calmo sobre minha cabeça.

O túmulo do Ayrton Senna, haviam me informado na portaria, ficava perto do centro daquele gramado.

Andei até lá atravessando os círculos. Percebi que quanto mais próximo do centro, menores os números nas placas de metal dos túmulos.

Arranjos de flores, bandeiras do Brasil e da Itália e várias mensagens escritas em cartazes contornavam a placa dourada e brilhante da lápide.

Ajoelhei do lado de fora do cordão de isolamento e rezei uma oração rápida e sincera.

Levantei-me e olhei em volta: não vi seguranças por perto.

Precisava chegar mais perto daquela placa para ver se havia mais alguma pista. Meu coração disparou porque sabia que ia fazer algo arriscado e proibido.

Passei pelo meio das duas fitas com linhas amarelas e pretas que afastavam curiosos como eu do túmulo do ídolo nacional e fui engatinhando até a frente do jazigo. Passei a mão entre a placa e a grama, escavando a terra, tentando achar alguma coisa escondida. Numa das cartolinas com as homenagens, achei o que parecia ser um trecho bíblico escrito na letra do meu pai e logo abaixo dele, o recado do tal do velho com a caligrafia do escroto. Sim, era a mesma frase engraçadinha: CALIEL ESTEVE AQUI *acompanhado do mesmo desenho do rostinho. Achei melhor não levar o cartaz e, por isso, fotografei-o.*

Caminhando até a saída, minha cabeça começou a pensar mais sobre a morte de meu pai. O local me fez lembrar que havia anos eu não visitava mais o seu túmulo. Simplesmente deixei de ir. Ia no começo, nos primeiros anos depois de sua morte. Mas o local me arremessava para uma tristeza que eu queria me afastar. Simplesmente parei de ir. Eu era pequeno, mas lembro que tanto o caixão de meu pai como o do meu irmão estavam fechados no velório já que os corpos, carbonizados pelo incêndio, não eram uma coisa bonita de se ver.

Dentro do táxi, examinei a foto do cartaz.

"Eu predigo a vinda de Cristo na carne, e os últimos tempos do mundo, e previno os piedosos."

Tratava-se de mais um trecho da Bíblia, como eu pensava. Pesquisando na internet, vi que a citação era uma síntese de várias passagens das profecias de Baruc.

E por que meu pai usara isso em vez de um texto bíblico preciso?

Porque, descobri logo, essa mistura de profecias estava num filactério (um tipo de faixa de pergaminho) que Baruc carrega em uma das mãos, em uma das 12 esculturas de Aleijadinho representando os profetas, localizadas na cidade de Congonhas.

Você leu direito. 12 profetas. Ponto 12 do Ligue os Pontos.

Agora eu tinha certeza do meu próximo destino, o meu próximo ponto a ligar estava no estado de Minas Gerais!

Marcel

[5 horas e 11 minutos depois]

A leitura de Marcel foi novamente interrompida.

Novamente, por um toque de celular. O barulho desta vez não soava abafado ou vinha do velho Nokia azul, agora largado em cima da cama.

Marcel seguiu o som ritmado até o outro quarto do apartamento, um tipo de base de operações (repleto de mapas, fotos e desenhos espalhados pelas paredes) e descobriu que quem gritava por atenção agora era um iPhone 8 Plus novinho.

Na enorme tela, um nome brilhava: PATIFE.

Marcel deslizou o dedo pela tela.

— Marcel?

A voz do amigo o alegrou.

— Faaaaala, Patifaria!

— Não esqueceu de hoje, né? Não responde no zap-zap, tio?

— Hoje? Que tem hoje?

— Tá brincan'é? Pediu pra abrir meu solo no Frei Caneca, lembra?

— Mano, cê tá no teatro Frei Caneca com solo? Caraio, que foda!

— Porra, tio, tô com temporada lá faz 6 meses. Meia-noite, não esquece.

— Não esqueço.

— Té.

Patife desligou e Marcel ficou sem saber se o amigo sabia ou não de sua amnésia.

Marcel não sabia se havia feito shows nestes três anos. Se sim, as lembranças desapareceram, como todo o resto. Será que escrevera textos novos? Piadas novas? Teria que arranhar o cérebro à procura de alguma coisa. Qualquer coisa engraçada. Sobre o que falaria no show do Patife? Segundo o que aprendera, o melhor seria usar os acontecimentos e experiências de sua vida recente. Mas contaria o quê, se nem mesmo sabia o tinha vivido?

Abriu uma das agendas, uma que estava ainda em branco. Começou a jogar palavras, frases e ideias soltas. Era assim que começava seu processo de criação: caos gerando ordem gerando mais caos. Ele sabia como escrever uma piada. Não havia segredo no processo. Afinal, toda piada, por mais elaborada que fosse, partia sempre de uma fórmula básica: preparação mais surpresa é igual a risada.

Simples.

Simples? Marcel não pensava assim. Ele era um comediante, profissão que, na teoria, recebe dinheiro para escrever e contar piadas. E as piadas têm como objetivo final fazer as pessoas rirem. Se não, é só um comentário, uma opinião, um discurso ou história qualquer. A partir do momento que uma ou mais pessoas acham graça, vira piada. Uma escultura ou pintura, por exemplo, são diferentes. Mesmo que você não goste das obras, elas não deixam de ser arte. O mesmo acontece com a música, a literatura. Mas a piada depende do riso para se distinguir. As piadas que Marcel escrevia e contava não eram aquelas do tipo "um português, um alemão e um japonês entraram num bar...". Ele usava outro nome para estas narrativas povoadas por freiras, papagaios e loiras. Anedotas. Quando alguém confundia, ele ficava irritado. *Piada é uma coisa, anedota é outra completamente diferente*, argumentava. *Anedota não tem dono, todo mundo pode contar, é fácil... Não requer prática nem tampouco habilidade, qualquer criança se diverte, qualquer adulto se fascina*, Marcel costumava repetir, mudando a voz para um tom grave e melódico de algum narrador de comercial antigo.

A verdade é que Marcel não acreditava que a vida de um anedotista era fácil. De maneira alguma! Ele sabia que tinha que haver um certo talento para fazer o povo rir em um churrasco, no intervalo para o café ou mesmo durante o almoço de domingo com a família reunida. Talento que ele, definitivamente, não possuía. Se Marcel era péssimo como contador de anedotas, era ainda muito pior como ouvinte. Primeiro, porque ele, como plateia, tinha a irritante mania de ficar tentando adivinhar o final das histórias na sua cabeça e segundo, porque não ria, já que o desfecho que havia encontrado (espremendo bem seu cérebro) era sempre melhor do que aquele que o amigo acabara de contar. Todo mundo ao redor gargalhando e ele ali, quieto, com um esboço de sorriso falso no canto da boca, que era um modo ruim de esconder sua indignação com a oportunidade perdida de fechar com chave de ouro a tal historieta. Ele até tentava, como exercício, repetir aquela anedota para outro grupo, em outro dia, mudando o desfecho original para o seu final incrível, mas o resultado era tão pífio que ele desistia de armazená-la em sua mente.

Por essas e outras, todos os seus amigos estranharam quando Marcel divulgou seu primeiro show no Facebook. Ele não era um cara conhecido pelo bom humor. Longe disso. Sisudo na maior parte do tempo, reservado e extremamente irritadiço pela manhã, nunca seria uma pessoa que alguém pudesse olhar e dizer: "taí, esse cara é engraçadão, vai ser um comediante!". Nos tempos de escola, talvez até pudessem achar algum potencial nele. Até a sétima série, ele era aquele tipo de garoto que mesmo sem sentar no fundo da classe (sua altura não lhe permitia esse luxo), tirava com a cara de todo mundo, colocava apelidos nos colegas, imitava os professores e fazia comentários que a classe inteira caía na risada. Era descolado ao ponto de ser aceito pela turma do fundão e CDF o bastante para poder andar no meio dos nerds que sentavam nas primeiras carteiras. Mas isso foi há muito tempo, antes do incêndio e de tudo o que viria depois... antes de Marcel se tornar uma pessoa melancólica e sem vontade de se enturmar ou ser aceito nos grupos fossem eles quais fossem.

Pensar na morte de seu pai e de seu irmão o deprimia de uma forma avassaladora. Continuar a ler o que o "eu do passado" escreveu nos diários só o puxaria ainda mais para baixo, arremessando sua mente de novo para um local sombrio e perigoso onde já estivera tantas vezes. O mesmo local de onde, sabia, demoraria a sair. Era lá onde, por vezes, imaginou as coisas mais terríveis e teve as piores intenções. Onde quase sempre perdia-se completamente e deixava de ser ele mesmo. Tinha medo de um dia ir fundo demais e não mais voltar.

Marcel enxugou as lágrimas do rosto e achou que o melhor seria se preparar, escrever algumas piadas novas sobre amenidades.

Os diários teriam que esperar. Sua dor e tristeza também.

Sou como aquele quadro ridículo e brega do palhaço chorando, pensou.

Caliel

[6 horas depois]

Só havia três formas de alcançar o Farol.

Uma delas, a mais usada pelos Verdadeiros, era a travessia através dos espelhos. Bastava que um deles se posicionasse em frente a um espelho (qualquer um que não estivesse quebrado) em qualquer lugar de qualquer um dos mundos e que o outro estivesse no salão do Farol, defronte a um dos nove espelhos colossais ali instalados. A conexão deveria ser feita através de um Artefato ou Dádiva que alterasse o tecido da realidade, afetando o tempo e espaço. Os Artefatos, diferente das Dádivas, eram objetos comuns consagrados por um malaquim, transformados através da Palavra. Telégrafos, teletrofones, telefones, celulares e computadores já haviam sido usados para fazer viagens desse tipo até o Farol. Na verdade, qualquer aparelho elétrico ou eletrônico capaz de se comunicar com outro era, na teoria, viável para tal uso (ainda que não precisasse de eletricidade, sinal de telefonia ou internet para funcionar). Quando o celular foi inventado, todo o processo ficou mais rápido e fácil: discando de 1 a 9 encontrava-se o irmão desejado, estivesse ele onde estivesse. A não ser que o malaquim escolhesse não responder ao chamado. Ou estivesse morto. Feita a conexão entre os dois pontos, o viajante teria então que deixar o Artefato no lugar de onde partiu (com a ligação em curso), para poder retornar posteriormente de forma segura ao ponto de origem. Se a ligação fosse interrompida por algum motivo, ele ficaria preso do outro lado e teria que arranjar outros meios para voltar.

O anfitrião, entretanto, teria que arranjar um outro jeito de chegar primeiro e convidar os demais para a reunião. Certamente iria através da segunda maneira de chegar à Torre do Farol, navegando pelos Rios de Ligadura. Tais rios, criados no princípio dos tempos, serviam como vias de acesso aos mundos numa época em que o universo de coisas estava em construção. Ninguém sabia ao certo quantos rios existiam ou quantos ainda se mantinham navegáveis nos dias de hoje.

Inúmeros e sinuosos, os rios podiam ser tanto estreitos e bravios como largos, mansos e caudalosos. Um dos muitos erros que o incauto viajante deveria evitar era o de cair em um dos inúmeros afluentes que não o levariam a lugar algum, que o condenariam a navegar eternamente fora do tempo, esquecido entre os reinos. Por esses motivos, eram poucos os que se arriscavam a singrar pelas águas dos Rios de Ligadura. Se ainda assim houvesse alguém disposto a fazê-lo, invariavelmente teria que contar com a ajuda de um barqueiro experiente. E existem poucos deles em atividade atualmente, menos ainda dispostos a fazer a travessia a um baixo custo. Afinal, a viagem era longa, demorada e incerta. Na maioria das vezes, perigosa.

Existia uma terceira e última forma de se chegar ao Farol, que somente um ser seria capaz de realizar.

Foi do modo como Ele chegou.

Revestido de toda luz e poder que Sua posição lhe concedia, depois de emergir, partindo do Mar do Todo, subir as escadas da Torre, cruzar os 21 pilares, passar pelas 15 entradas e cruzar as 7 salas, Deus finalmente tocou os pés no Salão da Verdade. O tremor que causou dava-se pelo rompimento temporário do tecido da realidade. Já o carnaval de luzes, era apenas um exagero, um efeito cinematográfico com a única finalidade de impressionar os malaquins daquela sala.

— QUE CHEIRINHO DE MUSEU É ESSE, HEIN? — disse a voz poderosa, capaz de acalmar as tormentas, que poderia ser ouvida por todos os mundos, se assim Ele desejasse.

Prostrados, os cinco Verdadeiros não ousaram produzir som algum. Esperavam, de cabeças baixas, permissão para falar.

— ISSO LÁ É JEITO DE VOS RECEBERES VOSSO DEUS?

Diante da ausência de respostas, Ele entendeu que deveria modular Sua voz, abrandando-a para deixá-la menos agressiva e consequentemente menos dolorosa aos ouvidos dos presentes:

— TÁ… — Deus pigarreou. — Podeis falar agora. E todo mundo de pé, né? Pel'amor de mim! — Ele riu. Sozinho. Assim que terminou de rir, a luz intensa deixou de ser emitida pelo Seu corpo. Sem o brilho pujante, todos puderam levantar os respectivos pescoços para olhar diretamente para aquele que se assentava sobre o Trono e que acreditava merecer toda honra e toda glória. — Melhor assim — concluiu. — Ó Caliel, o furioso, portador da Tesoura de Bronze, espero que você tenha um bom motivo para teres me chamado-me aqui. Desembucheis, Mau!

A silhueta, antes difusa e brilhante de Deus, agora ganhava formas e cores. Quando a imagem ficou nítida, DJ soltou uma risada baixinha que de pronto recebeu censura discreta na forma de um olhar de Caliel, que, com passos claudicantes na direção de Deus, disse com sua voz empostada, valorizando cada palavra:

— Perdão pela ousadia, meu Senhor. Dada a gravidade dos acontecimentos, era de suma importância que...

— Pareis de usar estas palavras difíceis, cara. Falais pro seu *chefe*, fala! O que tá rolando-vos?

DJ foi obrigada a tapar a boca com as mãos para esconder o riso que insistia em brotar.

— Deus... — O Artista interveio. — Nós estávamos aqui discutindo sobre o Apocalipse.

— Bobagem! — Deus disse franzindo o cenho.

— Não acho que seja o caso, Senhor — Caliel argumentou.

— E chamais-me pelo meu Santo nome, Mau!

— Mas... Deus... — Caliel insistiu. — Não creio que...

O Artista ficou ombro a ombro com o velho com chapéu-panamá e disparou:

— Olha, Deus-Miguel... a parada é que Israfil, o Homem de Lata, está vivo e está armando com Lúcifer pra fazer rolar o fim dos tempos. É isso que o Mau quis dizer. E aliás, roupa maneira a do Senhor, Senhor!

O arcanjo Miguel olhou para baixo, conferindo a própria vestimenta e sorriu. Depois, num salto, fez sinal de arminha com os dedos e deu uma piscadela desajeitada para o Artista. Abandonada a pose inusitada, assumiu uma expressão forçosamente séria e perguntou, indignado:

— Ele estás vivo? Não podeis ser... Caliel, você disse-me certa vez a mim que ele estavas morto. Queimado. Estou-me errado?

— Sim, foi o que pensei, Senhor. Mas, de alguma forma, ele conseguiu voltar à vida. E como deve saber, o Sexto Selo foi aberto.

Miguel caminhava em direção ao centro do salão e à medida que chegava mais perto, ficava mais difícil para os malaquins segurarem o riso. O motivo? A roupa dEle, que era simplesmente cópia daquela usada por Michael Jackson em seu famoso clipe "Thriller": calça e jaqueta vermelhas com detalhes pretos, gola levantada. Miguel era alto, forte, longos cabelos cacheados, olhos azuis e sua pele era branca como a neve. Fosse outro a aparecer na reunião assim, trajando uma fantasia inusitada, certamente poderia ser entendido como uma tentativa de parecer engraçado. Mas todos ali sabiam que ele não tinha a intenção de fazer piada. Muito pelo contrário. Quem conhecia o guardião sabia de sua vaidade, sua preocupação com a aparência e sua incansável busca por aprovação. Se estava vestido assim, com certeza, era porque achava que estava na moda.

— O Senhor passou gel nos cabelos? — perguntou Yesalel com sua voz metálica e monótona.

— Sim. Ficastes ótimo, né?

— Ah, mas ficou sim, Senhor — ironizou DJ. — A roupa também. Combina muito!

— Não é? — disse Miguel, aceitando o elogio como verdadeiro. — Olha... sempre faço uma pesquisa, vejo o que tá fazendo sucesso na Terra antes de descer aqui. Esta foi a roupa que usei na última visita que fiz a este mundo... e pareces a mim até que me fora ontem...

— E quando... foi isso...? — a inuíte perguntou, com o pescoço travado, segurando a risada na garganta — ...Senhor?

— Não fazes muito tempo, não, por que a pergunta Haziel?

— Deve ter sido nos anos 80, e estamos... — explicou Yesalel a Miguel com ingenuidade. — ...bem, a gente tá em 2017!

— Que diferença isso fazeis? — Deus balançou a cabeça em negativa.

— Eu gosto do que vejo — o Artista declarou.

A fala de Mebahel fez com que todos ali rissem para valer. Menos Miguel que, em silêncio, demorou um pouco a entender. Olhava para os malaquins com cara de bobo. Somente quando o próprio Artista apontou para as queimaduras de seu rosto onde deveriam estar seus olhos foi que o arcanjo desabou numa gostosa e demorada risada. Inteligência não era uma das virtudes do mais poderoso dos Guardiões, hoje o Deus todo poderoso.

— S-sente-se, Deus! — sugeriu Bom, ao afastar a cadeira marcada com o número um, reservada ao ausente irmão Israfil.

— P-p-por favor.

Miguel declinou a oferta e preferiu ficar de pé.

Ele não parecia nem de longe (com aquelas roupas e cachos embebidos em gel) o grande líder que lutara e vencera a Guerra Furiosa, o herói que havia feito com que Metraton, Uriel e um terço dos céus caíssem para as fossas abissais do Inferno. Apesar de fazer mais de 13 mil anos desde o início do confronto, ele se mantinha quase com a mesma aparência jovem do bravo guerreiro que fora naquela época. E se o rosto não sofrera com a passagem do tempo, o mesmo não se podia falar do corpo. Desde que tomou o Trono, no ano de 882 a. C., engordou e perdeu a forma atlética que sempre exibira com orgulho. Afinal, os céus passavam por um longo período de paz.

— Impossível! — Miguel rugiu. — Se o Apocalipse estivesse próximo, eu irias saber-lhe. Sou eu que estou-me no Trono. E o Trono deu-me superpoderes a mim de saber da totalidade de todas as coisas.

— Se me permite, Senhor... — o Artista interviu, tomando cuidado no uso das palavras e no tom. — Apesar da autoridade que tem hoje sobre todos os seres, o Trono não lhe deu onisciência, onipotência ou onipresença. Ele só ampliou capacidades que o Senhor já possuía como um guardião, além de lhe dar acesso amplo e irrestrito ao Espelho.

— Falais da piscininha? — Deus perguntou.

— Exatamente — respondeu Caliel. — As águas ao redor do Trono são parte do Deus Criador também, como deve saber.

— *Eu* sois o Deus agora! — bradou Miguel, dando um murro na mesa.

— Perdão, Senhor! — suplicou Mebahel, o Artista, com o corpo curvado e a cabeça baixa. — Quis apenas me referir ao Criador de todas as coisas. Ele e o Espelho, segundo os Livros mais antigos, vieram à existência simultaneamente. O Espelho, como deve saber, são as águas da piscina somadas às águas que escorreram para fora da Morada e formaram o Mar do Todo. Nelas estão todos os pensamentos, vontades, ideias e sonhos do Criador. Tudo o que Deus criou um dia ou imaginou está lá, no Espelho. *Tudo* é o Espelho.

— Fazeis sentido... porque... quando eu estou-me deitado no Trono, eu vejo coisas que não entendo-as.

— Sim — disse Caliel —, eu já estive na Sua posição, Senhor. Assim como Haheuiah, o Bom, assim como Pahaliah, o Indiferente. É aterrador.

— Caliel, meu amigo *mau*, não haveis nada de *aterrador*. É muito ótimo na verdade. É uma sensação maravilhosa mergulhardes em todo este poder. Viajar nele, entende?

— Dá uns *barato*, né? — brincou DJ. — Aí sim!

— O QUE ME INSINUAS, MOCINHA? — a voz de Miguel se tornara poderosa novamente.

Caliel, com as mãos em torno dos ouvidos, achou por bem intervir:

— Desculpe pelo comentário inoportuno de minha irmã, Senhor meu Deus de todas as coisas. A verdade é que talvez nós não tenhamos estrutura física para aguentar tanto poder que sai de Tua sagrada boca. Estamos presos à frágil casca humana, é sempre bom lembrá-lo. Bem, sobre o Espelho... talvez nós não tenhamos sabedoria suficiente para entender... sozinhos. As águas a que se refere permitem ao Senhor ter conhecimentos do passado, presente e futuros. Todos os futuros. E com a nossa ajuda...

— Achais que sou burro?

— Senhor... — rogou Caliel. — Deus, eu somente...

— CALAI-TE! Só vim até vocês por dois motivos. O Mar do Todo. E o Selo.

— O Mar do Todo? — perguntou a voz metálica. — Que tem ele?

— O mar estais secando-lhe. E as rochas, aparecendo, surgindo no meio das águas.

— M-mas... — disse Bom, levantando-se da mesa. — Is-so é g-g-gravíssimo!

— É? — perguntou Deus-Miguel, coçando seu queixo quadrado. — O que significais isso, meu *bom* e velho Haheuiah?

— Denota... — adiantou-se Caliel. — Ehr... significa que a essência de Deus está sendo tragada para os demais mundos Em outras palavras: os mundos estão se aproximando um do outro. Em pouco tempo, se os cálculos de Bom estiverem acurados (como sempre estão, diga-se de passagem), eles se chocarão.

— E? — perguntou Miguel, demonstrando pela primeira vez uma nesga de preocupação na voz.

— S-sem a s-se-separação entre os m-mundos fí-físico e o espiritual — explicou Bom —, os r-resultados tornam-se imp-pprevisíveis.

— Mas o Espelho não tenhais que dar-me a mim as respostas todas?

— Teria — disse Caliel —, mas o problema é que o Senhor acaba de nos dizer que ele está secando. A não ser que... — O velho de chapéu-panamá soltou um longo suspiro.

— Que o quê, Caliel? Que mistério é este que dizes-me?

— Mebahel poderia acessar sua memória — explicou Caliel, aproximando-se de Deus. — Se a resposta esteve este tempo todo no Espelho... ela deve permanecer na sua cabeça ainda, em algum lugar inacessível para o Senhor. Talvez se dermos uma boa procurada aí dentro...

Miguel puxou Caliel pela gola da camisa, levantando-o do chão com extrema facilidade, fazendo com que os pés do velhinho flutuassem no vazio. Havia uma fúria incontida impressa nos olhos e na voz do guardião:

— SE ISSO FOR UM TRUQUE, MAU... EU... EU...

As palavras estão machucando. É o jeito errado de fazer isso, será que Ele não percebe? A Voz deve ser usada com sabedoria, Miguel!

— Pois eu lhe juro que não é! — respondeu Caliel, com a voz trêmula.

Miguel trouxe o rosto do velho para perto do seu.

— JURA POR MIM, TEU DEUS?

Visivelmente abatido pelo efeito daquela potente voz que reverberava por todo o seu íntimo, Caliel assentiu com a cabeça. Miguel pareceu ficar satisfeito com a resposta e soltou o velho malaquim que desabou como um boneco de pano no chão. E lá ficou, ofegante e paralisado. A Voz era impossível de ser descrita em palavras. Pujante, passava autoridade e convencimento imediatos. Ao ouvinte, restava apenas a opção de obedecer. Podia causar terror, comiseração, arrependimento, alegria profunda ou todas as emoções juntas. Era, no entanto, difícil de ser controlada, como qualquer outro poder divino. A Voz faz parte do "pacote" que se recebe ao sentar-se no Trono. Miguel ainda não aprendera a usar este poder em sua plenitude, mas era inegável o fato de Ele já conseguir ao menos modular a voz com o intuito de infligir medo ou dor e, de troco, receber obediência. Caliel pensava agora como conseguira facilmente controlar a Voz assim que tornou-se Deus. Ele era capaz de fazer com que suas ordens fossem obedecidas sem contestação e, ao mesmo tempo, que seus servos não notassem quando eram manipulados.

— Brincadeira sadia! — disfarçou Miguel, voltando ao seu tom de voz normal. Desviando o olhar para o exótico malaquim, perguntou: — Macaco-Cego, meu grande amigo *cegueta*, o que tenhais a dizer-me sobre tudo isso?

O Artista pôs-se de pé, dispensou o cetro sobre a cadeira e contornou a mesa triangular, usando as quinas como guias. Quando encontrou o lugar destinado ao ausente Israfil, fez sinal com a cabeça para que Ele ocupasse a cadeira vazia. Assim que Deus se acomodou, o malaquim explicou:

— *Se* estiver aí em Sua mente, Deus-Miguel, pode ter certeza que encontrarei a resposta.

Miguel fez menção de argumentar, mas deteve-se.

Ele está quase se convencendo de que necessita de nossa ajuda!

— Que poder tem um tombado como eu — o Artista argumentou —, contra o Deus vivo?

Miguel refletiu por um átimo e concordou com um aceno de cabeça.

O Artista retirou um dos monóculos coloridos pendurados em uma de suas correntes e entregou-o ao guardião que estava como Deus agora.

— O que és pra eu fazer? Tereis que olhares pra dentro disso?

O Artista assentiu.

Miguel, ainda desconfiado, olhou para aquele pequeno objeto de plástico na forma de uma pirâmide e hesitou. Provavelmente achando-o inofensivo, acabou fechando um de seus olhos, e aproximando o outro para o mais próximo que conseguiu da abertura circular coberta pelo vidro.

— Olhais que legal! — Miguel comemorou. — Tem uma imagem lá no fundo. Fotinho? Tô vendo umas nuvens? É isso?

— Tenha calma, meu Deus! — reclamou DJ, num tom limite entre o amoroso e o desrespeitoso.

O Artista retirou as suas luvas amarelas, depois entrelaçou os dedos de ambas as mãos e jogou os braços para frente, estalando as juntas dos dedos e dos braços.

— Se me permite... — disse, posicionando-se atrás da cadeira onde estava Miguel.

Deus-Miguel pegou as mãos do malaquim cego e guiou-as até que as palmas das mãos dele envolvessem a sua cabeça.

— O que *vês*? — perguntou o guardião.

O Artista não respondeu. Apenas respirou fundo e concentrou-se.

— E aí? — insistiu Miguel.

— Deus... Peço que, primeiramente, esvazie a mente. Tente focar a sua atenção no monóculo. Na foto. Só as nuvens importam agora.

— E demora? — Miguel disse, retirando o olho do monóculo.

— Não há como saber, Miguel... faremos um mergulho profundo, eu e você. Primeiro colocaremos os pés nas águas, depois as águas cobrirão as nossas pernas. Assim vamos até as nossas cabeças estarem totalmente submersas. Então, afundados em suas memórias, viajaremos por elas... através delas. Depois, para além delas.

— Mas não tem água na foto...

— É uma metáfora, Miguel. Peço que não retire mais o olhar da foto.

— Deus! — corrigiu Miguel. E voltou a olhar para a foto das nuvens.

— Deus... escute... — o Artista pediu. — Primeiro tenho que entender como suas memórias recentes estão armazenadas. Viajaremos através de sua linha temporal, descartando o que é passado. Filtrando, separando o que aconteceu do que ainda não veio à realidade. Saberemos em breve o que vem de você e o que vem dEle. Peço que coloque toda sua atenção e vontade na foto. Nós pedimos. Seus desejos. Nossos... olhe para as nuvens... — a voz do Artista ficava cada vez mais calma, acolhedora e penetrante enquanto suas mãos pressionavam diferentes partes do couro cabeludo do Guardião, escorregando os dedos pelo seu cabelo pastoso. — Juntos, identificaremos, testaremos os caminhos antes de trilhá-los... como um emaranhado de fios... nós vamos desenrolar esses fios... um... a... um. É preciso... desviarmos da confusão e das ideias fragmentadas. As nuvens, Miguel. Descreva as nuvens para nós.

— As nuvens são brancas. Por que perguntais?

— Quão brancas elas são, Miguel?

— Muito brancas. Parecem... algodão. Elas são muito, muito brancas.

— E o céu?

— Ele está mudando de cor.

— Por que ele muda de cor, Deus? Sabemos, não sabemos?

— Eu... nós... não entendemos, o céu era azul, agora... ele é lilás e... as nuvens — a voz de Miguel, as palavras que saíam de sua boca, aos poucos, misturaram-se às do Artista, que as repetia, de uma forma cada vez mais sincronizada, até as duas se tornarem uma só voz. E eles, em uníssono, começaram a narrar o que viam. Perguntavam e respondiam. Os dois eram uma só mente. — Elas estão enchendo o céu, as nuvens. E murchando. Sim. Se mexem com o vento. Como é o vento? O vento é uma brisa gostosa. Eu sinto a brisa nos meus cabelos. Eu sei onde estou? Sabemos... estamos no Primeiro Céu. Como estamos? É bom. É linda, a Morada. Nós chegamos à Morada. Ótimo! E como nos sentimos? Felizes, nós estamos felizes. Há alegria na brisa, nas nuvens. Estamos gostando? Ó, sim, estamos. Muito! O Trono está vazio, ele não deveria estar assim. Mas como...? Nós temos que nos sentar no Trono. Não podemos. Por que não? Há perigo... um medo de irmos lá. O medo, do lado de fora. Mas nós não temos medo, não é mesmo? Nós somos a coragem de Deus. A sua espada e a sua honra. Nós somos o Deus eterno. Eu... *nós* ouvimos um som, portões foram abertos ao longe. Foram? Sim, foram. Mas... nós não entendemos. Sim, nós sabemos o que aconteceu. Os portões do Inferno foram abertos. Estamos agora no Espelho, de volta ao Trono. A água divide tudo. Dissolve. Parte dela é como o açúcar, é doce e corrói nossos pensamentos. A outra parte é salgada. Traz notícias ruins, imagens ruins. Eu... nós não entendemos... Calma. Guerra? A água é Deus? Sim. Somos. Nós somos a água agora. Doce e salgada. Amarga? Há um pouco de amargura em nós... eu não entendo... nós... nós não entendemos. Estávamos olhando para o Inferno, aberto. Não há ninguém mais lá. Onde estão os condenados? Nuvens. Vermelhas. Isso não está certo, as nuvens vermelhas se movem em direção ao Terceiro... Céu? A Terra! Não! Nuvens incham e murcham. Eles estão fugindo. A horda. Estão em todos os lugares, marchando. Nós precisamos... alguém entrou na Morada. Os Alvos? Onde estão os meus irmãos Alvos? Mortos. Há um rio vermelho que corre... do corpo deles. Como? Eles estão mortos. Há sangue em todo o salão. Não, nós não vemos... nada. Estamos mergulhados. A água nos envolve e... nos reconhece. Ela... ele... quem é ele? Sinto o medo, o medo não vinha de nós. O medo e a ira e a inveja são dele. Quem é ele? Nós não sabemos. Ou sabemos? Mostre-se! Ele está olhando para nós com seus olhos tristes e famintos. Lúcifer tem os olhos mais tristes que já vimos. Tristes ou... mortos? Olhos mortos! Olhos mortos! Não conseguimos ver seu rosto. Espere! Os olhos apagados agora brilham como fogo e o fogo... toma conta... de tudo. Só vemos os olhos e o olhar é o fim de todas as coisas. De nós. O Inferno está ao lado dele, assim como todo o mundo. É o seu mundo agora. O Exilado comanda as tropas infernais. Lúcifer é o meu irmão exilado? Ele carrega ódio e desejo de vingança. Podemos sentir? Sim, é ele. Nós o prendemos há muito tempo. Como ele se libertou? Não pode ser. Quem é como Deus? Estamos no Trono. Nós e ele. O Primeiro antes dos Primeiros. Ele tem uma espada negra. E vermelha? Sim, vermelha. Há sangue na espada. Olhamos para nossas mãos. Vermelhas. Ouvimos o grito da horda de demônios que invade o Reino Sagrado. Estão escutando? Ao longe. Tarde. Está tarde...

Quando teve certeza que Deus estava totalmente em transe, o Artista cravou ainda mais suas unhas na cabeça de Miguel.

Caliel fez sinal a Yesalel para que ela lhe entregasse a seringa.

— E se ele acordar, Mau? — ela disse, através do alto-falante.

— É um risco que devemos correr.

A malaquim conhecida por Boca entregou a seringa metálica. Caliel se aproveitou do sangue que escorria pela testa de Deus e retirou cuidadosamente uma pequena quantidade. Depois, limpou o excesso na testa com um lenço.

— ...nós devemos... — as vozes de Deus e Mebahel em uníssono continuaram. — Há sangue nas nossas mãos... Nosso sangue? Estou morrendo dentro da água. E há o fogo... queimando como mil sóis. O dia final dos homens chegou. É o fim da nossa raça... também? Belial, você...? O calor aumenta, no nosso corpo. Ele não é como nós. Ele não morre. Nós não... o céu lá fora e aqui dentro. Está... tudo... ficando sem cor. Uma dor forte. E nós... eu quero... devo... nós devemos...

Caliel tocou o braço do Artista, que entendeu que já era hora de fazer o caminho de volta. As vozes começaram a se separar.

— ...nós estamos cientes do que devemos fazer, não? — o Artista perguntou com a voz firme.

— Sim.

— Precisamos impedir o fim. O fim das coisas. Deus é grande. Nós somos grandes. Nós devemos acordar e agir. Vamos agir?

— Sim, vamos.

— Repita: eu vou... agir...

— Eu vou agir!

— Eu não morrerei a menos que eu acorde e faça o que deve ser feito.

Miguel repetiu:

— Eu não morrerei a menos... que eu acorde e faça o que deve ser feito.

— Fará?

— Sim... faremos.

— Que tipo de Deus sou eu? Sou um Deus...

— Que age! — Miguel completou.

— Sim, um Deus que age! — o Artista disse. — Que pede a ajuda de Haheuiah para vencer as forças do mal.

— A ajuda de Haheuiah... vencer as forças do mal...

— Sim... agora... quando ouvirmos um som, o menor deles, *acordaremos*!

— Um som... sim...

Caliel afastou os dedos dEle do monóculo, que caiu sobre a mesa. Um espasmo trouxe Deus de volta. Quando Miguel abriu os olhos, estavam úmidos: lágrimas escorriam pelo seu rosto.

O guardião que era Deus chorava incontrolável e copiosamente.

— O que... aconteceu? — perguntou. — O que era aquilo que eu vi?

— Que *nós* vimos — o Artista corrigiu.

— O exército do Inferno... A morte dos Alvos. Da humanidade. A morte...

Miguel enxugou as lágrimas e retirou as mãos de Mebahel de sua cabeça com tanta força que as mãos do Artista chegaram a ferver. Havia sangue nos dedos do Artista. Muito sangue.

— Você apertou minha cabeça com muita força! — Miguel vociferou, passando os dedos pelos cabelos. — Devias cortar essas unhas nojentas.

— Perdão, Deus! — o Artista suplicou de cabeça baixa, voltando ao seu assento. — Foi preciso.

— Eu... vou morrer? — indagou Miguel.

— Se viu, é porque é um provável futuro, Deus — explicou o Artista, vestindo as luvas amarelas de volta. — Bastante provável no caso.

— Estais me dizendo que alguém invadirá a Morada, tentará me matar a mim e a meus irmãos Alvos? É isso? O Exilado? Ele é... Lúcifer? Tens a coragem de... de me dizer tais coisas? — bradou Miguel. Uma fúria irascível estampou-se em sua face retorcida.

— O Senhor e eu vimos a mesmíssima coisa.

— Lúcifer é o Exilado? — Miguel caminhava de um lado a outro do salão. Parecia desnorteado. — Impossível! Lúcifer é uma lenda usada para assustar criancinhas. E o Exilado... ele está preso. Eu mesmo o prendi! Nascemos juntos. Ele não pode ter vindo antes e...

— E se ele não se lembrar de quem é? — Caliel sugeriu.

— Bobagem!

— Achamos que Israfil tem o plano de despertá-lo — o velho explicou. — Eles têm o Livro dos Selos nas mãos e Metraton está com eles, formando assim um conjunto desagradável e perigoso.

— Perigoso? Sabeis com quem fala, velho manco? Podeis ser uma ameaça para tu e vossa laia, mas não para o Senhor Deus dos exércitos!

— Não — Caliel disse. — De forma alguma. Mas terá que *agir* de pronto. A cada hora que passa eles se fortalecem mais e mais.

— Eu não posso permitir! — Miguel ainda respirava com dificuldade.

— As rachaduras, Miguel — o Artista disse, com o mesmo tom de voz que usara durante o transe. — Elas podem responder a todas as suas perguntas. Dizer como devemos agir.

— Agir... eu tenho que agir.

Ofegante, Miguel foi até a primeira fila de espelhos suspensos.

— Mentiroso! Amaldiçoado sejais, Macaco Cego! Todos vocês, perdedores! Fariam qualquer coisa para voltar ao Primeiro Céu... Vocês querem a Morada, não querem? Não podem! Nunca irei-lhes permitir! Amaldiçoados sejais todos!

Miguel está confuso agora, e a confusão mental o torna um pouco menos poderoso.

Ao caminhar, as pernas do Alvo se entrelaçavam, pareciam descontroladas. E foram elas que O fizeram tropeçar numa dobra do grosso tapete do salão. Deus rodopiou, procurou em vão apoiar-se em um dos espelhos suspensos e desabou. Bom fez menção de ajudá-lo, mas sua gentileza foi prontamente rechaçada:

— Sai, velho fedorento! Este mundo fedeis! Todos vocês cheiram à carniça!

— M-ma-mas... as rachaduras, S-senhor? — a preocupação do malaquim era sincera. — Elas já d-devem estar c-co-comprometendo a estrutura d-da Morada... Eu p-poderia ir até lá e f-fa-fazer os cálculos e s-saberia se...

— É *Deus*, cáspite! Todos vocês, me chamais de DEUS! Sou Vosso Deus para todo o sempre!

— Mas D-Deus, o S-Senhor poderia ao m-menos...

Miguel encheu os pulmões e trouxe de lá todo o ar e poder que ainda lhe restava de Deus para aquela que seria sua última ordem ali:

— SILÊNCIO! ADOREM-ME A MIM!

Os Perfeitos obedeceram. Baixaram suas cabeças em adoração. A luz que emanava do corpo de Miguel era mais intensa que antes e aumentava ainda mais à medida que preces ao redor do mundo eram endereçadas a ele.

Um estrondo marcou o fim da visita de Miguel.

Yesalel foi a primeira a levantar a cabeça.

— Ele se foi — a voz metálica anunciou. Depois, ela fez um passeio com os olhos pela mesa e notou que faltava mais alguém.

— Onde está ele? — disse Yesalel, apontado para a cadeira vazia de Bom.

Caliel sorriu.

— Ele levou o Bom? — Haziel perguntou.

Caliel assentiu.

— E ele corre perigo? — a voz metálica não demonstrava a real preocupação que Yesalel devia estar sentindo.

— Enquanto ele for útil, não... — disse Caliel de modo grave.

— Como alguém como Miguel pode tá no lugar de Deus? — o Artista desabafou, inconformado. — Não é à toa que tá tudo acabando. Se as pessoas soubessem que quando rezam hoje em dia, rezam para esse panaca...

— É um energúmeno! — completou Caliel.

— Um chapado, isso sim... — corrigiu DJ.

— Como assim? — perguntou a voz que vinha do sintetizador.

— Vocês não repararam nas pontas dos dedos dele? — DJ explicou. — Enrugadas. Ele deve passar todo o tempo imerso no que ainda resta do Espelho, brincando de ser Deus. Como Ele mesmo disse, dá um barato tremendo. Pega uma viagem de ácido e multiplica por um trilhão. Aí, Ele fica nessa trip contínua e prazerosa... e tá viciado. Certeza. Por isso tá gordão, o menino. Queria eu tá lá agora, viajando... mas tô aqui nesta bosta de reunião que não serviu pra nada.

— E agora que deu tudo errado, Mau — perguntou Yesalel —, o que fazemos?

— Errado? — respondeu Mau, exibindo orgulhoso o vidrinho contendo um líquido vermelho. — Foi exatamente o contrário!

— Seu plano era recolher o sangue dele? — Haziel disse de maneira debochada. — Nossa, que sorte a nossa!

— E Miguel saiu daqui furioso — Yesalel lembrou. — Como isso pode ser bom para nós?

— Melhor perguntar para Mebahel — disse Caliel, piscando para o Artista.

— Você não piscou para ele, piscou? — indignou-se DJ.

— Sim — respondeu o Artista, mostrando os dentes podres num sorriso improvisado. — Caliel sempre faz isso. Acho eu.

— Bem... a reunião está encerrada! — anunciou Caliel, retirando o velho celular do bolso e abrindo os braços. — Todos estão dispensados, com exceção de Yesa. — E virando-se para ela, confidenciou:

— Tenho uma nobre missão para você. Está com a réplica da Chave com as Pedras?

Yesalel desenhou um longo sim com a cabeça.

— E Mebahel, antes de ir, deixe a sua Dádiva, como combinamos, sim?

O Artista retirou a pedra verde de seu cetro e entregou ao velho.

DJ olhava para Caliel, indignada. Depois, buscou o suporte do Artista e de Mebahel, mas não encontrou. Resolveu então desabar:

— Então... é isso? A gente faz o quê?

— Se tudo der certo, minha cara irmã, em cinco dias estaremos na Morada e voltaremos a ter, enfim, nossos gloriosos e perfeitos corpos espirituais. Abandonaremos para sempre este mundo decadente. *Alea jacta est!* — Diante da expressão de dúvida estampada no rosto dos presentes, Caliel resolveu traduzir: — A sorte foi lançada!

— Pensei que não acreditasse na sorte — DJ disse, cutucando o irmão.

— Não, não acredito de maneira alguma! Eu acredito nos números. E eles... eles estão a nosso favor, não acha?

A garota permaneceu calada enquanto vestia seus enormes fones de ouvido.

Até que enfim!, Caliel pensou, aliviado. *Tudo voltando aos trilhos...*

— Posso contar com seu suporte, irmãzinha?

A inuíte assentiu antes de partir.

O velho sorriu em frente ao seu espelho.

Pela primeira vez em eras, o riso que sua boca desenhou foi sincero.

[extraído do diário de Marcel Duran]

PONTO 12: PROFETAS DO PÃO DE QUEIJO

- abril de 2015 -

Acordei no susto. Dormi toda a viagem de ônibus. Quer saber por que não fui de avião? Ou de carro? Meu nobre leitor... eu sou um homem rico, mas não estava com a mínima vontade de dirigir quase 600 km para ir e mais a mesma distância para voltar no mesmo dia. Avião? Não tinha aeroporto na pequena e pacata cidade de Congonhas-MG.

Posso continuar?

Saindo meio torto e ainda sonolento do ônibus, me deparei com uma estação rodoviária modesta, com cachorros e velhos sentados em cadeiras de plástico, banhando-se ao sol da manhã.

A caminhada até a Igreja do Bom Jesus de Matosinhos (e que caminhada!) era uma subida interminável por uma rua feita de pedras abauladas e irregulares. Depois de escalar a rua íngreme, virei à direita com o Google Maps me avisando que eu estava próximo da igreja. E estava. Ofegante, cheguei à base do conjunto arquitetônico formado pela igreja, adro (terreno murado em volta da igreja) e seis capelas anexas.

Escalei a lateral que me levaria direto até a igreja, passando por várias lojinhas de souvenires relacionados à cidade e aos profetas.

Estava cedo ainda e eu era o único turista ali.

A igreja ficava no topo do morro: branca e laranja, linda e bem cuidada, tratava-se de um importante exemplar da arquitetura colonial brasileira. À sua frente, os famosos 12 profetas de Aleijadinho esparramavam-se sobre muros baixos.

Logo na entrada, encontrei uma placa enferrujada caída no chão com o aviso:

EXPRESSAMENTE PROIBIDO

SUBIR NOS MUROS, RISCAR OU ESCREVER NAS PEDRAS, PAREDES E OBRAS DE ARTE.

Observei cada uma das 12 estátuas. Isaías, Jeremias, Baruc, Ezequiel, Daniel, Oseias, Joel, Amós, Abdias, Habacuc, Jonas e Naum. Todas as imagens tinham sido feitas pelo mestre Aleijadinho (e seus ajudantes) em pedra-sabão. Os 12 profetas guardavam certa semelhança entre si, tanto pelas vestimentas, como pelos seus rostos alongados e suas barbas e cabelos longos. Tá... nem todos tinham barba. Numa primeira análise, me pareceram meio disformes aqueles grandes homens cinza, com sérios erros nas proporções.

Parei em frente ao profeta Baruc. Nunca havia ouvido falar nesse cara antes e olha que já li a Bíblia várias e várias vezes. A explicação é que neste conjunto, Aleijadinho optou pela substituição de Miqueias por Baruc, discípulo e secretário de Jeremias.

Que mancada, hein, Aleijadinho! (se você riu disso, vai pro Inferno, como eu que fiz a piada!)

Baruc estava de pé, em cima de uma base no formato de cruz, que por sua vez estava em cima do parapeito localizado no segundo lance de escadas, do lado esquerdo do adro. Jovem e imberbe, o homem de pedra usava uma túnica curta, manto e calçava botas. Baruc me pareceu bem confiante, com uma das mãos puxando o manto sobre o corpo enquanto a outra segurava um pergaminho com a inscrição que me fez chegar até ele. Só que na escultura, o texto estava em latim.

Olhei ao redor.

Como não havia mais turistas, aproveitei para olhar a estátua atentamente, tateando, procurando por pistas. Assim como as outras, esta havia sido vandalizada. Inúmeras inscrições podiam ser vistas, principalmente na base (mais acessível aos vândalos). Não encontrei nada de relevante escrito ali. Palavrões e juras de amor. Não havia como analisar a parte de cima da estátua. Não dali onde estava.

Subi mais um lance de escadas e me posicionei de uma forma que pudesse ver melhor a estátua. Agora estava na mesma altura de Baruc, só que mais longe. Então usei o zoom da câmera do celular para ver se encontrava algo nele. Embaixo da manga da túnica, ao lado da mão que segurava o pergaminho, havia um buraco escuro. O vão parecia esconder algo. Tinha algo brilhando lá dentro. Algo metalizado.

Eu teria que subir no parapeito para retirar o papel.

Dez horas da manhã e o sol era de rachar. Dois turistas apareceram. Esperei que eles passassem por mim, aproveitei e subi. Estiquei a mão e puxei o papel lá de dentro. Adivinhe o que era! Um tipo de adesivo metalizado com um código QR impresso. Ouvi um apito. Era o guardinha do lugar. Guardei o papel no bolso, saltei de volta para a escada e inventei uma historinha qualquer. Ele me deu uma bronca quilométrica, pedi desculpas e, para disfarçar, ainda perguntei se tinha que pagar para entrar na igreja. Ele ficou putaço! Me disse que eu não podia entrar lá de forma alguma. Eu não quis argumentar, pois já tinha a pista para o próximo ponto.

Marcel, tinha frase do puto do Caliel no papel? Claro que tinha. A frase, o rostinho...

Sobre o código QR: usando a câmera do celular cheguei a um vídeo do YouTube. O link abriu o aplicativo do YouTube do meu celular em uma parte específica de um vídeo. Era uma poesia com o título de "Ex-Voto", de autoria de Adélia Prado.

Aqui, o trecho:

"Quase entendo a razão da minha falta de ar
Ao escolher palavras com que narrar minha angústia, eu já respiro melhor.
A uns, Deus os quer doentes, a outros quer escrevendo"

Não demoraria muito, eu entenderia que o título e o tema do poema tinham a ver com o próximo ponto do jogo Ligue os Pontos...

Capítulo II [FALTAM 4 DIAS]

Se o sangue ainda corre nas veias
é por pura falta de opção

ALÉM DOS OUTDOORS, HUMBERTO GESSINGER
(ENGENHEIROS DO HAWAII)

Marcel

[agora]

Marcel encontrou Patife sentado em um sofá, no camarim, na frente de um imenso espelho contornado e iluminado por pequenas luzes redondas. No balcão em frente ao espelho, frutas, um barco de madeira repleto de comida japonesa, uma garrafa de whisky e um balde com latas de cerveja, sucos e energéticos. O amigo usava um boné com seu nome, calça colorida e uma camiseta preta estilosa comprida, que chegava até os joelhos.

— Tá podendo, hein, mano! — disse Marcel.

Patife levantou-se, abriu os braços, deu uma voltinha em torno de si e finalizou o giro de forma apoteótica com uma batidinha de um pé no outro.

— Tá brincan'é, tio?

— Quem diria? Você… num teatrão lotado desse, mano!

— Barato tá barrunfado direto. Tô vivendo a *caralha* de um sonho, tio. Hoje vai ser à pampa! Quer fazer quanto? Oiteras tá bom pra você, aliado?

— Oito minutos? Pode ser.

— O que que pegou, irmão, que cê sumiu na neblina?

— Bom você falar isso. Mano, deixa eu te perguntar… eu não lembro de nada dos últimos três anos. Lembra daquela noite lá no Beverly? Do Ligue os Pontos?

— Se lembro! Fiquei boladão à toa, até… cê não deu uma atenção aqui no parceiro. Geral aí achou que cê chapou das ideia, tio. Até cê mandar a letra na carta.

— Carta?

— Isso mêmo! Quem manda carta nos dia de hoje, tio? Mandou uma carta se explicando aí pelo sumiço e até aí… firmão! E falou que pá, "tô morando nas gringa" e os caraio todo. Falou que tava fazendo uns corre, estudo e trampo e tal. Logo falei: beleza, é isso! É pocas! O mano quer ficar destacado sozinho e com ele mêmo.

— Cara, um monte de coisa doida que tá acontecendo na minha vida, sabia que...

Marcel foi interrompido pela produtora de Patife, que entrou no camarim para avisar que o show deveria começar em cinco minutos.

— Seguinte... vâmo arrebentá hoje?

— Faz muito tempo que não faço isso. Uns três anos sem shows...

— Plateia aqui é mamão com açúcar, cê vai ver. Os cara ri de qualquer fita. Ri de mim! Eu entro, desenrolo, faço o "oba", troco umas ideia com o povo e pei-pei-pei, te chamo! Tudo nosso, cachorro!

— Então... fechou, ué!

Patife deixou o camarim e foi direto para o palco.

Marcel pôde ouvir os gritos histéricos e os aplausos, o amigo sendo ovacionado pelo público. Em três anos, ele havia se transformado em um dos principais nomes do stand-up nacional. Rodava o país lotando várias sessões de seus shows e seu canal no YouTube já tinha passado dos quinze milhões de inscritos. Marcel sentia-se mal por ter abandonado — mesmo à contragosto — sua carreira por longos três anos. Poderia estar fazendo shows em teatros lotados também. Era uma sensação estranha, dúbia. Alegria pelas conquistas dele e uma pontinha de inveja. Sentiu-se mal por sentir-se assim. Patife era seu amigo. Tentou afastar os pensamentos ruins para bem longe até convencer-se de que estava contente por ele ter alcançado o estrelato. Patife merecia muito. Era obstinado, insistente e, principalmente, muito, muito engraçado. Marcel sabia que era questão de tempo para aquele cara magrelo cheio de gírias estranhas conquistar um público cada vez maior. E parece que aquele jeitão da periferia, o seu dialeto "da quebrada", haviam-no transformado no porta-voz de uma grande parcela da população que sempre se sentiu marginalizada. Patife só estava colhendo os frutos de um sucesso plantado há tempos. Sucesso que eles imaginaram tanto, juntos. Marcel se lembrava bem dos planos que eles faziam no início de suas carreiras. Os dois haviam começado exatamente na mesma noite, num show em um bar do centro de São Paulo. O grupo se chamava Las Vergonhas e eles fizeram a primeira apresentação para uma plateia de apenas oito pessoas (alguns bêbados e prostitutas). Marcel era capaz de trazer à memória o medo e ansiedade que sentiu ao subir ao palco pela primeira vez. Fora uma experiência aterrorizante. Ele nem tirara o microfone do pedestal, lembrava bem. E o medo de tremer a mão e demonstrar seu pânico para a plateia?

Marcel e Patife haviam gravado o vídeo de suas estreias e depois viram repetidas vezes, sempre rindo muito com a baixa qualidade das piadas e do nervosismo latente demonstrado no palco. Depois daquele batismo, acharam que estavam prontos para rodar pelas noites de comédias que se multiplicavam pela cidade e pelo interior do estado. Naquela época, eram ainda anunciados como "open mics", um termo que indicava para a plateia que eles ainda eram calouros no stand-up. Ou "café com leite", como repetia Patife. Open mics tinham uns poucos minutos para subir ao palco e apresentar seus textos. E não recebiam cachê, é claro.

Aquelas apresentações eram um tipo de estágio não remunerado. Mas quem se importava com grana naquele tempo, quando o prazer de estar no palco era maior do que qualquer coisa? Marcel se lembrava quando contou a primeira piada num bar e recebeu algumas risadas de volta. Foi um sentimento arrebatador, algo que ele nunca experimentara antes. E os aplausos? Aquilo não tinha preço. Além disso, os dois tinham trabalhos diurnos que pagavam os boletos no fim do mês. Com o passar dos meses, depois de uma dezena de shows como iniciantes, os dois haviam sido promovidos ao segundo estágio na comédia: a "canja". Tinham mais tempo de palco agora, algo em torno de 10 a 12 minutos, mas continuavam sem receber cachês pelas apresentações. Canjas eram os comediantes que não estavam tão no começo para serem chamados de open mics, mas também não tinham rodagem, talento ou fama suficientes para serem chamados de "convidados". Foi um marco na vida de Marcel a primeira vez que recebeu grana por um show. Cem reais para doze minutos de piadas. Como "convidados", os dois rodariam os principais bares de comédia e teatros, sempre fazendo participações em grupos de comédia. Show solo ainda era um sonho distante para eles. Depois do começo do movimento de stand-up no Brasil, com os primeiros humoristas fazendo um tremendo sucesso e sendo chamados para estrelarem programas na TV aberta, a segunda onda de comediantes (da qual os dois faziam parte) lutava para se estabelecer e consolidar o stand-up no país. E estavam conseguindo. Muito também por conta da popularização das redes sociais. O YouTube e o Facebook ajudaram demais, espalharam os vídeos com as piadas daquela nova geração de profissionais da comédia para um público cada vez maior e mais diverso. O que era apenas um nicho, agora virou um negócio bem lucrativo. Claro que isso traria efeitos colaterais. Uma explosão de mercado. Se foram poucos os que iniciaram o movimento do stand-up, de modo trôpego e vacilante, agora apareciam mês a mês, dezenas, centenas de novos comediantes. Poucos daquela horda aguentaram seguir na carreira. Era um trabalho árduo escrever, testar, reescrever e testar de novo. Até a piada, o set de piadas, a entrada de quinze minutos, o show de meia hora ficarem perfeitos. Não há profissão mais julgada, minuto a minuto, do que a comédia. Deixe seu público sem rir durante 30 segundos e... pronto! Você provavelmente perdeu sua plateia pelo restante do show. Contar uma piada e ninguém rir era uma sensação horrível, Marcel sabia bem. Fazia ele se sentir a pior pessoa do mundo. Se o público não ria, não ria dele. Ele não fazia um personagem, não recitava um texto de um autor qualquer. O problema era ele, o comediante, que estava lá, de cara limpa e só, vomitando alto suas ideias.

Patife estava mandando muito bem no palco, interagindo com a plateia. Ele possuía um talento absurdo para tirar risadas só conversando com as pessoas, improvisando em cima das respostas que recebia. Dos papos com o público, ele fazia conexões com as notícias e assuntos mais comentados da semana.

Renata, a produtora do show, pediu para Marcel posicionar-se atrás das cortinas e esperar até que seu nome fosse anunciado.

— Tem um cronômetro na frente do palco com seu tempo — explicou, mostrando o seu relógio. — Tenta não passar, tá? Já é meia-noite e meia. Começamos atrasados e o Patife se empolgou e já tá lá faz mais de 17 minutos no palco. Quando terminar, não chame ele, ok? E traz o microfone. Ele entra com a cortina aberta, a trilha dele e um microfone diferente.

Marcel concordou com a cabeça. Estava nervoso demais. Ansioso como há muito não ficava. Lembraria o texto? As piadas que ele acabara de escrever funcionariam? Só havia um jeito de saber. Tentativa e erro. Estava na hora. Coração disparado. *Eu só vou abrir o show do meu amigo*, Marcel pensou, tentando aliviar a pressão. *Respira, Marcel!*

Do palco, o amigo se preparava para chamá-lo:

— Eu sempre trago aqui um amigo pra mostrar o trampo aqui, cês tão ligado, né? Esse cara é firmeza demais! A gente começou junto e no primeiro show nem as putas riram da gente. Riram depois, quando ele abaixou as calças... Por isso, quero que vocês recebam com o mesmo carinho que me receberam... faz muito barulho pro meu parceiro e aliado... Marceeeeeel Duran!

A plateia começou a aplaudir.

Marcel demorou para achar a abertura entre as cortinas, mas assim que entrou no palco, pegou o microfone de Patife e começou seu set de piadas sobre amnésia e seu estado atual. Claro que não falou sobre o jogo ou sobre o Apocalipse. Não saberia como fazer piada sobre essas coisas. Não ainda.

Marcel não estourou seu tempo e saiu no aplauso. *Sempre saia no aplauso,* aprendeu desde os primeiros shows. Patife entrou depois de um rap e mandou bem por quase uma hora e meia.

— Eu soo demais! — disse Patife, no camarim, ao final do show enquanto trocava a camiseta com duas manchas debaixo do braço por outra de igual tamanho e cor. — Que merda!

— Suo — corrigiu Marcel.

— Você também?

— É suo, não soo.

— Ah, você não soa? — perguntou Patife fingindo indignação.

— Eu *suo*. O certo é "eu suo".

— Vai suar no cu tranquilo então, tio! Professor Pasquale do caraio! E aí? Curtiu?

— O show? Porra, demais! Espero que eles tenham gostado também.

— Quando quiser colar, tio, é só colar. Aqui é tudo nosso e nada deles, cê tá ligado, né?

— Cê tá destruindo, hein? Vi o teu show inteiro. Só porrada, mano!

— Porrada, dedo no cu e gritaria! — completou Patife.

— Escuta, aquele papo que você falou no começo do show... é zoeira, né?

— O quê?

— O papo da Igreja dos malucos, de Marte, dos aviões caindo...

— Cê não vê mais TV, acessa internet?

Marcel fez um muxoxo.

— Então, meu consagrado, depois dá uma pesquisada. Tem umas fita estranha aí rolando e pá. Se liga num louco aí chamado Inri Deus, fala que é o novo Cristo e os caraio. Tem no YouTube. O mano logo solta umas ideia louca de fim do mundo, umas fita cabulosa, tio. Papo de doenças, controle mental, guerra, vampiro e as porra toda. É umas fita de igreja, uns barato novo... Filhos do Mofo que chama. Fiz logo uma piada com os caras e eles pulou alto comigo, tio. Bateu no calo deles. Foda-se geral! Processinho chegou ontem.

— Vou ver... Igreja do Mofo, né? O que...

— Desculpa atrapalhar — interrompeu Renata, entrando apressada no camarim. — Patife, a fila tá bem grandinha e tem o horário do shopping...

— Tô ligado. Bora lá, Marcelzito? Tirar uns retrato top com as fãs, tio?

Patife fez sinal para o amigo segui-lo.

Marcel riscou um não com a cabeça e esticou a mão para se despedir do amigo.

— São seus fãs, cara. Relaxa, preciso ir pra casa, resolver as coisas. Na verdade, lembrar das coisas pra depois resolver o que fazer.

Patife, ao invés de apertar a mão, deu um tapa, jogando a mão de Marcel para o lado. Só assim conseguiu encaixar um longo e apertado abraço no amigo.

— Aí, cachorro! Vê se não mete o louco, hein? Não some, não, irmão! Sabe que a gente tá nessa junto fita, cê tá ligado? — disse, desatando o abraço e apertando a bochecha do amigo.

— Não sumo! — Marcel prometeu.

Patife deixou o camarim, mas voltou segundos depois dizendo:

— Lembrei de uma coisa. A parada da amnésia. Fala com o Cárcamo.

— O argentino? Por quê?

— Chileno. Porque ele mexe com uma fita mil grau aí de hipnose diferente, se pá te adianta um lado. Acho que é uma, hein? Eu fui lá na casa dele, o maluco tá morando no meio do mato. Toma umas paradas estranhas... melhor ir lá. Pra mim funcionou pra ver uns vacilos na minha vida. Tipo, iluminou tudo na minha cabeça, tio.

— Boa. Vou falar.

Patife deixou o camarim e não voltou mais.

Marcel ainda ficou um tempo mexendo no seu novo celular, pesquisando sobre os assuntos que Patife comentara no show. Saiu depois de salvar algumas pesquisas no navegador. Estudaria os tópicos da busca com mais calma em seu apartamento.

Passando pela frente do teatro, viu a fila imensa formada a partir de uma impressão gigante com o cartaz do show e os logos dos patrocinadores. Marcel acenou para o amigo e sentiu-se aliviado quando olhou para dentro de si e encontrou só alegria em vê-lo realizando um sonho que, no fundo, também era seu. A vitória dele era, de alguma forma, sua também. O pensamento tranquilizou seu coração e o fez sentir-se melhor.

De volta a seu apartamento, o comediante conferiu as horas: 3h02.

Sabia que a madrugada seria longa, cheia de leitura e anotações. E, desejava ele, cheia de respostas. A primeira delas veio no momento em que resolveu abrir a geladeira. Teve que pegar aquela fruta vermelha e dourada nas mãos, não acreditava no que via. Girou, passou os dedos pela sua casca áspera e procurou, sem sucesso, pelo sinal da mordida que dera mais cedo.

— Como é que essa porra tá inteira de novo? — ele balbuciou.

[extraído do diário de Marcel Duran]

PONTO 13: CASA DOS MILAGRES

- abril de 2015 -

O número 13 é o número do tabu: desperta o medo pelo fato de estar relacionado ao azar, é conhecido em algumas culturas como a "dúzia do diabo". Sabia, leitor, que há prédio que não tem o 13º andar? Pois é. A cabala diz que há 13 espíritos do mal e no cristianismo, Jesus Cristo seria o 13º à mesa junto a seus 12 discípulos na última ceia. E como acabou morrendo... entendeu, né? Na mitologia grega, Zeus sentava-se com outras 12 divindades do Olimpo e assim também fazia o rei Arthur e os 12 cavaleiros da távola redonda. No tarô, 13 é o número do arcano Morte. E é sempre bom lembrar da azarada Apollo 13 que teve vários e vários problemas durante sua missão.

Contornei a Igreja do Bom Jesus de Matosinhos e encontrei uma casa de paredes brancas com as portas e janelas pintadas de azul escuro. Entrei. O salão era grande e vazio de móveis com um piso que se destacava pelo padrão com formas geométricas em preto e branco. O que mais me chamou a atenção foram as paredes. Forradas de fotografias, cartas e quadros, uma visão arrebatadora. Não havia espaço livre e podia-se perder tranquilamente dias inteiros lendo as cartas, olhando cada foto e cada desenho. Agradecimentos, orações e nomes. Nomes e sobrenomes. Fotos antigas e desbotadas, fotos coloridas. De todos os tamanhos. E ainda havia os desenhos: imagens e representações de acidentes, doenças e acontecimentos trágicos. Eu começava a ler uma carta e depois outra e depois, outra e mais outra. Observava os detalhes das fotos, as imperfeições nas imagens...

Todo o tema daquela sala me remeteu ao poema do vídeo. E foi na placa da entrada que obtive a confirmação. Aquele lugar era a "Sala dos Milagres" e a bancada de madeira que se grudava às paredes e parecia flutuar acima do piso bicolor guardava uma coleção de ex-votos.

Ex-votos está em latim e significa "Por força de uma promessa, de um voto". Na prática, é o nome dado a quadros, esculturas ou objetos oferecidos ao seu santo de devoção pelos fiéis como pagamento de uma promessa ou em agradecimento a uma graça alcançada.

Revirei as paredes e, não demorou, encontrei numa pequena pintura antiga o que eu tanto procurava. O quadro parecia ter sido pintado por alguém sem muita habilidade. A pintura retratava um incêndio e a imagem me incomodava não só pelos erros de perspectiva e anatomia, mas por evocar uma cena que ainda hoje eu tento esquecer. A casa se parecia demais com a do incêndio que matou meu pai e meu irmão. Na grama, um garoto estava deitado. A camisa listrada era igual à que eu usava no dia. Um adulto e uma criança (mais velha) gritavam, esticando os braços para fora de uma janela em chamas. Encaixadas na moldura, três fotos 3x4 em preto e branco: uma era minha, outra do meu irmão Maurício e a outra, do meu pai. Puxei-as do quadro e atrás delas tinha umas coisas escritas. Na foto de meu irmão, três linhas de texto com a caligrafia de meu pai: "CAIM MATOU ABEL, ABEL MATOU CAIM E CAIM MATOU CAIM". Atrás da foto do meu pai, a frase "DEZ VIDAS AO PREÇO DE UMA". E atrás da minha: "VIA CRUCIS 6.2" seguido do famigerado recado do meu adversário e o rostinho desenhado.

Sim, Caliel havia chegado lá antes de mim.

"Dez vidas ao preço de uma"? Será que dez pessoas morreram para que eu pudesse viver? E "Via Sacra"? Eu estava em uma? Seria o meu caminho no jogo? Ou de meu pai? Uma metáfora, com certeza. E por último... que viagem maluca essa de Caim e Abel? Um matou o outro e depois o outro matou o um e o um matou-se?

Por sorte, o ponto 14 estava bem próximo de mim!

PONTO 14: O BOM LADRÃO

- abril de 2015 -

"VIA CRUCIS 6.2", escrito atrás de uma das fotos, como imaginei, era a pista para o próximo ponto. Afinal, a Via Crucis ou Via Sacra é composta por 14 estações. Ponto 14, entendeu? As "Capelas dos Passos da Paixão" faziam parte do conjunto arquitetônico do Santuário. E eu, inclusive, havia passado por elas na minha dura caminhada morro acima. Hora de voltar! Eram seis, as capelas que abrigavam as cenas da Paixão de Cristo. Bem, por um momento achei que elas representavam a Via Sacra... errei feio?

Sim, mas relaxa e vem comigo!

O "6.2", fui entender depois, era a dica para eu ir à sexta capela. A que ficava mais ao alto e estava mais próxima à igreja.

Lá estava a representação da crucificação de Cristo numa cena com 11 estátuas. Soldados romanos pregavam Jesus à cruz sendo que um deles era totalmente zarolho. Outros soldados dividiam suas vestes e mais dois ladrões eram crucificados com Jesus. Uma porta enorme azul me impedia de entrar, então usei o zoom da câmera do celular para olhar mais de perto as imagens através das grades da porta. Seguindo meu palpite, prestei mais atenção nos tais dois ladrões. Um deles estava em pé e tinha uma expressão mais serena enquanto o outro, o musculoso, estava sentado e bem puto da vida. O "bom ladrão" e "mau ladrão", respectivamente.

Dimas (o nome do bom ladrão) era a segunda estátua da direita para esquerda, ou seja, o tal "6.2" da foto. Segundo o Evangelho de Lucas, o bom ladrão reconhece e é recebido no Paraíso. O próprio Jesus teria dito a ele: "Ainda hoje estarás comigo no Paraíso".

Mas ainda faltava a confirmação. Empurrei a enorme porta de madeira azul e entrei, meio desconfiado, e fui direto até o Dimas, morrendo de medo do guardinha aparecer de novo e chamar a polícia. Atrás da base redonda onde o bom ladrão se apoiava, encontrei uma carta de tarô envolta em uma folha de papel. Como não encontrei mais nada por ali, me mandei da capela rapidão.

Sobre o papel: tinha umas coisas impressas em preto e vermelho e, no pé da folha, um novo código QR. O texto estava diagramado assim:

VOCÊ TERÁ CORAGEM DE MATAR O PRÍNCIPE DO INFERNO QUANDO A HORA CHEGAR?

VAI CONSEGUIR?

OU VAI DESISTIR?

Lúcifer? Vou ter que matar o tinhoso? Porra, tá de brincadeira, né, pai! Olha... eu tenho cagaço de matar até barata que voa e agora, virei matador de demônio? Se tem que matar o coisa-ruim, eu sou o cara errado. Tenho medo de espírito, demônio, vodu, essas coisas todas. Pomba-gira? Tenho medo. Uma pomba normal já caga em você, imagina girando! Vejo filme de terror e não durmo depois. Então, espero de coração que seja uma morte metafórica. Matar o mal dentro de mim ou coisa parecida.

E a carta de tarô? Ela só me deixou mais cabreiro! Não pela famigerada e batida mensagem de Caliel. É que era a carta do DIABO. Legal, né? Na carta, havia três figuras meio animalescas. O personagem do meio devia representar o diabo porque tinha asas de morcego e chifres. Ele era maior que os outros dois e estava em cima de um tipo de pedestal vermelho. Era uma figura muito, muito estranha. Com seios femininos (falsos?), um rosto na barriga, olhos nos joelhos e segurando uma tocha, suas mãos e pés pareciam garras. Mais abaixo, os dois seres (um masculino e um feminino?) estavam presos pelo pescoço por uma corda ligada ao centro do pedestal. A carta, dizem, é sobre provas e provações. Representa a disputa em nosso interior entre o bem e o mal, o certo e o errado. Não falei que o lance de matar o demo era metafórico?

Que alívio!

Sobre o código QR: ele me levou a outro vídeo no YouTube. E o vídeo seria ele mesmo o meu próximo ponto do jogo...

PONTO 15: RAIOS CÓSMICOS E MONSTROS

- abril de 2015 -

O número 15 é a soma dos cinco primeiros números (1+2+3+4+5 = 15) e, por isso, é também chamado de "o grande cinco". Também é o número da carta Diabo no tarô, a carta que acabei de pegar.

Sobre o vídeo... meu pai o escolheu bem. Fui arremessado de volta à minha infância. Era um episódio do Ultraman, o grande herói japonês que eu assistia nas minhas tardes, nos anos 80. Tinha o Spectreman e o Ultraseven, mas o Ultraman era o meu preferido. Adorava ver o Hayata usando a Cápsula Beta para se transformar em Ultraman e defender a Terra dos monstros gigantes! E aquela roupa do Ultraman? Que coisa foda! Prata e vermelha! Tinha uma luzinha no peito que piscava quando a energia dele estava prestes a acabar. E o narrador falava que se ela parasse de piscar, ele não iria mais se levantar. Que agonia! Aí, o Ultraman era obrigado a voar na direção do sol para carregar as suas energias. Com isso, ele ganhava mais um minuto de vida. Ufa! Quem nunca fez a pose de disparo do raio Spacium que atire o primeiro controle remoto! Eu tenho até foto na pose clássica, com o braço esquerdo cruzado na frente do direito na forma de cruz.

"Os Terríveis Raios Cósmicos" era o título do episódio 15 da série japonesa. Por incrível que pareça, era um dos que eu mais me lembrava. Meu pai sabia disso? Duvido. A história: crianças desenhavam um monstro na parede e por causa dos tais raios cósmicos e do desejo delas, o monstro acabava se tornando real. Mais ou menos. Na verdade era só alguém vestido com uma fantasia tosca. Mas... quem disse que eu ligava? Não me lembro de parar para pensar, na época, do porquê as ruas estarem sempre vazias durante as lutas. Ou de notar o zíper escondido na parte de trás das fantasias. Hoje, claro, é risível ver as maquetes de papelão e isopor. Mas que criança ligava pra isso? Anos 80, né? O que não era exagerado e falso e maravilhosamente legal naquela época?

Agora... qual o significado disso tudo para mim? Desenhos se tornando realidade? É isso? Qual o motivo (além de me trazer boas lembranças), de o meu pai ter colocado o link desse vídeo em especial?

Mais mistérios...

Sobre o próximo ponto: quem diria, finalmente eu iria usar os números do biscoito da sorte (15 47 54 47 52 32) que achei naquele hotel bizarro. Lembra, leitor? Após várias tentativas, descobri que eram coordenadas (15° 47' 54" S 47° 52' 32" W).

E essas coordenadas me levariam para a capital do Brasil.

Beatriz

[agora]

Beatriz sonhava através da madrugada.

O clarão veio, como sempre, dominando tudo.

O tremor de terra.

E a voz:

— *Quero-tua-filha.*

Isso era novo. A voz nunca lhe dissera isso antes.

A voz agora se afastava.

Cada vez mais longe.

Ela perguntava, no sonho:

Quem-é-você?

A voz repetiu a pergunta. *Que voz era essa?* Na verdade, era mais de uma voz: uma colagem de várias vozes.

— *Sua-filha-ela-é-minha.*

A chuva aumentando. O rio aumentando, tornando-se mar.

E o mar virou sangue.

Beatriz olhava ao redor, para a escuridão. Ela tombou.

Modulando, intoleráveis e sombrias, continuavam em sua cabeça, as vozes. Não havia mais amistosidade nelas. Era agora um remendo de más intenções e estática.

— *Maldita-você-desistir-é-tempo-a-criança-morre-e-todos-salva.*

Mais estática.

Vagas e distantes, aquelas vozes.

Beatriz acordou, atônita. O coração, acelerado. Confusa, ela demorou a perceber que as palavras vinham da vida real, não do sonho.

— *Luz-se-fez-domina-a-todos-é-fim-do-humanos-matem-antes--novo-Cristo.*

A frase, confirmou, era formada por palavras com vozes diferentes, sons entrecortados. Cada palavra, uma pessoa diferente. Como um recado de um sequestrador, feito com recortes de palavras de vários jornais, aquelas vozes passavam um terror, uma urgência, e fizeram Beatriz percorrer a cabana atrás da origem dos sons.

Onde? É o rádio, ela pensou.

Correu até a cozinha.

— *Sagrado-maligno-desejo-sujo-sua-puta.*

Estava certa.

Mas... como? Ela lembrava bem, havia tirado as pilhas de dentro dele. Conferiu. Sem pilhas! Girou o botão do dial, passando pelas estações. Nada. As vozes continuaram:

— *Sozinha-filho-morre-lava-pecados-do-mundo-puta-morre-imunda-seja-feita-vontade-a-minha.*

Beatriz pegou o radinho e arremessou-o contra a parede.

— Maldito seja! — gritou.

O aparelho partiu-se em pedaços e as vozes, por fim, cessaram.

Seria o Seu Santo Anjo Guardião? Esperava que não.

Precisava orar mais.

Faltavam quatro dias para o fim do mundo.

Não dormiria mais.

Até o último dia.

Privação de sono e oração.

Faltavam algumas horas até o amanhecer, até o início dos trabalhos ritualísticos do dia.

Sentia-se exausta. Os braços pesados, a cabeça cheia de dúvidas e os olhos eclipsados pelo sono. Beatriz tentou se distrair, queria acalmar-se. Para isso, pegou um dos vários cadernos que Justo deixara pela cabana. Desenhou usando uma caneta Bic preta. Fez um elaborado desenho do Encapuzado da noite anterior e escreveu embaixo: "LÍDER?". Depois, começou a rabiscar um novo rosto imaginando como seria seu Santo Anjo Guardião. Um rosto para a voz do sonho. Mais um. Tentava achar o rosto perfeito, que combinasse com a voz. A cabana já estava cheia de rostos: loiros, morenos, sorridentes, sérios, donos de bocas pequenas e de lábios grossos. Olhos atentos, olhos orientais. Narizes de batata, finos ou delicados? Tinha todo tipo de desenho espalhado pelo chão da cabana. Pupilas alegres. Ela adorava observar e desenhar rostos. Desde pequena, Beatriz se acostumara a ver rostos em tudo. Na espuma do sabonete, conseguia enxergar pessoas espremidas com os olhos esbugalhados. No vidro da janela manchado pela chuva, conseguia perceber casais chorando e sempre, sempre enxergava um pobre homem gritando na tomada da parede do seu quarto. Mulheres barbadas, bebês carecas, fantasmas, monstros ou uma gorda passeando com seu cachorrinho. Ou um alienígena, um coelho vesgo e uma zebra de três pernas. O box de plástico áspero do seu banheiro, em especial, era um universo onde habitavam as criaturas mais bizarras. Beatriz tinha também o céu diurno. Céu azul, nuvens brancas. Beatriz adorava procurar formas nas nuvens. Durante muito tempo, fora seu passatempo favorito. Incentivada pela mãe, ela criava as histórias mais malucas só de olhar para cima num dia ensolarado. Pareidolia era o nome, soube depois. Característica presente em todos os seres humanos, era isso o que nos fazia reconhecer, desde o nascimento, a face humana em composições de luz, sombras e objetos. Provavelmente havíamos sido programados desta forma como uma eficaz técnica de sobrevivência. Assim que o bebê consegue ver, ele começa a reconhecer rostos e expressões, e essa habilidade estará instalada permanentemente no seu cérebro. Seleção natural. Os indivíduos que possuíam melhor percepção para identificar algo ameaçador em outros indivíduos tinham maior probabilidade de sobreviver e assim, passar seus genes adiante. E como efeito colateral, o reconhecimento de padrões em nossa mente se tornou tão eficiente que ficamos tentando a toda hora encontrar rostos até onde eles não existem.

A terapeuta de Beatriz não concordava com a explicação. Ela lhe disse em uma das sessões que enxergar fisionomias em todo lugar era "coisa de pessoas neuróticas", que gente emocionalmente instável e tensa costumava ver perigo onde não havia. Perigo em forma de rostos. Beatriz parou seu tratamento nesse dia, lembrava bem. Não precisava de mais uma pessoa chamando-a de maluca. Já bastava seu noivo dizer isso quando ela ficava presa, horas e horas na madrugada, no mesmo quadrinho, da mesma página, redesenhando o mesmo personagem até que ele ficasse com a expressão e pose desejadas. Ela chamava isso de perfeccionismo, mas no fundo, sabia que era mais do que isso. Era exagerado seu nível de exigência. Algo que consumia suas forças por completo às vezes.

Beatriz era desenhista e roteirista de histórias em quadrinhos. Quadrinhista, para os mais íntimos. Quando perguntavam sua profissão (no check-in do hotel, por exemplo), ela simplesmente dizia que era desenhista. Qualquer coisa a mais do que isso iria gerar uma série de perguntas desnecessárias. A mesma coisa acontecia com as próprias histórias em quadrinhos. Havia quem os chamasse só de "quadrinhos".

E tinha os chatos, que preferiam usar o termo "arte sequencial". E havia ainda os estudiosos, que se referiam às histórias em quadrinhos como "a nona arte". Para Beatriz era apenas gibi. Era isso que ela fazia: escrevia e desenhava gibis. *Ah, mas gibi é coisa de criança!*, sempre tinha alguém para lembrá-la. Não. Definitivamente, o que ela fazia não era para os mais novos. Beatriz era autora de quadrinhos adultos. *Graphic Novels*. Algo que, até pouco tempo atrás, só os iniciados sabiam que existia. Ela mesma demorou a descobrir essa nova possibilidade de contar histórias.

Quando criança, começou no mundo das histórias em quadrinhos como a maioria dos brasileiros: com uma revista da Turma da Mônica nas mãos. Nem era alfabetizada e já pedia para a mãe ler os balões para ela enquanto acompanhava, com os olhinhos espertos, os planos infalíveis do Cebolinha para roubar o coelhinho da Mônica. Depois, quando já sabia ler, começou a implorar para a mãe comprar mais e mais gibis. Devorava as revistinhas numa velocidade assustadora. E queria sempre mais. Ler quadrinhos virou um vício. Dos bons. Leu todos do Walt Disney, da Luluzinha e também da Turma do Pererê, da Xuxa e do Senninha. Ganhou a coleção do Calvin e Haroldo no seu aniversário de 9 anos e adorou. Depois, foi atrás de Asterix, Tintim, Lucky Luke e Tex. Não tardaria muito, passaria para os *comics* americanos de super-heróis e logo em seguida, para os álbuns europeus. Foi apresentada a Moebius, Enki Bilal e Manara, além dos seus preferidos Crepax e Serpieri. A certa altura, não comprava as revistas e álbuns somente pelos personagens. Ela sabia diferenciar uma boa história de outra ruim e começou a conhecer o estilo de cada artista sem precisar conferir os créditos. Procurava por seus autores preferidos, seus desenhistas preferidos. Aquilo girou uma chave em sua cabeça. Entendeu que havia uma equipe de profissionais que eram os responsáveis por aquele material chegar até ela. Foi então que Beatriz decidiu que queria fazer quadrinhos. Como desenhava desde sempre, esse foi um caminho suave e natural. Dos desenhos nas paredes de casa e portas dos armários feitos com os lápis de cor Faber Castell e com as canetinhas Silvapen para as páginas de papel Fabriano pintadas com tinta acrílica, foram anos e anos de aprendizado. Estudou, comprou livros e, quando montou um portfólio com suas melhores artes, saiu para conquistar o mercado de trabalho. Começou em uma pequena agência de publicidade fazendo layouts e storyboards (o que ela odiava). Trabalhou como chargista de um jornal pequeno, publicou tiras de quadrinhos, ganhou um concurso de ilustração da revista Playboy e em pouco tempo... *voilà*! Beatriz tinha uma carreira.

Um dia o seu telefone tocou (era comum, até a década passada, as pessoas ligarem umas para as outras através de aparelhos conhecidos como telefones). Era uma agência que fazia a ponte entre artistas brasileiros e editoras americanas. A BR-Comics pediu para que ela fizesse algumas páginas de quadrinhos com os personagens que ela desejava trabalhar.

Beatriz fez cinco páginas pintadas do Batman como uma amostra de seu estilo. Utilizou técnica mista: colagens, tinta acrílica e lápis de cor aquarelado. Seis meses depois, estava ilustrando uma minissérie do homem-morcego escrita pelo famoso Grant Morrisson. Seu sonho tornara-se realidade. Um detalhe importante: ela não usou seu nome de batismo. O agente sugeriu desde o princípio que ela escolhesse um codinome. Por ser brasileira e por ser mulher, explicou. Ainda não se sabia direito como os leitores iriam receber uma mulher do terceiro mundo publicando no mercado americano dos super-heróis. Como precisava da grana, ela aceitou assinar seu trabalho como B. T. Kiepert. Trabalhava à distância, ninguém veria seu rosto e somente seu agente e o editor do título saberiam da farsa. Aliás, esse não foi um recurso usado somente por ela. Muito pelo contrário. Foi uma artimanha bem comum para os primeiros brasileiros que desbravaram os quadrinhos nos Estados Unidos no começo dos anos 90. Marcelo viraria Marc. Rogério se transformou em Roger. Luciano foi alterado para Luke, Manoel para Manny e Vilmar para Will. Seria engraçado, se não fosse patético. Com o tempo, essa estratégia se mostrou infrutífera. Primeiro, porque os artistas brazucas começaram a fazer tanto sucesso e a vender tanto, que era impossível esconder a nacionalidade deles. Segundo, porque os leitores pouco se importavam com a origem dos quadrinhistas. E os contratantes americanos só se importavam com duas coisas: qualidade e prazo. Se o artista se encaixava nas duas categorias, tinha trabalho. Vietnamitas, espanhóis, argentinos, sul-coreanos... e claro, brasileiros. Houve uma verdadeira invasão de artistas tupiniquins na terra do Tio Sam que perdura até hoje. Beatriz sentia-se, nessa época, afortunada por poder ganhar a vida fazendo o que amava. E ainda ganhava em dólar. Estava no céu. Trabalhava em São Paulo, mandava seus originais para os EUA por Fedex e ia anualmente para a Comic-Con, em San Diego, fazer contatos, mostrar a cara, dar autógrafos e fechar novos contratos.

Tudo ia "muito bem, obrigado" em sua vida: casamento marcado, apartamento quitado, cartão de crédito superplatinum-black-infinite-diamond, carro novo... até que começaram os pesadelos. E com eles, a guinada em sua carreira. Beatriz já fazia um relativo sucesso nos EUA quando a editora do selo Vertigo, Karen Berger, ofereceu a ela a chance de publicar sua primeira história autoral. Escrever e desenhar algo seu. Era sua grande chance. Até então, havia feito somente personagens famosos de propriedade de grandes editoras. Mas ela não tinha muitas ideias na gaveta. Só os sonhos com o final do mundo: intrigas internacionais, perseguições, guerras, mortes, teorias de conspiração e o inferno na Terra. Foi isso que ela decidiu verter para o papel, o Apocalipse que vivia todas as noites. A editora adorou a ideia e em vez de um único número, ofereceu a ela uma minissérie em 12 edições.

Beatriz, é claro, topou.

E se arrependeu.

Até então, ela entendia os sonhos apenas como uma manifestação do subconsciente, de sua criatividade (mais ativa à noite) durante o sono. Não sabia, até então, que eram premonitórios.

Depois de publicada a terceira parte de sua história, chamada *Never Knows*, as primeiras reclamações começaram a pipocar. As mortes que ela descrevia, os atentados, as datas e até alguns nomes, inclusive, batiam com acontecimentos reais nos Estados Unidos e ao redor do mundo. Ela teve que vir a público para se explicar e tudo virou uma insanidade sem tamanho. Protestos, boicotes e ameaças. O restante da minissérie saiu totalmente alterada, cortada, com um final diferente daquele imaginado por Beatriz, desenhado por outros artistas, tudo para proteger a ela e à editora de processos que viriam.

Sua carreira nunca mais seria a mesma.

Perseguida por extremistas religiosos e odiada por parte da opinião pública, decidiu fazer uma pausa em sua carreira no exterior e passou a se dedicar a fazer ilustrações para editoras pequenas do Brasil. Com o tempo, todos se esqueceriam dela e de sua minissérie maldita, imaginava. Mas não. Ela entrou num tipo de lista negra. É verdade que receberia ainda pedidos para entrevista, sondagens para que adaptasse para o cinema a sua história. Mas ela sempre recusou. Queria paz.

Queria sua sanidade de volta.

Mas os sonhos... eles ficariam cada vez mais violentos, mais acurados. E reais. Noite após noite.

Ela resolveu fazer algo a respeito.

E foi assim que começou a tentar mudar, na vida real, os acontecimentos dos sonhos. Assim, mudava os sonhos.

Quando se deu conta de que podia fazer isso, recobrou a esperança.

Esperança de salvar Marcel.

Esperança de salvar o mundo.

[extraído do diário de Marcel Duran]

PONTO 16: ARCANJOS DO PLANALTO

- novembro de 2016 -

Cheguei à Brasília no meio de uma tarde de sábado. A chuva que caía durante o pouso do avião sumiu assim que deixei o aeroporto. Achei melhor não reservar hotel. Se desse tempo, voltaria no mesmo dia para São Paulo. Fui direto ao ponto. E o ponto era a Catedral Metropolitana Nossa Senhora Aparecida, mais conhecida como Catedral de Brasília. Meu relógio marcava 16h55 quando o Uber me deixou na frente do primeiro monumento criado na capital do país, projetado pelo arquiteto Oscar Niemeyer. Foi graças a esse projeto, um ícone do modernismo aliás, que Niemeyer recebeu o prêmio máximo da arquitetura. Sim, eu fiz minha lição de casa...

Aí vão algumas curiosidades: a catedral se localiza ao lado da Esplanada dos Ministérios e possui 16 colunas de concreto que convergem num círculo central. Olha aí o número 16! No topo há uma cruz enorme e dentro dela, tem um fragmento da Cruz de Cristo. Será? Se a internet disse, deve ser verdade, né? ;)

Uma fenda no chão me deu acesso ao interior da catedral. Depois do túnel escuro, encontrei um espaço brilhante belamente inundado pela luz filtrada através dos seis mil pedaços triangulares de vidro espalhados em 2 mil metros quadrados do teto da igreja: uma explosão de luz branca manchada por sutis tons azuis e verdes. Além dos vitrais, o que mais me chamou atenção dentro da nave circular da igreja foi a visão de três anjos flutuando, suspensos por cabos de aço presos à cúpula da catedral. Enormes, eles eram as representações dos três arcanjos bíblicos: Miguel, Gabriel e Rafael.

Sabia que eu teria que ser rápido e discreto lá dentro, visto que já haviam me avisado na entrada que uma missa começaria em breve, às cinco em ponto.

O padre iniciou a cerimônia e eu tentei ser o mais respeitoso possível não atrapalhando a missa em andamento. Fui até os dois confessionários que ficavam do lado esquerdo da entrada principal da nave, próximos à sacristia. Os confessionários, feitos em madeira clara, tinham formas bem peculiares e estavam vazios. Pareciam dois olhos semiabertos. As fendas no formato de cruz, dentro de cada um dos confessionários, eram como pupilas e certamente substituíam as tradicionais grades por onde o padre recebia a confissão dos fiéis. Havia uma corrente de plástico impedindo a entrada de um dos lados do confessionário. Provavelmente lá, onde havia uma cadeira branca, era o lugar onde o padre deveria ficar. Dei a volta e entrei pela outra porta, uma lacuna aberta na madeira. O interior do confessionário era um espaço escuro, reduzido e sem nenhuma cadeira. Liguei a lanterna do celular para vasculhar a parede interna e nada encontrei. Repeti o processo no segundo enorme olho de madeira. Nesse outro confessionário, uma voz interrompeu precocemente a minha busca. Era a voz de um homem. Pronto! Vou levar uma bronca por usar o celular dentro da igreja. Mas era pior que isso: a voz vinha de um padre que me perguntava sobre meus pecados. Desliguei a luz do meu telefone e não consegui pensar em uma alternativa que não fosse a de respondê-lo de maneira genérica. Queria me livrar daquele constrangimento o mais rápido possível e continuar minha caça às pistas. Ainda bem que eu lembrava de como era o procedimento todo. Minha infância católica finalmente seria útil. Meu pai me ensinou uma vez que uma boa confissão continha "4 Cs": tinha que ser clara, concreta, concisa e completa.

Fiz o sinal da cruz.

Falei que não lembrava de quando havia feito minha última confissão. Mentira. Eu tinha 10 anos, foi uns meses após o incêndio. Depois, nunca mais pus meus pés numa igreja católica (a igreja de Congonhas-MG não conta!). Padre, eu pequei porque tive pensamentos impuros. Verdade. Pequei porque tive vontade de matar uma pessoa. Verdade para caralho! Pequei porque deixei de acreditar em Deus como acreditava quando era criança. Verdade também. Padre, eu pequei porque muitos acreditam que eu sou especial, mas não sou. Meia verdade. O padre falou algo sobre Deus ter um plano especial para cada um de nós. Eu agradeci. Ele me passou a penitência: umas não-me-lembro-quantas-ave-marias e uns pai-nossos. Amém? Amém. Tudo normal dentro do que eu me lembrava. "Eu te absolvo dos teus pecados em nome do Pai, do Filho e do Espírito Santo", ele disse. Até aí, normal. O que aconteceu depois disso, saiu totalmente do script. Ele me passou o folheto da missa através do buraco em forma de cruz. Estranho. Mas o que ele fez depois é que foi mais inusitado ainda. O velho (eu não tinha mencionado que o padre era um velhinho, né?) disse uma frase em inglês... meio assim, do nada:

"One is dad, another one is mad and the other is sad".

Perguntei ao padre o que ele queria dizer com aquilo, antes de ele se levantar da cadeira e sair. Mas ele me deu somente o silêncio como resposta. Contornei o confessionário, mas quando vi, o velhinho de túnica branca já estava sendo engolido pela parede circular da catedral, sumindo no vão escuro que era a passagem para a sacristia. Até pensei em gritar por ele, mas não o fiz porque... bem, eu estava numa igreja e tinha uma missa rolando.

Fiquei matutando o que poderia significar aquela frase aleatória que o padre havia me falado, naquele inglês sem sotaque. "Um é pai, outro é (ou está) louco e o outro é (ou está) triste". Quem eram os três?

Abri o folheto da missa e um código QR *confirmou que minha missão ali naquele ponto estava completa. Sabe o que mais tinha no folheto? Exato. O recado do meu adversário, deixando claro que ele continuava na minha frente.* CALIEL ESTEVE AQUI. *E o rostinho triste. Não é triste, é bravo. Então, a frase do padre não devia ser sobre Caliel...*

Sobre o código QR: abri a câmera do celular e apontei para o código que me levou a um vídeo do YouTube que me deixou novamente nostálgico.

Eu estava realmente no caminho certo.

Meu pai estava falando diretamente comigo através daquele próximo ponto, o 17.

PONTO 17: A CORRIDA DO FOGO

- novembro de 2016 -

A título de curiosidade (não sei se essa informação será útil no futuro): descobri na minha pesquisa que o número 17 é considerado um número que traz má sorte na Itália. Na tradição local, o número simboliza a morte, pois um anagrama de seu número romano XVII *é* VIXI, *que em latim significa "eu vivi", ou seja "estou morto". Para os comedores de pizza, o número do azar não é o 13, e sim o 17.*

O código QR *me trouxe até um vídeo não listado no YouTube. Ou seja, só quem tinha o link com a* URL *(endereço eletrônico) dele conseguia vê-lo. Era um desenho animado e estava com apenas três visualizações.*

Cada vez mais me convenço de que meu pai está mesmo vivo e que ele está por trás do jogo. A escolha do desenho e do episódio em particular é mais uma prova disso. Afinal, como ele disse no VHS, *o caminho que eu teria que seguir até o final do* LIGUE OS PONTOS *seria repleto de coisas que remetiam à minha vida e coisas que somente ele e eu poderíamos saber. Tá, eu já comentei com amigos, fiz um texto de stand-up sobre o assunto, mas meu pai, mais do que ninguém, sabia da minha total devoção por essa animação japonesa. Não houve em minha vida nenhuma outra obra que tenha me influenciado mais do que Speed Racer. Lembro-me de chegar da aula e ainda com o avental (meu uniforme escolar), esperar ansioso por mais um capítulo daquele corredor destemido chamado Speed Racer (soube depois que o nome dele no original japonês era Go Mifune) que pilotava o fantástico carro de corrida Mach 5.*

Eu era tão fissurado nessa série de animação que pedi para o meu pai fazer uma réplica na forma de um carrinho de rolimã, pintado com as cores do carro do Speed. Se você, leitor, não sabe, eu te explico: o Mach 5 possuía um arsenal de equipamentos que ajudavam Speed a vencer as corridas e a se safar dos perigos. No centro do volante tinha um painel de controle com sete botões. Cada botão acionava uma coisa diferente: macaco automático para saltar obstáculos, cinta recobrindo os pneus para andar em terrenos irregulares, serras elétricas na frente do carro para cortar qualquer obstáculo (Speed deve ter sido um dos caras que mais desmatou florestas nos anos 70), para-brisa à prova de balas, faróis super brilhantes, minirrobô com controle remoto e até um equipamento que transformava o supercarro num submarino. Tá... descrevendo ele assim, parece até meio bobo, mas eu era uma criança, poxa!

O que mais me fascinava eram as viagens ao redor do mundo. Speed participava de corridas e aventuras por países exóticos, lugares inexplorados e perigosos, como no episódio 17, que era a segunda parte de um dos meus preferidos, chamado "A CORRIDA DO FOGO".

Revendo o episódio, fui me lembrando da história: Speed recebe um convite para a Corrida do Festival de Fogo, uma corrida através das montanhas vulcânicas de Kapetapek. A corrida definiria o futuro daquele povo, decidiria se as fronteiras permaneceriam ou não fechadas. O vulcão entra em erupção e Speed vence a corrida de um tal de Kabala (herói local). Descobrimos no final que o Kabala tratava-se do Corredor X tentando proteger o tesouro do povo de Kapetapek. O detalhe é que Speed não sabia que o Corredor X era seu irmão mais velho, apesar de ele sempre estar ao seu lado, disfarçado, livrando-o dos vários perigos.

Seria desonesto da minha parte analisar o desenho com meu olhar de adulto. É claro que ele é tosco e malfeito e a animação, limitada. Os cenários, inclusive, assim como os movimentos dos personagens e expressões, repetiam-se várias vezes durante o desenho. Mas nada disso tirava o charme dele. Voltei no tempo e relembrei da companhia do meu pai, no sofá, assistindo comigo as aventuras de Speed e contando as suas próprias, ao redor do mundo, nas inúmeras viagens que ele dizia ter feito. Um dia, prometi a ele, conheceria todos os países do planeta. Ele sorriu, bagunçou meu cabelo e disse algo como "Vai sim, meu filho. Eu tenho fé em você!". Como a gente acaba deixando os sonhos de lado, né? Assistindo ao desenho agora, depois de tanto tempo, ainda me lembro da empolgação que sentia em meu espírito de um dia poder cumprir essa promessa que havia feito ao meu pai. Mas... sei lá. As coisas mudaram. Mas vamos ao que interessa: na última cena do desenho, Speed está dentro do avião, despedindo-se da princesa de Kapetapek dizendo "É... eu volto. Um dia eu volto". Isso já me pareceu um tipo de mensagem do meu pai para mim, mas tinha mais! Depois que o narrador disse: "Venha para junto de Speed em sua próxima eletrizante aventura!", a música se encerra e uma tela preta surge. Uma voz (tentando imitar a do narrador do desenho) continuava depois de alguns segundos: "E a nova aventura será uma corrida até o Inferno por uma uma estrada longa, sinuosa e cheia de perigos, onde nosso herói e seus amigos enfrentarão todo tipo de confusões para resgatar a princesa dos mundos inferiores. Será que essa turminha do barulho vai sobreviver a essa incrível aventura?". Depois de três segundos de silêncio, o falso narrador complementou dizendo "nove e quatro".

Claramente aquela fala não fazia parte do desenho. A voz fora gravada de maneira caricata exatamente para ser notada, eu acho. Corrida para o Inferno? Com meus amigos? Não fazia muito sentido. Provavelmente a minha "ida aos mundos inferiores" tinha um sentido figurado, como acontecia em outras dicas. E os tais "nove e quatro"? Ou seria 94? Poderia ser de coordenadas. Não, não poderia. É 9h04? Seria um horário?

Nada disso! Quando resolvi voltar o vídeo até os 9 minutos e 4 segundos, entendi. Novamente alguém havia colocado uma voz por cima da animação. Uma pessoa havia dublado a voz do Kabala por cima da dublagem original. Era perceptível agora, que eu já sabia onde procurar, mas a mudança na voz do personagem tinha passado batido quando assisti ao desenho há pouco. Na nova dublagem, Kabala dizia: "Nós ossos que aqui estamos pelos vossos esperamos".

Ao pesquisar a frase no Google, cheguei ao próximo ponto.

E para ir até ele, teria de voar até o velho continente.

Pedra

[agora]

O canto da impressora matricial era como um acalanto para ele.

O zunido contínuo, os papéis impressos se acumulando nutriam seu sono pesado.

No sonho, Pedra viu-se morrendo. Sangue e vísceras no chão, ao seu lado.

A impressora parou de imprimir, os papéis deixaram de cair e o som estridente sumiu por completo.

E ele acordou.

Era dia ou noite? Não tendo certeza, abriu os olhos. Melhor conferir o arredor. Tentou se localizar. Estava num quarto. Estava numa cama. É cama ou é maca? E os fios? Uma caralhada de fios saíam de seu corpo, corriam pelo chão e estavam ligados a uma máquina grande e cheia de luzes e botões e alavancas. Ele estava cercado por vidro, mas não aquele vidro transparente que todo mundo conhece. Era um vidro escuro que não deixava ver do lado de fora. Havia uma mesa, uma impressora velha e um computador velho no quarto. Tinha também um telefone velho e vermelho em cima da mesa. E uma estante com livros e um relógio digital em cima da estante. Meia-noite e cinco. Tentou mexer a cabeça. Ok. Cabeça e pescoço mexeram. Tudo normal? Normal. Só os fios. Coloridos. Incomodando. Levantou o corpo. Beleza, corpo levantou. Pinto? Normal. Pedra arrancou os fios dos braços, depois tirou os que estavam grudados ao seu torso e por fim, os cabos das pernas. Da cabeça, ele não retirou. Ainda não. Olhava para o monitor ao lado da cama que fazia desenhos estranhos. Linhas que iam para baixo e para cima. Montanhas? Chega, né? Ninguém entra na minha cabeça! Saber o que eu penso? Ninguém sabe, só o Padre. Pedra pensou rápido para dar tempo de agir antes de lerem sua cabeça. Deu certo. Puxou com violência os fios da sua nuca e o monitor caiu no chão. Quebrou? Tomara que tenha quebrado essa porra! Tô peladão! Bunda pra fora. Rola dura pra fora. Bom.

Meu corpo, minhas regras. Eu sempre acordo de pau duro. Sempre. Eu sou foda! Tá tudo funcionando. Menos o monitor. Pedra ficou puto. Quem fez isso? Derrubou os livros da estante. Foi ele? Foi. Essa bagunça foi ele quem fez. Caco de vidro no chão. Pisou, furou o pé. Sangue. Pouco sangue, tá de boa. Pedra fez barulho com os punhos, socando o vidro. Gritou, mas não saiu nenhum som da boca. Estranho. Saiu uma voz rouca que não era sua voz. Por que tô cansado? Por que minha voz não é minha voz? O computador. Ele deve saber. A tela era preta com as letrinhas verdes. Ele não entendia nada daquilo. Sem mouse. Aí fica difícil, né? A impressora imprimiu o quê? Pedra puxou o bolo de papel de dentro da caixa de papelão. Papel da impressora barulhenta. Tinha as horas e as coisas que aconteceram. Igual Pedra fazia em seu caderno.

23h58: sinais vitais normais. sem alterações.
23h59: sinais vitais normais. sem alterações.
00h00: sinais vitais normais. sem alterações.
00h01: sinais vitais normais. sem alterações.
00h02: sinais vitais normais. sem alterações.
00h04: sinais vitais normais. paciente acorda.
00h05: sinais vitais normais. paciente mexe a cabeça.
00h06: paciente retira os fios de monitoramento.
00h07: paciente quebra o monitor. levanta da maca.
00h08: paciente bate no vidro. tenta gritar. sem voz.
00h09: paciente não entende linhas de códigos computador. vai para impressora.
00h10: paciente checando impressões.
00h11: paciente lendo linhas anteriores.

Pedra conferiu o relógio,caído aos seus pés, no chão. Meia-noite e onze. Paciente é o cacete! Voltou para os papéis:

00h12: paciente está lendo exatamente esta linha de texto.
00h13: paciente desiste de ler o papel. olha para a porta do quarto.

Pedra procurava pela porta, sem sucesso. Não havia nada parecido com isso. Janelas ou portas. Largou os papéis. Que mágica era aquela? Se era mágica, era coisa do indiano. Se era milagre, era coisa do Padre. Como a máquina sabia o que ele fez, o que ele ia fazer? Quando acordou, estava tudo lá. Impresso. Tateou o vidro. Colocou a orelha no vidro. As respostas poderiam estar nos papéis. Agarrou a última folha.

00h24: o cientista entra pela porta.
00h25: paciente avança para cima dele.

00h26: teste de controle pela voz.
00h27: teste de resposta-padrão.
00h28: primeiros sintomas apresentados braço esquerdo cobaia.
00h29: paciente. falha.
00h30: gás liberado.
00h31: paciente resetado.

Pedra não entendeu o que lia. Rasgou as folhas. Coisas do demônio. Era um teste? Ele passou? Bombou. Com certeza não foi bem, não achou a saída. Não saiu do quarto. Esse era o teste. Meia-noite e vinte e quatro. Na hora marcada, o tal homem vestindo a roupa verde limão, botas amarelas e luvas pretas entrou na sala por uma porta que não estava lá. Da mesma forma que a porta surgiu do vidro, sumiu. Cabeça enorme, pontuda, inflada, tinha uma cabeça humana por dentro. Com máscara que cobria o rosto. Parece um boneco de Olinda, pensou Pedra. E essa corcunda aí, parceiro? Tá com mochila debaixo da roupa? Quem é você? Achei que era um ET. É um bosta só. Quero falar. Eu falei ou só pensei? Leve-me ao seu líder. Só pensei, não falei. Chocolate, é você? Rico de merda. Cadê minha voz? O telefone na mesa toca. Ele faz sinal para eu atender. Quem tá ligando de madrugada?

Pedra atendeu.

Alou? Minha voz saiu? Parece que não.

Do outro lado da linha, Bhishma perguntou:

— Quem é Dorothy Gale?

Por que ele pergunta a minha pergunta? Meia-noite e vinte e sete. O relógio. No chão. Como ele faz isso? Com a minha cabeça? E esta mancha vermelha aqui no meu braço? Tem uma, tem duas! Que porra é essa? Queimou? O cara verde olhou para o braço de Pedra. Tá olhando o quê?

— Quem é Dorothy Gale? — a voz de dentro do telefone repetiu a pergunta.

— Dorothy Gale é meu pau! — Pedra gritou. E riu.

Ué, minha voz saiu agora? Acho que saiu. Pedra apontou para o próprio pau. Não sei como, mas eu falei. Tomou, Serenata de Amor? A fumaça. Tem uma fumaça saindo do teto. Eu sei que a voz saiu. Amém pra isso! Meia-noite e trinta e um. Alguém para com a fumaça? Tem como?

Pedra desmoronou no chão do laboratório.

Grogue, ele ainda conseguiu ver o homem de verde aplicar uma injeção em seu braço.

E ouvir a impressora voltando a imprimir fervorosamente. No chão, ele puxou o papel da impressora.

00h33: paciente exibe sinais de contaminação do vírus.
00h34: fase final do experimento iniciada.

Assim que ele leu a última linha, apagou, inconsciente.

[extraído do diário de Marcel Duran]

PONTO 18: OSSOS DUROS DE ROER!

- dezembro de 2016 -

O jogo agora era internacional.

Aluguei um carro no aeroporto de Lisboa. Estava com pressa e por isso fui logo na primeira locadora que encontrei. Peguei o carro mais caro (ou um dos mais caros). Por quê? Ué, sou rico agora (já falei isso?).

Rodei 132 km até a simpática Évora, a cidade mais antiga de Portugal. Depois de comer o melhor bacalhau com natas que já comi na vida, fiquei sabendo que a cidade-museu havia sido tombada como Patrimônio Mundial pela Unesco e ainda guardava dentro de suas muralhas monumentos que evocavam períodos diferentes da história. Igrejas, praças, mosteiros, edifícios e ruelas medievais...

Passei pelo Templo de Diana, lembrança viva de tempos romanos até chegar à Igreja de São Francisco (mais uma igreja, pai?) e por consequência, à Capela dos Ossos, meu destino final.

Paguei 4 euros e fui recebido pela frase que havia me levado até ali: "Nós ossos que aqui estamos pelos vossos esperamos". Gravada no pórtico de entrada, era um tipo de alerta aos visitantes. As paredes e pilares estavam decorados com ossos (mais de cinco mil) unidos por um tipo de cimento de aspecto arenoso. Aqueles crânios, fêmures, vértebras e até alguns esqueletos inteiros pendurados por correntes (um deles, inclusive, de uma criança) somados às abóbadas povoadas por pinturas sombrias davam ao local um clima tenebroso e intimidador.

Tudo naquele local remetia à morte.

Misturei-me aos poucos turistas e fiquei ouvindo a explicação de uma guia que falava espanhol. Pelo que entendi, a capela havia servido a dois propósitos no século 16: transmitir uma mensagem espiritual quanto à transitoriedade da vida e solucionar o problema de lotação de cadáveres nos cemitérios monásticos da cidade.

Dei uma boa olhada em toda a capela e percebi que alguns crânios haviam sido vandalizados. Tinham nomes e recados escritos neles. Como o vidro de proteção não me deixava chegar mais perto, tive que usar o zoom da câmera do celular para aproximar os rabiscos nas caveiras. Demorei, mas acabei encontrando algo que se sobressaiu no meio de tantos nomes de pessoas, cidades, palavrões e datas nos ossos. Duas frases. Em uma caveira estava escrito "Não sou nada" e numa caveira abaixo, li o que parecia ser a continuação da frase anterior. "Nunca serei nada". E com a mesma caligrafia e mesma caneta de cor vermelha o complemento:

"Garrett, Lisboa". Em outra caveira, achei o recado do meu adversário Caliel. E o seu rostinho.

Além de chato, é vândalo, o corno velho!

Fotografei tudo e saí da capela em busca de sinal de Wi-fi.

PONTO 19: INCÊNDIOS E CULPA...

- janeiro de 2015 -

"Não sou nada" e "Nunca serei nada".

Dentro do BMW X6 (ei, desculpa, mas eu tinha que achar um jeito de escrever isso em algum momento!), usei as duas frases para uma rápida e produtiva busca na internet. Já em um dos primeiros resultados, apareceu um poema chamado "Tabacaria", de autoria de Álvaro de Campos, que, dizia o texto, era um dos heterônimos de Fernando Pessoa. A poesia era imensa. Vai aqui o trecho que importa:

Não sou nada.
Nunca serei nada.
Não posso querer ser nada.
À parte isso, tenho em mim todos os sonhos do mundo.

Sem saber o que significava a palavra "heterônimo", usei novamente a internet para diminuir minha ignorância. Diferente de pseudônimo, heterônimo é quando um autor usa outro nome (de uma pessoa imaginária) e atribui à pessoa criada a autoria de suas obras. Obras essas que possuem características próprias e são diferentes das do autor verdadeiro. No caso, Fernando Pessoa escreveu sob quatro heterônimos: Álvaro de Campos, Ricardo Reis, Alberto Caeiro e Bernardo Soares. Tá, então o tal do Garrett (morador de Lisboa) não era o autor do tal poema? O poeta era o Fernando Pessoa que assinou como Álvaro de Campos. Mas e o tal do Garrett? Seria um dos nomes do meu pai? Um heterônimo? Era uma dica pra mim? Ele já foi Euzébio, Leam e agora era... o Garrett?

Nada disso, leitor!

Garrett era o nome de uma rua de Lisboa. Fazia mais sentido. Agora só faltava ligar a rua ao escritor. A busca dessa vez seria com o nome do poeta e a rua.

Digitei no celular tudo junto: "Rua Garrett Lisboa Fernando Pessoa".

Deu certo.

Eu agora tinha o endereço para chegar ao próximo ponto:

Rua Garrett 120, Lisboa.

E o que havia lá? Em frente ao café "A Brasileira" e confinado num triângulo demarcado na calçada de pedras portuguesas, a estátua de Fernando Pessoa permanecia sentada a uma mesa, aguardando pelos turistas, que, àquela hora da manhã, não apareceram. Ao lado da escultura do mais universal poeta português havia uma cadeira esculpida no mesmo metal marrom e dourado onde eu sentei e fingi tirar selfies para poder assim bolinar o escritor sem culpa. Procurei por inscrições ou marcas. Em cima do chapéu, nas mãos e na sola do sapato. Passei a mão por baixo da mesa e da minha cadeira. Nada. Minha caça ao tesouro somente se encerrou quando tateei a parte de baixo da cadeira do poeta modernista. Estava lá um pequeno pedaço de papel preso ao metal frio por um pedaço de fita Silver Tape prateada. Era um bilhete:

POR UM INCÊNDIO, NUNCA PODE SER CULPADO ALGUÉM QUE FICOU DESMEMORIADO!

A caligrafia, cursiva e caprichada, definitivamente era a do meu pai.

Atrás do papel, o nome de um local e horário datilografados: PAVILHÃO CHINÊS, 18H18.

Levantei-me da cadeira, dando lugar a uma senhora brasileira que me pediu para tirar uma foto dela segurando a mão enorme de Fernando Pessoa. Cliquei, recebi em troca um agradecimento exagerado e parti sem rumo pelas ruas do bairro Chiado à procura de um lugar para tomar um café, comer alguma coisa e pensar sobre meus próximos passos.

Acabei escolhendo o simpático Café Bertrand, localizado dentro da livraria de mesmo nome. Lá, eu poderia folhear livros e matar o tempo até as 18 horas.

Em ordem, aí vão os novos conhecimentos que adquiri na internet e minhas teorias sobre eles:

O Pavilhão Chinês era um bar bem pertinho de onde eu estava. Dava para deixar o BMW *X6 (sim, eu vou ficar colocando o modelo e marca do carro para esnobar! Me deixa!) no estacionamento e ir a pé. Como havia um horário bem específico para chegar lá, imaginei que poderia se tratar de um encontro. Com meu pai? Eu não acreditava que meu pai iria se expor assim, arriscando a própria vida. Ele criara o jogo exatamente para despistar os seus inimigos de chegarem até ele. O jogo era uma caminhada de aprendizado para mim e tinha como prêmio final, caso eu vencesse, o encontro com meu pai Euzébio. E talvez, de quebra, alguma revelação final ou algo assim. Por isso, achava que não fazia o menor sentido ele se mostrar a mim e ao meu oponente no meio do jogo.*

A livraria Bertrand (onde fica o café, lembra?) é a mais antiga do mundo, reconhecida pelo Guinness.

Fernando Pessoa devia significar algo para o meu pai. Ele tinha os livros dele lá em casa, me lembro bem. Gostava das poesias do cara. Ele, mais de uma vez, me mostrou aqueles livros com as capas carcomidas pelo tempo e, se me recordo bem, todos tinham a assinatura do autor com dedicatória para o meu pai. Você pode se perguntar... "como uma criança poderia se lembrar disso?". Ora, porque todos os livros de casa, novos ou antigos, em português ou em outras línguas, eram, sem exceção, assinados pelos seus respectivos autores e tinham dedicatórias ao meu pai. Outra pergunta que sei, você está se fazendo: "Marcel, como você nunca achou isso estranho?" Porque... eu era uma criança, ora! Mas pensando com a cabeça de adulto agora: "Como ele poderia ter conseguido as dedicatórias em livros de autores que morreram antes mesmo que ele tivesse nascido?". Seriam falsificações? Uma piada de meu pai? Não duvidaria...

Encontrei a conexão do local onde me encontrava e minha vida. Eu e o Chiado havíamos passado pela mesma tragédia. No dia 25 de Agosto de 1988, naquele bairro, um dos mais emblemáticos e tradicionais da cidade de Lisboa, começava um incêndio que iria destruir 18 edifícios e uma área equivalente a quase 8 estádios de futebol.

A frase do meu pai sobre o incêndio era, no mínimo, sem sentido. Quem é o "desmemoriado"? Por que me isentar da culpa pelo ocorrido? Afinal, o desmemoriado era... eu, não? E na época eu era apenas uma criança. Como eu poderia ser o culpado? Daquela noite, daquela maldita noite, eu me lembro muito pouco. Lembro da chuva e do carro quebrado. Lembro-me de entrarmos num casebre abandonado. Depois, o fogo. Tudo foi muito rápido. Acordei fora da cabana, na minha casa, a salvo. Fim. Quem havia me levado para casa? Não sei, não faço ideia. Talvez ele só esteja, através da mensagem, tentando me tranquilizar. Parecia mais uma mensagem de um pai zeloso querendo poupar o filho de algum trauma. É algo que meu pai faria. Meio tarde para isso, mas, de qualquer forma... obrigado, pai!

Eu estaria mentindo se te dissesse, leitor, não estar com medo do que me aguardava no próximo ponto. Mas havia uma urgência em jogar o jogo. Em unir os pontos. Em entender as coisas.

Parafraseando Fernando Pessoa: "Tudo vale a pena se a alma não é pequena"...

Marcel

[15 horas depois]

— Linha do tempo? — Marcel perguntou.

— *Exacto*! — Cárcamo respondeu com seu sotaque característico. — Amnésia dissociativa... v*oxê* tem um problema, certo?

— Vários.

— Tá. Vamos focar em um, primeiro. Este problema que *voxê* tem hoje se originou de um evento em particular denominado causa-raiz. A causa-raiz é onde se estabeleceu o palco primário do seu problema atual. O primeiro evento, o mais antigo de todos.

— O incêndio?

— Pode ser. Nem sempre é *una* experiência traumática que se tenha consciência. Vamos começar?

— O que eu faço?

— Se acomode da forma mais confortável possível no sofá.

— Achei que ia deitar num divã.

O chileno deu de ombros.

— Se quiser deitar... agora... feche *los* olhos.

Marcel escorregou no enorme sofá, mas continuou sentado e uniu as pálpebras.

— Deixe seu pés retos no chão, descansando. Coloque as mãos sobre as pernas. Relaxe o corpo. E respire *más* profundamente. Preste atenção *em su* respiração. É o que eu quero que faça, Marcel. Vamos definir *su* linha do tempo, entender como *voxê* a organiza espacialmente. Peço que não responda pensando na resposta. Nada disso. Deixe que a resposta simplesmente apareça para *voxê*. *En su* cabeça. Leve o tempo que precisar.

Uma música começou a tocar, baixinho.

— Quero que *voxê* me diga… Marcel, onde está *su* presente, passado e *su* futuro. Onde eles estão? Frente, atrás, esquerda, direita, em cima ou embaixo, ok?

— Sim — Marcel disse, sem ter certeza de ter entendido o que o amigo quis dizer.

— Olhe para *su* passado. Onde ele está agora?

Marcel demorou um pouco. Seguiu a orientação de Cárcamo e esperou que a resposta aparecesse na sua mente.

— Do meu lado… esquerdo. Esquerdo, embaixo.

— Ótimo. E o *pressente*?

— À minha frente.

— Onde?

— Na altura dos olhos.

— Futuro?

— Lado direito, mais acima.

— *Perfecto!* A limpeza da causa-raiz permitirá que todas as experiências com a mesma emoção sejam imediatamente transformadas. Culpa, raiva, tristeza, medo e mágoa… Vamos com *una* emoção por sessão, ok?

— Sim.

— Começaremos pelo medo.

— Medo?

Cárcamo não respondeu.

A música instrumental, ao fundo, era suave e penetrante, intercalava sons de piano e harpa com barulhos característicos da natureza. Marcel ouviu primeiro um vento suave. Depois, veio o farfalhar das copas das árvores e por fim, o canto dos pássaros.

— A partir de agora, tudo o que eu falar será a mais pura verdade. — Cárcamo mudou o tom da voz, deixando-a mais empostada e com certo tom de autoridade. Espaçava as frases enquanto Marcel se sentia mais e mais relaxado. — Quero que você flutue, Marcel. Que vá bem pro alto. Para cima. Pode fazer isso por mim?

— *Sim* — disse Marcel com uma voz mecânica.

— Vá o *más* alto que puder. E então, olhe para baixo.

Marcel respirou fundo e obedeceu.

— Estou olhando!

— E o que vê?

— Uma linha — respondeu, eufórico.

— Descreva essa linha para mim, Marcel. Pode fazer isso por mim?

— Ela segue, sumindo no horizonte, para os dois lados. É imensa. E tem… umas bolinhas nelas. Várias bolinhas com números dentro.

— E o que *son* esses números?

— Minhas idades. Eu posso ver os números até a minha idade atual de um lado e, quando viro a cabeça, não há mais números do outro lado. Isso é ruim?

— Não tenha medo, Marcel. *Son* símbolos apenas. Agora quero que você tente se lembrar da primeira vez que sentiu medo.

— Eu... eu não... não me lembro qual a pr...

— Não quero que pense sobre isso, Marcel. Espere até um número se *encender en su* memória.

A música agora preenchia o ambiente. Mais alta, mais vibrante. Marcel sentia as ondas sonoras reverberando nas paredes da sala, desaparecendo em meio aos sons de animais.

— Eu vejo um número nove.

— Então flutue até lá. Voe sobre essa linha. A sua linha do tempo. Passe pelo número 30... 29... 28... continue até seus 9 anos de idade.

— Estou acima dela. Estou muito alto, mas eu vejo a bolinha lá embaixo, com o número.

— Quero que você desça até ela. Pode fazer isso por mim?

— Eu estou descendo e à medida que eu chego mais perto da bola, o círculo preto vai ficando enorme... agora... ele é todo o chão.

— Continue, Marcel.

— Olho em volta e em cima, tudo está escuro.

— Olhe para os seus pés. Eles estão retos, apoiados no chão?

— Estão.

— Descreva os seus pés para mim, Marcel. E o chão.

— Parece um... assoalho de um carro agora. É isso. Eu estou usando um tênis Kichute. Preto, amarrado na canela.

— Olhe ao seu redor.

— É a Caravan do meu pai. Estou no banco de trás do carro. Meu irmão Maurício está no banco da frente, o do passageiro, e meu pai não está lá. Ninguém está ao volante.

— Onde está o seu pai?

— Está do lado de fora do carro. É noite. Chove muito. Meu irmão está jogando um joguinho eletrônico, o Donkey Kong. Ele nunca me deixa jogar o jogo. Ele é um imbecil! Eu saio do carro. Meu pai... ele tá preocupado. Eu pergunto por que estamos parados. Ele diz que o carro está quebrado. Pede que eu chame meu irmão. Tem uma casa. Ele aponta para a casa. Um trovão ilumina tudo, como nos filmes de terror.

— É uma casa grande?

— Não. É um casebre feito de madeira, em cima de um morro. Nosso carro está atolado numa estrada de terra. Tem muito barro e ele sujou meu Kichute novinho.

Na sala de Cárcamo ouvia-se agora só uma chuva forte, com vento e trovões distantes que pouco a pouco se transformaram em uma tempestade.

— E o que acontece *después*?

— A gente anda pela grama e a grama faz barulho. A casa é azul, parece. Dá pra ver uns tijolos em umas partes... Agora eu estou com meu pai e meu irmão, na porta do casebre. Ele parece abandonado. Meu pai bate na porta, nos vidros. Não tem luz lá dentro. Meu pai grita "Ô de casa" e ninguém responde. A casa tá abandonada! Meu pai tem uma lanterna na mão. A lanterna falha. Ele bate na lanterna com as mãos. Estou com frio e com medo. Ele me fala que tudo vai ficar bem. A porta se abre. É meu pai que girou a maçaneta, mas penso que ela abriu sozinha. Meu pai faz sinal de silêncio e a gente entra. As janelas estão cobertas com papelão. Não. É madeira, não papelão. A sala... a gente anda e o chão faz barulho. Ele está forrado com jornais e fotos. Muitas fotos e muitas folhas de jornais. Meu pai abaixa para iluminar o chão que parece ser feito de papéis. A luz da lanterna mostra uma foto, no chão, uma do meu pai mais novo, num milharal. Uma outra foto é da gente, nós três, na praia de Santos. É uma antiga. Todas as fotos que a gente encontra no chão são da gente. Fotos que eu nunca havia visto na vida. Não me lembrava de ter posado, não me lembrava de alguém ter tirado. Quem havia batido aquelas fotos sem a gente saber? Tem uma fotografia minha, ainda bebê. É o que meu pai diz pra mim. Ele pega uma folha de jornal. A expressão do meu pai muda. Parece que é uma matéria sobre ele. Meu pai fala para gente ficar junto dele, pra não se afastar. A porta se fecha sozinha. Acho que é o vento. A chuva aumenta lá fora. Eu fico com muito medo. Meu pai ilumina as paredes da casa. Elas estão cobertas com mais fotos nossas, parece. Meu pai diz para não olharmos para as paredes. Elas são estranhas, as paredes. Tortas, feitas em ângulos errados, dão uma sensação de vertigem. Aquilo me causa náuseas. Não sei por que, mas sinto uma sensação crescente de opressão. Como se alguém apertasse meu peito. Eu vomito no chão. Meu pai diz alguma coisa para mim. E repete para o meu irmão. Eu não consigo entender. Um barulho, alguém tosse. Meu pai grita de novo "Ô de casa". Anda pelo corredor até chegar a uma porta. Uma luz sai de lá de dentro. Luz fraca, luz que treme. Meu pai abre a porta. É um quarto. Tem várias velas iluminando o cômodo. E tem alguém lá dentro. É um velho. Ele está sentado e tem uma mesa. Um jogo de tabuleiro, umas pedras brancas e negras. O velho chama meu pai pelo nome. "Euzébio", ele diz. Não, ele diz outro nome. "Israfil". Depois, fala alguma coisa sobre o Homem de Lata. O velho come um palito marrom e tosse de novo. Meu pai o conhece. Chama ele de Caliel. Caliel diz que eles têm que terminar o jogo. Meu pai dá um passo para dentro do quarto e se vira pra gente. Se ajoelha para ficar na nossa altura e fala para o esperarmos do lado de fora. Ele fecha a porta, mas a porta fica entreaberta.

— Marcel, você conhece o velho?

— Não... sim. Acho que eu o conheço. Eu... não consigo ver ele direito. Meu irmão está na minha frente. Tem um aroma doce que vem de dentro do quarto. Cheiro de açúcar queimado. Meu irmão desobedece meu pai e entra no quarto. Ele sempre desobedecia meu pai. Meu pai grita alguma coisa pra ele e fala pra ele sair. Maurício finge que não é com ele. Odiava quando meu irmão fazia isso. E também quando me batia. O velho ri. Fala pra gente entrar. Eu entro, meu pai xinga. Diz nomes feios, diz que o velho é louco. O velho responde, dizendo que é irmão de meu pai. Meu pai nunca falava palavrão. Mas ele está nervoso agora. Eu paro ao lado da mesa. Eu vejo o rosto do velho. Eu conheço ele. Na época, não conhecia, hoje eu o reconheço.

— Fale pra *voxê*-criança que você conhece o homem. Fala pra ele *non* ter medo.

— Marcel, não tenha medo! — Marcel repete, de olhos fechados. E continua: — O velho, ele coloca um chapéu na cabeça. Fala com meu pai em uma língua diferente. Um idioma estranho, que me dá mais medo. As palavras... parece que estão falando as palavras de trás pra frente. Meu pai agora fala a mesma língua do velho. Meu irmão ri e imita os dois. Eu não acho engraçado. Presto atenção na conversa, tentando entender. A minha camisa molhada da chuva começa a ficar gelada. Eu falo isso pro meu pai. O velho me dá um isqueiro. O isqueiro dele. Tem um xis no isqueiro bonito do velho. Ele diz que é meu tio. Eu agradeço a ele pelo isqueiro. Ele sorri, diz que é presente. Meu pai me pede pra eu devolver o presente. Eu quero o isqueiro e peço: "É presente, pai". Meu irmão toma o isqueiro da minha mão. Eu brigo com ele. Meu pai manda a gente sair. Eu arranco o isqueiro da mão do Maurício e saio do quarto. Meu irmão não obedece. Nunca obedecia. Maurício fica num dos cantos do quarto, escondido no escuro. Acho que meu pai não o vê. Eu estou do lado de fora do quarto; pela porta, vejo meu pai sentar na cadeira e jogar o jogo com o velho. Eu tô com frio. Muito frio. Eu quero ir para casa. Meu pai e o velho, os dois se viram na minha direção, sem me ver, e depois voltam a olhar para o jogo do tabuleiro. Meu pai diz, com os olhos vidrados no tabuleiro: "Lembre do Homem de Lata". Eu não entendo. Ele fala aquilo para mim? Parece que sim. Eu sei que é pra mim. Ele falou alto, foi pra mim. Eu penso em perguntar "Quem é o Homem de Lata?", mas eu não digo nada. Ouço meu pai de novo falando naquela língua maldita que eu não entendo. Fecho a porta. O velho não disse mais nada. Eu fico abrindo e fechando o isqueiro bonito. Eu giro o disco dele e ele acende. Uma chama alta, amarela, laranja. Bonita. O velho e o meu pai e o meu irmão estão dentro do quarto. Eu não. Eu sento no chão, no corredor e fico iluminando os jornais e as fotos. Quero ver as nossas fotos. A chama do isqueiro passa do isqueiro pra uma folha de jornal. De uma folha vai pra outra. E outra. E o fogo agora está nas fotos também. Eu me levanto. Meu pai vai me dar bronca, eu sei. Eu grito: *"foi sem querer, pai".* Mas ele... ele não me escuta. A porta. Os jornais estão pegando fogo, eu tento apagar e queimo minha mão. Eu me afasto. Uso o Kichute, piso no fogo e o fogo queima minha perna, meu short. Eu bato com a mão e o fogo que estava em mim some. O isqueiro está na minha mão. A porta do quarto está fechada, não consigo entrar lá. Tem muito fogo. Muita fumaça. Eu estou com muito medo. Eu choro. Ninguém me escuta. Eu volto para a sala onde a gente entrou. A porta. Do lado de dentro, na fechadura, tem uma chave estranha. A porta está trancada. Tem uma foto na porta. E está escrito na porta: "OLHE PARA A FOTO. PENSE NA FOTO". É uma foto da nossa casa. Eu giro a chave, olhando para a foto e a porta se abre. Eu só quero voltar para casa. Eu chamo meu pai. Tá quente, minha camisa tá quente. Eu tusso. Eu solto o isqueiro do velho no chão. Meu braço dói. Escuto alguma coisa explodindo. Minha perna queimou e está vermelha. A maçaneta tá quente. Eu giro a maçaneta e ela esquenta minha mão. Eu grito. Outra explosão. Eu saio pela porta e ela se fecha atrás de mim. Estou caído. Estou com dor e com sono. Muito sono. Quando acordo, assustado, estou em casa. Meu pai e meu irmão não estão lá. Eu... eu...

Marcel ficou mudo. Ainda de olhos fechados e em transe, sentiu uma lágrima solitária escorrer pela maçã de seu rosto.

— Está tudo bem — Cárcamo disse. — Não abra os olhos ainda. Você vai ficar bem, Marcel. Olhe para você, criança. O Marcel adulto está ao lado da criança que é você. Pode vê-lo?

Marcel tentava a todo custo segurar o choro preso na garganta.

— Sim... eu vejo...

— Agora fale pro menino que *voxê* é ele — orienta Cárcamo. — Diga ao Marcel criança que tudo vai ficar bem, que *voxê* está bem. Que hoje está vivo e bem.

— Tudo vai ficar bem, Marcel — Marcel diz a si mesmo, soluçando. As mãos, apertando os braços da poltrona. — Você não teve culpa de nada. Foi sem querer. Calma, Marcel. Eu estou aqui.

— Dê um abraço nele. Em *voxê*. Se achar que deve, pegue o menino no colo.

Marcel mudou a postura e voltou a ficar relaxado. Sentia agora os músculos faciais, antes retesados, frouxos. Quando seus lábios pararam de tremer, ele abriu os olhos e enxugou as lágrimas. E sorriu um sorriso envergonhado para Cárcamo, os dentes à mostra.

— Quando eu fui abraçá-lo... ele, eu... eu meio que sumi dentro de mim. Não é estranho? Eu não consegui fechar um abraço nele.

— É *maravilloso*! — Cárcamo disse, empolgado. — Significa que ele se transformou em *voxê*, hoje. Entendeu o que aconteceu? Aquela criança, perdida, assustada e amedrontada agora sabe exatamente o que aconteceu porque você sabe.

— Mas fui eu o causador do incêndio. Não o velho. Eu... eu matei meu pai e meu irmão.

— Foi um acidente, Marcel ... você *non* teve culpa.

Marcel lembrou da mensagem que lera em seu diário, escrita pelo pai. "Por um incêndio, nunca pode ser culpado, alguém que ficou desmemoriado!". *Meu pai estava mesmo se referindo a mim. Ele sabia que eu que comecei o incêndio...*

— Está tudo bem, Marcel?

— Tá... — mentiu Marcel. — É que eu não lembrava de ele me dizer o que disse.

— O que ele disse?

— "Lembre-se do Homem de Lata".

— Está tudo aí dentro. *Voxê* só encobriu o que te fazia sofrer. *Una* proteção do seu cérebro para *voxê non* se quebrar.

— Entendo... Pode ter mais coisas lá?

— Mais detalhes? Sim, pode.

— Eu quero voltar a esse dia. E ao que aconteceu depois do incêndio. Eu nunca entendi como acordei em casa, depois. Minha casa ficava a pelo menos uns 400 quilômetros de onde aconteceu o incêndio. Quem me levou até minha casa? Acho que se voltarmos, eu posso lembrar, preencher esta lacuna...

— Hoje *non*! Continuaremos amanhã e usaremos *una* outra técnica. Se tiver algum objeto, uma roupa que te conecte àquele dia...

— Tá. Amanhã... combinado. Tenho o isqueiro e mais outras coisas.

— Traz ele *enton*. A gente irá trabalhar *una* outra emoção.

— E qual seria a emoção? — Marcel perguntou ao se levantar do sofá.

O chileno hesitou, coçou a cabeça e, por fim, disse:

— Culpa.

Capítulo III [FALTAM 3 DIAS

Alguns têm na vida um grande sonho e faltam a esse sonho. Outros não têm na vida nenhum sonho, e faltam a esse também.

— FERNANDO PESSOA

Marcel

[agora]

— Eu tenho mesmo que beber isso? — Marcel perguntou com cara de nojo.

— Se quiser ir fundo *en su* passado, *si*.

— Vou ficar doidão, né?

— *Non* tem perigo. O mau uso do chá é que pode ser perigoso. Como tomar em casa, sozinho, sem nenhuma orientação.

— Tá falando do "daime"?

— Isso. Ayahuasca. "*El* vinho dos deuses".

— Entra no meu cérebro esse negócio e aí?

Cárcamo sorriu o sorriso que os pais lançam às crianças quando elas perguntam coisas bobas.

— Ele é feito com folhas de chacrona e jagube, que é o cipó. A substância chamada DMT é o princípio ativo da bebida que faz a expansão da consciência, está na folha da chacrona. Quando o DMT começa a circular *en su* corrente sanguínea, ativa *su* glândula pineal, bem no centro de *su* cérebro. Se *voxê* tomasse o chá só com a folha, o próprio corpo iria inibir a ação do DMT. A importância de ser as duas juntas no chá é que o jagube vem para deixar o DMT circular no sangue. E aí você começa a sentir a "força".

— A força tipo... — Marcel prendeu um riso na garganta. — Star Wars?

— Sabia que ia fazer essa piada.

— Foi mal. E esse saquinho? Eu vou vomitar?

— Só se tiver vontade. É parte de um processo depurativo do organismo. *Una* limpeza.

— Escuta, cê vai tomar também?

— *Si*. Pode ser até que a gente compartilhe da mesma "miração". Miração é como chamamos o estado visionário que a gente vai entrar. Sonhos divinos.

— "Sonhos divinos" é uma boa metáfora para alucinação. Gostei.

— O chá *non* é alucinógeno ou psicodélico. A força da ayahuasca é diferente. Prefiro usar o termo "enteógeno" ou "gerador da divindade interna".

— Palavras bonitas pra dizer a mesma coisa. Bora viajar, então!

— Calma. Tem *una* preparação.

— Te falei que me deram um barato desse antes de eu apagar no hotel, né? Só que era vermelho e tinha uns bifes crus dentro.

— Então *non* era o daime.

— Se você diz...

Cárcamo colocou uma bata branca sobre a camisa e um tipo de coroa de ramos e galhos sobre a cabeça.

— Marcel, pode ficar sentado — disse Cárcamo —, mas se você sentir que está muito cansado, pode deitar. Mantenha os olhos fechados. Vão ser três doses. Antes de consagrar a ayahuasca, vou fazer *una* breve defumação com palo santo.

A preparação demorou cerca de meia hora. Depois, quinze minutos foram gastos com orações e mais uns dois minutos do mais puro silêncio. Marcel estava ansioso para começar e antes de beber do pequeno copo de plástico com o chá, foi obrigado a ouvir as últimas recomendações do chileno:

— *Non* lute contra! Concentre-se na música. Quando a força chegar (normalmente demora uns 20 minutos), deixe ela fluir. Não tenha medo da limpeza. Vômito, choro. Depois, vem o bem-estar.

Marcel bebeu a primeira dose daquele líquido denso e marrom-escuro e sentiu um gosto amargo que demonstrou através de uma caprichada careta. Em seguida, Cárcamo lhe ofereceu um pote com frutas para tirar o gosto ruim da boca. Marcel aceitou, comeu duas uvas e um morango e voltou para seu lugar.

E lá, sentou-se de olhos fechados e ouviu a voz calma de Cárcamo:

— Podem ocorrer sensações de distorção das percepções normais de espaço-tempo e, em alguns casos, episódios de distorção sonora, ok?

Marcel não respondeu nada. Na verdade, ele não sabia se era para falar algo ou se devia apenas concentrar-se na música xamânica de fundo, como o amigo lhe havia ensinado. Escolheu a segunda opção. Uma flauta distante disputava espaço com sons de animais selvagens enquanto fortes batidas de tambores marcavam o ritmo. Surgiu uma voz potente, límpida e melancólica de uma mulher cantando uma melodia em um espanhol único, diferente de tudo que Marcel já escutara. A música parecia narrar algo sobre os antepassados dela, sobre espíritos da natureza, sobre a vida e especialmente sobre a morte. A respiração de Marcel ficava mais intensa. Ele sentiu as pupilas crescendo em tamanho, raspando na pele por baixo das pálpebras cerradas como se fossem cortinas grossas balançando ao vento. Pontos vermelhos apareceram. Inúmeros deles. Escorriam e desapareciam no painel escuro que era o fundo de seus olhos. Então, uma centena de formas, saltitando à sua volta, movimentaram-se num caleidoscópio de cores e formas brilhantes. Sons primais estalavam em seus ouvidos e ressoavam pelo ambiente, cada vez mais intensos. Ele podia ouvir um grilo cricrilando dentro de sua cabeça. Marcel pensou em lutar contra aquilo, mas desistiu e acabou se entregando ao poder do líquido que corria veloz dentro dele.

As visões não tardaram a vir.

Abriu os olhos sem tê-los abertos de verdade e olhou para si. Para suas mãos. Os dedões agora pareciam maiores, como duas grandes batatas. Sentiu um arrepio descendo pela espinha e os pelos do braço se eriçaram. Passou a mão pela perna e sentiu a pele como nunca havia sentido antes. Havia um relevo, como se os poros estivessem tão abertos que, ao simples toque, se transformassem em milhares de minicrateras. Não tardou, uma grama verde começou a crescer pelos seus braços e pernas até que tomassem seu corpo por inteiro. Olhou para o lado e viu a si próprio, sentado e de olhos abertos. Sorriu para a sua cópia e recebeu um aceno de volta. E um sorriso. Virou a cabeça para o outro lado e um terceiro "eu" o acompanhava, imitando seus movimentos. Antes que pudesse perceber, os três conversavam sobre o funcionamento do mundo. Debatiam sobre o universo, sobre a consciência e finalidade das coisas. Decidiam se as escolhas que haviam feito até ali foram acertadas e escolhiam possibilidades de futuros. Era uma mesma vida vista de três perspectivas diferentes. Em dado momento, eles souberam que tudo, absolutamente tudo tinha um sentido. Era uma conversa com diálogos rápidos, em que um dos Marcéis nem chegava a terminar uma frase e outra já começava em outra boca. O terceiro Marcel continuava. E o primeiro agora complementava o pensamento. Um jogral intenso, uma discussão que só foi encerrada depois de uma hora, quando a música e os sons da natureza cessaram por completo.

— Sentiu a força?

Marcel demorou a entender de onde vinha o som e quem o produzia. Abriu os olhos de verdade e viu Cárcamo agachado ao seu lado. Depois, olhou para seu corpo e descobriu-se deitado, enrolado como um bebê. Através da janela aberta, notou que já era noite.

— S-senti sim — disse Marcel, gaguejando. — Mano, que viagem!

— Está pronto para a segunda dose?

— O que vai acontecer agora?

Cárcamo deu de ombros.

— Descer mais fundo — disse —, voar *más* alto, quem *puede* saber?

Marcel pegou o copo vazio, inventou uma nova careta e levantou um brinde:

— Então enche isso logo daquele negócio amargo!

[extraído do diário de Marcel Duran]

PONTO 20: O PAVILHÃO DA MORTE

- dezembro de 2016 -

Esperei até as 18h em ponto, toquei a campainha e fui o primeiro cliente a entrar naquele bar inusitado, misto de antiquário e museu, onde havia milhares de peças dos séculos XVIII, XIX e XX confinadas atrás de vidros, espalhadas pelas paredes, escorrendo dos tetos e se amontoando pelos cantos das cinco salas pequenas, intimistas e assumidamente mal iluminadas, lutando pela minha atenção. Depois de levar um susto com um manequim vestido de soldado da guarda real britânica, tive a sensação de ter sido transportado para outro mundo.

O Pavilhão Chinês tinha uma decoração do início do século e abrigava uma coleção de mais de 4 mil itens que incluíam miniaturas, aviões, soldadinhos de chumbo, quadros, pôsteres e um sem número de objetos desconexos entre si mas que, em conjunto, pareciam formar um grande megazord kitsch. O garçom avisou que eu poderia escolher o lugar. Caminhei pelo bar, passando primeiro por um urso tocando trombone, depois por um golfinho com cara de poucos amigos e, em seguida, por uma fila de cabeças gritando. Desviei de um cachorro de porcelana e passei por xícaras, carros e coleções de botões de cores e tamanhos diferentes até me decidir por uma mesa de canto, de onde poderia ver a entrada do bar.

Abri o extenso menu: os preços das bebidas eram bem razoáveis para um bar turístico como aquele (antiga mania de pobre de ficar vendo preço das coisas). Pedi e aceitei a sugestão do garçom. Assim sendo, acabei por experimentar um drink chamado "Teta de Angélica". Não sei quem era essa tal de Angélica, mas eu não gostei do que saiu de seus seios e acabei pedindo um suco de laranja para substituir o gosto estranho que ficou em minha boca.

Os clientes que chegavam em pares ou em grupos pequenos conversavam alto num idioma ininteligível. Apesar de ser a mesma língua que a minha, o português de Portugal necessitava de alguma atenção para ser compreendido. Levei algum tempo para me acostumar com os acentos diferenciados de algumas palavras e, principalmente, para entender as gírias. Para um brasileiro, os nomes dos pratos portugueses eram muito engraçados e pareciam ter sido criados com o único propósito de nos divertir. Licor de merda, sopa de grelos, caralhotas, punheta de bacalhau, arroz de pica. Parecia zoeira, mas... não era! Os portugueses estavam acostumados à nossa estranheza e não se incomodavam em nada em explicar os significados das palavras e o modo de preparo de suas comidas e bebidas típicas.

Pontualmente às 18h18, ele se sentou à minha mesa. Não me pareceu nada à vontade, aquele homem negro enorme e careca (imagino que ele devia ter 2 metros de altura ou mais). O cara que se apresentou como Justo foi logo me informando de nosso parentesco. Meu tio estava visivelmente preocupado e olhava ao redor repetidas vezes. Mudamos de mesa. O problema foi quando ele me perguntou: "Por que marcou a reunião comigo aqui?". Eu, é claro, respondi que achava que ele é que tinha marcado. Mostrei o bilhete para ele. Ele deduziu que alguém havia armado uma emboscada para nós dois e que tínhamos que sair de lá o mais rápido possível.

Uma música dos anos 90 marcou o começo e o fim de uma conversa que não durou mais do que 4 minutos. Conversa não seria a palavra certa para descrever o que aconteceu ali. Apenas Justo falou. E eu escutei. Quando eu tentava perguntar alguma coisa, era sempre interrompido com a frase "não temos tempo!".

Foi praticamente uma palestra que vou tentar resumir ao mínimo de palavras possíveis. Segundo ele, o mundo estava no fim e meu pai estava sendo perseguido por inimigos poderosos. Justo enumerou todos os "nossos" inimigos. Coloquei a palavra entre aspas porque ainda não sei se Justo falava a verdade.

Não tinha a certeza nem que ele era quem dizia ser. Acumuladores, Perfeitos, Alvos e Cobradores. Não explicou porra nenhuma sobre nenhum desses nomes. Só me disse para eu tomar cuidado. Dã! Gente poderosa e perigosa. Ele me disse que eu estava atrasado. Beatriz esteve ali, em Portugal, no ponto 23, e eu tinha perdido a chance de encontrá-la. Enfatizou que ela já tinha seguido sua viagem para outro país. Perguntei para onde, ele repetiu: "não temos tempo!".

Nossa conversa enigmática foi interrompida quando um homem quase do tamanho dele, vestindo um boné vermelho, veio para cima da gente. Justo heroicamente saltou para cima do cara. Gritaria, pânico, gente correndo. Os dois rolavam pelo chão. Eu queria ajudar, mas não sabia como. Eu cheguei a dar uns dois chutes no maluco, até Justo gritar duas palavras: "Cobrador" e "Foge!". Não fugi. Aí ele falou: "No carro, Marcel!". O tal Cobrador enfiou uma faca estranha nele e quando o sangue começou a manchar o sobretudo de Justo e sua voz começou a falhar, eu já estava perto da porta de saída. "No Carro?". Era para eu fugir de carro? Fui um covarde. Assumo! Saí de lá e só parei de correr quando estava dentro do meu carro no estacionamento. Dentro do BMW X6 (desculpe por repetir isso!), com o coração na boca e as pernas tremendo, percebi que só iria me sentir mais seguro se me afastasse o mais rápido possível dali. Dirigi até chegar a uma rodovia. Qual? Não lembro. Não sabia para onde estava indo, só segui as placas para deixar a cidade e parei uns bons quilômetros depois num posto de estrada. Para recuperar o fôlego e a sanidade. E também para decidir para onde iria.

E que encontrinho esse que eu tive, hein? Cara a cara com alguém que podia me dar todas as respostas e não deu porque... foi morto! Na porra da minha frente! E eu não fiz nada! Queria perguntar tanta coisa para ele... sobre o assassinato que acusam meu pai de ter cometido, sobre o Ligue os Pontos, sobre Beatriz. Mas Justo morreu por causa do jogo. Por causa do meu pai e... por minha causa?

Minha vontade era me afastar de tudo e de todos, mas eu não podia fazer isso. A vida inteira eu havia feito isso: sempre fugi de enfrentar meus problemas. Pelo menos uma vez na vida eu teria o poder de fazer alguma coisa que realmente importava. Algo que poderia salvar a vida das pessoas. Eu... um merda! Isso mesmo, leitor! Acho que se quisessem me matar, já o teriam feito. Por quê? Ué, porque eu sou um bosta de um zé-mané e isso basta. Sou um alvo fácil. Mas não vou mais facilitar, não. Preciso ser mais cuidadoso daqui para frente. Mataram meu tio e estão atrás do meu pai.

E eu... eu tô muito é puto!

No posto, constatei que não existia esse lance de frentista em Portugal, que eu mesmo teria que abastecer. Abastecer e depois pagar pelo combustível. No Brasil, nunca isso ia funcionar! Bem... além de ter que entender como a bomba funcionava, eu tinha que descobrir qual era o combustível certo para o carro (gasolina sem chumbo 95, gasolina sem chumbo 98, aditivada, gasóleo...). Pensei que seria melhor dar uma olhada no manual do carro. Abri o porta-luvas do meu BMW X6 (eu não consigo parar de escrever o nome dele, desculpa mesmo!), e encontrei uma carta de Justo. O "no carro" que ele havia me falado anteriormente, finalmente fez sentido:

"Marcel, se está lendo isso é porque algo deu errado.

Ou não nos encontramos no bar ou não saí vivo do encontro.

E se uma das duas coisas aconteceu, teremos que mudar os planos.

Encontre seu pai no teatro. Pode ser a última vez que se vejam.

Seja pontual. Leve o cubo! E destrua este papel.

Que o Deus original nos ajude.

P.S. Se nosso papo transcorreu sem nenhum percalço, desconsidere as palavras acima, assim como as passagens."

Atrás do papel, um conjunto de números. Coordenadas para o próximo ponto, certamente. E o horário do encontro:

37.941613, 12.832676 / Teatro, às 22h00.

Passagens? Revirei o porta-luvas do BMW X6 (me deixa!) e encontrei duas passagens aéreas em meu nome. A de ida tinha impressa a data do dia seguinte e o destino era a capital da Sicília, Palermo. A passagem de volta para Lisboa não saía do mesmo aeroporto Falcone e Borsellino da ilha italiana. O estranho é que minha volta partia do aeroporto de Atenas, na Grécia, 40 dias depois da minha chegada a Palermo. Como eu já estava acostumado com coisas estranhas, pensei comigo... ok, né?

E posso falar? Estava ansioso demais pela chance de ficar cara a cara com a nova versão do meu pai. Dessa vez, eu não sairia daquele encontro sem que tivesse todas as respostas. Mas não mesmo!

Beatriz

[agora]

Eram cinco da tarde quando Beatriz finalizou as cerimônias do terceiro dia da Fase 5 da Operação de Abramelin. Terceiro dia em que ela tentava, sem êxito, convocar o seu Santo Anjo Guardião. Ela não sentiu nada de diferente acontecer. Nenhuma visão ou iluminação divina. Estava frustrada, é claro, mas tentava afastar os pensamentos negativos de sua cabeça. A maior parte do tempo em que se manteve reclusa naquela cabana tinha sido assim, sem grandes acontecimentos ou revelações. Retirou o Robe de Lamentação e saiu do oratório lembrando-se da fala de Justo, quase um mantra, presente em quase todos os seus áudios, alertando-a para dias como este: *Continue sua oração, redobrando seu ardor e fervor.* Girou a alavanca de ferro na parede e deixou a água gelada que desabava do cano (que ela teimava em chamar de chuveiro) bater em seus ombros e escorrer pelo corpo. Com os antebraços apoiados no azulejo, de olhos fechados, orou mais uma vez pedindo instruções ao seu Anjo Guardião sobre como deveria agir na próxima fase (a última e decisiva) que começaria no dia seguinte. Seriam três os dias que ela tentaria entrar em contato com os espíritos maus.

Beatriz sentia-se exausta e fraca. Havia acordado antes mesmo de o dia amanhecer e só interrompeu as orações para desenhar talismãs pelo chão da casa. Eram os tais quadrados mágicos sobre os quais os príncipes demoníacos deveriam lhe jurar obediência. Não gostava da ideia de atrair tais entidades para a cabana. Pior ainda seria fazê-lo sem antes ter conseguido trazer ou mesmo comunicar-se com seu Guardião. Nunca dera muita bola para os filmes de terror, especialmente aqueles com cenas de exorcismos e possessões demoníacas. Achava graça até. E agora, com a chance real disso acontecer, o estômago embrulhava e as pernas bambeavam ao imaginar o encontro com Lúcifer e seus amiguinhos.

Será que eles notariam o seu medo e sua fraqueza?

Justo havia se enganado sobre sua capacidade? Beatriz pensava que sim. Ela era uma pessoa comum, com medos comuns, tentando realizar o extraordinário: uma ótima receita para o fracasso.

Para piorar, havia o jejum: quatro dias com fome e sede.

Poderia simplesmente levantar a cabeça, abrir a boca e deixar a água do chuveiro entrar.

Contudo, não foi o que fez. Não cometeria mais esse erro.

Um barulho na sala.

Beatriz fechou o registro da água para escutar melhor.

Havia alguém na cabana?

Enrolou-se numa toalha, armou-se de uma faca de metal opaco ao passar pela cozinha e caminhou na ponta dos pés pelo corredor. O som, descobriu, vinha dos restos do radinho que, mesmo quebrado, chiava, clamando por atenção num dos cantos da sala:

— *Chamou-eu-bem-atriz?*

Beatriz agachou-se, tomou a carcaça do rádio em suas mãos. A colagem de vozes bizarras misturadas à estática, conferiu, saía mesmo do pequeno alto-falante do aparelho.

— *Eu-estou-aqui-você-não? Onde-está-seu-Deus?*

Ela aproximou as sobras do rádio portátil para perto de seus olhos de forma que o plástico transparente e escuro que cobria e marcava as estações refletiu seu rosto. O terror transformou sua face quando percebeu outra figura sobreposta à sua.

No reflexo, outro rosto, também feminino, piscou para ela. A voz metálica que não saía do rádio anunciou:

— É assim que você recebe seu Santo Anjo Guardião?

Beatriz reorientou seu corpo na direção de onde vinha o som e soltou um grito ao ver uma mulher ali, sentada no velho sofá, na outra extremidade da sala. Ela usava um vestido púrpura e vestia uma bandana sobre o nariz que cobria-lhe totalmente a boca. A bandana era da mesma cor da pele da mulher, com dentes brancos desenhados por cima do pano e formavam uma boca sorridente e caricata e... assustadora. A mulher tinha uma boneca sobre uma de suas pernas, uma miniatura de si mesma, vestida como ela. Havia somente algo que diferia as duas: a boneca bizarra não tinha bandana, nada cobria sua boca recortada do resto do rosto por dois traços pretos, como os bonecos de ventríloquo.

— Olá — disse a voz metálica. — Meu nome é Yesalel, a quarta dos Nove. A Boca de Deus. Eu ouvi teu chamado, Beatriz.

Beatriz percebeu que a voz (um som metálico e sem emoção) vinha de dentro da boneca, que abria e fechava a boca mais ou menos sincronizada com a fala. Certamente a mulher a controlava pelas costas, como os ventríloquos fazem.

— Você é o meu Santo Anjo Guardião?

A mulher e a boneca fizeram o mesmo sinal de afirmativo com as cabeças.

— Como vou ter certeza de que você é quem diz ser? — perguntou Beatriz, aproximando-se do sofá, com a faca em uma das mãos e os restos do rádio na outra.

Yesalel apontou para uma das mãos de Beatriz.

— O rádio? — questionou a garota.

— Sim. Ele é limitado como forma de comunicação. Desculpa se te assustei. Com o rádio, só me é possível usar as palavras que locutores, cantores, pastores... só posso buscar palavras proferidas através das ondas sonoras que ainda estão por aí, pelo ar. Eu então utilizo desses pedaços de falas antes que sumam para sempre no éter. Não sei bem como funciona. Só sei que funciona assim. Bem, não importa. O que interessa é que estou aqui, meu chuchu.

— *Chuchu*? Não imaginei que um Santo Anjo... que meu Santo Anjo Guardião falaria assim.

— Tens razão — disse Yesalel, assumindo uma posição mais ereta no sofá. — O que quereis saber?

— Se você é realmente quem diz ser, então deveria saber.

— Ih, garota... que desconfiança é essa? — a mulher voltou a ficar com o corpo relaxado. — Tá. Você quer a Vontade Verdadeira, não quer?

— *Verdadeira Vontade* — Beatriz corrigiu.

— Sim, sim... isso. Sobre a Verdadeira Vontade... a regra é: não confie em *nenhum* demônio. Eles fariam qualquer coisa para lhe enganar. Dirão que vão lhe conceder favores, poderes mágicos, direcionamento. Mentira.

— E o que você tem a dizer sobre meu sonho?

— Ué... é sobre o Apocalipse. — Yesalel inclinou-se para frente e colocou sua boneca de lado. — Todo mundo morre. Fim.

Beatriz não demonstrou estar satisfeita com a resposta.

A misteriosa mulher respirou fundo, desfez o laço por detrás do pescoço e retirou calmamente a bandana cheia de dentes da frente de seu rosto revelando duas coisas: uma gargantilha exótica dourada com uma pedra vermelha e a massa de pele queimada que era a região abaixo de seu nariz. Se havia uma boca por baixo daquele tecido carne e cicatrizes torcido e amassado tal qual raízes vermelhas, Beatriz não soube dizer.

— Neste momento a sua cabeça está escolhendo, dentre as dezenas de perguntas possíveis, uma forma menos grosseira de saber o que me aconteceu — disse a voz metálica que vinha da boneca esquecida no canto do sofá.

Beatriz sentiu-se incomodada. Algo a forçava a encarar aquele rosto de qualquer forma. A boa educação lhe dizia para desviar o olhar e mudar de assunto, mas a mulher estava certa: a curiosidade venceria a boa educação desta vez.

— Incêndio? — Beatriz arriscou.

— Deus.

— O quê?

— Foi Ele quem me fez isso.

A resposta da malaquim era uma provocação? Apesar da ausência de entonação naquela voz metálica e artificial, Beatriz sabia que a frase dita não passava de uma desculpa para Yesalel contar sua versão dos fatos.

— Me conte então... — Beatriz apontou para o teto da cabana. — Ele teve alguma razão para fazer isso?

Yesalel abaixou a cabeça e virou-se para a boneca. Enquanto arrumava metodicamente o vestidinho de sua cópia miniaturizada, a boneca respondeu:

— Ele fez porque podia.

As duas permaneceram em silêncio por longos segundos.

Beatriz pensava como era estranho interagir com uma pessoa sem a boca. Nunca havia notado como, numa conversa, a boca era não só uma das responsáveis pela fala, mas colaborava também na montagem das expressões faciais. Talvez fosse por isso que a garota tentava fixar seu olhar nos olhos lilases da visitante em busca de uma leitura correta de suas reais intenções.

— Hello Kitty — Yesalel disse finalmente, quebrando o silêncio aflitivo.

— O q-quê? Eu não...

— Relaxa. É o apelido que meu irmão idiota me colocou. Não tenho boca, então...

Apesar de ter achado engraçado o comentário da mulher, Beatriz não sabia como reagir e disfarçou o sorriso. Somente depois de uma risada metálica que saiu da caixa de som localizada dentro da boneca foi que ela teve certeza de que aquilo era realmente uma piada. O "hahahaha" robótico, sem pausa e sem emoção, era engraçado demais. Bizarro, mas hilário.

Naquele momento, se ainda havia qualquer clima de animosidade entre as duas, ele acabou sendo desfeito assim que Beatriz se juntou ao riso.

— Eu sei que é errado rir, mas... — desculpou-se.

— Tudo bem — Yesalel disse, tirando a rica gargantilha do pescoço e entregando-a a Beatriz. A moça hesitou um pouco, mas acabou por aceitar a peça coberta de ouro. Era de uma beleza única, diferente de qualquer joia que ela já havia visto na vida. — É um presente.

— Justo disse para eu não aceitar presentes de ninguém — justificou-se Beatriz, sem convicção alguma. — Vindos de humanos e principalmente os oferecidos por malaquins.

— Ah, Justo... ele disse algo sobre aceitar o presente direto das mãos de seu Santo Anjo Guardião?

Beatriz puxou na memória e, por fim, balançou negativamente a cabeça.

— Então! Olha essa pedra no centro, em formato de lua crescente. — As duas mãos de Yesalel envolveram carinhosamente a mão de Beatriz que segurava a gargantilha. — Trata-se de um raro berilo vermelho chamado esmeralda escarlate. Esta Dádiva lhe trará poder e sabedoria, meu chuchu. Sabedoria, inclusive, para saber como e onde usá-la.

— Obrigada, meu Santo Anjo! — agradeceu Beatriz com uma reverência.

Yesalel pediu a carcaça do rádio portátil, apontando para o objeto quebrado.

Beatriz entregou a ela o que ainda restava do aparelho sem lhe perguntar o motivo.

A malaquim deu uma piscadela para Beatriz e em seguida olhou fixamente para seu reflexo impresso no plástico transparente.

E desapareceu.

Os restos do rádio Motorola chegaram a flutuar por um centésimo de segundo no ar antes de despencar no sofá, depois que as mãos que o seguravam não estavam mais lá para mantê-lo suspenso. Era como nos desenhos animados, Beatriz pensou, quando os personagens, já sem o chão sob seus pés, caem no precipício somente depois que olham para baixo. No sofá, a mini-Yesalel encarava-a com os olhos vidrados. *Ela esqueceu de levar a boneca?* Beatriz aproximou-se do brinquedo macabro e notou que havia uma frase bordada, com letras diminutas, na barra do vestidinho da versão miniatura da malaquim: APERTE MINHA BARRIGUINHA!

Beatriz, receosa, apertou aquela flácida barriga e ouviu uma voz infantil que vinha de dentro do brinquedo com exagerada empolgação:

— Arranque a minha cabecinha!

A garota fez o que a boneca lhe pediu. Puxou a cabeça, que se destacou e tombou para trás, revelando em seu interior uma chave igual à sua Chave e um biscoito da sorte.

Beatriz quebrou o biscoito mas não o comeu. No papel que havia dentro dele, leu a frase: A BOCA FALA DAQUILO QUE ESTÁ CHEIO O CORAÇÃO, e atrás, uma sequência de seis números: 81 80 94 28 69 24.

Beatriz não era nenhuma especialista nas Escrituras, mas depois de seis meses lendo e relendo a Bíblia deixada na cabana por Justo todos os dias, ela já era capaz de saber se uma frase tinha sido retirada de lá. Certamente, essa fazia parte de algum dos evangelhos, lembrava. Não demorou, ela folheou e achou o trecho completo em Mateus 12:34:

"Raça de víboras, como podem vocês, que são maus, dizer coisas boas? Pois a boca fala do que está cheio o coração"

Em relação à chave que ela retirou de dentro da boneca, tratava-se uma réplica perfeita de sua Dádiva. Mas havia uma diferença. Na verdade, três. Os três buracos que haviam na Chave que ela subtraíra de Marcel estavam, nesta cópia, preenchidos por três pedras brilhantes nas cores vermelha, verde e amarela. A verdade é que Beatriz nunca pensara que aquelas fendas em sua Chave poderiam ou deveriam ser preenchidas. Imaginava que os buracos faziam parte do desenho singular daquele objeto sagrado.

Se não tivesse visto aquela réplica, talvez Beatriz não tivesse feito nenhuma relação entre a gargantilha que recebera de Yesalel e a sua Chave: a esmeralda escarlate que adornava o colar dourado tinha agora um destino certo.

Beatriz sentia-se eufórica.

Apesar de imaginar que o encontro com seu Santo Anjo Guardião se daria de uma maneira diferente, o resultado lhe pareceu satisfatório. *E ainda meu Santo Anjo é uma mulher!* Sua insegurança havia sumido, foi substituída por uma fé inabalável. Sua missão, sabia bem, estava perto do fim e, se ela ainda guardava algumas dúvidas em relação ao futuro, o presente de Yesalel poderia conter as respostas que lhe faltavam. As que Justo não lhe dera.

Beatriz não imaginava quais poderes a Chave teria em combinação com a Dádiva de Yesalel. Precisaria testar. Pressionou a pedra vermelha no formato de meia lua até ela se descolar da peça de ouro que a mantinha presa à gargantilha. Beatriz nunca em sua vida havia visto algo assim, nem mesmo nas vitrines das lojas mais renomadas. Ficou admirando a joia por um instante, olhando a pedra contra a luz. Aquele brilho e transparência deveriam ser únicos no mundo, concluiu. E esta raridade estava agora em suas mãos. Sorriu ao lembrar-se do filme *O Senhor dos Anéis.* Sentiu-se o próprio Gollum segurando "sua preciosa". Passava os dedos por toda a superfície da pedra. Tinha um certo prazer em fazer isso. Até cortar-se em um dos cantos afiados e pontudos da pedra. Um corte pequeno. Uma linha fina de sangue brotou de seu dedo indicador. Ela sugou o líquido viscoso com a boca até o vermelho sumir do dedo. Repetia o processo toda vez que o sangue teimava em minar pela abertura na pele. Sabia do risco de seu sangue manchar o chão sagrado da cabana. Depois, ela faria um curativo. Estava ocupada demais admirando as suas duas Dádivas.

Como imaginara, a joia rara encaixou-se perfeitamente no maior dos orifícios da Chave. Os outros dois buracos menores deveriam ser preenchidos por outras duas pedras de cores e formatos diferentes, uma verde e uma amarela, como a réplica.

Beatriz repousou a Chave aramada com a pedra vermelha no sofá e teve um calafrio ao pensar quais portas aquela Chave seria capaz de abrir.

[extraído do diário de Marcel Duran]

PONTO 21: FUGA ESPETACULAR

- janeiro de 2017 -

Escrevo este texto dentro do avião, a caminho de Lisboa, voltando da Grécia.

Como embarquei? Não me lembro. Aliás, não me recordo muito bem dos eventos que aconteceram depois que encontrei meu pai. Quero deixar claro que foi ele quem escreveu no meu diário que trata do ponto 22. É a letra dele.

Contarei a você, leitor, o que me lembro.

Vamos lá...

Desembarquei no aeroporto de Palermo, na Sicília, a maior ilha da Itália e logo na saída encontrei um italianinho careca chamado Luigi (que não falava uma palavra em português) segurando um cartaz com o meu nome falso: Lecram Narud. Ele me colocou em seu carro e disse que me levaria ao encontro de meu pai. De camisa xadrez, calças jeans acima do umbigo e sandálias de couro, ele era a cara do George Costanza do seriado Seinfeld. Tudo o que eu perguntei para ele na estrada foi à toa. Ou ele não entendia ou não sabia me responder. Jurou que nunca havia visto meu pai. Pelo menos foi o que eu entendi. Explicou-se dizendo que recebera dinheiro para me levar até Segesta, a 78 km da capital. Ao sair da estrada principal A29, chegamos ao parque arqueológico bem antes do horário que o bilhete me pedia para estar lá.

Melhor.

Eu teria tempo de me preparar, rodar pelo local.

Luigi parou o carro no estacionamento vazio. O parque arqueológico estava fechado. Éramos os únicos ali (pelo menos era o que eu achava até aquele momento). Desci do carro levando minha mochila (não a do Bob Esponja, uma outra que não chamava atenção) com o cubo mágico, como Justo havia me recomendado. O motorista italiano me acompanhou até um portão verde, que estava aberto. Assim que atravessei o portão, Luigi assoviou e, quando olhei para ele, o careca apontou para o chão. Disse algo como "terreno sagrado". Quando olhei para ele, o italiano repetiu, com uma pronúncia mais lenta. O que entendi foi algo como "você está pisando em solo sagrado".

Depois do meu sinal positivo para Luigi, ele voltou para o carro.

Usei as coordenadas que Justo anotara no papel para me guiar pelo parque e a luz do celular como lanterna. Diz a lenda que a cidade de Segesta (conhecida como Egesta pelos gregos) teria sido fundada pelos sobreviventes da Guerra de Troia, no final do II milênio a.C., um período da história marcado por guerras e terremotos.

Passando pela bilheteria (que estava fechada), segui à direita, subindo por uma escada formada de terra batida e pedriscos. Degraus largos, subida longa. A noite estava agradavelmente clara e o céu, apesar da lua cheia, inundado de estrelas. Há tempos eu não via um céu noturno tão incrível. Olhei no celular: 21h32, 10° C. Ao fim da escalada, me posicionei no local exato onde as coordenadas do bilhete me indicaram. Estava diante do templo dórico mais bem preservado do mundo. Ele não estava finalizado e, por esse motivo, não atraiu o interesse dos saqueadores. Melhor para mim, que podia olhar para aquele monumento enorme sob a luz da lua. Não ter a presença de dezenas de turistas era um alívio. Será que meu pai havia subornado os funcionários para deixar os portões abertos e sem nenhum tipo de vigilância?

Meus passos eram os únicos sons a ecoarem pelas 36 colunas daquele templo inacabado. Leitor, você se lembra das coordenadas 37.941613, 12.832676 no papel de Justo? Então, elas me levaram até ali, para o interior daquela construção ancestral. Um cachorro preto enorme com cara de bonzinho apareceu atrás de mim e me deu um baita susto. Silencioso, não vi de onde ele saiu. Ameacei fazer carinho na cabeça dele e ele, sem rosnar, avançou para cima de mim e começou a puxar a ponta de meu casaco cada vez mais forte. Tentei demovê-lo da ideia, mas ele estava decidido. Fui obrigado a tirar a mochila das costas e deixar que ele levasse meu paletó preto. Arrastou a peça de roupa com a boca e quando sentiu que estava distante o suficiente de mim, soltou o casaco - agora desfiado - no chão de terra. Depois esticou meu paletó com uma das patas e deitou em cima. Acredita que o cão ainda ficou me encarando? Olhos irônicos, os dele. Não consegui ficar com medo (apesar do susto inicial) do animal, mas hesitei. Ser mordido? Não, obrigado! Joguei uma pedra perto dele. Balancei os braços. Falei "passa!". O máximo que consegui foi fazer o bicho abaixar mais a cabeça e enterrar o focinho no meio das patas. Depois, ainda fechou os olhos, aquele cão dos diabos!

Deixei o animal para trás e fiz o caminho de volta até a entrada. Aquelas colunas não pareciam ser o teatro que Justo escrevera na carta, apesar das coordenadas. Olhei o mapa do parque na bilheteria. Ele ensinava que eu deveria seguir à esquerda por uma estrada estreita e íngreme que rasgava o morro subindo em direção às estrelas. Seria uma longa caminhada até o teatro. Por sorte um ônibus escrito MOVEOBUS *acendeu as luzes e ligou o motor. Fui até ele. Luigi, que ocupava a posição de motorista, abriu-me a porta e desandou a falar. Eu, claro, não entendi nada da conversa. Mas sorri a cada gesto exagerado que ele fazia ao final de toda frase. Tão logo eu desci, ele manobrou o ônibus e desceu morro abaixo, sumindo no meio da noite.*

Sozinho, venci os poucos degraus que levaram à parte mais alta da antiga cidade de Segesta. O local estava bem sinalizado e o caminho agora era feito um quebra-cabeças de rochas. Passei por entre os escombros, andei pelo que sobrara das portas de entrada da cidade ancestral e de lá de cima pude ver o templo onde eu estivera há pouco, reluzindo ao luar. A visão era deslumbrante, onírica até. A trilha de pedras desaguou num teatro do período helenístico, parcialmente escavado na rocha da colina. E que teatro! Com capacidade para 4 mil pessoas, situava-se numa posição privilegiada, com o vale ao redor e, ao fundo, o mar Mediterrâneo.

Eu não saberia agora como traduzir em palavras o tipo de sensação que comecei a sentir ali. Algo primitivo, arrebatador. Uma sensação de pequenez diante de tudo. Ou talvez fosse somente um pânico crescendo dentro de mim. A ansiedade de rever meu pai, o perigo de mais um encontro com um Cobrador... estava mais frio ou era o meu corpo que tremia de pavor? Difícil saber. Desculpe, de verdade, mas a minha memória falha toda vez que tento lembrar o que aconteceu a partir do momento em que me sentei nas rochas das arquibancadas do teatro. Daí pra frente, lembro de partes. Lembro, por exemplo, que eu, idiota como sou, testei a acústica do local. Bati palmas, gritei com as mãos em concha em volta da boca. Tudo o que não deveria fazer, eu fiz. Meio que para espantar o cagaço e matar o tempo. Escutei o som de passos, ao longe. Fiquei de pé, me escondi atrás de um muro em ruína e esperei.

Uma silhueta acenou para mim, do alto da última fileira da arquibancada.

Acenei de volta.

A sombra desceu as fileiras do teatro em ruínas até o palco onde eu estava.

Era o jovem do vídeo: black power, cigarro aceso, meu pai vestia o paletó que o cachorro havia me roubado.

Pensei se devia ou não abraçá-lo, mas ele foi mais rápido que eu e tomou a iniciativa.

Balbuciei alguma coisa dentro dos braços dele, acho. E chorei, claro que chorei. Ele me pediu desculpas. A primeira coisa que ele me falou foi "desculpa, filho". Depois ele fez um sinal para que eu me sentasse nas arquibancadas de pedra. Ele permaneceu de pé no semicírculo de terra, na minha frente.

Olhou para o relógio. Copiei seu gesto e conferi as horas. 22h01. Pontual como sempre, pai!

Agitado, ele começou me dizendo que não tínhamos muito tempo para gastar ali. Perguntou sobre o cubo, que entreguei a ele sem questionar. Não. Acho que fiz algumas perguntas. Sim, eu fiz. E ele as respondeu de modo evasivo. "Você usou a fruta?", ele me perguntou. Achei estranho o jeito dele de falar. "Usar a fruta?". Respondi que havia dado uma mordida nela. Duas, na verdade. Pra saber o gosto. Ele quis saber o que aconteceu depois e eu contei como tinha sido minha experiência. Disse que nunca havia visto nada parecido (nem na internet). Confessei a ele que havia demorado uns dias para tomar coragem de experimentá-la. Estava desconfiado, ué! Fiquei intrigado pelo fato de a fruta não ter apodrecido. Quando resolvi morder, mordi um pedaço bem pequeno e o gosto.... que gosto horrível! Amargo no começo e azedo no fim. E o mais importante: depois da mordida, a fruta vermelha com manchas douradas se regenerou. Magicamente. Uns minutinhos e ela estava inteira novamente, como se nunca tivesse sido mordida. Ele ouvia tudo quieto, meu pai. Parecia já saber dos atributos do fruto. Quando terminei, ele me perguntou se eu já havia tentado cortá-lo em pedaços. Sim, claro que eu tinha feito todas as experiências possíveis com a fruta! A questão é que quando eu tirava uma fatia dela, o pedaço apodrecia. O resto da fruta, se reconstruía. Assim que eu disse isso, ele se sentou ao meu lado na arquibancada do teatro grego e sacou outra fruta, diferente da minha, de dentro de sua mochila (ele estava com uma mochila). Aí ele colocou a fruta dele e o cubo mágico no colo. A fruta dele era azul e brilhava em tons prateados com a luz da lua. Parecia uma enorme pedra preciosa. Lisa, alongada e multifacetada, ela era de uma beleza única. Posso falar? Dava uma vontade absurda de comê-la, só de olhar para ela. Água na boca, sabe?

Meu pai, vendo minha expressão de perplexidade, resolveu (finalmente, né?) me explicar que porra eram aquelas frutas. E não me deixava interrompê-lo enquanto falava. Bem típico do meu pai...

Ah... já te adianto que foi uma explicação meio absurda e se você, leitor, quiser desacreditar, te entendo perfeitamente. Prometi ser sincero contigo, não? Então, leia tudo e tire as próprias conclusões. Não tenho como provar nada. Repetirei apenas o que ouvi e vi.

Meu pai me disse que as frutas haviam sido colhidas das árvores do Jardim do Éden. A que eu experimentei vinha da Árvore da Vida e a dele, da Árvore do Conhecimento do Bem e do Mal (ou simplesmente Árvore da Ciência). Pesquisei e não há muito sobre a Árvore da Vida na Bíblia. Sabia de antemão somente que ela garantia a Adão e Eva a vida eterna. Já a outra, a Árvore do Conhecimento do Bem e do Mal é bem mais famosa. Isso porque Eva e depois Adão comeram de seu fruto e foram expulsos do Paraíso. E ainda culparam a serpente. Lembra disso? Eu também. Olha o que diz Gênesis 3:22-24:

"Então disse o Senhor Deus: Eis que o homem é como um de nós, sabendo o bem e o mal; ora, para que não estenda a sua mão, e tome também da árvore da vida, e coma e viva eternamente, o Senhor Deus, pois, o lançou fora do jardim do Éden, para lavrar a terra de que fora tomado. E havendo lançado fora o homem, pôs querubins ao oriente do jardim do Éden, e uma espada inflamada que andava ao redor, para guardar o caminho da árvore da vida."

Fodeu, né? Depois que Adão e Eva comeram o fruto da árvore proibida, foram expulsos e... pior, nunca mais puderam comer novamente o fruto da outra árvore, que dava a eles superpoderes. Ou seja, viraram mortais como eu e você, leitor.

Agora as coisas ficam mais interessantes. A fruta da Árvore da Vida se regenerava e tinha o poder de fazer a mesma coisa com quem comia dela. Meu pai me convenceu quando perguntou quantas vezes eu ficara doente depois de ter mordido a fruta. É... eu não me lembrava de ter ficado doente nenhuma vez sequer. A fruta me deixou mais forte e mais protegido de doenças? Legal! Por que não me avisaram antes? Ele explicou que essa era uma forma de os tombados (anjos lançados à Terra) se manterem vivos e com saúde por mais tempo. Perguntei se era assim que tinha voltado à vida e ele me respondeu que voltara por causa do jogo. "O meu jogo? Ligue os Pontos?", perguntei. Ele negou. Quando perguntei qual jogo era, ele desconversou. Perguntei se Justo e Caliel comiam do fruto também para prolongarem suas vidas. Justo, sim; Caliel, não, ele respondeu. Havia outras formas bem menos nobres de se manter vivo na Terra, ele disse. Ele deu exemplos? Não. Mas, pela cara de nojo dele... fiquei preocupado.

Ele foi mais objetivo e enfático em relação ao fruto azul. Ao contrário da outra fruta, que se regenera indefinidamente e podia ser comida para sempre, a fruta azul, segundo ele, só podia ser comida uma vez. Dizendo isso, pegou uma faca de sua mochila e cortou a fruta ao meio. Só então pude perceber que o lado de dentro da fruta era de um vermelho profundo e sem sementes. Com um pedaço em cada uma das palmas das mãos, ele esticou os dois braços na minha direção e ficou me encarando. "O que vai ser?", ele me perguntou, como se fosse o Morpheus do Matrix.

Como eu não entendi a pergunta, ele continuou: "Se comer metade do fruto, terá metade das respostas. Mas viverá. Se comer as duas metades, terá acesso a tudo. Mas provavelmente morrerá". "E se eu comer as duas metades e a fruta da vida?", perguntei, me achando muito espertão.

"Viverá. Mas com grandes chances de ter a mente danificada para sempre!".

Porra, então por que pediu pra eu escolher, pai? Não era mais fácil só me falar pra comer metade? Eu pensei isso, não falei. Sabe qual foi a minha próxima pergunta? Adivinhou? Aposto que sim. Sim, eu perguntei a ele por que a pessoa que comia a fruta inteira morria.

"Muita informação. O cérebro humano não é capaz de tal façanha".

"Que informações?", eu perguntei, pegando metade da fruta azul e cheirando. Tinha um cheiro doce e agradável.

"Quem come deste fruto adquire as memórias e todo o conhecimento guardado na mente de quem plantou a árvore". "Então se eu comer, eu saberei o que você sabe?" Ele assentiu. Ele havia plantado a árvore.

"Não é mais fácil você me contar as coisas?"

"Não há tempo. Não teria como, pois não me lembro de tudo. Aliás, me lembro de muito pouco".

Eu ainda o metralhava com perguntas sobre o fruto e sobre suas memórias quando ouvi um som de helicóptero ao longe. Ele me disse que a gente tinha que ir logo. Percebi o terror vazar de seus olhos. Achei que a gente ia correr, fugir do helicóptero, mas quando o helicóptero pousou no centro do teatro, nós entramos nele. Quando ganhamos altitude, vi as luzes de vários veículos entrando no parque arqueológico. Estávamos sendo perseguidos, o piloto disse em grego. Meu pai traduziu para mim.

"Quantas línguas você fala, pai?"

"Todas", ele respondeu sem demonstrar soberba.

No helicóptero, resolvi comer a metade da fruta. Posso falar? A melhor fruta que já comi. Que coisa maravilhosa! Melhor que chocolate, melhor que lasanha. Se eu fosse Adão, também teria sido expulso do Paraíso.

"E a outra metade?", eu perguntei.

"Dê a Beatriz. Vocês estão juntos, não?"

Respondi que não e guardei a outra metade da fruta. E prometi que daria a ela caso a encontrasse. Parecia que eu estava destinado mesmo a encontrar a garota. E parecia que ela estava do "nosso lado".

Comecei a sentir sono. Era a fruta agindo, ele me explicou.

Estava fazendo efeito.

A última coisa que me lembro é de ele girando as peças do meu cubo mágico por um tempo, depois me mostrando e dizendo, bem sério, "Memorize esta exata combinação. Memorize todas as faces!". Eu me lembro que peguei o cubo e olhei para ele. Pra todos os seis lados dele.

Pensei que seria impossível memorizar aquilo, tudo bagunçado. Acho que disse isso a ele. Não me lembro bem. Mas me recordo de ter perguntado algo sobre o incêndio. Ele não respondeu, apenas embaralhou de novo o cubo mágico e disse: "Quando encontrar sua mãe, diga que eu a amo. E que minha memória voltará um dia e nós voltaremos a ficar juntos. Isso se eu chegar até a casa 10".

Depois disso, tudo é nebuloso. Um vazio total. Mesmo me esforçando muito, nada mais vem à memória.

Certamente, a fruta não surtiu o efeito desejado pelo meu pai.

Minha mãe, nobre leitor, caso ainda não saiba, me abandonou após o parto. Nunca mais voltou. Pelo menos, foi isso que meu pai sempre me disse. Perguntei várias vezes onde ela morava e ele sempre disse que não sabia. Agora eu deveria encontrá-la? Onde? Era um dos pontos do jogo?

Vai saber...

Pedra

[agora]

Não demorou muito, o vaivém da impressora matricial que o embalava acabou por acordá-lo.

Abriu os olhos.

Pedra não se lembrava de seu sonho. Estranho. Havia sonhado? Não sabia dizer. Sua mente agora era um vazio de memórias e sensações. Pensamento nenhum ocupava sua cabeça. *"Sonho não serve pra porra nenhuma!"*, pensou. No momento em que a impressora parou de imprimir, ele levantou o corpo da cama, como se aquele gesto fosse algo programado. Coreografado. Era? Com a repentina ausência de sons, o quarto ficou refém dos ruídos que Pedra produzia.

Espreguiçou-se, esticou pernas e braços o quanto pôde. Fez seus ossos estalarem. Sentiu-se bem. Sua barriga gemeu. Fome? Com certeza. Pedra olhou para o relógio de parede. Cinco horas. Da tarde ou da manhã? Difícil saber. Havia vidros escuros que o impediam de ver o que acontecia do lado de fora. Andou pelo quarto. Estava descalço. Vestia camisa social, gravata e calça. Cadê minha camisa de time? A roupa parecia novinha em folha. Amassada, mas nova. Dormiu de roupa, Pedra? Encontrou as meias meticulosamente enroladas dentro de um par de sapatos lustrosos, embaixo da mesa. O paletó estava na cadeira na frente da mesa. E em cima da mesa, um computador e um telefone antigo. Calçou os sapatos por cima das meias porque sabia que era o que deveria fazer. Depois, vestiu o paletó. Usou o vidro escuro como espelho para ajeitar a roupa e arrumar o cabelo que praticamente inexistia.

Caminhou até a impressora e puxou a sanfona de papéis da caixa de papelão do chão.

16h58: sinais vitais normais. sem alterações.
16h59: sinais vitais normais. sem alterações.
17h00: paciente zero abre os olhos.
17h01: paciente zero caminha pela sala.
17h02: paciente zero calça os sapatos. veste o blazer.
17h03: paciente zero vai até o vidro. sem alterações de humor.
17h04: paciente zero checando impressões.
17h05: paciente zero lendo exatamente esta linha.
17h06: paciente zero lendo exatamente esta linha.
17h07: paciente zero larga os papéis. paciente zero tem a sensação de estar sendo vigiado.

Pedra olhou ao redor. Foi até o vidro que o prendia. Procurou por uma porta, uma abertura qualquer. Nada de porta. Nada de janela. Nada de nada. Haveria alguém lá fora, observando suas ações? Sentiu uma leve coceira no pescoço. Abaixou o colarinho e viu as marcas. Umas três ou quatro espinhas. Espinhas deste tamanho, Pedra? Bolhas enormes. Espremeu uma delas e o pus cobriu seu dedo. Limpou-o no papel da impressora. Abriu três botões da camisa e viu que algumas dezenas de protuberâncias arroxeadas se espalhavam pela barriga e tórax. De volta aos papéis, ele continuou a leitura.

17h08: paciente zero confere as marcas no pescoço.
17h09: paciente zero confere as marcas no abdômen e tórax.
17h10: paciente zero retorna. paciente zero lê os papéis impressos.
17h11: paciente zero confere o horário em seu relógio de pulso.

Pedra conferiu as horas em seu relógio dourado. Parecia um relógio caro. Pedra não se lembrava de tê-lo roubado. Cinco e onze.

O telefone tocou.

Uma, duas vezes.

Antes de atender, Pedra leu o papel. Cinco e doze. Precisava ter certeza se o que achava que deveria fazer era o mesmo que ele realmente faria. Cinco e treze.

17h12: o telefone toca.
17h13: paciente zero hesita em atender.
17h14: paciente zero atende o telefone.
17h15: paciente zero responde à pergunta da maneira correta.
17h16: última fase do experimento. finalizado com sucesso.
17h17: o artífice entra na sala.

Ele sabia o que fazer.

Olhou em seu relógio, esperou o próximo toque do telefone.

E exatamente às cinco e quatorze ele atendeu à ligação:

— Alô, quem fala?

Do outro lado da linha, uma voz mecânica e impessoal disse:

— Dezessete horas e quatorze minutos e quarenta segundos no horário de Brasília. — Uma pausa longa e então, veio a pergunta que ele já esperava: — Quem é Dorothy Gale?

Pedra não precisou pensar na resposta pois ela estava límpida em sua cabeça.

Às cinco e quinze da tarde, Pedra disse:

— Todos os humanos são Dorothy Gale, menos eu!

[extraído do diário de Marcel Duran]

>> **Leia! Importante!** >> *O ponto seguinte (22) não foi escrito por mim, como você poderá perceber, leitor. Outra caligrafia, outra forma de escrever. Não há como eu comprovar a veracidade dos acontecimentos já que... você já sabe, eu não me lembro. Meu pai havia deixado duas folhas em branco. Folhas que eu preenchi com os acontecimentos pré-apagão. Ou seja, a ordem de acontecimentos está correta . Apenas saiba que eu escrevi a parte que você já leu (do teatro grego na Sicília, lembra?),* DEPOIS *de ele ter escrito o que vem agora, o ponto 22. Estamos entendidos?*

>> *Eu peguei de onde ele escreveu e completei.*

PONTO 22: SOBRE NOSSA PEREGRINAÇÃO...

- dezembro de 2016 -

Aqui é o seu pai.

E para sua proteção, meu filho, omitirei alguns detalhes importantes.

Saiba, no entanto, que não escondi de você nada durante o período em que ficamos juntos, e as respostas a todas as perguntas que me fez estão dentro de você mesmo, esperando o momento que consiga acessar.

Está confuso? Imagino que sim. Eu irei te explicar o porquê de estar assim. Primeiro, você dormiu por três noites e três dias por conta do fruto. Para despistar nossos perseguidores, preferi um trajeto longo e tortuoso. Em cada trecho, devo dizer, tivemos a ajuda de diferentes amigos e aliados que cuidaram de nosso transporte e fizeram nossa segurança.

Alguns dos nossos tombaram pelo caminho, infelizmente. Que o Deus original os tenha!

Pelo menos (se isto pode nos servir de consolo) obtivemos grande êxito em nosso propósito. Do helicóptero para o barco, da embarcação para o furgão. No furgão, partimos da cidade de Nápoles até o lago Averno (antigo lago Aquerúsia) onde fomos direto à Caverna da Sibila. Como os dois lugares estão conectados espiritualmente, da caverna passamos para as ruínas de Necromanteion, às margens do rio Aqueronte na Grécia, um santuário místico que os antigos gregos acreditavam ser a entrada para o submundo de Hades. Uma porta para o Inferno. Bem, na verdade ele somente nos leva a outro rio, o mais importante para a nossa missão.

eba da água da garrafa que coloquei na sua mochila. Espere até o ponto 30.

Lembre-se, *meu filho, que, ao contrário da Árvore da Vida, que nos presenteia com vários e vários frutos, a Árvore da Ciência nos dá apenas um. Depois que o fruto é colhido, ela morre e não torna a brotar.*

É importante que Beatriz coma a outra metade do fruto azul.

Foi muito bom ter a sua companhia e chega a ser cruel você não se lembrar de todas as aventuras que enfrentamos juntos. Tal qual a Odisseia de Ulisses, a cada passo que dávamos, o perigo nos acercava, aumentava.

Mas poderemos conversar sobre isso outro dia...

Ainda nos veremos, eu te garanto.

Se tudo der certo, nos encontraremos mais três vezes.

Mas... se der errado, nos encontraremos apenas mais uma vez, ao final deste jogo.

SAUDADES, PAPAI.

FALTA MUITO? NÃO, FALTA POUCO

PONTO A PONTO, GRITO ATÉ FICAR ROUCO

NÚMERO TRINTA É A PORTA DO SEU DONO

CHEFE, AMIGO E PATRONO.

>> **Leia! Importante!** >> *Como deve ter notado, nobre leitor, temos um problema. Meu pai (ou alguém) rasgou a página do diário cortando parte do texto. Tenho apenas o começo e o final intactos. Ah, caso ainda não tenha percebido a clara diferença entre as caligrafias, agora sou eu quem escreve.*

Marcel, ok?

Que papo sombrio foi aquele do pai de "se tudo der certo ou errado"? Eu, hein!

>>

- janeiro de 2017 -

Dentro do avião, antes de iniciarmos a descida no aeroporto de Lisboa, procurei a mochila no compartimento de bagagens em cima do meu assento. Tinha uma garrafa de água de uma marca italiana. Fechada. No rótulo, meu pai havia escrito com pincel atômico: NÃO BEBER!

Mas que bizarro isso, hein?

Procurei pelo fruto pela metade. Estava lá, escondido dentro das roupas. O cubo mágico? Também estava lá. De novidade, além da garrafa de água, somente um biscoito da sorte. Nele, provavelmente estariam as coordenadas para o próximo ponto.

Conferi no meu celular. Como meu pai escreveu, havia perdido realmente 40 dias da minha vida. São 40 dias que não me lembro de nada. Merda, pai! Não sei como fez isso, mas espero que tenha uma boa justificativa...

A poesia que ele escreveu, pelo que entendi, era uma pista para um ponto do jogo. Chefe e amigo meu? Só podia ser o Reali. O apartamento dele é o 30, ou seja... ponto 30.

PONTO 23: O POÇO DA VERDADE

- janeiro de 2017 -

Como era de se esperar, os números impressos no papelzinho dentro do biscoito da sorte eram as coordenadas que me levariam ao próximo ponto: o Poço Iniciático, na cidade de Sintra. Lá havia 23 nichos embaixo dos degraus do poço daquela torre invertida.

O 23, aliás, é um número que muita gente acredita ser poderoso, enigmático e até amaldiçoado. Se você der uma busca rápida no Google encontrará milhares de coisas relacionadas ao "O Enigma do número 23", que trata de um tipo de crença de que todos os acidentes e incidentes no mundo estejam de alguma forma, direta ou indiretamente, ligados ao número 23. Eu achei bem forçação de barra para falar a verdade. Quando convém, inclui o ano, quando a conta não dá certo, somente o dia e mês. De qualquer forma, tem muita gente que perdeu um bom tempo pensando nas coincidências. Aí vão algumas:

O 23 é um número primo, assim como seus dois dígitos (2 e 3). O livro A Origem das Espécies, de Charles Darwin, foi publicado em 1859 (1+8+5+9 = 23). A bomba de Hiroshima foi lançada às 8h15 – 8+15=23. Os números da data dos ataques terroristas de 11 de setembro de 2001 (11+9+2+0+0+1) nos EUA somam 23. O serial killer Charles Manson nasceu no dia 12 de novembro (12 + 11 = 23). O número 2 dividido por 3 resulta em 0,666 (o número da besta!). O pai e a mãe biológicos contribuem com 23 cromossomos para o início da vida humana. Júlio César, imperador romano, recebeu 23 punhaladas em um assassinato coletivo organizado pelo Senado. William Shakespeare nasceu e morreu no dia 23 de abril. Kurt Cobain, do Nirvana, nasceu em 1967 (1+9+6+7= 23) e morreu em 1994 (1+9+9+4 = 23). O desastre de Chernobyl aconteceu no dia 26 de abril de 1986 (1+9+8+6=23), à 01h23, e a localização geográfica da usina é 51°23'23"N e 30°5'58"E. A primeira transmissão em código morse foi "O que Deus tem feito?", trecho de uma passagem bíblica tirada de Números 23:23. Os cavaleiros templários, desde a sua fundação até o seu fim, tiveram 23 grãos-mestres. W é a 23ª letra do alfabeto latino, tendo duas pontas para baixo e três para cima. Em um teclado QWERTY comum o W está logo abaixo e entre os números 2 e 3. O Titanic afundou no dia 15 de abril de 1912 (1+5+4+1+9+1+2=23). O eixo da Terra está inclinado em um ângulo de 23°. Um dia sideral possui 23 horas, 56 minutos e 4,091 segundos. "Her Majesty" é a música mais curta dos Beatles e tem 23 segundos de duração. O calendário egípcio e sumério possuem o ano-novo no dia 23 de julho. E o dia 23 de dezembro de 2012 era a data para o apocalipse Maia.

Tem uma passagem da Bíblia que pode ser ligada ao tal "enigma"? Tem. Números 32:23:

"Mas, se vocês não fizerem isso, estarão pecando contra o Senhor; e estejam certos de que vocês não escaparão do pecado que cometeram."

Enquanto pensava a respeito dessa doideira toda sobre a religião estranha e os significados do número 23, desci as escadas do poço e comecei a andar por túneis mal iluminados. Tudo ali parecia ser simbólico e carregado de significado.

Um cara com uma barba branca postiça e vestindo uma túnica azul me abordou em um dos corredores escuros e eu (distraído olhando o celular) tomei um susto e quase caí para trás. Era só um cara segurando uma lanterna antiga em uma das mãos e um cajado em outra que fora contratado para me entregar um cartão:

ENCONTRAR A MULHER DA SUA VIDA

É MAIS DIFÍCIL DO QUE PARECE

PIOR É QUANDO VOCÊ ESQUECE!

ATRASADO OU ADIANTADO, SEMPRE NO TEMPO ERRADO!

UMA METADE MAIS OUTRA METADE, A SOMA É MAIOR DO QUE A TOTALIDADE!

Quem escreveu a rima? Essa pessoa (meu pai ou Caliel) estava falando exatamente de quem? Da Beatriz? Mulher da minha vida? Ela não é a mulher da minha vida. Ou é? Lembro que Justo falou sobre eu ter chegado depois de ela ter ido embora de Portugal. Disse que eu a encontraria no ponto 23. Este é o ponto 23. Neste caso, eu estava atrasado. Já no caso do meu show que ela foi, eu estava adiantado? Lá, ela foi com a camisa estampada com o número 3 e chegou atrasada. É isso?

Logo abaixo do texto no cartão, havia um conjunto de coordenadas. Joguei os números no Google Maps e descobri que as coordenadas eram de um local no estado de São Paulo. Local onde passei a maioria das minhas férias. Deveria ser meu próximo destino? Certamente.

Ligando os pontos ao redor do planeta... que bela desculpa o meu pai inventou para eu conhecer o mundo!

Marcel

[1 hora depois]

Marcel havia retirado os objetos da mochila e posicionado todos à sua frente, no chão, como Cárcamo o orientou. O isqueiro, o cubo mágico, o controle de Playstation quebrado, o telefone Nokia, o revólver, a página do passatempo, a máscara e o espelho trincado. Não sabia bem como eles poderiam ajudá-lo a se livrar do sentimento de culpa que, como o amigo lhe prometera, iriam tratar naquela sessão.

Fechou os olhos.

A segunda dose da ayahuasca demorou menos tempo para fazer efeito do que a primeira. Em poucos minutos, Marcel sentiu a "força" dentro de si na forma de uma pressão no peito e um som agudo vibrando pelo corpo que nublou seus sentidos. A música, ao fundo, parecia vinda de uma vitrola antiga, distorcida, numa velocidade de rotação errada. Misturada aos sons e ao mesmo tempo límpida e aveludada, a voz de Cárcamo perguntou-lhe:

— Qual foi a primeira vez que sentiu culpa?

Dentro das pálpebras de Marcel, o número zero se acendeu sem que fizesse esforço para pensar em coisa alguma.

— Zero — ele balbuciou.

— *Enton*, acho que iremos viajar para o dia do *su* nascimento.

Marcel não entendeu o comentário do amigo. Como iria presenciar um acontecimento do qual não havia como se lembrar? Um bebê lembra de alguma coisa? Imaginou que voltariam à fatídica noite da morte de seu pai e de seu irmão mais velho, para então mergulharem mais profundamente nos eventos que culminariam na culpa que sentia por ter provocado o incêndio. Pois sabia agora, foi ele o culpado: sua mão acendera o isqueiro.

Flutuando sobre a sua linha temporal fina e alongada em direção ao passado, ele sentia o vento em seu rosto, as roupas tremulando e o tempo sendo filtrado pelas suas entranhas como uma chuva fina e constante. Era como se ele pudesse experimentar cada evento importante de sua vida no momento em que os atravessava com seu corpo etéreo. Os minutos, as horas e dias tornavam-se aquosos. Marcel alternava seu olhar: para baixo, para a linha povoada com os círculos contendo suas idades e para frente, onde suas memórias estavam. Às vezes, virava o pescoço à sua volta, observando o céu coberto de nuvens de todas as cores e formatos. Era lá que estavam todas as variações possíveis de sua vida, um sem número de possibilidades transparentes que ele poderia trespassar com seu voo se assim o desejasse. Mas deveria seguir em frente, olhar para as imagens transparentes. Viu-se em palcos, fazendo shows, passeou pela faculdade de Publicidade onde estudou até os 20 anos, andou pelos cantos de seu colégio em Santo André, chorou com a morte de seu cachorro. Sentiu-se culpado por ter dado veneno a ele em vez de comida. Como podia ter confundido as embalagens? Observou seu pai o consolando, dizendo que a culpa era dele. *Não, pai! A culpa é minha!* Retrocedendo mais, mirou-se dando o primeiro beijo numa garota três anos mais velha do que ele, com nome estranho e olhos engraçados, numa praça vazia. Um beijo desajeitado, cheio de saliva. Sentiu de novo a vergonha que passara quando Janaína reclamou da ausência de sua língua no beijo. Quis vivenciar outras variações daquela cena. Em uma, inclusive, o beijo nunca acontecera. Difícil precisar quanto tempo Marcel passava em cada fase de sua vida. As memórias que vivia eram simultâneas e, por vezes, excludentes. Ele mal conseguia controlar o fluxo das ideias e perdia-se em esquinas oníricas vívidas, quase reais. Era impraticável enxergar a linha abaixo de seus pés, tentar defini-la, já que ela se dividia em tantas ramificações agora que se transformara num padrão difuso e contínuo. O emaranhado de linhas virou o que era agora seu chão. Poderia ficar ali uma vida inteira, mas ele tinha pressa. Ao ver um estilingue em suas mãos trêmulas, sentiu remorso e arrependimento por ter matado um passarinho com uma pedra. Como tinha feito coisas sem vontade de fazê-las? Ele era mau assim? Teve vontade de chorar, mas espremeu os olhos ainda mais, precisava prosseguir. Decidiu saltar vários anos (ou décadas, não soube dizer) até o dia de seu nascimento. E quando chegou ao "dia zero", teve uma surpresa: seus olhos se encontraram com os de sua mãe pela primeira vez. Era diferente. Não era como olhar para as fotos dela, desbotadas, colocadas em álbuns antigos. Agora ele olhava diretamente para ela.

— O que vê? — Cárcamo perguntou.

— Minha mãe? Quero dizer, parece ser ela. É ela. E ela tem lágrimas nos olhos.

— E *voxê*? Está onde?

— Eu, ela e meu pai estamos em uma caverna, acho. Minha mãe acabou de dar à luz. Meu pai seca a testa e as lágrimas dela com um trapo velho. Há sangue em suas mãos. Nas minhas mãos. É estranho...

— O que é estranho?

— Eu não vejo meu pai. Eu sei que ele está lá, vejo suas mãos, mas não o vejo. Vejo a mim, recém-nascido e vejo minha mãe. Eu sei que o bebê sou eu. Também sei que... é como se...

— Como se estivesse vendo a cena com os olhos de seu pai?

— Sim.

— Entendo. *Puede* acontecer. Incomum, mas totalmente possível. Continue...

— Um homem chega. Ele desceu pelas pedras da caverna. Negro, enorme e careca. É Justo, eu... o conheço? Sim, eu sei quem é ele. E... agora... eu estou agora em seus braços, enrolado em um pano branco e macio. O pano tem cheiro de um perfume bom. Eu não choro, estou calmo e feliz. Na entrada da caverna, lá em cima, vigiando, está meu irmão mais velho. Tem uma floresta do lado de fora, parece.

— Pergunte como ele está — a voz de Cárcamo era incisiva.

— Perguntar? Ao homem ou ao meu irmão?

— Ao bebê.

— Mas... eu sou o bebê!

O silêncio de Cárcamo serviu de resposta.

— Marcel, como você está? — Marcel perguntou, envergonhado, em sua visão. E assim que terminou a pergunta, viu o bebê abrir a boca de uma maneira inverossímil e responder a ele.

— Ele disse que tá bem, numa língua estranha. Um idioma que nunca escutei, mas que entendo. Todos na caverna falam a mesma língua. O bebê agora quer saber quem eu sou. Pergunta se eu sou o pai dele.

— Diga quem você realmente é, Marcel.

— Eu sou você, muitos anos depois, já adulto — disse Marcel para o recém-nascido.

Marcel franziu o cenho e fez um muxoxo.

— O que foi? — Cárcamo perguntou.

— Ele está me perguntando sobre a passagem de tempo, sobre a viagem que fiz. Quantos anos? Dez, vinte, cem? O que... eu respondo?

— É *una* pergunta justa. Diga a verdade.

— Trinta e sete anos.

— O que ele disse?

Marcel esperou (de olhos fechados na vida real e de olhos abertos na visão) a cena se desenrolar. Depois, narrou-a para o amigo:

— O bebê gargalhou. De uma maneira… como posso dizer… *adulta*. E me chamou de mentiroso. "Mentiroso, mentiroso", ele gritava. Perguntei onde estávamos, que país era aquele, mas ele respondeu, já calmo, com sua voz essencialmente infantil: "País? Eu nunca escutei essa palavra e não sei o que quer dizer com isso. Mas… sou só um recém-nascido, como eu saberia?".

— Insista!

— Por que vocês… por que *nós* estamos numa caverna? — o comediante perguntou.

Em sua visão, enquanto ouvia a voz do bebê, Marcel andava pela caverna, olhava para todos os cantos em busca de pistas. "Eu não sou bem-vindo neste mundo. Nós não somos bem-vindos aqui, Marcel. Acho que me entende", o recém-nascido explicou. Marcel, no corpo de seu pai, assentiu com a cabeça e disse ao bebê: "Sim, acho que eu entendo". Sentia o medo, a angústia do momento e uma urgência em deixar a caverna. Era um sentimento seu, do bebê ou de seu pai? Não sabia dizer. Ele não repassou a Cárcamo as dúvidas que apareciam em sua mente. Estava absorvido demais com o que estava acontecendo em sua miração, uma visão tão real quanto qualquer coisa que realmente tivesse vivido. Um grito irrompeu por toda a caverna. Era seu irmão, berrando à entrada da caverna. Justo agitou os braços, fez sinal para sairmos dali. Marcel sentiu o terror nos olhos ígneos de Justo. O bebê começou a chorar no colo de Justo. Mesmo com os protestos de sua mãe, o homenzarrão careca hesitava em deixar o abrigo feito de rochas e segredos ancestrais. Marcel não podia ver seu pai. Ele era o seu pai. Mas sentiu as lágrimas cobrindo seu rosto quando ajudou a prender o recém-nascido às costas de Justo.

— Vá embora agora, Metraton! — Marcel rosnou em voz alta através da boca de seu pai.

Metraton? Por que chamei Justo por esse nome?

O negro escalou com certa dificuldade as grandes rochas que eram o caminho de saída da caverna junto com o bebê e o irmão de Marcel. Desapareceram no meio da densa floresta tropical. Uma fina chuva começava a cair lá fora. Sua mãe, ofegante, parecia esperar pelo pior. E o pior veio na forma de vozes raivosas, uma dezena delas, ecoando do fundo das paredes úmidas e escuras da caverna. Marcel quis abraçar sua mãe.

Podia fazer isso? "É melhor você ir agora", ela disse, aterrorizada. Ela não podia andar? O que era o sangue em suas pernas?

— Minha mãe está dizendo para eu partir. Pra eu sair da caverna.

— *Voxê*... ou seu pai?

— Por quê, mamãe? — o comediante disse, em pânico, ignorando o que Cárcamo acabara de lhe perguntar. Marcel queria dizer o quanto amava aquela mulher que nunca conhecera. Precisava dizer "Eu te amo, mãe". Mas sua cabeça era uma máquina de moer pensamentos. Tentava achar as palavras certas. Seu pai pedira para que Marcel dissesse à sua mãe que a amava, quando a encontrasse. — Ela achou estranho eu chamá-la de mamãe. Mas acabou entendendo quem eu era, acho. E o motivo de eu estar ali.

— O que ela te disse, Marcel?

— "Não deveria ter voltado!", ela me alertou. "É perigoso. Eles estarão aqui logo. É melhor você e seu pai fugirem daqui!". "Por que, mãe? Quem são eles?", eu perguntei. "Nós fizemos uma coisa proibida. Eu e seu pai", ela me confidenciou aos prantos. Eu a encho de perguntas. Ela faz sinal para eu ir. Eu não quero, mas obedeço, escalo as pedras e, da borda da caverna, vejo homens chegando. Eu grito: "Eu te amo!". Mas ela nada respondeu. Eu corro. Não quero, porém corro como um louco pela floresta. Eu não controlo mais meus músculos. É o meu pai que corre agora. É ele quem me leva para longe da caverna. Eu repito a pergunta que fiz para minha mãe, agora em pensamento: "O que vocês fizeram de proibido, pai?", e ele responde. Em voz alta para que eu pudesse escutar. "Você, meu filho. Use a máscara da próxima vez. Use a máscara da próxima vez ou eles saberão!". Eu encho meu pai de perguntas também. Ele ignora todas elas e me diz: "Lembre-se do Homem de Lata". Ele repete, a voz mais firme. "Lembre-se do Homem de Lata". Eu olho para meus braços, os braços de meu pai. "Abra os olhos, meu filho!", ele diz. E estala os dedos.

Marcel abriu os olhos e acordou do transe.

— Está *bien*, amigo? — Cárcamo perguntou, preocupado.

— Não... eu... — A cabeça do comediante latejava, sua visão tinha bordas pretas. Náusea. Pegou o saquinho de plástico que Cárcamo previamente lhe dera e vomitou.

— Relaxa, amigo — disse Cárcamo, apoiando a cabeça de Marcel. — Isso é muito comum. Deixa a *limpieza* acontecer.

Marcel vomitou mais um pouco. E pediu para ir ao banheiro.

Quando voltou, Cárcamo esperou que ele lhe contasse sobre a miração.

— Eu fugi — Marcel tentava achar as palavras certas. — Deixei minha mãe ali, sozinha para ser pega. Eu... não entendo por que meu pai fez isso... aquilo tudo aconteceu de verdade?

Cárcamo coçou a cabeça.

— Você nasceu numa caverna?

— Não. Eu nasci numa maternidade em São Bernardo. É o que tá escrito na minha certidão.

— *Enton*... pode ser *una* projeção. Pode ser *su* subconsciente tentando te fazer entender algo.

— Eles corriam perigo ali, Cárcamo. Por minha causa. Senti como se fosse real... era como se meu nascimento fosse algo proibido, sabe?

— *Non* sei... mas se quiser, podemos tentar descobrir o porquê.

— Como?

— Tomando a terceira e última dose da ayahuasca.

Pedra

[2 horas e 12 minutos depois]

Pedra permaneceu imóvel, olhando para a tela abaulada do computador jurássico. Um único gabinete bege acomodava a CPU, teclado, vídeo e as duas unidades de disquete. Hipnotizado com a seta verde e o quadrado da mesma cor piscando no vidro escuro, Pedra esperava algo acontecer. Qualquer coisa. Uma ordem, algum ensinamento. Mas tanto o telefone quanto a impressora estavam mudos havia horas. Nenhuma outra porta se abriu. Pedra havia tido tempo suficiente para ler e reler as folhas acumuladas na caixa de papelão. Não quis ler tudo, claro. Eram muitas horas que formavam dias relatados naqueles papéis impressos. Desinteressara-se também devido à quantidade de palavras e frases repetidas. Sinais vitais normais. Sem alterações. Chato isso. Bem chato. Em várias e várias folhas, tudo igual. Sinais vitais normais. Sem alterações. Sem contar que as impressões estavam repletas de termos que ele desconhecia. Ou conhecia e se esqueceu. Vírus mortal, controle, nanotecnologia e EXP-DG. Porcos e vermes. *Ortopoxivírus variolae*. Mutação, paciente zero, quarentena e pandemia. Muita coisa para absorver. Para entender. E horários. No minuto a minuto, as folhas descreviam suas atividades. Ao que parece, ele tinha ficado doente e aquela sala o curara. Deus estava ali! Sala de Deus. As manchas e bolhas haviam sumido do seu corpo. Ele conferiu. A cada cinco minutos, ele checava seus braços e pernas e barriga. As protuberâncias. Secando. Diminuindo. Ele estava bem agora. Gostou das roupas. Era um novo homem agora. Seu passado ficou no passado. Sou um homem perdoado de meus pecados. Um homem santo. Pedra sorriu com o pensamento. E o sorriso fez com que a impressora sorrisse também, voltando a imprimir. O homem santo levantou-se da cadeira e foi até lá.

19h33: paciente zero sai da frente do computador.

19h34: paciente zero lê esta linha.

19h35: paciente zero lê esta linha.

19h36: paciente zero lê esta linha.

Pedra pensou em soltar um xingamento, mas não lembrou de nenhum. Homens santos não xingam. Só agradecem. O que ele deveria fazer? Cadê as ordens para ele seguir?

19h37: paciente zero lê esta linha.

19h38: paciente zero confere o relógio.

A impressora parou de imprimir.

Pedra conferiu as horas em seu relógio. Sete e trinta e oito da noite. Olhou para o relógio da parede. Mesmo horário.

19h39: paciente zero lê esta linha.

19h40: paciente zero lê esta linha.

19h41: paciente zero lê esta linha.

19h42: o telefone toca.

19h43: paciente zero atende.

E aí, a impressora vai ficar quietinha agora? Sete e trinta e nove. Ele queria soltar os papéis, mas não podia. Ainda não. Ordens são ordens. Sete e quarenta. Esperou mais um pouco. Contou os segundos nos ponteiros do relógio. Por que não deram a ele um relógio digital? Seria mais fácil ver a passagem do tempo nele, pensou. Sete e quarenta e um. Era o momento de voltar para frente do computador.

Sentado, ele ficou com a mão suspensa acima do fone do aparelho. E o telefone, como ele já sabia, vibrou pontualmente às sete e quarenta e dois. Mas Pedra teve que conter a ansiedade e esperou pacientemente até dar sete e quarenta e três. Foi quando, no décimo sexto toque, ele pôde, enfim, puxar o fone do gancho e receber a sua nova ordem.

19h44: paciente zero recebe sua missão.

19h45: paciente zero recebe sua missão.

19h46: paciente zero recebe sua missão.

19h47: paciente zero recebe sua missão.

19h48: paciente zero recebe sua missão.

19h49: digitar código. sair da sala.

19h50: unidade JB pega o pacote.

19h51: descontaminação da sala iniciada.

— Alô, quem fala? — perguntou.

Do outro lado da linha, a voz do homem lhe soou familiar.

A ligação durou pouco mais do que dois minutos. Depois de escutar as instruções para os próximos dias, Pedra desligou o telefone. Como lhe fora ordenado, apertou uma combinação de teclas no computador. Esperou o *click* e a porta se destacar no meio do vidro escuro. Ele ficou tentado a olhar de novo para os papéis. Não podia. Não havia tempo para isso. A contagem já havia sido iniciada. De novo e de novo. Do lado de fora da sala, uma mochila da Nike preta e verde esperava por ele apoiada no chão frio. Teria que confiar em sua memória daqui para frente. E se ele esquecesse algo, os papéis o lembrariam de suas tarefas. Ordens. Assim que a porta se fechou, Pedra pôde assistir, através do vidro transparente, as línguas de fogo dançando num incêndio bem maneiro que tomou toda a sala DG19 e que queimou os segredos que ela continha. Ele sabia o nome da sala por causa da plaquinha do lado de fora. Agora, ele podia ouvir os sons estranhos vindos de outras salas. Um monte de salas iguais. Porcos gritando. Som de batidas e marteladas. Vozes. E um zunido chato e contínuo. Muitas salas, barulhos diferentes.

Pedra abriu a mochila e encontrou documentos, passagens, mapas, canetas de várias cores e um caderno pautado em branco. Na capa cartonada do caderno havia um texto impresso seguido de uma linha. E sobre a linha, Pedra reconheceu sua letra ao ler seu novo nome escrito com tinta azul:

ESTE CADERNO PERTENCE A: __JAIMESSON BOND__

Pedra sorriu satisfeito. Finalmente agora ele poderia escrever com canetas.

— Pode contar comigo, Padre — murmurou ao fechar a mochila esportiva. — Eu não decepcionarei o senhor. Amém? Amém!

No horário previsto no papel que saiu da impressora, às oito e quinze da noite, um helicóptero que o levaria até a Índia já esperava por ele do lado de fora da propriedade de Bhishma. Estava tudo escrito. Pedra sabia então que, de lá, partiria para sua grande e sagrada missão: julgar a humanidade.

"Vai ser foda!", pensou.

[extraído do diário de Marcel Duran]

PONTO 24: A CASA MALDITA

- janeiro de 2017 -

Meu coração disparou quando chequei o GPS.

Tive que descer do carro e explorar a pé as redondezas para ter certeza. Passei com cuidado por uma cerca de arame farpado e escalei um pequeno morro sem dificuldade. Na metade do caminho, me desvencilhando do mato alto, pude ver a casa onde meu pai e meu irmão morreram queimados. Ela ainda estava lá. O que havia restado dela. Pude observar, ao longe, as madeiras acumuladas pelo chão e duas de suas paredes de alvenaria que insistiam em ficar de pé, manchadas pelas labaredas de fogo.

Sim, aquele era o local.

Fiz um discreto sinal da cruz e me enfiei em meio aos destroços à procura de alguma coisa que pudesse me ajudar a lembrar. Apesar do amontoado de entulho, ainda era possível ver o desenho da casa. O cimento da extensa varanda coberta em forma de "L" que abraçava a sala e uma parte da cozinha estavam quase intactos. Saltei duas tábuas e estava dentro da casa. Passei pela sala ampla até o pequeno corredor que ligava a sala aos dois quartos e ao minúsculo banheiro. Havia um forte cheiro de urina. Puxei um pedaço de madeira para cá, tirei um pedaço de viga para lá, com cuidado, como se estivesse jogando Cata Varetas. Uma privada suja e rachada apareceu. O cheiro da urina vinha de lá. Fui para o primeiro dos dormitórios. O que eu procurava ali? Não sabia exatamente. No segundo dormitório, encontrei uma fotografia em preto e branco e parte de um mapa. Os dois com partes queimadas. Na foto, estávamos eu e meu pai na frente de uma estátua (dava só para ver a base dela). O que estava escrito na parte de trás da fotografia deixava claro onde a foto havia sido tirada: CORCOVADO, *p.26. Exato! A estátua era do Cristo Redentor, no Morro do Corcovado. Nessa viagem para o Rio, lembro bem, andamos de bondinho.*

Já o mapa queimado era da Cidade da Criança. Nele, as atrações estavam numeradas e o brinquedo com o número 25 estava circundado com caneta azul: tratava-se do Mini Twister.

Achei as pistas para os pontos 25 e 26!

Continuei procurando. Suei, sujei a roupa, cortei o dedo numa lasca de madeira, mas acabei achando um pedaço de madeira com uma inscrição: CALIEL ESTEVE AQUI. *Um rostinho furioso, claro, completava o entalhe. Olha só! Caliel inovando a forma de me provocar!*

Como a noite começava a cair, eu, que não sou doido nem nada, achei por bem finalizar as buscas e voltar para o carro. Não sou o herói que você espera, eu sei. Leitor, desculpe por isso, mas...

É isso!

Vamos para o próximo ponto?

(Esta é a hora que você, leitor, fala em voz alta: VAAAA-MOS! *Não gritou? Estou decepcionado com você!)*

PONTO 25: DE VOLTA PARA O FUTURO

- janeiro de 2017 -

São Bernardo do Campo é perto de casa.

Fui até lá em um domingo e o parque estava bem cheio!

A fachada parecia não ter mudado muito desde minha infância. Eu morei até meus 14 anos naquela cidade e cansei de ir àquele parque. Com meu pai, em excursões da escola.

Entrei e passei pelo submarino, de longe a atração mais nostálgica! Mas, para minha tristeza, o tanque de água estava vazio e o brinquedo, em manutenção. Decidi ir direto ao brinquedo número 25. O pedaço de mapa que eu tinha em mãos era antigo, estava pela metade, mas me ajudou a chegar ao Mini Twister. Na frente de um tipo do Barco Viking infantil, o brinquedo consistia em um monte de cadeiras duplas que giravam em um eixo.

Esperei parar de rodar, as crianças e pais saírem e fui logo dando uma conferida em cada cadeira. Embaixo, em cima, tudo. A funcionária achou aquilo estranho e eu tive que dar uma desculpa do tipo "perdi minha aliança aqui e minha mulher quer me matar!". Como não achei nada por ali, pensei que a pista poderia estar dentro da cabine de controle: uma estrutura azul de madeira com cometa, planetas e estrelas pintadas nela sobre uma pequena plataforma prateada. Mas como entrar, se a mulher de uniforme amarelo e vermelho estava lá? Esperei ela sair para conferir a segurança da nova leva de crianças nas cadeiras e entrei na cabine. É isso, eu liguei o foda-se! Ela, quando me viu, gritou e eu... eu me desculpei de novo. Saí de lá e continuei a busca "pela minha aliança" do lado de fora da cabine. E achei uma carta num vão da plataforma, grudada na parte de baixo da cabine dentro de um saquinho transparente. A funcionária ameaçou chamar o segurança e eu... eu saí logo dali explicando para ela que havia, finalmente, encontrado a valiosa aliança perdida.

Na frente do bilhete, uma frase com a letra do meu pai: "O que você quer ser quando crescer?" e atrás, a mensagem de Caliel e seu famoso e desprezível emoticon.

Fiquei mais um tempo no parque. Andando, olhando, lembrando.

Depois, dirigi até a minha antiga casa, na rua onde cresci. E posso falar? Me arrependi. Ver a minha rua tão mudada, cheia de muros altos e sujos, pequenos prédios nos antigos terrenos baldios me deu um aperto no coração. Caminhei pelas calçadas onde, por tantas vezes, apostei corrida com meu carrinho de rolimã. Subi em uma das árvores, a mesma onde eu me pendurei tantas vezes para ler e ter privacidade. E a rua? A rua onde eu jogava bola dia sim e dia também parecia a mesma. Quer dizer, bem mais estreita. Parecia enorme e interminável quando eu era criança. Quantas batalhas e quantas brincadeiras aconteceram ali? Cabra-cega, arrebenta correia, balança-caixão, pega-pega, esconde-esconde...

Comecei a chorar. Copiosamente. Sensação estranha. Momentos bons que ficaram para trás. Minha infância foi maravilhosa até o incêndio. Mesmo criado sem a presença de minha mãe (que nos abandonou no nascimento), vivi os melhores dias da minha vida ali, naquela rua, onde era livre, alegre e confiante. Achava que o mundo era meu e que eu poderia ser tudo, ser o que eu quisesse. E eu era naquela época: jogador de futebol, astronauta, piloto de avião, mergulhador, ator, aventureiro, super-herói... tudo!

Por que desistimos das coisas à medida que crescemos?

Acho que deveriam perguntar para as crianças não o que elas querem ser quando crescerem. Mas sim, o que elas querem deixar de ser quando crescerem.

Eu, dentre tantas coisas, deixei de ser feliz.

Desculpe por isso, leitor.

Marcel

[2 horas e trinta minutos depois]

Use a máscara da próxima vez ou eles saberão!

Logo após tomar a derradeira dose do chá, Marcel resgatou as palavras ditas pelo seu pai dentro de sua mente. Aquilo continuava arranhando seu cérebro. Incomodando. O que o pai pretendia ao dizer isso? "Use a máscara da próxima vez". Próxima vez? Será que ele sabia que o filho faria essas viagens ao passado? "Ou eles saberão". E que diferença faria se alguém soubesse, nas visões, quem ele era? Afinal, eram só visões, não? A máscara teria o poder de deixá-lo invisível a essas pessoas? E quem eram "eles"? Perguntas não lhe faltavam. *Talvez,* pensou Marcel, *a nova viagem responderia a algumas delas.* Vestiu a máscara, amarrando as fitas na nuca. O gosto ruim e amargo da bebida ainda incomodava na boca quando ele começou a sentir a força da ayahuasca. Com os olhos cerrados, o campo de visão de Marcel, dentro da miração, começou a se expandir. Tentou conter os lampejos nauseantes, fazendo um esforço tremendo para não vomitar novamente. Era como se alguém o socasse na parte de cima da cabeça repetidas vezes. O estômago contraía-se em ondas e a garganta queimava. Já estava deitado no chão quando os cantos xamânicos o levaram para longe dali.

Concentrou-se na voz de Cárcamo que o guiou até sua linha do tempo:

— Vamos agora tratar *de su* sentimento de tristeza.

Um apito agudo martelou dentro dos ouvidos de Marcel e as cores começaram a contorcer-se até sumirem por completo. Tudo o que ainda tinha brilho era sugado para dentro da escuridão de um imenso buraco negro, e então ele sentiu uma tristeza brotar do fundo de sua alma, um sentimento que ele não foi capaz de controlar.

— Qual foi a primeira vez que você se sentiu triste? — perguntou Cárcamo. A sua voz era como uma ordem. Marcel viu o número 33 piscar.

— Aos… 33 anos — disse, sem convicção alguma.

Marcel cruzava com cenas desconexas que não reconhecia. Em um segundo, viu uma mulher ser queimada numa fogueira aos gritos de "bruxa!", em outro momento, um soldado morria em seus braços no que parecia ser a Segunda Guerra Mundial. Sim, era a Segunda Guerra. Simplesmente sabia que sim. Segundos mais tarde, estava afundando junto a centenas de pessoas no Titanic. *Casa sete!*, ouviu uma voz familiar lhe dizer. Passou por explosões, desastres naturais e mais mortes. Sentiu o sofrimento de povos inteiros. Primitivos. Um medo ancestral. A peste negra, a queda das Torres Gêmeas, a erupção do Vesúvio. Presenciou o nascimento e a queda de impérios. *Casa três!* Era a voz de novo. Reis, magos e sacerdotisas conversavam com ele em línguas mortas, esquecidas. E ele compreendia tudo. Pessoas e seres fantásticos imploravam, pediam-lhe coisas que estavam fora de seu alcance. Marcel estava longe demais. Distante no tempo, havia passado do ponto. O ponto que simbolizava sua idade. 33 anos. Queria voltar, mas como? Estava perdido.

— Eu não entendo… nada do que vejo é *minha vida*.

— *Voxê* acredita *en* vidas passadas, Marcel?

— De maneira alguma! — ele respondeu, convicto. Marcel estava convencido de que não passava de uma grande bobagem o que as pessoas relatavam de suas experiências de vidas passadas. Era engraçado o fato de indivíduos, numa regressão, verem-se sempre como reis, generais, nobres, artistas e gente importante do passado. A pessoa, convenientemente, nunca era um mendigo, um bêbado, um zé-ninguém.

— Apenas deixe fluir, amigo. As imagens que passam por você podem vir de filmes que você viu, livros que leu, sonhos que teve. Só não lute contra elas.

Marcel viu-se no deserto. Sua boca estava seca e uma brisa tocava seus cabelos com uma delicadeza ímpar. A noite caía, decidida, e trazia com ela o frio. Ao seu lado, um homem que ele conhecia lhe falava algo em um idioma que agora ele, estranhamente, não só compreendia como lhe era íntimo. O homem tinha os lábios em carne viva e seu rosto bronzeado estava marcado por hematomas e cicatrizes profundas. O homem pedia que Marcel se afastasse, que o deixasse ali, sozinho. *Eu preciso ficar só*, ele repetia, quase sem forças. O homem, que vestia uma túnica surrada um pouco abaixo dos joelhos e um par de sandálias, arrastava-se pela areia, cansado e gravemente ferido. Marcel lhe oferecia ajuda que era prontamente rejeitada pelo homem de cabelos e barba pretos, de olhos castanhos profundos e confiantes. Marcel sentiu o queixo tremer e lágrimas escorrerem por baixo da máscara.

— Ele... ele não quer que eu o ajude — disse Marcel, soluçando. — Sinto uma tristeza crescente no meu peito. É... algo muito ruim... e ele sabe. Eu queria que esse sentimento fosse embora, mas eu... simplesmente... eu não consigo.

— Quem é o homem?

— Meu amigo. Meu melhor amigo.

— Pergunte a ele como *voxê* pode ajudar.

— Me disse: "Vá embora enquanto há tempo!".

— *Enton* faça o que ele pede.

Marcel obedeceu relutante e andou a passos apressados, afastou-se tanto quanto pôde do amigo que, sabia, era um homem essencialmente bom. Quando virou-se, havia deixado o deserto para trás. Estava agora fora dos muros da cidade, ao norte do Monte Sião e rodeado por guardas romanos. Ouvia gritos. Uma multidão de ofensas e xingamentos. Mas não eram dirigidas a ele ou ao outro indivíduo, ladrão como ele. O desprezo daquela turba enfurecida era direcionado ao homem bom. Seu amigo estava sendo crucificado entre eles. O rosto do homem bom virara uma máscara de sangue e sua cabeça pendia para frente por conta de sua coroa feita de espinhos que, devido ao diâmetro, o impedia de apoiar a cabeça na madeira da cruz. Cada vez que o homem tentava levantar a fronte, os espinhos cravavam ainda mais no coro cabeludo e ele soltava um urro de dor. Marcel tinha sede. A garganta, seca, queimava por dentro. Uma bebida ácida lhe foi oferecida e ele prontamente recusou. Sabia que não conseguiria engolir, sabia que tudo aquilo fazia parte da tortura. Os músculos de seus braços se enrijeciam numa contração crescente. Os músculos do abdômen seguiam o mesmo padrão. Os dedos curvavam-se. Enquanto morria (estava morrendo?), Marcel se preocupava mais com o amigo ao seu lado do que com seu destino fatal. O sofrimento do homem bom era incomparável ao seu.

Castigavam-no mais do que ele e o outro ladrão. Percebeu que a respiração daquele que era chamado por muitos de Cristo encurtava mais e mais. O ar entrava, sibilando, mas não conseguia sair. Asfixia, concluiu. Numa batalha colossal, aquele homem revirou o corpo usando como apoio o prego dos pés e conseguiu elevar o corpo uns poucos centímetros, o que, por pouco tempo, aliviou a tensão impressa em seus braços. Ele disse entre os dentes: *Por quê, Deus?* Seus músculos do tórax se distenderam e sua respiração tornou-se mais lenta e profunda. *Pai, perdoa-lhes porque não sabem o que fazem*, murmurou, ofegante.

O homem bom não conseguia manter o corpo na posição por muito tempo e, por isso, a asfixia começava de novo e de novo. O último esforço quase o fizera perder a consciência. Cristo ainda repetiria o processo por sete vezes. E sete frases seriam pronunciadas por ele antes que soltasse seu último suspiro e perecesse. Quando finalmente aconteceu, Marcel e a multidão silenciaram por longos minutos. A sala onde estavam ele e Cárcamo se inundou de uma ausência de sons. Apenas a respiração dos dois podia ser ouvida.

Marcel demorou a abrir os olhos, ficou quieto por longos minutos até que ouviu o amigo perguntar:

— Eli, Eli... lamá... ?

— É "Eli, Eli, lamá sabactâni" — repetiu Marcel. — Quer dizer "Meu Deus, meu Deus, por que me abandonaste?" — explicou, ainda deitado no carpete com os braços abertos em cruz. — Mas antes, eu falei com ele. Eu falei com Jesus. Acredita nisso?

— E o que *voxê* disse?

— "Senhor, lembra-te de mim, quando entrares no teu reino". Nem sei por que eu disse isso e ele...

— E ele...?

— Ele respondeu, olhando nos meus olhos: "Com toda a certeza te garanto: hoje mesmo estarás comigo no paraíso!". E eu acreditei. Era real.

— *Voxê* disse estas *cosas* porque se lembra da Bíblia? Ou por que...?

— Não. Foi espontâneo. Falei no mesmo idioma que Jesus falava. Hebraico ou aramaico ou seja lá qual era a língua deles lá da época. As palavras simplesmente saíam na minha boca. Como um filme dublado, eu mexia a boca de um jeito, porém o som era outro.

— Você então era um dos ladrões crucificados ao lado de Jesus?

— Eu era eu, mas Jesus se referiu a mim como Dimas. Ele me respondeu assim: "Em verdade te digo que hoje estarás comigo no Paraíso.".

— E você?

— Eu senti uma imensa tristeza. Pensei em dizer a ele que eu havia falhado. Falhado com ele. De novo. Jesus deu seu último suspiro e me aclamou dizendo: "Está consumado!", e em seguida, olhando para o céu, concluiu: "Pai, nas tuas mãos entrego o meu espírito". Era a nona hora no Gólgota quando ele morreu, eu soube. Depois, veio o tremor de terra e o céu se escureceu como noite.

— E depois?

— Não sei. Eu e o outro ladrão permanecemos vivos, mesmo após aquele tormento de seis horas, até que os soldados decidiram quebrar nossas pernas para acelerar nossas mortes. Não senti a dor real, estou certo disso. Mas senti algo. E sustentado apenas pelos braços, morri rapidamente asfixiado.

— *Voxê* se viu morrendo?

— Sim. Isso é que é estranho. A partir do momento que eu morri, na cruz, eu já não estava ali, naquele corpo. Era como se eu me visse de longe, me afastando, despertando das dores dilacerantes. Flutuando, pude ler a tabuleta que os soldados haviam fixado acima da cabeça de Cristo que dizia "Jesus de Nazaré, Rei dos Judeus" em três línguas. Pude ver o enxame de moscas ao redor do meu corpo e vi o corpo de Gestas, o outro ladrão. Quando os soldados dividiram entre si as roupas de Cristo e tiraram a sorte para ver quem ficaria com o robe, continuei a viagem para o passado.

— Pra onde?

— Pra todos os lugares, todas as épocas antes da morte de Cristo.

— E como terminou a miração?

— Numa explosão de luz. Eu estava num salão belíssimo, enorme... tinha uma piscina lá, como se fossem três pequenos rios que cortavam o ambiente de fora a fora, e as águas desses rios despencavam em forma de cachoeiras. E... morriam num tipo de mar. Um oceano quilômetros abaixo da torre.

— Torre?

— Sim, eu estava numa torre muito alta, acima das nuvens.

— *Voxê* disse que viu *una* explosão de luz?

— A luz?

— Sim, o que era?

Marcel trouxe seu corpo para cima, de volta ao sofá. E sorriu um riso amassado.

— Ei, não vai me dizer o que era? — Cárcamo insistiu, abrindo os braços em sinal de indignação. Marcel deu de ombros e disse:

— Acho que vi Deus.

Capítulo IV [FALTAM 2 DIAS]

O mundo é deveras cômico, mas
a piada está na raça humana.

— H. P. LOVECRAFT

Beatriz

[agora]

Duas mãos envolviam-lhe o pescoço, estrangulando-a.

Beatriz sentiu o peso sobre seu corpo, uma pressão em seu peito e uma dificuldade em respirar... e a dor. Uma tortura lancinante que lhe dava a certeza de que a sua morte viria em questão de segundos. Quis tossir. Agora sufocava. A garganta. O ar. Ela precisava respirar a qualquer custo. Tentou desvencilhar-se dele, mas estava paralisada. *Não tenho mais controle sobre meu corpo?* Por dentro de seus olhos, assistia à escuridão plena na companhia de dezenas de minúsculos vermes brilhantes que, alheios à sua situação, dançavam ao som da respiração esbaforida que vinha dele. E o que era *ele*? Alguém havia invadido a cabana?

Sem conseguir abrir os olhos, ela se concentrou nos odores. Primeiro identificou o hálito quente e fétido. Depois, um cheiro de cabelo queimado misturado a sangue. Para piorar a situação, a criatura agora usava os joelhos para esmagar suas costelas.

Seria um demônio que a prendia? Se tivesse que arriscar um palpite, ela diria que sim.

O que eu fiz de errado?

Num esforço hercúleo, Beatriz abriu os olhos.

Estava só. Mesmo assim, o ar evitava seus pulmões. Beatriz se concentrou, puxando todo o oxigênio que podia pelo nariz. A boca não poderia lhe ajudar nesta tarefa. Não desta vez. Afinal estava fechada, coberta por tiras feitas de sua própria pele. Era algum tipo de punição? Ao levar as mãos ao pescoço, entendeu. Aquele gélido metal, a gargantilha dourada! A joia era o que lhe dava a terrível sensação de enforcamento. O problema é que ela não se lembrava de ter colocado o presente antes de dormir. Seria o motivo do pesadelo e da confusão de pensamentos e sensações? *Sim, é isso! Só pode ser!* Com dificuldade, abriu as tarrachas e desenrolou o ornamento de ouro do pescoço, possibilitou que seu corpo se alimentasse de todo ar necessário. Trouxe o objeto reluzente para perto dos olhos e reparou que gotas vermelhas interrompiam a cor amarela aqui e ali. Olhou para sua mão. O dedo. O ferimento. A cena do corte no dedo, no dia anterior, veio à memória. Tudo estava voltando aos poucos. A ferida infeccionou e o sangue agora escorria do dedo para a mão e da mão para a gargantilha e dela, para a cama. O lençol da cama estava vermelho, assim como suas roupas. No assoalho de madeira, ela encarou a poça carmim.

Beatriz estava banhada em sangue.

A sirene, ao longe, denunciava o horário. Final da tarde, início da noite. *Mas... como?* Por quanto tempo dormira? *Isso é inadmissível!* Perdeu a manhã e o dia. O ritual... ela estava condenada. A casa e ela. Amaldiçoadas. Era o fim. O seu fim. O fim de tudo. *Justo... me perdoa?* Beatriz correu para o banheiro deixando para trás um rastro de sangue. Uma linha vermelha que se acumulava na forma de um estreito e sinuoso rio viscoso. A porta do banheiro fechou-se atrás dela enquanto Beatriz esfregava as mãos com sabão e água gelada que escorria da torneira da pia. Lavou o rosto que, descobriu, estava também coberto de sangue. Conferiu com as mãos a boca que não mais havia. Yesalel... o Santo Anjo tinha também a boca selada. É esse o motivo? A conexão com o Anjo se dava assim? Beatriz tirou as roupas monocromáticas. O chão, as paredes, tudo agora tinha a mesma cor das roupas. Tudo era vermelho. O vermelho do seu sangue. Um lago de sangue. Aumentando. Subindo... *Impossível eu ter perdido tanto sangue e continuar viva*! Tinha ciência de que precisava sair de lá. E rápido. Era isso ou... morreria afogada. A porta. Estava trancada? *Quem teria...* A água vermelha. Beatriz mergulhou no mar carmim e, nadando até o fundo, procurou pela Chave. Voltou à tona para respirar. O banheiro inundara rapidamente e a água vermelha, não tardou, lambia o teto. Teve medo. Ela teria que prender a respiração novamente, mas por quanto tempo conseguiria manter-se sem oxigênio? Era custoso enxergar lá embaixo, na água escura, e foi só na terceira tentativa que conseguiu pescar a Chave. Era a original ou a réplica? Só tinha a pedra vermelha, portanto, era a original. Tinha pouco tempo. Beatriz precisava respirar novamente. *Use a Chave!* A Dádiva entrou como uma faca afiada no buraco da fechadura, moldando-se a ela, e em um *click* destrancou a porta do banheiro. Mas a porta não abria. Apoiando os pés na parede de azulejos, girou a maçaneta e puxou-a com todo vigor que ainda lhe restava. Deu certo. A porta se abriu e o oceano de sangue escorreu para fora e arrastou Beatriz consigo. Mas o "fora" não era mais a cabana, não era mais o quarto onde estava minutos antes. Ela sabia, a Chave a levaria para outro lugar. Sempre levava. *Mas... que lugar é esse?* Ela temia ouvir em sua cabeça as prováveis respostas. A pedra vermelha adicionada à Dádiva: aquilo certamente mudara tudo. Olhou para seu dedo. O sangue estancou: estava mais escuro, denso e estagnado. Beatriz tirou os cabelos molhados do rosto e se levantou. O solo sob seus pés agora era feito de areia. Uma areia fria de grãos finos. Estava descalça. Nua. Contraiu e distendeu seus dedos num vaivém contínuo, um processo que puxava cada vez mais areia para o meio da sola, cavando uma pequena vala debaixo de seus pés. Estranho, aquilo sempre a acalmava. Desde os tempos de criança nas praias de Santa Catarina. Mas aquela não era a Praia Brava ou a Praia do Campeche. Tampouco a Praia Mole, sua preferida. Ela não reconheceu a textura daquela areia. Notou que o vento vinha do mar. Respirou fundo, encheu os pulmões do ar mais puro que já provara. Beatriz sentia-se bem apesar de tudo. Não saberia explicar o porquê, mas sentia-se... ótima. Evitava pensar na consequência de seus atos. A Chave. Ainda que por pouco tempo, aproveitaria a falsa sensação de tranquilidade e nostalgia. Era noite. Uma noite sem lua. Um céu apinhado de estrelas maduras de todos os tamanhos. E ao redor delas, as luzes. Violetas, vermelhas e verdes. Especialmente verdes. Incrivelmente verdes. As cores, no céu escuro, tremulavam tentando emular uma bandeira de algum país tropical e exótico.

Beatriz nunca havia visto uma aurora boreal com os próprios olhos. Só em vídeos e fotos. Girou o pescoço e seus olhos percorreram toda a abóbada celeste até que, às suas costas, eles encontraram uma estrutura feita de um tipo de ferro negro. Enorme, o portão colossal sumia no horizonte tanto de um lado como de outro. Ajustou o corpo para ficar de frente para ele e, num estalo, entendeu. Tudo. Deu-se conta de onde havia ido. Não estava mais no seu mundo. *Aquilo ali era...* Ela sempre soube. *O inferno!* Ela sentia o poder que emanava daquela estrutura. Havia visitado aquelas paragens em seus piores sonhos. Abrir portas que não deveriam ser abertas era o maior medo de Justo. E era exatamente isso o que ela acabara de fazer. Havia condenado a humanidade para sempre? Era o que parecia. *Mas eu disse que não era a pessoa certa para o ritual!* Tentava achar consolo. Justificativas. E muito, muito longe de onde ela se encontrava, uma sirene começou a soar. *Ali também, uma sirene?* O som era como um choro distante. Um fiapo de lamentação. Mas foi alto o suficiente para despertar os habitantes daquele arremedo de mundo. Os moradores da Primeira Terra. Era o nome que Justo utilizara para designar aquele local escondido no tempo, maldito desde sua criação. Proibido. Maligno. Beatriz experimentaria a fúria incontida das criaturas que, não demoraria muito, a encontrariam. Certeza que fariam isso. Ela não era bem-vinda ali. *A Chave é como um farol, Beatriz.* As palavras de Justo reverberavam em sua cabeça. *Os demônios farejam a carne dos vivos.* O malaquim havia explicado nos áudios tudo sobre os "tombados". *O nosso sangue é alimento para eles. E o nosso medo... é como um banquete para essas criaturas.* Beatriz tentava controlar o que sentia, o que pensava. Tentava, sem êxito, conter o terror crescente dentro de si. Empenhava-se tanto na tarefa que esqueceu-se até da Chave. Estava aterrorizada com o porvir. *E se...* Uma ideia começou a incendiar sua mente. *E se eu estraguei tudo?* Ela esfregou os olhos com uma fúria descabida, sem se incomodar com a aflição que aquilo pudesse lhe causar. Friccionou-os até que sangrassem.

Um choro vermelho desceu pelo seu rosto.

Dobrou os joelhos, premiu os olhos e orou, clamando por ajuda divina. *Deus, tende piedade de mim! Senhor, se Tu és grande, salva-me! Meu Santo Anjo Guardião, me ilumine, me dê forças!* Ouvia agora milhares de passos vivos em marcha. *Eles estão cada vez mais perto. E se eu atravessasse o portão de volta para a cabana?* Certamente os levaria para a Terra, todos eles, concluiu. Não. Ela deveria trancar o portão e jogar a Chave no mar. Olhou para o horizonte, onde silhuetas de seres imensos emergiam na linha que dividia as águas daquele céu multicolorido. Guinchavam, os monstros. *Tenho que trancar o portão!* Era isso que deveria fazer. Ouvia os lamentos, os gritos. Era o frenesi causado pela simples presença dela naquele mundo. A Chave... Abrira os portões do Inferno e o tecido da realidade se rompera, liberando para seu mundo tudo o que era essencialmente ruim. A caixa de Pandora foi aberta por ela.

A Terra corria perigo, mas ainda havia uma chance.

Havia?

Então, ela experimentou uma presença. Algo intenso, extremamente poderoso e que exalava um ódio incontido e um enorme apetite por vingança. *Lúcifer?* Por algum motivo, não conseguia virar seu pescoço. A voz era masculina. Depois dela, mais duas vozes. De mais dois homens. Quem eram eles? Seu braço. Eles apertavam seus braços com extrema força. *Eu sou Miguel, teu Deus,* seus ouvidos lhe contaram. *Ajoelhe-se perante Deus!,* a outra voz disse, furiosa. Beatriz quis gritar, mas não tinha boca. Abriu os olhos. Beatriz tentou achá-los, os três seres, no meio daquela multidão amorfa, mas seus olhos, pesados, pediam arrego.

Para onde Deus e os dois anjos foram? Suas pálpebras queriam se fechar. Olhou para a areia e viu somente a marca dos pés e de suas armas. Espadas? Espadas e um machado? *Sim!* Como sabia? Ela simplesmente sabia. Agora lutava contra o sono e o cansaço. Vencia a batalha até que a pele ao redor de seus olhos começou a vibrar. Contorcendo-se, a pele se rompeu, dividindo-se em pequenos fios que logo se juntaram no formato de tiras de uma carne fina e maleável que se esticavam por cima de seus olhos, criando um tipo de grade que tapava cada vez mais sua visão. A pele se acumulou até virar um muro de carne e pus e sangue que cobriu completamente a visão de Beatriz.

Escuridão.

Total escuridão.

Entretanto, mesmo sem poder vê-los, conseguiu sentir o exato momento em que as centenas de criaturas abissais a cercaram. Não precisaria de seus olhos para saber que carregavam dentro de si milhões de tormentos. Ela simplesmente sabia. Por que não a atacavam? Esperavam o quê? Uma ordem? Um turbilhão de lamentos e... preces. *Preces?* Escutava uma língua que lhe era ao mesmo tempo tão estranha e tão familiar. Entendia cada uma daquelas palavras. O silêncio só veio quando seus ouvidos pararam de funcionar por conta das carnes de suas bochechas que se contorciam, alongando-se e arrastando-se pelo rosto até que cobriram totalmente suas orelhas.

Mesmo sem poder ver, ouvir ou falar, ela não queria, não podia se entregar. A prioridade era fechar o portão. *Mas como?*

Não havia mais tempo.

Desesperada, Beatriz usou as unhas para rasgar as carnes que lhe cobriam os olhos. Tentava cavar um caminho por entre as camadas de pele, mas a dor era tanta que ela não resistiu e desmaiou.

Caída na praia, estava à mercê daqueles demônios.

Não havia mais esperança ali: seria dilacerada em mil pedaços.

Mas não foi o que aconteceu.

Quando finalmente abriu os olhos, Beatriz havia retornado à sua cama na cabana.

Ao longe, a sirene continuava a tocar.

Acordara de um sonho.

Um sonho dentro de outro sonho.

O curativo adaptado em volta de seu dedo indicador, conferiu, estava encharcado de sangue. Desenrolou o pano. O corte estava agora mais largo e profundo. *Era melhor cuidar para que o ferimento não ficasse infeccionado,* pensou. Pôs-se de pé, apoiando-se com uma mão na beirada da cama enquanto a outra a escorava na parede do quarto. Estava zonza, os sentidos falhando. Era fácil, no entanto, saber as horas. O som da sirene sempre denunciava o começo da noite. Tinha dormido demais. Beatriz arrastou-se como pôde até a porta do banheiro. Estava fechada, como a deixara na noite anterior.

Mas... estranho...

A Chave estava dentro da fechadura. E Beatriz tinha certeza de não tê-la deixado lá.

Ou... será que...

Beatriz permaneceu imóvel em frente ao retângulo de madeira. Era um dilema: caso abrisse, correria o risco de abrir uma porta para outro lugar no mundo. Não sabia se a Chave já havia sido girada dentro da fechadura. Não lembrava, não tinha certeza de mais nada. Ou... havia uma possibilidade ainda mais aterradora: por causa da pedra vermelha, a porta poderia ter aberto uma passagem para outro mundo, como no pesadelo do qual, há pouco, despertara.

O sonho seria um sinal?

Se a Dádiva saísse da fechadura com facilidade, então haveria uma chance...

Beatriz lembrou da experiência imaginária do "Gato de Schrödinger": enquanto ela não tirasse a Chave da porta, o mundo estaria, ao mesmo tempo, salvo e condenado.

Beatriz esticou o braço, segurou a Chave e tentou tirá-la da fechadura, mas ela estava presa lá dentro. Não se movia, o que significava que sim, ela havia sido previamente girada. Um calafrio percorreu seu corpo. Quem a havia utilizado e com que propósito? *Besteira!* Não havia mais ninguém na cabana e somente ela poderia ter deixado a Chave na fechadura. Não se lembrava. Só isso. Beatriz tentava afastar os pensamentos pessimistas, mas uma gota de sangue que escorreu do curativo e tocou a Chave fez com que ela se desgrudasse de seus devaneios e retirasse os dedos do pequeno objeto sagrado. Como se temesse ser surpreendida por algo ou alguém, deu dois passos curtos para trás, retirou o curativo velho, rasgou um pedaço de sua camisa e enrolou no dedo machucado. Beatriz decidiu que nada, absolutamente nada a faria abrir aquela porta nas próximas horas. Se tivesse que urinar, iria para fora da cabana.

A porta do único banheiro da casa ficaria fechada para sempre.

A noite caíra e o ritual deveria ser feito antes da meia-noite ou perderia seu propósito. No primeiro dia da Fase 6, Beatriz deveria convocar os espíritos maus, os quatro príncipes do inferno: Lúcifer, Leviatã, Satanás e Belial. *Assim, de cara, logo os chefões, Justo?* Era assim que os áudios lhe ensinaram e era assim que ela iria proceder. Beatriz tentava encontrar em sua cabeça alguma justificativa que lhe impedisse de prosseguir com essa etapa da Operação de Abramelin, mas Justo já lhe alertara sobre os truques que sua mente lhe pregaria. *Sua cabeça irá constantemente minar, tentar induzi-la ao erro. Desistir ou evitar algumas partes da Operação não é a solução, Beatriz. Não há a menor possibilidade disso ser feito sem causar problemas insolúveis.*

Ela deveria convocar os demônios e submetê-los à sua vontade.

Respirou fundo, armou-se de toda coragem que ainda lhe restava e ficou de costas para a porta do banheiro. Deixou o quarto e quando retornou, já estava vestida com o robe vermelho, a cinta de seda branca e o filete de seda dourado. Com a vara de amêndoa nas mãos, acendeu as velas da cabana uma a uma, enchendo a casa de contornos. Estava pronta para subir para o Santuário quando algo rangeu: um gemido breve que denunciou que a pesada porta do banheiro havia sido aberta. Beatriz, à contragosto, empurrou a porta do banheiro com os ombros, mas a madeira não se moveu um centímetro sequer. Era como se alguma coisa ou alguém do lado de dentro a impedisse de ser aberta.

— Tem... alguém aí? — ela perguntou, torcendo para que não houvesse nenhuma resposta.

Beatriz sentiu os pelos dos braços eriçarem e um frio no estômago. Para completar a lista dos maus presságios, uma brisa gelada circulou pelo ambiente e apagou todas as velas do quarto.

No breu, Beatriz soltou a porta, deu marcha à ré e esperou pelo pior, que eclodiu na forma de uma voz vinda do outro lado da porta:

— A senhorita, por acaso, convocou a gente? — disse uma voz estridente e impregnada de ironia.

Beatriz perdeu os sentidos.

[extraído do diário de Marcel Duran]

PONTO 26: SÓ CRISTO SALVA!

- janeiro de 2017 -

Cheguei à capital fluminense às 16h34. Por conta do horário, seria obrigado a ir direto, sem almoçar, para o Corcovado. E foi o que fiz. Peguei um Uber e levei só 18 minutos até a bilheteria da atração turística. No guichê, o funcionário me explicou que o último trem para o Cristo Redentor já tinha partido. Eu mostrei, no meu celular, o site deles, que o contradizia (na página tinha a informação que o trem funcionava das 8h até às 19h). O homem uniformizado apontou para a TV, pendurada do lado de fora do seu quiosque. Nela, vi somente uma tela cinza. Aquilo era uma nuvem, segundo o funcionário, cobrindo o Cristo Redentor. Ele explicou que não havia mais trens pela falta de visibilidade e que aquela imagem chapada na TV era o Cristo Redentor, ao vivo e sem cores.

Na calçada, fui abordado por uns caras que ofereceram transportes alternativos para ir ao topo do morro do Corcovado. Negociei o preço (velho hábito, desculpa!) e por R$ 35 ida e volta, fechei. Ele me levou até o Centro de Visitantes Paineiras. Lá, éramos somente eu e a mulher do guichê. Paguei R$ 44 para poder seguir de van até o topo do Corcovado. A funcionária, muito educada, me alertou que a escada rolante não estaria funcionando e que eu deveria encarar 220 degraus para chegar até o Cristo. Aposto que ela achou que eu ia desistir. Ela sorriu e me deu o ticket de entrada que possuía dois códigos QR e, como isso poderia ser importante para seguir no meu jogo, o guardaria mesmo depois que saísse da atração.

Desci da van apressado (eram 17h30!), não sabia quanto tempo precisaria para achar alguma pista para prosseguir o jogo. Passei pela catraca e a névoa ficava mais e mais intensa, parecia flutuar ao meu redor enquanto a noite começava a se pronunciar.

Subi os mais de 200 degraus. Não foi moleza, mas também não foi o fim do mundo.

Cheguei ao topo ofegante quando percebi que tudo ao meu redor ficou cinza claro, transformando aquele cenário exótico em um típico filme de terror. Olhei para cima e nada vi. Nem mesmo os potentes fachos de luzes azuis-violetas conseguiam chegar até o Cristo e se dissipavam no meio da espessa neblina. Contornei a base escura do maior cartão postal da cidade e fui até a ponta da plataforma.

No meio de uns seis gatos pingados, reparei numa figura feminina, a única na plataforma que parecia estar em outra sintonia. Não tirava fotos ou explorava o local. Seu rosto estava coberto pelo capuz do moletom.

Estava na dela, concentrada, cabeça baixa e braços cruzados. Quer mais sinais de "não quero papo, me deixa!" do que isso? Cheguei perto e disse: "Quer que eu tire uma foto sua?". Ela não respondeu. Quando eu já me afastava dela, envergonhado e arrependido pela abordagem, virei para uma última olhada. Ela agora estava com os braços abertos, revelando algo estampado em seu moletom azul: na altura do peito, pude ver o número 26.

Gritei: "Beatriz?"

Ela abaixou o capuz e revelou-se. Era ela. Mesmo com o cabelo pintado de outra cor, reconheci seu rosto. Era a mesma garota que tinha ido ao meu show e que sumira misteriosamente.

Ela fez sinal para que eu a seguisse.

Puxou-me pelo braço e me levou até a parte mais baixa da plataforma. Estávamos sozinhos. Somente eu e ela e um segurança que vigiava a parte de cima, perto da estátua. Não sei se era frio ou medo ou alguma outra coisa, mas eu comecei a tremer.

O vento levou a névoa para longe. O tempo estava mais limpo e, olhando na direção onde deveria haver uma cidade esparramada sob nossos pés, víamos apenas um chão feito de nuvens. Nuvens manchadas por tons lilases, violetas e rosa. Era uma visão arrebatadora: me senti no topo de algum lugar sagrado ou mítico, o mundo separado de nós por várias camadas de nuvens. Tá, talvez eu esteja exagerando um pouco, mas é assim que eu me lembro daquele momento.

Beatriz perguntou-me se eu confiava nela. Fui sincero e disse que não. Seguiu-se um mini-interrogatório, uma sucessão de questionamentos breves. "Por que foi ao meu show? Por que usava aquela camiseta com o número 3 e agora com o número 26? Estamos do mesmo lado? Está jogando comigo?" E etc, etc...

Ela me respondeu tudo, sem pular nenhuma pergunta. Com incrível paciência e com verdade nos olhos, aceitei cada palavra que saiu daquela linda boca carnuda. Se ela estivesse mentindo, eu estava pronto para acreditar naquele lindo rosto com enormes olhos azuis de anime.

Sim, foi amor à primeira vista, se é que isso existe.

Também... um mané como eu... presa fácil, né? Ela era "muita areia pro meu caminhãozinho", como diria Patife. Se nós dois estivéssemos na mesma balada, ela, provavelmente, não me daria bola.

Quase tudo que ela falou tinha a ver com destinos... a gente já era um casal nos sonhos dela. Ela já me conhecia antes mesmo daquela noite, daquele show, ela disse. Achei estranho uma mulher linda como ela não ter namorado. Essa foi uma das perguntas mais difíceis para ela responder. Beatriz me contou que seu noivo havia sido morto naquela mesma noite bizarra do hotel. Desde então, ela tem fugido de país em país, dos nossos inimigos, correndo pelas cidades. Até aquele momento, ela ainda não tinha me revelado o lance da Chave. Esperou a gente ir para o hotel para me explicar como funcionava a tal da Dádiva. Ela chamou de "Dádiva" o objeto que tinha pegado de mim. Ela não pôde me ajudar muito sobre meu jogo, sobre a localização do meu pai ou sobre os outros objetos da minha mochila.

"E você acredita em quem? Nesse tal de Caliel ou em Justo?", perguntei. Ela disse que confiava no Justo. E o malaquim careca, acredite, leitor, foi a causa de nossa primeira briga. Eu contei a ela sobre meu encontro com o grandalhão em Portugal. "Eu vi ele ser atacado e morto", disse. Ela viu a mesma coisa. Minha conclusão (que ela não concordou) era simples: ele teria encenado a sua morte por duas vezes para nos iludir e nos obrigar a fazer exatamente o que ele queria. Ela ponderou minhas palavras, mas preferiu acreditar no anjo. Sim, ela me contou que o cara era um anjo. Disse que Justo havia deixado uma série de áudios em um gravador com instruções sobre um ritual que salvaria o mundo. Um ritual que ela deveria fazer sozinha. Beatriz me explicou sobre o funcionamento do Céu, da Terra, do Inferno. Segundo ela, Justo protegia os interesses do meu pai. E tinha ainda "A Ordem dos Profetas", grupo do qual ela agora fazia parte.

Outra coisa que acho importante mencionar são as fotos que Beatriz me mostrou. Fotos que Justo havia dado a ela antes de "morrer" (como sabemos, ele não morreu, tanto que se encontrou comigo dias depois, o danadinho!). As três fotos eram de portas, com datas e horários atrás delas.

A "porta 1" era de uma cabana de madeira no meio de uma floresta (dava pra ver a floresta atrás da cabana), com data de 1 de julho de 2017 e o horário, oohoo.

A "porta 2" era feita de madeira azul escura (ou roxa?) e tinha uma abertura no meio no formato de losango com uma grade de ferro fechando o vão na forma de um xis. A parede em torno da porta era de duas cores e estava toda detonada, com vários buracos e manchas e, em algumas áreas, com parte dos tijolos à mostra. Data atrás da foto: de 27 de dezembro de 2017, 18h58.

A "porta 3" era também feita de madeira, mas bem mais simples do que as outras. E mais nova, aparentemente. Data: 28 de dezembro de 2017, 16h35.

Segundo Beatriz me explicou, ela deveria usar as fotos para se transportar naquelas datas especificadas em cada foto.

No hotel, ficamos juntos, eu e Beatriz. Surpresa para mim.

Para ela, nem tanto.

Garota-spoiler.

Ela sabia o que ia acontecer (apesar de não me contar antes, é claro). Só depois de nosso primeiro beijo, de nossa primeira transa (uhuuuu!) ela me revelou que já havia visto tudo isso em seus sonhos. Perguntei se mesmo assim ela se surpreendia com algo. Ela acenou com a cabeça que sim, mas achei que aquela resposta tinha o único objetivo de me agradar. Perguntei se em alguma versão do sonho eu brochava. Ela gargalhou, me explicando que não. Acabei percebendo que ficar perguntando coisas relacionadas a nós dois como casal a incomodava muito. Eu decidi então que evitaria ficar confrontando a realidade com os seus sonhos.

Ficamos agarrados, deitados na cama enorme do Hotel Glória. No dia seguinte, alugaríamos um carro e partiríamos para o próximo destino.

O ponto 27 do jogo estaria em uma cidade próxima. Se quer saber como descobri é só lembrar do código QR do bilhete do Corcovado.

Lembrou, leitor? Então...

PONTO 27: UM DIA DE REIS

- janeiro de 2017 -

Não foi coincidência chegarmos a Angra dos Reis no dia 6 de janeiro de 2017. "Angra" significa baía e ela é "dos Reis" porque foi descoberta no dia 6 de janeiro de 1502, dia dos reis magos. Ou seja... foi sim de propósito que escolhi a data para ir até o ponto 27 do meu querido joguinho Ligue os Pontos.

Beatriz estava bem animada com a possibilidade de poder pegar uma praia. Eu, nem tanto. Queria achar logo a pista para o próximo ponto e alcançar Caliel o mais rápido possível.

Expliquei para Beatriz que, quanto antes a gente resolvesse o enigma do local, mais tempo teríamos para curtir a praia. Parei o carro alugado em frente ao calçadão, perto do mirante da Praia do Anil. Descemos e fomos a pé até onde ficavam as estátuas dos três reis magos. Dentro de um jardim suspenso e simplório, Baltazar, Gaspar e Melchior repousavam sobre o mirante feito de pedra portuguesa e olhavam na direção de Belém, na Cisjordânia (li isso na internet), onde Jesus nasceu. Eu sei o que você está pensando: Baltazar é um outro nome de Caliel, o puto que tá jogando comigo. Calma, isso não passou despercebido. Claro que não! Beatriz havia me contado tudo o que sabia sobre a família do meu pai. Os Nove. Os Verdadeiros.

Os irmãos mais próximos de Baltazar eram aqueles que ela chamava de Bom e de Indiferente (este, desaparecido há tempos). Segundo ela, Caliel era também chamado de Mau. Estava explicado o porquê de ele assinar as cartas de tarô com o rostinho bravo. Era uma "carinha de mau", então?

Os três, o Bom, o Mau e o Indiferente eram também conhecidos como Zeradores, ela disse. No princípio dos tempos, antes da morte de Deus, eram eles que organizavam, catalogavam e transcreviam a Palavra de Deus para dentro de pesados livros, os Livros-Espelhos. Para transformar o caos em Ordem, os Zeradores se utilizavam de cálculos complexos para saber o encadeamento certo das Palavras na formulação das Frases e das Canções sagradas que no futuro regeriam a construção dos mundos e estabeleceriam a forma da Criação.

Tentamos achar alguma relação com os Zeradores. Seriam eles os três magos que visitaram Jesus e o presentearam com mirra, ouro e incenso?

Pesquisando, descobri que, para os antigos, ouro era o presente para um rei. Incenso, para um religioso. E a mirra, para um profeta (a mirra, resina antisséptica, era usada em embalsamamentos desde o Egito antigo e, simbolicamente, representava a mortalidade). Os reis magos teriam vindo do leste e talvez fossem astrólogos ou astrônomos, já que viram uma estrela e a seguiram até a região onde nasceu Jesus Cristo. Na Bíblia, os magos só são mencionados em um dos quatro evangelhos. No de Mateus, onde os nomes deles não são citados. Foi apenas no século III *que eles receberam o título de reis, sendo que os nomes e as origens dos três seriam estabelecidos somente cerca de* 800 *anos depois do nascimento de Jesus, pela Igreja Católica Romana: Melchior, rei da Pérsia, Gaspar, rei da Índia e Baltazar, rei da Arábia.*

Estávamos meio que empacados ali e parecia não haver mais o que fazer. Havíamos chegado até o ponto certo, mas a gente tinha que achar alguma coisa que comprovasse isso. Procurei por pistas, mensagens ocultas por todo mirante e claro, em cada centímetro das três estátuas cinza. Foi aí que me veio a ideia maluca. As coroas. As coroas eram como cestas e podiam esconder algo em seus interiores. O problema é que não havia como escalar as estátuas.

Por sorte ou destino, havia um turista ali próximo fazendo umas filmagens com um pequeno drone, na areia. O zunido podia ser ouvido quando ele realizava voos rasantes sobre as estátuas. Fiquei com vergonha de pedir para ele o favor. Beatriz, não. Ela inventou uma história de que nosso filho tinha jogado a chupeta dentro de uma das coroas das estátuas, que ele só dormia com essa maldita chupeta. Quem acreditaria numa história ridícula dessa? Que bebê é esse que arremessa uma chupeta a uma altura de três, quatro metros de altura e consegue acertar dentro de uma coroa? E cadê o filho se estávamos só nós dois lá? Bem, para meu espanto, o homem comprou a história e topou filmar as estátuas. O que Beatriz não havia me contado é que eu teria que pagar cem reais pelo "favor". Mas valeu a pena. E o que são cem reais para um cara rico?

Acompanhamos o turista pilotar o drone através da tela de um celular que estava encaixado por duas garras que saíam da parte inferior de um controle remoto que parecia de videogame. Começamos pela primeira coroa da estátua mais à frente em relação ao mar. Era o rei mago que carregava a mirra numa jarra. Baltazar foi quem deu esse presente a Jesus. O piloto sobrevoou e parou com o drone bem próximo à cabeça dele. Passando o dedo indicador por uma roda dentada localizada na parte traseira do controle remoto, movimentou a câmera para baixo. Nada. Na coroa de Melchior havia um pequeno papel com a imagem de um santo. Perguntei se ele conseguia fotografá-lo e me mandar depois. Ele respondeu sim para as duas perguntas. E na coroa do terceiro rei, Melchior, o drone mostrou uma pequena tira de papel com a frasezinha marota de meu adversário e seu rosto mau.

Beatriz lembrou de demonstrar decepção pela chupeta não ter sido encontrada assim que o homem pousou o drone. E depois de embolsar os 100 reais, ele me enviou as fotos e vídeos por e-mail. Assim, pude ver melhor o "santinho". Era basicamente uma ilustração do Santo Antônio de Pádua segurando em seus braços o menino Jesus. O que mais me chamou a atenção na figura era o penteado do santo: cabeça quase totalmente raspada, exceção a uma linha fina horizontal de cabelo contornando todo o meio da cabeça. Curiosidades sobre o santo: ele não se chamava Antônio, não havia nascido em Pádua, na Itália, nem era italiano. Na verdade, era de Lisboa, chamava-se Fernando de Bulhões e Taveira de Azevedo e somente aos 25 anos, quando se tornou franciscano, foi que ele adotou o nome de Antônio. Conhecido como o santo mais milagroso, teve a canonização mais rápida da história. Tá, e daí? Daí que tinha uns numerozinhos escritos na roupa dele. O que eram? Sim, você acertou! A indicação para um futuro ponto do jogo e suas coordenadas: era o ponto 29 e o nome da cidade para onde a gente iria tinha tudo a ver com o santo.

P.S. Sobre a fruta azul, não há nada que a convença de comer a metade. Lembra, leitor? A fruta que meu pai me deu. Ela diz que poderia atrapalhar seu ritual. Falou que assim terminá-lo, talvez ela coma. Garota decidida. Gosto disso!

Mesmo sendo fim da tarde, Beatriz me convenceu a ir pegar o restinho de sol na praia.

E... por que não? Seria bom descansar um pouco e parar de pensar no jogo, mesmo que fosse por pouco tempo. Afinal, eu já tinha as coordenadas para o Ponto 29 e sabia onde ficava o Ponto 30. Mas eles teriam que esperar, pois antes eu precisava descobrir qual era o tal do Ponto 28.

É... mesmo na praia, não consegui parar de pensar no jogo. O que eu não pude imaginar, deitado na areia, é que a dica para chegar ao ponto 28 esteve na minha cara por muito tempo e eu, trouxa, nem percebi...

Marcel

[agora]

— Só quero ver você explicar essas porras aí! — Marcel estava furioso.

Reali se abaixou para recolher as embalagens plásticas, uma a uma, do chão de sua loja.

— São DVDs, caramba! Tavam aqui porque iam ser destruídos, já falei! Em casa tem mais, muito mais. Pen-drives e HDs também se quer saber. Mas tudo o que eu consegui mandar pra nuvem já tá lá.

— Tudo com filmagem minha? Por quê?

— Tem você, tem eu. Tem de todo mundo que eu conheço.

— Seu depravado!

— Ei, não é nada disso que você tá pensando...

— Ah, disse o *pedófilo*! — interrompeu Marcel.

— Tá maluco? Você agora é criança?

— Sei lá, se tem filmagem minha, deve filmar criança também.

— Que lógica é essa, cara? Olha... eu tenho uma atribuição no grupo.

— Não vem com historinha... *atribuição* é meu pau de óculos!

— Escuta, Marcel! Sabe o porquê do meu nome?

— Reinaldo?

— Não, Reali.

— Apelido de Reinado, ué.

— Sim, também. Mas é mais por causa de *reality show*.

Marcel deu de ombros.

Reali, equilibrando o monte de DVDs nos braços, mexeu os músculos da testa indicando o caminho das escadas para Marcel.

— Cid, você assume aqui?

O nerd assentiu.

— Tá, *Mr. Reality Show*, agora que estamos na porra da sua sala, você poderia, por favor, me explicar essa fixação em mim?

— Marcel... cara... os caras do grupo me colocaram esse apelido por causa da minha função no grupo que é de vigiar. Eu sou "os olhos" do grupo. Daí o apelido de Reali. De *reality show*. O cara que espia a vida dos outros, sacou?

— Agora só falta me contar que porra de grupo é esse, não acha?

— Jura que não conta pra ninguém?

Marcel soltou um muxoxo.

— Tá, tá... o NFDPT é um grupo...

— NFD-o-quê?

— Eu tenho vergonha de falar o que significa.

Marcel repetiu o olhar.

— O NFDPT é um grupo de brasileiros que investiga os eventos aparentemente sem explicações do nosso mundo e cria um arquivo cooperativo de teorias, visando desvendar todos os maiores mistérios das últimas décadas. — Reali fez uma pausa. Respirou fundo, chacoalhou a cabeça e concluiu: — "Nerdões Fodões Da Porra Toda".

— Tá.

— Não vai zoar a sigla?

— No momento eu tô mais interessado em saber onde *eu* entro nessa bagaça toda.

— Primeiro, *entra* porque morava comigo. Segundo... *entra* porque... bem, tem várias coisas estranhas na sua vida. A morte de seu pai e seu irmão. Sua mãe te abandonar. Sua falta de memória...

— Balela! A perda da memória é de agora! Você grava meus movimentos há muito mais tempo.

— Tinha as coisas que você falava dormindo...

— Que tipo de coisas?

— Nomes, locais, eventos e datas. E números, às vezes.

— E?

— E? As pessoas, os nomes que você falava... elas não existiam. Eu chequei. Nosso grupo checou. E as datas de assassinatos, tragédias e desastres naturais? Muito suspeito. E o homem estranho que vinha na loja às vezes fazendo perguntas sobre você e sobre seu pai.

Marcel fez menção de perguntar algo, mas Reali foi mais rápido.

— O velho com chapéu de velho nunca deixou impressão digital aqui na loja. Entende? E ele nunca usou a porra de uma luva!

Caliel veio à loja me procurar?

— Entenda que nosso grupo é uma coisa séria, apesar do nome. Estamos vinculados, conectados a dezenas de grupos semelhantes pelo mundo. Pessoas que sabem que alguma coisa está acontecendo e que os governos não querem que a gente saiba do que tá realmente acontecendo, saca?

— Tipo "Arquivo X"?

— É isso! — Reali sibilou. — Aliens, demônios, anjos e entidades bizarras existem e estão entre nós!

— Você está me dizendo que eu estou sendo observado por pessoas estranhas e você nunca me disse isso? Achei que éramos amigos...

— A gente descobriu muita coisa, claro, mas nada que desse indicações de que você pudesse estar correndo algum risco de morte. Pelo amor de *Sauron,* né? Eu te falaria, claro!

— Você disse que anjos e demônios estão entre nós?

— E ETs — completou. — Tem também as criaturas como Pé Grande, Chupa Cabra... mas peraí! Por que você *só* perguntou de anjos e demônios?

— Porque eles existem.

— Sim, como os aliens. Mas você também tem provas disso?

— Como assim, *também*?

— Não tem visto no YouTube? Tem pipocado casos de pessoas alegando ter tido contato com anjos e demônios. Seitas aparecendo a torto e a direito por aí. Todo mundo falando que o Céu e o Inferno estão próximos da Terra. O Apocalipse, essas coisas...

— Ah, velho, se você liga na Record de madrugada, vai ter sempre um diabo em cartaz, Reali! Isso não é prova.

— Eu já entrevistei pessoas — Reali disse, como se desse uma cartada final.

— Eu já vi anjos. — Marcel retrucou. — Ganhei?

— Com asas e tudo o mais?

— Entre eles, nem se chamam de anjos.

Reali não mostrou-se surpreso.

— Eu sei. São malaquins. E demônios, por vezes são citados como "os tombados".

— Exato! Mas como você... ei, não vamos mudar de assunto!

— Marcel, meu amigo desmemoriado, vamos ao que interessa! Você tá no olho do furacão. Já sabemos disso. Esse tempo que você diz que não se lembra, falei com o povo, eles falaram com outro povo, espalhamos pelos grupos e descobrimos algumas coisas. Senta que lá vem história!

Reali ficou parado, apontando para a cadeira de rodinhas acolchoada. Marcel hesitou em sentar, mas conhecendo o amigo, sabia que ele não continuaria a falar enquanto não lhe obedecesse.

— Vai — disse, acomodando-se na cadeira —, fala!

— Acabamos de receber informações quentes. Sabemos agora que você esteve em Portugal, Itália, Argentina e Grécia nos últimos três anos. E uma garota parece estar envolvida na parada.

— Beatriz?

Reali sacou uma revista em quadrinhos de dentro da calça e exibiu a capa para Marcel, dizendo:

— Beatriz Thilli Kiepert, 27 anos. Desenhista de quadrinhos. Usava um pseudônimo. Conhece?

— Sim. Quer dizer, não me lembro, mas pelo que li nos meus diários, eu e ela estamos juntos com meu pai.

— Essa era outra coisa que eu ia te falar.

— Que meu pai está vivo?

— Que tem um cara se passando pelo seu pai.

— É o meu pai.

— Não é! Ou seu pai morreu ou foi abduzido. Não existe essa de ele mudar de aparência e nome e idade! Isso é tecnologia alienígena. Metamorfos.

— Como sabe disso?

Reali deu de ombros.

— Apenas sabemos... o grupo sabe.

— Acho que vocês poderiam me ajudar então no meu jogo, a chegar ao Ponto 31.

— Jogo?

Marcel pediu para o amigo trocar de lugar com ele. Só então contou-lhe tudo o que sabia. Tudo o que achava relevante.

— Se eu não voltar com a localização dos pontos restantes não me chamo mais Reali!

— Mas você não se chama Reali!

— Um comediante que não entende piadas? — Reali deu uma piscadela.

— No momento, o mais urgente é o Ponto 31 porque, aparentemente, é para lá que eu tenho que ir amanhã!

— Tá! Claro... mandarei uma mensagem pro grupo e vamos colocar todos os esforços mundiais para impedir o fim do mundo. Malditos aliens!

O celular de Marcel começou a apitar. Ele conferiu e, mostrando a tela a Reali, disse:

— Olha só o alarme pra eu não me esquecer do voo. Tenho que estar antes das sete da matina no aeroporto de Guarulhos.

Marcel virou-se em direção às escadas, mas Reali segurou-o pelo braço.

— Sabe a noite que você esteve no hotel?

— Ah, finalmente acredita em mim?

— Aconteceram umas coisas estranhas pelo mundo.

— Tipo o quê?

— Blecautes e quedas de aviões. O mais estranho foi um desastre aéreo na Índia. Nenhum sobrevivente e todos os corpos que foram encontrados usavam máscaras.

— Normal, ué. Ou nunca ouviu: "Em caso de despressurização da cabine, máscaras de oxigênio cairão automaticamente".

— Cada um tinha uma máscara diferente, Marcel.

— Diferente como?

— Máscaras de teatro, de Carnaval, de personagens de filmes e desenhos. Entende?

Marcel entendeu. Sentiu o estômago revirar com a novidade.

E andando na direção das escadas, avisou:

— Tenho que ir!

— Que bom que nos acertamos, amigo! Você sabe... sabe o quanto eu e você, que a gente...

— Acha que temos tempo para essas coisas, Reali? — Marcel indignou-se. E sumindo no vão da escada, completou: — O fim do mundo nos espera!

[extraído do diário de Marcel Duran]

PONTO 28: É CARNAVAL!

- fevereiro de 2017 -

Quem diria que eu iria pular o carnaval um dia...

Bem, "pular" não seria a palavra certa. Vou reformular. Quem diria que eu viria até uma cidade onde o carnaval mobiliza todos os moradores. Melhor assim.

Fantasiado e mascarado.

Quem diria!

Entenda uma coisa sobre mim: odeio com todas as minhas forças essa festa popular na qual todos são "obrigados" a se divertir. Eu-não-gosto! Desde criança criei um ranço pela festa. Não gosto das músicas, não gosto do clima, do amontoado de pessoas por metro quadrado, do cheiro de suor, urina e cerveja nas ruas. E principalmente, não gosto da ideia de ter que ficar alegre a qualquer custo.

Estava em Bezerros, uma pequena cidade com pouco mais de 60 mil habitantes localizada no interior do estado de Pernambuco. Conhecida como a Terra do Papangu, ela é um teste para o inferno. Pelo menos para mim. Imagina uma cidadezinha pequena abarrotada de gente e infernalmente quente.

Tá querendo saber o que é o tal de papangu, né? Calma.

Deixa primeiro eu explicar o "antes"! Antes, a gente ficou em Recife. Chegamos na capital pernambucana de avião e reservamos um quarto de hotel por lá, inclusive para os dois dias que pretendíamos passar em Bezerros. Por quê? Porque era esse o nosso plano de fuga, caso algo desse errado. Beatriz tirou várias fotos da porta do quarto do hotel, assim, poderíamos voltar usando a Chave. E fomos de ônibus para Bezerros. Não compramos os bilhetes de volta.

Ah*... quer saber como a gente descobriu que o Ponto 28 era na cidadezinha de Bezerros, né? Bem, terei que dar o crédito para Beatriz. Dentro da minha máscara estava escrito P.28. Até aí, beleza. E não é que a Beatriz percebeu que tinha uma área da parte interna da máscara com uma cor diferente, bem sutil. Enquanto todo o interior era de um branco amarelado brilhante, essa pequena faixa tinha um branco mais puro e fosco. Raspei com cuidado e havia algo escrito por baixo da tinta. Era o nome da cidade e uma data: um domingo de carnaval.*

BEZERROS-PE, 26.02.2017.

Mas agora que você sabe como chegamos é hora de explicar o lance do papangu.

Papangu é um personagem da cultura local, vem de uma tradição centenária e se caracteriza por pessoas mascaradas, fantasiadas dos pés à cabeça. Existem algumas versões sobre a origem do Papangu. A mais aceita conta que o papangu surgiu de uma brincadeira entre os familiares dos senhores de engenhos. Durante as festas de entrudo (um tipo de carnaval do século 19), as pessoas saíam mascaradas, mal vestidas e comiam angu. O angu era a comida típica do agreste pernambucano. Já comeu angu? Eu já te digo que não tem alimento mais sem graça do que angu. Jiló e chuchu talvez? Angu: daí veio o apelido. Comedores de angu, papa-angu, papangu. Entendeu? As crianças começaram a chamar os fantasiados assim. Antigamente a roupa dos papangus eram velhas e rasgadas. Usavam meias nas mãos e máscaras confeccionadas com papel jornal e goma. Às vezes, tinham chocalhos ao redor da vestimenta. Depois dos anos 60, as roupas velhas foram substituídas por túnicas compridas, estampadas com cores vibrantes. Atualmente as fantasias são luxuosas, as máscaras, diversificadas, são feitas de papel machê e a festa atrai gente do mundo inteiro.

Beatriz, ao contrário de mim, adorava o carnaval e estava bem animada, pulando e dançando ao som das muitas orquestras de frevo e maracatu. Eu prometi a mim mesmo que tentaria não ser o estraga-prazeres e não reclamaria de tudo.

Uma missão dificílima, sabia de antemão.

Tudo à nossa volta era muito, muito colorido. Era um carnaval de rua, de bairro, nada parecido com o que eu via pela TV ou que já havia presenciado nas ruas de São Paulo. Passamos por uma casa e o pessoal estava tomando banho de mangueira. Família inteiras vestidas com a mesma fantasia de papangu. Filhos, pais e avós. Um cara passou por nós rodopiando, dançando com uma mulher de pano murcha agarrada a ele. Eu estava começando a mudar de opinião em relação àquela folia. Ali, naquela cidade, havia uma energia, uma alegria verdadeira.

Mas voltando ao jogo, o problema é que nós não sabíamos bem o que ou onde procurar, então caminhávamos a esmo pelas ruas, acompanhando o fluxo, empurrados, levados pelas pessoas até alcançarmos a Praça Centenária, onde uma foliã nos explicou que a regra principal era não retirar a máscara. Disse que, entre seus amigos e familiares, todos mantinham o sigilo sobre as máscaras que iriam usar. A ideia era ninguém ser reconhecido durante a folia. Isso, claro, me trouxe más recordações. Lembrei do aviso que me fora dado na fatídica noite, logo na entrada daquele hotel macabro.

Me arrependi por não ter ido vestindo uma bermuda (eu devia ter ouvido o conselho de Beatriz, que estava de saia curta e biquíni por baixo). A minha calça jeans estava empapada de suor.

Eu já estava começando a ficar impaciente quando um homem usando uma máscara branca com bigode grosso pintado a la Groucho Marx, envolto por um terno enorme, colorido e caricato, puxou meu braço com força. Ao me virar, notei que ele segurava uma placa com a inscrição ADVOGADO DOS CORNOS. *Eu disse a ele que havia um engano, já que eu não era corno. Beatriz abriu os braços e me perguntou: "Tem certeza disso?". Eu e ela gargalhamos. O homem, claramente alcoolizado, bailava e me puxava. O falso advogado, após me entregar um pequeno envelope branco, sumiu no meio da multidão antes que eu pudesse questioná-lo sobre qualquer coisa.*

Abri o envelope.

Dentro, um convite (impresso em um papel caro, fino e transparente continha letras e desenhos em alto relevo na cor preta) para um baile de máscaras super exclusivo. No topo do papel havia o desenho de três macacos alinhados: um deles tapava a boca; outro, os ouvidos; e o terceiro, os olhos. O texto dizia o seguinte:

BAILE DE PAPANGUS - FDM

"NÃO ESCUTE, NÃO FALE E NÃO VEJA NENHUM MAL"

FANTASIA COMPLETA DE PAPANGU OBRIGATÓRIA

IMPORTANTE: NENHUMA PARTE DO CORPO DEVE ESTAR À MOSTRA!

VÁLIDO PARA DUAS PESSOAS (TRANSPORTE INCLUSO)

ÚLTIMA ENTRADA ÀS 23H45

O desenho fez Beatriz se lembrar de um lugar que ela visitou no passado. Ela me contou que, durante suas fugas, saltando de cidade em cidade, sempre que podia, visitava lugares sagrados que Justo lhe indicava através dos áudios.

Pesquisava na internet alguma porta do local, memorizava e ia. Num dos saltos, acabou caindo na cidade de Nikko, perto de Tokio, onde viu, esculpidos em madeira, os "Três Macacos Sábios" no Santuário Toshogu. A frase impressa entre aspas no convite tratava-se de um provérbio japonês, vinha da mitologia chinesa. O ditado popular no Japão era: Mizaru Kikazaru Iwazaru e era uma forma de lembrar que, se as pessoas não olhassem, não ouvissem e não falassem o mal alheio, seríamos melhores como indivíduos e como sociedade, vivendo em paz e harmonia.

Já eu, me lembrei dos nomes que O Artista me disse no hotel: Mizaru, o Macaco Cego...

No convite não havia endereço ou indicação de onde seria o tal baile. O lance era confiar que alguma hora a pista da localização apareceria.

*Ah, também não sabia até então o que era "*FDM*" escrito no convite. Provavelmente era alguma sigla. Me lembro de ela ter rido depois que falei algo como "Que sorte que o convite é para duas pessoas. E nós estamos* *em dois". Acho que ela ria das besteiras que eu falava porque realmente gostava de mim. Ou era por dó? É, devia ser por pena mesmo... de qualquer maneira, meu carinho pela garota só aumentava, parecia algo inevitável gostar cada vez mais dela. Algo novo para mim, aquele sentimento. Renovador até. Eu não disse nada disso para ela, claro. Nem naquela noite, nem nas noites seguintes. E eu iria me arrepender mais tarde por não ter feito isso. É uma merda ser como sou... eu sou muito ruim em demonstrar meus sentimentos. Sempre fui. E pelo visto, sempre serei.*

Atrás do convite tinha "CALIEL ESTEVE AQUI"? e a carinha? Não. Pior. Estava escrito "CALIEL ESTARÁ LÁ". Torci para que fosse verdade.

Voltamos para o hotel, transamos umas três vezes (juro!), tomamos banho e quando era por volta das 22 horas, fomos para a frente do Hotel Paraíso esperar que alguma coisa acontecesse.

Não demorou muito, um taxista parou onde estávamos e abriu a porta, dizendo que ele era a pessoa que iria nos levar até nosso destino. Ele não disse a palavra "destino". Disse a tal da sigla lá. "É eu que vou levar vocês à FDM". Depois que pediu para a gente colocar as máscaras, ficou calado o resto do caminho. Não respondeu a nada do que perguntamos. Seguindo o GPS, o motorista saiu da Avenida Major Aprígio da Fonseca escorregando seu Marea para a BR-232 em direção a Caruaru.

Passamos por uma cidade (ou seria uma vila?) com o nome de Encruzilhada de São João. De lá, o táxi nos levou para fora da civilização, para uma estrada menor e para uma outra menor ainda, de terra, esburacada e mal sinalizada. Não demorou muito, estávamos em um tipo de terreno baldio cheio de marcas de pneus de carros e sem nenhuma placa. Após muitos solavancos, paramos em frente a um portão de ferro com as mesmas iniciais do convite gravadas num brasão dourado e rebuscado. Tivemos que descer do veículo e seguir a pé, depois que dois homens armados com fuzis e vestindo roupas camufladas (um padrão diferente de camuflagem) conferiram a autenticidade do nosso convite. Um deles se afastou, apertou o dedo no ouvido e falou alguma coisa com alguém, recebendo alguma ordem de volta que liberou a nossa entrada.

Não nos revistaram e eu fiquei mais tranquilo com isso.

Ei, você! Você mesmo que está lendo!

Antes de prosseguir, preciso dizer uma coisa que está me incomodando. Poderia riscar a frase lá atrás ou rasgar esta folha e começar de novo... Poderia! Claro que sim. Mas isso poderia te confundir, poderia parecer que estou escondendo algo de você, leitor, ou... sei lá o que mais você poderia pensar de mim. Melhor me explicar. Olha... o lance lá da transa... deixa eu falar uma coisa. Vou ser sincero. Foi uma vez só, não três vezes. Ok? Nem sei por que menti para você. Desculpa, não quero, por causa de um errinho, perder minha credibilidade contigo. Foi uma. Uma e meia. Nah... uma só.

Voltemos à nossa historinha: era uma noite sem lua, céu nublado. Nós passamos pelo portão e pelo caminho que nos levou a um galpão enorme, construído no meio do nada, e que só se tornou visível quando as luzes dos outros carros que chegavam atrás de nós coloriram a grama recém-plantada.

Como eu já tinha a minha velha máscara de guerra, Beatriz ficou incumbida de comprar, além de uma máscara para ela, dois pares de luvas e as fantasias de papangus para nós. Por cima da calça jeans e camiseta, eu usava um tipo de túnica de seda (ou cetim, nunca sei a diferença de tipos de panos) que parecia mais uma grande e desajeitada camisola estampada com estrelas coloridas de todos os tamanhos. Por baixo da máscara, eu vestia uma touca preta que cobria pescoço e a cabeça. Da touca brotava uma peruca topetuda de cabelos compridos feita de fios de nylon verdes e amarelos. O visual da Beatriz (ou "look", como ela dizia) era mais complexo. Uma máscara de coelho por cima de uma touca de pano brilhante que lhe cobria todo o cabelo; em vez de uma peruca, ela optara por um chapéu de cangaceiro fashion. No corpo, por cima de tudo, ela exibia um tipo de lençol, um grande pedaço de pano brilhante sem o recorte dos braços e estampado com a bandeira de Pernambuco nas cores azul e branco, com as figuras do sol e da estrela em amarelo, uma cruz colorida de vermelho e um arco-íris tricolor. Em volta do pescoço, usava um tipo de babador feito de tule cheio de babados igual a uma saia de bailarina em miniatura (desculpa, foi o melhor jeito de descrever o acessório). Não vou mentir, estava incomodado, me sentia como um personagem infantil usando aquelas luvas brancas e os panos coloridos. Eu devia tê-la acompanhado na hora de comprar as roupas (com certeza escolheria algo mais discreto!). Para completar o visual, a esperta Beatriz tinha comprado uma sombrinha de frevo multicolorida que serviu de esconderijo para a sua (minha, né!) Chave.

Depois de andar por uns 400 metros, paramos embaixo do batente da grande porta de entrada do galpão. Apesar de chegarmos bem antes do horário final descrito no convite, já havia uma certa aglomeração lá dentro. A construção, sem luxo algum, parecia estar ainda em obras, com paredes não rebocadas e tijolos à mostra. O chão, de cimento e cheio de desníveis, tinha alguns trechos inacabados cobertos com tábuas finas. As poucas luzinhas (que imitavam o tremeluzir de velas) brotavam no ambiente e tentavam, sem sucesso, trazer algum ar místico ao local.

Corredores levavam a salas que se interligavam a outras e uniam-se a novos corredores. O lugar era um verdadeiro labirinto. Percebi, apesar da luz fraca, que havia poucos móveis: uma mesinha aqui, um sofá ali mais à frente. Nada de tapetes, quadros ou plantas. Os únicos sons que escutávamos, além dos passos das pessoas presentes, era uma constante música de elevador saindo de pequenos alto-falantes que pendiam de um teto sem forro e que deixavam as telhas à mostra.

Todos ali estavam fantasiados de papangus. Dos pés à cabeça. Achamos melhor não interagir com nenhum dos presentes. Ninguém tampouco falou com a gente. Que clima de tensão, de espera era aquele? Quem havia reunido todo aquele povo? Sem saber ao certo para onde deveríamos ir, eu e a Beatriz sussurrávamos quando não havia ninguém por perto enquanto explorávamos ao máximo os cômodos, tentando achar o salão principal e possíveis rotas de fugas. Foram tantas portas e viradas à esquerda e à direita, paredes, desvios e mais paredes iguais, que cada vez ficava mais difícil de guardar na memória o caminho de volta.

Depois de seguir um grupo de cinco pessoas, chegamos finalmente a um grande salão de teto alto e sem iluminação nenhuma. Encontrei um pedaço de parede livre e me encostei. Por segurança, puxei Beatriz para que ela ficasse ao meu lado. Esperamos. Quando minha visão começou a se adaptar, pude ver buracos negros que eram várias portas espalhadas pelas paredes do salão de onde saíam filas de pessoas que, cada vez mais, populavam o ambiente. Os papangus que entravam sussurravam cantorias. O zunzunzum da mistura das vozes chegava a ser agradável aos ouvidos e dava um ar ritualístico ao ambiente. Alguém acendeu duas tochas penduradas numa das paredes e todos, de modo sincronizado, se viraram na direção da claridade. Agora era possível ver um tipo de palco, uma estrutura elevada do chão, feita de madeira, que sustentava um púlpito também de madeira. Ao lado do palco, pude ver seis gigantes vestindo ternos folgados. Eram figuras assustadoras, de uns 4 metros cada. As suas cabeças quase tocavam o teto de telhas vermelhas. A parca luz das tochas era suficiente para delinear aqueles seres humanos disformes com roupas largas e movimentos erráticos. Eles pendiam para lá e para cá e por vezes tremiam em espasmos curtos como se estivessem enraivecidos. Olhos vidrados, bocas enormes e paralisadas, eles usavam máscaras gigantes, parecia. Senti um tremor crescente e devo ter apertado com força o braço de Beatriz. Percebendo meu medo, ela me disse algo assim "você tá ligado que são bonecos de Olinda, né?". Não respondi nada. Como eu não percebi antes? Aquelas coisas eram os tradicionais bonecões do Carnaval de Pernambuco. Meu Deus, que cagão que eu sou! Assumo. Atrás dos bonecos, uma enorme bandeira pendia do teto. O pano da bandeira era manchado em vários tons de verde e azul, criando um padrão de camuflagem parecido com as roupas dos caras da entrada. No meio da bandeira, um brasão continha as iniciais FDM *e um símbolo estranho que parecia uma colagem malfeita de vários símbolos sagrados sobrepostos.*

Assim que um homem corpulento e encapuzado vestido com uma túnica camuflada atravessou a bandeira e entrou no palco, outras dezenas de tochas se iluminaram ao mesmo tempo sem que eu visse alguém acendendo-as.

Senti o calor aumentar quando o ambiente tingiu-se de tons alaranjados. Um silêncio respeitoso tomou conta do salão. Puxei Beatriz, descolando-a da parede. Achei que era o momento certo para que nós nos misturássemos àquele bolo de pessoas espremidas no meio do salão. Lentamente íamos avançando, pedindo passagem, chegando cada vez mais perto do palco.

Eu queria ver quem era o tal figurão estacionado no púlpito.

O homem no palco puxou o capuz para trás, revelando sua barba escura e volumosa, as tatuagens no rosto e os cabelos penteados para trás que formavam um coque samurai na parte de cima da cabeça. Depois de passar os olhos por todos os presentes, ele abriu os braços e disse "O mundo está mofando!". Como se fosse uma missa (e não era?), todos responderam em uníssono "E nós somos os filhos do mofo!".

Nessa hora, parei e peguei o celular.

Beatriz me cutucou e disse que achava que conhecia aquele cara (além de me dar uma baita bronca, pedindo para eu desligar o aparelho). Expliquei para ela que queria gravar o áudio para ouvir depois. E foi o que fiz, da maneira mais discreta possível. Foi bizarro e ao mesmo tempo engraçado. O sermão do cara era recheado de palavrões, e os fiéis ali presentes respondiam às perguntas dele gritando. Ah, e também vibravam em certos momentos, aplaudindo ou vaiando.

Parecia uma torcida de futebol raivosa.

Eu soltei um riso involuntário e curto quando a galera respondeu à pergunta final do líder. E tomei outro cutucão da Beatriz, claro. É que todos ao mesmo tempo responderam "Amém é a puta que o pariu!". Ju-ro! Se me contassem, eu não acreditaria. Segundos depois do encerramento do discurso, sem nenhum aviso, a multidão começou a se afastar do centro do salão e abriu um buraco onde apenas umas 30 pessoas ficaram no meio, perdidas. A gente, adivinha, ficou no grupo dos desavisados. O líder, que se apresentava como Inri Deus, disse que iria marcar os novatos. Pensei, a princípio, que poderia ser algum tipo de batismo com água, sabe? Mas nem em sonhos imaginaria que "marcar" seria algo literal mesmo. Um homem arrastou um barril (tinha umas rodinhas na parte de baixo) cortado pela metade. Saía uma fumaça espessa de dentro dele. A fila começou a andar. Uma a uma, as pessoas eram convidadas a subir ao palco. Homens armados supervisionavam tudo, faziam a segurança do líder. As armas serviam como um tipo de incentivo para que os novatos indecisos tomassem a iniciativa de participar daquele ritual macabro.

Para piorar, entraram mais dois caras, cada um com um tipo de espeto de metal nas mãos. Eles depositaram os espetos dentro do barril e se posicionaram ao lado do líder.

Funcionava da seguinte forma: o novato chegava ao palco, perto do líder que fazia sinal para ele mostrar o rosto. Só quem estava no palco é que conseguia ver o rosto da pessoa. A gente, lá embaixo, não. Inri então olhava para o novato, colocava a mão sobre sua fronte e, de olhos fechados, falava uma palavra. Ou ele falava "papel" ou falava "pedra". Nunca falava "tesoura". Depois que ele decidia o que a pessoa era (pelo menos foi isso que entendi), um dos dois capangas pegava a vareta do fogo (o barril tinha brasas dentro) e, posicionado atrás da pessoa, marcava com aquela vareta quente. Tipo marcar o gado, sabe? A pessoa gritava antes, durante e depois do processo. Depois, era convidada a descer do palco ao som dos aplausos de todos.

Antes de chegar a nossa vez, eu olhei para as portas, tentando achar alguma forma de escapar dali. Sem chances.

Havia um brutamonte armado em cada uma das saídas.

Estávamos presos lá.

A gente foi sendo empurrado até o palco pelas pessoas na fila que estavam atrás de nós. Acho que éramos os únicos ali reticentes com aquela baboseira toda. Eu tomei a frente. Não deixaria Beatriz passar por aquilo sem eu saber do perigo real. Calma, não sou corajoso, não. Mas sou cavalheiro. Abro a porta do carro para as mulheres, ando do lado de fora da calçada, essas coisas que hoje em dia são chamadas de machismo, sabe? Torceu o nariz? Relaxa, é que fui criado assim e acho bacana esse tipo de gentileza.

Subi angustiado na plataforma de madeira.

Tirei a máscara e a touca.

O líder se aproximou de mim e sorriu mostrando os dentes brancos (alguns dourados) e a proeminente gengiva rosada. Colocou as mãos na minha cabeça: a palma da mão na testa e os dedos sobre os meus cabelos ensopados de suor. E, me pegando de surpresa, ele fez a maldita pergunta. Ele, colando a cabeça dele na minha, sussurrou: "Que tipo de pessoa você é?". Caralho, a mesma pergunta! Não sei, respondi de forma polida. Ele não disse "papel" ou "pedra". Nada disso. Ele deu dois passos para trás, nada falou. Mas pude perceber que ele deu um sinal com o olhar para um dos caras atrás de mim. E não sei qual dos dois capangas que veio. Se fosse o da esquerda, saberia que eu era papel, se fosse o da direita, pedra. Eu estava prestando bastante atenção. O cara abaixou minha cabeça sem delicadeza nenhuma, afastou meu cabelo e apertou o ferro em brasas na minha nuca.

Me debati? Sim. Gritei. Claro! Doeu? O que acha?

Senti uma dor filha da puta e um cheiro de pele queimada.

A minha pele!

O capanga marcador de gado falou no meu ouvido "não toque ou lave o local nas próximas 24 horas. Amém?". Eu respondi "amém é a puta que pariu" e ele pareceu satisfeito com a minha resposta. Indicou-me o caminho que eu deveria seguir. Não era pela escada para descer do palco, como os outros. Ele apontou para a bandeira. Para uma passagem que havia no meio dela. Obedeci. Pude ver Beatriz subindo ao palco antes de ser escoltado para um corredor escuro e ser levado até uma sala vazia, sem móveis, sem janelas e sem luz. A única claridade que entrava ali vinha das tochas presas na parede do corredor. Um cara ficou na porta, de guarda. Passei os dedos na minha queimadura. Tinha um relevo na minha pele. Minúsculo, mas pude senti-lo. Formava um desenho, parecia. Tinha muito sangue e não consegui distinguir nada. Eu descobriria mais tarde, caso sobrevivesse àquela noite.

Esperei por um bom tempo até que Beatriz se juntasse a mim. A primeira coisa que eu perguntei a ela foi como tinha sido a sua "marcação". Ela me respondeu que quando o líder colocou as mãos sobre a cabeça dela, ele desmaiou na hora. Inri caiu para trás. Desabou e foi logo socorrido pelos capangas.

Beatriz contou que, depois de uns minutos, ele se levantou e deu a ordem para que a trouxessem até a sala onde eu estava. Ela ouviu, ao sair do palco, a galera toda urrando e aplaudindo. Pareciam comemorar algo.

Naquela *sala escura, a gente esperou pelo pior.*

O líder apareceu no corredor portando uma tocha e, assim que entrou na sala, pediu para o segurança fechar a porta. Se ele fez isso, provavelmente não desconfiava da Chave e, assim, poderíamos ter uma brecha para fugir.

Inri Deus estava fascinado, exultante com a nossa presença ali.

Estranho eu escrever isso, mas não me pareceu que ele queria nos fazer mal algum. Ele queria saber como havíamos sido convidados.

Porra, achei que o convite havia partido dele! Ele agradeceu a nossa presença com um monte de palavrões e améns. Disse que Beatriz era a escolhida. E que eu seria o par dela, que deveria cuidar dela. Depois pediu um minuto para poder pegar a câmera para gravar um vídeo com a gente, para o canal dele no YouTube.

Não preciso dizer que bastou ele sair da sala e fechar a porta para a gente usar a Chave e fugir dali. Queria muito ter visto a cara do maluco ao abrir a porta e encontrar a sala vazia. Aí sim ele ia acreditar que a gente era santo.

E foi assim, num passe de mágica, que a gente voltou para o quarto de hotel em Recife, como havíamos imaginado que faríamos em caso de perigo. Será que Beatriz tinha sonhado com aquilo tudo? Como não disse nada, não perguntei, né?

Pela manhã, pegamos o primeiro voo para São Paulo. Não iríamos arriscar ficar nem mais um dia em Recife, já que havíamos usado a Chave e, assim, um sinal fora mandado para todos os mundos com nossa localização. Amigos e inimigos sabiam onde estávamos. Ou melhor, onde a Chave estava.

P.S. Quer saber o sinal na minha nuca? Achou que eu ia enrolar mais ainda? Nada! Então... chuta! Qual é? Se você, leitor, disse em voz alta "quadrado", acertou! Sim, agora eu sei que tipo de pessoa eu sou: um "papel"!

E por falar em papel, vamos ao próximo ponto!

Pedra

[agora]

O frio doía na carne.

Pedra tinha os músculos do corpo retesados e os dentes batiam num tectectec incontrolável. "Não tá com frio?", uma turista de cabelo roxo ao seu lado perguntou-lhe. "Me nou, and you? Num tá com cold?", Pedra respondeu. Cold é frio. Hot é quente. Em inglês e em português, os cornos insistiam em se meter em sua vida. "Povo chato da porra!", ele pensava, revoltado com a intromissão. Ele respondia com um grunhido quando não sabia alguma palavra em inglês. Ou completava com palavras em português. O que vale é a intenção, o Padre sempre dizia. Usava as mãos, o corpo e a cabeça também. A cabeça pendendo na forma de um sim ou de um não. No! Never! Quem pergunta o que quer, ouve... ouve o quê? Como terminava essa frase mesmo? Ouve besteira? Não. Não era assim. Pensa, Pedra! Pedra vestia um agasalho da Adidas, aquele clássico, de três listras. Verde, com listras amarelas de um lado do braço e azuis em outro. Ouve o que não quer! É isso! Ele não havia trazido nenhum casaco grosso o suficiente para aquecê-lo e não seria agora que iria comprar um. Tinha uma loja grande, toda acesa. "Forever 21". "Sempre 21", ele traduziu mentalmente. Nem a pau! Entrar, escolher, experimentar. E eu não tenho mais 21 anos. E tem que perguntar "qual o preço" em inglês. Não! E nem era por falta de dinheiro. What the fucking price? Pedra queria usar a palavra "fucking" nas frases. Que nem os policiais falavam nos filmes. Os bandidos. Todo cara que é fodão fala "fucking isso", "fucking aquilo". Pedra tinha na carteira um cartão fodão. Cartão do tipo megablaster-black sem limites. Fodão como ele. E... para que mais blusa? Cold é o caralho! Pedra não sente frio. Never! Never é nunca em inglês. Pedra é feito de gelo. E gelo é ice. Ice de Rock. Pedra de gelo. Pedra riu com o próprio pensamento. Pedra de gelo é da hora! Pedra de gelo, repetiu dentro da própria cabeça. Repetiu mais uma vez, baixinho, mas ninguém que estava em volta escutou. "Fucking frio!", ele gritou. Aí, eles escutaram. Um mexicano gritou de volta: "That's right, man!" Ele falou isso? Falou, claro que falou! Eu sou bróder dos brothers aqui. Dia 26 de dezembro de 2017. Terça-feira. Um dia especial. Todo dia é especial, Pedra! O Padre disse isso uma vez na na missa. Pedra se lembrava bem. Aquilo o marcou. Na internet, Pedra leu que esse poderia ser o Réveillon mais congelante do século e o segundo mais frio da história de Nova York, perdendo somente para os -17°C registrados na virada para o ano 1917. Uau! Nossa, que medinho! Nova Iór-quê? New York, como eles falam aqui. Bando de fresco. Tem até a música, não tem? New York, New York. Tem sim! New? New é "novo" em inglês. Escreve Nio com "i" ou Neo com "e"? Neo é do Matrix, aquele cara daquele filme foda que os caras voam e rodam e atiram no ar. Pedra queria aproveitar cada segundo de seu passeio ali, no centro do mundo. Yes! Yes, of córse! Mundo tá acabando pra vocês, seus bitches! Ele sabia, tinha horários para cumprir. Um caderno cheio de tarefas. E, segundo ele, o próximo destino era um lugar quente, um lugar onde ele não passaria mais frio. Nem calor? Odiava suar debaixo dos braços. Sovaco molhado? Não, Pedra! Axila, o Padre corrigia sempre. É sovaco, Padre! Não. É axila, Pedra. Tá bom, é axila então. Padre falou, Padre tem razão. Pedra nunca discutiu com o Padre. Discutir com Deus? Cê tá bem louco, né? O brutamontes tinha trazido apenas uma mochila como bagagem de mão. Nada de malas. Pra quê? Ele não queria coisas desnecessárias o atrapalhando. Sou Pedra e Pedra viaja leve, sem peso extra. Sou Pedra, mas nesses dias não sou eu. Pedra riu por dentro. Pedra tentava fixar a informação na mente. Meu nome é Bond. Jaimersson Bond. Sou um espião internacional. Sou foda. 007, o espião foda que saiu do frio. Bond. Bond cama, Bond transa. Meu nome é Bond. Bond, Bond, Bond! Que nome foda ele havia escolhido. Desculpa pelo "foda", Padre. Perdão pra Rosana que tá nas alturas. Bond. Bond de oração. Bond coração. Serve pra tudo esse nome. Eu que escolhi. O Padre só disse amém pro nome. Pedra admirava a quantidade de luzes acesas. Era muita luz, muita tela, muita propaganda. Quem pagava a conta? Alguém sempre paga. Os caras são sócios da Eletropaulo? Parece. Aqui chama EletroYork?

Sentado na arquibanca vermelha, Pedra parecia uma criança em dia de jogo no estádio. Pacaembu. Lembra? Eu lembro, Padre. Prestava atenção em cada detalhe. Times Square. New York. Estados Unidos da porra da América. Tinha hora que as luzes piscavam. Todas juntas. Como se fossem um relâmpago. Mas não estava chovendo. Buzinas, som de sirene. Gente gritando, cantando, falando. Muitas línguas. Pedra gostou do lugar. Parecia um filme. Tinha visto muitos filmes no cinema que haviam sido filmados naquele lugar. Mas no cinema os lugares sempre parecem maiores e mais legais do que na vida real. Tipo favela. Nos filmes e nas novelas sempre a favela é legal. Na vida real, não é. É uma merda morar na favela. Tanto que mudaram o nome agora para comunidade. Não pode mais falar favela. Agora é comunidade. É que nem a favela, não mudou nada, mas mudaram o nome. Comunidade. Agora é chique. Só o nome. O lugar é o mesmo. Take a journey. Available now. Fast streaming. Coca-Cola. Muitas cores. Todas as cores do mundo estão nas televisões gigantes ao meu redor, Pedra concluiu, abismado. Todos os tamanhos de telas, todas as cores. Color. Todas as colors. Pedra podia ficar ali para sempre, tinha todos os canais de TV à sua disposição. Sem som, mas com imagem perfeita. 4k. 8k. Um milhão de "k". Kkkkkkkk. Que nem ele ria no *zapzap*. Todos os canais. Todas as telas brilhantes. Pedra descobriu que, se olhasse para uma e desviasse os olhos para outra e depois outra, elas todas te contariam uma historinha. Beba Coca-Cola ouvindo Queen enquanto dirige um carrão importado. Mas tem que tomar o remédio laranja para parar de ter vontade de comprar o novo iPhone na loja do tesão rosa. A letra "T" grande é um tesão, ele imaginou. Pedra riu e conferiu a mochila, apoiada em suas pernas. Nela estavam todas as roupas que usaria nos dois dias de peregrinação: duas cuecas, dois pares de meia e três camisas de time. Uma para cada dia. Uma do Arsenal, uma do Ajax e outra da seleção da Holanda toda na cor laranja. Ele estava com a camisa do Milan. Para que mais camisa? Também estavam dentro da mochila as passagens e o seu caderno, claro. Jogara fora as roupas chiques. Gravata e paletó? Pra que guardar se não ia usar? Nada era mais importante para Pedra do que o caderno. Os passaportes também eram importantes. Sem eles, ele não faria as viagens e se não viajasse o Padre iria brigar com ele. Estava tudo lá. Todas as tarefas, os horários, os lugares. Tudo. Era a profecia de Deus. E o Padre era Deus. Ele que tinha escrito. Linha por linha. Só o Padre sabe. Deus escreve certo por linhas certas. Deus é Deus! O relógio da Times Square marcava seis horas e vinte e um minutos. Era de ponteiros. Olhou para o seu relógio dourado, de pulso. Seis horas e vinte e dois minutos. Nos Estados Unidos, eles falam PM e AM. Pedra sabia, significava seis da tarde. PM não vinha de "Polícia Militar". Não era isso. O Padre explicou. Se fosse AM agora seriam seis da manhã. Mas não era de manhã. Estava escuro. O Padre ensinou todas as coisas, as coisas do mundo inteiro para ele. O Padre sabia que horas eram, qualquer hora, em qualquer lugar do mundo. Sem olhar no relógio, ele sabia. Coisa de Deus, né? Deus está em todo lugar. O Padre sabia que horas eram no Japão. No Japão! Putaqueopariu da Silva! Meia noite e meia. E pá! Pedra conferia na internet e não é que era o horário certo? O Padre sabia. Sabia porque estava lá também. Pedra aprendera com o Padre a ler as horas tanto no relógio de ponteiros quanto no relógio dos numerozinhos. O feito de números era sempre o mais fácil. Relógio digital. Os numerozinhos eram as horas e os minutos. Simples e direto. O ponteiro grande marcava as horas, ponteiro pequeno marcava os minutos e ponteiro rápido marcava os segundos. Complicado, mas Pedra tinha memorizado. E ali, na Times Square, ele podia ficar somente 15 minutos e mais 30 segundos. Depois, teria que ir para o aeroporto. Era o que dizia o caderno. Merda!

18h20: FICAR NA TIMES SQUARE POR PELO MENOS 30 MINUTOS. TOCAR NO MÁXIMO DE PESSOAS, CONVERSAR COM ELAS. PROCURE POR GRUPOS GRANDES.

Ele tinha que conversar com as pessoas. A arquibancada. Tinha muita gente lá. Mas Pedra não falava nada. Só respondia. Thank you, sir. Thank you, woman. Ele agradecia. Não importava o que eles falavam. Ele descia e subia na arquibancada. Degraus vermelhos, iluminados. Ele esbarrava e agradecia: "Sorry, bróder!". Pedia desculpa, às vezes. Não gostava disso. De pedir desculpas. Pra quê? Sorry, foi bad! Desculpa é o caralho ô gringo de merda! Olha onde anda! O Padre falava pra ele: peça desculpas, Pedra. E ele pedia. Sempre de cara amarrada, mas pedia. Amém, Padre.

Pedra desceu e subiu os degraus tocando no máximo de pessoas.

Repetiu o processo dez vezes. E até se divertia com isso.

Às vezes parava a caminhada heróica e virava-se, olhando para cima, como quem admira uma obra de arte recém-concluída. Um artista e sua obra de arte. Todo mundo sentadinho numa arquibancada olhando as luzes. Povo trouxa. Idiotas! Fotos enormes dos musicais da Broadway com luzinhas correndo em volta do cartaz. Nos telões, tentavam vender de tudo. Só para os otários. Tênis. Sucos. Gente linda. Filmes e séries de TV. Operadoras de telefonia. Mais gente linda vendendo alguma coisa podre. E Coca-Cola. Moto. Carro. Compre! Veja! Garanta o seu! Imperdível! Notícias. Bolsa de valores. Um novo tipo de gripe? Frio. Vai acontecer a partida da primeira missão tripulada para Marte. Nossa, parabéns! Eles vão partir para Marte e eu... eu vou rodar o mundo! Mochila nas costas, caderno na mão, ele conferiu seus próximos destinos. Era muita gente. Sorry, kid. Kid é criança em inglês. Pra que trazer criança pra cá, meu Deus? Luzes. Flashes. Vai cegar as crianças, ô pai irresponsável! Chineses. Muitos chineses. Ou japoneses. Pedra não soube diferenciar. Sorry, japa! Sorry, China! Estive no seu país hoje mesmo. Mais cedo. E fiz um estrago lá. Ele pensou em falar isso, mas não falou. O Padre pediu discrição. Pedra perguntou o que era isso. O padre disse que era para ele manter a boca fechada. Só isso. Se o Padre falou, tá falado! Tóquio. Pequim. Sorry! Coreano? Foda-se! Todo mundo tá fodido. Pedra tocava, esbarrava em todo mundo. E pedia desculpas. Olho puxado, cê tá fodido! Negro, amarelo, vermelho, marrom, lilás. Todo mundo tirando foto com o celular. Famílias inteiras. Amigos e amigas. Casais. Homem beijando homem? Ih… aqui nos Estados Unidos tem gay também? Tem. Os caras se beijaram, eu vi. Viadinho, viadinho!. Ele pensou isso, ele não falou. É politicamente incorreto. Antes, podia. Hoje, não pode mais. Mimimi. Pedra gritava isso quando era criança quando outra criança chorava. Homem não chora! Pedra passou no meio do casal de homossexuais, encarando. Sorry, man! Sorry, gayman. Kiss outro man, man? Eles riram. Eu sou palhaço agora? Mais propaganda. Mais flashes. Luz e barulho. Buzinas. Um Mickey gigante passou por Pedra. E um Homem-Aranha barrigudo. E o frio? Tá cold. Very cold. Tá na hora. Pedra espirrou e pediu desculpas. Sorry, I am with gripe. Very gripado. Um cara bem louco com a cueca rosa aparecendo por baixo da calça camuflada acendeu um cigarro fedorento e sua mulher gorda com cabelo zoado pediu um trago. Uma mulher ajeitou o vestido e empurrou os peitos para frente enquanto fazia bico numa pose torta de uma selfie mais torta ainda. Um policial no formato de um donut só olha. Lego. Rebuild the world. Uma loja chamada Sephora. "Ph" tinha som de "f", antigamente. Sephora ou sai-fora? Pedra riu. Loja com nome estranho. "Saiphora?". Uma mulher tentou entrar na loja com nome estranho e bateu com a cara no vidro. Porta errada, dona! Ela colocou as mãos na cabeça e chorou. Tinha uma mala grande ao lado dela. Não chora não, moça linda! Um negro careca com fone de ouvido branco balançou o corpo. É funk? Petroni. Itália. Samsung. Uma moradora de rua com moletom e capuz estava sentada de frente para uma barraca de café e churros. Quieta. Imóvel. Morreu? Tossiu. Não, não morreu. Ainda não. Mas vai. Todo mundo aqui vai! Demora duas horas, três horas no máximo. Carro amarelo. Como tem carro amarelo por aqui! É tudo táxi. Em São Paulo, o táxi é branco. Aqui, é amarelo. Yellow. Americano é cheio de querer aparecer. Coloca uma melancia no pescoço, caraio! Pedra desviou de um ciclista, xingou, parou na rua e fez sinal para o táxi parar.

— Toca pro aeroporto, man. Airport. Jota-Éfe Kennedy — disse, ao bater a porta do táxi.

18h35: PEGAR TÁXI PARA O AEROPORTO JOHN F. KENNEDY.

Tá bom, Padre. Se está escrito, tô indo. Airport, bem fast, please! Fast pra caraio, man! O motorista falou alguma coisa. Pedra mostrou o caderno. O nome do aeroporto? Lê, porra! O cara leu e foi. Eu tinha falado, cará-lê-ô! Falei direitinho, amém? Aqui tá quente. Assim que o taxista leu o nome do aeroporto, Pedra riscou uma das linhas da folha do caderno. Tinha mais linhas riscadas. Bombaim. Jerusalém. Cairo. E pela janela, ele via as pessoas. Riscou a palavra Moscou. Elas, as pessoas, nem desconfiavam que estavam perto do fim. Paris. Budapeste. Todas elas. Roma. Londres. Pecadoras. Dubai. Rio de Janeiro.

Santiago. Ele traria a paz.

21h00: VOO PARA CIDADE DO MÉXICO (VER PASSAGENS E INFORMAÇÕES NA ÚLTIMA FOLHA DO CADERNO).

Por que a cidade que fica no México chama cidade do México? Que povo criativo, hein? Qual a capital dos Estados Unidos? Cidade dos Estados Unidos! Pedra riu. Pedra é foda. Pedra agora era um anjo da morte. O Padre disse isso para ele. Disse? Não lembrava. Valeu taxista cor de chocolate! Você também vai morrer! Todo mundo vai. Menos eu. Eu e o Padre. O Padre, que é Deus, me mandou pelo mundo. Essa era a missão. Viajar por 33 cidades e consertar o mundo. Livrai-nos do mal. Eu vou livrar, Padre!

Até o fim do mundo.

Até ficar só o povo escolhido de Deus.

— Amém *and* amém — Pedra disse, cantarolando, perto do portão de embarque.

[extraído do diário de Marcel Duran]

PONTO 29: O HOMEM MAIS FAMOSO DO MUNDO

- maio de 2017 -

Estou escrevendo este capítulo antes de terminar a viagem por um simples motivo: não sei se retornaremos, nem sei se estaremos bem depois do dia de hoje. Se não encontrar aqui o fim deste capítulo, provavelmente isso é um sinal de que não voltamos em segurança para o meu apartamento. As coisas andam bem estranhas e acho que estamos sendo seguidos. Amanhã, depois do enterro, a ideia é começar a viagem de volta ao Brasil. Então, o que vou fazer a seguir é relatar o que aconteceu até aqui. E "aqui" significa um hotel na cidade de San Antonio Oeste. Ok?

Hoje é dia 29 de maio de 2017.

Ok? Vamos agora voltar no tempo. Ficamos poucos dias no meu apartamento.

Beatriz me convenceu que seria arriscado ficar lá, já que sabiam que ela estava comigo e seria questão de tempo até descobrirem meu endereço. Seis dias em São Paulo. Usamos esses dias da melhor forma possível: comprando mantimentos, mapas, pesquisando sobre as estradas e cidades que passaríamos para chegar até San Antonio Oeste, na Patagônia argentina, nosso destino. Quis aproveitar e fazer alguns shows de stand-up, mas... adivinha? Ela me deu o maior sermão sobre os perigos de aparecer em eventos públicos.

Ela estava com a razão, eu sei. Mas precisava dar lição de moral? Tá, precisava...

Beatriz era muito cautelosa. Ela tirou fotos de todas as portas do meu apartamento, caso precisássemos voltar para lá usando a Chave. Isso, claro, em caso de emergência, já que o uso da Chave chamava atenção.

Ia ser bom ficar um tempo viajando de carro, respirando novos ares, explorando, turistando. Somente eu e ela. Essa era a ideia. Por isso, optamos pela viagem de carro em vez de irmos de avião.

Partindo de São Paulo, fizemos uma paradinha em Coronel Vivida, cidade onde Beatriz nasceu, no Paraná. Visitamos alguns parentes distantes dela (milhares de primos, tios e avós) e ela usou os dias que ficamos por lá para matar a saudade e se fortalecer, penso eu. Precisava se preparar para o exílio que faria a partir de junho. Fizemos uma peregrinação de casa em casa (ela tirava foto da maioria das portas) daquela minúscula cidade até que toda a parentada dela pudesse fazer as mesmas perguntas e escutar as mesmas respostas, todas incompletas ou mentirosas. Sentia na expressão de Beatriz o seu esforço para não contar nada de relevante sobre sua vida atual ou algo que se relacionasse ao seu futuro. E posso falar? Ela é uma boa atriz. E foi bem legal ouvir as histórias sobre a infância dela. Eu pude entender melhor suas ações e reações. E como fez bem para ela aqueles dias! Ela saiu de lá renovada. E eu, por tabela, também. Como não tinha parentes vivos, eu sentia falta daquele alvoroço, dos churrascos e da gritaria das crianças correndo entre as mesas. Queria aquilo para mim. Mas meu pai nunca me falou nada sobre nossa família. Quando eu ou meu irmão perguntávamos, ele desconversava.

Quando pegamos a estrada novamente, mergulhamos mais em direção ao sul, cruzando o estado de Santa Catarina, onde curtimos uma praia aqui, outra ali. No Rio Grande do Sul, ficamos dois dias em Gramado para aproveitar o frio e os chocolates da região e seguimos por uma estrada sufocada por paredes de hortênsias nas laterais da pista até a cidade mais meridional do país, Chuí, que fica bem na pontinha no mapa do Brasil e faz fronteira com o Uruguai. Rodamos o pequeno e simpático país, povoado por carros velhos, parando em Punta del Este, Piriápolis e na capital, Montevidéu. De lá para Colônia do Sacramento. Não me lembro onde exatamente, mas passamos por uma rodovia com as margens pintadas pelo amarelo das plantações de girassóis. Sacramento, cidade histórica, serviu de atalho para que chegássemos até a Argentina de uma forma mais rápida, cortando o Rio da Prata em cima de um barco da empresa Buquebus.

Em Buenos Aires, o odômetro da minha Land Rover me lembrava que já havíamos passado dos 2 mil quilômetros rodados. Somente eu dirigia. Eu fazia questão. Beatriz chegou a me perguntar se eu não confiava nela como motorista ou se eu era tão ciumento com meu carro a ponto de não dividir o volante com ninguém. Mas não se tratava nem de uma coisa, nem outra. A verdade é que eu adorava dirigir por estradas desconhecidas, sinuosas e admirar a paisagem passando pelo vidro do carro. Desbravar novos destinos, traçar rotas para o dia seguinte, marcar os avanços no mapa rodoviário. Aquilo tudo era realmente um prazer para mim. Com o passar dos dias, Beatriz tornou-se o melhor co-piloto do mundo, pesquisando sobre os pontos turísticos, comidas típicas e curiosidades dos locais por onde transitávamos. Isso facilitava muito. Já chegávamos à cidade com o hotel reservado por ela através do aplicativo e aí... era só turistar. Fazíamos questão de comer a comida local. Sempre! Era um desafio e uma diversão. No dia seguinte, o processo se repetia. Formávamos uma bela dupla. O "bela", claro, tinha mais a ver com ela do que comigo.

Depois de quatro dias me entupindo de carne e observando Beatriz se esforçar para comer todo o doce de leite (já disse que eu odeio doce de leite?) disponível na capital argentina, decidimos que era já hora de partir e finalmente encarar a Ruta 3, lendária estrada de 3.074 Km que ia de Buenos Aires à província da Terra do Fogo (aquela ilha na ponta da América do Sul, pertinho da Antártida, sabe?). No trajeto, cruzamos com grandes rios, terras áridas, planícies intermináveis, cadeias de montanhas multicoloridas, picos cobertos pela neve e esculpidas pelo vento. E como tinha vento! Ultrapassávamos motociclistas que sofriam para se manterem firmes nas motos durante as ventanias naquelas estradas sem fim que ora eram feitas de asfalto, ora de rípio (mistura de terra com cascalho).

O tempo passava mais devagar e os dias pareciam mais longos na Patagônia. Em janeiro, me disseram, os dias chegavam a durar 17 horas e o sol se punha depois das 22 horas. Imagina que louco isso? Já era noite quando, da estrada, vimos uma refinaria em Bahía Blanca que parecia ter saído do filme Blade Runner, tamanha a quantidade de luzinhas espalhadas pelas estruturas pontiagudas. As cidades começaram a rarear, assim como os postos de gasolina.

Dormimos em Viedma e no dia seguinte, se tudo corresse bem, estaríamos no ponto 29, a cidade de San Antonio Oeste. E tudo correu bem. Quer dizer, quase tudo.

Acordamos cedo, carregamos o carro com as malas e retomamos a Ruta 3.

Dentro da cidade, parei num posto para abastecer e aí foi que as coisas começaram a desandar. Um velho (muito velho, velho pra caralho!) bateu no vidro do carro, eu baixei e ele murmurou alguma coisa que nem eu nem Beatriz entendemos. O ancião desmaiou em seguida, ao lado do automóvel. Tombou e machucou a testa. A gente desceu e socorreu o velhinho. E esperamos ele acordar. Pelo que entendemos, ele era tipo aqueles velhos loucos de cidade pequena que ficam andando nas ruas e ninguém mais se preocupa. Foi isso que pareceu naquele momento. Ninguém, além de nós, ficou muito assustado. Como ele não falava coisa com coisa, pegamos o endereço dele com o frentista do posto e levamos o velhinho até sua casa. Na verdade não era sua casa, era um quarto que uma alma caridosa tinha cedido a ele.

Resumindo bem a história: o velhinho chamava-se Antonio e tinha uma estranha mania de comer livros. Sim. Você não leu errado, leitor. De alguma forma, ele se alimentava de livros e conseguia absorver o conhecimento contido neles.

Antonio nos contou sobre sua vida nas 48 horas que ficamos ao seu lado. Infelizmente, foram as últimas 48 horas de sua existência. Como ele era uma figura querida pela cidade, seu enterro reuniu grande parte da comunidade.

Foi triste. Bem triste, na verdade.

Era como perder um parente próximo, um amigo, já que ele nos contara minúcias de sua vida. Aventuras fantásticas, Acredita, leitor, que ele falou pra gente que chegou a ser conhecido como "O homem mais famoso do Mundo"? E que havia ganhado vários prêmios, viajado o mundo e encontrado a cura de várias doenças? Se parte das histórias ou a totalidade delas era mentirosa, pouco importava para nós. Choramos, sofremos e nos divertimos com elas. Se para o velho Antonio aquelas histórias eram reais, se elas confortavam seu coração nos seus últimos momentos de vida, qual o problema em acreditar nelas?

Beatriz, a pedido de Antonio, anotou tudo o que ele nos contou enquanto eu, cético, escutava em silêncio, duvidando sempre do velhinho metido a Forrest Gump. Até me arrependo de ter feito tantas perguntas a ele...

Após sua morte, em seus bolsos, nós encontramos três coisas: um pedaço de papel, uma aliança e um celular.

No celular, duas mensagens de áudio. Uma para Beatriz e uma para mim. E posso falar? Que áudio triste de se escutar! Nas mensagens, o velhinho agradecia-nos por tudo e se despedia da vida. Ele sabia o tempo todo quanto tempo lhe restava.

E agora, a bomba!

O pedaço de papel que encontramos dentro de um dos bolsos da camisa do Antônio, sabe o que era? Vai, adivinha! Duvido você acertar a resposta. O pedaço de papel pautado era simplesmente a parte que faltava do meu diário. Sim, o trecho que tinha sido rasgado, escrito pelo meu pai sobre o "Ponto 22".

Lembra disso? Se puder, volte e leia agora. Vai lá! Acho melhor, hein? Eu espero você ler.

>>>>> Leu? Voltou? Então, agora leia o que me faltava...

——————————————————————

Apesar de ser este o ponto 22 do jogo, não repousava aqui o nosso destino final, meu filho. Navegamos pelos rios Aqueronte, Cócito, Estige e Lete. E voltamos fazendo um caminho diferente, evitando sempre o Rio Flagetonte, claro. Não atravessamos em nenhum momento os portões do Inferno (não seria prudente voltar lá).

A nossa missão era outra.

Meus inimigos são seus inimigos agora, meu filho. Te peço perdão por isso.

Saiba que meu maior temor sempre foi que alguém (que não você) tivesse acesso às memórias que estavam na minha cabeça e que já não estão mais. Eram muito valiosas.

Era esse o real motivo de me perseguirem. Por isso eles querem a minha morte.

Filho, vão te contar muitas mentiras sobre mim. E farão isso porque é o modo mais fácil de tentar fazer você se voltar contra mim. Contra os Profetas. Você também é um profeta agora. E saiba que, no momento certo, reaverá as suas e as minhas lembranças. Sim. Passei tudo a você e por isso você caiu num "sono profundo". A mente humana não suporta a entrada de tamanha quantidade de informações em tão pouco tempo e... simplesmente desliga!

Agora você deve estar se perguntando: então por que eu não me lembro de nada, pai?

Porque bebeu das águas do rio do esquecimento, meu filho: o Rio Lete.

Foram apagadas as memórias referentes aos dias em que ficamos juntos. Para que ninguém possa saber o que sei e o que sabe, o que fizemos juntos. Mas fique tranquilo, tudo está aí, escondido, protegido dentro de você. Parece confuso, mas é assim que funciona. Para acessar as memórias, bem... revelarei isso a você daqui a uns anos, se tudo der certo.

Me perdoe por isso também.

É possível que, em sonhos, alguns fragmentos das memórias que me pertenciam venham à tona. Não se assuste ou pense ter ficado louco. Há vários relatos de pessoas que misturaram memórias de outras às suas e que ficaram loucas ou pensaram terem vivido outras vidas.

Importante: deixei uma garrafa cheia de água em sua mochila. Está lacrada. Não confunda com outras e marque-a da forma que achar melhor. A água dentro da garrafa foi retirada do Rio Lete. Funciona mais ou menos assim: uma gota, uma hora de esquecimento. Eu disse "mais ou menos assim" porque à medida que o tempo passa, a água fica menos efetiva. Chegará um dia que ela não terá mais efeito algum.

Se por algum motivo precisar apagar algo de sua memória recente, use-a. Caso contrário, não b

---

- 30 de maio de 2017 // apto. do Marcel -

*>> **Leia! Importante!** >> Oieee! Como você deve ter percebido, a letra neste diário mudou. Mudou porque, meu bem, quem escreve agora sou eu, a gata da Beatriz. :P Brincadeiras à parte, não tenho muito tempo, já que quanto mais tempo fico aqui no apartamento do Marcel, mais perigo eu corro. Hoje é dia 30 de maio, um dia antes do meu "salto" até a cabana.*

Escrevo para você, leitor, e para o Marcel. Então, não se confunda, tá?

Bom, sobre a viagem pela Patagônia argentina: nós fomos juntos, mas eu tive que voltar sozinha. Vou contar os eventos a partir de onde Marcel parou, belê?

O enterro do Antônio teve cobertura da TV *local, e isso não foi nada bom para nós. Você deve imaginar o porquê, não é mesmo? Não sei se foi assim que fomos descobertos. Não sabia se era neura minha, mas eu achava que estávamos sendo seguidos, observados. Sempre achava, mas lá na cidadezinha, o medo ficou maior. A desconfiança cresceu. Muita gente de fora da cidade, rostos estranhos, roupas diferentes.*

Mas a verdade é que os Cobradores acharam a gente no hotel, no dia seguinte ao enterro, quando nos preparávamos para começar a viagem de volta para o Brasil. Eles queriam a Chave. Claro, né? Eles disseram isso enquanto esmurravam a porta do quarto. Marcel era da opinião que se a situação apertasse de vez, a gente deveria entregar a Dádiva em troca das nossas vidas. Mas eu fiquei furiosa quando ele fez essa proposta. Eu expliquei a ele que a Chave era mais importante do que as nossas próprias vidas. A Chave, segundo meus sonhos, é a salvação do mundo! Até peço desculpas a você, Marcel! Sei que está lendo agora estas linhas. Perdão! Fui estúpida com você, meu amor. É que eu estava com medo e hoje sei o motivo. Já te conto!

E foi assim que eu fugi, usando a Dádiva na porta do banheiro do hotel. Só não imaginei que viria sozinha. Não deu nem pra gente discutir isso. Eu coloquei a Chave na porta, abri e Marcel só teve tempo de me dar sua mochila, antes de me empurrar e fechar a porta atrás de mim. Ouvi tiros e pessoas entrando no quarto. E só. Usei uma das fotos que tiramos do apartamento dele para chegar aqui, como ele explicou no começo do capítulo. É capítulo que chama? Ou ponto? Sei lá, não importa! O que importa é que nós nos separamos sem despedidas. Vim sozinha e sei o que devo fazer nos próximos meses. Justo deixou tudo bem explicadinho para mim, nos áudios, como você, Marcel, bem sabe. De junho a dezembro, farei o tal ritual.

Não disse ainda o que tinha dentro da mochila do Marcel, disse? Não disse. A mochila que ele me entregou antes de fechar a porta tinha os livros da autobiografia do Antônio, aqueles em branco, os mesmos livros que eu usei para escrever a história da vida do velhinho, histórias que ele me contava enquanto dormia. Tinha também um envelope que eu já sei que é para enviar para Reali, amigo de Marcel. O remetente? Um tal de "Lecram G. Narud". É, Marcel achou brilhante a ideia de colocar seu próprio nome ao contrário. Achei que podia ter inventado coisa melhor, mas quem disse que ele me ouviu? Nunca me ouve...

Já coloquei no correio, meu amor!

Tinha também uns objetos na mochila. Mas isso, você, Marcel ou seja lá quem for que tá lendo, já tá careca de saber, né? Pois é...

Outra coisa, Marcelzinho, minha coisa fofa. Olhando aqui o desenho do Ligue os Pontos, percebi uma coisa que você não deve ter percebido. Certeza que não percebeu, porque se tivesse percebido tinha se gabado. Teria me falado, com certeza. Então... eu quero os créditos por esta descoberta! O desenho que forma, aqui na página, na barba do velho é do mapa da América do Sul! Incrível, né? Para ter certeza, coloquei na tela do seu computador e bateu. É a América do Sul. Se vira com essa informação, meu anjo!

Acho que é isso. Fim.

Fim?

Nada disso.

Marcel, como bem sabe (te falei várias vezes), eu estarei agora na cabana que Deus sabe onde fica, isolada e sem contato nenhum com o mundo.

Agora parece que tenho uma boa justificativa para não falar contigo.

Kkkkkkkk

Me perdoa? Sei que sim.

- 31 *de maio de* 2017 // *apto.* do Marcel -

Hoje é dia 31 *e tenho a Chave nas minhas mãos. Faltam dez minutos para meia-noite e vou fazer a passagem. Ou o "salto" que é como o Justo chama a abertura de portas distantes.*

Beijos, te-amo-te.

Deseje-me sorte.

E que meus sonhos não se realizem...

Capítulo V [FALTA 1 DIA]

E acho meio engraçado
Acho meio triste
Os sonhos em que eu morro são
os melhores que já tive

— MAD WORLD, ROLAND ORZABAL (TEARS FOR FEARS)

Beatriz

[agora]

A parca luz que vinha da última vela acesa do quarto atingiu seus olhos assim que ela desuniu as pálpebras.

Estaria realmente acordada desta vez ou ainda morava dentro de seu sonho?

Um novo sonho dentro de um sonho dentro de outro sonho que, por sua vez, estaria dentro de um sonho ainda diferente.

Difícil saber...

Por isso, a garota perdeu um bom tempo tentando encontrar provas de que o que ela experimentava ali era real. Puxou a manga da túnica vermelha (por que dormira com ela?) e beliscou o braço. Sentiu dor. Bom sinal. Levou a mão à testa. *Estou com febre? Sim. Nada bom. Depois me preocupo com isso*, pensou. Conferiu o ferimento. Seu dedo inteiro estava negro, coberto pelo sangue espesso que teimava em brotar do corte, escorrendo pela mão e que agora pingava na cama e no chão do pequeno quarto. Tinha impressão que seu coração pulsava na ponta do seu indicador infeccionado. Olhou para o lençol ensopado: aquilo era um claro sinal de que ela precisaria estancar o sangramento. E rápido. Afugentou as moscas que a perturbavam e procurou pelo assoalho o curativo improvisado que havia feito sabe-se lá quantas horas atrás. *Moscas? Estranho...* Nenhum sinal do pedaço de pano.

Isso... isso é um péssimo sinal.

O ar pútrido que respirava parecia mais denso e... maldito.

Quando o som ritmado da chuva golpeando a cabana chegou finalmente aos seus ouvidos, as pupilas de Beatriz, dilatadas, ainda não eram grandes o suficiente para definir os contornos ao seu redor. Ela precisaria levantar-se da cama e ir até o banheiro para checar a porta, lavar o corte e fazer um novo curativo. *E a Chave? Onde eu deixei a Chave?* Exausta, ela ainda era prisioneira de seus temores. E aquele medo crescente, físico, que paralisava os músculos de seu corpo? Temia saber qual seria a coisa que a aterrorizaria desta vez. Não havia sirenes tocando do lado de fora, nenhuma claridade entrava pelas frestas, significava que já era noite, mas... quão noite? Estava sem o relógio de pulso. Parecia que todos seus neurônios estavam ocupados em uma única tarefa: buscar respostas. *E cadê as respostas, ó cérebro meu?* Sua têmporas latejavam. Ciente que sua mente poderia estar comprometida, ela necessitava de toda calma possível e de uma grande dose de lucidez para completar as tarefas que ainda lhe restavam. *Operação de Abramelin. Fase 6, primeiro dia.* O mundo esperava que ela fosse fiel ao ritual. Como poderia esquecer-se de algo tão grandioso, tão importante? Justo confiara-lhe o destino da humanidade. E ela, perdida em meio a alucinações e sonhos, tentava de todas as formas colocar a cabeça no lugar. *Levanta, garota! Vai!* O problema estava no quarto, que, indiferente aos seus problemas, insistia em se mover, girando morosamente em espiral, obrigando Beatriz a sentar-se na beirada da cama de onde ela tentaria se concentrar em objetivos bem mais simples como, por exemplo, ficar de pé. Respirou fundo. O fedor de morte no ar só piorava. *O cheiro vem do ferimento?* Conferiu. Não vinha. *Por que tantas moscas?* O zunzunzum das moscas virou uma trilha sonora de fundo. *Por quê, meu Deus?* Esperou do cérebro uma resposta que não veio. *Melhorou? Não, de maneira alguma!* Ergueu-se mesmo assim. Suas pernas bambearam, um líquido amargo subiu até a garganta e ela sentiu náuseas.

Ela não queria, não iria vomitar. Odiava vomitar desde sempre.

Beatriz fixou o olhar na abertura retangular que mal se destacava no meio da parede escura, controlou a ansiedade, o temor e, com passos curtos e determinados, saiu do dormitório. A porta do banheiro estava entreaberta com a sua Chave pendurada na fechadura. Arrependeu-se de não ter trazido a vela acesa. E ali, no escuro, ela instintivamente retirou a Dádiva, guardou em um dos bolsos da calça de moletom (que ela usava sob a túnica nos dias mais frios) e empurrou a porta com o pé até que ela se fechasse num baque seco.

Aliviada com a ausência de sons vindos do interior do banheiro, girou 180 graus ficando de costas para a porta. Procuraria agora a origem do mau cheiro. *Andar de cima? Parece que sim.* O odor de carne estragada era tão forte que ela foi obrigada a respirar pela boca.

E de novo, os engulhos...

Ao voltar para seu quarto de dormir, o olhar da garota esquadrinhou cada centímetro do cômodo e ela pôde distinguir, longe das velas, no canto oposto da cama, duas sombras que, jurava, não estavam ali anteriormente.

Beatriz poliu os olhos e antes que eles tivessem tempo de ajustar o foco, os vultos já haviam sumido.

— T-tem alguém aí? — disse, baixinho.

Nenhuma resposta.

O silêncio só evidenciou mais ainda o ímpeto da chuva que castigava brutalmente as paredes externas da cabana. Relâmpagos, raios e trovões. Flashes disparados pelos céus entravam através de cada uma das frestas da casa e traziam à tona uma terrível sensação de *déjà-vu*. Beatriz tentava buscar em sua memória, de modo infrutífero, lembrar-se se aquilo que presenciava fazia parte de um de seus sonhos já sonhados ou se seria apenas um trecho de um filme ruim que ela havia visto há tempos e depois, descartado pela falta de espaço no cérebro. Ela bem que pensou em usar o fogo da vela para acender as outras velas do quarto, mas a tempestade acabara de descerrar uma janela (ou porta, como saber?) no segundo andar da cabana, abrindo caminho para que uma lufada de vento forte e decidida descesse até o térreo pelas escadas e apagasse a luz da única vela acesa. Beatriz tateou, encontrou e abriu a gaveta do móvel ao lado da cama, porém nada encontrou. Os fósforos e as velas sobressalentes deveriam estar ali. Sempre estiveram. Beatriz era cuidadosa em relação à sua rotina diária e conferia toda manhã o estoque para não correr o risco de ficar no escuro ao cair da noite. Distração? Esperava que fosse só isso. Ela teve que se controlar muito para não praguejar. E que tarefa árdua era esta de não verbalizar um palavrão. Queria ofender alguém, bater portas, chutar móveis... queria ser ela mesma. Mas sabia que não podia. Não naquele local e especialmente não naquela noite.

Estava cada vez mais evidente para ela que algo abominável estava em curso. Podia sentir em seu âmago. Algo maligno se manifestando. Sabe aquela sensação de que algo ruim está prestes a acontecer? Então... moscas voavam pelo caminho, um fedor de morte impregnava o ar e havia ainda a tempestade, lá fora, ganhando força. Sinais de mau agouro. *Por que tudo isso... agora?* Beatriz buscou a planta da cabana guardada em alguma gaveta da memória e imprimiu-a dentro de sua cabeça para poder assim, caminhar pelo breu sem acidentes.

Saiu do quarto novamente, passando pela frente do banheiro e logo alcançou as escadas. Ao apalpar as paredes e os móveis, deixava um fino rastro de sangue para trás. Subiu os degraus morosamente porque não podia nem pensar em cair. E também porque não queria fazer barulho.

Sabe-se lá o que os ruídos que ela por acaso produzisse poderiam despertar naquela cabana.

No andar de cima, a porta de madeira do Santuário estava aberta. Estranho. Ela nunca a deixava aberta. Era uma regra de Justo que ela seguia à risca. *Mantenha a porta do Santuário sempre fechada. Antes, durante e depois dos rituais do dia, Beatriz.* Além da porta que permitia o acesso ao quarto de oração, a outra, dobrável e enorme, que dava para a varanda, também se encontrava aberta. Isso permitiu que a água da chuva invadisse aquele local santo e imaculado, preparado há muito para a Operação.

No meio do quarto de oração, o vento havia derrubado os objetos de cima do altar (que não passava de um gabinete oco feito de madeira de pinho). A vara de amendoeira, a bandeja de prata, a cesta, o incensário, o giz branco, o pedaço de carvão, a caixa de fósforos... tudo agora estava esparramado pelo chão, com exceção da pesada coroa, que, indiferente à ação do vento e da chuva, manteve-se firme no topo do sagrado altar. Beatriz vestiu a coroa dourada que, segundo o livro e os áudios de Justo, tinha a função de comandar os espíritos mais baixos. Depois de achar a caixa dc fósforos, acendeu três das velas grossas e amarelas que encontrou no assoalho de pinho branco cheio de símbolos mágicos desenhados por Beatriz com giz e carvão. Guardou a caixa de fósforos e o giz branco no bolso. Depois, posicionou as duas velas nas extremidades do altar e caminhou até o terraço segurando a terceira vela acesa nas mãos. Antes mesmo de chegar à varanda, a ventania já havia apagado a chama da vela que carregava. *Burra! Um erro infantil deste, Beatriz?* Normalmente ela perderia um bom tempo se martirizando, reclamando consigo mesma pelo vacilo, mas o vendaval interrompeu sua sessão de autoflagelo ao acertar, com seus longos braços transparentes, as portas do terraço.

A garota levou um susto imenso com o som que o impacto da madeira contra a madeira produziu. Tomou fôlego, apoiou-se na grade de madeira da sacada e olhou para a floresta que a cercava e, ao mesmo tempo, protegia-a. Lá fora, uma batalha de vida e morte estava sendo travada pelas árvores (todas retorcidas, encharcadas e com claros sinais de fadiga) contra a fúria daquela tempestade infernal.

Foi um clarão capaz de iluminar um mundo inteiro que deu a oportunidade que Beatriz necessitava para poder observar melhor o piso do terraço, coberto de areia: havia rastros estranhos e desenhos incompreensíveis impressos ali e um padrão de sulcos profundos. E foram esses buracos na areia que fizeram o coração de Beatriz acelerar. Seriam pegadas de pessoas? Não, aquilo não poderia ter sido feito por humanos.

Definitivamente, não eram marcas de pés humanos. As pegadas eram enormes e seguiam na direção do Santuário, onde transformavam-se em manchas molhadas e indefinidas. Multicolores, as manchas pareciam uma mistura de água, sangue e um líquido branco-esverdeado.

Beatriz tinha que decidir o que faria a partir daquele momento: enfrentaria o perigo iminente ou simplesmente fugiria, pendurando-se pela grade, saltando do terraço, embrenhando-se pela floresta e correndo como uma louca até o vilarejo onde pediria ajuda a alguém? *Tá bom que eu consigo fazer isso tudo...* E sorriu um riso nervoso ao pensar em sua fuga mirabolante. *E mais... quem viria em seu socorro, Beatriz?* Não existia mais Justo ou Marcel. Ninguém a ajudaria. Ninguém! Ela lutava contra forças maiores que o mundo e seu mestre estava morto. Marcel, provavelmente, também. Aliás, todos aqueles que se aproximaram dela partiram desta para melhor. Fossem eles familiares, amigos... seu noivo. Todos haviam cometido o maior erro de suas vidas: o pecado mortal de conhecê-la.

Beatriz sentia-se uma garota amaldiçoada presa em uma casa amaldiçoada dentro de um mundo amaldiçoado.

Protegida do vento desta vez, Beatriz usou um fósforo para acender a vela e mantê-la ardendo. Passou pelo altar, armou-se de sua vara sagrada e seguiu em direção ao outro quarto, que ficava de frente ao Santuário e que servia como um tipo de depósito. Com a varinha na mão direita e a coroa em sua cabeça, sentiu-se menos desprotegida. Era psicológico, ela sabia, mas estava funcionando para ela. *Pegue a varinha em sua mão direita e ore a Deus que ele dê a essa varinha tanta virtude, força e poder quanto Ele deu a Moisés, Arão, Elias, Jesus e aos demais profetas. Hoje, você já pode se considerar uma profetisa, Beatriz.* As manchas-pegadas (que ela concluiu, eram pertencentes a não somente uma, mas duas criaturas) desapareciam no meio do corredor que ligava aos dois cômodos e à escada. Beatriz ouviu latidos de cachorros vindos da mata. *Cachorros... ali?* Estranho, ela nunca havia escutado latidos em toda sua estada na cabana. *Será que...?* Os áudios de Justo colocavam normas a serem seguidas: *Regra 15: nunca durma durante o dia!* Ela havia quebrado tantas regras nas últimas horas que seria mesmo um milagre tudo não desmoronar naquela noite. *Regra 38: leia pelo menos duas vezes todos os 72 Salmos de David, toda semana, durante os 6 meses da Operação de Abramelin.* Ela começou a recitar o salmo em sua cabeça quando foi interrompida por um choro de bebê. *Como isso é possível?* Seus ouvidos lhe disseram que o berreiro vinha exatamente do cômodo que ficava de frente para o Santuário.

E aquele choro... como ele podia parecer-lhe tão familiar?

Não, Beatriz!

A porta do depósito estava fechada e ela não tinha a menor intenção de abri-la. Poderia ficar ali, olhando para aquela porta eternamente. *Poderia?* Talvez o choro fosse apenas um truque de sua imaginação. Ou seria uma forma de manipulação? Não estariam tentando tirá-la de seu propósito? Abalá-la? *Quem?* Ou... É coisa da minha cabeça, convenceu-se. *Um delírio causado pelo seu jejum prolongado, é isso!* A choradeira se tornara tão alta e aguda que ela foi obrigada a tapar os ouvidos. *Operação de Abramelin. Fase 6, primeiro dia.* Repetia o mantra para si como forma de manter a sanidade. Era o dia de invocar os espíritos maus e ela... ela, a grande salvadora da humanidade, dormiu por horas e horas. Obrigações diárias? Nada de fazer. Será que mesmo assim eles apareceram, os demônios? E se por acaso eles surgiram mesmo, poderiam usar o choro de uma criança no intuito de enganá-la? *Certamente!*, Justo diria a ela! *Beatriz, nunca permita que os espíritos maus se familiarizem demais com você através da disputa e discussão com eles. Os demônios certamente irão propor inúmeras coisas ao mesmo tempo com o único intuito de confundir e perturbar a sua mente.* O que ela mais desejava agora era simplesmente conseguir sair viva do iminente encontro, se é que se tratava de um "encontro". Sobreviver a esta noite se tornou sua prioridade. Ela dormira e sonhara sonhos estranhos. *Será que... o que vi e senti eram mesmo sonhos?* Um rugido alto de um potente trovão a separou de seus pensamentos e fez com que ela, por instinto, se movesse, dando vários passos afobados para trás. O desespero causou-lhe a queda. Beatriz tombou, estatelando-se no chão do corredor úmido, derrubando tanto a varinha quanto a vela das mãos. *Mas... espera aí! Não!* Algo a derrubou. Uma força maior. *Um golpe nas pernas?* Nada disso. A gargantilha. Ela tropeçara no presente dourado que havia recebido de seu Santo Anjo Guardião. *Sim, era isso!* Mas aquele objeto não estava ali antes. Ela subiu as escadas, e caso a gargantilha estivesse pelo caminho, ela teria visto. *Claro que eu veria!* Mas... nada vira. E isto significava que alguém colocara a gargantilha naquele local. Como era possível? *Não! Não confie somente em seus olhos, Beatriz! Pense!* O choro cessou, as velas todas se extinguiram e uma escuridão gélida varreu a casa. Era como se o frio polar chegasse de repente. Beatriz se encolheu no chão, encostada na parede, à beira da escada. Tremia de frio e medo. E dor. Tocou o pé, o mesmo com que pisara na gargantilha. Voltou do pé machucado com os dedos molhados de sangue. *Parabéns, Beatriz! Você agora tem mais um corte no corpo!* O "sangue" era algo proibido naquela cabana. Justo avisara nos áudios. Em vários deles. *O sangue atrai os demônios. Pelos motivos errados. Evite se machucar, Beatriz! Se acontecer, nunca deixe o sangue tocar o chão da cabana. Especialmente o chão com os símbolos sagrados do Santuário!*

— Merda! — Beatriz praguejou ao atirar, com raiva, o colar de ouro escada abaixo, descontando no objeto toda a suas frustrações.

Errado!

Ela era a única responsável pela sua derrocada final. A grande culpada por tudo. Extinção da raça humana? Culpada! *Justo, Justo, por que me escolheste?* Ela conseguia imaginar as manchetes dos jornais no dia seguinte ao Apocalipse. "Beatriz Kiepert: de heroína à vilã!". Tolice, sabia que não haveria jornais do dia seguinte. Talvez nem existiria "dia seguinte". Isso porque a maioria da população já haveria morrido. E o restante, os "sortudos", apodreceriam em um mundo doente. Definitivamente não haveria ninguém para acusá-la de coisa alguma. Os sobreviventes estariam mais ocupados pensando em... sobreviver. Ninguém saberia de seu esforço, entretanto, ninguém poderia acusá-la de nada, ninguém na Terra saberia de sua culpa. Melhor assim. E não é que esse raciocínio maluco a confortou? A ideia, surpreendentemente, acalmou seu coração. Agora, sem o peso do mundo em suas costas, naquela cabana escura e gelada, ela poderia agir, bem mais leve. O resultado de suas ações já não importavam tanto. Mas o que ela poderia fazer? Contra quem lutava, se é que lutava? Era uma guerra perdida. O problema é que Beatriz adorava lutas injustas. Sempre torcia para a vitória dos mais fracos, nos filmes e livros. E ali, naquela cabana desgrudada do tempo e espaço, ela só poderia torcer por ela mesma.

— Mamãe — dizia a voz da garotinha que saía do quarto —, por que você me deixou aqui... sozinha?

Beatriz estremeceu. Ela conhecia aquela voz. De onde? Como era possível? Aquela voz, tão familiar e ao mesmo tempo estranha, incomodava-lhe de uma maneira que ela não conseguia assimilar. Seria sua imaginação tão poderosa a ponto de contribuir assim com o seu terror interno, alimentando ainda mais a sua paranoia? *Estou pirando? É isso!* Beatriz construía os mais terríveis cenários possíveis (todos com final trágico) para o que poderia estar acontecendo naquele momento. Ela se arrastou, pegou a vela e a varinha que derrubara na escada, levantou-se, fixando o pé machucado no chão. E arrependeu-se da decisão. A dor mostrou a ela que aquele risco vermelho em seu pé não era um simples corte. Pensou no pior: *Devo ter torcido o tornozelo ou até quebrado algum osso na queda!*

Acendeu a vela.

— Quem tá aí? — Beatriz vociferou.

— Mamãe? — a vozinha perguntou de novo, docemente.

— Não sou a sua mamãe. — respondeu num tom forçosamente carinhoso, ao encostar o ouvido à porta. — Como você se chama?

— Por que está falando assim comigo, mamãe? Você não gosta mais de mim?

— Eu prometo que vamos achar sua mamãe, tá bem? Qual é o seu nome?

A criança do outro lado da porta voltou a chorar. Mas algo mudou. Não era mais o mesmo choro de bebê que Beatriz havia escutado antes. Agora, entrecortado pelos soluços, era um berreiro adolescente, carregado de ódio, revolta e rancor.

Beatriz resolveu mudar de estratégia:

— Filha? A mamãe tá aqui!

— Então por que não abre a porta, mamãe? — disse a voz ao mesmo tempo infantil e demoníaca. — Me tira daqui! Por favor, eles estão me machucando!

— Eles... quem? — perguntou Beatriz, na esperança de acalmar a criança.

Beatriz ouviu um baque seco.

Depois outro e mais outro.

E então, vários sons distintos começaram a escapar do quarto: passos, metais tilintando, assobios, um terrível barulho de ossos se quebrando. Então, um grito desesperado e curto fez o choro doído e pueril retornar, misturado agora a um grunhido longo e assustador.

Beatriz reagiu gritando:

— Meu nome é Beatriz Kiepert e eu ordeno que vocês soltem a garotinha!

— Die'vrin kafasni, turu-nav'a — disse uma outra voz, adulta e crepitante.

A frase, indecifrável, soava como uma ameaça e elevou-se acima de todos os outros sons na cabana. *O que seria aquela voz? A fala de um demônio? Parecia uma língua antiga, morta e com certeza quem a usava não estava nem um pouco feliz,* Beatriz pensou. O problema é que ela não tinha ideia do que poderia estar do outro lado da porta esperando por ela. As pegadas... Seriam dois demônios lá dentro? E se fossem, o que eles desejavam e por que utilizaram a voz de uma menina? *Uma voz tão íntima, tão próxima...* Será que as criaturas haviam aprisionado uma garotinha mesmo ou Beatriz estava sendo assaltada mais uma vez por seus delírios? Certamente os demônios tentavam confundi-la, como Justo a alertara repetidamente. Beatriz lembrou-se dos ensinamentos dos áudios e tentou trazer as palavras de seu mentor à memória: *Ao conversar com espíritos maus, nunca use palavras que você não entende. E não admita que eles usem palavras, línguas ou dialetos incompreensíveis a você.* Beatriz sabia, teria que enfrentá-los. Encarar o pavor inominável contido dentro daquele quarto.

Beatriz teria que quebrar algumas regras que Justo lhe impusera: *Não inicie qualquer ritual durante a noite, a menos que seja absolutamente necessário.* E não seria a primeira vez que ela faria isso. *Vai, Beatriz! Coragem, menina!*

— Que falem em português! — ordenou Beatriz. Ela calculou que, expondo verbalmente seu pensamento através de uma voz empostada, passaria às criaturas a sensação de uma coragem que estava longe de possuir. Apostara que, desse modo, ela se colocaria numa posição de autoridade em relação a eles.

Nenhuma resposta.

— Demônios... — pronunciou Beatriz, firmemente. E depois de uma longa pausa dramática, encheu os pulmões de ar e completou: — ... revelem-se agora!

Aguardou por alguma reação vinda do outro lado da porta. Não demorou muito, a resposta veio na forma de um riso rouco e insano. E como era detestável e odiosa aquela risada!

— Parem! — Beatriz pediu, assustada.

Quando os risos macabros cessaram, a porta do quarto rangeu, abriu-se como um leque, desvelando o quarto envolto em trevas. O zunido irritante das moscas e o odor de podridão, quase esquecidos por ela, voltavam agora de maneira triunfante. De novo, Beatriz teve que se concentrar para não vomitar com o cheiro ferruginoso de sangue misturado ao da carniça que tomou conta de todo o ambiente. Mesmo com a ajuda da luz tremulante da vela que carregava, Beatriz pouco conseguia ver além de sombras. Sombras escuras dançando sobrepostas a sombras mais escuras ainda. Por isso, ela achou mais seguro recuar, afastar-se da entrada do quarto mais uma vez.

Pensaria com calma a sua tática.

Mancando, ela prestava mais atenção por onde pisava agora.

Não tropeçaria novamente.

Perto da escada, Beatriz parou, raciocinou e estruturou um plano: realizaria as orações enquanto caminhava para dentro do cômodo e, com a varinha levantada na mão direita, obrigaria os demônios a obedecê-la. Parecia um plano decente, mas faltava-lhe ainda a coragem para realizá-lo. *Levante a mão direita com a varinha na direção deles, peça-lhes que toquem a varinha como um sinal de que eles fizeram o juramento naquela varinha*, Justo a ensinara.

— Mostrem-se! — ela esbravejou, seguindo para a entrada do cômodo. Coincidência ou não, sua ordem fez com que dois vultos se movessem. — Eu ordeno que vocês saiam das sombras e se revelem! O som dos passos das criaturas das sombras somado aos guinchos animalescos que elas produziram fizeram o chão tremer.

E Beatriz, claro, arrependeu-se de sua ingênua estratégia.

— Q-quem tá aí? — A voz de Beatriz oscilou.

— Suuuua vaaaaaca essssstúpidaaaa! — era um rosnado na forma de uma voz masculina. — Você matou seus pais, seu noivo... você, sua putinha, sua família tem vergonha de você, cadela maldita! Teu namoradinho de merda tá morto, teu mestre era fraco e tá morto também. E é só sua a culpa, sua vaca idiota! Agora... você vai matar o mundo inteiro, vagabunda? Vai?

Beatriz sabia, precisava prosseguir, entrar naquele local perverso, mas suas pernas vacilaram. *Não ceda de forma alguma à raiva, caso os demônios tentem enganá-la ou se recusem a obedecê-la.* Quando um de seus pés já havia tocado o assoalho que ficava do lado de dentro do quarto, o cheiro de morte atingiu-a com um soco certeiro e ela, instintivamente, girou o corpo de forma abrupta, nauseada. Desta vez, para não sofrer uma nova queda, apoiou-se no batente da porta. A vela e a varinha, por pouco, não descolaram de suas mãos. Respirava forte e, quando pensou ter o enjoo sob controle, todo o conteúdo de seu estômago subiu-lhe como um jato pela garganta e ela vomitou um líquido amargo e sem cor no chão do corredor.

Beatriz manteve a cabeça baixa esperando a tontura passar.

Não passou.

Quer saber? Dane-se! Dane-se tudo!

Beatriz ergueu de novo a vara sagrada. Segurava-a exatamente como Justo lhe orientara.

Depois de um hiato, tomou fôlego, engoliu em seco e confiante, deu passos claudicantes e irracionais que a colocaram de forma definitiva no interior daquele quarto maldito. Beatriz ria, mas o riso era de nervosismo. Marchou para a morte certa e sentia-se até um pouco aliviada por isso. Cruzara a fronteira da loucura? Temia que sim. O zunido ali dentro era ensurdecedor. Estacionou o corpo dolorido no centro do quarto no momento em que sentiu um hálito quente e pestilento a circundar. Aquela presença deu-lhe a permissão necessária para que um arrepio intenso percorresse seu corpo na forma de ondas.

Então, um rangido ecoou pelo quarto.

Depois, um som estridente de pancada seca.

No momento em que a porta se fechou, Beatriz viu a chama de sua vela extinguir-se.

Tendo-lhe sido negada a opção de sair do quarto, agora só podia torcer para que tudo não passasse de um sonho extraordinariamente vívido. Resistiu com todas as suas forças ao ímpeto de gritar. Lembrou de livros que lera na adolescência: vivenciava um horror lovecraftiano. Suas mãos e pés formigavam e ela não precisava de nenhum espelho para saber que estava mortalmente pálida e que seus globos oculares, não demoraria muito, certamente saltariam das órbitas. Ia desmaiar? Tinha ciência do que aconteceria se isso ocorresse. Não, apagar não era uma opção viável. Beatriz cerrou as pálpebras e abraçou um terror difuso. Não recuaria de novo, muito menos fugiria do quarto, da cabana. *Não!* Ela não iria entregar-se sem antes lutar. Respirava com dificuldade pela boca.

Seu corpo tremia por completo.

Quando Beatriz abriu os olhos, quatro pequenos círculos de fogo haviam se acendido em um dos cantos do quarto negro, acima de sua linha de visão, perto do teto. Dois pares de olhos peçonhentos que agora mexiam-se, escoltados pelo som de poderosos passos que fizeram as paredes se agitarem e o chão trepidar com mais intensidade que a vez anterior.

Beatriz riscou um fósforo, fez uma oração muda enquanto, ajoelhada, saía à procura de sua vela fugitiva. Durante a busca, a sibila deveria ter mantido sua atenção e o olhar fixo no chão do quarto. Ela queria ter resistido à tentação de olhar para o alto e para frente, mas não conseguiu. A nesga de luz que saía do fósforo em sua mão acabou por definir os contornos daqueles dois corpos monstruosos.

Quando o fósforo queimou seus dedos, a escuridão total retornou.

Arfando, ela rastejou até a porta.

Subiu lentamente o corpo e, tateando, encontrou a maçaneta.

Girou-a.

Tá trancada? Como assim?

Usaria a Chave na fechadura apenas como seu último recurso.

Virou-se.

Com as costas coladas à porta, riscou um novo fósforo: o penúltimo da caixa.

— Eu, Beatriz Thilil Kiepert — ela berrou —, ordeno que vocês se revelem!

Os vultos demoníacos se arrastaram na direção da luz bruxuleante que escapava de seu fósforo e causaram à Beatriz a visão mais aterradora que já vira em toda sua vida. Mesmo o seu pior pesadelo não chegava nem perto do que ela experienciava ali, naquela noite, naquele quarto. Descrever aqueles demônios em palavras era uma tarefa difícil, visto que não passavam de amontoados de carne podre que, inadvertidamente, simulavam formas humanas. As duas criaturas, colossais e disformes, ao contorcerem-se, tocavam o teto, emitindo sons abissais. As finas e desajeitadas camadas de carniça pareciam ter vida própria e pulsavam, compassadas às respirações sibilantes daqueles seres nefastos. A primeira impressão que Beatriz teve foi a de que aqueles corpos estivessem do avesso. Alguns trechos dos membros inferiores deles eram cobertos por pequenos ossos na forma de espinhos e pústulas e tumores e reentrâncias doentes que se espalhavam por todo o tecido muscular. Beatriz notou que sangue e pus deslizavam, percorriam a superfície das carcaças daqueles dois monstros bestiais, como dezenas de minúsculos rios (veias invisíveis e expostas) que desafiavam as leis da física. Dois pares de olhos negros se destacavam, em formas ovaladas, nos centro de uma paródia de dois rostos humanos. Incontáveis pequeninos dentes afiados pareciam formar o que deveriam ser as bocas daqueles seres amorfos. Ao olhar com mais atenção, Beatriz percebeu que os olhos desproporcionais eram, na verdade, centenas de moscas agrupadas. *Então era daí que vinha o zunido?* Chifres negros enormes e retorcidos saíam de suas testas e ombros, rasgando a carne e avançavam para cima e para frente, projetando sombras tenebrosas e distorcidas pelas paredes e pelo teto do quarto.

Por causa da morte prematura de seu fósforo, Beatriz mergulhou na escuridão novamente. Do vazio imenso e escuro daquele cômodo, ouviu um dos demônios dizer:

— Que bom que acordou, Bela Adormecida — disse uma voz aveludada e feminina.

Beatriz usou então a chama do derradeiro fósforo para sair de novo à caça da vela perdida. Deu certo. Ela havia caído perto da velha poltrona coberta por um lençol branco. A sibila sorriu e concluiu que já era mesmo a hora da sorte favorecê-la. Alcançou a vela e a trouxe para perto de si usando a sola e os dedos do pé bom. Abaixou-se e passou a chama do fósforo para a vela um pouco antes do palito se queimar por completo e sumir entre seus dedos.

— Ei! — disse a voz masculina, afogada em ironia. — A gente não pode fazer muita coisa sem que você... você sabe... sem que nos peça. São as regras. Mas se a senhorita for mais específica nos pedidos... por exemplo, quando diz "revelar" está querendo dizer para a gente sair do escuro e vir para dentro da luz ou será que a madame gostaria que fizéssemos uma... outra coisa?

Beatriz não conseguia decidir se preferia vê-los novamente ou continuar a conversa no escuro. Lembrou-se de um dos áudios de Justo e isso mudou tudo. *Você pode comunicar a eles a forma em que eles devem aparecer, Beatriz. Eles sempre irão se mostrar com a aparência mais aterradora possível, pois têm acesso aos seus piores medos. Esteja preparada!*

Com a varinha em riste, ela decretou:

— Eu, Beatriz Thilli Kiepert, em nome de Deus, ordeno que se os dois se apresentem na forma humana!

Os demônios arfaram e, em seguida, guincharam como animais raivosos. Depois, vieram as gargalhadas: mais intensas que antes e mais longas. Enquanto riam, os dentes daquelas pretensas bocas se descolavam da carne vermelha e roxa, saltavam à frente e eram cuspidos, amontoando-se no chão do quarto. *Você não deve fazer nenhum pacto com eles ou conversar conversas desnecessárias, Beatriz. Sua tarefa é reivindicar a lealdade e obediência deles, em nome de Deus e do seu Santo Anjo Guardião. Lembre-se sempre disso!*

— Santo Anjo Guardião, onde quer que você esteja, venha em meu socorro, me ajude e dê-me sabedoria! — Beatriz suplicou.

A luz da vela aparentava agora estar sendo regida pelo tom de voz da garota e comportou-se de maneira não-natural, acompanhando, cadenciada, cada uma das palavras proferidas por ela. No começo, a chama alongou-se como uma língua de fogo, lambendo o teto do quarto para, em seguida, mudar de forma e de tamanho. Isso se repetiria várias vezes, como se o fio de luz dançasse uma dança nervosa e improvável. Mesmo ao final da coreografia, quando voltou ao seu tamanho natural, a chama da pequena vela ainda era a responsável por uma claridade inverossímil capaz de iluminar todo o quarto: luz que acabou revelando por completo os dois demônios, que haviam assumido formas humanas.

— Se é o que você quer... — disse a voz masculina.

— É o que eu *ordeno*! — Beatriz corrigiu-o, impaciente.

— Ah, claro... só uma coisinha, um detalhe bobo... Será que a senhorita poderia antes de qualquer coisa, apagar os malditos desenhos do chão da cabana? — o demônio perguntou em tom de chacota.

Beatriz ignorou o pedido do homem que aparentava ter 30 e poucos anos. A mulher ao seu lado parecia ser bem mais nova. Beatriz arriscou que ela deveria ter entre 19 e 23 anos. Os dois vestiam roupas extravagantes e anacrônicas que se sobrepunham umas às outras em diversas camadas numa combinação improvável: veludo, couro, bordados, cetim, seda, linho, renda, ouro, prata e pedras preciosas. Os cabelos pretos e longos (decorado com penas da mesma cor) daquele homem, derramados sobre seus ombros, emolduravam um rosto bronzeado e ossudo com um maxilar proeminente e de traços tão marcantes que fizeram Beatriz se lembrar dos indígenas americanos. Já a coroa dourada e a vestimenta do demônio denotavam poder e realeza e evocavam a época medieval. *Ou ele é rei, ou ele é príncipe... ou tá tirando uma bem grande com a minha cara!* O homem de ombros largos e postura rígida vestia uma camisa carmim de gola alta e mangas bufantes e, por cima dela, um gibão bem justo que moldava-lhe o torso fechado por doze enormes botões translúcidos (quatro na cor vermelha, um rosa e sete brancos). Cada botão continha um símbolo diferente gravado em baixo relevo. Sobre o gibão de couro, usava um colete acolchoado negro fosco com bordados também negros, porém brilhantes, e, às costas, trazia um pesado manto feito de várias peles de animais que ficava preso ao seu corpo por correntes douradas que brotavam de pequenas argolas localizadas na parte da frente do colete, na altura do tórax. As calças eram de um tecido listrado e rugoso, e os pés do demônio estavam envoltos por grandes botas pontiagudas sujas de barro. A jovem mulher-demônia era dona de uma beleza exótica. Corpulenta, alta (ela era praticamente do mesmo tamanho de seu par), seios firmes e grandes que apontavam para o teto, tinha uma bunda avantajada e poderia facilmente passar-se por uma assistente de palco de algum programa dominical da TV. A indumentária da mulher formava um triângulo: eram visíveis dois vestidos sobrepostos. O vestido de cima era feito de um tecido de um negro tão profundo quanto um céu sem lua e estrelas e exibia faixas (ou rasgos?) que revelavam partes do vestido vermelho-sangue que ela usava por baixo. Longo e pesado, o vestido sem mangas que estava por cima tinha um decote generoso e se fechava atado por grossos cordões de prata. As mangas do vestido de baixo eram justas e abotoadas do cotovelo ao punho. Beatriz imaginou que, colado ao seu corpo, a mulher provavelmente usava um espartilho tirano que lhe espremia impiedosamente a cintura. Presa na altura dos ombros por dois enormes broches metálicos, pronunciava-se uma capa longa e prateada que aparentava ser líquida (a ilusão era causada provavelmente pelo material incomum de que ela era feita, que produzia brilhos instáveis e colorações que pareciam estar em constante mutação). Para dar o toque final em seu visual, uma estola de pelos pretos envolvia seu pescoço. Isso sem contar os adereços pendurados aqui e ali: brincos, anéis, broches e colares. Uma profusão de colares de todos os tamanhos e cores. O rosto da jovem, suave, contrastava com a nada discreta maquiagem: um batom cinza grafite definia seus lábios carnudos e uma faixa grossa pintada da mesma cor cobria a metade superior da cabeça, evidenciando ainda mais a cor de seus olhos, um vermelho-arroxeado improvável. Sua pele era repleta de manchas pálidas de várias formas e tamanhos. Vitiligo, Beatriz supôs. Os cabelos acinzentados da rainha se agrupavam num penteado exótico. A demônia exibia um tipo de corte moicano diferente: à medida que o cabelo espetava para cima e para trás, fundia-se a diversas e longas penas. Nas laterais de sua cabeça, duas tranças escorriam sobre as suas costelas, descendo até a altura de sua cintura. Duas faixas estreitas se formavam onde a cabeleira estava raspada e separavam o moicano das tranças, servindo como uma espécie de trilha para que uma fina coroa prata e dourada (cravejada por 12 pedras preciosas vermelhas, rosas e brancas) fizesse a volta completa pela cabeça da mulher.

Havia algo em comum entre eles além das coroas: os dois não tinham sobrancelhas.

A temperatura voltou ao normal e os demônios, à frente de Beatriz, estavam de mãos dadas agora.

O cheiro de podridão no ar havia sido substituído por um odor doce de caramelo.

— Digam os seus respectivos nomes, eu lhes ordeno! — Beatriz usou uma voz firme. A paciência, definitivamente, não era uma de suas qualidades. *E esse "lhes ordeno?", Beatriz? Sério mesmo? Que forma de falar é essa?* Beatriz pensou que seria melhor ela escolher um palavreado mais coloquial ao invés de tentar emular uma linguagem rebuscada que ela não dominava inteiramente. Queria soar como ela mesma, não como alguém de outro século, afinal, não estava dentro de uma peça shakespeariana e se sentia meio ridícula falando assim. Justo certamente concordaria com ela.

— Você não chamou a gente? — zombou a jovem coberta com roupas da realeza. — Então... deveria saber a resposta!

Beatriz se agachou, equilibrou a vela no chão e usando o giz branco, desenhou com ferocidade um quadrado-mágico de memória no assoalho. Depois, repetiu o processo riscando um segundo selo sagrado com letras e símbolos diferentes do anterior.

O casal diabólico observava tudo calado.

— Aqui — disse, levantando-se com a vela agarrada à mão e apontando a varinha para os quadrados. — Quero... *quero* não, eu *ordeno* que os dois se ajoelhem sobre os talismãs e *jurem* lealdade a mim, sob pena de...

Ela nem chegou a terminar a frase, os demônios já se encontravam prostrados diante dela, cabeças coladas ao chão, cada um sobre o quadrado que lhe fora destinado. Seus ouvidos sangravam. Exatamente como Justo e os livros ensinaram-lhe. *Você deve fazê-los jurar sobre esses símbolos, tanto coletivamente e individualmente. Faça-os prometer a você sua fidelidade e ordene-lhes que eles não sejam enganosos ou mentirosos. E que eles jurem executar e cumprir o que você lhes ordenou sob o nome de Deus.*

— Ó sibila — disseram os dois demônios em uníssono —, filha do Sol e da Vontade, deusa da lua negra, feiticeira, singradora dos sonhos bons e dos maus, vingadora do mundo, nós nos prostramos perante ti e esperamos por instruções.

— Me senti a Daenerys de Game of Thrones agora... — Beatriz comentou, baixinho. — Acrescenta aí "matadora de demônios"!

— Matou algum tombado? — o homem perguntou. — Não que eu saiba.

— Sim, um que rondava a cabana.

— Ah... *aquilo*. Não era um tombado. Era humano.

— Eu vi com meus próprios olhos. Era um animal medonho, um demônio.

— Antes, era um humano. Você o transformou *naquilo*.

— Com o ritual?

O homem deu de ombros.

— *Jurem* que irão me obedecer e que não tentarão me iludir com mentiras ou com a omissão de informações importantes.

— Juramos! — eles falaram, quase ao mesmo tempo.

— Você tem a nossa palavra, sibila — a voz do homem veio sozinha e desprovida de emoção desta vez. — Já... — ele fez uma pausa e levantou os olhos na direção de Beatriz. — ...então, podemos nos levantar?

— Sim, acho que podem — respondeu Beatriz.

Eles permaneceram imóveis.

— Ah, sim, levantem-se! Podem ficar à vontade. Eu *permito*! — Beatriz reformulou.

Os demônios obedeceram.

Beatriz hasteou a mão que segurava a varinha.

— Toquem agora nesta vara para selarmos nosso acordo. Vocês sabem... como um sinal de obediência total.

Eles assim o fizeram, como se não controlassem seus próprios braços.

— Escuta... essas coroas de vocês... então quer dizer que você é o príncipe e ela, a princesa do inferno? É isso?

— Você também usa uma coroa, não? — a pergunta da mulher veio carregada de sarcasmo.

— Se quiser, uso novamente a varinha... — Beatriz ameaçou.

— Príncipe e princesa? — a jovem demoníaca disse, fazendo cara de reprovação. — Se quiser chamar assim...

O homem cutucou-a e ela, de pronto, desfez a carranca.

— E... os outros? — Beatriz questionou.

Os dois demônios entreolharam-se por quase um segundo para, em seguida, voltarem os olhos na direção de Beatriz: a cena foi cômica e parecia ter sido tirada de uma sitcom americana.

— É que hoje... ou *ontem*, já que nem sei que horas são — Beatriz procurava as palavras certas —, eu deveria...

— Não querendo te interromper, mas... — o demônio interveio. — Agora são 3h19, para ser exato, 3h19 do penúltimo dia. O sexto dos sete, como bem sabe. Não acha melhor irmos direto ao assunto?

— Não vi você olhando o relógio em nenhum momento — Beatriz desconversou.

— Não precisamos. Nós simplesmente sabemos — ele explicou. — São 3h20 agora.

— Então, como eu ia dizendo *antes* de ser interrompida, eu deveria ter convocado *ontem* os quatro príncipes do inferno. No quinto dia dos sete. Mas não sei como nem o porquê de só dois de vocês aparecerem. E hoje? Eu não convoquei vocês, convoquei? Caí no sono, apaguei e acordei. O ritual não foi feito. Então, me expliquem. *Como?*

— Usou a Chave em conjunto com a Esmeralda Escarlate — a demônia perguntou, apontando para a Dádiva —, não foi?

— Não me lembro. Não me lembro de nada que... — Beatriz conteve-se. Estava dando informações demais.

Você não deverá fazer nenhum pacto com eles ou perder tempo com conversas desnecessárias.

— De qualquer forma, a porta foi aberta — acrescentou a diaba. — A gente bem que tentou sair daqui enquanto você descansava. Mas o círculo lá fora... você sabe...

— Sei. Quer dizer que eu abri a porta pro Inferno usando a minha Chave?

— *Sua* Chave? — o demônio sorriu. — Abriu sim. Escancarou. Foi um acontecimento e tanto por lá, ainda mais depois de tanto tempo... mas... não é assim que funciona. Existem regras que não podem ser quebradas. Como as que estamos seguindo aqui, por exemplo.

— Ué, mas vocês saíram do inferno e estão aqui!

— Somente porque um ser poderoso nos convocou num ritual poderoso. Estou usando o "você" em vez de um tratamento mais formal. Tudo bem assim?

Beatriz assentiu. Estava satisfeita com a resposta: era bom que eles a considerassem poderosa.

— Assim que terminarmos aqui, teremos que retornar ao nosso reino — o homem disse —, entretanto há uma grande possibilidade de que, muito em breve, estejamos todos aqui, na Terceira Terra. Infelizmente.

— Terceiro Céu — Beatriz corrigiu. — *Infelizmente* pra vocês ou para nós?

— Para ambos — o diabo respondeu de pronto.

— O Apocalipse. — Beatriz franziu o cenho. — Sim, eu sei. Infelizmente, eu sei de tudo.

Beatriz girou a maçaneta da porta e dessa vez a porta do quarto abriu-se. Fez uma pantomima estranha para que o casal saísse. Como eles se mantiveram estáticos, a sibila achou que seria melhor traduzir seus gestos em palavras:

— Vamos lá para a sala. Este quarto... — Beatriz pensou em dizer que aquele cômodo lhe dava arrepios, mas preferiu não externar pensamentos que pudessem dar a eles algum tipo de autoridade sobre ela. Aquele casal de demônios, afinal, fora responsável pelos seus piores temores.

No corredor, ao pé da escada, o homem percebeu o manquejar, a dificuldade de Beatriz em enxergar e sugeriu:

— Se quiser, posso resolver a questão da iluminação da casa.

— E como seria isso? — Beatriz perguntou, num tom sarcástico.

O demônio estalou os dedos de sua mão esquerda e todas as velas pelo caminho se acenderam ao mesmo tempo.

— Vocês são cheios de truques. Espero que nenhum deles nos mate.

Os demônios sorriram. Beatriz, contaminou-se com o riso, mas interrompeu sua demonstração de alegria pela metade. Preocupou-se por baixar a guarda tão cedo e decidiu que o melhor a ser feito seria redobrar o cuidado e a concentração. Chegaram à sala mudos e, de forma cerimoniosa, acomodaram-se: o casal sentou-se no sofá e Beatriz, numa cadeira que ela mesma arrastou, ficando ao mesmo tempo próxima e em uma posição elevada em relação aos demônios.

Sentia-se mais segura assim.

— Então... você é Lúcifer? — Beatriz arriscou, apontando a varinha de amendoeira para o homem.

— Lúcifer, eu? — o demônio demonstrou surpresa. — O que a faz pensar isso?

— Ué, achei que Lúcifer é o cara que mandava no inferno. E quem manda em um reino, até onde eu sei, usa essas roupas aí... Se você não é ele, qual é o seu nome?

— Prefiro não dizer. Chame-me da forma que preferir: demônio, diabo, tombado, cramulhão, coisa-ruim, capiroto, cão tinhoso, sete-peles, capeta, inimigo, maligno...

— Se você não é Lúcifer, então... — Beatriz interrompeu. — Só pode ser Leviatã, Satanás ou Beliel. Tem que ser um destes quatro príncipes do Inferno que eu, ainda que não me lembre, posso ter invocado no ritual. E ela, quem é?

O homem respirou fundo.

— Nomes têm poder, *Beatriz* — a demônia respondeu, dando um realce caricato no nome da sibila. — E você já deveria saber a respeito. Tanto que não usa seu nome verdadeiro. Usa?

— Este é o meu nome verdadeiro — ela disse, firme. — Só não sei como sabem o meu e eu ainda não sei o nome de vocês — O tom amistoso em sua voz desaparecera. — Eu só quero... quero não, eu *ordeno q*ue vocês digam seus nomes e respectivos postos no Inferno.

— Está bem... — o demônio disparou, meio à contragosto, percebendo que seus ouvidos voltavam a sangrar. — Pedindo assim, como recusar, não é mesmo? Chamam-me de Belial. Os disléxicos, de Beliel.

Beatriz não demonstrou achar graça do comentário do demônio e fechou a cara.

Belial, tentando recuperar a simpatia da sibila, inclinou o corpo na direção dela e estendeu a mão esperando um cumprimento, mas Beatriz não apertou a mão do demônio. Pensou que isso poderia significar algum tipo de pacto e ela não se arriscaria à toa.

— Belial, comandante de 80 legiões — disse, embaraçado, recolhendo o braço. — Sou um rei sem reino. Mas já fui Satanael, o Anjo da Virtude, o primeiro dos guardiões. Miguel era o segundo; Gabriel, o terceiro; Uriel, o quarto; Rafael, o quinto dos guardiões.... éramos doze. Mas isso foi antes da Queda, quando eu tinha em minhas mãos a chave e o controle dos reinos superiores.

Beatriz ameaçou dizer algo, mas o rei adiantou-se e prosseguiu:

— Eu sei o que está pensando, sibila. A *minha* chave não era a mesma Chave que tem em seu poder. A minha chave definitivamente não era uma das dez Dádivas. Você sabe o que é uma Dádiva, não?

— Sim, eu sei. Mas espera aí... Há uma para cada um dos Primeiros. O que é a Décima Dádiva?

— Já chegaremos a esse ponto. Depois da Queda, de Satanael, me tornei Satanás. Os nomes podem mudar de acordo com as funções que os malaquins e os tombados exercem, sabe? Antes que me pergunte, a Queda aconteceu por causa da Guerra Furiosa, a maior guerra de todas as guerras, que teve início após a morte de Deus — Belial fez uma pausa e nesse ínterim, sua cabeça desabou como se tivesse, de repente, triplicado de peso. Suas mãos, espalmadas, a detiveram na metade do caminho. Quando a cabeça do demônio voltou a ficar ereta, Beatriz pôde perceber que suas mãos e seus olhos estavam úmidos.

O poderoso rei do inferno havia chorado? Aparentemente, sim.

Belial enxugou as lágrimas e foi consolado pelo seu par.

— E o Oscar de melhor ator vai para... — Beatriz disparou, num tom de deboche. Debochadas eram também as suas palmas compassadas. — Que mundo louco é esse, onde um *demônio* fica triste com a morte de Deus?

— Como você se sentiria se seu pai morresse? — Belial murmurou entre dentes.

— O quê? Meu pai foi morto ano passado e eu soube como? Pela porra da internet! — Beatriz elevou o volume de sua voz.

Seu plano de esconder as suas emoções falhara miseravelmente.

— Acredita? Pela internet, pelo Facebook! E por minha causa, inclusive. E eu nem pude estar no enterro. Me senti e me sinto um lixo por isso. Mas isso vocês já sabem!

— Belial se refere ao seu pai verdadeiro — a diaba interferiu —, esquece o postiço.

— Estão tentando me confundir? — gritou Beatriz, já de pé.

Seus olhos estavam úmidos e seu corpo tremia.

— Merda...

— Acredite no que achar melhor — Belial defendeu-se. — Estamos aqui apenas com o propósito de sanar suas dúvidas e ajudá-la no que julgar necessário. O que não sabemos, não devemos, não iremos de forma alguma conjecturar. Seria perigoso e poderia nos trazer punições severas.

Com olhos ainda lacrimosos, Beatriz pediu um tempo com as mãos (como os técnicos fazem para os juízes em jogos) e saiu correndo na direção do banheiro para se recompor.

Aos demônios, não restou alternativa que não a de esperá-la pacientemente.

[8 minutos depois]

— Acho que podemos prosseguir, não? — a demônia disse, demonstrando impaciência. — O tempo é luxo que não temos. E este encontro aqui é importante demais para... olha... se me permite, eu só acho que é melhor a gente deixar as fortes emoções para as próximas horas. Para o último dia, talvez. Podemos?

— Contem tudo o que for necessário para eu saber como agir daqui pra frente — Beatriz ordenou.

— Mas... isso leva tempo, sibila! — reclamou o diabo.

— Então, comece logo e fale mais rápido!

E foi o que Belial fez, metralhando palavra atrás de palavra:

— Ainda não sabíamos, mas havia chegado ao fim o Tempo da Graça e estávamos vivendo o Absenteísmo que, inclusive, perdura até hoje. A ausência de Deus causava mudanças lentas e graduais em todos os mundos. No Primeiro Céu, por exemplo, a Árvore do Tempo diminuía o brilho e rachaduras profundas começavam a surgir nas paredes da Morada. Quando as águas pararam de fluir do Trono e o Mar do Todo deixou de ser alimentado pelo poder do Altíssimo, o nível daquele imenso oceano (sim, o Mar do Todo é um oceano) começou a baixar gradativamente, fazendo com que os rios que nasciam dele e partiam os mundos inferiores começassem a mirrar. Alguns trechos desses rios, inclusive, já secaram, tornando as travessias ainda mais complicadas e perigosas do que já eram no passado. No Segundo Céu, o nosso antigo lar, um clima crescente de instabilidade e temor tomava conta dos malaquins. Temor, sabe? Sabe aquela sensação de que algo não está bem? — Beatriz achou que ele estava sendo irônico, mas sua expressão dizia o contrário. — E, para completar, aqui na Terra observávamos com estranheza os homens adorarem novos deuses. A presença de Deus, antes abundante e plena, não era mais sentida da mesma forma em nenhum dos planos. Físico ou espiritual. Esses e muitos outros sinais geraram desconfianças, é claro. Muitas teorias ganharam força e talvez por isso, Metraton e Jeliel, preocupados com os boatos, convocaram em caráter de urgência uma reunião extraordinária, pois achavam que o melhor seria contar a verdade a todos. Eis que o universo angelical inteiro se acotovelou em torno da Ilha, no quadragésimo dia do Absenteísmo. Imagine, Beatriz, que era a primeira vez que isso acontecia desde a aurora dos tempos. Tirando os Nove, nunca nenhum celestial havia chegado tão perto da Morada de Deus. Atravessar, sem permissão, os véus que separam os reinos era algo, para nós, inimaginável. Soubemos somente tempos depois, já tombados, as reais motivações para aquela convocação: além do anúncio da morte de Deus e da prisão de Israfil, Metraton tinha planos de realizar uma eleição angelical em que um novo governante seria escolhido pela maioria. Pelo menos, isso foi o que Metraton nos disse depois, durante a guerra. Mas os Perfeitos, uma coalizão recém-formada entre os Moldadores e os Zeradores, tinham outras intenções. Eles decidiram que não revelariam a morte do Criador à população angelical e que julgariam os trigêmeos Israfil, Metraton e Jeliel, acusando-os de conspirarem contra Deus. E foi o que aconteceu. Fomos pegos de surpresa, cada um de nós. E, num julgamento sumário, os Primeiros, também chamados de Prismas, foram condenados culpados ali mesmo, na presença dos milhões de espectadores que assistiam, atônitos à sentença. Culpados e sem direito à apelação. Metraton pareceu aceitar a decisão dos irmãos detratores, assim foi também com Israfil. Jeliel causaria ainda uma guinada na história, virando-se contra seus dois irmãos gêmeos, corroborando a narrativa contada por Caliel. Pelo seu repentino "arrependimento", ela foi absolvida de seus pecados. Que oportuno, não? Mas Metraton era respeitado demais por todos ali presentes e seria natural que parte dos céus ficasse ao seu lado. A reação não foi imediata, admito. Passaram-se o quê? Algumas horas? Muitas horas, na verdade. Houve um debate acalorado, houve gritaria e confusão. Ao final do dia, o caos reinava por completo. Caos... que loucura pensar nisso. Beatriz, entenda uma coisa: nunca houve desavença entre nós, malaquins. Não tínhamos nem ao menos o vislumbre da possibilidade de fazer escolhas como vocês, humanos, sempre tiveram. Nem poderíamos querer ter algo do tipo, já que a presença do Criador nos transbordava de paz e alegria de tal forma que nos impedia de sentir qualquer desejo. "Desejo", na verdade, era uma palavra que nem sabíamos o real significado. Para nós, não passava de uma ideia. Abstrata e distante. A ordem e a paz sempre imperaram. Sempre. Então... como o caos poderia ter se instalado no meio de nós... assim... de uma hora para outra?

— Vocês adquiriram o livre-arbítrio com a morte de Deus. É isso? — Beatriz concluiu.

— Você está correta — a diaba intrometeu-se —, sibila. Mas lembre-se, nós não sabíamos da morte dEle até então. Não fazíamos ideia do que estava acontecendo ou do porquê.

Belial retomou a palavra:

— Livre-arbítrio... aquilo era algo completamente novo. Imagine você adquirir, de uma hora pra outra, um superpoder? Imaginou? Foi isso. Sem motivo aparente, nós nos sentimos, pela primeira vez em toda nossa existência, livres para opinar, escolher... e agir. Para pensar. Você consegue entender o que isso significou, sibila? Pensamento livre. Mesmo algo simples assim, corriqueiro para os humanos, nos era vetado. Nosso cérebro agora era capaz de romper limites e... bem... acho que foi por isso que Uriel, o furioso, teve o ímpeto de iniciar o levante. Foi o primeiro dominó a tombar. E tombando, levou outro consigo. E este, ao cair, levaria mais outro. Foi catártico. Uriel e a Guerra Furiosa. Ela aconteceu e foi assim — Belial estalou os dedos —, de repente. De uma faísca, veio a explosão. Éramos poucos contra muitos. Ainda assim, os exércitos liderados por Miguel demoraram 895 anos para nos derrotar. Quando a guerra teve fim, um terço do céu caiu.

— Como uma guerra pode durar tanto tempo? — Beatriz inquiriu.

— Sentimos o tempo de maneira diferente nos reinos superiores e inferiores — a demônia esclareceu.

— Deixa eu entender... Israfil, Metraton e Jeliel. Os três Prismas, mais você e... quem mais foi pro Inferno? Mais anjos poderosos *caíram* ao seu lado, Belial?

— Jeliel não tombou. Ela trocou de lado, lembra? Até hoje acredito que se isso não tivesse acontecido, nós venceríamos a Guerra. A Dádiva dela, os Selos... eram poderosos demais. Caliel sabia disso, por isso a perdoou prontamente. Metraton sempre discordou do meu ponto de vista, por causa da profecia de Lúcifer, sabe? Mas... fazer o quê? É o que eu acredito. Dos Prismas, somente Israfil e Metraton. Dos Guardiões, eu, Uriel, Ithuriel e... — Belial interrompeu a breve contagem em seus dedos para fitar a jovem ao seu lado. — Amitiel.

— Amitiel? — Beatriz repetiu.

— Prazer! — disse a demônia, fazendo uma mesura desajeitada.

— Quatro guardiões do nosso lado, oito do outro. Ao lado de Miguel, lutaram Jegudiel, Jeremiel, Salatiel, Baraquiel, Gabriel, Rafael, Cassiel. Gabriel mereceria um capítulo à parte e é até injusto eu me apressar contando a você o que ocorreu com ele no pós-guerra e pós-descida ao Inferno. Prometo que se você esfregar mais a lâmpada, Beatriz, o gênio aparecerá. É o que diz a profecia.

— Trinta e cinco minutos e três segundos — Amitiel avisou.

— Trinta e cinco minutos para o quê?

— É o tempo que nos resta aqui. Já que este encontro foi profetizado há muito, sabemos muita coisa sobre ele. A duração é uma das coisas. Você é muito famosa no Inferno por conta da Profecia.

— Se foi profetizado, por que eu nunca sonhei com ele?

— Talvez Lúcifer não quisesse. Ou... — O diabo fez uma pausa e sorriu. — Gabriel.

— Eu não sei se compreendi...

— Mas vai — o rei afirmou. — No tempo certo. Desculpe se estou me adiantando muito, mas... você entende, né?

— Não. Mas siga, meu rei — respondeu Beatriz com um acento baiano caricato. Belial e Amitiel ignoraram tanto o sotaque quanto o gracejo com a gíria "rei" usada pelo povo baiano. Marcel riria com certeza, Beatriz se consolou.

— Quando fomos lançados ao Inferno — ele continuou —, achávamos que seria o nosso fim. Um tipo de ponto final, sabe? Não imaginávamos como poderíamos sobreviver ali, um mundo totalmente desconhecido por todos e que sabíamos, era o mais afastado dos céus, amaldiçoado por Deus. Pensávamos que nossas recém-adquiridas almas poderiam ser esmagadas naquele lugar maldito. Porém, não foi o que aconteceu. Alguém estivera lá antes de nós, éons antes. Alguém que nos deu esperança, que preparou nossa chegada e que se intitulava "A Estrela da Manhã".

— Lúcifer — Beatriz arriscou.

— Exato. Todos nós já havíamos ouvido lendas, histórias fantasiosas sobre ele. Tudo muito vago, é verdade. Entenda que Lúcifer foi o primeiro a existir. O Primeiro dos Primeiros. Dizem que nunca houve um ser criado por Deus que fosse mais belo, mais inteligente e mais poderoso do que o "Portador da Luz". Já escutei até que foi a partir de sua respiração que todos nós, malaquins, fomos criados. Imagine isso: toda uma raça de seres vindo à existência por causa... *dele*! Entendeu a importância de Lúcifer? O problema é que houve, em algum momento (antes de nosso nascimento certamente), um desentendimento entre criador e criatura. Pelo menos essa é a teoria mais aceita. Devido à desavença, Lúcifer teria sido condenado ao Inferno, mundo que ele mesmo havia moldado à revelia de seu Deus. Veja bem, ninguém nunca esteve frente a frente com Lúcifer, nem mesmo os Prismas, os mais velhos entre nós. Nenhuma referência a ele jamais foi encontrada em nenhum dos Livros-Espelhos que os Zeradores transcreveram a partir da Palavra e que hoje repousam na Biblioteca dos Espelhos. Ouvimos dizer que até mesmo nosso Criador evitava mencionar o seu nome e que, quando era perguntado sobre o assunto, desconversava e entristecia-se. Metraton nos confidenciou que o que Deus desejava mesmo era que Lúcifer e todas as histórias ao seu respeito caíssem no esquecimento. Um erro a ser apagado para todo sempre, sabe? Cientes de tudo isso, quando pisamos no Inferno, esperávamos encontrar Lúcifer zanzando por lá, não concorda?

— S-sim, claro! — Beatriz estava vidrada na história e mal piscava os olhos. — E ele estava no Inferno?

— Havia construções, estradas, objetos, incontáveis indícios de sua passagem pelo Inferno; todavia, não o encontramos. E olha que reviramos aquele vasto mundo quase à exaustão. Dia após dia, sem descanso. Era nossa prioridade achá-lo. Mas as décadas foram se acumulando e... depois de tanto tempo, começamos a pensar em três possibilidades: ou ele estava morto, ou, pior ainda, teríamos que aceitar o fato de que ele poderia simplesmente não querer ser encontrado por nós. Ou ainda, não existia mesmo e aqueles sinais foram todos feitos por Deus. Milênios se passaram até que Ithuriel, em uma das inúmeras escavações que presidia, descobriu dentro das cavernas de HüTuirhtì, às margens do Mar Qartharìe, o que ficou conhecido como os Livros do Mar Qartharìe, uma coleção de fragmentos de Livros-Espelhos e de manuscritos. Por meio deles, pudemos finalmente entender como aquele mundo, antes desértico e sem vida, havia se transformado num paraíso fértil, rico em plantas e animais de todos os tipos. Os textos eram extensos, complexos e descreviam todo o processo que Lúcifer usou em sua criação. Narrava como ele havia elevado as cadeias de montanhas na direção do nosso céu néon, o modo como ele enchera os rios caudalosos da água mais pura e cristalina e ainda tentava explicar como as florestas e bosques e planícies haviam sido formados. Ah... e as praias? Você precisava ver as nossas magníficas praias! Devo dizer que as nossas paisagens eram tão diferentes entre si quanto exóticas, nossos olhos nunca se cansavam de admirar e nossos corações, de agradecer. Aquele era o nosso Éden, Beatriz. Experimentamos coisas indescritíveis e sensações que jamais esqueceremos. E o que líamos... naqueles manuscritos... sabe... aquilo era a prova cabal de que Lúcifer não só existiu como continuava a desobedecer Deus, mesmo do Inferno, criando e usando a Palavra para escrever novos Livros-Espelhos. E a partir deles, moldar aquele reino ao seu bel-prazer. O seu reino. Somente alguém com muita fé na Palavra, possuidor de poderes e conhecimentos avançados conseguiria transformar a Primeira Terra daquele jeito. Somente ele poderia. Ele e Deus, claro. O nosso Deus original, não Miguel, evidentemente. No entanto, essa desobediência contínua e deliberada custaria-lhe muito caro. Lúcifer relatou em um trecho que seu corpo parecia estar se dissolvendo, tamanhas eram as dores. Ele se tornava cada vez mais fraco e doente. Era visível a mudança gradual em sua escrita. As palavras retorcidas, as linhas tortas, a grafia praticamente irreconhecível... Em seus últimos manuscritos, sabendo de seu fim iminente, ele revelou que se recolheria num sono profundo e restaurador que, imagino eu, teria a intenção de prolongar sua existência até o dia em que ele despertaria para ver a sua missão completada.

— Vocês acreditam que ele vai acordar para ver o Apocalipse? É isso?

— Seu despertar *causará* o Apocalipse.

— E quando ele acordar, o que acontece?

— Creio que você já sabe... — A rainha apontou para a cabeça de Beatriz. — Seus sonhos com a Última Tempestade.

— Sim, mas do jeito que descreve Lúcifer, parece que ele é o bonzinho da história. Ele é o responsável por tudo de ruim que aconteceu e o que vai acontecer. Não passa de um cara egoísta, orgulhoso e... e no final das contas, que só estava querendo provar pra Deus que era o fodão! Um garoto mimado, só isso. E desculpa aí se eu destruí seu ídolo.

— Não há pelo que se desculpar — Belial disse. — Só quero que entenda que, ao meu ver, as intenções de Lúcifer não eram egoístas. Longe disso! Sua desobediência tinha um propósito.

— Estrela da Manhã sabia que nós iríamos aparecer por lá. Tinha conhecimento, inclusive, de quando e do porquê. Ele havia deixado em seus manuscritos as datas e os detalhes minuciosos de nossa vinda. Profetizou a guerra, a grande guerra que lutamos e perdemos. Assim como as várias outras contendas que viriam depois. Em todos os mundos. Em seu mundo inclusive. Previu a Batalha Invertida, a queda de Caliel até a ascensão final de Miguel ao Trono. A abertura dos Selos. De todos os sete. Assim como as sete trombetas. Por isso, aqueles manuscritos se tornaram para nós como a Bíblia é para vocês, humanos. Lúcifer, através de suas intervenções prévias e oportunas, garantiu que cada um de nós, tombados, vivesse uma vida plena e agradável em nosso novo lar. E posso falar? Tivemos no Inferno os melhores anos de nossas vidas. Sentimos falta da presença de Deus? Óbvio que sim. Mas a vida no Inferno era infinitamente melhor do que a que desfrutaríamos no Segundo Céu sob as ordens de um novo Deus. A notícia de nosso bem-estar se espalhou rapidamente e muitos malaquins deixaram os céus a caminho do Inferno. Mas, como é de seu conhecimento, havia um enorme portão que os impedia de entrar. Assim como nós éramos proibidos de sair do Inferno, eles foram impedidos de entrar. Simples assim. Acabaram perdidos, condenados a vagar entre os mundos. Durante o espaço de tempo compreendido entre os dois primeiros reinados, muitos dos tombados que conviviam com os seus ancestrais aqui na Terra procriaram com eles, o que era veementemente proibido pela Lei. Dessas uniões carnais, surgiram os Neflins, uma raça híbrida também conhecida como Gigantes. O custo dessas ações? Maldição sobre maldição. Entretanto, foi só no Terceiro Reinado, quando Caliel assumiu o Trono, que tudo começou a dar errado pra valer. E ele, como o novo Deus todo poderoso, fez questão de demonstrar sua insatisfação com o rumo que as coisas tinham tomado na Terra e no Inferno.

E então Mau, armado de seu imenso poder glorioso e perverso, decidiu que enviar calamidades sobre homens e demônios poderia ser a solução para todos os problemas. Pelo menos para os problemas de insegurança dele. Não sei como, mas convenceu Jeliel a abrir os Selos.

— Calamidades? Tá falando de coisas como o dilúvio?

— Sim, isso e tudo o que veio depois. Tenha em mente que as primeiras decisões de Caliel já resultaram em novas e preocupantes rachaduras nas paredes da Morada. Cada vez maiores e mais profundas, as rachaduras eram mais preocupantes do que aquelas surgidas nos dois primeiros reinados, de Haheuiah e Pahaliah, seus predecessores.

— O Indiferente e o Bom?

Belial assentiu.

— Vejo que Justo a instruiu bem. E por mais que Deus-Caliel afirmasse serem suas ações pautadas fielmente nos desígnios do Criador e baseadas de forma plena nos Livros-Espelhos escritos a partir da Palavra, os reinos, todos eles, pareciam retratar exatamente o contrário. A perfeição havia ficado para trás, todos sabíamos disso.... e as falhas... elas começavam a surgir aqui e ali, fazendo com que nos afastássemos cada vez mais do plano original de Deus. Assim, o tecido da realidade, membrana protetora que deveria manter separados o plano material do espiritual, começava a apresentar irregularidades que resultariam no surgimento de vórtices, vértices e portais. Feiticeiros, santos, bruxas e drogados se aproveitavam dessas brechas para caminhar entre os mundos e através de sonhos, visões e pensamentos. Com essas andanças irresponsáveis, causariam mais e mais furos no tecido. Reação em cadeia, sabe? Graças a uma destas falhas (ou furos ou buracos, chame como quiser), estamos aqui. Conversando.

— Belial! — Amitiel chamou a atenção do seu par com uma careta igual à das esposas. Ele pareceu entender o recado e rapidamente voltou ao assunto principal:

— O reinado de Caliel foi marcado por grandes atrocidades e injustiças. Não à toa, até hoje, ele é carinhosamente chamado de "Caliel, o Mau". Os Alvos, Guardiões que ficaram nos céus protegendo o Trono, não concordavam com as ações de seu novo Deus, mas nada fizeram. Apesar do livre-arbítrio, ainda existia a Lei. E a Lei é um tipo de... um tipo de controle, entende? Algo que Deus criara para limitar nosso poder caso algo desse errado. Provavelmente porque Ele sabia que as coisas inevitavelmente sairiam dos trilhos e sua intenção era clara: proteger seus filhos de nós.

— Imagino que você esteja se referindo aos humanos quando fala em *filhos* — perguntou Beatriz.

— Isso. Os *filhinhos* de Deus... vocês, a humanidade — a fala da diaba estava embebida em rancor.

— Senti uma pontinha de inveja aí, hein, Amitiel? — provocou Beatriz.

— Inveja? Não! Um pouco de sarcasmo? *Talvez*! Mas inveja, de maneira alguma. Somos amortais e vocês... macacos depilados.

— *Amortais*? Que merda é essa? Pensei que vocês fossem *imortais*. E vou dar um desconto no xingamento, hein?

— Sim, éramos imortais — ela foi obrigada a responder. — Você tem que entender que ninguém "morreu" de verdade na Guerra Furiosa. Durante a batalha, assim que nossos corpos espirituais eram destruídos nos reinos superiores, desaparecíamos de lá, contudo, retornávamos três dias depois, reconstruídos no Inferno, sem a possibilidade de retornar ao nosso lar.

— E quando um malaquim do outro exército "morria"? Ele reaparecia no Inferno também? Não, né? Por...

— Não! — Belial interrompeu. — Não havia maldição sobre ele, então o malaquim voltava ao céu três dias depois. Era uma luta que não podíamos nem pensar em ter baixas, entende? O exército deles se mantinha sempre com o mesmo número de soldados. E assim, apesar de termos os melhores guerreiros e estrategistas, mesmo com Metraton e seu Cubo completo, mesmo assim, nosso exército ficava menor e menor. Apesar disso, até que o último guerreiro tombasse, nunca desistimos. Somente quando o grande Metraton surgiu no Inferno é que a guerra teve um fim.

— Se é impossível matar um anjo ou um demônio, como mataram Deus?

— Ótima pergunta. Sem respostas definitivas para ela entretanto. O fato é que Deus, ou o que *era* Ele, desintegrou-se. Sumiu. Morreu. E todos os efeitos que experimentamos até hoje só corroboram a tese de que ele não está mais entre nós.

— Quanto a matar malaquins e tombados... Belial... acho melhor contar a ela — Amitiel interferiu —, de uma forma breve, é claro.

— Contar o quê?

— É que recentemente... quero dizer, não tão recentemente... olha... para ser exato, foi no ano 1486 a.C., 14 anos depois de Metraton deixar o Inferno para atravessar pra cá que... deixa eu colocar assim, aconteceu uma coisa nova. Foi quando conseguimos pela primeira vez forjar armas a partir de um metal até então desconhecido, inexistente em todos os reinos com exceção de um lugar...

— Inferno — Beatriz arriscou.

— Exato! — Belial ergueu-se. — Para ser exato, em um único lugar no Inferno. Essas novas armas seriam capazes de destruir a alma dos malaquins de forma definitiva. Lembra que eu falei que os manuscritos estavam incompletos?

Beatriz não se lembrava, mas assentiu com a cabeça mesmo assim.

— Então, havia partes apagadas, borradas e, para piorar, ainda faltavam algumas folhas dos manuscritos. Demorou, mas finalmente havíamos conseguido decifrar e completar as lacunas. Lúcifer descrevia naquele amontoado de páginas como deveríamos proceder, usando os Livros-Espelhos para criar os Artifícios. Justo explicou a você o que são eles?

— Sei o que são Artefatos, serve? — Beatriz fez uma pausa a fim de buscar algo na memória. — Peraí! Justo me disse que um dia... ah, então era você o tal amigo dele?

— Bom saber que Metraton ainda me considera amigo mesmo depois de tudo o que aconteceu... — disse, demonstrando um certo desconforto. — Artefatos são criados na Terra, os Artifícios, fora dela, em outros mundos. No Inferno, por exemplo. Diferente dos Artefatos, que funcionam somente aqui em seu mundo, os Artifícios podem ser usados em todos os mundos, são extremamente poderosos e, na grande maioria das vezes, têm um grande poder de destruição. Mas não deve confundi-los com as Dádivas, que também funcionam em todos os mundos. As Dádivas foram criadas por Deus, são partes de Deus enquanto os Artifícios são feitos por nós a partir dos ensinamentos de Lúcifer. Com os ingredientes certos e a fé necessária, tivemos êxito em construí-los. Na base da tentativa e erro. Espadas, machados, maças, adagas e lanças... usamos essas armas fatais que fabricamos na luta contra os Alvos e eles as usariam contra nós, mais tarde.

— Os Alvos também tinham desenvolvido essa tecnologia? Nem sei se posso chamar de tecnologia isso. *Tecnologia sagrada...*

— Tecnologia sagrada? Até que não é um mau nome não. — Belial sorriu mostrando os dentes branquíssimos e alinhados. — E respondendo à sua pergunta... não, eles não tinham a receita nem os ingredientes. Contudo, algum demônio havia contrabandeado algumas de nossas armas para o inimigo em troca de perdão. — Rangeu os dentes. — O idiota foi fazer acordo logo com o sujo do Caliel! E depois de vencer-nos na Batalha Invertida, os Alvos confiscaram todas nossas armas nos obrigando a fabricá-las indefinidamente para eles.

— Qual o motivo da nova briguinha?

— Doze minutos — Amitiel alertou. — Não há tempo e é irrelevante para ela.

— A derrota até que foi boa pra vocês. Virou rei e ela, rainha!

Amitiel e Belial entreolharam-se.

— Beatriz, eu não passo de um rei alegórico. Sem poder algum. Uma figura decorativa. Estas roupas ridículas — Belial esticou o colete —, Deus nos obriga a usá-las. Funcionam como uma piada para *ele*. Igual a coroa que puseram em Cristo na crucificação e a inscrição "Rei dos judeus" na placa pregada em sua cruz. Entende? Nossa coroação foi simbólica, um recado, uma forma bem peculiar de nos lembrar constantemente de nossa derrota, de nossa submissão a Ele, de dizer a todos os demais habitantes da Primeira Terra quem realmente dá as cartas por lá. Ele pode ser burro para muitas coisas, mas sabe tudo sobre se impor através do medo.

— Como calar a oposição — Amitiel completou.

— Está falando de Caliel?

— Não! — Belial respondeu. — Estou falando de Miguel.

— Mas não foi Caliel que mandou Miguel até lá?

— Esse é o problema de resumir eras de acontecimentos importantes em poucos minutos. Miguel venceu. Ele e os Alvos. Para tentar convencê-lo a ficar do nosso lado contra Caliel, contamos tudo o que sabíamos sobre a morte de Deus, sobre a farsa que foi aquele julgamento e de como Caliel estava destruindo o tecido da realidade com seus atos impensados e egoístas. Falamos sobre as rachaduras na Morada.

— E como vocês sabiam das rachaduras se não estavam lá?

— Acreditávamos nas profecias de Lúcifer. Se ele havia acertado em outras previsões, deveria estar certo sobre isso também.

— E estava?

— Hoje sabemos que sim. Como previmos, Miguel, o machão, foi tirar satisfação com Caliel. Ele e os demais Alvos exigiram ver Deus. Caliel, claro, não permitiu. Mas Miguel, o esquentadinho, Miguel, o poderoso Miguel, não iria aceitar um *não* como resposta e entrou na Torre a fim de conferir o estado de Deus. Somente quando viu o Trono vazio e o Espelho quase seco foi que teve certeza da farsa que era aquilo tudo.

— Achei que ele não podia entrar na sala do Trono.

— Livre-arbítrio mais brechas no tecido da realidade mais Artifícios igual a...

— Golpe de Estado.

— É... pode-se dizer que sim. — Belial franziu a testa. — Nunca tinha visto dessa forma. Porém, saiba que foi uma tomada de poder sem guerra, não houve lutas. Os Alvos não precisaram usar a força bruta, eles tinham as nossas armas letais e assim, Caliel e os Perfeitos não ofereceriam resistência nenhuma, afinal... não iriam morrer logo agora que não havia mais a possibilidade de reaparecerem três dias depois no céu. Ou mesmo no Inferno. Morreu, morreu, lembra?

— Tá... Miguel sentou-se no Trono de Deus, é o mandachuva e chegamos aos dias de hoje. Só?

Antes de responder à pergunta, o demônio buscou algum tipo de aprovação no rosto de Amitiel. A demônia bufou, ao que Belial juntou as suas mãos em prece e pediu perdão a ela em silêncio antes de continuar:

— Não, Beatriz. Com Caliel deposto, veio o Triunvirato Alvo. Mas Miguel, o traiçoeiro, Miguel, o malandro, esse mesmo Miguel acabou dando um jeito de ficar sozinho no Trono. Condenou os Perfeitos a virem aqui para a Terra sem suas Dádivas e silenciou os Alvos que discordavam dele. Um a um. Fim.

— Já podemos voltar? — Amitiel perguntou de maneira retórica.

— Quanto tempo ainda temos? — Beatriz calculou que ainda lhe restava alguns minutos para a conclusão da sabatina.

— Oito — Amitiel disse, um tanto ríspida.

— Tá, vou gastar todo o tempo que tenho direito. Se é que vocês estão falando a verdade sobre isso... Quero saber das Leis. As Leis que você disse que nos protegem de vocês, caso alguma coisa dê errado.

— As leis são como uma trava de segurança — o demônio explicou.

Beatriz não pareceu satisfeita com aquela definição rasa e escarneceu:

— Se não quiser irritar mais sua rainha, explica tudo bem rapidão aí e libero os dois!

— Primeira Lei: um malaquim deve cumprir a vontade de Deus acima de todas as coisas. Segunda Lei: um malaquim deve obedecer aos seus superiores seguindo a hierarquia celestial, exceto nos casos em que tais ordens entrem em conflito com a Primeira Lei. Terceira Lei: um malaquim não pode ferir um Filho de Deus, desde que isso não entre em conflito com a Primeira e/ou a Segunda Lei — Belial cuspiu as palavras em um ritmo tão alucinado que fez Beatriz recordar-se daquela famosa locução acelerada presente em todos comerciais de remédios: "Ao persistirem os sintomas, o médico deverá ser consultado."

— Ah... é como as Três Leis da Robótica do Asimov!

— Quem? — Belial questionou.

— Isaac Asimov, um escritor famoso de ficção científica — explicou.

— Ela está falando de Vretil, o escriba, meu amor — lembrou Amitiel.

— Ah, sim, claro. O malaquim baseou as leis dos livros dele nas nossas leis. E ele ficou rico com isso.

— Muito — Beatriz disse.

— Bem... as leis dizem respeito, basicamente, à autoridade espiritual. Essas diretrizes regem a relação entre os seres etéreos e vocês. Você exerceu essa autoridade trazendo-nos aqui.

— O que não entendo é como eu, uma *simples humana* que não é de uma hierarquia superior a vocês, pude fazer isso?

Os demônios entreolharam-se.

Amitiel relutou, mas disse:

— Você é diferente, não sabe?

— Então, se outros fizessem o ritual...?

— Não seria o mesmo. E ainda tem os símbolos, esta cabana, as Dádivas... — Belial completou. — É uma combinação e tanto, não acha? *Simples humana*? Não... não mesmo! Há um acúmulo do poder de Deus aqui. Entende? Tem a sua fé, o jejum. É uma equação complicada, mas que os malaquins e tombados... nós simplesmente sabemos quando a soma é positiva ou negativa.

— Ah, então quer dizer que eu me transformei num tipo de "Megazord Sagrado" durante o ritual?

Mais uma vez, os demônios pareceram entender a referência pop, mas preferiram não comentar.

— Tá, não teve graça, eu sei, mas me corrija se eu estiver errada... e se um anjo superior ordenar a outro, subalterno, que mate um humano?

— Vai contra a Vontade de Deus. E Deus é essencialmente bom — o diabo ensinou.

— Se temos um novo Deus, ele não é necessariamente bom?

— Toda vez que um novo malaquim se senta no Trono e vai contra a Vontade do Deus original, atrai maldição. E como é o novo Deus, a maldição por definição, nunca cai diretamente sobre Ele, pois está protegido pelos poderes sagrados que o Trono lhe confere. A danação acaba "escorrendo" para todos que estão abaixo dele por meio da autoridade espiritual. Todos. Ou seja... todos nós: malaquins, tombados e humanos. Todo mundo perde. É como se ele tivesse um guarda-chuva sobre sua cabeça e a chuva que cai não o molha, mas respinga em tudo ao seu redor, sim. Fui claro?

— Sim, acho que sim — a voz de Beatriz era quase que um lamento.

— Como se isso não bastasse, sibila, o tecido da realidade é sempre afetado por conta dessas ações malignas. Tomemos Caliel como exemplo. Por causa de suas decisões como Deus, a humanidade sofreu e milhões morreram. Ele era Deus e... tudo bem, ele podia realmente fazer o que bem entendesse. Mas o estrago foi tão grande que até Miguel, um idiota megalomaníaco, deve hoje pensar mil vezes antes de ir contra a Vontade do Deus original. E Ele poderia? Pode. Mas será que a Morada suportaria mais rachaduras? Será que as águas não secariam num ritmo mais frenético? E o tecido da realidade? Será que não correria o risco de romper-se totalmente e de forma definitiva?

— O que acontece se o tecido da realidade se romper totalm...

— O Apocalipse. — O demônio franziu o cenho. — Os mundos se chocam.

— O que diz a *sua* Bíblia sobre? — perguntou Beatriz.

— O mesmo que a sua. A diferença é que, na minha, Lúcifer vence.

— Achei que eu poderia evitar o Apocalipse com este ritual — disse Beatriz, claramente abatida.

Belial ajoelhou-se em frente à sibila e envolveu as mãos vermelhas dela com suas duas mãos.

— Só que temos um problema aqui... Já aviso que se não conseguir estancar estes sangramentos, não chegará nem ao final deste dia.

— Eu tô bem!

Belial olhou para Amitiel com preocupação.

— Estes ferimentos são a manifestação na carne das maldições que atraiu. — O demônio disse, escorregando as mãos para os braços de Beatriz, que em nenhum momento soltou sua varinha. — Há muitas forças (antagônicas entre si, inclusive) querendo seu fracasso. Por causa da sua história, da história de sua família.

— Minha família não tem nada a ver com isso...

— Percebe como o sangue parece se alimentar de sua carne e as feridas se espalham rapidamente pelo seu corpo?

Beatriz olhou assustada para seu braço, pintado totalmente de vermelho vivo. E para o outro braço, com a mesma cor dominante. Assim como sua calça de moletom, agora tingida igualmente de vermelho vivo. Um de seus pés estava pior, ela conferiu: num tom diferente de vermelho: vermelho morto.

— Você é uma peça importante para que a Profecia se cumpra...

— O que diz a profecia sobre mim?

— Há algo dentro de você. Uma força que, liberada, irá despertar Lúcifer.

— M-mas como?

A rainha suspirou, Belial não vocalizou seu pensamento.

— Como eu evito isso? — Beatriz levantou-se, desvencilhando-se das mãos do demônio. — Não quero *despertar* nada! Eu *ordeno* que me diga!

O demônio copiou o movimento da sibila. Em pé, frente a frente com ela, fitou-a profundamente sem nada dizer. Depois, seus olhos desviaram-se para baixo, para a varinha que Beatriz mantinha pressionada contra seu estômago. E quando elevou de novo o rosto, viu as suas próprias mãos embebidas em sangue. E o sangue era de Beatriz. Belial esfregou morosamente os dedos, uns nos outros. Trouxe a mão ao nariz e inalou aquele cheiro ferroso com prazer. E morosamente escorregou os dedos pelos lábios, colorindo-os e deles, mergulhou à boca, agora aberta, e lambeu os dedos como se fosse uma criança com os dedos cobertos de chocolate.

Beatriz não se movia, horrorizada que estava com aquela cena bizarra.

Depois, o rei demônio levou os seus dedos limpos aos ouvidos manchados de vermelho. O sangue dessa vez era seu, que escorria pelas suas têmporas.

— Ouvido sangrando — Belial disse, com um sorriso maligno estampado no rosto. — Dor. Sinal falhando. O sinal 3G é horrível aqui no meio da floresta, hein?

Ele está me desobedecendo?

— Filho da puta! — ela gritou baixinho, com mais decepção do que ódio.

As luzes das velas da sala tremularam como se um vento forte as acertasse de súbito.

— Não há como evitar, Beatriz. O que está escrito, está escrito... — afirmou Belial, por fim. — Nos perdoe, mas... — O demônio juntou as mãos em sinal de prece. — É só o que sabemos. Acreditamos que saberemos mais, muito mais, em breve. Assim como você.

A sala escureceu como quando um filme termina em uma tela negra e a trilha sonora sobe. Mas nenhum crédito apareceu. Nenhum "The End" pipocou no ar. Nada de música. As velas não se apagaram. Não, claro que não. Beatriz sabia, elas ainda queimavam, sem emitir luz, no entanto. Ela apenas sabia. A sala começou a se mexer? *Ah, merda!* Enjoo. *Não, vomitar de novo não!*

— Espera! Falta me contar o que é a Décima Dádiva, lembra?

— Um minuto e dez — Amitiel alertou, pondo-se de pé, ao lado do seu rei, os dedos passeando pelo sangue em seu rosto pálido, que pouco a pouco se misturava à sua maquiagem pesada formando redemoinhos em tons vermelhos e cinzas.

— Comeu do fruto proibido, Beatriz? — A sombra de um Belial distorcido perguntou, por fim. Beatriz mal ouviu a voz que saía de um turbilhão de vultos sem cores. — Se comeu, já sabe do que se trata a Dádiva... E se sabe, por que não nos conta?

— Fruto? — Beatriz perguntou sem ter a certeza de ter perguntado.

— Me diz o que essa Dádiva faz! — A sua voz estava saindo de sua boca? Parecia que não. Ela movimentava a boca, mas não ouvia o som das palavras. Vertigem. Ela caiu ou o chão que se aproximou demais de seu rosto? Difícil saber. Igual aos demônios, ela sentiu o sangue quente escorrendo pelas suas têmporas. Tinha os olhos e dentes cerrados. E a dor, antes esquecida, voltou mais forte do nunca. Engulhos. Tontura. *Não há mais tempo*, eles disseram. Eles não. Foi Amitiel quem disse. Beatriz distinguiu sua voz. Odiosa e... áspera. Estaria ela condenada? Era isso? Fora enganada? Os demônios...

Mas a sibila estava cega. Via apenas sombras esparsas num fundo cinza escuro.

Então, de onde vinham aquelas linhas e contornos e formas?

E os sons? Os sons reverberavam de maneira estranha em seus ouvidos.

Um sonho dentro de um sonho dentro de outro sonho que é um pesadelo... real? É isso? Ou seria... a morte? *Estou morrendo?*

— Dorothy... — Beatriz balbuciou. Sua voz era distante, trêmula e melancólica. A palavra surgiu em sua boca sem que ela tivesse o desejo de pronunciá-la. *Dorothy?*, ouviu alguém repetir. A voz era de Amitiel ou de Belial? Não sabia dizer...

— A... Décima Dádiva...? — Beatriz perguntou, com a voz trêmula, para as sombras.

— Tudo a seu tempo — uma voz de criança disse.

— Coma... os... frutos — completou uma outra voz, esganiçada, sobrepondo-se à anterior. Os sons, todos eles, ficavam cada vez mais afastados e distorcidos. —, Beatriz...

Um zunido alto e constante quase encobriu a última frase do casal:

— Te esperamos... sibila... Escuridão.

Um trovão interrompeu, assinalando o desaparecimento completo dos demônios. Foi o último som que Beatriz conseguiu processar antes do silêncio profundo que se seguiu. Antes que seu cérebro desligasse por completo.

[extraído do diário de Marcel Duran]

PONTO 30: DAQUI PRO APTO. DO REALI

- 21 de dezembro de 2017 -

Deixando claro que quem escreve aqui é o Marcel. O "Marcel do Passado".

Li e reli os diários. Tive que fazer isso por conta do que aconteceu em San Antonio, Argentina. Melhor reformular: tive que ler e reler os diários por causa do que eu "acho" que aconteceu em San Antonio depois da fuga de Beatriz.

Tudo o que vou colocar aqui e agora são suposições, ok?

Se você checar datas, verá que a última vez que escrevi neste diário foi em maio, contando detalhes da nossa viagem de carro até San Antonio. Em seguida, Beatriz completou as minhas anotações (ela estava com os meus diários) e até colocou o dia para facilitar: 31 de maio de 2017. Lembrou, leitor? Seguindo a orientação de Justo (a data atrás da foto), ela deve ter conseguido "saltar" para a cabana no primeiro minuto do dia 1° de junho de 2017. Acredito que ela tenha passado de uma porta à outra pois não escreveu mais nada depois. Ela estava convicta de sua missão. Foi Justo (não confio nesse cara, juro!) que a convenceu de que ela estava destinada a fazer o tal ritual misterioso...

O trecho que meu pai escreveu e que havia sido arrancado deste diário diz respeito ao tempo que passamos juntos e será importante para o entendimento do que vou especular agora.

Está conseguindo acompanhar? Espero que sim. Ontem eu acordei de um coma no Hospital Beneficente Português do Amazonas, na cidade de Manaus. Tentei tirar o máximo de informações das enfermeiras e dos médicos que ficaram espantados por eu ter aberto os olhos depois de meses.

Eles queriam que eu ficasse em repouso, mas eu estava bem. Fiquei sabendo que fui encontrado em estado grave na porta do hospital no dia 11 de setembro de 2017. Por mais ou menos três meses, fiquei lá. Me disseram que um senhor me visitava regularmente. Era um velhinho e usava o nome (acho que não era o nome dele e já explico o porquê) de Gaspar. Pela descrição, não parecia ser o Caliel. Mas eu suspeito que era ele sim. Usar o nome de Gaspar parecia ser uma piada que só eu entenderia. Gaspar era o nome de outro rei mago. E ele já havia usado o nome de Baltazar, ou seja...

Chegamos à questão principal: estamos em dezembro. Entendeu a confusão? Não, né? É que eu não faço ideia do que aconteceu do final de maio até o dia de ontem, quando acordei no hospital!

A merda foi tanta que eu não lembrava nem do que aconteceu depois daquela noite no hotel. Nada! Nem lembrava que morava nesse apartamento, por exemplo. O que me guiou até aqui, aliás, foi o código de barras impresso na minha pulseira do hospital. Pulseira que ainda não retirei.

Quer saber o motivo de eu estar ainda com a pulseira, né? Calma! Cheguei aqui no apê, vi os post-its com as indicações do que fazer e cheguei até as agendas.

Li o que escrevi, li o que Beatriz escreveu e o que meu pai escreveu. Valeu todo mundo! Mesmo! Sem os diários não seria possível seguir com o jogo e com o plano.

Beatriz escreveu (em post-its que ela grudou nas paredes de casa) para mim:

1 *Vista a mesmíssima roupa que usou no Hotel Gago y Zavala, inclusive use a mochila do Bob Esponja com todos objetos que ainda tem e não se esqueça da garrafa de água que seu pai lhe deu!*

2 *Vá até o seu antigo apartamento, aquele que morava com seu amigo (esqueci o nome dele). Como sabemos pelo poema, é lá o "Ponto 30" do jogo Ligue os Pontos.*

3 *Não entre no apartamento! Isso é importante!!!! Entre no prédio, vá até o elevador, aperte o número do andar e, quando o elevador chegar no andar, deite no chão, com a perna para fora do elevador, impedindo assim que ele se feche.*

4 *Ninguém pode estar com você dentro do elevador. Se, por acaso, alguém entrar no elevador, em algum andar, repita o processo até aqui. É muito importante que você esteja sozinho!*

5 *Quando estiver deitado, no andar certo, os pés impedindo a porta do elevador de fechar, beba a água na quantidade de dias ou meses que precisa apagar da memória (acho que é assim que funciona o lance da água, né? Você que me disse!).*

6 *Destrua estes post-its assim que ler e assimilar.*

Não deixe nos bolsos da roupa ou nas paredes do apartamento junto com os outros.

Isso só vai causar confusão na sua cabeça quando voltar aqui, sem memória de novo.

Um último post-it, sem numeração, ela tentava me explicar seus motivos:

"Não sei bem o dia que está lendo isso. De qualquer forma, amore, deverá fazer o que lhe peço (na verdade, tô mandando ;)) no dia 22 de dezembro de 2017, seis dias antes do fim. Não sei explicar o porquê de você fazer tudo isso, mas é assim que vi acontecer nos sonhos. É isso que

te prepara para o fim do mundo. E é assim que você volta para o jogo depois de sejá-lá-o-que-tiverem-feito-contigo.

Desculpa, mas é assim que tem que ser...

Você me conhece, né? Siga os passos e vem na minha que você se dá bem! Kkkkkk (estou rindo, mas é de nervoso!)

Espero que encontre estes post-its a tempo e que esteja bem.

Não confie em ninguém, nem no seu melhor amigo! Te-amo-te."

Boa! Já tinha então um compromisso marcado para amanhã, dia 22 *de dezembro.*

Nem bem cheguei em casa e já era hora de partir? Tá, legal, mas... e a pergunta que não quer calar? Como saí da Argentina e fui parar em um hospital? O que aconteceu com meu carro, com as malas, o que aconteceu comigo? Os Cobradores entraram no quarto em San Antonio, na Argentina? Provavelmente sim. Fui torturado? Talvez, pois encontrei marcas roxas nos braços. Eu tomei água para apagar vestígios de pensamentos e memórias que pudessem levá-los até Beatriz, até a Chave ou até meu pai? Com certeza eu faria isso. Mas e aí? O que deu errado (ou certo, vai saber...) para eu parar no leito de um hospital na Amazônia?

Já é noite e preciso deixar tudo preparado para amanhã cedo.

É isso... amanhã eu irei até o prédio do Reali. E vou tomar a água do Rio Lete, o Rio do Esquecimento.

"Não confie em ninguém. Nem em seu melhor amigo", Beatriz me alertou.

Na pulseira do hospital, vou escrever: Não confie no Reali!

Assim, não esqueço.

Até depois, "Marcel do Futuro". Espero ter ajudado!

Sobre o Ponto 31*: tem um alarme no seu celular novo para não perder o voo! Dia* 27 *de dezembro, hein! Tem uns três post-its sobre o voo também, com o link pro check-in. Não vai perder de ver o Fim do Mundo!*

Vamos juntos até o fim: eu e você, leitor!

Caliel

[9 horas depois]

— Todos vieram mesmo a este fim de mundo? — o velho perguntou, mesmo sabendo a resposta que viria de Bhishma, o Artífice.

O indiano assentiu, orgulhoso.

Os homens mais ricos e poderosos do mundo estavam reunidos na ilha havia horas. Os Acumuladores saíram de cidades distantes, partiram de outros países, outros fusos, e viajaram dentro de seus jatinhos particulares, iates, carros luxuosos até Port Blair, capital das Ilhas Andaman e Nicobar, um território da união da Índia na Baía de Bengala. De lá, foram obrigados a realizar o último trecho a bordo de um dos helicópteros da frota de Bhishma que afirmara, no edital de convocação, que era a única forma segura para se chegar até o local demarcado com um enorme xis vermelho no meio da Ilha Sentinela do Norte. Não foi essa a única exigência do Artífice para que a reunião do decênio se realizasse sob seus domínios (o sócio-Alfa da vez tinha essa prerrogativa assegurada desde 1847).

— E mais: saibam que todos os sócios ainda estão lá na sala, esperando pacientemente a minha volta. Comportados, em silêncio. Querem conferir? Mas já adianto que mesmo que eles possam vê-los e escutá-los, provavelmente não se lembrarão de muita coisa depois.

Caliel pensou por um instante e cutucou o irmão.

— Melhor não — o Artista respondeu. — Acreditamos na sua palavra. Se afirma que foi feito, Artífice, foi feito.

— Sim — o indiano afirmou —, cada um deles foi vacinado com sucesso. E como não estamos na reunião, não precisa me chamar assim, Mebahel.

Caliel tirou a tira de carne do bolso e deu uma boa mordida.

— Quem diria que você — disse, com a boca cheia —, Bhishma, o homem mais inteligente do mundo, encontraria a cura para essa terrível doença tão rápido?

— Fala da doença da desobediência? — Bhishma sorriu com a provocação do velho, coçando a rala barba no queixo. — Ah, sim. Descobri a cura para ela da mesma forma que descobri a cura para todas as outras doenças da humanidade. Vocês dois sabem mais do que ninguém como sou contra reuniões como esta. Muita gente para decidir simples questões.

— Os sócios lhe entregaram tudo que pedimos? — o Artista perguntou.

— Sim. Está tudo dentro do helicóptero. Artefatos e... as Dádivas.

— E quanto a você — o malaquim com roupas coloridas insistiu —, meu caro *Bhishma*? Também abriu mão de tudo?

— Com imensa dor no coração, devo dizer. Mas sim, Mebahel, inclusive devolvendo o Livro dos Sete Selos a Caliel.

Caliel agradeceu com um leve meneio de cabeça. E disse:

— Obrigado por provar ser possível outra pessoa utilizá-lo. Foi muito astuto de sua parte entender como o Cálice funcionava também. Aliás, essa informação certamente nos ajudará quando retornarmos ao nosso lar.

— Assim espero, meu bom amigo.

— Mas... será que está abrindo mão de tudo, de tudo mesmo? — O velho apontou agora a bengala na direção do rosto do indiano.

— Sei onde quer chegar, Caliel.

— E as esferas? — o Artista adiantou-se.

— Já expliquei por que preciso delas?

Caliel bufou.

— Já! — o Artista respondeu, impaciente. — Por mais de uma vez inclusive. Sem nos convencer. Não está fugindo dos problemas, está?

— Fugindo? N-não, é exatamente o contrário disso. Estou indo de encontro ao problema! Que, penso eu, pode até ser uma grande ameaça para todos.

— Não é uma ameaça — Caliel rebateu categoricamente.

— Se não for, então será um passeio e tanto. Só quero dar uma olhada de perto.

— Palpite?

— Prefiro não fazer suposições, Caliel. Não é nada científico ter...

— Mas deve carregar uma teoria em seu cérebro — o velho interrompeu —, não?

— Tá bem... mas não vai me chamar de louco se eu disser, vai?

— Vou — o velho respondeu. E virando-se para o irmão, arrematou: — Nós vamos.

— A Décima Dádiva.

O velho suspirou, usou a bengala para levantar-se.

— Não disse que soaria como maluquice? — Bhishma defendeu-se. — Quase todas as Dádivas já passaram pelas minhas mãos e a verdade é que... sinto que há mais uma. Tem que haver! A mais poderosa, aquela que controlará todas as outras.

— Tipo o "Um Anel" do Senhor dos Anéis? — o Artista provocou.

— Esse é o maior despautério que já ouvi em toda minha longa vida — desabafou Caliel que, mancando, agora dirigia-se à porta de entrada do bunker. — Seu pai ficaria aqui mesmo depois do que vai *acontecer*, sabia?

A fisionomia do indiano mudou. De cara fechada, ele fez uma pausa, provavelmente para ter tempo de pensar bem nas palavras que iria proferir para que não se arrependesse delas depois.

— Provavelmente. Mas o caso é que ele não está!

— Saudades do seu velho — amenizou Caliel, que assoviou para o irmão segui-lo.

Bhishma seguiu com o Artista até onde estava estacionado o corpo do velho.

— Sei que se davam bem, desde os primeiros dias da Associação.

— Ah, mas isso faz muito tempo... E devo ter dito já que nada do que conquistamos seria possível sem a ajuda dele.

— Já. *Algumas vezes.*

— Bom. O que importa é que agora é *você* que está no lugar dele. Honre-o, garoto. Da melhor forma possível.

Bhishma baixou a cabeça.

Levantou-a quando uma fina tela acendeu-se em uma das rochas que servia como parede.

— Como podem ver, o helicóptero já se encontra no heliponto, pronto — o indiano disse, apontando para o monitor. — Ao chegar na outra ilha, um avião estará à disposição de vocês para levá-los a qualquer lugar que precisarem. Sul do Brasil?

— Não podemos compartilhar essa informação — o velho desculpou-se. — Sei que você entende, *Artífice*, não? Muito está em *jogo*.

O multimilionário deu uma piscadela.

— Estava apenas brincando. E caso Lúcifer ou outro *diabo qualquer* apareça, prometam-me só uma coisa: que irão pegá-lo pela *garganta*.

Caliel engoliu em seco. Bhishma, além de esperto, parecia ter conexões em todos os mundos. Só isso explicaria as suas descobertas, avanços e, principalmente, a provocação que acabara de fazer. Ele sabia demais.

— Estamos tranquilos, Artífice! — o Artista intrometeu-se. — Ou nunca leu a Bíblia? Ela nos assegura que Lúcifer será derrotado no fim.

— É... meu pai me *revelou* certa vez quem foi que realmente escreveu essa parte do livro sagrado — o indiano disse, fitando Caliel de modo desafiador. E mudando o tom para um mais ameno e abrindo um falso sorriso, completou: — Agora, se me permitem, tenho que voltar à sala para declarar encerrada a reunião...

— Vida próspera, completa e eterna! — o Artista saudou-o, em tom de chacota, levantando o braço direito e dobrando o dedinho da mão de maneira caricata.

Bhishma e depois Caliel repetiram a frase, mas não o cumprimento. Aquela saudação, usada desde os tempos mais antigos pelos primeiros membros da associação, estava fadada a cair em desuso. Os Acumuladores se gabavam de ser o mais influente grupo que já existiu na Terra. Foram eles que haviam começado e terminado todas as guerras. Nada acontecia sem que eles interferissem. Causavam fome no mundo quando ela era necessária. Foram eles, os sócios, que criaram, espalharam as doenças. Todas elas. Eles, os que decidiram a sorte dos homens desde que eles começaram a se amontoar em cidades, que disseram aos líderes o que deviam fazer e o que não. E quando se tornam inúteis para a associação, reis, imperadores, presidentes, tiranos ou não... são descartados. Sem exceção. Esquerda, direita, centro. Moderados e radicais. Não importava o lado, a ideologia ou forma de governo. Os Acumuladores, desde cedo, haviam implementado o que ficou conhecido como o "Teatro das Tesouras", uma estratégia astuta usada para se jogar com as ferramentas das contradições não somente no plano teórico, mas se valendo também das ações práticas cujo principal objetivo era a permanência absoluta deles no poder. Um dia, num passado remoto, aquelas famílias já haviam sido rivais. Um desperdício de tempo e recursos que logo descobriram ser totalmente improdutivo. Foi Caliel quem surgiu com a proposta. Uma ideia arriscada e incrivelmente ardilosa. Quem poderia dizer que aquele homem simples que era conhecido no vilarejo como "O Açougueiro" sugeriria a união das forças dominantes da época? As doze famílias. A elite da elite. Os mais inteligentes, ricos e influentes foram selecionados, chamados a formar uma associação entre iguais. Seria assim que se perpetuariam no poder para sempre. E viveriam para sempre. Sim, foi isso que ele propôs. Uma troca: Caliel queria proteção. Para ele e para seus irmãos. Somente assim ele revelaria o segredo da vida eterna. Afinal, àquela época, os sócios-fundadores ainda possuíam os corpos frágeis que definhavam com a ação do tempo. Foi dessa forma que surgiu a Associação dos Doze. Ou os Acumuladores, diriam seus rivais. A primeira e única regra era a de que eles nunca poderiam mostrar os rostos, destacarem-se, chamar a atenção para si mesmo ou para os seus planos. Esconderiam-se atrás de outros rostos, de outros nomes, indivíduos que lhes serviriam apenas como testas de ferro para seus intentos. Dariam à humanidade uma falsa sensação de liberdade. De escolhas. Mas as pessoas comuns não seriam nada mais do que meros espectadores de uma peça que aconteceria na frente de seus olhos e que, não imaginavam, era dirigida por aqueles que se escondiam atrás das cortinas. Papel, pedra e tesoura. Eles dividiram o mundo em três tipos de pessoas. Como no jogo infantil. Joquempô. Na verdade, a brincadeira entre crianças que usava parte dos conceitos viria depois. Talvez porque segredos como esse são sempre difíceis de se guardar. Os Acumuladores eram as Tesouras. E as Tesouras cortam. Eliminam qualquer indivíduo, grupo ou governo que se coloque contra os seus interesses. As Tesouras tinham e têm, em suas mãos, os poderes econômico, político e religioso do mundo. Portanto, conseguiam mudar, alterar a realidade ao seu bel-prazer. Mas para que o jogo ficasse completo, havia a necessidade de outros elementos. Papéis e Pedras. Papéis eram aqueles que mudavam o mundo através de suas ideias, pensamentos e obras, como os músicos, filósofos, cientistas, escritores e uma vasta gama de intelectuais e sonhadores. As Pedras eram a grande massa da população, os excluídos, os trabalhadores, os soldados e todos aqueles que individualmente são incapazes de tecer mudanças ou gerar grandes e significativas transformações. Se sozinhos são fracos, quando unidos em grupos maiores e coesos, são capazes até de revoluções e mudanças de paradigmas. São uma força bruta facilmente manipulável e, ao mesmo tempo, difícil de ser controlada. É aí que permanece o equilíbrio do jogo. Papel embrulha pedra: livros, ideias ou invenções transformam a história, fazendo com que a população busque, lute por mudanças. Pedra quebra tesoura: a grande massa da população, insatisfeita, insuflada pelos papéis, é capaz de derrubar um governo. Grandes grupos de pessoas podem levar um banco à falência, podem expandir, levar uma religião aos quatro cantos do mundo. Da mesma forma, podem extingui-la. Tesoura corta papel: incomode um ou mais desses poderes e você certamente será "cortado" pelas Tesouras. Será excomungado, exilado, preso, perseguido ou até morto. Você escolhe.

— Não importa quão longe vá, não há como ficar distante dos olhos e da mão poderosa de Deus — Caliel disse. E sumiu, subindo as escadas.

[extraído do diário de Marcel Duran]

PONTO 31: ATÉ O FIM DO MUNDO?

- 27 de dezembro de 2017 -

Sei que vai parecer estranho, leitor, mas agora quem está por aqui é o "Marcel do Futuro", escrevendo neste diário pela primeira vez. Somente depois de ler tudo o que o "Marcel do Passado" escreveu (além dos trechos escritos por Beatriz e o meu pai) consigo ter um panorama melhor das coisas que aconteceram nos últimos três anos e que sumiram totalmente da minha memória.

Estou perto do fim do jogo, perto do fim do mundo e vou agora dividir com você e comigo mesmo o que sei (mas não lembro):

Eu mesmo causei minha amnésia para proteger informações importantes.

Beatriz é minha aliada, namorada e corre perigo no Ponto 32, uma cabana em que está desde junho!

Reali não é o tal amigo que Beatriz me disse para tomar cuidado (deve ter falado de modo geral, vai saber).

Caliel é meu oponente e, na minha opinião, o mal encarnado. Além de ser chato para caralho!

Mais um dia e o mundo acaba, segundo Beatriz. É o tempo que eu tenho para terminar o jogo.

Reali e seu grupo de malucos (o pessoal do NFDPT) ficaram de me ajudar a localizar os pontos restantes do jogo. Se preciso de toda ajuda do mundo, por que iria recusar a deles?

- na Marginal Tietê -

O voo sai daqui do aeroporto de Guarulhos, às 7 da manhã. Como vou ficar uma hora e meia esperando pelo embarque, tenho tempo suficiente (se a internet ajudar) para descobrir mais coisas.

Se você está perdido, eu te ajudo. Por que estou no aeroporto? Por que a esta hora e para onde eu vou?

Lembra dos códigos QR no bilhete pro Corcovado? Então, como disse anteriormente, um deles se mostrou bem útil.

Levava a uma página que continha uma reserva feita em meu nome para a cidade de Ushuaia. Um voo pelas Aerolíneas Argentinas. Segundo as informações do site, sairia de São Paulo às 7h no voo AR1249 até Buenos Aires. Espera de 3h no aeroporto de lá, troca de avião e, depois, sigo viagem no voo AR1786 para Ushuaia, chegando na cidade mais austral do mundo às 16h30. Duração total da viagem? 9h30.

O que não sei ainda:

Onde é o Ponto 32?

Onde é o Ponto 33, o final do jogo?

Se eu ganhar o jogo, o que devo pedir como prêmio? A liberdade do meu pai? Posso pedir isso? Ou tem que ser alguma coisa do cara, alguma coisa que meu adversário tenha?

E se eu perder (vira essa boca para lá!)? O que ele vai me pedir?

- salão de embarque - aeroporto de Guarulhos -

Reali finalmente começou a me mandar áudios, links, vídeos e imagens e uma caralhada de coisas. Eram as teorias do grupo e os avanços nas pesquisas. O NFDPT trabalhou sem descanso e olha... acharam coisas bem interessantes que eu nunca encontraria sozinho. Se eu soubesse o quanto eles eram bons, teria pedido ajuda antes. Os caras analisaram todas as pistas que deixei com meu amigo.

Primeiro, o VHS do filme "O Mágico de Oz". Um dos malucos lá do grupo encontrou um áudio perdido dentro da fita, sobreposto às falas, que estava ao contrário. Reali disse que deu uma trabalheira danada pra separar os sons...

Eles me mandaram o áudio, já limpo, tratado e invertido.

Parecia a voz do demônio, devo admitir que... me caguei de medo, viu?

A voz do capiroto dizia (essa é a versão final, depois dos testes):

"La lasta ŝtormo venos je la lasta horo de la lasta tago, kaj nur la lastaj estos ŝparitaj"

Mas que porra era essa agora? Depois de ouvir umas vinte vezes o áudio, liguei para o Reali. Ele me contou que os caras estavam testando tudo em vários idiomas para ver se traduziam aquela parada. O problema, ele me explicou, é que nem sabiam se tinham transcrito as palavras da maneira correta. Era na base de tentativa e erro, mas havia muita gente envolvida para desvendar o enigma e passar de fase. Ele disse "enigma" e "passar de fase". Acha que os caras estavam se divertindo, leitor? Sim ou com certeza?

Acharam mais coisas no VHS velho: uma imagem fantasma (muito sutil, quase imperceptível, disseram) por cima de um trecho do vídeo. Tiraram um print da tela e jogaram dentro do Photoshop, aumentando os níveis de contraste, mudando cores e fazendo um monte de ajustes finos até que conseguissem ver o que era a tal imagem: uma sequência de números e letras (MMYDPDUP1P31) e um símbolo escuro e estranho que eu nunca tinha visto: 5 linhas de mesma espessura e mesmo comprimento saíam de uma figura ovalada central. E na ponta de cada uma das 5 linhas, um traço de mesma espessura que a delimitava.

Juro que pensei, a princípio, ser o desenho de uma aranha. Mas para ser uma aranha o ovalado central da imagem teria que ser bem maior. E não era. Era quase do tamanho das linhas. Poderia ser um asterisco de oito pontas cortado um pouco para cima da metade. Alguém do NFDPT *sugeriu que aquilo era um trecho tirado daquele ícone famoso que representa o floco de neve (afinal Ushuaia ficava perto do Polo Sul), mas descartamos logo essa ideia. Não, definitivamente não era isso.*

Os passageiros do meu voo começaram a embarcar quando Reali mandou um áudio com um grito. Ele estava eufórico porque haviam descoberto finalmente o que era a imagem. Alguém havia aberto o Google Maps em Ushuaia e colocado o tal símbolo por cima do mapa da cidade para ver se as pontas dela indicavam pontos importantes para ir, pistas, caminhos... mas não era nada disso! Era algo mais simples, ele me explicou (sim, ele fazia questão de explicar todo o processo usado para chegar à resposta). Somente quando passaram a imagem do Google Maps para o modo satélite e analisaram a cidade setor por setor é que o Reali se deu conta: aquele símbolo tinha exatamente a forma do Museo Maritimo Y Ex Presidio De Ushuaia visto de cima.

Legal, agora eu já sabia para onde deveria ir assim que pisasse na capital da Terra do Fogo.

- dentro do avião -

Fui o último passageiro a embarcar no Boeing 737 porque fiquei querendo escutar diversas vezes os áudios do Reali explicando como a frase demoníaca havia sido (finalmente) traduzida. Um geniozinho no Pará acabou descobrindo que aquela língua estranha era, na verdade, o Esperanto e a frase (que chegou em forma de texto para mim), pelo WhatsApp *era a seguinte:*

"A última tempestade virá na última hora do último dia, e somente os últimos crentes serão poupados."

Aqui no avião não tem internet então tentarei escrever mais. Isso, se eu não apagar de sono. Tá foda! Não dormi nada! E ainda tem a escala de três fucking-horas em Buenos Aires daqui a pouco.

Ainda falta desvendar o que é a porra dessas letras e números. Espero que a nação nerd já tenha resolvido o problema quando eu tiver pousado em Ushuaia. Olha aí para ver se você adivinha, leitor: MMYDPDUP1P31.

Sabe o que é? Então constrói uma máquina do tempo, volta e me fala! ;)

Marcel

[14 horas e 10 minutos depois]

Um solavanco sacudiu Marcel para fora de seu sono pesado.

Ao abrir os olhos, notou que a poltrona ao lado agora estava vazia: Cézar Marangoni, um advogado divorciado, porém feliz, tagarela, pai de duas filhas lindas, dono satisfeito de uma Tucson quitada, diabético e com sérios problemas cardíacos, que embarcara, como ele, às 7 horas da manhã no Aeroporto de Guarulhos, agora trazia seu corpo (coberto por um terno azul-marinho amassado e sujo de sangue) de volta para o seu assento usando os compartimentos de bagagem (todos abertos) como apoio. Seu olho esquerdo, completamente roxo, parecia ter sido alvo de um soco certeiro. O companheiro de viagem de Marcel contou a ele (não era um homem de segredos) que havia se levantado para ir ao toalete e quando tentou retornar, já era tarde demais.

— O avião começou a dar uns trancos e depois... era como se eu estivesse num elevador despencando. Caí e vi minhas pernas indo pro alto. Fui me arrastando pelo chão. Os avisos para apertar os cintos não acenderam. Não houve tempo, acho. Tinha muita gente machucada e uma senhora gritava sem parar: "Vamo todo mundo morrer, porra!".

O voo 1786 da Aerolíneas Argentinas despencou 1 quilômetro, 40 minutos antes de chegar ao Aeroporto Internacional Malvinas Argentinas. A decisão de afivelar os cintos antes de tirar um cochilo fora providencial, pois, caso contrário, Marcel certamente teria feito companhia a todos aqueles passageiros que voaram de seus assentos e foram atingidos por malas, tablets, celulares, sacolas e por outros passageiros que haviam sido também ejetados e passearam, flutuando, pelo corredor estreito do avião. Muitos bateram a cabeça no teto e uns poucos, como Cézar, testemunharam a tripulação entrar em pânico. O Boeing 737 que partira do Aeroporto Internacional Ministro Pistarini, em Buenos Aires, às 13h07 (com um atraso de apenas alguns minutos), da quarta-feira do dia 27 de dezembro de 2017 tinha atravessado uma zona de turbulência. Ou turbulência de céu claro, como o comandante do voo explicava pelo alto-falante. Afirmou aos passageiros apavorados que o fenômeno pode ocorrer em céus azuis, limpos e aparentemente tranquilos, causando a repentina perda de altitude da aeronave. Depois, em espanhol, português e em inglês, explicou que esses tipos de turbulências eram invisíveis e, por isso, não podiam ser previstas por radares convencionais. "O avião vem sendo sustentado por uma massa de ar constante. Porém, no meio do caminho, encontra uma corrente de ar quente vinda de baixo para cima e a aeronave perde o equilíbrio". Ele ainda teve a insensatez de desejar uma boa viagem depois de tudo que ocorrera e com certeza não escutou, da cabine, os risos nervosos e xingamentos em diversas línguas dos passageiros.

Basicamente, o piloto estava tirando o dele da reta, Marcel pensou.

Só depois que o pequeno e rechonchudo advogado de 56 anos afivelou o cinto e encarou Marcel foi que ele perguntou:

— Como é que você não acordou com todo esse inferno?

Marcel não soube responder. Ao seu redor, a aeronave havia se tornado um caos enquanto a sua mente havia acabado de escapar de um pesadelo, uma visão aterradora em que Beatriz se encontrava coberta de sangue, morta, no chão de uma casa de madeira no meio de uma floresta assustadora.

O comediante, ainda sonolento, observou pela janelinha a pista de pouso. Achou-a curta e estreita demais. Vista de cima, ela se assemelhava a uma miniatura cercada de água escura dos dois lados.

O avião tocou o solo da cidade mais austral do planeta no horário previsto, às 16h40. Todos os 62 passageiros ansiavam sair logo da aeronave, mas foram impedidos e tiveram de esperar pelos médicos. A ambulância demorou a chegar e quando veio, Marcel foi examinado e liberado. Não fazia parte de seus planos demorar tanto tempo para chegar ao seu destino, o ponto 31. O motivo de tanta precaução, disseram os médicos, era a gripe indiana. Gripe? Queriam ter certeza de que os passageiros não tinham contraído a nova modalidade de gripe que estava se espalhando rapidamente pelo mundo. Umas cinco pessoas do voo estavam tossindo e espirrando. Muitos se queixavam de fortes dores de cabeça. *Por que será, hein? Não precisava ser um gênio para descobrir: teve a porra de uma queda num abismo durante o voo, havia gente com fratura exposta, gente sangrando e eles preocupados com tosse e espirro? Com uma simples gripe?*

O aeroporto de pequeno porte recebia poucos voos diários. Rústico, construído em madeira, distava menos de 6 km do centro da cidade. Cézar ofereceu carona a Marcel em seu carro alugado, o que ele aceitou de bom grado. De lá, seguiram em direção ao norte até a Rua Roque Sanchez Galdeano. Depois de rodarem aproximadamente 5 km, na primeira rotatória, pegaram a primeira saída para a Rua Hipólito Yrigoyen. Quando chegaram na rotatória seguinte, tomaram a segunda saída para a Av. Prefectura Naval Argentina e assim que ultrapassaram o Parque Isla Malvinas, o Nissan prata virou à esquerda na Rua Don Bosco.

Na Oficina de Información Turística, Cézar insistiu para que seu companheiro de viagem o imitasse, adornando também seu passaporte com o carimbo especial da cidade. "Vai, Marcel! Depois vai que se arrepende de ter chegado até o fim do mundo e não ter algo assim pra se lembrar como foi!" O comediante concordou sabendo que ele não fazia ideia de como era irônica aquela sua fala. O advogado era mesmo bom em convencer pessoas e havia dado um bom argumento a ele. Se o mundo não tivesse fim, se o Apocalipse fosse evitado, aquela seria realmente uma boa lembrança para se guardar. Marcel sorriu ao conferir a estampa do pinguim simpático rodeado com o texto FIN DEL MUNDO. Depois, guardou o documento dentro de seu pequeno diário e despediu-se de Cézar com um abraço sincero. Marcel decidiu que seguiria a pé até o Museu Marítimo e Presídio de Ushuaia, afinal, o dia estava limpo e andar umas poucas quadras depois de tanto tempo sentado e espremido entre poltronas seria saudável.

Situado na interseção entre as avenidas Gobernador Paz e Yaganes, a 500 metros da Av. San Martìn, o Museo Maritimo y del Presidio de Ushuaia não impressionava nem um pouco quando observado do lado de fora. Marcel havia imaginado que a construção se destacaria mais na paisagem, principalmente pelo formato inusitado quando visto de cima, como na imagem de satélite que o havia levado até ali. Eram quatro os museus espalhados em cinco pavilhões de dois andares cada que funcionavam agora no prédio do antigo presídio: o Museu Marítimo, o Museu Antártico, o Museu do Presídio e o Museu de Arte Marinha.

Logo na entrada, Marcel foi cercado por maquetes de embarcações e instrumentos náuticos que davam as boas-vindas aos visitantes. Como não tinha pressa, perdeu um tempinho ali no Museu Marítimo conhecendo um pouco mais sobre a história das navegações pela Terra do Fogo, Ilhas Malvinas, expedições na Antártida. Soube, por exemplo, como a chegada dos colonizadores quase havia aniquilado por completo a população indígena local.

Se os nerds do NFDPT estivessem certos, seu compromisso seria somente daqui a uma hora e meia. Havia tempo suficiente para Marcel fuçar cada canto daquela atração turística em busca de pistas ou indícios da passagem de Caliel por ali.

O Museu do Presídio pareceu a Marcel ser bem mais interessante que o museu anterior. Restaurado, o ambiente havia sido todo recriado com móveis, pintura recente e bonecos grandes e toscos. Bem iluminadas, as paredes dos corredores e dos cômodos eram bem coloridas e traziam a história de alguns prisioneiros famosos. Os presos enviados para lá eram os considerados mais perigosos: presos reincidentes, condenados à prisão perpétua, assassinos e presos políticos. Tudo ali fora posicionado da melhor maneira para atrair turistas. Depois, seguiu até o hall central, espaço que interligava as galerias e os pavilhões. Ainda se viam as marcas no chão da época que aquele local servira como quadra e teatro para os presos. A vista das montanhas geladas, a partir daquele local ovalado, através dos vidros, era impressionante. A luz, os contrastes e as cores convenceram Marcel de que não deveria ser assim tão ruim ficar trancafiado naquela antiga prisão, que chegou a ter 600 presidiários.

Marcel percorreu todos os lugares acessíveis, procurou e acabou encontrando o que queria. E o que ele queria estava no Pavilhão 1: os nerds do NFDPT estavam certos mais uma vez! Era o pavilhão histórico e, ao contrário dos outros, não tinha passado por nenhuma grande reforma e mantinha o clima e visual originais da prisão. E foi esse local o responsável por fazer Marcel mudar de ideia em relação à boa vida dos detentos. Sem o aquecedor, sem as luzes artificiais, os bonecos caricatos e sem as paredes pintadas com cores vivas, aquele corredor decadente que dava acesso às diversas celas escuras, tétricas, úmidas e tristes era tudo, menos convidativo.

Muito pelo contrário.

Tudo ali remetia a morte e arrependimento.

Marcel perambulava, andava para lá e para cá e disfarçava quando um ou outro turista cruzava seu caminho: mexia no celular, fingia tirar fotos. Marcel não lidava muito bem com a espera. Angustiado, entrou em cada uma daquelas celas dos dois andares mais de uma vez. Procurou sinais, marcas. Pistas. Nada encontrou. Como ele saberia que tinha completado aquela parte do jogo, como saberia se havia "ligado o ponto" se não encontrasse algo que confirmasse? E as dicas que seu pai deixara no vídeo? Será que Caliel descobriu também? Provavelmente sim. Se ele era mesmo irmão de seu pai, deveria ser tão inteligente quanto. Ou mais. Os dois haviam acumulado muito conhecimento durante a vida, certamente. E por que o jogo? Medo? Euzébio estava fugindo, isso era certo. Tinha medo de que descobrissem o que tinha na cabeça dele, disse na Itália. As memórias de seu pai eram tão valiosas por quê? Assassino de Deus. *Meu pai matou Deus mesmo?* O que soara absurdo parecia cada vez mais plausível, dada a situação por que o mundo passava. E explicaria também as barbaridades que aconteceram na Terra nesta fase pós-Deus. Mas e o que seu pai não lhe dissera? O que estaria armazenado tão profundamente em sua cabeça que ele não conseguia acessar? Tentava colocar o fluxo intenso de pensamentos em ordem, mas estava a ponto de desistir.

O melhor a fazer era colocar o diário em dia.

[15 horas e 38 minutos depois]

- no museu - presídio -

Dentro do Museu de Ushuaia, espero por algo que nem sei se será bom ou ruim.

Confiro a foto de Beatriz (uma foto que tirei da foto de Beatriz). É da segunda porta. A porta azulada velha, lembra, leitor? Apesar de serem todas bem parecidas, encontrei a porta que estava na foto dela aqui.

E como Beatriz poderia querer usá-la para fazer a passagem, fechei-a.

É um saco esperar...

Atrás da foto, dada por Justo a Beatriz, havia uma data e um horário (27.12.17 / 18h58). Hoje é o dia certo, 27 de dezembro. Mas ainda são 18h26!!!

Fico pensando em piadas curtas até dar a hora certa.

"O que é, o que é? Cai na chuva e corre deitado? Resposta: Motoboy".

"Será que livros acreditam em reencadernação?" Só piada ruim? Sim. Adoro piadas bestas.

A porta, à minha frente, é a única com fechadura. Uma fechadura nova. Parece que foi instalada há pouco tempo, visto o estado de deterioração das outras portas. Aliás, todo o ambiente é podre, velho e caindo aos pedaços.

E o MMYDPDUP1P31, lembra? Então, agora, depois de percorrer e entender a disposição dos pavilhões, ficou mais fácil, né? MMYDPDUP1P31 queria dizer: Museo Maritimo y del Presidio de Ushuaia, Pavilhão 1, ponto 31. Fácil? Fácil. Depois de resolvido, todo enigma é fácil. Olha eu chamando as pistas de enigmas também...

Talvez esta prisão tenha um significado especial para meu pai. Talvez represente seu tempo de cárcere, nos céus, quando aguardava o julgamento pela morte de Deus.

É isso, leitor?

Tem um cara, um turista. Parece que tá me encarando. Será que estou agindo estranho? Merda!

Um turista com roupa de turista e câmera fotográfica de turista com uma lente enorme caminhou na direção de Marcel.

Marcel parou de escrever no diário, fechou-o e escondeu atrás do corpo ao mesmo tempo que desencostou da parede gelada do corredor, como se fosse um garoto que é pego fazendo travessuras. Antes que Marcel pudesse falar qualquer coisa, o homem perguntou:

— Você é o Marcel? Marcel Duran?

— Sim, por quê?

— Me pediram para te entregar isso — o turista de voz rouca entregou-lhe uma pedra verde brilhante.

— Quem pediu? — Marcel perguntou, sem dar muita atenção ao presente. Sua atenção estava toda voltada para o turista com cara de bonzinho e para a movimentação em torno deles. Não queria ser pego de surpresa, por isso já traçava rotas para uma possível fuga, caso precisasse escapar de lá.

— Um cara forte, enorme, com cara de poucos amigos — explicou. — Como ele me deu cem dólares, topei. Desculpa se é algo ofensivo a você. Desculpa mesmo. Hoje em dia, tudo é ofensivo...

— Maldito politicamente correto! — Marcel disse, simulando indignação e esticando o braço para recolher a pedra. — Ele te disse o nome dele?

— Infelizmente, não. Olha, minha família... a gente... — o turista apontou para uma mulher bem vestida, arrumada demais para um passeio como esse. Ao lado dela, uma menininha de uns 9 anos de idade sorria e acenava para eles. — A gente tem que voltar pro hotel, tá? Daqui a pouco, fecham aqui e a gente fica preso de verdade.

Marcel sorriu de volta para a garotinha.

Estava conjecturando em sua cabeça quem poderia ter sido a pessoa que entregou a carta ao turista. Seria Justo? Ou... Pedra? Os dois batiam com a descrição. Se pudesse escolher, preferia que fosse Justo. Não queria de maneira alguma encontrar Pedra de novo.

— Ele era... negro por acaso? — Marcel disse fazendo uma careta.

A pergunta, percebeu assim que terminou de fazê-la, acabou soando estranha e ele imaginou que o outro poderia achá-lo preconceituoso. Resolveu acrescentar mais falas que só fizeram piorar a sua situação, já vexatória:

— Nada contra os negros, mas ele, ele... — Marcel percebeu, pela cara do turista, que esboçava agora um sorriso complacente, estar andando sobre terreno pantanoso. Tinha certeza que seu desconforto era visível. — Eu tenho amigos negros, então...

Cala a boca Marcel! Só tá piorando a situação, cara!

— Sim, ele era negro se quer saber. Com licença.

O homem deu meia volta, sumiu no meio de um grupo grande de turistas e só voltou a aparecer no fim do corredor, de novo ao lado de sua família.

Marcel conferiu as horas no celular. *Não, Marcel, ainda não!* Faltavam 14 minutos. *Saco!* Fotografou a joia com seu celular e guardou tanto o aparelho quanto a peça no bolso da calça. Apesar da mochila do Bob Esponja ser um lugar perfeito para objetos estranhos e desconexos entre si, ele não quis abri-la naquele local e chamar mais atenção para si. Também decidiu que não abriria a porta antes da hora marcada.

Esperaria algo acontecer.

Esperaria, quem sabe, pela aparição de Beatriz.

- museu - presídio - na frente da cela -

Um turista me entregou uma pedra verde. Minha pesquisa na internet não ajudou muito. Será que é uma esmeralda, jade, turmalina ou uma safira? Havia umas três dezenas de tipos de pedras verdes e era impossível eu, um leigo em pedras preciosas, saber! Se é que era preciosa a tal pedrinha... Faltam dois minutos.

Hora de prestar atenção na porta.

Em quem vai abri-la.

Ou, quem sabe, quem vai impedi-la de abrir.

Eu é que não sou.

Estou aqui para observar.

E para correr, caso algo dê errado.

Não se decepcione comigo, nunca prometi a você, leitor, uma coragem à toda prova. Desculpa mesmo!

A porta.

Marcel olhava fixamente para a madeira gasta e empenada da porta à sua frente. Percebeu-se, de repente, vulnerável ali. Afastou-se não só por esse motivo, mas também porque pensou que estar tão próximo a ela não lhe daria uma visão panorâmica do ambiente. Longe, no fim do corredor, teria uma visão melhor dos dois andares. Se alguém perigoso (um Cobrador, por exemplo) se aproximasse, ele teria para onde correr.

O cheiro úmido do lugar era desagradável, mas totalmente suportável.

No horário exato, quando o movimento pelo corredor infinito daquele pavilhão decadente diminuiu, a porta magicamente abriu-se num rangido breve. Aquele clichê típico de filme de terror barato não foi o bastante para aterrorizar Marcel, que se aproximou com três passos em direção à cela recém-aberta. Não era possível ver, no entanto, nada do lado de dentro. Pela fresta, seus olhos enxergavam somente o breu. Não existia mais a claridade de antes, vinda do exterior do presídio, que entrava pela janela pequena e quadrada.

O instinto lhe dizia para não mexer na porta. Não deveria abri-la ainda mais. Afinal, algo poderia saltar na sua cara quando puxasse aquela porta para fora. E se alguém que não fosse a Beatriz estivesse lá dentro? Um demônio, um anjo ou... ou alguma outra coisa?

À medida que o tempo passava, ele ficava mais e mais ansioso.

A ansiedade logo se transformou em angústia que virou coragem. Convenceu-se de que não havia alternativa que não a de tomar a iniciativa. Olhou em volta. Com a ponta do pé, trouxe a porta de madeira para perto de si e ela, em agonia, respondeu-lhe mais uma vez com um sonoro rangido. Mesmo com a escuridão total que se escondia por trás da porta, Marcel pôde notar que o cômodo agora era bem maior que a antiga cela. E a Chave, a Dádiva de seu pai, estava enterrada dentro da fechadura.

Acendeu a luz de seu celular e mirou para dentro da sombra infinita, torcendo para que fosse Beatriz a responsável pela abertura do portal.

E torceu mais ainda para ela estar bem.

Deu uma última olhada para os dois lados do corredor e avançou na direção da escuridão total. *Foda-se!*, pensou. Retirou a Chave da fechadura, porém não fechou a porta. Se aquilo ali se tratasse de uma armadilha, estaria armado com a Dádiva e poderia fugir para outro lugar. Qualquer lugar. O pânico o envolveu assim que a luz de seu celular se apagou. A bateria.

Não pode ser! Ele lembrava de conferir o nível da bateria do aparelho (estava em mais de 50%). Apertou os botões, todos eles, e nada do celular ligar de novo. De todos os seus sentidos, agora só poderia confiar em seu olfato e seu tato. E nenhum dos dois conseguiu animá-lo muito. Arrastando os pés, procurava por algum objeto, móvel ou obstáculo no chão. Sentia a vibração das tábuas na sola dos sapatos e um cheiro ferroso de sangue que pairava no ar.

Marcel só se deteve quando seu pé encostou no que parecia ser um corpo estirado no chão.

— Deus...? — uma voz feminina e familiar sussurrou.

Beatriz

[16 horas e 3 minutos depois]

Som de passos?

De novo?

Fome, sede e dor: a santíssima trindade do infortúnio, ela pensou.

Devo estar sonhando... De novo?

Imagens e sons inconsequentes circulavam pela mente de Beatriz quando ela finalmente sentiu uma pontada forte em seu braço esquerdo.

Meu braço... quem apertou meu braço?

— Deus...? — Beatriz sibilou.

Não sinto mais o chão embaixo de mim.

Os olhos. Eu tenho que abrir os meus olhos de uma vez por todas. Para a realidade, para a vida.

Estou flutuando?

Morri?

Os demônios me enganaram.

A malaquim muda me enganou. E Justo...

Onde quer que esteja, me ajude, Justo!

Marcel

[16 horas e 11 minutos depois]

As velas do quarto estavam todas acesas e iluminavam o corpo de Beatriz que jazia, inerte, na cama. Marcel pensou que enfim a cena de seu pesadelo fora reproduzida na vida real. A diferença é que Beatriz não estava morta. Marcel tomou o pulso e o coração dela ainda batia. O problema é que respirava com dificuldade, estava coberta de sangue e tinha cortes profundos e infeccionados tanto nas mãos e braços, como nas coxas e pés.

Ele deu tapinhas no rosto da garota e gritou por seu nome repetidas vezes.

Nenhuma resposta.

Marcel não precisava de nenhum conhecimento avançado em medicina para saber que caso não fizesse algo rapidamente, sua amada morreria.

A primeira ideia que lhe veio à cabeça foi a de usar a Chave para levá-la a um hospital. Buscar ajuda médica. Era a melhor alternativa. Talvez a única. Colocaria a Chave na fechadura, a giraria e pronto. Teria que pensar, lembrar da porta de um hospital. Não lembrava de nenhum de cabeça. Teria que usar o celular.

Ligou o aparelho e conferiu. *Sem sinal? Merda!* Precisava arriscar: a Chave levaria os dois para onde dessa vez? Segundo Beatriz lhe explicara, se não há foto ou uma imagem na cabeça bem definida, a Chave escolhe randomicamente um lugar.

Qualquer lugar.

Novamente pegou-a nos braços e ela abriu os olhos.

— Beatriz?

— Marcel — ela balbuciou. E sorriu, seus lábios fizeram um arco. Mas logo, voltou a cerrar as pálpebras.

— Beatriz, acorda, Beatriz! Não me assusta! Vou te levar pra um hospital, segura firme!

Marcel encaminhou-se para a saída do quarto. Mentalizou os passos que deveria seguir: iria primeiro fechar a porta, encerrando a conexão daquela com a do museu de Ushuaia. Depois, colocaria a Chave do lado de dentro e a giraria na fechadura. Só então atravessaria o portal, não esquecendo de retirar a Chave e levar consigo.

Empurrou com violência a porta com os pés e o estrondo da madeira batendo no batente acabou trazendo Beatriz à consciência mais uma vez.

— Onde tá me levando? — As palavras saíam de sua boca sem entonação. Ela olhou para a Chave na mão de Marcel, franziu o cenho e arregalou os olhos. — Não! A gente não pode sair da cabana de jeito algum! Eu... não posso... o círculo...

Os olhos de Beatriz pareciam soltos nas órbitas. Ela suava e tremia.

— Mas, Beatriz... — Marcel clamou.

Marcel sequer pensou em obedecê-la. Ela não estava em condições de decidir sobre nada. Havia perdido muito sangue. Acontece que no exato momento em que ele colocou a Chave na porta do quarto, Beatriz soltou um berro.

Beatriz

[16 horas e 12 minutos depois]

— Pelo que lhe é mais sagrado... Marcel! — Beatriz fez uma pausa a fim de recuperar o ar. — Me coloca de volta na cama. Escuta... eu não posso atravessar o círculo mágico. Não agora... estamos tão perto... seria o... seria o fim de tudo.

— Beatriz, você não tá pensando direito, tá fraca, perdeu muito sangue.

Beatriz sorriu um sorriso desajeitado, mostrando todos os dentes desta vez.

Quando Marcel recolocou-a na cama, ela ainda sentia seu corpo trepidar em ondas. Foi quando uma ideia se acendeu em sua cabeça: um plano arriscado que só poderia ter partido de uma pessoa como ela, desesperada e com o coração aflito.

— Marcel, vai até a cidade e procure por... — Beatriz tentava pensar em um nome, inventar o nome de uma rua. — Atravessa... cruza a floresta, seguindo as marcas vermelhas e... fala com o Dr. Camilo, na Rua Altamira, 156. Traz ele aqui e... vou ficar bem. — mentiu.

— Marcas vermelhas, mas o que... você... e se você...?

— Acredita em mim, Marcel. Eu vou estar aqui... viva, quando você voltar.

— E se eu usar a Chave?

— Eu usei a Chave para achar você. Não vai demorar, alguém vai vir. Certeza... que vai... Já devem estar vindo. Se você usar agora, de novo... eu não sei... não, não vamos usar... eu preciso terminar... o ritual...

— Mas, Beatriz...

A sibila se apoiou nos cotovelos, num esforço hercúleo e se colocou sentada, as costas contra a madeira da cama. Engoliu em seco e disse, valorizando cada palavra:

— Se eu conseguir... trazer o real Santo Anjo Guardião antes, talvez tudo mude e tenhamos alguma chance...

Marcel hesitou.

— Vai! — ela gritou, num rompante.

Marcel respirou fundo, olhou para Beatriz e depois para a Chave, ainda em suas mãos. Quando voltou a olhar para Beatriz, encontrou em seu rosto uma expressão de paz.

Por que não faz o que pedi, Marcel? Quanto mais tempo perder aqui, pior.

— Acredita em mim — ela suplicou.

O comediante assentiu com a cabeça e tirou a mochila do Bob Esponja de suas costas, colocando-a em cima da cama, ao lado de Beatriz.

— Quanto mais leve, melhor pra correr! — explicou-se. E deu um longo e tenro beijo na testa de Beatriz. Depois, caminhou resignado até a porta. Antes de sair do quarto, virou-se e, de cabeça baixa, perguntou:

— Tá, eu vou, Bia. Tem mais alguma coisa que eu posso fazer por você *antes*?

— Minha varinha e coroa... na sala... no chão... e traz uma faca da cozinha.

— Uma faca?

— Proteção... — Era a terceira mentira seguida dela.

Marcel balbuciou alguma coisa inaudível e, por fim, obedeceu-a.

Após entregar o que Beatriz lhe pedira, ficou ajoelhado ao lado da cama, esperando que ela lhe desse novas instruções. *Por que ele ainda não foi atrás do médico? Será que sabe que eu menti?* Beatriz fez um sinal aflitivo com os braços pedindo para que Marcel saísse logo do quarto. Ela o dispensava com tanta veemência que ele até acreditou que ela havia melhorado de saúde.

Assim que ele abandonou a cabana, Beatriz pôde, enfim, urrar de dor.

Melhor que Marcel não estivesse por perto quando ela tentasse sua última cartada. Com ele longe, teria coragem de fazer o que precisava ser feito. Ele certamente a impediria, se soubesse de seu plano improvável e arriscado.

Seria o famoso "tudo ou nada" agora, sendo que o "tudo" significava convocar o seu Santo Anjo Guardião. O verdadeiro dessa vez. E o "nada" significava a morte. A sua morte.

Não havia nada nos áudios de Justo que a prepararam para o que vivia. Talvez o malaquim não imaginava que ela cometeria tantos erros em tão pouco tempo. A única coisa que tinha certeza era de que precisava estar sozinha na cabana para ter alguma chance de sucesso. Com esse pensamento à frente do bom senso, abriu a mochila de Marcel e tirou a fruta vermelha. Lembrou-se das palavras de Belial: "Coma as duas frutas". E mordeu-a, sentindo o gosto horrível impregnar as papilas gustativas. Pensou que precisava comer a fruta inteira. Até a casca, até o talo. E foi o que fez. Não sobrou nada da fruta sagrada.

Evitou o vômito bravamente.

E de modo solene, vestiu a coroa em sua cabeça, pegou a varinha com a mão direita e segurou junto com a outra mão a faca de cerâmica. A faca tocava seu peito, na altura em que Beatriz acreditava estar o coração.

Respirou fundo, disse as palavras que juntas formavam uma oração em uma língua em extinção. A língua dos anjos. Justo escrevera as palavras e fora incisivo em um dos áudios: *Somente as diga em último caso. São palavras difíceis de serem suportadas pela carcaça mortal de vocês. Palavras puras e nunca pronunciadas. Use-as por sua conta e risco. Eu acredito que terá sabedoria para saber a hora certa.*

Fechou os olhos. Relembrou as palavras e a pronúncia exata antes de proferi-las. Não podia cometer erro algum. Ainda que mínimo.

— Shamänt, apriskanth eûl trovantae-eûl. Kalietro ie, tsz'twi! — disse ao enfiar a lâmina em seu peito com a força que lhe restava.

Ainda ouviu sua respiração pesada e seu corpo escorregar pela madeira da cabeceira da cama. A dor havia ido embora de uma vez por todas, desapareceu no meio da escuridão vazia.

Marcel

[16 horas e 33 minutos depois]

Marcel atravessou o círculo de sal e tão logo penetrou a floresta escura, percebeu que a luz bruxuleante da lua crescente não seria intensa o suficiente para auxiliá-lo em sua caminhada. Pior para ele que nuvens cinzas e negras voassem rapidamente com a intenção funesta de apagar qualquer vestígio da claridade mínima que escorria do céu. As nuvens esconderam primeiro as estrelas, mas o alvo principal, Marcel sabia, era a lua. Não demoraria, a escuridão tornaria-se completa e avassaladora. Conferiu o sinal do celular. *Operadora de merda!* Ele era muito ingênuo ao pensar que o telefone poderia funcionar naquela região. O sinal era ruim mesmo em alguns cantos dos grandes centros urbanos, por que funcionaria ali, no meio do nada? Ligou a lanterna do aparelho e torceu para os 30% de bateria durarem tempo suficiente até que chegasse à cidade mais próxima.

Merda! Pensava como os heróis sempre sabiam o que tinham que fazer nos momentos cruciais. Como ele queria ser mais decidido, ter certeza das coisas. Por que ele não era assim para enfrentar o destino? Como os heróis. Eles tomam decisões acertadas. Sempre. Mesmo que tenham que ir contra tudo e contra todos. Porque acreditam em algo. Algo que é invisível aos olhos da grande maioria. São guiados pelo instinto. E o instinto de Marcel dizia e repetia que ele deveria ter ficado ao lado de sua amada. Deixar Beatriz sozinha à beira da morte num local onde Judas perdeu as botas? Essa não era uma decisão que um herói de verdade tomaria. Sair à procura de um médico ou sei-lá-o-quê no meio da noite, no meio do mato? *Não!* Um herói saberia como salvá-la e tomaria as decisões por ela. Não é assim que acontece nas melhores histórias? O herói fala para a garota: "Confie em mim!", e a garota... ela simplesmente se entrega às decisões acertadas dele. Era simples nos filmes. Mas Marcel achava-se fraco, covarde. E Beatriz devia saber disso. Sabia? Sim, caso contrário deixaria que ele decidisse. A verdade é que, se Beatriz morresse, ele não se perdoaria jamais. A culpa seria somente dele. A culpa de não assumir o protagonismo da história. Da sua história e, por consequência, da dos dois. Afinal, não era ele quem seguia os pontos? O jogo fora feito para ele. Se ele ganhasse, o mundo ganhava. Ele salvaria a todos com sua vitória. Como os heróis sempre fazem. Eles que salvam o mundo, não? No final. Contra tudo e contra todos. Mas alguém sempre estava à sua frente. Havia sempre uma pessoa falando para ele o que deveria fazer. Ora era seu pai, ora era Justo, Caliel e... Beatriz. Ela, por causa dos sonhos, ditava as regras. Mas e se ela estivesse errada? Estava? Não, ela acertou tudo até aqui. E iria acertar o que ainda não aconteceu. Marcel queria acreditar nisso. Queria crer nas boas intenções de seu pai também. Adoraria ter certeza de estar do lado certo da história. Eles eram os mocinhos, não eram? Tinham que ser. Que dupla imbatível, hein? Beatriz tinha os sonhos apocalípticos de um futuro próximo e ele, visões estranhas de um passado distante. Ele seguia à risca o que Beatriz lhe pedia. Desde que a reencontrou, havia sido assim. Mas isso não seria transferir a responsabilidade de seus erros para ela? Sim. Era mais fácil assim. Um covarde. Ele era um covarde... tinha certeza disso agora, de uma forma clara, de uma forma que nunca tivera antes.

A mata e a neblina se adensavam e ele sentia dificuldade em encontrar as marcas vermelhas nas árvores. Estaria indo no caminho correto? Sons assustadores o cercaram. Marcel nunca havia andado por uma floresta no meio da noite. E agora, para piorar, fazia isso sozinho. Cada mínimo barulho parecia amplificado mil vezes. Coaxares, cantos, zumbidos, cricrilares e rosnados somavam-se a outros sons tais como a sua respiração que, somada ao seu batimento cardíaco acelerado, desconcentravam-no de tão ensurdecedores. O som de seus sapatos amassando galhos ou suas mãos ásperas empurrando a folhagem? As copas das árvores produziam sons que mais pareciam os lamentos de mil almas. Marcel corria quando dava. E quase nunca era possível se movimentar rapidamente por ali. Cair e quebrar alguma parte do corpo seria bem pior do que demorar a chegar ao destino. Andava. Isso o incomodava. Aumentava a sensação de culpa.

Não demorou, Marcel encontrou a primeira árvore com listras e símbolos vermelhos. E outra, logo depois. A trilha, no chão, era visível na maior parte do tempo, mas havia trechos onde era fácil se perder. Oito por cento de carga, Marcel conferiu.

Muito em breve, ele ficaria no escuro. Não sabia se estava preparado para isso. Não estava. Nunca esteve. Medo de escuro, do desconhecido... quando criança, pedia toda noite para o pai deixar a luz do quarto acesa. Toda noite seu pedido era negado. *Não há motivos para ter medo do escuro, filho!* E lá, andando naquele breu, tinha medo do quê? Não sabia exatamente. Não podia afirmar estar sozinho. Sentia calafrios, podia sentir a presença de alguma entidade o observando. Entidade, ser, criatura, não sabia. Ele era um "cagão" assumido. Sempre fora.

Somente quando uma gota de chuva atingiu seu ombro, Marcel se deu conta de que estava longe o suficiente da cabana para que a preocupação de ter deixado Beatriz sozinha retornasse à sua mente. Estaria viva ainda? Um trovão estourou, respondeu sua pergunta de modo ambíguo. *Isso foi... um sim, Deus?* A onda de choque tremeu ainda mais seu corpo e veio acompanhada de um relâmpago que tingiu a floresta de branco

Não demorou, a chuva gelada caiu das nuvens direto para a floresta negra.

Foi quando o seu celular se apagou.

Marcel começou a praguejar. Xingava a chuva, os espinhos e galhos pelo caminho, sua roupa encharcada, sua falta de coragem. E claro, insultava principalmente o celular sem carga.

Apertou por segundos o botão direito do aparelho que se acendeu em segundos, mostrando a pequena maçã branca no meio da tela escura.

O ícone da Apple deu um estalo na mente de Marcel.

O fruto! Por que eu não dei o fruto pra ela? Volto ou sigo o plano dela?

O fluxo de pensamentos foi interrompido por um novo tremor e um novo clarão.

Contudo, a luz e tampouco o estouro sonoro vinham de cima.

Marcel sentiu o solo tremer por alguns segundos e foi atirado ao chão no meio do processo. Um terremoto, imaginou, ao usar o tronco de uma árvore para reerguer-se.

Mesmo depois do tremor já ter cessado, a luz continuava a brilhar num fulgor tão intenso que Marcel teve que proteger os olhos para encarar a luz. E a luz vinha da mesma direção de onde ele viera: a origem daquela luminosidade absurda era a cabana. Cortando as copas das árvores, o matagal, a luz se dividia e se multiplicava, produzindo um sem número de fachos brilhosos iguais àqueles que as naves espaciais comumente produzem ao pousar, nos filmes.

Paralisado, murmurou entredentes:

— Que porra... é essa?

Beatriz

[16 horas e 38 minutos depois]

A luz ocupava não só o quarto, mas preenchia toda a cabana, atravessava as paredes de madeira e ia além, manchando a floresta, pintando-a com tons que iam do amarelo ao lilás. Aquela luminosidade intensa, todavia, que parecia transmutar continuamente de cor, era agora feita somente de um branco inexplicável, tão brutal que deveria ser capaz de cegar quem quer que ousasse olhar em sua direção. Mas não era o que acontecia. Beatriz nem precisava proteger seus olhos com as mãos ou mesmo semicerrá-los para admirá-la. Olhava fixamente, mal piscava, maravilhada que estava com tamanha beleza. Como isso era possível? A sibila não soube responder. Como também não era capaz de afirmar estar viva naquele momento. *Será que é assim que acontece, então? O tal "venha para luz"?* Olhou para as mãos e não encontrou mais nelas o vermelho que havia antes. Tampouco viu cortes profundos e infeccionados. Nada encontrou em seus braços, pernas e pés. Suas roupas estavam limpas. *Morri!* Agora Beatriz pensava se teria que optar entre correr logo para luz ou permanecer ali mais um pouco, admirando a claridade, adiando a sua derradeira jornada para o pós-vida.

— Não tenhais medo — disse uma voz que saía do meio da claridade.

Beatriz reconheceu aquela voz. Desde muito tempo atrás, em sua cabeça. Lembrou-se dela, de dentro de seus sonhos.

— O quê...? — ela perguntou, quase se esquecendo de evidenciar a interrogação no final da frase.

Não obteve resposta da luz.

Um cheiro inundava o ambiente. Um perfume floral e adocicado. Beatriz se levantou da cama sem dificuldade e andou direto para o epicentro luminoso fora do quarto. Pensou que isso devia ser o certo a se fazer. *Cadê a dor?* Quando se encontrava no meio da sala, esticou a mão e tocou a luz, que parecia ser uma coisa quase sólida naquele ponto. Ao contato, a luz tremeluziu e vibrou. Moveu-se, transformando-se em um espiral que mimetizava um tornado em miniatura deixando-a num misto de confusão de ideias e total deslumbramento quando aquele redemoinho multicolorido começou a mexer seus cabelos e a balançar suas roupas.

Ela retirou a mão do brilho e, instintivamente, ajoelhou-se.

Prostrada, ouviu a voz mais uma vez:

— Salve, agraciada. O Senhor é contigo e bendita és tu entre as mulheres. — A voz era calma, suave. — Não tenhais medo, Beatriz. Levante-se, por favor. Você foi agraciada por Deus!

Ela ergueu-se e ainda mantendo a cabeça baixa, disse respeitosamente:

— Pensei que Deus estivesse morto. E que o novo Deus fosse... bem... você deve saber.

— Sim, eu sei. Você tem razão. É o costume, me desculpe.

Sua oração foi ouvida há muito...

Beatriz içou a cabeça.

— Então... é você o meu Santo Anjo Guardião?

— Sim.

— Como saber se é verdade?

— Você já sabe. No fundo de seu coração, já sabe.

A voz tinha razão. Beatriz sentia uma paz interior como nunca antes havia sentido, uma ausência de preocupação que ela desejou que durasse para sempre.

— Você é... feito de... luz, cores e vento? — Beatriz perguntou. E não ficou satisfeita com a escolha das palavras. — Não vejo nada. Você não deveria se apresentar em uma forma mais... humana?

— Estou preso entre os mundos se quer saber. Beatriz, você me convocou, me libertando momentaneamente de meu cárcere em Sonhadeiro.

— *Sonhadeiro*?

— O desfiladeiro dos sonhos. Um mundo onde eles se formam, desenvolvem-se e são, por fim, destruídos, esquecidos, fundidos ou mudados. Um turbilhão de infinitas vontades, imagens, cores e emoções profundas nascida da inventividade do cérebro dos humanos que carregam a fagulha criativa de Deus.

— Os pesadelos... eles também ficam lá?

— O que é o sonho senão o pesadelo de outrem? O contrário também é verdade.

— Mas... se está preso... como poderia me ajudar?

— Minha ajuda se deu desde o seu primeiro dia de ritual.

— Então, você me curou?

— Não tenho esse poder. Meu poder é outro. É por causa dele que você conseguiu se manter firme. Jejuou, orou e esteve aqui por seis meses. Eu te dei forças para que fizesse o que tinha que ser feito. De onde acha que veio a vontade de comer a fruta inteira, a ideia do sacrifício?

— Ah, você ainda não me disse seu nome.

— Sou Gabriel, o Espírito Repleto de Fé, o Príncipe do Fogo, o Anjo da Vingança, o que está... estava sempre na presença de Deus. Fui enviado para lhe transmitir as boas novas.

— O Arcanjo Gabriel? — Beatriz berrou, emocionada. — Tá me zoando? E quais seriam essas boas novas?

— Que você não está sozinha. Estarei, a partir de agora até o fim das coisas, ao seu lado. Obediente ao seu chamado, como fui com seus antecessores.

— E quem foram eles?

— Antes de você, Daniel, Zacarias, Maria e Abramelin.

— E nenhum deles te libertou de sua prisão?

— Não podiam. E se pudessem, por que deveriam? Se me libertassem, perderiam a minha ajuda.

— Não *podiam*? Quer dizer que eu... *posso*?

— Creio que eles não tinham o que é preciso. Já você...

— Tipo... isto? — Beatriz mostrou a Chave para o vórtice de luz e sentiu-se ridícula por fazê-lo.

— Ela está incompleta. Mas... sim. *Isso.* Na falta da própria chave dos respectivos portões, a Chave de Israfil servirá.

Beatriz sorriu, foi até o quarto e trouxe a pedra vermelha numa mão, a Chave em outra.

— E agora?

— Somente use a Chave com a pedra vermelha se desejar abrir os Portões Inferiores.

— Imagino que eu precisaria abrir os Portões Superiores para te libertar...

— Correto. Mas falta a pedra.

— Tem espaço para mais duas, parece. Não é?

— Para abrir os portões superiores, apenas uma. A pedra de obsidiana verde. A Dádiva de Mebahel.

— Deve ser um dos irmãos, um dos Primeiros.

— Correto. Preso em Sonhadeiro.

— Por quê?

— Não acha melhor esperar por Marcel?

— Ele demora. Foi até a cidade vizinha para...

Beatriz foi interrompida pelo ranger da porta da cabana que se abriu e revelou um Marcel sujo de lama, suado, portando uma expressão assustada.

— Beatriz, cê tá falando com... uma luz? — ele perguntou.

Marcel

[16 horas e 57 minutos depois]

O vento sibilava de um modo diferente. Diferente o bastante para tirar Marcel de seu transe momentâneo. Como as pernas agora pareciam funcionar novamente, ele se pôs em movimento na direção da luz: andou, trotou e quando percebeu, estava correndo como um louco. Tropeçou, caiu e teve o rosto arranhado por folhas e gravetos. Levantou-se, patinou na lama, perdeu-se, bateu a cabeça em troncos de árvores, amaldiçoou sua sorte, mas acabou chegando ao círculo mágico em tempo recorde. Recorde para alguém sedentário como ele, é claro.

A luz, como ele supusera, vinha mesmo da cabana. Mais especificamente de dentro dela. Havia algo ali de sobrenatural, inexplicável. Os pelos de seu braço eriçaram e Marcel deteve-se por um tempo, admirando aquela manifestação luminosa insólita.

Quanto mais perto chegava da claridade, mais a luz e o ar pareciam comportar-se de maneira coordenada, como se houvesse algo vivo naquele fenômeno, reagindo à sua presença ali. Marcel circundou a cabana, acompanhando os raios de luz que, por falta de uma imagem melhor, se assemelhavam aos anéis de Saturno. Essa foi a imagem que lhe veio à mente. O emaranhado luminoso e translúcido formado pelas múltiplas faixas de diversas cores vibrava, movia-se de um lado a outro, distorcendo tudo o que estava atrás. Olhando para aquela dança de luzes e cores, o comediante se recordou de sua época de criança, quando maravilhado, ficava observando os objetos distorcidos através das bolhas de sabão.

Munido de um pouco de coragem, Marcel abriu a porta de entrada da cabana e viu uma cena inusitada: Beatriz, de pé, aparentando estar bem de saúde, sem sangue ou qualquer sinal de fraqueza, conversando com uma luz tremeluzente e flutuante.

— Beatriz, cê tá falando com... uma luz? — ele disse, num misto de temor e estranheza.

Ele via Beatriz atrás da luz, que criava um espiral que tremulava e deformava a imagem da garota.

— Gabriel, Marcel — Beatriz disse sorrindo, interrompendo as divagações de Marcel e apontando ora para ele, ora para a luz. — Marcel... Gabriel!

— Gabriel Arcanjo?

— Sim — a luz respondeu. — Não tenha medo.

— De uma luz? Não, obrigado, seu luz. Tenho medo é de escuro.

— Eu sei que tem, Marcel — a voz angelical respondeu candidamente.

Beatriz soltou uma gostosa risada. Aquele riso foi um alívio para Marcel que percebeu que sua amada estava totalmente recuperada. Só não conseguiu esconder seu desconforto. A verdade é que ele ficou meio chateado de seu medo de escuro, real, ter sido revelado assim. Que ele era um covarde, ele sabia bem. Mas ouvir isso de um anjo? Ficou envergonhado por ter sido "exposto".

— E quem não tem medo de escuro, né? — disse Beatriz, dando uma piscadela para o comediante. — Gabriel estava dizendo que está preso e que a Chave não pode abrir a passagem pra ele vir para o lado de cá. Algo assim... né, Gabe?

— Gabe? Já tá íntima assim do anjo? — questionou Marcel, simulando um ciúme que não existia.

— A Chave tá incompleta — disse Beatriz a Marcel. — Falta uma pedra verde pra colocar aqui, ó! — E apontou para um dos orifícios da Chave.

— Tipo essa? — Marcel disse assim que retirou uma joia verde da calça jeans e esticou o braço na direção de Beatriz.

— Como assim? Você tava com ela aqui o tempo todo e nem falou nada?

— Por que será, hein? Você tava *morrendo*, Bia!

Ela tá mesmo chateada comigo por não ter falado sobre a pedra? Como eu poderia falar algo, conversar com ela, se ela estava sangrando, à beira da morte?, ele pensou.

Beatriz, assim que se deu conta do quanto sua pergunta fora inapropriada, uniu as mãos pedindo perdão pelo comentário infeliz.

— E se for uma armadilha, Beatriz? — Marcel disse, mudando o rumo da conversa.

— De quem? — Beatriz franziu o cenho.

— E eu sei lá? — disse Marcel, olhando para Beatriz. — Como sabemos que essa luz é mesmo Gabriel? — Depois, virou-se na direção da luz e completou: — Nada *pessoal,* viu? E tem outra... — E voltando o olhar para a sibila, disparou: — ...quem nos garante que essa luz é "do bem"?

— Olha... — Beatriz andou na direção de Marcel. — Não faz muito tempo, eu falei com dois demônios. Esta *luz* não deve ser mais perigosa do que eles.

— Demônios? Como você não me disse nada sobre isso esse tempo todo? — disse Marcel, fazendo uma voz feminina irritante que era sua já famosa e conhecida imitação tosca de Beatriz, que até fez menção de responder, furiosa, à pergunta de Marcel, mas logo entendeu a provocação e preferiu desistir, oficializando a vitória de Marcel.

— Ponto pros meninos! É que... o ritual os obrigou a serem obedientes a mim.

— Você fez alguma coisa pra mim também nesse sentido? No tal ritual? Por que só tenho feito suas vontades e... — Marcel deu um sorriso sem dentes ao final da frase. Apesar de demonstrar claramente ser uma brincadeira, havia uma ponta de verdade no que dissera.

Beatriz resolveu devolver o desaforo:

— Ô *comediaaaantê...* a gente tá falando sério aqui.

Marcel fez sinal de zíper com a mão sobre sua boca, e ela arrancou a pedra preciosa esverdeada de sua mão, colocando ao lado da Chave. A obsidiana verde parecia encaixar-se perfeitamente em um dos vãos menores da Dádiva.

— Posso me intrometer? — a voz que vinha da luz perguntou.

Os dois assentiram e Gabriel prosseguiu:

— Apesar de ser algo que almejo há tempos, não sei se seria seguro...

— Abrir a porta e te libertar?

— Seria arriscado. Sabe? Poderia liberar as criaturas de Sonhadeiro para os outros mundos... além disso, Miguel saberia. E tendo ciência de minha fuga, não mediria esforços para me encontrar e punir os responsáveis. No caso, vocês.

— E o que Ele faria? Ele não *pode* nos fazer mal, pode? E a Primeira Lei?

— Não, não pode. Não de modo direto. Pode punir o mundo, no entanto, trazendo calamidades. Mas isso tomaria tempo e traria danos à estrutura dA Morada pois se afastaria ainda mais dos Planos de Deus. Do Deus original. Mas conhecendo-o bem, sei, com toda a certeza, que usaria de seu poder imenso para me caçar e me matar. Principalmente agora que isso é possível.

— Dá pra matar anjos? — Marcel perguntou, perplexo.

— Dá, Marcel. Uma longa história. Depois eu te explico.

— A não ser que... — a luz murmurou. — Que eu me refugie no Inferno. E de lá, organize uma ofensiva contra o céu. Contra Miguel. Confesso que a ideia já me ocorreu algumas vezes durante meu exílio.

— Isso não pioraria a situação? — Beatriz questionou. — Não queremos guerra, queremos?

— A guerra é inevitável, Beatriz. Ela está profetizada e acontecerá. Só precisamos garantir que seja no tempo *certo* e que o lado *certo* vença.

— Miguel também deve achar que está do lado certo — ela retrucou. — Assim como Caliel. E também o pai do Marcel, Justo... você e... nós!

— "Todo vilão é herói da própria história": meu pai disse isso uma vez e não sei se a frase é realmente dele. — Marcel coçou a cabeça. — Não, não deve ser dele. Ele adorava citar outras pessoas. Que cabeça ele tinha para decorar essas merdas. Todas as vezes que...

— Eu confio em Justo — Beatriz interrompeu. — E se ele me preparou para te invocar, Gabriel, é porque sabia que eu deveria fazer isso. De maneira completa. Eu vou tirar você deste lugar.

Marcel começou a rir. Um riso incontrolável.

— Falei alguma coisa engraçada? — Beatriz irritou-se.

— Não... desencana. É que... "Eu vou tirar você deste lugar" parece aquelas frases do cara que se apaixona pela puta e... ah, esquece... continua aí e finge que não falei nada. Foi mal!

Beatriz não esboçou sorriso tampouco fez uma expressão de censura para Marcel. Apenas encaixou a joia esverdeada na abertura que ficava na ponta da Chave. Quando ameaçou encaixar a pedra vermelha, o Guardião feito de luz interveio:

— Você não deve usar a Chave com as duas pedras juntas!

— O que acontece, Gabe?

— Desculpa se não posso ajudar muito sobre isso. Você, Beatriz, foi a primeira a usar a Chave com o Rubi escarlate, sabia? As duas Dádivas nunca haviam sido usadas em conjunto até então. Por medo, talvez. Ou por conveniência. O que se especula é que usar três Dádivas em conjunto pode ser fatal. Perigoso. Mas como ninguém tentou... pode ser apenas uma lenda. Mais uma delas.

— Então eu *realmente* abri os portões do Inferno?

— Sim. E o que sei, tudo o que soube... soube através dos sonhos das pessoas. Fiquei 3500 anos preso.

— Três mil e quinhentos anos? — Marcel perguntou, descrente.

— É que sentimos o tempo...

— ...de maneira diferente — acresceu Beatriz à fala do anjo, fazendo uma voz mecânica — É, já me disseram isso e não faz muito tempo.

Beatriz se dirigiu à porta de entrada da cabana, a mesma que Marcel havia deixado aberta. A luz pareceu acompanhá-la. A sibila empurrou a madeira com certo cuidado. Em seguida, de supetão, enfiou a Chave na fechadura. Marcel interrompeu sua ação, impedindo que ela girasse a Chave.

— Não é melhor... a gente discutir um pouco mais sobre essa ideia?

— Tenho que mentalizar alguma coisa em especial, Gabe? — disse Beatriz, alheia ao pedido de Marcel. — Tipo... eu penso ou olho para uma foto antes de ir para o lugar onde está a porta da foto ou do meu pensamento. Como nunca fui pro céu (e nem quero ir tão cedo), como devo fazer?

— Com a Pedra? — O Guardião balançou a cabeça negativamente. — Não, girar a Chave é o suficiente. Nossa ligação está forte o suficiente para fazer a ponte.

Marcel e Beatriz se entreolham e um aceno de cabeça descompassado de cada um deles serviu como sinal para que girassem a Chave de modo sincronizado. As mãos de Marcel agora envolviam as da sibila.

A porta rugiu à medida que ia sendo escancarada. No entanto, ainda emoldurava um cenário escuro do outro lado e a luz que se concentrava na forma de um redemoinho ao lado dos dois foi sendo sugada aos poucos através da abertura. Ao fim do processo, toda a luz que antes preenchia a cabana agora se concentrava em uma única esfera brilhante de cerca de 30 centímetros, que flutuava a um metro e meio do chão e iluminava o que antes se escondia nas trevas contidas atrás da porta. E lá estava Gabriel com seu rosto ofuscado por um brilho intenso. O Guardião conduzia o objeto esférico com as mãos, uma posicionada em cima e outra abaixo da bola de luz, sem nunca, no entanto, tocá-la. Beatriz e Marcel, atônitos, acompanharam Gabriel forçar, com as mãos em concha, a bola brilhante até que ela sumisse dentro de suas mãos. Quando o Guardião abriu as mãos novamente, a pequena esfera (agora opaca e do tamanho de uma bolinha de gude) repousava sobre a superfície da palma de sua mão.

— O que é isso, Gabe?

O arcanjo esticou o braço e entregou a bolinha multicolorida a Beatriz.

— Uma ligação direta com o centro de Sonhadeiro. Minha essência transformada em um mapa de lá. Algo que pode ser muito útil no futuro.

— Um Artifício? — ela arriscou.

Gabriel concordou com a cabeça, satisfeito.

Beatriz fez um sinal com a mão e o simples gesto foi mais do que suficiente para Marcel entender que ela explicaria para ele depois o significado daquela palavra. *Eles teriam muito o que conversar depois*, ele pensou.

Um vento forte invadiu o ambiente marcando a entrada de Gabriel na sala. O mesmo vento que, em seguida, mudou de direção, fazendo com que a porta se fechasse e batesse ferozmente atrás do arcanjo.

Marcel e Beatriz olharam fixamente, sem disfarçar a curiosidade, para aquela figura alta, magra, de pele morena, cabelos desgrenhados e barba por fazer. Envolto por um tipo de capa de chuva grossa e escura, um manto feito a partir de pedaços de plástico e peles de animais, costurado de maneira rústica com linhas grossas e coloridas. Ele estava descalço e tinha o torso nu. O corpo de Gabriel (a parte visível) era povoado por cicatrizes de todos os tamanhos e formas que se sobrepunham em padrões. Ele usava também uma calça larga, suja e desgastada feita a partir de retalhos, da mesma forma que a capa e amarrada na cintura com um tipo de corda feita de couro.

— Bom... — Gabriel disse, esfregando as mãos uma na outra num claro sinal de ansiedade. — Primeiramente, obrigado, Beatriz.

— Disponha!

— Segundo: nós precisamos sair daqui. E rápido!

— Miguel? — Beatriz arriscou.

— Exato. Ele ou alguém de seu exército estará aqui em pouco tempo. Ou então, Caliel ou qualquer outro que tenha o poder de sentir a abertura temporária dos portões do Segundo Céu...

— Mas fugiríamos para onde? — Beatriz perguntou. — Miguel não é Deus agora?

— Para longe daqui. Felizmente Ele não tem onisciência nem onipresença.

Um tremor de terra e um som estranho vindo da floresta fizeram a expressão de Gabriel mudar radicalmente. Era possível ver a angústia e o terror estampados em seu rosto.

— Temos poucos minutos — ele disse.

— Peraí! — gritou Beatriz ao sair correndo na direção de seu quarto. Voltou de lá segurando uma pequena bolsa e uma chave idêntica à que Marcel tinha em suas mãos. Com a diferença que tinha três pedras encaixadas nela: uma verde, uma vermelha e uma amarela.

— Uau! — Marcel comemorou. — Existe outra chave, completa?

— É uma réplica — Beatriz respondeu, guardando a réplica em sua bolsa. Aproximou-se da porta e fez sinal para que Marcel entregasse a Chave verdadeira a ela. Depois de retirar a pedra verde da Dádiva, sacou uma foto de dentro da bolsa, encarou-a por cerca de dois segundos e girou a Chave na fechadura. Quando puxou a maçaneta em sua direção, a porta rangeu mais uma vez, revelando do outro lado uma sala de uma casa simples com móveis de madeira e paredes sem reboco.

Um a um, atravessaram o portal.

— Estamos na sua cidade? — Marcel perguntou.

— Na casa da minha tia Arlete, em Coronel Vivida, lembra? A casa deve estar vazia, eles sempre viajam no final do ano.

— Façamos de novo, Beatriz! — Gabriel pediu.

— O quê? — Beatriz não entendeu o significado da frase do guardião.

— Aconselho fazermos mais três ou quatro saltos. Assim dificultaremos a caçada. Teremos tempo extra para conversar um pouco sobre o derradeiro dia e tudo o que poderá vir a partir dele.

— Marcel... sua vez! — ela entregou a Chave para o comediante. — Vai! Tenta pensar em alguma porta de algum lugar. Mas pensa direito!

Ele estava incomodado. Não gostava de receber ordens, mas sabia que deveria deixar o orgulho de lado, esvaziar a mente e colocar em sua cabeça apenas a imagem de onde pretendia ir. E assim, eles viajaram mais uma vez. E abriram mais cinco portas atravessando para cinco diferentes lugares. Um shopping em Santos; uma casa em Orlando, na Flórida; um *comedy club* em Campinas; o Museu Picasso em Barcelona e, por fim, quando Marcel já havia passado novamente o controle da Dádiva para Beatriz, atravessaram para um apartamento.

— Onde estamos?

— Em Chicago, Illinois — disse Beatriz, ao fechar a porta branca decorada com molduras douradas e um vidro ovalado e opaco na parede superior.

Ela retirou a Chave e a guardou em um de seus bolsos.

— A cidade dos ventos! — Marcel exclamou com uma empolgação genuína. — Aqui foi filmado aquele filme "Curtindo a Vida Adoidado" e é aqui que pintam o rio de verde durante um feriado importante que não lembro qual é. Acertei? Meu conhecimento sobre esta cidade já se esgotou. Al Capone, talvez?

Beatriz deu umas batidinhas carinhosas no ombro de Marcel.

— É no Dia de São Patrício que pintam o rio de verde — ela explicou.

— Esse mesmo! — disse Marcel, puxando uma cadeira para sentar-se. — Ah... espero que você conheça o dono deste apartamento que acabamos de invadir. Tá ligada que aqui o povo atira nas pessoas que invadem propriedades, né?

Beatriz parecia estar deslumbrada com o imóvel. Estática, a garota vasculhava com os olhos cada canto daquela casa como se fosse a primeira vez que estivesse ali. Ela girou a maçaneta do dormitório que ficava em frente à porta de entrada do apartamento que usaram como portal. O quarto estava vazio e parecia ter sido atingido por um furacão, tamanha a bagunça e sujeira. Nada ali estava inteiro ou limpo. Um colchão de ar com lençol azul retorcido em um dos lados estava coberto por caixas de papelão que se equilibravam sobre roupas, HDs externos, DVDs, livros, restos de pizza e pacotes de salgadinhos. No chão, mais roupas e restos de comida.

Marcel achou um carregador e deixou seu celular grudado no fio para carregar.

— Morei aqui por mais de dois anos. Neste quarto — Beatriz disse, intercalando as duas frases com um suspiro e com o corpo encostado na enorme janela, olhando para baixo através do vidro sujo. — Eu e mais quatro. Dá pra ver a rua da frente daqui, a Rua do Pomar.

— Ué, tem um pomar aí na frente? — Marcel e Gabriel esticaram os pescoços procurando árvores pela rua.

— Não. É o nome da rua. Orchard Street. Rua do Pomar. Eu achava engraçado falar assim, na época.

— Você morava aqui por que...? — Marcel deixou a pergunta pela metade.

— Porque meu noivo... na verdade ele era meu namorado na época, estudava na Second City.

— Porra, na "The Second City", a escola de comédia? — Marcel perguntou com uma surpresa genuína.

— Sim. Você ia adorar lá.

— Claro. Que foda, Bia! Não sabia que ele era comediante. Ou improvisador. Era?

— Não. É que ele estudou cinema e sonhava em dirigir comédias no Brasil. Então, pesquisou e descobriu esse curso. Mas não era a praia dele...

— E essa porta atrás da cama? — Gabriel perguntou, tentando entrar na conversa.

— Ah, esse era o quarto dele, do Thomas. Cada um tinha o seu quarto. Ele precisava de privacidade pra escrever e estudar e eu, para fazer meus quadrinhos. Tinha uma prancheta minha bem aqui, neste canto. — ela disse, apontando para um enorme pufe coberto de livros. — E uma estante cheia de tintas, papéis e pincéis. Boas lembranças...

— Na época que publicava aqui no mercado americano? — perguntou Marcel. Um pouco de ciúmes vazou de sua fala, apesar de sua tentativa de disfarçá-lo.

Ciúmes de um cara morto, Marcel? Sério?

— É... mas eu não gostava de ficar sozinha aqui no apartamento enquanto todos estavam na escola. Eu não falei né, mas tinha mais três pessoas morando aqui, *roommates* rachando o aluguel. A Peggy, de Los Angeles, que trampava como *script doctor*, analisando roteiros de outras pessoas. No quarto que fica depois da sala, dormia o Jake, também de Los Angeles. Músico profissa que tinha tocado teclado em uma banda-tributo ao Michael Jackson. Rodou os Estados Unidos em turnê, até. — Beatriz apontava em várias direções na direção da porta, como se estivesse explicando um caminho para alguém perdido em uma cidade. — E no quarto ao lado, na frente da cozinha, o mais afastado daqui, tinha o Chuck, de New Jersey, que trabalhou em muitos empregos. Segundo ele, o emprego mais interessante havia sido em uma lanchonete onde os donos eram mafiosos italianos. Todos eles estudavam na Second City. Eu levava o notebook e minha Wacom para o Starbucks que tem lá no prédio da escola deles e passava o dia escrevendo e desenhando meus roteiros de quadrinhos. Wacom era minha mesa digitalizadora, caso não saibam. Não sabem, né? Então, era bem legal. Depois, voltávamos juntos, a pé, na maioria das vezes. Lembro como se fosse hoje. O melhor caminho da Second City até aqui era pela Wells Street, entrando na Lincoln e andando até a Orchard.

Beatriz avançou pelo corredor que levava aos outros dormitórios, banheiros e cozinha. Os dois a seguiram pela casa fria até um quarto mais bagunçado que o anterior. Roupas e mais roupas empilhadas umas sobre as outras numa montanha disforme. Ajoelhada, ela começou a escavar e remexer nos casacos e blusas. — Vou procurar umas roupas pra gente vestir, tá? — Os dois ficaram em silêncio. — Então, a esquina entre a Wells e a Lincoln é o fundo do Hotel Lincoln e a parte mais gelada do caminho porque o vento vem direto do lago Michigan sem nenhum prédio na frente. No inverno, a sorte era pegar essa esquina com o farol aberto para os pedestres. Na esquina da Armitage Avenue tem o Gamekeepers, um bar que eu nunca entrei porque estava sempre fechado. Mas parecia ser legal, tinha até um karaokê com banda toda sexta. Pelo menos é o que dizia a placa na frente do lugar. Do outro lado da rua tem o First American Bank, que eu duvido muito que foi mesmo o primeiro banco americano.

Marcel entendeu a piada, mas nada disse. Estava mais preocupado com as roupas. E perguntou, com leve indignação:

— Vamos mesmo roubar as roupas dos caras?

— Ou é isso... — Beatriz disse quando levantou-se. E com o braço esticado, deu um pesado casaco de pele para Marcel. — Ou morrer de frio lá fora. — Depois, a garota sorridente entregou um sobretudo para Gabriel. Fez um gesto para que eles a esperassem do lado de fora do quarto. Os dois demoraram um pouco, mas acabaram entendendo que ela queria trocar de roupa.

Encostou a porta e de lá de dentro, Beatriz continuou seu solilóquio:

— Na esquina seguinte, da Dickens, tinha (ou será que tem ainda?) o Carnival Grocery, que é um combinação estranha, já que grosserias não é algo muito carnavalesco.

— Ei, vocês não estão gostando das minhas piadas, né? — ela disse, após o silêncio da dupla masculina.

— Era uma piada? — Marcel provocou.

— Tá... parei! Então... nesse mesmo cruzamento, do outro lado, na Cleveland Avenue, tem uma pracinha chamada Lincoln Central Park, com uma fonte no meio e uma reforma na casa atrás da pracinha que eu nunca vi terminarem. Na esquina seguinte é o Oz Park.

A porta abriu-se e os dois puderam ver Beatriz com uma combinação improvável de moletom, sobretudo, luvas e cachecol. Não pareciam ser peças de roupas de uma mesma pessoa e estavam claramente grandes para ela.

— Foi o que deu pra fazer, gente! — desculpou-se.

— Tá ótimo — Marcel ironizou. — Você disse Parque Oz? Do Mágico de Oz?

— Isso. O cara que escreveu o livro morou aqui no bairro, acho. Ou nasceu aqui. Será que tem alguma coisa a ver com seu pai, com o jogo?

— Pode ser. Melhor dar uma passada lá depois.

— Não tem muita coisa, só umas estátuas dos personagens, um tijolinhos com nomes de pessoas...

— Tem a do Homem de Lata?

— Tem. É a estátua que mais chama a atenção. Meio tosca, é toda feita de um material brilhante. Latão, alumínio, sei lá... e tem um coração no peito e um machado na mão dele, pelo que me lembro. — Beatriz apontou para a montanha de roupas. — Galerinha, vão vocês agora. Deve ter mais coisas para vocês ali no bolo.

Desta vez, foram eles que fecharam a porta deixando-a para fora. Enquanto experimentavam as roupas, ela, na cozinha, procurava alguma coisa para comer. A busca, no entanto, não a impediu de tagarelar, falando alto o suficiente para que os dois pudessem escutar:

— Tinha também o GreenHouse Theatre Center no caminho, que, aliás, nunca vi lotado, mas o tempo todo que estive por Chicago, ele esteve em constante atividade. O Pub Halligan, na esquina da Lincoln com a Orchard, tinha cara de estar ali desde 1860 ou antes até. Mas quando perguntei pra uma garçonete, ela falou que foi inaugurado em 2001. Aqui perto tem um bar que toca Blues e é demais. Supersimples e supertradicional. O Kingston Mines. Ah, e na nossa rua tem duas igrejas na distância de uma quadra. A Saint Paul de um lado. E do outro lado, a linda e *bendita* Saint Clement, com badaladas de hora em hora. Uma benção! Ah, o lance da benção, antes que me zoem, não é uma piada, é só ironia, viu?

— Tá! — Marcel gritou. — Continua aí que o anjo aqui tá experimentando tudo, até parece que nunca viu roupa.

— Ah, tinha também um orfanato de gente velha lá perto. Esqueci como se chama isso...

— Asilo, caraio! — Marcel berrou.

— Também não precisa ser grosso, seu grosso!

Marcel abriu a porta e os dois saíram do quarto vestidos com várias camadas de roupas coloridas e estranhas. Beatriz segurava um pedaço de queijo na mão.

— Esse queijo tá bom? — Marcel fez uma careta.

— É a única coisa que achei pra comer. Melhor não comer, né? Vamos, que eu nem quero mais saber de jejum. Vou comer tudo o que tiver pela minha frente.

— Vamos que tô traumatizado — disse Marcel, segurando o riso na garganta.

— Deixa eu pensar onde vamos comer — Beatriz apertou o passo em direção à saída do apartamento. Quando abriu a porta de entrada, virou-se. — Ué, tá traumatizado por quê?

— Sempre achei que os anjos não tinham sexo. Cê precisa ver o tamanho da rola do anjo! Parecia o braço de um bebê...

— Marcel! — Beatriz deu um tapa na barriga de Marcel. — É verdade?

Marcel caiu na gargalhada, Gabriel, claramente envergonhado, não. Beatriz abriu os braços, indignada.

— Qual a graça agora?

— Vi porra nenhuma, Beatriz. Vou ficar manjando rola? Vai, diz, onde vai levar a gente?

— No Uber eu conto.

— Ué, por que não usamos a Chave pra ir pra lá direto?

— Melhor não usar de novo na mesma cidade — explicou Beatriz.

— Vamos ao Starbucks que você falou? — Gabriel perguntou, empolgado.

— Não. Vamos a um lugar beeem melhor.

— Beatriz — disse Marcel, puxando-a para seus braços e tascando um beijo —, eu iria até pro Inferno por você!

[20 horas e 1 minuto depois]

— Bacana este lugar, hein? — Marcel comentou. — Parece até cenário do filme do John Wick. É tipo um hotel, né?

— Chicago Athletic Association Hotel — Beatriz respondeu.

Marcel estacionou seu corpo no meio da escada, abaixou a cabeça e reavaliou a própria roupa. Depois comparou-a com a dos outros dois que o acompanhavam. Virou o pescoço à procura de outras pessoas no saguão de entrada e deu uma boa examinada no grupo que acabara de chegar. Bufou. Duas vezes. Fazia questão que seu descontentamento fosse percebido, até que Beatriz e Gabriel pararam também, alguns degraus acima. Quando voltaram seus olhares para a expressão emburrada de Marcel, ele explicou:

— Tô me sentindo meio deslocado. Nossas roupas, elas estão tão... sabe?

— Sei! — ela disse secamente. — Mas relaxa. É um hotel sim, mas tem uma área que dá pra ir mesmo sem estar hospedado. Lá é bem casual, a gente ia sempre para beber e jogar. E pra comer, claro!

Os três subiam a escadaria em fila indiana, com Beatriz à frente, mostrando o caminho, e Marcel por último, balbuciando palavras ininteligíveis. Acabaram saindo em um amplo salão onde funcionava a recepção do hotel: um ambiente suntuoso que parecia ter sido todo esculpido em madeira, onde imponentes poltronas de couro pretas davam as boas-vindas aos hóspedes, estando duas delas ocupadas por senhoras tagarelas e bem vestidas. Uma enorme lareira queimava, silenciosa, em um canto afastado, enquanto executivos tímidos se escondiam atrás de notebooks, sentados a uma mesa comprida que era iluminada por várias luminárias tristes. Eles atravessaram um corredor comprido e todo revestido com vidros de ambos os lados que protegiam objetos que, ainda que não fossem raros, certamente faziam parte de alguma coleção de um ricaço qualquer. Chegaram a outro salão onde o clima era mais despojado e aconchegante, com bolas de luzes penduradas no teto que pintavam o chão alaranjado com manchas brilhantes e esparsas, criando várias áreas de uma penumbra envolvente e misteriosa. Isso tudo somado aos móveis de madeira escura, às poltronas forradas com estofado verde musgo, carmim e de padronagem xadrez, à elegância e educação das pessoas que deslizavam graciosamente pelo ambiente fazia Marcel se sentir como se estivesse penetrando em uma casa antiga de alguma sociedade secreta abastada e influente. Ele pensou em algo como Kingsman ou Maçonaria. Ninguém elevava o tom de voz ou esbarrava em ninguém. O local estava cheio, mas não abarrotado. Jovens e velhos divertiam-se em jogos analógicos: xadrez, dama, pebolim e sinuca. Uma placa afixada na parede com os dizeres LOOKING TO PLAY A GAME? ASK FOR THE GAME MASTER TO GET ON THE LIST chamou a atenção de Marcel e trouxe à sua lembrança o jogo que estava jogando. Que ele deveria estar jogando. *Estou muito atrasado! Caliel deve tá terminando o jogo...* Um mau humor repentino aterrissou em sua mente enquanto caminhava até a parte mais elevada do salão, onde uma parede escura cheia de desenhos de jogadores, bolas e símbolos de diversos tamanhos feitos apenas por finas linhas brancas, como arte pré-histórica encontrada em cavernas, distraiu sua atenção.

Depois de observar o jogo e os jogadores por um tempo, perguntou à Beatriz:

— Isso é um tipo de... *bocha*?

Ela assentiu.

— Eu costumava jogar com meu pai — Marcel disse. — Mas era na areia. Aqui é chique, nesse tipo de camurça no chão. Ou é grama sintética verde? E tá todo mundo com camisa social e sapato caro.

— Chicago é um pouco diferente de São Bernardo — Beatriz provocou —, você tá ligado, né?

O comediante até tentou dissimular um sentimento de revolta com a observação de Beatriz mas, como era de costume, não conseguiu segurar a expressão séria por muito tempo e, por fim, gargalhou.

O trio acomodou-se à mesa com um belo tabuleiro composto por quadrados brancos e pretos brilhantes encravado no centro da madeira. Marcel apalpou e abriu um compartimento da mesa. Vazio. Segundo Beatriz, aquele tipo de gaveta deveria abrigar as peças de xadrez ou dama.

— Se quiserem jogar — Beatriz avisou —, é só pedir pro garçom. É de graça.

Marcel fez sinal de negativo com a cabeça. Apesar de querer relaxar e esquecer de seu fardo por umas horas, jogar um jogo cerebral como xadrez não estava em seus planos. Damas? Definitivamente, não. Achava o jogo chato e infantil. Além disso, estava maravilhado demais com o lugar e seus olhos, atentos a tudo, vasculhavam cada centímetro do salão. Virava o pescoço à procura de novos rostos, detalhes e cores, tentando acompanhar o movimento incessante no *game room*. Ele mal disfarçava o encantamento e como uma criança curiosa, perguntou:

— E aquele jogo ali, o que é? As mesas finas e compridas que passamos com linhas separando as áreas numeradas de 1 a 3?

— Você tem que jogar uns tipos de pedras redondas até o outro lado e tentar somar mais pontos. Pode também bater nas pedras do seu adversário e empurrá-las pra fora, para um tipo de calha. Mas não são pedras-pedras, se é que me entende... são de metal, parece... Shuffleboard é nome. Acho que é isso. É divertido, viu?

— Não me pareceu pela sua empolgação ao contar.

— Mas é! — Beatriz disse com mais entusiasmo. — Ah, dá um desconto que tô com fome, poxa.

— É um tipo de mini-bocha, então? — Marcel insistiu.

Beatriz deu de ombros.

E levantou a mão chamando o garçom.

— Vou pedir um hot dog "estilo Chicago" — ela disse aos dois, como se estivesse confessando um crime.

— Tá falando deste *Footlong Beef Hot Dog*? — Marcel perguntou, com o dedo indicador apertando o cardápio contra a mesa.

— Isso mêmo, meu! — Beatriz disse, fazendo uma voz grossa e um sotaque paulistano da Mooca.

— Eu não falo assim, tá? — Marcel defendeu-se. — Ó, tá falando aqui que é "Chicago style". Como é isso? Bom?

— Vai na minha que *cê se dá bem*, Marcel! — ela disse para Marcel. Depois, virando-se para Gabriel, perguntou: — E você, meu anjo?

— O mesmo que vocês pedirem... — O Guardião olhava para o cardápio e parecia não entender muito o que via ali. — ... acho eu.

— Nunca irei me acostumar a ver anjos comendo a comida que a gente come... — comentou Marcel que, sem largar o cardápio, deu um leve e respeitoso tapinha nas costas de Gabriel. O anjo ficou rígido e sem saber o que responder. — E pra beber, o que peço, Bia? Queria algo... alcoólico. Preciso encher a cara!

Beatriz retirou bruscamente o cardápio das mãos de Marcel e Gabriel.

— Deixa que eu escolho pra vocês!

Marcel deu uma piscadela na direção de Gabriel e ele respondeu com um movimento de ombros indecifrável. Beatriz não esperou que os dois concordassem com sua sugestão e fez logo o pedido das bebidas ao garçom com uma simpatia exagerada. Marcel ficou surpreso com o bom inglês dela. Isso lhe trouxe um ressentimento por não ter escutado os conselhos de seu pai que continuamente o incentivava a estudar o idioma.

— Gabriel... as suas cicatrizes... elas... — Beatriz parecia escolher com cuidado as palavras, tentando evitar aquelas que pudessem trazer ao Guardião memórias desagradáveis. — Se não quiser responder, eu vou entender.

— Tá tudo bem — o arcanjo amenizou. — As cicatrizes são hoje as minhas lembranças das minhas lutas diárias em prol da minha sanidade e sobrevivência.

Por um breve momento, Marcel parou de se importar com a atividade que acontecia ao seu redor e decidiu desviar toda a sua atenção para a conversa da mesa.

— Mas você lutava contra *quem* ou contra o *quê*, exatamente? — ele perguntou.

— Monstros gigantes, criaturas abissais, seres mitológicos... e, ao mesmo tempo, tinha que sobreviver às alterações bruscas e repentinas de clima e de terreno. Sonhadeiro é o lugar mais instável e perigoso que existe. Como está em constante transformação, torna-se um território perfeito para confinar alguém que você queira eliminar. Não era para eu ter sobrevivido por tanto tempo. Miguel apostou suas fichas nisso. Não era para eu estar são. Se é que estou...

— Não sabia que os sonhos da gente podiam matar! — A fala de Beatriz quase não pôde ser ouvida, abafada pela música Careless Whisper e pela repentina gritaria de um grupo de bêbados ao final de um emocionante e disputado jogo de pebolim.

— Tudo o que a mente humana já foi capaz de imaginar está lá — disse Gabriel, sorrindo pela primeira vez: seus lábios repuxados formavam duas linhas finas e unidas no canto da boca.

— E as *coisas boas* que sonhamos? — Marcel indagou.

— Elas eram meu alento. O que me faziam resistir e lutar. Minha esperança residia nesses sonhos bons e em pessoas como você — disse Gabriel, ao desviar o olhar até encontrar o de Beatriz.

— E-eu?

Marcel inclinou-se para frente, bateu as mãos na mesa e disse, em tom de brincadeira:

— Se você não fosse um "anjo do bem", diria que está dando em cima da minha garota!

— Não seja ridículo, Marcel! — Beatriz disse a frase sem olhar para ele, não percebendo assim a expressão de galhofa do namorado.

Marcel piscou para o anjo, o que originou a segunda risada de Gabriel. Ainda que tímida, foi suficientemente aberta em seu rosto para que se revelassem seus enormes e perfeitamente alinhados dentes brancos. O Santo Anjo Guardião de Beatriz parecia estar finalmente mais à vontade na presença dos dois.

— A cada geração, eu vasculhava os sonhos das pessoas — Gabriel continuou —, de cada uma das pessoas. No começo, era mais fácil. Depois, com essa explosão populacional acontecendo aqui na Terra, meu trabalho foi ficando mais árduo e impreciso. E vagando pelas mentes dos humanos, procurava por pessoas como você, Beatriz.

— Sibilas? — A pergunta de Beatriz era praticamente uma afirmação.

— Sim. *Mulheres* com esse dom. Pessoas que vocês, humanos, comumente chamam de videntes, profetisas, bruxas, feiticeiras... a cada geração, pelo menos uma se levantava. Desde o começo da humanidade tem sido assim, ainda que eu não saiba o porquê. E sempre mulheres. Mulheres com a habilidade de caminhar pelos sonhos e pensamentos da humanidade.

Beatriz devorava o enorme hot dog não se importando com a bagunça à sua frente, na mesa, ou mesmo com os respingos de ketchup, mostarda e maionese espalhados pela sua roupa ou então com a sujeira colorida que acontecia em volta de sua boca.

Ela mastigava e falava ao mesmo tempo:

— Acho que não entendi, Gabe.

— E eu não acho — Marcel disse, explicitando sua indignação —, eu tenho *certeza* de que não entendi *nada de nothing*!

Depois do comentário bilíngue de Marcel, Beatriz vestiu sua cara com a sua famosa expressão "que porra é essa?".

— Beatriz, quando ela sonha, está de alguma forma acessando sonhos e visões — Gabriel explicou, de modo professoral, a Marcel. — As delas e as de outras pessoas. Não necessariamente os acontecimentos reais em si, mas lembranças dos acontecimentos que essas pessoas viveram. E os acontecimentos podem estar, inclusive, no futuro.

— O passado do futuro? — Marcel perguntou. — Caraio... que confusão... E *sorry* pelo palavrão.

— Vou explicar de um jeito melhor. Ehr... digamos que aconteceu uma coisa hoje. A minha vinda, a luz na cabana, por exemplo. Lembram? Agora façamos um exercício mental imaginando que... vamos dizer que você, Beatriz, faz de conta que você não esteve lá hoje, na cabana. Somente o Marcel esteve lá, ok? E neste nosso exemplo, no dia seguinte, digamos que o nosso querido Marcel aqui sonhe com a minha chegada. Ele sonha com a luz, com a cabana, com a nossa conversa... tudo. Claro, ele viveu aquilo: ele sonha com o que aconteceu de verdade. E você, Beatriz, minha querida, você começa a ter sonhos estranhos. Você sonha com o sonho do Marcel, mas como se você tivesse vivido aquilo, como se você estivesse lá. Vê a minha chegada, a luz etc. Só que você sonha com isso por dias, meses ou anos antes mesmo de ele sonhar, de, inclusive, viver aqueles acontecimentos. Detalhe é que o seu sonho premonitório não corresponde exatamente às cenas que Marcel irá testemunhar um dia. Você está sonhando, na verdade, com o sonho que o Marcel terá sobre a minha chegada. Entenderam como é diferente?

— Acho que tô mais confuso que antes — Marcel reclamou.

— Acho que entendi, Gabe. Sonhar com outros sonhos é diferente de sonhar com acontecimentos. Até porque nenhuma pessoa consegue sonhar um sonho que seja exatamente igual ao que ela tenha vivido. Os sonhos nunca são cópias fiéis da realidade.

— Sonhos estão embebidos de sentimentos. Sentimentos, emoções e devaneios da pessoa que está sonhando. Some-se a isso os seus próprios sentimentos, Beatriz.

— Então... basicamente eu sonho com sonhos futuros?

— Exato. Você é capaz de peregrinar pelos seus sonhos do futuro. Seus e de outros. Mas infelizmente, não pode ver eventos futuros. *Ninguém* pode.

— Faz sentido, sabia? — Havia uma excitação crescente nela, alterando sua expressão. — Vou contar algo que nunca contei a ninguém. Até porque pareceria papo de doido, vamos combinar, né? — Parecia aliviada com o que estava para dizer. — Eu sempre sonhava com uma certa montanha quando criança. Uma cadeia de montanhas. Era bem bonito o lugar. Só que eu nunca tinha ido àquele lugar ou visto aquela imagem, seja em foto ou vídeo. Apesar de ela me parecer tão real e tão... íntima. É como se eu já a conhecesse, sabe? Até o dia que fui para o deserto do Atacama, aos 21 anos. Meu coração me dizia que era lá que eu iria finalmente achar as tais montanhas oníricas. Acontece que em um dos passeios que fizemos de carro pela região, chegamos a um ponto da estrada em que eu olhei para o desenho das montanhas no horizonte e notei que elas se assemelhavam com as montanhas dos meus sonhos recorrentes. Pareciam, mas não eram elas. Definitivamente não eram, eu sabia que não. Não era o mesmo ângulo de visão, não era a mesma formação. Só que então, umas duas noites depois, eu sonharia com aquelas mesmas montanhas do passeio de carro. Só que no sonho, as montanhas eram exatamente as mesmíssimas montanhas do meu sonho recorrente. Deu pra entender? De alguma forma eu estava em um ângulo diferente ali, no sonho, e pude perceber que, só pelo fato de mudar o meu posicionamento, o desenho da cadeia de montanhas (além da sensação, dos cheiros), tudo agora batia com as famigeradas montanhas dos meus sonhos recorrentes de infância.

— Você já sonhava desde criança com um sonho futuro? Interessante. Antes mesmo de eu te encontrar em Sonhadeiro, vestígios de sua habilidade já apareciam; no entanto, devo lhe alertar que essa constatação que fez poderia nunca ter acontecido. Aliás, você já deve saber disso...

— Sim, alguns dos meus sonhos mudam e variam e às vezes, muitas vezes, não se realizam. Já percebi isso.

— E sabe por quê?

— Porque o futuro não está escrito e existem várias possibilidades e vários futuros possíveis? — arriscou e virou o copo, engolindo a sua bebida transparente. Depois, balançou-se na cadeira, passou as mãos pelo cabelo. Ao fundo, *Enjoy the Silence* do Depeche Mode preenchia o ambiente. — E também porque, às vezes, as pessoas sonham com coisas aleatórias e eventos que nunca aconteceram. Eu sei sim, Gabe. Para o bem ou para o mal, com o tempo, eu consegui treinar minha mente de modo a saber diferenciar as duas coisas.

— Acredito que tenha conseguido mesmo, Beatriz. É totalmente possível para alguém como você. Mas lembre-se: estamos falando da mente. Ela é poderosa e sempre capaz de mudar algumas coisas, acrescentar um ou outro detalhe. Exagera, suprime... ludibria. Sonhos que contenham eventos traumáticos reverberam para trás e para frente no tempo. Falando especificamente dos últimos dias, o que você viu, o que eu vi esse tempo todo em Sonhadeiro, foram as visões na forma de sonhos de pessoas que realmente viveram o fim do mundo. E sobrevivendo, elas puderam sonhar com o fim do mundo. O Apocalipse, caso aconteça, será algo tão intenso, tão impactante, que as imagens já estão impressas no mundo dos sonhos há tempos. Sonhos recorrentes. Lá em Sonhadeiro e aqui na sua mente, tudo acontece bem antes. Claro que estamos falando de possibilidades, como você bem disse. Escuta... você deve ter visto pequenas variações do sonho, não? Mas ele sempre acontece, o fim. Independente do que você faça, das decisões que tome no sonho, o fim das coisas sempre vem, não é mesmo?

— Sim. Ele se repete e repete e repete. Cada vez mais nítido, cada vez mais detalhado. Tenho a data, o horário. O que me assusta, é que há uma versão dele que termina de repente, antes da tempestade. Tudo fica escuro. E fim. Sabe o que significa, Gabe?

— São as versões do sonho em que você morre.

Beatriz arregalou os olhos.

— Ou que alguém próximo a você morre — Gabriel completou, tentando suavizar sua fala anterior. — Depende muito do ângulo que vê as coisas no sonho.

— Eu vejo Marcel, vejo Caliel, a Boca e mais umas pessoas. E água por todos os lados. E um barulho ensurdecedor. Eu não me vejo...

O Guardião ficou mudo.

— Não quer dizer que vá acontecer, Bia! — minimizou Marcel, abraçando a garota.

— O Apocalipse é algo tão forte e definitivo, está se manifestando há tanto tempo em Sonhadeiro que dificilmente não ocorra como está profetizado para acontecer.

— Belial soltou no meio de nosso papo que Lúcifer previu o Apocalipse. Lúcifer, eu e você somente... só nós três sonhamos com isso?

O terceiro sorriso iluminou o rosto do Guardião.

— Não seja tão convencida, Beatriz! — ele disse. — Centenas de pessoas ao redor do mundo têm tido variações do mesmo sonho de fim de mundo.

— Então, por que... *eu*?

— Porque, Beatriz, os seus sonhos são mais complexos, mais apurados. Porque você é *a sibila* desta geração. E sendo filha de quem é, tem autoridade espiritual. E principalmente porque será... — Gabriel fitou Marcel e voltou seu olhar rapidamente para Beatriz. — Bem, isso vai ter que ficar para depois.

Marcel notou que ele era o problema ali naquele momento.

— Querem que eu saia? — ele sugeriu, fechando a cara.

— O quê? — perguntou Beatriz, incomodada com a informação dada pela metade. Ela mal havia terminado o primeiro e enorme hot dog e já levantava a mão novamente na intenção de chamar o garçom e repetir a dose.

— Antes de partir, eu digo. Prometo. Afinal, eu lhe devo isso, Beatriz. Foi o motivo da minha vinda, não é mesmo?

Gabriel bebericou de seu drink e fez uma longa pausa antes de continuar a conversa:

— E o que mais querem os jovens saber de mim?

— Gabriel, como é esse tal de Sonhadeiro? — Marcel aproveitou que Beatriz fazia seu pedido ao garçom para metralhar o anjo com uma combo de perguntas. — Quem o criou? Foi Deus, o primeiro Deus? E com que intenção? Onde ele está?

— Sonhadeiro, o Mundo dos Sonhos, é o lugar mais longínquo e ao mesmo tempo, o mais próximo daqui. Está contido no vão que existe entre os mundos superiores e inferiores. Ninguém pode afirmar quando ou por que foi criado. Só sabemos de uma coisa: ele começou a ser habitado assim que o primeiro ser humano tornou-se consciente de si mesmo.

— Você não tá falando de... — Marcel revirou os olhos. — Não tá falando de Adão e Eva, tá?

O Guardião fez um sim com a cabeça.

— E antes deles, Lilith — completou.

— Então é verdade que ela foi feita por Deus para ser a primeira mulher de Adão? — Beatriz perguntou.

— Não sei dizer das intenções de Deus sobre esse assunto. Só sei que ela foi o primeiro ser humano a existir.

— Antes de Adão?

Gabriel assentiu novamente.

Houve um silêncio momentâneo, desfeito apenas com a chegada repentina e barulhenta do garçom trazendo o pedido de Beatriz: mais um hot dog "Chicago style". Marcel bateu palmas escarnecidas e compassadas que fizeram brotar no rosto da garota faminta uma careta de protesto. Gabriel, já meio alcoolizado e alheio a tudo isso, continuou com a aula de história:

— Assim que eles comeram o fruto da Árvore da Ciência, tiveram a capacidade de sonhar. De imaginar. Pensar livremente. Assim, surgiram novas conexões dentro dos cérebros deles e o resto... bem, o resto vocês já sabem. De lá pra cá, chegamos ao século 21 com todas as invenções, os avanços e...

— E alguns retrocessos — Beatriz completou, depois de dar uma mordida no lanche.

— Pois bem — Gabriel concordou. — O conhecimento traz coisas boas e más.

— Dizem que a ignorância é uma benção... — Marcel acrescentou.

— Nunca é! — retrucou Gabriel, levantando seu copo vazio ao garçom, sinalizando seu desejo de repetir seu drink.

— Gabe, sabe aquele papo da Eva ter comido o fruto proibido e depois ter feito o Adão bananão comer também? Então... — Beatriz apontou para Marcel. — No nosso caso, foi o Adão aí que comeu metade e agora quer convencer a Eva aqui a comer a outra metade.

— Não sei se entendi a referência.

Marcel balançou a cabeça em sinal de reprovação.

— Meu pai me deu uma fruta azul — ele explicou. — E me falou pra eu comer metade dela. A outra metad...

— O pai dele é o Israfil, Gabe — Beatriz interrompeu.

Gabriel não demonstrou surpresa com a informação.

— Vai ficar me cortando, linda? — Marcel elevou o tom de voz. — Ou posso continuar? O cara é anjo, sabe quem é quem na porra do céu! — E virando-se para Gabriel, continuou: — E desculpa pelo palavrão.

O arcanjo deu de ombros e Beatriz, vestindo uma expressão debochada, mandou um beijo estalado para o comediante.

— A outra metade — Marcel disse, fuzilando Beatriz com o olhar —, meu pai pediu para dar pra essa *abusada* aqui, pois disse que seria mais seguro dividir suas lembranças em duas cabeças.

— Lembranças... *dele*? — Gabriel perguntou a Marcel.

— Sim, segundo ele, as suas lembranças e todo seu conhecimento adquirido.

— Israfil disse isso? Interessante...

— E não é verdade?

— Bom, a árvore *guarda* a mente de quem a planta. — Gabriel explicou, coçando seu projeto de barba. — Se ele tinha a semente e a plantou por aqui, disse a verdade. Mas vindo de Israfil...

Marcel bufou.

— Eu sei. O assassino de Deus.

— Desculpe, Marcel. Eu não quis, de maneira alguma...

— Tá tudo bem. — Marcel agitou a cabeça negativamente e levantou as mãos espalmadas da mesa. — Mas... me diga uma coisa: por que Adão e Eva comeram o fruto se sabiam que era proibido? Se sabiam que seriam punidos?

— Não havia proibição alguma.

— Como assim, Gabe?

— O que sei, o que nos contam, é que Deus plantou as duas árvores. A Árvore da Vida e a Árvore do Conhecimento do Bem e do Mal. Uma delas deu vários e vários frutos enquanto a outra, nenhum. Os frutos da primeira árvore, enorme e frondosa, localizada no centro do Jardim do Éden, davam aos Filhos de Deus a capacidade de viver eternamente. E então, eis que Deus adormece.

— Como assim? — Marcel perguntou. — Anjos e... o próprio Deus precisavam dormir?

— Não, de maneira alguma. Não temos fome ou sono por lá. Nos céus. Acontece que o primeiro "dormir" de Deus aconteceu simultaneamente ao aparecimento do primeiro e único fruto na árvore proibida, localizada à borda do Paraíso.

— Um fruto azul e de sabor incrível? — Marcel perguntou, tirando a metade da fruta de dentro de sua mochila. — Como esse?

Gabriel calou-se. Olhava, maravilhado, para o fruto nas mãos de Marcel.

— Eu poderia lhe responder se o tivesse provado. O fato é que o casal humano adormeceu por 40 dias e 40 noites. E não se lembraram de nada quando despertaram. Nem de ter comido o fruto.

— E se não comeram? — perguntou Marcel dando a fatia da fruta para Beatriz que rejeitou a oferta. Marcel voltou a guardá-la na mochila.

— Ah sim, comeram: o fruto havia sumido da árvore. E os dois estavam mais inteligentes.

— *Mais* inteligentes?

Gabriel mordiscou os lábios, tenso.

— Antes de comer o fruto... ahn... como posso dizer? Adão e Eva eram ingênuos demais. Uma inteligência muito próxima aos...

— Ai, Gabe! Fala logo!

— Macacos.

Marcel não aguentou e soltou o riso. Então, perguntou:

— Eles eram peludos e se penduravam em árvores?

— Não. Eles já tinham a aparência do que vocês conhecem hoje como *Homo sapiens*.

— Mas não eram tão *sapiens* assim, né? — Marcel disse, ainda rindo.

Gabriel gargalhou, cuspindo parte da bebida que tomava.

Beatriz e Marcel entreolharam-se, assustados com a estranha reação do arcanjo.

— Desculpa. Acho que é o álcool...

— Peraí, Gabriel! — Beatriz disse, passando o guardanapo na mesa, secando a parte do tabuleiro onde o malaquim havia cuspido. — Deixa ver se eu entendi bem. O fruto aparece e Deus dorme. Adão e Eva comem o fruto e também adormecem. Eles ficam dormindo por 45 dias e... Deus? Quanto tempo Ele dormiu?

Gabriel hesitou, pensou bastante antes de responder:

— Exausto após Seu árduo trabalho na Criação e profundamente triste com Lúcifer por causa da criação do Inferno, Deus entrou num sono profundo. Dormia, sonhava. Acordava vez ou outra, mas somente para que anotassem seus sonhos. E voltava a dormir. Esse período ficou conhecido como "Acordes". Isso se repetiu por 40 vezes até o Absenteísmo. Bem... essa é a história que nos contaram.

— E quanto tempo durou o Acordes?

— Na contagem de tempo de vocês 286.223 anos.

— Marcel, sabe a minha paixão por dormir? Agora vou dizer que veio de Deus.

— Estranho que o velho Antonio também dormiu e acordou por 45 vezes. E me pediu, como Deus, para anotar os sonhos dele em um livro.

— Quem é Antonio? — o Guardião perguntou.

— Ah, um velhinho que a gente conheceu na Argentina e que morreu. — Beatriz respondeu. — Longa história... Gabe, os livros que Deus anotava os sonhos...

— Ele não escrevia em livros. Aliás, dizem, Ele nunca escreveu nada. Os Prismas é que transformavam as águas do Trono em Palavras e posteriormente em Livros-Espelhos. Só que durante o "Acordes", Deus, assim que despertava, riscava símbolos desconhecidos, até hoje, indecifráveis nas paredes dA Morada. Talvez, eles não significassem nada. Talvez o Criador estivesse perdendo sua sanidade por conta de suas desilusões com o Primeiro dos Primeiros ou com seus Filhos, agora conhecedores do bem e do mal. Mas... sempre tem um "mas", não é mesmo? A história fica mais misteriosa quando símbolos idênticos aos dA Morada são encontrados, muito tempo depois, decorando algumas paredes de cavernas.

— Cavernas do Inferno? — Beatriz arriscou.

— Como sabe, Beatriz? — Gabriel parecia surpreso.

— É. Como sabe, Bia? — Marcel perguntou, mais surpreso ainda.

— Palpite — Beatriz disse, como se se desculpasse pela dedução certeira.

— E recentemente, novas inscrições foram descobertas. Dessa vez, os símbolos não estavam no Inferno nem em cavernas, *mas* em locais que vocês, humanos, consideram sagrados.

— Onde? — perguntou Beatriz demonstrando surpresa. — Aqui na Terra?

Gabriel desenhou um sim com a cabeça.

— Não foi o próprio Deus, o autor?

— Não. Porque foram feitos testes e análises e chegou-se à conclusão de que as inscrições tanto no Inferno quanto na Terra datavam de períodos posteriores à morte de Deus.

— E se Deus ressuscitou e a gente não sabe? — disse Marcel num tom de brincadeira.

Gabriel torceu o nariz, virou um último gole de seu drink amarelado e respondeu:

— Nós saberíamos. Seria impossível que a Sua Presença não fosse *sentida* plenamente em todos os mundos.

— Então... quem, Gabe?

— Na minha cabeça, há apenas uma possibilidade: Lúcifer é o responsável.

— Acha mesmo que Lúcifer já despertou e conhece a linguagem secreta de Deus?

— Se tem alguém que pode entendê-la, é ele. Ele conviveu com o Criador muito tempo antes de nós.

— Será, Gabe? Eu não teria tanta certeza... — Gabriel fez um muxoxo.

Marcel se arrumou na cadeira, coçou a cabeça, inconformado, e disparou:

— Sabe o que eu acho, Gabriel? Com todo o respeito devido a você e a Deus, claro, mas... acho que Lúcifer acabou virando um bode expiatório para tudo o que vocês, a *anjaiada* e *diabada* toda, não sabem responder. É muito conveniente jogar a culpa nele sempre, não acha? Tipo... "o mordomo é sempre culpado". Conveniente demais. Fácil demais. Tá... tô meio bêbado e já aviso que minha mandíbula tá meio travada.

— Mas Lúcifer é, sim, real, Marcel!

— Alguém já o viu, Gabe?

— Não. Mas... sentimos os efeitos de suas ações. "*O maior truque do diabo foi convencer o mundo de que ele não existe*".

— Keyser Söze.

— Eu ia falar isso. Pensei a mesma coisa, Bia. Juro!

— Quem? — Gabriel franziu o cenho.

— Um cara aí de um filme que ninguém sabia direito quem era o vilão e no final era o próprio cara... — Marcel disse, e demonstrou com um movimento de cabeça não ter ficado satisfeito com a própria explicação.

— Mas, Gabe, se você consegue navegar pelos sonhos e acredita que Lúcifer já foi desperto, por que não entrou nos sonhos dele para descobrir o que tem lá dentro da cabecinha?

— Não tenho essa habilidade que você tem. Em Sonhadeiro, eu vivia os sonhos das pessoas, animais. Enfrentava-os diariamente. No entanto, não havia lá sonhos de malaquins.

— Animais sonham? — perguntou Marcel. E foi prontamente ignorado pelos outros dois.

— Tem alguma barreira que impede isso? De ver os sonhos dos anjos? Tipo, eu não conseguiria também? Nem se treinasse?

— Ninguém pode. E por uma razão bem simples.

— Que é...? — Beatriz perguntou.

Gabriel apontou para si e disse:

— *Nós* não sonhamos. Mas Deus, Ele... Deus é... Deus!

— Ei, gente! — Marcel esticou o braço, puxou a manga do casaco velho e mostrou o relógio em seu braço. — A gente não deveria estar planejando o que fazer no último dia que, no caso, é daqui a pouco?

Gabriel deu uma piscadela desajeitada para Marcel e disse:

— Você deve chegar ao Ponto 33, vencer o jogo e encontrar Israfil. Simples!

— Agora ele usa o nome de Leam, Gabe.

— Ah, é o nome que ele está usando agora? Qual o nome completo?

— Como assim? — Marcel perguntou.

— Leam do quê?

— Leam Anjo dos Santos.

O anjo sorriu de novo. Sexto ou sétimo sorriso? Marcel definitivamente perdera-se na conta e colocava a culpa na bebida.

— Por que você deu risada do nome dele, Gabriel?

— Nada... definitivamente o seu talento para comédia deve ter vindo do seu pai. Israfil tem um senso de humor muito peculiar.

— Por causa das palavras "Anjo" e "Santos" no nome?

— Sim, sim... também por isso. É muita ironia ele escolher usar esse nome...

— Escuta... — Marcel reclinou o corpo para cima da mesa. — Você acha realmente que ele matou Deus?

— Até onde eu saiba, ele nunca desmentiu a história. Sua defesa foi algo do tipo "matei, mas não me lembro". O que eu e muitos nos perguntamos é: como Israfil poderia ter matado Deus? Somente Deus poderia destruir Deus.

— Estranho meu pai não ter jogado a culpa nas costas de Lúcifer — brincou Marcel. — É o que eu faria, acho.

Gabriel tombou a cabeça em sinal de concordância e ponderou:

— Se Israfil, em sua defesa, dissesse que Lúcifer estava por trás de suas ações, se ele se justificasse dizendo que Lúcifer o tinha controlado mentalmente... é... até faria sentido!

Beatriz tinha o olhar perdido e Marcel estava pensativo. Quieto, mexia o gelo de seu copo com o dedo.

— Sabe o que mais me entristece? — Gabriel quebrou o silêncio. — Saber que agora que estou liberto, tudo está acabando. Que não haverá mais noites como esta. Depois da "Última Tempestade", tudo vai mudar para sempre.

— Então quer dizer que esta é a última noite? — Marcel questionou. — Não é amanhã?

— Engraçado, Marcel. O que falou... me veio à mente um conto que li há muito tempo, do Ray Bradbury que, aliás, é meu autor preferido. O nome era exatamente este: "A última noite".

— E era sobre o fim do mundo?

— Sim, sim — ela confirmou, balançando a cabeça. — Nossa! É como se o livro estivesse agora em minhas mãos. Vocês não têm noção de como esse conto mexeu comigo numa época em que eu ainda sequer sonhava com essas coisas de Apocalipse. Eu tinha comprado o livro num sebo. E eu tinha o quê...? Uns 13, 14 anos. Era um livro pequenininho, tipo *pocket*, capa amassada, páginas internas bem amareladas. Comprei por causa do título dele, que achei genial na época: "Recordações do Futuro". Bom, né? Achei que tinha a ver com os sonhos estranhos que sonhava da montanha e tudo o mais. Caramba, se eu fechar os olhos agora, tenho certeza de que poderia sentir até o cheiro de livro velho que ele exalava... A capa tinha uma ilustração simples, de um astronauta de ponta cabeça flutuando no espaço.

— Tá, mas qual a história? — Marcel perguntou.

— Então... me lembro que era sobre um homem gordo com o corpo todo ilustrado que tinha fugido de um circo. As tatuagens dele eram amaldiçoadas ou coisa assim. E cada uma delas contava uma história. Tipo, se você olhasse para a figura tatuada no corpo dele, ela começava a se mexer e virava uma história. A "última noite" era uma dessas histórias. E eu me lembro dela porque adorei o conto. Ao contrário de todas as outras histórias que eu já havia lido com esse tema, esta tinha um enfoque totalmente diferente. Era uma simples conversa entre um casal. Um casal que, certa noite, antes de colocar os filhos para dormir, decidem debater sobre o fim das coisas. Só isso. Eles calmamente discutem sobre o destino deles e do mundo. O homem pergunta à esposa o que ela faria se soubesse que aquela era a última noite do mundo. A mulher acha graça a princípio e desconversa. Ele pede a ela que pense mais cuidadosamente sobre o assunto, explica que uma noite ou duas antes daquela, havia ouvido, num sonho, uma voz que lhe dissera que tudo acabaria. O homem não havia dado importância ao sonho até chegar ao escritório e observar seu amigo olhando pela janela, perdido em pensamentos. Quando pergunta sobre o motivo do companheiro de trabalho estar daquele jeito, o amigo lhe conta o que ele já sabia. Narra o mesmo sonho. E ainda havia outros, na empresa, que contariam a mesma coisa. Pessoas com olhares perdidos, que olhavam para as mãos, para fotos antigas ou objetos. Todos haviam sonhado o mesmo sonho. A esposa ouve tudo pacientemente e em algum momento pergunta ao marido quando o mundo irá, enfim, acabar. Ele responde que *aquela* era a última noite. Ela, claro, quer saber como vai acontecer. Mas ele... ele não sabe. O marido compara o fim do mundo a um livro que simplesmente se fecha. O casal fica sentado, observando os filhos brincando no tapete. Ou as filhas, não me lembro direito. Há um debate entre eles sobre culpa e sobre castigo. O casal tem dúvidas. O mundo merece acabar? A mulher muda de expressão em algum momento da conversa e o homem percebe. O marido resolve perguntar se ela não teria tido o mesmo sonho que ele, se ela não sentia o mesmo. E só então ela admite, dizendo que teve o mesmíssimo sonho. Conta que as amigas também lhe contaram o sonho apocalíptico. O casal então começa a se questionar do porquê de não haver quebra-quebra, do motivo de toda a população não estar nas ruas, gritando, revoltada com um final tão repentino e tão trágico. Mas o homem (ou seria a mulher?) explica que não havia nada a se fazer. Sabem? O que não tem remédio, remediado está. O casal então procura nos jornais algo sobre o Apocalipse. Mas não há nada. Concluem que o motivo daquilo é que não havia necessidade de se noticiar algo que todos já sabiam. E tem uma coisa legal que eles falam sobre o medo. Eles estranham o fato de não estarem com medo. E é aí que um deles pergunta ao outro: "você acha que fomos muito maus durante a vida?". Acho essa parte a mais linda do conto.

— Por quê? — Marcel perguntou, fisgado que estava pela história que Beatriz contava. — Eles tinham sido maus?

— A conclusão que eles chegam é que não haviam sido nem muito maus nem muito bons. O problema, na visão deles, é que eles nunca haviam sido nada *o bastante*. Que incrível isso, né? Eles simplesmente viveram a vida deles enquanto grande parte do mundo sofria. Eles foram... *eles mesmos*. Entendem?

— Acho que sim — Marcel queria que Beatriz continuasse a contar a história, mas ela esperava uma resposta diferente dele. — Entendi. Claro que entendi! — ele reformulou.

— Então... eu li este conto, me senti tocada com isso e desde então, de tempos em tempos, me pergunto se estou sendo boa o bastante. Mas a vida passa e a gente esquece, né? Louco isso... e pensando agora, olhando para trás... acho que não fui capaz de ser verdadeiramente boa durante minha vida... na maior parte da minha vida adulta, eu só pensei em ser *eu mesma,* em conseguir minhas coisas, buscar minha felicidade, seguir minha carreira, sabe? No fim das contas, eu acho que tô mais pra uma má pessoa do que o contrário. Eu poderia ter feito *tão* mais...

— Não diga isso, Beatriz — Gabriel empurrou um guardanapo até ela.

— É... a gente tá aqui, não tá? — Marcel envolveu o braço ao redor do pescoço de Beatriz. — Dedicando nossa vida para salvar todo mundo? Na última noite? Você ficou seis meses...

— Não sei... eu poderia ter feito tantas coisas mais, eu... — A sibila soluçava ao mesmo tempo que secava os olhos lacrimosos.

— Feito o quê? — Marcel trouxe-a pra mais junto de si.

— Tanto mais... tipo ser uma pessoa genuinamente boa. Ter pensamentos bons, ações boas. Ajudado os menos favorecidos. E o que fiz? Minhas vontades... eu... eu tantas vezes ouvi gente falando mal de pessoas que eu gostava e eu... eu simplesmente fiquei quieta. Não defendi minha amiga ou amigo. Eu ouvi e fiquei quieta. E me senti horrível, depois...

— Acho que nós somos a soma de nossas escolhas e nossas escolhas nos trouxeram até aqui — falou Gabriel.

— Talvez vocês dois até tenham razão. Mas sou culpada pela morte de várias pessoas.

— Não coloque essas mortes na sua conta, Bia! — argumentou Marcel. — Você nem tinha consciência que suas escolhas resultariam nisso.

— Agora eu sei o que minhas escolhas podem causar... e mesmo assim, continuo fazendo o que me propus a fazer.

— Você escolheu salvar o mundo — Gabriel insistiu.

— Pior eu, Bia, que descobri, durante uma hipnose de regressão, ter matado animaizinhos por pura maldade quando era criança. Todo mundo tem esqueletos no armário. Todo mundo. Né, Gabe?

O malaquim concordou.

— E como termina, a história? — Além de sua curiosidade ser genuína, Marcel fez a pergunta também porque achou que seria uma boa maneira de fazê-la se afastar daqueles pensamentos tristes e destrutivos.

Beatriz endireitou o corpo de uma forma que ainda continuasse dentro do abraço de Marcel e continuou:

— O casal coloca os filhos para dormir. Depois, eles lavam os pratos sujos e aí eles ficam conversando, ouvindo música, contemplando as coisas ao redor deles... deixando o tempo passar, sabe? E quando o sono vem, eles vão para o quarto. Eles se deitam, se abraçam, se beijam e se dão conta de que sempre foram bons um com o outro, com os filhos. Eles ficam alegres e aliviados por se darem conta disso. O marido pergunta se ela quer chorar. Ela não chora. Nem ele. E assim que apagam as luzes, a mulher sai da cama, apressada, no escuro. O homem não entende. Ela vai até a cozinha e volta. Ao tomar o seu lugar na cama, ela se justifica dizendo que havia esquecido a torneira aberta. Eles riem. Afinal, pra que fechar a torneira se o mundo está prestes a acabar, né? E dão boa noite. E dormem.

— E? — Marcel pergunta.

— E... é isso! — Beatriz concluiu, secando as últimas lágrimas com o guardanapo. — Não é maravilhoso o final?

— É sim, Bia! — Marcel concordou, apertando ainda mais os braços em torno dela.

— É uma história e tanto — Gabriel concluiu. Tinha a cabeça baixa e o corpo envergado como uma concha. Era possível notar seu pescoço tenso, inchado na tentativa de segurar o choro iminente. — E você, Beatriz? Está com medo?

— Não sou um personagem de um livro, Gabe. Estou, é claro que estou. A-pa-vo-rada!

O anjo tentou animar Beatriz:

— Todos estamos. O medo é bom. Faz-nos ficar mais alertas.

Gabriel agarrou a faca que estava descansando sobre a mesa e com ela, bateu repetidas vezes no copo, fazendo-o tilintar.

— Brindemos! — ele disse, com repentina animação.

Marcel e Beatriz viraram os corpos e os olhares na direção do Guardião.

— E a que vamos brindar? — inquiriu Marcel.

— Brindemos à última noite do mundo!

Um após outro, levantaram-se das cadeiras de forma solene. Ergueram os copos e os tocaram no ar. E o casal repetiu, cada um a seu tempo:

— À última noite do mundo!

Marcel e Beatriz esvaziaram seus respectivos copos. Gabriel não bebeu, já que seu copo era o único vazio na mesa.

— Brindar sem beber, dez anos sem meter! — Marcel disse, quase gritando.

— Marcel! Isso lá é coisa para se dizer para um anjo?

Marcel desculpou-se com as mãos depois de soltar um arroto grave e curto.

Gabriel fez um sinal demonstrando que não tinha sido atingido com a brincadeira. E riu. O anjo ria e tossia sem parar. Uma risada alta e gostosa. Beatriz tentou segurar o riso e não teve êxito algum. No fim, os três estavam gargalhando alto. Quando conseguiam, enfim, parar de rir, bastava apenas uma troca de olhares para que as risadas voltassem, incontroláveis. Assim se sucedeu por um bom tempo. Marcel reclamou de sua barriga, que doía, assim como o seu maxilar. Lágrimas escorriam dos olhos de Beatriz novamente, mas não eram de tristeza.

— Seria um bom final, este, não? — disse Beatriz, retomando o controle aparente de suas emoções. — Quero dizer, se a gente estivesse num filme.

— Não, não seria — Marcel discordou. — O mundo não acabou. Nenhum grande desastre aconteceu. Ficaria para cada um imaginar o que iria acontecer no último dia.

— Então. É um bom final! Final aberto, cada um imagina o que acontece depois do brinde. Uma música sobe, assim como os créditos.

— Não gosto de finais assim — Marcel insistiu. — Gosto de saber tudo o que acontece.

— Eu tenho que ir — anunciou Gabriel, retomando a fisionomia mais séria.

— Mas... já? — Beatriz perguntou. — Pra onde vai?

— Tem alguma porta mais discreta onde possamos usar a Chave sem atrair a atenção de ninguém? Preciso me encontrar com um demônio.

— No Inferno? — Beatriz demonstrava preocupação em sua voz. — Amigo seu?

— Sim para a primeira pergunta e não para a segunda.

Beatriz esperou para ver se Gabriel completaria a informação. Como ele não falou mais nada, ela pediu:

— Então, tá. Me sigam. Tem o banheiro aqui embaixo. É um labirinto até chegar lá.

— Vão indo então — Marcel disse. Virou-se e fez o sinal característico ao garçom que passava para que fechasse a conta da mesa. — Tenho que pagar aqui.

Gabriel e Beatriz tomaram a direção das escadas.

Marcel passou seu cartão de crédito. E assim que o fez, arrependeu-se. O cartão poderia entregar sua localização a seus inimigos. Mas não havia alternativa. Ou era isso ou ele teria que sair sem pagar, já que não tinha dólares, apenas reais e pesos argentinos na carteira. Depois de descer a escadaria e seguir as placas que indicavam o caminho até o banheiro, Marcel chegou a um tipo de mezanino de onde avistou um salão vazio com o chão estranhamente decorado, como se fosse o fundo de uma piscina. De lá, viu, ao longe, Gabriel abraçar Beatriz e dizer algo em seu ouvido.

Quando o anjo afastou-se dela e virou-se para a porta aberta do banheiro masculino, avistou Marcel e despediu-se agitando alegremente os braços. Assim que Marcel retribuiu o aceno do anjo, um flash, um fiapo de memória atravessou sua mente, inundando seu coração com duas certezas absolutas: aquela noite não fora a primeira vez que ele e Gabriel haviam se encontrado.

E tampouco seria a última, pensou.

[20 horas e 34 minutos depois]

Quando Marcel chegou, encontrou a porta já fechada e Beatriz paralisada, olhos vidrados, fixos na Chave com a pedra vermelha, largada em suas mãos.

— Tá... tudo bem?

— T-tá, por quê?

— O que ele te disse? Você parece abalada.

— Várias coisas. Desejou sorte a você. Disse para não confiar em Caliel.

— Só isso?

— Sim.

— E o cochicho?

— Revelações. Uma eu posso te contar e a outra, infelizmente, não.

— Manda!

— Deixa eu lembrar... tá... ele disse algo assim: "Xis, círculo e quadrado. Três tiros serão disparados. Três tiros, mas apenas duas mortes acontecerão no derradeiro dia".

— Ele tá falando da ordem das balas? Tesoura, papel, pedra?

— Acho que sim.

— E quem atira? Eu? E em quem?

— Ele não disse.

— Qual a *outra* coisa que ele te disse no ouvidinho?

— Não posso contar. É sobre a minha "Verdadeira Vontade". O principal objetivo de fazer o ritual todo. É bem pessoal.

— E qual era a tal da vontade verdadeira?

— É *Verdadeira Vontade* que chama. — ela disse, demonstrando irritação. — E qual parte do "não posso te contar" você não entendeu, Marcel?

— Ué... tá de segredinho agora?

— Desculpa. Ele me orientou a não dizer a ninguém a Verdadeira Vontade até que Deus me confirmasse na derradeira hora.

— Sério que não vai me contar? E se for importante para eu completar o jogo e tomar a decisão certa no final?

— É importante. Para o seu jogo e para o fim do mundo.

— E não vai me dizer?

— Não.

— E posso saber por quê?

— Porque, se souber, com certeza não fará o que tem que fazer.

— E é bom?

— O quê?

— O que ele te disse.

— É ótimo.
— Pra quem?
— Pra nós dois. E, acredito, para o mundo inteiro.
— Então tá.
— Tá.
— Não vai me contar mesmo?
— Não.
— E se eu...
— Nem vem, Marcel. Já disse que não!
— Então tá.
— Tá.
Beatriz fechou a cara.
Ele então puxou a garota contra seu corpo e os dois se abraçaram. E se beijaram. Um beijo intenso e demorado.
— Marcel... — disse Beatriz, soltando-se dos seus braços. — Acho melhor a gente sair logo daqui. Usei a Chave e você sabe o que ela pode atrair.
— E *sair* significa.... fazer a passagem?
Ela balançou a cabeça num sim.
— Que tal usar a última foto que você recebeu de Justo? Qual o horário mesmo? Acha mesmo que lá é o Ponto 33?
— Como a data bate com o último dia, provavelmente é. E como tem um horário, deve ser um encontro. E aposto que é com seu pai.
— Vamos torcer para que o Justo esteja certo.
— Até agora, esteve.
— Pior que ainda são dez e pouco da noite. — Marcel conferiu o relógio. — O que a gente faz até lá? Dorme?
— Eu pensei em outra coisa — ela sugeriu, fazendo uma cara sacana —, mas se quiser dormir, tudo bem...
— Entendi. Ó, eu prometo ser *verdadeiramente bom* dessa vez.
— Pois eu quero que seja *verdadeiramente mau*. Pode ser?
— Seu desejo é uma ordem, minha sibilazinha.
— E amanhã, quando o vento mudar de direção e a Última Tempestade começar, promete que irá segurar minha mão e que vamos ficar juntos pra sempre?
— Prometo — Marcel disse —, claro.
— Pra sempre?
— Pra sempre é muito tempo.
— Não seja estraga-prazeres.
— Pra *sempre*, então!

Marcel pegou a Chave das mãos de Beatriz e retirou a pedra vermelha dela. Guardou a Dádiva vermelha junto à pedra verde, em sua mochila. E sugeriu:

— Eu sei onde a gente pode passar algumas horas. Para esquecer desse frio daqui.

— Onde é?

— Confia em mim, Bia.

Ela sorriu.

— Sempre!

Marcel fechou os olhos para melhor se concentrar no local que pretendia ir e girou a Chave. Assim que abriram a porta, um bafo de calor vindo do outro lado atingiu-os em cheio.

— Onde estamos? — ela perguntou, ao atravessar para o outro lado da porta.

— Em Alagoas, na Barra de São Miguel — Marcel sussurrou. — Na rua, lá fora, a uns dois minutos daqui, tem um hotel grande e, em frente, uma vila com restaurantes e lojas em casinhas típicas que fica abarrotada de gente na alta temporada. A gente pode comer alguma coisa lá de café da manhã. Vamos antes à praia?

— Nem precisa pedir duas vezes!

A primeira coisa que fizeram foi tirar os sapatos. Os dois saíram de um pequeno banheiro para um dos quartos onde um jovem casal dormia. Abriram a porta e caminharam pé ante pé, tentando não fazer barulho, naquela casa de dois andares com mais de dez quartos, que possuía uma bela área verde frontal, uma varanda gigantesca. Apenas uma porteira separava o jardim da casa da areia da praia.

Desceram a escada desviando das redes. Um homem dormia em uma delas, roncava alto. Nem bem tocaram os pés na areia branca, Marcel já começou a tirar as pesadas roupas de frio e fez sinal para que Beatriz fizesse o mesmo. Apesar de não haver nenhuma iluminação artificial ali, a praia estava bem clara com a luz da lua crescente, na forma de um enorme "C" que refletia nas águas incrivelmente cristalinas do mar.

— Você não está pensando em… — Beatriz fez uma careta estranha.

— Vai por mim. A água é quentinha, quentinha.

— Que água clarinha e sem ondas é essa?

— Tem muita alga e elas fazem a limpeza, sabe? — Marcel apontou na direção do horizonte. — A barreira de corais lá na frente deixa isso aqui igual a uma piscina. Uma vez quase morri. Aqui mesmo. Nadei até os corais e voltei. Não sou um exímio nadador, mas achei que era pertinho.

O caso é que cansei na volta e, de verdade, achei que ia morrer. Não sei como consegui chegar até a areia.

— Ué, talvez tenha morrido mesmo...

Marcel tentou esticar um sorriso pelo seu rosto, mas, em vez disso, a boca travou num traço curvado para baixo. Ele ficou pensativo. O que ela dissera em tom de brincadeira poderia ser mesmo verdade. E se ele tivesse morrido naquele dia de verão? Será que era essa a morte a que as pessoas no hotel bizarro, naquela noite, se referiram?

Beatriz, assim que notou o ar de preocupação impresso no rosto de Marcel, cutucou-o na altura da cintura.

— Ei! Tô brincando! Escuta... como é que você conheceu esse paraíso?

— Fiquei aqui uma vez. Faz um tempo. Eu e mais quatro casais de amigos. A gente alugou pra passar a virada do ano.

— Ah, veio com a namoradinha, né?

— Se eu te contar, você não vai acreditar.

— Vai por mim, eu acredito. Acredito em *tudo* ultimamente...

— Então, lá vai: eu tinha tudo pago, passagens, minha parte do aluguel... aí dias antes de vir para cá, a gente brigou e terminou. Tive que vir sozinho a este cenário romântico. Todos os casais juntinhos e eu, sozinho, de "vela".

— Que merda você fez, Marcel?

— Por que eu sempre tenho que ser o culpado? — Marcel disse, abrindo os braços em sinal de revolta. — Tá... fiz merda. Levei a garota pra um show meu. E deixei meu celular destravado, na mesa, enquanto tava no palco. Aí, né...?

— Ela viu nudes de outra?

— Não! Nada disso! Ela viu que eu trocava mensagens, digamos... reprováveis com algumas fãzinhas...

— Putaria pesada?

— Algo assim...

— Elas te pediam ingressos também, como eu te pedi?

— Às vezes — Marcel sorriu sem mostrar os dentes. Tentou evitar, mas não conseguia tirar os olhos do corpo de Beatriz. Ela vestia agora somente sutiã e calcinha. Sua pele, branca, era da mesma cor da areia da praia. Estava mais magra, as costelas se pronunciando, as pernas mais esguias e o rosto, marcado. Marcel calculou que ela devia ter perdido uns dez quilos e ainda sim, estava linda. Os seios, siliconados, se destacavam ainda mais agora e pareciam que iriam escapar a qualquer momento daquele sutiã vermelho e desgastado. Ele a puxou para si e a envolveu em seus braços.

— E se... — começou ela. Mas foi interrompida por Marcel, que tapou-lhe a boca num beijo cinematográfico com direito até à câmera lenta. E quando finalmente os lábios se afastaram, ela perguntou: — Tá com o revólver aí embaixo da cintura ou só tá feliz em me ver?

Marcel fez menção de responder seriamente à pergunta de Beatriz, sobre ter deixado o revólver na casa de Reali. Ele demorou um segundo até entender a piada. Quando se deu conta, apertou a sibila mais forte em seu abraço e acariciou seus cabelos. Ela afastou o rosto, apenas para poder olhá-lo nos olhos com seus grandes olhos azuis.

— A gente vai fazer isso mesmo, Marcel? — havia uma certa excitação em sua voz.

— Enfrentar o fim do mundo ou nadar pelados nesta piscina natural?

Ela sorriu, e se virou na direção do mar. Marcel esperou ela terminar seu giro e a apertou de novo em seus braços, agora segurando-a pelas costas.

— Nadar pelados? — ela perguntou. — Será?

— Opa! Vai me dizer que nunca nadou pelada?

— Nunca. Acredita?

— Sempre tem a primeira vez, né? Pra tudo!

— Quer dizer que já transou na água?

— Não. Nem sei se dá pra fazer isso. Será que dá?

— *Dou*! — Beatriz respondeu, lançando uma piscadela cheia de segundas intenções para ele. Antes que Marcel formulasse alguma piada ou comentário sacana para respondê-la à altura, ela já havia disparado na direção do mar, tirando as duas peças de roupa que lhe restavam no curto caminho entre a areia e a água, atirando-as para trás.

A sibila já havia mergulhado nas águas mornas quando o comediante começou a correr em seu encontro, igualmente nu e feliz. Feliz como há muito tempo não se sentia.

Marcel desejou do fundo de seu coração que aquela noite, a última noite, não terminasse nunca.

PARTE 3 / O VENCEDOR

Capítulo I [AQUELE DIA]

Eu sou um vitorioso, eu sou um pecador
Você quer meu autógrafo?
Eu sou um perdedor, que piadista
Eu estou fazendo minhas piadas com você
Enquanto não há nada melhor pra fazer

— BREAKFAST IN AMERICA, ROGER HODGSON (SUPERTRAMP)
[EXTRAÍDO DO DIÁRIO DE MARCEL DURAN]

[extraído do diário de Marcel Duran]

- 28 de dezembro de 2017 / praia de Maceió -

Escrevo aqui, sentado na areia de uma praia do Nordeste.

Tá perdido, né, leitor? Calma! Como não consegui dormir e o dia já tá amanhecendo, achei que esta seria uma boa hora de dar uma atualizada aqui no diário. Eu sei, estou bem defasado. Me desculpe por isso. Vou aproveitar a claridade dos primeiros raios de sol e o fato de a Beatriz estar dormindo (está roncando, mas se eu falar isso para ela depois, ela vai dizer que é mentira!).

Quando chegamos à praia (prometo que conto depois como chegamos aqui), ela estava com muita dificuldade para dormir. Mas eu a convenci a finalmente comer a metade do fruto que meu pai me deu. Ela, claro, relutou, mas comeu. E estava tão cansada que capotou, né? A fruta é uma porrada na cabeça! Se até Adão e Eva dormiram por 40 dias depois de comer a fruta proibida que não era proibida (longa história)...

Hoje pode ser o último dia da Terra e isso me dá razões de sobra para ser direto e reto contigo, não acha? Tô me cagando de medo. Vou demonstrar isso para Beatriz? De maneira alguma! Ela já carrega um fardo imenso que é ver este último dia se repetindo em sua cabeça e saber que não passo de um fraco e medroso não irá ajudá-la em nada.

Para você ter uma ideia do tipo de cara que eu sou... deixa eu contar uma coisa. Prometo que serei breve. Que fique entre nós, hein?

Então, teve um dia, saindo de uma agência de publicidade que ficava na Marginal Tietê. Fui negociar um evento de comédia. Assim que saí de lá pelo portão, ouvi um estouro e um barulho de metal raspando, pneus cantando... e olhei para a Marginal. Vi que uma van estava se arrastando pelo asfalto, já tombada, de lado, e vários carros se desviavam dela. Até que parou na minha frente, na última faixa da pista, a que ficava mais próxima do rio Pinheiros. Eu era o único ali, na calçada. Coração acelerado, eu teria que atravessar, evitar os carros e subir na van para chegar ao topo, que era agora a lateral dela. Então, quem sabe tentar abrir a porta e retirar os ocupantes de lá de dentro. Ela estava cheia de gente, dava pra ver. É o que um herói faria, não? Mas eu... eu titubeei, pensei demais! Era o momento certo para provar a minha coragem. Mas me vieram à cabeça imagens onde eu era atropelado pelos carros na Marginal, que passavam a toda velocidade. Ou ainda imagens que eu subia na van e ela explodia. Ou ainda que um caminhão batia na van e me jogava para o meio do rio Pinheiros. Tudo isso, na minha mente, em questão de segundos. Meus pés colaram no chão. Eu não devia ter pensado tanto, devia ter agido de pronto. Impulsivamente. Sabe o que eu fiz: decidi contar. Mentalmente, decidi que iria contar até cinco e partiria, mesmo aterrorizado de medo. E o que aconteceu? Antes que eu terminasse a contagem, quando eu ainda estava no 3, carros começaram a parar, gente desceu deles e interditaram a Marginal. Um homem subiu na van e fez exatamente o que eu devia ter feito. Quando o trânsito estava controlado, corri até lá e ajudei a acalmar as pessoas que saíam da van, assustadas. Entende? Eu fui posto à prova e não passei. Fui um covarde! "Ah, Marcel, mas você foi lá ajudar!", você, leitor gentil, pode me consolar. Fui. Depois, quando não tinha mais perigo. Depois que alguém já havia tomado a iniciativa e se arriscado primeiro. Entende? Sim, talvez você saiba o que senti. Talvez seja como eu. Talvez seja diferente, faça o que for preciso, sem pensar primeiro em você. Talvez, leitor, você seja como Beatriz. Ela seria capaz de fazer o que aquele homem fez. Se estivesse lá, puxaria meu braço e nos faria heróis. Atravessaríamos, desviando dos carros e... bem, acho que entendeu onde quero chegar, não?

Eu posso ser um merda (talvez seja mesmo), mas ao lado dela, eu me sinto mais forte, mais corajoso, mais heroico. Era isso que eu queria falar! E me dá um desconto que eu precisava desabafar e você, meu querido e paciente leitor, você é provavelmente a minha última chance.

Agora, voltemos à programação normal:

No Museu Presídio de Ushuaia, o Ponto 31, uma porta foi aberta. Uma porta que me levaria ao Ponto 32, uma cabana muito longe dali. Sim, alguém havia usado a Chave, a Dádiva de meu pai para abrir o portal.

PONTO 32: GABE, O AMIGÃO?

- dezembro de 2017 -

Quando cheguei ao ponto 32, Beatriz estava agonizando, quase morta. Sangrava muito e delirava. Levei-a até a cama e ela me pediu para sair (na verdade, ela me obrigou). Eu tinha que achar um médico. Mas estava escuro lá fora, névoa e o escambau. Mesmo assim, eu fui.

Aí, rolou um clarão e um tremor de terra. Eu voltei o mais rápido que pude e encontrei a cabana rodeada por uma estranha luz.

Entrei na cabana e a luz falava com Beatriz, já curada.

A luz era Gabriel. Sabe? O da Bíblia, famosão. Ele era o Anjo Guardião da Beatriz. Ele deve ter curado ela. Graças a Deus, ela está bem. Não estaria aqui ou seguiria o jogo sem ela. Começamos juntos, terminaríamos juntos. Era isso ou nada.

Aí, mais tremores de terra e a gente teve que fugir de lá, os três, porque estavam nos perseguindo!

Fizemos um zigue-zague pelas Américas, usando a Chave, é claro, para dificultar o rastreamento. Fomos para a cidade dela, no Paraná, e acabamos em Chicago. Os detalhes não importam. O que importa é que tivemos tempo para conversar e entender certas coisas. Como, por exemplo, quem era Gabriel e de onde ele veio. O anjo havia passado muito tempo preso no mundo dos sonhos e agora, graças à Beatriz, estava livre. Seu irmão Miguel (que está no lugar de Deus) o tinha aprisionado; como livramos Gabriel de seu cativeiro, acredito que Miguel agora era nosso inimigo também. Ter Deus contra você? Que bacana! (Preciso fazer um capítulo só para falar sobre como Miguel chegou ao Trono, né?)

Se Deus é contra nós, quem será por nós? (Boa essa, né? Obrigado pelo riso, leitor.)

Por mim, eu já iria para o ponto 33, o final do jogo, usando a última foto que Justo deu à Beatriz, mas tem o horário certo, lembra? Saco! 16h35.

Agora, vou aproveitar que ela está dormindo e tentar arranjar um guarda-sol com os moradores da casa que a gente usou como Portal para cá. Daqui a pouco o sol vai estar de rachar, e se ela acordar toda vermelha... vai me xingar! Até daqui a pouco... Ou não.

Tô zoando.

Eu vou vencer a merda desse jogo.

Torce aí!

Conto contigo!

Beatriz

[agora]

— Que horas são? — ela perguntou, no meio de um bocejo.

— Três e trinta e três — Marcel respondeu por detrás de seus exóticos óculos escuros de armação branca. — Relaxa, *baby.* Ainda temos uma folguinha.

Aquela sensação desesperadora de sempre repetia-se agora: ela acordara realmente ou ainda estava no sonho? O calor parecia real. Sua cabeça doía. Mau sinal. E essa versão do Marcel, alegre e sem camisa com estes óculos escuros ridículos? *Não é ele! Não pode ser o Marcel... assim!*

Beatriz acreditava ainda estar dentro de um sonho.

Um sonho bom depois de outro ruim. Horrível. Sonhara o mesmo sonho de sempre com o final do mundo. A tempestade estava lá de novo, e os corpos também, espalhados pelo chão. E o tiro. Aquele som de tiro, sempre abafado pelo barulho das águas. Só que, dessa vez, o alvo havia sido outro. Assim como a mão que puxava o gatilho. Marcel fora o autor dos disparos. Primeiro, um; depois, outro. Dois alvos distintos. Quem seria o segundo alvo? Depois, ela viu somente a escuridão. E mais um tiro. Quem disparou o último tiro? Ela sentia novamente a confusão, o medo... tudo de dentro do escuro.

Agora, ainda atordoada, procurava mirar os olhos azuis para a faixa de sombra projetada pelo enorme guarda-sol. Só então, entendeu. Estava deitada sobre uma esteira de praia. Ok. Esteira, guarda-sol, duas cadeiras de alumínio. Definitivamente era um sonho. Um pesadelo. As cenas da noite anterior começaram a voltar à memória. *Cabana... Chicago, Maceió. Tá! Pense na última coisa que você se recorda, Beatriz.* Estavam na água, ela e Marcel. Era noite. Depois, já era o último dia. Não teve passagem de tempo. Não viu o dia amanhecendo. Depois, a tempestade. A confusão. Um tiro. Mortes, correria. O fim. Era assim o sonho. O sonho recorrente. E agora, de volta a uma praia, mas de dia?

— Você tava cochilando tão bonitinha que não tive coragem de acordar — a voz de Marvel era incrivelmente doce, inacreditavelmente acolhedora.

— Eu dormi por quanto tempo? — perguntou ela, secamente.

— Depois de tudo que passou naquela cabana, eu pensei q...

— Não devia ter me deixado dormir tanto... — interrompeu. — Onde... onde a gente tá?

— Na praia de Maceió, lembra? Dormiu até pouco. Eu, depois de comer a outra metade da mesma fruta, dormi três dias. Pelo menos foi o que meu pai disse... ou melhor, escreveu.

A fruta azul.

Só agora recordava-se de ter comido metade daquela deliciosa fruta azul. Era sua última lembrança antes de apagar. Que sono fora aquele que havia se apoderado dela? Irresistível, arrebatador. Sua cabeça ainda doía e ela se dava conta de que a culpa não era somente do sol e da ausência de vento. A fruta. Ela estava agindo ainda. Ela podia sentir. Em seu estômago, em suas veias e poros. Em sua cabeça.

— Eu não deveria ter adquirido alguma lembrança de seu pai? Ao que parece, não tem nada diferente na minha cabeça além da dor.

— Seu cabelo mudou. Tá mais zoado!

— Sério, Marcel! A gente não devia ter ganhado algum conhecimento *diferente*? Alguma lembrança dele da época de anjo, sei lá?

— Meu pai é uma pessoa estranha. Sempre foi. Não disse como que *ativa* essas coisas dentro das nossas cabeças... ele mesmo não lembrava quase nada das coisas dele.

— Ele te disse isso?

— É. Algo do tipo "A cada casa, um pedaço da minha memória retorna".

— Seu pai é mesmo *muito* estranho!

— Põe estranho nisso... — Marcel disse. E voltou a apoiar as costas em sua cadeira de praia. Ficou em silêncio, como uma criança emburrada. Beatriz percebeu que ele tinha um copo com uma bebida vermelha nas mãos e que também havia sido grosseira e insensível. Afinal, ele apenas pensou estar fazendo o melhor para ela. Com esforço, ela se sentou na esteira e ensaiou um pedido de desculpas fofo:

— Olha... desculpa, Marcel. Mesmo. É que tive mais um sonho daqueles, sabe? E hoje é hoje, né?

— É... *hoje é hoje.*

— E o guarda-sol, os óculos, meu biquíni? O que eu perdi?

Marcel curvou-se na direção dela e levantou os óculos até a testa.

— Não lembra de nada? Nem de ontem? Peninha...

Beatriz fez um muxoxo.

— Custa me contar?

— Resumão? Transamos, nadamos, conversamos, transamos, você vomitou, transamos, você comeu o fruto, dormiu. Amanheceu, fiz amizade na casa, inventei uma história de assalto, emprestaram roupas e deixaram a gente tomar banho. Deitamos aqui, você dormiu de novo. Fim.

— É... agora que falou, lembro mesmo de algumas coisinhas... — ela sorriu, com uma expressão sacana. — Ops, *coisões*!

Marcel fez uma arminha com os dedos e disparou em sua direção um projétil invisível ao mesmo tempo que soltava uma piscadela e produzia um barulho estranho com o canto da boca. Na cabeça dele, talvez, a combinação tenha sido sexy. A realização, no entanto, não foi.

Ela sorriu e, preocupada, disse:

— Você disse 3 horas?

— E 40... 3h40 da tarde, agora.

— Horário de verão?

— S-sim — ele gaguejou —, acho que sim. O celular corrige automaticamente, não corrige?

— Melhor checar! — Beatriz levantou-se, apressada, pegou uma sacola preta de plástico da areia com a roupa dos dois e estendeu a mão para o comediante. — Vamos?

— Bora. A gente usa a porta do banheiro da casa. Eles não vão entender nada. A gente entrando e sumindo lá dentro. Vai ser uma boa "história de bêbado" para eles contarem depois. História que ninguém vai acreditar depois.

— É... vai ser — Beatriz disse, franzindo o cenho —, se tiver *depois*.

Marcel deu dois passos pela areia da praia e deteve-se quando percebeu que Beatriz se mantinha ainda estacionada debaixo do guarda-sol.

— Que foi? — ele perguntou, dando meia-volta.

— É sobre a outra fruta... — ela disse, constrangida. — Eu comi tá? Inteira.

— A fruta da vida?

Beatriz assentiu.

— Não sobrou nada, nem o talo?

— Estava morrendo, eu... estava desesperada, Marcel. — Ela balançou a cabeça em negação. — Eu achei que...

— Relaxa! — ele disse, apoiando a mão no ombro dela. — Você fez o que tinha que fazer. Só umas mordidinhas provavelmente não surtiriam o mesmo efeito. É que eu tinha pensado que o Gabriel tivesse te curado. Me sinto menos culpado por ter deixado a mochila então.

— Você estava se sentindo culpado? Por quê? Fui eu que pedi pra você ir atrás do médico!

— Eu sei. Mas o certo era ter ficado. Devia ter lembrado da fruta. Eu estava tão desesperado na hora que nem pensava direito, eu…

— Tá tudo bem! — Beatriz o interrompeu, colocando o dedo suavemente à frente de seus lábios. — O único problema é que agora não temos mais fruta nenhuma, meu Adãozinho! — E depois da frase, tascou-lhe um beijo.

— Minha Evinha! — ele disse, o som de sua fala esmagado pelo beijo.

— Só uma coisa: você *tem* que levar seu revólver para o final do jogo.

— Achei que era melhor não levar. Sabe, pra não ter a chance de alguém usá-lo contra mim.

— É por causa do último sonho que tive agora. Melhor levar. Lembra do que te falei, que Gabriel me confidenciou? "Três tiros serão disparados. Três tiros, mas apenas duas mortes no derradeiro dia".

— E você viu no sonho em quem eu atiro? Sou eu quem atira, né?

— Você mata Caliel — ela mentiu.

— Uso a bala com o símbolo do xis?

Ela assentiu.

Pararam perto do portãozinho da casa que usariam como travessia. Marcel abriu-o e fez sinal para que Beatriz o atravessasse. Assim que ela passou por ele, segurou-a pelo braço.

— Espera! — ele disse, de modo grave. E, mudo, ficou chacoalhando a cabeça para os lados por um tempo. O sol fazia com que os olhos de Marcel ficassem totalmente dentro da sombra causada pelas suas sobrancelhas grossas. Beatriz o conhecia o suficiente para entender que aquilo significava que ele estava tentando se decidir. Ela amava Marcel, o dos sonhos, o da vida real, mas ele era sempre assim, indeciso. Se continuasse dessa forma, poderiam ter grandes problemas nos eventos que viriam a seguir. Mas ela já havia plantado a ideia na cabeça dele. Agora, não podia fazer nada além de esperar que seu amado se acostumasse até o ponto de acreditar que a decisão havia vindo dele mesmo.

— Quer saber? — Marcel disse, resoluto. — Foda-se! Se fosse um filme e eu matasse o vilão, todo mundo aplaudiria, não é?

— É — ela disse, forçando um sorriso —, todo mundo vai te entender se fizer isso.

— Só vamos ter que fazer uma paradinha na casa de alguém antes.

— Achei que iríamos pro seu apartamento. Vai dar tempo?

— Dá sim. É que pedi pra um amigo guardar o revólver e outras coisas pra mim. Achei que poderiam invadir meu apê, sabe?

Marcel tomou a frente e subiu os degraus. Parecia aliviado. Beatriz ficou para trás, encarando a enorme casa de praia. Olhava para além dela, para a decisão que havia tomado. Não, ela definitivamente não era uma boa pessoa. Havia mentido para a pessoa que mais a amava. E não sabia se Marcel a perdoaria algum dia por isso. Não avisara o que Gabriel havia lhe contado sobre Justo: que ele estava vivo e ela deveria vê-lo antes do fim. Também mentira pois Caliel não era a pessoa que ele teria que matar em breve. No último sonho, Beatriz via claramente em quem Marcel atirava. Ele não teria sido convencido a levar seu revólver tão facilmente se soubesse qual era o alvo de seu primeiro tiro. Certamente Marcel evitaria correr esse risco. Beatriz pensava que matar Caliel era a única alternativa para tentar evitar o fim do mundo. Era a única variação do sonho apocalíptico que ela nunca sonhara.

Sim, havia uma chance: o velho malaquim serviria como bode expiatório. Sua morte teria que acontecer para que a humanidade pudesse sobreviver. Era errado o que fazia, ela sabia. Se matar um ser vivo já era detestável, pior ainda era influenciar uma pessoa que amava a fazer isso. Mas se o último sonho lhe dissera que o destino de Marcel era o de matar alguém no último dia, melhor que fosse alguém essencialmente mau. Ela só trocou o alvo.

Beatriz queria acreditar que estava, mesmo à base de mentiras, evitando tanto o Apocalipse quanto a morte de Marcel.

Caliel... era ele que deveria pagar o preço.

É isso!, convenceu-se.

O pensamento lhe deu a certeza absoluta de que era uma pessoa má.

Não entristeceu-se desta vez.

Marcel

[27 minutos depois]

Um baque seco e então...

— Caraca, velhinho! *Pusta* susto! — Reali passou a mão pela nuca à procura de um sangramento que inexistia. Imaginou que algum corte poderia ter sido causado pela pancada seca que dera com a cabeça na mesinha de centro. Tal qual um boneco de pano, estava ele lá, esparramado numa pose improvável e ridícula em que seu corpo escorria, inerte, do sofá para o tapete sujo e repleto de revistas de histórias em quadrinhos. Ainda abalado, o nerd olhava para o casal como se estivesse na presença de fantasmas.

— Foi mal — Marcel desculpou-se —, da próxima vez eu toco a campainha! Essa aqui... é a famosa Beatriz.

Reali apoiou uma das mãos na mesinha e a outra no sofá. Só então ergueu-se, num salto. Enrijeceu o corpo, tal qual os ginastas fazem depois que finalizam uma sequência de acrobacias arriscadas.

— Pô, tá comendo bem, hein? — Reali disse, depois de medir a garota dos pés à cabeça.

Os três ficaram em silêncio na sala por longos segundos. O único som era o que vinha dos alto-falantes da TV. O constrangimento que pairava no ar era tangível. Reali gaguejou, balbuciando alguns monossílabos estranhos de uma língua desconhecida. Ajeitou o elástico da calça de moletom, limpou o suor na testa e encarou Marcel numa tentativa de enviar-lhe um pedido de socorro. O amigo, ao invés de ajudá-lo, expôs mais ainda o incômodo que ele causara na forma de uma bronca:

— Que merda que cê falou, mano?

— N-não... olha... viu? Eu só quis... eu ia dizer qu...

— Tudo bem, Reali. Tá tudo bem — Beatriz sorriu de maneira sincera ao diminuir a distância entre eles com a mão direita à frente. Reali, totalmente perdido, deu um passo para trás por puro reflexo e demorou um tempo até se dar conta de que ela queria apenas cumprimentá-lo. Quando percebeu sua confusão, esticou o braço e agarrou a mão da garota como se fosse uma boia salva-vidas no meio do oceano.

— Desculpa mesmo. Eu...

— Tá tudo bem. *Mesmo!* — ela disse, enfatizando a última palavra. — Posso usar seu banheiro?

Reali não foi capaz de encará-la novamente. Como uma criança pega fazendo arte, ele agora desviava seu olhar para qualquer lugar que não fosse o rosto dela até deter a visão onde o amigo encontrava-se. Por sobre os ombros de Beatriz, Reali viu Marcel fazer um sinal que ele não conseguia decifrar. Ele estava a tempo demais chacoalhando a mão da garota, gerando um novo desconforto. Como não entendeu (ele nunca entendia os sinais confusos de Marcel), o comediante foi obrigado a intervir, puxando a garota pelos ombros, desvencilhando-a do interminável cumprimento do amigo.

— Segue o corredor, primeira à esquerda — Marcel disse, conduzindo-a pelo braço.

— Deve tá uma zona lá — Reali desculpou-se —, minha namorada me deixou e eu, sabe né...

— Tudo bem — ela repetiu, sem virar o pescoço. — Marcel, me empresta a mochila um pouquinho?

— Vai cagar de mochila, linda?

Beatriz fuzilou Marcel com os olhos.

Com o Bob Esponja nos ombros, ela avançou no corredor do apartamento, saindo do campo de visão dos dois amigos.

Reali trotou até a porta de entrada de seu apartamento. Girou a maçaneta e puxou-a na direção de seu corpo: a porta estava trancada.

— Acabei de trocar a fechadura. Como é que vocês entraram?

— Tenho uma chave especial. — Marcel respondeu, mostrando a ele a Dádiva. — Devo ter te falado dela, não?

Reali não respondeu, sequer havia escutado o que o amigo acabara de dizer. Toda a sua atenção estava voltada ao aparelho de TV, abandonado e solitário desde a chegada do casal. O nerd caminhou como um zumbi até o sofá, sentou-se e, com o controle remoto na mão, aumentou o volume do aparelho.

Marcel tirou um Hulk de pelúcia do bagunçado sofá e acomodou-se ao seu lado.

— Audaciosamente indo... — Reali disse, com a voz impostada e o olhar vidrado na grande tela plana suspensa na parede da sala.

— ...onde nenhum homem jamais esteve — Marcel completou. — Pra onde eles vão desta vez?

— Não tá sabendo?

Marcel deu de ombros.

— Marte, *pourra*! Finalmente vamos pra Marte!

— Achei que você nem acreditava que a gente tinha ido à Lua.

— Em 69? — ele perguntou e bufou. — Não fomos mesmo. Era um filme. Todo mundo sabe disso. Depois, fomos, é claro.

Marcel achava engraçado o jeito que Reali assumia que as coisas que ele acreditava faziam parte de uma verdade totalmente estabelecida. *Como assim você ainda não sabe disso?*, ele comumente perguntava, depois de soltar alguma informação bombástica e duvidosa. E ai de quem não concordasse! Essa pessoa que ousava duvidar dele, estaria, é claro, equivocada. Em outros tempos, Marcel se irritaria com o comentário do amigo sobre o pouso na lua, discutiria e até o desafiaria a comprovar suas afirmações. Mas pela sua experiência, sabia ser inútil. Depois de anos de convivência, percebeu que era impossível mudá-lo. Como era extenuante argumentar com uma pessoa como ele, convicta e disposta a debater por dias (ou até que o oponente declare derrota). Já que estava cansado de tentar fazer o amigo mudar de postura, passou então a incentivá-lo nas suas teorias, por mais absurdas que fossem, concordando com tudo.

— Esse cara aí, não é o ricão que criou o Yagoo?

— Yagoo, Mi2, fabrica carro elétrico... o cara é duca! Cientista, filantropo, bilionário e uma das mentes mais brilhantes do mundo. Estava isolado numa ilha aí, longe dos holofotes, mas foi no tempo que você apagou da memória.

— Sei quem é. Tipo o Tony Stark versão Bollywood.

— Isso. Nanotecnologia, robótica, IA... As empresas dele estão limpando os oceanos, fazendo água potável a partir do lixo, mapeando o cérebro, erradicando a fome em um monte de lugar... o cara tem ou tinha pesquisas nas mais diversas áreas. Tá construindo umas torres ao redor do mundo, uma nova forma de gerar energia limpa. Já ouviu falar em xenobots? Encheu o *toba* de grana e passou a fazer caridade e melhorar o mundo: cura da aids, avanços no tratamento de câncer, Alzheimer... sabia que é dele a vacina para a última gripe aí, tá sabendo?

— Essa que tá matando o povo? Ouvi algo sobre.

— Gripe indiana.

— Ah, já tem até nome?

— Já. O paciente zero, descobriram, era de lá. Nova Delhi, acho.

— Começou lá?

— Sabe o que *Paciente zero* quer dizer, Marcel? — Reali perguntou sem olhar para o amigo, com sua habitual e engraçada arrogância. — Tem muita especulação das coisas que ele andou fazendo secretamente nos últimos anos. Ele não revela tudo, mas acho que mexe com clonagem e armas pesadas também. O cara é meu herói! E agora, ele e uma galera estão indo pra Marte em uma missão de colonizar o planeta vermelho. Projeto que ele mesmo tá bancando junto com uns ricões aí e a China.

— Me diz, por que Marte?

— E por que não?

— Espero não estar atrapalhando os dois pombinhos aí — Beatriz disse, assim que surgiu no corredor.

— Sabia do lançamento desse foguete, Bia?

— Não é um foguete, Marcel — Reali corrigiu. — É uma nave espacial, *pourra*!

— Se não tem foguete, como é que ele vai... — Beatriz perguntou, ajeitando-se na poltrona que ficava ao lado dos dois.

— É uma nova e revolucionária forma de energia que ele diz que vai revolucionar o mundo como o conhecemos. Tecnologia roubada dos aliens é meu palpite.

Marcel checou o celular.

— Olha, a gente tem que ir.

— Pra onde vão? — perguntou Reali sem desgrudar os olhos do televisor.

— Pro final do jogo — Marcel respondeu de forma despretensiosa.

Reali zerou o volume e, virando a cabeça em câmera lenta na direção do casal, disparou:

— O Ponto 33? Onde é, no fim das contas?

— Vamos descobrir em... — Marcel tocou a tela do celular. — Vinte minutos e dois segundos. Vinte minutos agora. Dezenove e cinquenta e... oito segundos.

— E vamos precisar da minha arma, viu?

— Então vocês ainda correm perigo?

— *Viver* é perigoso, meu velho.

Reali bufou, voltou a aumentar o volume da TV e deixou a sala bravo, pisando duro. Voltou três minutos depois, com a arma e as balas dentro de uma sacola amarela com o logo de sua loja.

— Tá aqui. Eu mandei o revólver e as munições pra análise.

— E? — Marcel impacientou-se.

— A arma parece ok. Apesar de ter estes três canos, é um calibre .38 que funciona normal. Normal, mas com balas normais. Com estas balas aqui — disse Reali tirando as balas da sacola —, a arma simplesmente não dispara.

— Pô, Reali, falei mil vezes que não era pra usar as munições!

— Eu tinha que tentar, *pourra*! De qualquer maneira, como eu esperava, elas não dispararam quando foram colocadas no tambor desta ou de outra arma de mesmo calibre.

— Ah, pronto! — Marcel abriu os braços, inconformado. — Ele, inclusive, testou as balas que falei pra não usar em outro revólver!

— E por que, Reali? — perguntou Beatriz. — Acredito que tenha uma ideia.

— As balas não são feitas de chumbo. Na verdade, não são feitas de nenhum material conhecido aqui na Terra — explicou Reali.

— Alguma liga especial? — Beatriz insistiu. — Algo... novo?

— Vocês não estão entendendo, né?

— Fala logo, Reali! — agora era Beatriz que estava impaciente.

Reali se ajeitou no sofá, virando totalmente o corpo para eles.

— Lá vem...! — resmungou Marcel.

— Os especialistas acreditam que as balas têm procedência alienígena.

— Sabia que você ia sair com uma dessa! — Marcel soltou uma gargalhada debochada. — E aí, mandou pro FBI? Acho que não. Aqui no Brasil acha que tem gente com capacidade pra analisar uma coisa dessa? Até sei quem analisou.

— Marcel, os caras manjam. Sim, foram alguns membros do nosso grupo.

— Que grupo? — Beatriz perguntou.

— Bia, não dá corda! — suplicou Marcel. E virando-se para Reali, disse: — Ah, e preciso da garrafa de água também. Não bebeu né?

— Claro que não! Mas mandei analisar também.

— Eita! E aí?

— Água contaminada com enxofre e mais uma pá de metais. E mais umas coisas que ninguém conhece. O Cid tá trazendo pra mim de volta, daqui a pouco ele chega.

O interfone berrou na cozinha e Reali foi até lá.

— Falando no diabo... — disse, ao retornar à sala. — Pedi pra ele me esperar na garagem do prédio antes da viagem.

— Ué, vai pra onde, chefinho?

— Longa história. Eu e um pessoal do NFDPT vamos pegar uma estrada rumo ao desconhecido.

— NPF...T?

— É o tal grupo. — disse Marcel para Beatriz. — Depois eu explico. Ou não... — Virando-se para o amigo, completou: — E diz aí, pra onde você vai?

— O boato surgiu há um tempo na Deep Web. Depois, tem uns fóruns que estão falando da tal estrada misteriosa que leva as pessoas para um lugar diferente.

— E não é essa a função das estradas? — Marcel interrompeu usando seu melhor tom de sarcasmo.

— Rá... rá-rá! — Reali aplaudiu de modo sarcástico. — E ele ainda quer ganhar dinheiro com isso, sabia, moça?

— Eu também já falei pra ele desistir do ramo de comédia — Beatriz concordou numa tentativa de provocar Marcel.

Marcel abriu os braços, aceitando a brincadeira, e fez um sinal para que Reali retomasse o assunto que começara.

— As pessoas seguem um conjunto de regras e de repente — o nerd estalou os dedos —, simplesmente desaparecem.

— Como assim? Desaparecem? — Beatriz questionou Reali, intrigada. — E onde isso, meu Deus do céu?

— Aí é que tá. Em várias partes do mundo. Meio que não importa de onde você saia. Só tem que seguir estritamente algumas regras e ter a sorte de elas te favorecerem na estrada que escolheu começar a viagem. O pessoal dos fóruns estão chamando de "A Estrada Esquecida". Nome bom, né? O lance é que assim que essa história viralizou, mais e mais pessoas começaram a publicar vídeos no YouTube ou textos em blogs relatando o progresso de suas viagens. Algumas delas pararam de postar depois de um certo ponto da estrada.

— Não podem ter... *desistido*? — Beatriz sugeriu.

Reali pensou por um tempo.

— Nos últimos dias — ele disse, de cabeça baixa —, histórias fantásticas têm se multiplicado pela internet. Encontros com criaturas mitológicas... diabos e anjos. Visões e sinais de que o mundo tá mais maluco e bizarro estão por toda parte.

Enquanto Beatriz e Reali conversavam animadamente sobre o que acontecia ao redor do mundo, o comediante, com o olhar ausente, tentava organizar mentalmente a lista de tarefas que tinha formulado ainda na praia, antes de atravessarem para o apartamento do amigo. Quando seu cérebro terminou o serviço, levantou-se do sofá e abriu os braços, esperando que Reali viesse de encontro ao seu abraço. A diferença de tamanho entre os dois era gritante e o nerd magrelo e alto teve que se curvar de modo que conseguisse se encaixar dentro do abraço do amigo.

— Então — Marcel anunciou —, acho que isso é um adeus.

— Acho que sim — Reali concordou. — Tipo quando a Sociedade do Anel se separa.

— Você tá insinuando que eu seja o anão da parada?

— Não, né! Não sou esse cara grosseiro que você acha que eu sou. — Reali fez uma pausa dramática. — Você é o Frodo, cara!

— Ufa, achei que ia fazer piada com a minha baixa estatura!

— Frodo é um hobbit — Reali completou, claramente irritado com a falta de cultura nerd do amigo.

Marcel fez cara de paisagem.

— E os hobbits são menores que os anões, Marcel! — Beatriz explicou.

— É que não manjo muito de Senhor dos Anéis.

— E eu não sei?

— Isso é uma vergonha, Marcel! — disse Beatriz. — Ele tem razão de estar indignado.

— Não é? — Reali concordou.

— Abaixa aqui — Marcel pediu. — Quero beijar sua careca.

Beatriz fez uma careta estranha por conta daquele pedido singular de Marcel. Fez outra ainda mais bizarra quando Reali realizou o desejo do amigo.

— Coisa antiga nossa — Marcel explicou. — Sempre deu sorte.

— Fiquem à vontade! Inclusive, os pombinhos podem fazer de conta que não estou aqui.

— Reali... pode ir se quiser, viu? Não precisa esperar, a gente tem hora exata pra atravessar.

— Bom, se não se importam, então... — Reali vestiu a enorme mochila vermelha e azul com a estampa do Homem-Aranha nas costas. — Ia até pedir pra vocês mandarem um zap pra mim assim que resolverem a parada, mas nem adianta, né? Daqui a umas horas, nenhum celular vai funcionar mais. Nada eletrônico vai. Vai ser assim até o fim do dia.

Reali percebeu, pela expressão de dúvida impressa no rosto dos dois, que precisaria dar mais detalhes sobre sua afirmação.

— É por causa da tempestade solar. Categoria G5. Vai ser punk, a maior tempestade geomagnética desde que se mede esse tipo de coisa. Maior que a de 1859. Talvez maior do que a que aconteceu 2.679 anos atrás.

— Marcel, seu amigo é um computador ambulante, hein?

Reali fez uma pose ridícula que Marcel, como conhecia bem o amigo, soube de cara que se tratava de uma imitação tosca do robô da série clássica Perdidos no Espaço.

Marcel sorriu para ele e piscou para Beatriz, dizendo:

— Meu amigo aqui é um *pouquinho,* só um *pouquinho* inteligente sim. Só é um saco mesmo quando é chefe da gente.

Reali fez uma reverência afetada de agradecimento e disparou:

— Esperem, portanto, um blecaute daqueles. E dependendo de onde estiverem à noite, preparem-se para curtir uma incrível e intensa aurora boreal.

— Ruim vai ser pra ele, né? — Marcel apontou para suas costas, na direção da TV.

— Bhishma? Se ele marcou o lançamento pra hoje, sabendo dos riscos... é porque ele sabe o que tá fazendo.

— Não faz o menor sentido o que você falou.

— É. Não faz. Mas ele é mais inteligente que a gente.

— Ele tá fugindo daqui — Beatriz concluiu, olhando para a imagem da tripulação dentro da nave, na TV. — E tá mais do que certo!

— Mas vocês dois vão salvar o mundo, não vão? Marcel vai vencer o jogo.

— E ao vencedor... — bradou Marcel, levantando o punho para cima.

— ... as batatas! — completou Reali, imitando o gesto do ex-funcionário

— Nossa, eles leram Machado de Assis! — Beatriz ironizou. — Quem diria, hein? Achei que só tivessem lido quadrinhos e *pulps.* — E então, repetindo o gesto dos dois, que mantinham os punhos na direção do teto, ela falou, num tom grave: — Ao vencido, ódio ou compaixão. Ao vencedor, as batatas!

— Bia, na verdade, a gente não leu não, tá? — Marcel explicou. — Só conhecemos essa frase em específico.

Reali aproveitou o clima de descontração para apertar novamente a mão de Beatriz, que, não satisfeita com a formalidade e frieza na despedida, abraçou-o de modo tenro. O nerd, meio desajeitado, deu uns tapinhas nas costas dela e resmungou um agradecimento na língua desconhecida que ele sempre usava quando se sentia embaraçado.

— Tem comida na cozinha se quiserem — ele disse antes de bater a porta da sala e trancá-la.

Marcel desligou o televisor, foi até a janela e abriu a cortina da sala: uma chuva fina começava a cair.

— Já é a tempestade começando, Bia? Não, né?

— Não. Você não tem noção de como será. Mas vai saber, vai ter certeza quando começar. *Se* começar.

Marcel ajoelhou-se no tapete e começou a conferir e organizar os itens que levaria para o Ponto 33, passando o conteúdo da sacola para a velha mochila com a estampa do rosto alegre de Bob Esponja.

Beatriz tocou o ombro do comediante e disse, depois de um suspiro:

— Marcel... sabe... sobre o que a gente tava falando do Machado de Assis...

— Que tem? — ele perguntou, sem virar-se, ainda concentrado na arrumação.

— Tem muito a ver com o momento, sabia? Depois do que falei com Belial, Gabriel... A frase lá das batatas... ela tem a ver com uma filosofia fictícia do Humanitismo.

Marcel interrompeu o processo de arrumação que fazia e ficou esperando a explicação.

— Um exemplo que dão no livro: tem duas tribos famintas e entre elas, apenas um campo de batatas. Agora, imagina que se as duas tribos dividissem em paz as poucas batatas... elas não se alimentariam direito e acabariam morrendo de fome. As duas. Certo? Mas... e se uma só tribo comesse? Aí essa tribo teria energia suficiente para atravessar as montanhas e chegar até outro campo onde há uma quantidade maior de batatas.

— Ué, por que a outra tribo não come outras coisas?

— Na história proposta, não tem outra comida. Não seja chato! É uma história que serve para provar o ponto de vista do cara lá, do filósofo do livro. E a moral da história é que a paz é a destruição e a guerra é a conservação.

— Você tá sugerindo que a guerra é melhor do que a paz?

— Eu não! O livro. Na luta pela sobrevivência, quem vence é sempre o mais forte.

— A guerra como forma de seleção natural... tá se referindo ao Apocalipse?

— É. Se os mundos se chocarem mesmo... se o Inferno e os Céus e nosso mundo se tornarem um só... não haveria "recursos" para todos e... a gente é a tribo mais fraca, Marcel!

— Mas não vamos ser tão pessimistas, Bia! — disse Marcel com falsa empolgação, segurando a página de passatempos Ligue os Pontos nas mãos. — Eu estou a um pontinho de finalizar o jogo e, assim, acabar com a guerra!

— Aproveita e completa aí a linha então — Beatriz apontava para o pedaço de papel nas mãos do comediante.

Marcel olhou para a folha e viu que não havia unido os últimos pontos. Pegou um lápis que estava largado no tapete e puxou a linha do ponto 30 até o ponto 31 e dele, para o ponto 32.

— Não vai unir o ponto 33?

— Não. Dá azar! — Marcel respondeu, sem desgrudar os olhos daquela folha de papel amassada e amarelada que representava seu jogo. — Só quando a gente chegar lá mesmo e confirmar que é o local correto.

— Então... vamos? — Beatriz perguntou, erguendo-se do sofá de supetão. Marcel, no entanto, não se moveu. Estava hipnotizado pelo papel com o passatempo macabro. Olhava, virava a folha e depois a virava de novo. Até que um detalhe o fez sorrir. Um sorriso discreto, mas que ela notou.

— Quê?

— Nada, curiosa!

— Não vai me contar?

Ele chacoalhou a cabeça negativamente enquanto guardava a folha de Ligue os Pontos no bolso da calça.

— Mesmo? — Beatriz estava visivelmente inconformada.

Ele desprendeu o riso mudo da boca e tornou-o sonoro.

— Um a um então? — Beatriz estendeu a mão.

— Isso. Empate de segredinhos — disse ele, apertando a mão da garota, encarando-a, franzindo as sobrancelhas de um modo não natural. Quando ela sorriu, Marcel, num rompante, com uma euforia exagerada e forçada, rugiu:

— Hashtag: "PartiuFimdoMundo"?

— Partiu, né... — disse Beatriz, desolada. — Só não sei o porquê da empolgação.

— Eu sei.

— Não vai mesmo me con...

— Não! — ele interrompeu.

— Então... tá, né?

Com a mochila do Bob Esponja nas costas, Marcel dirigiu-se para o corredor do apartamento de Reali. Só parou quando chegou na frente da porta de um dos dormitórios. Beatriz, com a foto dada por Justo em uma das mãos e a Chave em outra, o seguiu até ali e esperou. Ele checou se a porta estava realmente fechada. Estava. Afastou-se e deu seu lugar a Beatriz, que, concentrada na foto em suas mãos, girou a Chave e empurrou de leve a porta do quarto. De olhos cerrados, ela proclamou:

— Que Yahweh, o Deus verdadeiro, esteja com a gente. — E fez um sinal da cruz que foi prontamente copiado por Marcel.

— Beatriz, saiba de uma coisa. Eu nunca, *nunca* vou te abandonar.

Trocaram olhares e deram-se as mãos.

Beatriz procurou aprovação em Marcel. Ele acenou com a cabeça.

Lado a lado, atravessaram para o desconhecido.

Beatriz

[1 hora e 15 minutos depois]

Parecia uma piada de mau gosto.

O local onde haviam aterrissado era pequeno. Minúsculo. Tão ridiculamente apertado que Beatriz calculou que o cubículo dificilmente teria mais do que 1 metro por 2. Para piorar, estava atulhado de objetos. No chão, galões brancos translúcidos com líquidos coloridos disputavam espaço com algumas caixas de papelão, rolos de papel higiênico, uma vassoura e dois rodos. As paredes eram como uma extensão da porta, cobertas por tiras de madeira horizontais desgastadas, de onde vários ganchos de metal brotavam e suspendiam uma camisa xadrez, uma bermuda jeans, um par de luvas verdes de borracha e várias ferramentas de jardinagem e pintura. Do teto pendiam mangueiras e panos sujos e úmidos. Estavam confinados dentro de um tipo de despensa, um depósito de materiais de limpeza, e movimentar-se por ali era uma tarefa quase impossível.

E estava quente. Muito quente.

Voltaram a abrir a porta por causa do calor que sufocava e também para que soubessem logo a resposta para a pergunta principal: qual a cidade, qual o país? Marcel poderia ligar seu celular e obter a confirmação pelo Google Maps, mas a manobra parecia arriscada àquela altura. Em vez disso, eles reviraram o depósito numa busca infrutífera por pistas. Nada de cartas de tarô ou algo que pudesse confirmar que aquele era o Ponto 33 do jogo.

Começava a ficar quase impossível respirar ali dentro.

— Tomara que Justo esteja certo… — Marcel balbuciou, apreensivo.

— Temos que sair daqui antes que alguém… você sabe… — Beatriz disse, guardando a Chave que usara dentro da mochila de Marcel.

— Sei. Fica atrás de mim — ele anunciou.

— Me protege mesmo... meu homão!

— Ei! Isso é *bullying!* Só porque eu tenho a mesma altura que você?

— Você tem pelo menos cinco centímetros a menos. E olha que estou sem salto!

Ele não olhou para ela.

Em vez disso, puxou a porta lentamente e espiou pela fresta. Havia o corpo de um homem caído em frente à porta. Morto. As partes descobertas exibiam pústulas. Havia sangue saindo pelas narinas e pelos olhos que, abertos, encaravam o vazio. Não fazia tempo que ele morrera, Marcel avaliou. As roupas coloridas do morto estavam manchadas de vermelho e uma quadrilha formada por quatro animaizinhos marrons e narigudos revirava as sacolas ao lado do homem à procura de comida.

— Vamos pular por cima dele — Marcel avisou. — Evita encostar no morto. E nem pensa em tocar nos quatis.

— Quatis?

— Sim, esses bichinhos parecem bonzinhos, mas mordem. Quer tentar a sorte?

Beatriz fez um não com a cabeça.

Marcel saltou pelo corpo e Beatriz fez o mesmo. Logo descobririam que havia mais cadáveres espalhados pelo chão.

— Aqui é o Parque Nacional do Iguaçu, Bia.

— Como sabe?

— Eu vim uma vez com meu pai e meu irmão. Faz tempo.

— Tá igual?

— Não lembro.

— Então como tem certeza?

— Por causa do barulho das cataratas. Ouve só! — Marcel fez uma pausa. Havia um silêncio de natureza onde o chiado das águas, ao longe, se destacava. — E também por causa dos quatis e daqueles ônibus ali, ó! — Marcel apontou para a frente, para a rua, onde uma dezena de vans e ônibus estavam estacionados na margem oposta.

Beatriz seguiu a direção que o dedo de Marcel indicava e encontrou um ônibus de dois andares pintado de amarelo onde um puma laranja saltitava sobre as janelas. Na frente dele, ela pôde ler: PARQUE NACIONAL DO IGUAÇU.

Desceram por um tipo de rampa coberta, desviando e saltando sobre cadáveres pelo caminho. Pela disposição dos corpos, Beatriz deduziu, houve confusão e correria. Homens, mulheres, velhos e crianças, famílias inteiras. Todos esparramados pelo chão, com manchas e erupções por toda a pele. Os cadáveres seguravam bolsas, sacolas, celulares, câmeras ou brinquedos. A morte parecia ter vindo quase ao mesmo tempo para todos. Beatriz imaginou se eles haviam sofrido muito, se fora algo dolorido. Avaliou que, pela confusão dos objetos e corpos, deve ter havido correria e pânico.

— É como nos sonhos, Bia?

— É. Mas nos sonhos, a quantidade de mortos era imensamente maior. Estávamos num tipo de caminho estreito, tinha um barulho ensurdecedor, a tempestade...

— Acho que sei onde pode ser isso. Mas antes, melhor irmos a um lugar que dá pra ter uma boa visão do parque.

Usaram o corrimão amarelo para ajudar a percorrer o corredor inclinado e estreito. Quando viraram à esquerda, a quantidade de defuntos diminuiu e eles puderam andar rapidamente, chegando a uma área aberta, onde havia uma cafeteria e um quiosque. Marcel aproximou-se do quiosque e conferiu se havia alguém ali dentro.

— Ninguém vivo, ninguém morto — gritou para Beatriz.

Saltou o balcão e, do lado de dentro, pegou um pacote de bolachas, uma garrafa de água e uma dúzia de chicletes das prateleiras.

— Por que tá fazendo isso?

— O chiclete é por causa do bafo — disse, arremessando um Trident à boca. — A bolacha é fome mesmo. E a água... — Marcel fez uma pausa. — Merda!

— Quê?

— Agora que peguei essa garrafa na mão, lembrei.

Beatriz abriu os braços.

— Vai — ela disse, indignada —, desembucha!

— O Reali. Ele ficou de devolver minha água e não devolveu. Aí, ele desceu e foi embora sem... ah, merda!

— Deixa! Não vamos *esquecer* de nada por aqui. Muito pelo contrário.

Marcel torceu o beiço e deu um muxoxo. Na frente de uma enorme placa verde, abriu os braços e disse:

— Não avisei?

Beatriz leu o conteúdo da placa, escrito em letras amarelas, logo abaixo do desenho estilizado de um quati e de um hambúrguer:

NÃO ALIMENTE OS QUATIS!

ALIMENTAR OS QUATIS CAUSA SÉRIOS DANOS À SAÚDE DO ANIMAL, COMO PROBLEMAS DIGESTIVOS E DIABETES.

TAMBÉM CAUSA DESEQUILÍBRIO ECOLÓGICO, ALTERANDO A VIDA SELVAGEM DO PARQUE.

— Quem dá hambúrguer prum bichinho desse, meu Deus? — Beatriz disse a Marcel, mas ele já estava longe dali.

Beatriz correu e encontrou o comediante olhando para baixo, debruçado no parapeito de uma grade de proteção. Quando chegou até ele, entendeu. A visão das cataratas era impressionante: puxado pela gravidade e motivado por uma fúria cega, o turbilhão de águas revoltosas despencava para a morte certa em um rio impaciente que tentava, sem sucesso, se desviar de várias rochas que se erguiam pelo caminho desnivelado. Não demorava muito, aquelas águas terminavam a breve viagem acidentada num abismo, transformando-se em novas cataratas não menos furiosas. O som das águas se assemelhava ao rugido de um trovão.

— A vazão tá baixa — Marcel explicou. — Dá pra saber pela cor da água, que tá clara. Quando estive aqui, a água tava até barrenta por causa do aumento da vazão.

Estavam em um mirante suspenso, na parte mais alta do parque. O chão, feito de metal vazado, possibilitava que eles vissem as vigas de sustentação e a plataforma inferior localizada a algumas dezenas de metros abaixo.

Quando Marcel tentou entregar a Beatriz um chaveiro de um tucano que roubara da lojinha de lembranças, ela estava ajoelhada ao lado do corpo imóvel de uma mulher de meia-idade vestida com roupas de corrida. Ela recusou com um sinal de cabeça enquanto conferia a pulsação da senhora esparramada na plataforma. Diferente dos outros cadáveres, aquela mulher não possuía erupções pela pele. Em vez disso, exibia grandes manchas pretas nos braços e pescoço. E um sanduíche pela metade em uma das mãos.

— Morta — decretou.

— Não diga! — Marcel ironizou. — Olha, não sei se a gente devia encostar neles. Pode ser alguma coisa contagiosa... pode ser a tal gripe indiana.

— Relaxa que comi a *fruta da vida*. Agora tenho saúde pra dar e vender.

Marcel se apoiou sobre outro parapeito amarelo de grades enferrujadas que deveriam proteger os turistas de uma queda semelhante à das águas. Naquele lado da plataforma, puderam ver o conjunto de passarelas que bravamente se erguia sobre as águas e se assemelhava a uma enorme serpente de duas cabeças. As cabeças dos animais peçonhentos feitas de concreto se contorciam cada uma para um lado e terminavam no limite de um mesmo precipício escuro e sem fim. O sinuoso caminho também estava lotado de cadáveres: a cena toda, vista lá de cima, era ao mesmo tempo aterrorizante e grandiosa.

— Oxi, aquilo ali não é um número? — Beatriz apontava para onde a passarela se alargava e findava numa plataforma na forma triangular: uma das cabeças da serpente.

Marcel demorou, mas encontrou o número pintado em vermelho.

— Parece um número desenhado, não parece?

— Eu vejo um 3. Ou um 8… talvez? E um… — Beatriz disse, espremendo os olhos. — Merda, tem uns corpos em cima… mas dá pra ver que tem outro número lá.

Marcel sacou o celular, abriu a câmera e usou o zoom máximo para desvendar o mistério. E disse:

— Certeza que lá é o Ponto 33! Vamos?

— Assim?

— Assim como?

— Ué, sem tomar nenhuma precaução. E se for uma armadilha, Marcel?

— Olha, Bia, se você não for, eu vou sozinho. Melhor, até! Melhor me esperar aqui. Tem uma visão privilegiada e… se você vir qualquer coisa vindo na minha direção, grita!

— E você acha que eu sou do tipo donzela? Nana-nina! Acha mesmo que tá num filme dos anos 80? Aqueles onde o cara durão fala pra mulher esperar e ela…

— …e ela nunca espera! — Marcel completou. — Aí ela é capturada pelo vilão, que a usa como escudo, atrapalhando os planos do herói, que tem que entregar a sua arma e se render.

Me convenceu.

— Ouviu isso? — a sibila perguntou.

Um helicóptero surgia, mínimo, no horizonte.

Marcel explicou que se tratava provavelmente de um voo turístico, muito comum naquele parque. Acrescentou também que aquilo poderia ser um bom sinal, significava que nem todo mundo havia morrido por ali. *Bom sinal?* Beatriz pensava que não. Poderia tanto ser o pai de Marcel e Justo, os mocinhos, como os seus inimigos. A garota argumentou que seria melhor que eles esperassem o helicóptero se afastar para que pudessem agir. Marcel concordou. Ele sempre acabava concordando com ela. O casal recuou, afastando-se da grade, e se jogou no meio dos corpos, torcendo para que os tripulantes não os percebessem ali.

Durante longos minutos, a aeronave rasgou os céus para lá e para cá fazendo manobras arriscadas, como se buscasse por sobreviventes. O casal ficou imóvel sem sequer virar as cabeças na direção do voo. Apenas quando o barulho das hélices esmaeceu foi que deram uma espiada. Tarde demais. O helicóptero estava longe o suficiente para que não conseguissem definir quem eram ou quantas pessoas estavam a bordo.

Os dois levantaram-se do meio dos corpos.

— Mas... e se o helicóptero voltar? Acha que era Caliel e sua turma? — ela indagou.

Marcel deu de ombros.

— E se ele chegou antes e ganhou o jogo? — Beatriz insistiu.

— Saberemos logo, Biazinha, não há por que sofrer por antecedência. E se ele ganhou o Ligue os Pontos, acho que estaria lá em cima do número 33 pra jogar isso na minha cara, não acha?

— É. Ele não teria ido embora antes disso.

— Tudo bem, minha donzela. Tudo bem sentir medo.

— Medo? Eu tô me cagando toda!

— Já eu... — ele disse, batendo no peito. — Tô benzão!

— Mesmo? — A pergunta da Beatriz era sincera. Como Marcel desviou o olhar, ela não pôde saber se o que o comediante havia dito era verdade.

Encontraram as portas do elevador abertas.

O corpo de uma senhora imensa impedia-as de fechar. Marcel retirou a mochila das costas, posicionou o Bob Esponja sorridente ao lado do cadáver. Depois, tirou a própria camisa e enrolou nas mãos. Não queria tocar na pele flácida e cheia de manchas pretas e vermelhas da velha obesa. Segurou-a firmemente pelos pulsos e com cara de nojo, fez força, tentando puxar a carcaça para fora do elevador, mas ela praticamente não se moveu. Beatriz resolveu ajudá-lo. Quando ele percebeu que a garota não protegia as mãos, jogou a camisa pro lado e só com muito esforço e suadeira foi que os dois conseguiram liberar a entrada do elevador.

O ar-condicionado gelava o interior do elevador de modo brutal.

— Tá com frio? — Beatriz perguntou, segurando a risada.

— Tô é com calor. Por quê?

— Pois os seus *mamilos* dizem o contrário!

Marcel conferiu. Ela tinha razão. Ele cobriu os mamilos intumescidos com as mãos, fingindo pudor. Vestiu rapidamente a camiseta com a trilha sonora das gargalhadas de Beatriz de fundo. Antes que trouxesse a mochila às costas, puxou o revólver de dentro dela, escondeu-o por baixo da camisa, prendendo-o à cintura ajudado pela calça jeans justa, de um número menor do que costumava usar. Depois, apertou o botão -1 e o elevador, num tranco, resolveu descer, reclamando.

Graças às generosas paredes transparentes, puderam assistir a galhos, folhas de árvores e traços grossos horizontais da estrutura da torre passarem como figuras de um elaborado teatro de sombras, contrastando com o cenário vívido e colorido de fundo. No céu de azul intenso salpicado por inúmeras nuvens brancas, Beatriz conseguiu ver um coelhinho fofo sem, no entanto, ter tempo para comentar em voz alta, já que o vento logo transformou o pequeno animal feito de nuvens em uma massa disforme e sem vida. Um novo tranco avisou-os que haviam chegado ao andar inferior da torre. A porta se abriu e eles contornaram o elevador, ziguezaguearam entre várias faixas esticadas sobre estacas de metal que serviam para organizar as filas dos turistas. Tiveram que pisar sobre alguns corpos e Beatriz reclamou dizendo que a sensação era horrível. Passaram por baixo de uma placa verde com a inscrição PASSARELA DE ACESSO À GARGANTA DO DIABO e se viram rodeados por mais mortos. Como não queriam pisar em mais cadáveres, decidiram fazer um desvio por uma loja imensa apinhada de artigos para turistas. Lá, Marcel pegou um boné rosa com o bordado de uma oncinha e deu à Beatriz, que aceitou o presente de bom grado. A saída da loja desembocava em uma rampa estreita. Caminharam mais um pouco até chegar à parte térrea do mirante.

Quando caminhavam pela passarela, Beatriz se deu conta de que a estrutura não era tão estreita quanto parecia vista do alto da torre. Apesar de ser mais larga do que ela pensava, era custoso avançarem por conta da quantidade de cadáveres acumulados uns sobre os outros naquele chão de cimento. Tentavam não pisar em ninguém, uma tarefa ingrata e que deixava o avanço mais lento. A maioria dos cadáveres estava coberta por um tipo de capa com capuz feita de um plástico fino e transparente. Era um tipo de proteção que evitava que os turistas se molhassem, Marcel explicou.

— Eu sei o que está pensando — ele disse.

— O que eu estou pensando?

— "Por que a gente não tá se molhando?", é porque não tem vento. E sem vento, a garoa fina que sai da catarata não chega aqui.

— Não falei nada.

— Mas pensou.

Beatriz deu de ombros.

Marcel ainda tentou fazer uma piada dizendo que aqueles plásticos não serviram como proteção, pois não evitaram que essas pessoas morressem, contaminadas. Beatriz ficou irritada com o gracejo fora de hora. Ela estava sensível demais por causa da conversa que tivera com Gabriel e principalmente por conta das crianças mortas. Presenciar aqueles corpinhos frágeis de bebês e crianças ali, largados, era, sem dúvida, a parte mais difícil do trajeto. Vez ou outra Beatriz interrompia a caminhada para arrumar a posição de um garotinho ou ajeitar a saia ou blusinha de uma menininha. Sempre alisava os cabelos deles de forma carinhosa, limpando o sangue de seus rostinhos. Marcel, que ia mais à frente, não disse mais nada após a reação raivosa de Beatriz à sua piada infeliz, tampouco reclamou da lentidão dela. Preferiu demonstrar sua apreensão olhando constantemente para seu relógio. Ela o conhecia bem, aquele gesto repetitivo era a forma de ele pedir para que ela se apressasse.

— Olha só aquele cara ali, de bermuda! — Marcel urrou, gargalhando. O cessar fogo do humor ácido havia cessado. — Ele tá com os olhos abertões, olha! Não parece que vai se levantar a qualquer momento, tipo um zumbi?

Beatriz grunhiu um palavrão qualquer e, usando a grade verde como apoio, resolveu tomar a frente da expedição até a segunda cabeça de serpente. Antes que atingisse o fim da passarela, olhou para o rio e perguntou:

— Moedas?

Marcel se pendurou na grade e olhou as águas do rio ao lado da passarela. Algumas rochas se elevavam acima do rio corrente, formando algumas poças de água parada; no fundo delas, inúmeras moedas brilhavam ao sol.

— Tem uns óculos também! Olha lá! Ah, e um celular! — Marcel riu e apontou para uma placa amarela apoiada em uma das vigas de sustentação da plataforma. — E uma placa! Uma placa proibindo as pessoas de jogar moedas nas Cataratas do Iguaçu. Aí, jogaram a própria placa! Brasil, né?

Beatriz não comentou, estava parada sobre o número 3 pintado com spray vermelho no meio da plataforma. Marcel foi até lá e empurrou um cadáver para o lado com o objetivo de desvelar o segundo número. Era outro 3, como suspeitavam. Alguém havia marcado aquele piso e não havia mais dúvidas quanto a isso: aquele era o último ponto do jogo, o Ponto 33.

— Quem você acha que pintou isso?

Marcel não respondeu. Em vez disso, visivelmente perturbado, começou a revirar os bolsos, bolsas, sacolas e mochilas dos mortos estendidos no chão da plataforma.

— Posso perguntar que merda cê tá fazendo? Não basta roubar comida e lembrancinhas, agora tá querendo o quê?

— Me ajuda a procurar. Pista, mensagem... qualquer coisa *diferente*.

— Tá... — Ela se agachou e começou a ajudar na busca. — Você percebeu que aqui é o lugar que tem menos pessoas mortas?

— E?

— Acho que as pessoas, quando perceberam que iam morrer, saíram correndo, tentando sair da passarela. Por isso, no começo, tinha um amontoado de corpos e aqui, no fim, menos.

— É... — ele disse, olhando-a de soslaio. — Faz sentido.

— Vê isso, Marcel! — disse Beatriz, segurando, desolada, um pedaço de papel na mão. — Tem um recado pra você aqui.

Marcel pegou a tira molhada de papel e sua expressão foi se transformando até que nenhum sinal de alegria restasse em seu rosto.

Assim que terminou de ler, saiu em disparada pela passarela.

— Ei, aonde vai? — Beatriz gritou.

— Tenho que ir até o banheiro! — Marcel berrou ainda mais alto, já distante dela. — É rápido!

— Isso é hora para ter caganeira?

Marcel não respondeu à última pergunta de Beatriz.

Ela ainda o veria escorregando, tropeçando em cadáveres sem parar de correr em momento algum. Ela deveria se preocupar ou se acalmar com aquela ação desesperada? Sim, ela entendia que a frase CALIEL ESTEVE AQUI, escrita naquele papel, e o tal rostinho mau significavam que Marcel havia perdido o jogo. Sabia as implicações terríveis que a derrota provavelmente traria. Ainda que a correria desenfreada de Marcel não fizesse parte de seus sonhos, a sibila tentava se animar, pensando que talvez houvesse ainda alguma chance para eles. *Marcel tem que matar Caliel!* Melhor seria esperá-lo voltar, ouvir suas explicações e só então decidir sobre abraçar seu medo ou não. Beatriz, contudo, não teve muito tempo para ficar se questionando sobre a partida repentina de Marcel. O helicóptero havia voltado. O bramido das cataratas, tão próximas agora, havia asfixiado o barulho das hélices e quando ela percebeu, já era tarde demais: a aeronave, apesar de ainda estar muito alta, estava estacionada no ar, bem acima dela.

Beatriz levantou a cabeça e com a mão protegendo os olhos do sol, acompanhou o helicóptero baixando lentamente em linha reta, aproximando-se mais e mais do solo, ocupando uma porção cada vez maior do céu. Ela recuou, dando alguns passos para trás até ficar espremida contra a grade.

Uma escada foi lançada para que duas mulheres e um homem descessem por ela.

— Olá, sibila! — saudou o velho homem com uma das mãos. A outra mão esmagava o topo de seu chapéu feito de palha equatoriana contra a cabeça.

Beatriz balançou a cabeça e apontou para sua orelha num sinal claro de que não havia ouvido o que ele dissera. Mentira. Ela entendera muito bem o cumprimento, só não queria devolver a saudação. Caliel, que tinha um guarda-chuva enrolado em seu antebraço, esboçou um sorriso amarelo e fez um sinal para Yesalel. A malaquim acompanhou com a cabeça o helicóptero se mover lateralmente e mergulhar num voo suicida para dentro do abismo que os margeava.

Quando o helicóptero passou zunindo por eles, Beatriz notou que ninguém pilotava o veículo. Percebendo a confusão da garota, Caliel explicou:

— Yesalel, ela... tem um dom especial com as máquinas.

Beatriz bufou, tapou os ouvidos, contraiu o corpo, enrolando-se como uma lagarta devido ao estrondo que o helicóptero produziu ao chocar-se contra as rochas.

— Se fosse um filme, explodiria a porra toda! — disse a garota de cabelos curtos e verdes que vestia uma mochila infantil, mascava chicletes e usava um enorme fone de ouvido de pelúcia rosa. — Esperava mais de você, *Boca*!

— Ah... deixe-me apresentar minha irmãzinha. — Caliel estendeu o braço até envolver os ombros de Haziel que tratou logo de desvencilhar-se do irmão. — Haziel ou simplesmente... DJ!

— Vai se foder! — Beatriz disse, mostrando o dedo do meio para a garota que vestia às costas uma mochila no formato do personagem Pikachu. — Vai todo mundo se foder!

— Gosto assim, Mau! — provocou DJ. — Garotas difíceis...

— Se veio buscar seu prêmio, chegou atrasado, velhinho. Ele já foi embora daqui!

— Israfil?

— Tô falando do Marcel, ô velho escroto!

— Ah, está falando *dele!* — Caliel disse, apontando com o cabo do guarda-chuva para a direção do começo da passarela.

Quando o olhar de Beatriz desviou-se para a direção em que o guarda-chuva apontava, encontrou Marcel retornando pela passarela com um brutamontes caminhando logo atrás dele. E como vinha com os dois braços levantados, ela entendeu que havia uma arma apontada para suas costas.

— Perdão, Padre! — o homenzarrão vestindo uma jaqueta de couro gasta com uma camisa azul e amarela do Boca Juniors por baixo gritou, ao longe — Tive que esperar o figura aqui sair do banheiro.

— Tá tudo bem, Pedra — Caliel respondeu, sem elevar a voz.

— Pedra? — Beatriz perguntou.

— Esse é o filho da puta que te falei que quebrou meu nariz! — Marcel resmungou assim que pisou sobre o número 33 pintado no chão.

— Não acha que seu progenitor deveria estar aqui para entregar o prêmio a que tenho direito?

— Isso eu posso ajudar, Caliel. — disse Marcel, ao levar a mão espalmada à frente de seu rosto. — Qual prêmio você quer? Escolhe! — Ele foi dobrando um dedo após o outro, até que restasse somente o dedo médio em pé. — Esse aqui… serve?

— Vocês combinaram isso antes, né não? — zombou DJ. — Porque… sabe, achei fofo. Ofensivo… mas ainda sim, fofo. — E virando-se para o irmão, completou. — Vamos acabar logo com isso, Mau?

Caliel apontava agora o guarda-chuva para um conjunto de quedas d'água ao fundo, localizadas do lado argentino do parque.

— Aquela queda d'água na forma de um "U" invertido tem 150 metros de largura e mais de 70 metros de altura. Sabem o nome dela, meus caros?

— Caguei pro nome d… — A frase de Marcel foi interrompida por uma coronhada.

— Garganta do Diabo — Caliel prosseguiu. — Bem peculiar a alcunha, não? Sabe como foi formada? Suponho que não.

Marcel franziu a sobrancelha, fuzilou o velho com um olhar feroz e praguejou.

— Erupções vulcânicas… terremotos, erupções? — Beatriz interveio, visivelmente preocupada pela vida de Marcel.

— Por isso eu tenho apreço a você, sibila. — Caliel disse calmamente. — Educada, poderosa e inteligente Mas não… não me referia a esse tipo de origem. Mas entendo que sou o único culpado pela sua confusão. É que percebo agora, não fui muito claro na minha indagação. Questionava, na verdade, sobre a lenda da origem das cataratas. — O velho começou a andar pela plataforma, como se aquele fosse seu palco e ele, um palestrante. A cada passo, ele batia a ponta do cabo de metal do guarda-chuva contra o chão. — Há muitos e muito anos, os índios caingangues que aqui habitavam acreditavam em uma divindade cruel com formato de cobra. Seu nome era M'Boi. Ele regia o planeta e era filho de Tupã. Acontece que o cacique da tribo ofereceu a esse deus a sua própria filha Naipi, a mais bela das índias. Dizia-se que sua beleza era tanta que fazia até as águas do rio pararem para vê-la passar. Mas como acontece nas melhores histórias de amor, ela se apaixonou por outro. O outro, no caso, era um jovem guerreiro chamado Torobá. No dia da festa de seu casamento com M'Boi, o casal de jovens apaixonados resolveu fugir pelo rio em uma canoa. Ao perceber tamanha afronta, o deus encheu-se de fúria e, usando seu imenso poder, abriu grandes fendas na terra. As fendas deram origem às gigantescas cataratas que estão às nossas costas. Naipi e Torobá despencaram no fosso profundo e mortal que acabara de se formar e desapareceram para sempre. Conta-se que Naipi foi transformada na rocha central das cataratas, sempre atingida pela força das águas, e que Tarobá, seu amante, virou uma palmeira inclinada na direção da garganta do rio, ali, na beirada do abismo, de onde contempla para sempre a sua amada sem nunca mais poder tocá-la. Uma idílica forma de castigo. O arco-íris que vemos agora une o casal apaixonado. E abaixo da palmeira, diz a lenda, encontra-se a gruta onde vive até hoje o deus cruel e vingativo que passa os dias e noites vigiando suas vítimas. Essa gruta, meus caros, recebeu o nome de Garganta do Diabo.

— Então, vovô... com todo respeito que lhe cabe... — Beatriz deu um passo à frente, mãos levantadas em um sinal caricato de rendição. — Legal, a história e coisa e tal, mas... Primeiro, eu não sou tão bonita assim, segundo que Marcel não é guerreiro, nem jovem, e terceiro, você não é nenhum deus. Então, qual a relação? Vai jogar a gente lá embaixo? Que nem fizeram com o helicóptero?

— Nunca faria isso! — Caliel disse, interrompendo a sua caminhada circular.

— A Lei, né? — Beatriz perguntou retoricamente. — Mas essa Lei não deveria impedir o brucutu aqui de atirar no Marcel?

— Beatriz, não dá ideia! — Marcel irritou-se.

— Ele poderia, se essa fosse a vontade dele. Ele não está sob a Lei.

— O Padre é santo! — Pedra gritou. — Ele é Deus!

— Que tal telefonar para o seu papai? — o velho sugeriu a Marcel.

— Não tenho o telefone dele — respondeu o comediante, de modo ríspido.

Caliel aproximou-se de Marcel.

— Se há uma coisa que você tem é o *telefone* dele — ele disse.

— Ligue para Justo usando o telefone do seu pai. Devem estar juntinhos, os dois.

— Não tenho o número dele também, ô velhote chato! — rugiu Marcel, que instantaneamente sentiu o cano gelado e molhado da arma de Pedra encostar na pele da sua nuca. — Tá, tá bom, tá na mochila...

— Marcel tirou as alças da mochila e remexeu o interior do Bob Esponja. Com o velho Nokia azul nas mãos, apertou um botão e o jurássico aparelho acendeu-se. — Tá, e agora?

— Aperta e segura o número 2. — Caliel ensinou. — Imaginei que o Espantalho havia ensinado tudo a Beatriz, mas... de qualquer forma... — O velho estendeu a palma da mão esquerda e, com a ponta do dedo indicador da outra mão, tocou a palma repetidas vezes. Um sinal que Marcel entendeu de pronto e obedeceu. Afinal, que alternativa tinha ele? Depois de dois segundos segurando o botão, um som pôde ser ouvido. Tratava-se de uma sequência de apitos agudos e quase imperceptíveis que surgiam e sumiam, ao longe, quase totalmente encobertos pelo trovoar das cachoeiras.

— Parece código Morse, né? — Marcel sugeriu.

— E é! — DJ respondeu, afastando da cabeça seus fones de ouvido. — E tá dizendo: "connecting people". É o *Ascending*, um ringtone antigo do Nokia. E tá vindo de lá — a garota exótica afirmou, apontando para a outra plataforma da passarela.

Todos viraram os pescoços e puderam ver quando um homem, coberto de sangue, se levantou do meio dos cadáveres. Todos o reconheceram à medida que ele, caminhando calmamente, aproximava-se da plataforma: era Israfil, o pai de Marcel.

Marcel

[2 horas depois]

Na pequena plataforma em formato de cabeça de serpente, os dois grupos antagônicos se espremiam, separados por poucos metros e alguns cadáveres de distância. Em uma das quinas estavam Caliel, Yesalel e DJ, enquanto na outra, colados à grade e sob a mira certeira de Pedra, alinhavam-se Israfil, Marcel e Beatriz.

Marcel notou que se não fosse pela capa plástica que seu pai vestia por cima de tudo, ele estaria exatamente com o mesmo figurino que usara no VHS do Mágico de Oz, que consistia basicamente em uma camisa branca e uma calça esportiva. Insólito era o fato de ele ter acendido um cigarro e até o momento não ter dito uma palavra sequer. Marcel decidiu que seria melhor permanecer calado também.

— E eu que pensei que papai e filhinho iriam se abraçar — ironizou Caliel —, trocar afagos e dizer coisas tocantes como "eu te amo" e "senti saudade de você", mas parece que pulamos direto para a parte onde você diz suas últimas palavras e morre, não é mesmo, Israfil?

— *Minhas* últimas palavras? Ou *suas*, Caliel? — o fumante rebateu, deixando um sorriso largo formar-se em seu rosto.

— Ironias não irão salvar a sua pele hoje, assassino! — O som era metálico e agudo e saía de um pequeno alto-falante pendurado por uma alça de couro no ombro de Yesalel.

— Não? — Israfil perguntou de forma debochada, depois de uma longa baforada.

— Não veio com seu guarda-costas? — o velho perguntou a Israfil de forma debochada.

— Metraton? — Israfil sorriu. — Tinha um encontro mais importante. Eu acho...

— Pai, por que não diz logo que não matou Deus e a gente vai embora daqui?

— Exato. Por que não o faz, Homem de Lata? — perguntou o velho.

O jovem negro sorriu de novo, mas sem mostrar os dentes. Dessa vez, deu de ombros e por fim, de cabeça baixa, confidenciou:

— Eu não reuni vocês aqui pra confessar coisa alguma ou para lavarmos roupa suja!

— Então... por quê? — perguntou calmamente Caliel. — Afinal, sabia que eu venceria o jogo quando o criou, não?

— O jogo não foi feito para você. Desde o começo, deixei claro que ele foi feito para o meu filho. Não sei como o descobriu, mas assim que decidiu participar, fez por sua conta e risco.

— Veni vidi vici — o velho proclamou.

Marcel deu um passo à frente e rebateu:

— Não sei se deveria comemorar a vitória tão cedo, cosplay de Júlio César...

— Eu cheguei primeiro ao ponto derradeiro, o Ponto 33, também conhecido como o final do jogo. Que controvérsias poderiam haver sobre essa inequívoca verdade?

— Ele tem razão, meu filho — Israfil disse, encarando pela primeira vez o filho. — Ele, de fato, chegou primeiro ao Ponto 33. Aliás, sempre esteve à sua frente no jogo. — E voltando-se para o irmão, continuou: — Imagino que queira reivindicar seu prêmio, irmão caçula.

— Mas é evidente! — ele respondeu, exultante.

— Mas, pai...

— Caçula? — Beatriz murmurou.

— Tenha paciência, filho. Sei que tem algo a dizer sobre isso, mas quero que ele diga antes o que deseja de você.

— Todos aqui sabem o que eu quero — o velho alardeou —, nunca foi segredo! Eu *desejo* que você mate seu pai, Marcel. Não porque sou mau, mas porque *ele* é.

— Interessante... — disse o Homem de Lata depois de mais uma baforada. Esperou a fumaça ser levada pelo vento para longe e só então jogou o que restava do cigarro no chão da plataforma. Pisou calmamente na guimba e, voltando o olhar na direção de Marcel, deu uma piscadela. Então, disse com uma voz tenra: — Marcel, faz o que ele tá te pedindo. É direito dele. Eu criei o jogo sabendo das possíveis e terríveis consequências. Talvez eu mereça mesmo esse *fim*.

Marcel sorriu, despreocupado, e deu de ombros.

Beatriz foi à loucura:

— Desculpa... mas perdi alguma coisa? Um tá dando risada, o outro pisca, o outro quer matar o outro... e... é assim? Não tô entendendo nada desse teatrinho!

— Marcel, acho que já é a hora de você explicar a ela — Israfil disse. — A todos.

— Tá, pai. Eu venci o jogo. Ponto final, é isso!

Agora era a vez do velho de chapéu desenhar um largo sorriso em seus lábios ressecados.

— E a carta com "Caliel esteve aqui", Marcel? — Beatriz lembrou, indignada. — Ou você veio aqui enquanto eu dormia na praia, sem me dizer nada?

— Não é isso, Bia. Caliel chegou antes ao 33. Isso é fato.

— Uuuuu! — DJ chacoalhou as mãos no ar de forma debochada. — O garoto gosta de suspense.

Marcel fez menção de tirar a mochila dos ombros, mas Pedra engatilhou a arma, fazendo-o mudar de ideia.

— Preciso pegar um papel aqui dentro. Posso?

Caliel deu permissão com um gesto de cabeça e Pedra, sem desviar o olhar de Marcel, rugiu:

— Vai. Devagar e... sem tentar a porra de nenhuma graça! — E virando a cabeça para Caliel disse, num tom respeitoso: — Perdão pelo *porra*, Padre!

— Sou um comediante — Marcel disse enquanto abria a mochila e tirava de lá a folha com o passatempo Ligue os Pontos —, então... não garanto nada sobre esse lance de não ter graça. Às vezes, é mais forte do que eu, sabe? — Ele esticou o braço, levantando o pedaço de papel. O vento forte obrigou-o a segurar a página com as duas mãos. Movimentando o papel no ar para os lados para que todos pudessem ver, continuou a explicação: — Me perguntei uma vez qual seria o objetivo do Ligue os Pontos. Ligar os pontos e completar a figura, não? Então...

— ... o jogo só acaba quando se volta pro ponto 1, fechando a figura totalmente — Beatriz completou, com os olhos brilhantes iguais aos de uma garotinha que, na sala de aula, acabara de dar a resposta certa para a professora.

— Tirei foto lá da porta do banheiro, para provar — disse Marcel, orgulhoso. — Isso, se ainda tiver alguma dúvida, tio. — E então abriu as mãos, soltando a folha do passatempo que, levada pela ventania, caiu na água e acabou sendo arrastada pela correnteza que a levou para a morte no abismo. Marcel havia imaginado essa cena por vezes e ficou orgulhoso por poder, enfim, encená-la na frente de todos.

— Eu sabia que você conseguiria, Marcel — disse Israfil, abraçando o filho.

O velho começou a bater palmas. Primeiro, de uma forma lenta e compassada. Depois, aumentou o vigor e a velocidade do aplauso. Yesalel e DJ acompanharam o irmão, em momentos distintos. Ao final, os três aplaudiam efusivamente e de modo sincronizado. Estavam, na verdade, fazendo troça de Marcel.

Beatriz, atônita, perguntou:

— Quer dizer que quando disse que ia ao banheiro, você...?

— É... atravessei de um banheiro daqui para o banheiro do *comedy*, aquele bar onde a gente se conheceu sem se conhecer, lembra? Era lá o Ponto número 1.

— Você ganhou de fato — reconheceu Caliel. — Imagino que queira me pedir algo. Um favor que eu serei obrigado a lhe conceder. Regras são regras. Ao vencedor, as batatas!

— Ele vai pedir batatas, Padre? — A pergunta de Pedra era desprovida de malícia. — Se ele pedir, eu também vou querer!

O velho sorriu para o grandalhão e voltou-se para Marcel, insistindo na pergunta:

— Imagino que vá empreender algum tipo de... vingança, não?

— Eu vou tirar algo de você, Caliel! — Marcel respondeu. — Ou te chamo de Baltazar? Ou de Mau? Ou prefere que eu use seu outro nome? Hein, Lúcifer?

Caliel soltou uma gostosa e demorada gargalhada como se fosse um vilão de filme B.

— Lúcifer? — O velho tirou do bolso interno do paletó listrado uma tira de carne defumada. — Como assim, meu caro? Como chegou a essa estapafúrdia conclusão? Acho que seu pai e Justo poderiam te dizer quem é ele.

— Lúcifer irá despertar a qualquer momento — Israfil disse. — Tenho fé.

— Mas isso só pode ser uma piada! — Caliel disse e deu uma bela mordida na carne. — Aliás, querem ouvir uma piada?

O velho esperou que alguém respondesse à pergunta.

Marcel foi o único a se manifestar:

— Ah, eu adoro piadas. Conta, mas só se for uma das boas!

Com a mão enrugada apoiada no cabo de seu guarda-chuva, o Zerador Mau pigarreou uma, duas vezes, mas só começou a falar após terminar o seu bastão de carne defumada. Quando percebeu que tinha a atenção de todos:

— Um homem recebe uma ligação de seu médico, que prontamente lhe diz "Oi, eu tenho uma notícia ruim e uma péssima para o senhor. A ruim é que vi seus exames e constatei que só tem mais 24 horas de vida. O paciente se desespera, chora, pragueja e grita ao telefone "Meu Deus do céu! O que poderia ser pior do que isso?". O médico, do outro lado da linha, explica ao paciente: "É que eu deveria ter te ligado ontem!". Pedra foi o único a rir. E ria com tanta disposição que quase ficou sem ar.

— Puta piada de tiozão! — disparou DJ.

— Na verdade é uma anedota — Marcel completou, num tom que beirava o professoral.

— Talvez não tenha gostado, Marcel, pelo fato de não ter entendido a mensagem final.

— Ah, mas eu entendi! — Marcel respondeu. E, num movimento rápido, sacou sua arma, trazendo-a de trás da cintura e apontou-a na direção de Caliel.

Pedra, dando um salto para o lado, posicionou-se na frente de Marcel, servindo de escudo humano ao proteger o velho de levar um tiro.

— Pedra, não há necessidade disso... — Caliel disse. — Deixemos Marcel concluir a *piada* dele.

— Mas, Padre...

Pedra deu um passo à frente, encostando o peito na ponta da arma de Marcel.

— Assim quis nosso Deus, Pedra.

Pedra fez o sinal da cruz. Assim que finalizou, percebeu o erro que cometera (havia feito o gesto sagrado com a mão esquerda). Então passou a arma da mão direita para a mão esquerda, refazendo o mesmo sinal sagrado, agora com a mão correta. Depois, deu um passo para trás e dois passos para o lado, afastando-se, saindo da linha de tiro e balbuciou: — Amém, Padre. Amém!

— Tal pai, tal filho! Eu sempre soube que você era um assassino nato, assim como seu progenitor.

— Atira logo! — Beatriz gritou. — Lembra do que eu te disse!

— Ah, a hesitação, o medo... — Caliel falou, dando batidinhas com seu guarda-chuva no chão da plataforma. — "Será que eu atiro? Ou fico estático, sem ação?". Será que vai ser igual ao que aconteceu tantas e tantas vezes no passado, Marcel? Como aquela vez na Marginal Pinheiros. A van, lembra?

— Como... você sabe? — Marcel vociferou.

— Como eu sei, Marcel? Da mesma forma que sei o *tipo* de pessoa que você é.

— Pois eu gostaria de saber que tipo de pessoa *você* é! — Marcel devolveu-lhe, rangendo os dentes.

— Espero que já o saiba — o velho malaquim alertou —, caso contrário, a arma não disparará.

Marcel desengatilhou o revólver e deu um tranco nele para cima, o que fez o comprido cano triplo cair para frente e revelar o enorme tambor. Retirou de lá a única bala e a exibiu para Caliel, deixando a marca gravada nela à mostra: duas linhas cruzadas formavam um xis.

— Que tal? — Marcel perguntou em tom de provocação.

— Tesoura corta papel — disse Caliel, adicionando um meneio de cabeça à sua resposta. — Alguém lhe deu a dica incorreta, infelizmente. Vejo que não entendeu nada sobre esse jogo em particular. Não conhece *quem* são os jogadores ou *como* vencê-los.

Marcel reposicionou a munição no tambor tomando o devido cuidado de colocá-la dentro da câmara correta. Fechou o revólver. Girou o tambor. E com o braço novamente levantado na direção do Zerador, procurou algum tipo de confirmação nos olhos de Beatriz. Deveria ou não atirar agora? Ela desviara o olhar para baixo. *Por que, Beatriz?* Marcel permaneceu imóvel, mudo, sem saber o que fazer. Agora era a hora da decisão. Da sua decisão. Ele iria fraquejar como sempre fazia? Provavelmente. Ou faria... o que é certo, colocando uma bala na cabeça de Caliel? Mas se tirasse a vida de alguém, seria um assassino como seu pai? Era isso, então? *Conta até cinco e atira!* Os heróis nos filmes e livros fazem o que tem que ser feito. *Um...* Quando necessário. *Dois...* Matar para não morrer. Para salvar a mocinha. *Três...* Para libertar o mundo de um fim trágico. Vilões morrem a todo momento nos filmes. *Matar gente ruim é normal, Marcel!* Como os chefões das fases nos jogos. *Quatro...* Para passar de fase, ele teria que matar o chefão. E esse era o chefão da última fase do game. Não era?

— Meu filho! — Era seu pai que o chamava com a voz firme. — Lembre-se...

— O que, pai? — Marcel respondeu ao chamado do pai sem, no entanto, tirar os olhos de seu alvo.

— Amor, olha! — berrou Beatriz, apontando para o lado esquerdo de Marcel.

Marcel chicoteou o pescoço a tempo de ver o pai terminar de escalar a grade de proteção da plataforma.

— Pai... por que caralho tá fazendo isso?

— Lembre-se do Homem de Lata! — ele disse, assim que conseguiu equilibrar-se em uma das quinas da plataforma, onde a grade verde e escorregadia formava um "V".

Marcel virou o corpo totalmente para o pai, abaixou o braço que empunhava a arma e falou, com uma voz esquisita e meio robótica:

— Não... entendi... pai.

O que é isso dentro da minha cabeça? Essa dor... Essa...

— Tirar a própria vida não lhe trará redenção, Israfil — sentenciou Caliel. — Muito pelo contrário. Todo aquele que comete suicídio, sob qualquer circunstância, vai para o Inferno. A Bíblia enxerga o suicídio da mesma forma que assassinato. Um autoassassinato. É isso que quer, né?

— Logo você? — Israfil provocou. — Citando as Sagradas Escrituras? — E voltando-se novamente para Marcel, pediu, esforçando-se ao máximo para não cair de cima da grade: — Atira em mim, meu filho!

— Cê tá... louco, pai? — Marcel pronunciava as palavras com incrível dificuldade. Seu braço, contra a sua vontade, havia novamente se levantado, e agora estava esticado na direção do pai. Não conseguia mais sentir o revólver em sua mão e atônito, viu seu dedo lentamente se mover até o gatilho. — Eu... não... entendo...

— Lembre-se do Homem de Lata! — seu pai repetiu, colocando mais ênfase em cada palavra.

— Pai...? — Marcel não era mais capaz de transformar seus pensamentos confusos em palavras. *Minha cabeça!* O seu braço tremia. O corpo, retesado, doía como nunca. Sentia milhares de agulhadas pinçando seu cérebro. Era como se estivesse num pesadelo e dele não conseguisse acordar. Cada músculo de seu corpo parecia estar prestes a se romper. Sentiu lágrimas escorrerem pelo seu rosto sem que sua expressão mudasse. Marcel lutava uma luta interna: uma batalha violenta pelo controle do corpo. Estava fadado a perder, logo percebeu. A sensação era de estar sendo controlado por alguém.

— Pai... me... perdoa?

— Eu não te culpo de nada, meu filho. — A sua voz era doce e transmitia tranquilidade. Depois, o malaquim modulou a voz para um tom mais firme e repetiu: — Atira em mim... agora! Lembre-se do Homem de Lata!

— Atira no Caliel! — Beatriz gritou. — Lembra do sonho! É a nossa única chance!

Sem que Marcel desejasse (ele parecia ser apenas um observador externo do que seu corpo fazia), seu dedo apertou o gatilho e o projétil atingiu em cheio a cabeça de seu pai. O impacto, brutal, arremessou o corpo do malaquim para trás.

Israfil desabou rumo ao abismo.

— Não! — Marcel urrou. Correu até a grade e debruçou-se sobre o parapeito molhado. Pôde ver, emoldurado por um arco íris, o corpo sem vida de seu pai que jazia sobre as enormes rochas lá embaixo.

— Pobre Marcel... você realmente não se lembra? — Caliel disse ao se aproximar da grade.

O corpo de seu pai, aos poucos, ia sendo retirado da pedra pela correnteza, foi levado pelo rio impetuoso, afastando-se até sumir ao longe. A essa altura, todos estavam encostados na grade.

O velho então virou-se para Marcel e repetiu a pergunta:

— Não se recorda mesmo?

— Não começa, velhote! — Marcel esbravejou, sem olhar para ele.

A despeito do pedido de Marcel, Caliel insistiu:

— Incêndio? Agora, o tiro?

— Sim, é claro que eu lembro, porra! Eu matei meu pai e meu irmão! Como não ia me lembrar? Não há um dia que não me lembre dessa merda! — Marcel berrou e caiu de joelhos, mãos apoiadas na grade. Beatriz foi até ele e envolveu-o em seus braços. — Eu quem coloquei fogo na casa! Tá feliz? Sou a porra de um assassino... como meu pai! E matei ele de novo!

— Você era só uma criança, Marcel... — Beatriz consolou-o.

— Você não se lembra mesmo... — Caliel parecia estar surpreso.

Marcel o encarou com uma fúria desmedida. Não fosse sua dor e choque pela perda do pai, teria partido para cima do velho. O fato de sua cabeça estar na mira de Pedra também foi um fator determinante na sua sábia decisão de não agredi-lo.

— Seu pai foi o único responsável pelo incêndio, Marcel. Ele ordenou que você fizesse o que fez usando a mesma estratégia de hoje. Agora entendo... A frase que deve sempre ter funcionado como um gatilho para as sugestões pós-hipnóticas programadas na sua mente. Bastava para seu pai que lhe dissesse ou escrevesse uma ordem e a colocasse depois da frase usada para controlá-lo. E assim, meu caro, era impossível a você, devido à lavagem cerebral que sofreu, desobedecê-lo. "Lembre-se do Homem de Lata".

Marcel pôs-se de pé num salto. Os punhos cerrados, os dentes à mostra. Estava cego pelo ódio. Quando Beatriz voltou a olhar para ele, não encontrou mais ali, dentro daquele corpo, o mesmo Marcel de antes. Sua fisionomia mudou. Assim como sua respiração. Paralisado, ele rosnava como um animal colérico. A ponto de um colapso nervoso, Marcel via sua vida passar como um filme pela sua cabeça. Não dizem que é o que acontece na véspera de uma morte iminente? Pela sua mente, imagens vívidas, cenas de sua história tinham um novo significado. Uma sombra crescia mais e mais sobre cada ação de sua vida. E a sombra... era seu pai. Quantas vezes Eusébio lhe disse aquela mesma frase? Difícil saber... Alguma vez ele teve livre-arbítrio? Quem tomou as decisões importantes? Não sabia mais o que pensar. Agora, tudo se encaixava! "Lembre-se do Homem de Lata". Quando matou o passarinho com uma pedra de estilingue, foi ele o culpado ou seu pai? E quando passou a noite na caverna em vez de dormir na barraca do acampamento. Sozinho, aos prantos. Ele nunca quis fazer tais coisas. É um teste, seu pai lhe disse à época. E ele... ele aceitou, mesmo aterrorizado. Memórias esquecidas. Recordava-se agora de entrar em rios gelados, de andar descalço sobre brasas ardentes, de matar e preparar animais para depois beber o sangue, comer suas carnes. Rituais estranhos surgiam à sua mente. Lembrou-se de brigas na escola sem motivo algum. E de várias noites que, mesmo contra a vontade, passou lendo livros estranhos e intermináveis. Noites de terror e de insônia. Ele nunca quis fazer nada daquilo. Ou... quis? Quantas vezes sentiu-se culpado? Sujo. Mau. Ausente de si mesmo... parecia haver sempre uma voz interna que lhe ordenava o que fazer.

Quando criança e agora. A voz de dentro de sua cabeça, que havia sumido depois da morte de seu pai, voltou hoje. Ele não passou de um experimento de seu pai: memórias apagadas, pensamentos adicionados... E a fruta azul? Por que tinha comido a fruta? Nada mais importava. Euzébio que era Leam que era Israfil estava morto. E novamente ele não tinha um pai. E talvez, nunca o tivesse tido de verdade.

Nem o clarão ou o breve terremoto, nem mesmo eles foram capazes de tirar Marcel do transe. Somente quando Beatriz berrou, alertando-o sobre a chegada de três seres poderosos, foi que ele conseguiu desvencilhar-se de seus pensamentos sombrios. Cambaleante, sentiu os braços de Beatriz o tocarem. Caído, esparramado pelo chão da plataforma, percorreu com os olhos todo o cenário até dar-se conta do caos que se formava ao seu redor.

Vomitou.

Pontinhos luminosos dançavam diante de seus olhos quando a voz de Deus finalmente irrompeu. Ela estava carregada de um poder imensurável, impossível.

Naquele instante, Marcel soube que o fim estava próximo.

Era o começo do fim.

Beatriz

[2 horas e 37 minutos depois]

O primeiro pingo gordo de chuva que atingiu sua face a fez desviar bruscamente o olhar para além da Garganta do Diabo, onde nuvens escuras davam um vislumbre da tragédia que se avizinhava. Beatriz hasteou inadvertidamente sua cabeça e observou o céu se enegrecer enquanto era tomado quase que por completo pela enorme revoada de pássaros. Assustadas e às centenas, as aves de várias espécies diferentes voavam de modo errático, fugindo do temporal em formação, e faziam um barulho danado durante a debandada. A ventania que balançava seus cabelos trazia a névoa úmida e fria vinda da queda d'água até a plataforma e, somada aos relâmpagos distantes e aos trovões, arautos do final dramático e agonizante que ela tanto sonhara, alardeavam o início da Última Tempestade.

A despeito de tudo o que acontecia ao redor, Marcel permanecia inerte, afetado pelos recentes acontecimentos e revelações que duramente abalaram a sua sanidade. Aquele não era, nem de longe, o Marcel que ela conhecera. E ela o conhecia suficientemente bem para saber que algo havia se quebrado dentro dele. Talvez de modo perene. Claro que a sibila pensou em abraçá-lo novamente. Entretanto, não foi o que fez. Deu todo espaço e tempo de que ele necessitava. Como foram longos aqueles momentos de espera e de tensão. Beatriz se sentia um tanto culpada ao vê-lo daquela forma, perdido, incapaz de se mover, consumido pelo ódio e remorso. Afinal, sabia com antecedência da sequência de eventos que culminariam na morte de seu pai. Sabia também que o autor do disparo fatal seria seu filho, Marcel.

Ela omitiu alguns detalhes importantes.

E mentiu. Deliberadamente.

Em sua defesa, Beatriz podia ao menos dizer que fizera tudo aquilo na esperança de tentar conseguir mudar o iminente Apocalipse e, assim, conseguir salvar o mundo. *É por isso que menti, Marcel!* Seria fácil se ela se defendesse dessa forma. Contudo, a decisão de esconder parte da verdade resultou em algo inútil, visto que Marcel acabou seguindo o roteiro pré-estabelecido de seu último sonho, atirando no próprio pai. E usara a bala correta inclusive. Munição que ela imaginava, não mataria Israfil. Ela queria ter evitado isso. Mas Gabriel, o seu Santo Anjo Guardião... será que ele havia errado em suas profecias? *Eram mesmo profecias, Gabriel? Ou eram somente sonhos, como os meus?* O arcanjo havia usado a palavra "revelações". Apesar da ideia de usar a bala com o símbolo xis ter saído da boca de Seu Santo Anjo Guardião, ele não havia dito, em momento algum, qual seria o alvo. Ela escolheu acreditar que Gabriel se referia a Caliel quando mencionou o primeiro tiro e a primeira morte. Na cabeça de Beatriz era ele, o Zerador Mau, quem devia ser morto primeiro. Ele era o vilão da história. Não Israfil. O pai de Marcel, Marcel, Justo, ela e Gabriel, eles eram os mocinhos. Os Profetas. Mas no fundo, bem lá no fundo, a sibila tinha sérias dúvidas sobre isso. Por causa do sonho. O derradeiro, aquele que sonhara na praia de Maceió, em que vira um Marcel sem sentimentos, atirando a sangue frio em seu próprio pai. Entretanto, a questão que martelava em sua cabeça era simples: e se tivesse contado tudo a ele? Será que faria diferença? Ele conseguiria vencer o controle mental e não seguiria as ordens de seu pai, caso soubesse de antemão? Talvez sim, talvez não. Não havia como saber. Gabriel fez três revelações a ela: *Três tiros serão disparados no último dia. No entanto, os disparos resultarão em apenas duas mortes. O primeiro tiro será dado com a bala que tem o símbolo da Tesoura. O segundo tiro, com a marca da Pedra. E o terceiro e último, a bala usada deve ser a marcada com o símbolo do Papel.* A Verdadeira Vontade. *Eu agora lhe revelarei a sua Verdadeira Vontade, Beatriz.* Que carga imensa era essa que ela agora teria de carregar. *Mais uma.* A mais importante. Seria sua grande missão. Ela havia questionado o malaquim, perguntando o porquê de ela ser a escolhida. Entre tantas mulheres no mundo, por que ela? Justo e depois Gabriel, os dois haviam colocado sobre seus ombros muitas responsabilidades. Muito do que aconteceria naquele último dia dependeria das decisões dela. E como ela gostaria de dividir aquele peso imenso com alguém... Com Marcel? Isso! Era isso que ela faria. Sim, ela contaria a ele sobre a sua Verdadeira Vontade. Apesar do pedido de Gabriel para que ela mantivesse segredo. *Não diga nada até que tudo se defina*, ele disse. *Tudo o quê, Gabriel?* Enigmas, charadas e adivinhações... Era uma advertência vaga, incompleta. Ela deveria ter perguntado para ele, ainda em Chicago, antes de ele partir: "Como eu vou saber que hora é essa, Gabriel?". Definitivamente, o arcanjo deveria ter sido mais claro. Quando Marcel recobrasse os sentidos totalmente e ela tivesse uma brecha, contaria tudo a ele. Segundo a profecia de Gabriel, ainda restavam duas balas e uma morte por acontecer... Ela rezava e sabia que faria qualquer coisa para que Marcel não fosse o alvo de um dos dois tiros que restavam.

— Está na *hora* — DJ avisou.

Beatriz meneou a cabeça em concordância. Estava prestes a acontecer. Talvez por isso, não foi pega de surpresa quando a plataforma tremeu sob seus pés ao som de um estrondo seguido de um clarão tão forte que pintou tudo ao redor de branco. Nem mesmo quando, de súbito, a chuva forte desabou sobre sua cabeça e ela sentiu um forte cheiro de algodão-doce no ar. *Tudo acontece como nos sonhos, não é mesmo?*, ela pensou. Tudo de acordo com a merda de seus pesadelos recorrentes. Mesmo abalada e com sérias dúvidas de que pudesse ainda mudar qualquer coisa daquele ponto em diante a fim de evitar o fim de tudo, ela tentaria manter a esperança acima do pessimismo a qualquer custo. Ainda tinha fé? Sim, de sobra.

No instante em que Marcel tombou no chão da plataforma, ela decidiu agir: hora de virar o jogo. Entendeu que aquele era o tal do sinal que ela tanto esperava. Só teria que manter a calma e não entregar os pontos. Afinal, pelo menos dois seres humanos dependiam dela. Depois, só depois, pensaria no resto do mundo.

— Marcel! — Beatriz gritou. Ele não respondeu. Ela insistiu, agachando-se ao seu lado. — Ei! Acorda! — Nenhuma reação. O comediante tinha o olhar vidrado e o rosto pálido. A chuva intensificou-se, aumentando exponencialmente a vazão de água nas cataratas. O rio, agora barrento e faminto, não demoraria muito, iria avançar para cima do chão da passarela. Como nos sonhos. *Então, é isso? A água levando os corpos?* Com muita dificuldade, Beatriz puxou Marcel, arrastando-o até que conseguisse fazê-lo sentar com as costas apoiadas à grade.

Todos ali assistiam a tudo sem intervir.

De novo, um clarão invadiu o ambiente seguido de um estrondo mais longo.

No meio de uma luz cegante, três figuras emergiram, flutuando sobre as águas. Era difícil saber se eram humanos ou não.

Mais anjos?, ela pensou.

Beatriz pôs-se de pé, aterrorizada, e correu até a passarela. O motivo do pavor era que, além de inusitada, aquela cena nunca fez parte de suas visões. Eram as malditas lacunas presentes em todos os seus malditos pesadelos. Aquilo que ela presenciava agora poderia alterar drasticamente seus planos.

A luz diminuiu e deu-se um novo terremoto. Só que, dessa vez, ela soube que o causador do tremor de terra foi um daqueles seres. Mais especificamente, a voz de um deles.

— ARREPENDEI-VOS A TODOS, Ó VÓS, PECADORES! — exclamou a voz retumbante que ecoava, vibrando brutalmente pelas cataratas, e que saía da boca do homem sem camisa e bermuda florida.

Todos (com exceção de DJ) taparam os ouvidos, tamanho era o poder que aquelas palavras traziam. Talvez percebendo isso, quando o homem falou pela segunda vez, fez com que sua fala fosse menos potente e mais humana.

— Desculpem-vos a mim! — disse, de maneira mais amigável. — Melhor *este* tom de voz, né? — E sorriu.

Marcel usou a grade molhada e escorregadia da plataforma como apoio para levantar-se. Trôpego, caminhou até o gargalo da plataforma, onde a passarela encontrava seu fim. Posicionou-se ao lado de Beatriz. Depois que a luz se dissipou por completo, todos puderam enxergar com clareza os três homens, antes ofuscados pelo brilho intenso. Um deles (o dono da voz de trovão), se colocou no meio dos outros dois e parecia ser o líder. Era um homem alto e musculoso. Seu cabelo parafinado com franjas retas e formato de tigela chamava a atenção por ser inusitado e anacrônico. Ele pisava em uma enorme e colorida prancha de surf do tipo longboard. Com os braços abertos, parodiava os movimentos de um surfista de uma maneira caricata enquanto o rio marrom deslizava sob a sua prancha colorida. Não parecia, contudo, que ele tinha a noção exata do quão ridícula era a sua pantomima. Ou tinha? Os outros dois usavam colares havaianos e estavam posicionados cada um de um lado do líder e fingiam igualmente surfarem em suas pranchas, essas, bem menores e menos chamativas que a do homem com cabelo de tigela. Os dois surfistas eram igualmente fortes e esbeltos e vestiam bermudas e camisas estampadas que pareciam saídas de uma mesma liquidação da Rua 25 de Março.

Ao contrário do líder loiro, eles se mantinham parados com os braços cruzados e conservavam expressões bem sérias, denotando estarem extremamente desconfortáveis com aquela situação toda. Marcel chegou a fazer uma observação sobre a cena, algo sobre aquilo parecer uma sessão de fotos para a capa de um CD do Beach Boys. Beatriz não teve tempo de comentar o gracejo do namorado, como comumente fazia, pois o homem em cima do pranchão voltaria a se manifestar:

— Maneiro, né? — ele gritou, exultante. — U-huuuu!

— Senhoras e senhores — convocou DJ, com uma empolgação simulada —, Deus-Miguel!

— Deus é Deus, né? — o arcanjo alardeou, orgulhoso de si, erguendo os braços numa comemoração patética. Não satisfeito, fez um hang loose desajeitado usando os dedos da mão direita. — Tudo di'buena, meus queridos e amados?

— Ele é um imbecil estúpido — Caliel confidenciou ao casal, em voz baixa, após se debruçar na grade ao lado deles.

— Mas é Deus — Marcel lembrou.

— Por ora — o velho disse —, por ora...

— Quem são os outros dois? — A pergunta vinha de Beatriz para Caliel. Ela imaginava qual seria a resposta, mas queria ter certeza.

— Os outros são os Alvos remanescentes: Cassiel e Rafael. Então, quer dizer que viramos amiguinhos de novo, Bia?

Beatriz travou a mandíbula e engoliu em seco. Furiosa, pensou em responder à provocação do velho com alguma frase de efeito ou um xingamento curto. Mas não houve tempo porque depois de dois flashes em sequência de uma luz cegante, como num passe de mágica, os três homens haviam se transportado para a plataforma, congestionando ainda mais aquela estrutura de metal e concreto. Agora, o trio vestia trajes de combate feitos do que parecia ser couro, metais coloridos e pele de animais em diversas camadas. Era uma mistura de estilos tão improvável que Beatriz não conseguiu definir a qual período histórico evocavam. Com os cabelos alisados e penteados para trás, os dois arcanjos ao lado de Deus empunhavam enormes espadas num formato triangular e incomum. Eram tão singulares (e diferentes entre si) que Beatriz imaginou nunca haver visto, nem de longe, algo parecido com elas, fosse em filmes, games ou animes. A imagem mais próxima que teve ao observar as armas brancas foi a de que pareciam enormes escalímetros triangulares, iguais aos que usou na faculdade. Ricamente ornadas, a sibila reparou que três desenhos em baixo relevo se destacavam em cada uma das lâminas e certamente simbolizavam os famigerados elementos do jogo do Joquempô: papel, pedra e tesoura representados nas forma do quadrado, círculo e xis. Beatriz se lembrou do que Belial lhe contara na cabana e teorizou que aquelas belas espadas certamente deviam ter sido forjadas no Inferno. *Uma inusitada e eficaz espada de três gumes para matar qualquer tipo de malaquim*, ela pensou. O enorme machado de Miguel era ainda mais ameaçador e estranho: três lâminas afiadas feitas cada uma de um metal de cor diferente. Para completar o arsenal dos três, várias adagas de diversos tamanhos e formas podiam ser vistas penduradas, espalhadas pelas roupas deles.

— Ai, ai, ai... — Miguel fez uma careta como se estivesse incomodado com alguma coisa e com um simples estalar de dedos, fez o temporal cessar. — Os Verdadeiros se reunindo novamente e cada vez com menos integrantes. Cadê o Macaco Cego com suas roupas ridículas?

— Mebahel permaneceu no Farol a fim de cuidar de nosso retorno seguro — Caliel respondeu.

— A parada dos telefones e espelhos, né? — acrescentou Deus-Miguel. — Maneiro...

— Você é Deus, não precisa de nada disso para viajar. Não obstante nós, pobres amortais, necessitamos. Ou ficaríamos presos aqui quando tudo vier abaixo. É bem mais aceitável que estejamos no Farol quando acontecer, entende?

— Entendo. Tá falando do Apocalipse, Mau? — perguntou Miguel.

Caliel assentiu.

— Relaxa. Não vai rolar. Não vou deixar rolar. Aconteceria somente *se* o Exilado despertasse Lúcifer. Não se esqueça de que nosso querido e capaz Bom tá neste momento na Morada, fazendo aquelas contas malucas, analisando as rachaduras e irás me passar um relatório em breve. Mas, pelo que ele adiantou-me a mim, não há chances disso acontecer hoje. Nem amanhã ou depois de amanhã.

— Haheuiah está bem? — Boca perguntou pelo seu dispositivo eletrônico.

— E por que não estaria? É meu hóspede na Morada. Quem trataria mal um hóspede? Eu? Nunca! Aliás, foi ele quem me avisou de vocês aqui. Digamos que eu forcei-lhe a ele falar-me. Só que tá faltando dois de vocês. Pelo menos, é o que ele *leu* nas rachaduras.

— Dois? — DJ perguntou.

— Metraton e Israfil.

— Metraton ainda não apareceu — Caliel explicou. — De qualquer forma, se me der permissão, vou pedir para Pedra procurá-lo. — E virando-se na direção do brutamontes, completou: — Pedra, esse é Deus.

— Deus?

— Em carne e osso — Deus guardou o pesado machado numa bainha às costas e abriu os braços de forma messiânica.

Pedra ajoelhou-se de cabeça baixa.

— Gostei dele! — Miguel comentou. — É o seu cãozinho, Mau?

— Pedra, você poderia ir atrás do Metraton? Ele não deve estar longe. Ele é grandão como você. Lembra da foto? É careca. Não deve ser difícil achá-lo.

— Sim, Padre! O negão careca! — Pedra levantou-se lentamente. Sua cabeça, no entanto, se mantinha baixa. Ele saiu respeitosamente da plataforma murmurando uma sequência de agradecimentos, orações e améns.

— Desculpe pelos modos de meu pupilo, Deus. Eu já disse a ele para não se referir assim aos afrodescendentes, mas… sabe como é, não?

Deus assentiu.

— Já Israfil — Caliel continuou, cabisbaixo —, infelizmente, foi morto há pouco. Pena ter perdido o acontecimento.

— Ô, Caliel… e você tá triste? A quem quer enganar? Você era o que mais queria matar o assassino. Agora… mudando de assunto: qual é a de vocês aqui, junto com esse monte de Dádivas? O que eu te disse sobre isso, Mau?

— Advertiu-nos a não juntá-las.

— Eu *ordenei.* E vocês, o que fizeram?

Caliel e DJ trocaram olhares, mas foi Yesalel quem respondeu com a voz metálica:

— Nós… não te obedecemos, Senhor. Mas há um motivo…

Miguel cutucou o anjo à sua esquerda.

— E o que acontece quando alguém desobedece seu *poderoso* Deus? — perguntou Rafael, claramente constrangido.

Ninguém respondeu.

— Vão deixar o Guardião Rafinha no vácuo? — Miguel indagou. — É isso? Ó grande Rafael, portador da cura Divina, poderia-lhes repetir-se?

— Certamente que sim, Deus — disse Rafael, sem fitá-lo. E com o corpo rígido, o dono da imensa cabeleira negra reformulou a pergunta: — O que acontece quando alguma criatura desobedece ao nosso poderoso *e inigualável* Deus?

— Tá falando do Deus do Velho ou do Novo Testamento? — DJ provocou. — Aliás, Deus, andou malhando?

Os olhos azuis de Miguel brilharam e suas feições se transformaram.

— Eu tô falando DE MIM! — disse Deus, modulando a voz durante a frase.

— Maneiro esse truque de mudar a cor dos olhos, hein? — disse a inuíte, em um tom mais amistoso.

— Maneiro, né? — Miguel sorriu docemente. Depois, num átimo, avançou até ela, premindo a lâmina de uma de suas adagas em seu pescoço. — Uma das vantagens de ser Deus. Sabe qual a outra vantagem, Macaca-Surda?

— Mesmo que eu não perguntar, você vai dizer pra gente, não vai?

— Senhor! — Miguel corrigiu-a, elevando o tom de voz.

— Quem? — a garota perguntou.

— Eu. O *SENHOR* teu Deus.

Ela abriu um sorriso. E repetiu:

— Ah… tá. O *Senhor teu Deus*…

A lâmina rósea da adaga de Miguel entrou mais na pele de DJ, e um fio de sangue escorreu sobre a face da lâmina que possuía o símbolo do quadrado.

— FALA! — o Deus loiro rugiu.

— Sério mesmo? — DJ desafiou. — *Deus?*

Os olhos de Miguel se acenderam novamente e o chão da plataforma tremeu de novo. Um péssimo sinal, Beatriz concluiu.

— Tá… — disse a pequena malaquim com desânimo aparente em sua voz. — Ó, diga-nos, *Senhor* meu Deus! Qual a vantagem de ser Deus?

— Saber o futuro. Agora me pergunta o porquê?

— Por quê… *Senhor*?

— Eu *sei* o futuro… — Miguel fez uma pausa dramática. Só depois de afastar a lâmina da malaquim, ele prosseguiu: — … porque eu *crio* o futuro!

— Show! — DJ desdenhou. — Mas então… se não foi por causa do Apocalipse, porque os dois Alvos remanescente aí e o *senhor* vieram até aqui, nessa merda de Terceiro Céu.

— Exato. Por que aqui e por que agora? — Caliel perguntou.

— Dois motivos. Um: não quero arriscar que vocês rasguem o tecido da realidade usando as Dádivas.

— Por que faríamos tal coisa? — DJ argumentou. — Se a gente fizer isso, a gente só se fode!

— Sim! — disse a voz metálica de Yesalel. — Talvez o Senhor Deus não saiba disso, mas os mundos mais baixos seriam achatados pelos mais altos, e todos nós, morando aqui na Terra, bem, o Senhor sabe como é…

— Acalma-tes! — Miguel disse. — Eu ainda não me terminei.

— Perdão, *Senhor*! — DJ ergueu as mãos num pedido teatral de desculpas.

— Segundo motivo: soube que alguém daqui libertou o Exilado, abriu as portas do Inferno e que ele seguiu para lá. Quem foi?

— Não tamo sabendo de nada disso — disse DJ, piscando para Beatriz.

— Não é de todo verdade, Haziel. — o velho interrompeu. — Posso lhe dizer porque e…

— Se estiver falando do arcanjo Gabriel, fui eu — Marcel disse, interrompendo a fala do velho, dando um passo à frente, na direção de Deus. — Fui eu que libertei o Exilado de Sonhadeiro.

Beatriz fez menção de dizer algo, mas Caliel a impediu, colocando a sua mão na frente de sua boca.

— Esse é o filho de Israfil — Yesalel falou, através da caixa de som.

— O filho do *assassino*? — perguntou Miguel.

— Sim. Euzinho.

— Foi ele que matou Israfil, meu Senhor, Deus — Yesalel acrescentou.

— Uala! Você não tem ideia de como eu já desejei matar seu pai... mas... como ele viveu toda sua vidinha se escondendo de nós desde que eu sentei no Trono... aí fica difícil, né? Achei que ele era o grande matador de deuses, mas no final, é apenas um covarde. Ops, *era*! — Miguel envolveu seus braços musculosos ao redor de Marcel. — Coisa que, pelo visto, você não é!

— Não foi ele. Eu o libertei, Miguel — Beatriz disse, desvencilhando-se de Caliel. — Marcel, cê tá louco?

— Bia, o que tá dizendo? — ele gritou. Quando se virou para Miguel, insistiu: — Mentira dela, fui eu, Deus!

— Não, não... Na verdade, sou eu o culpado! — Caliel disse. — Eles não teriam tal poder.

— Tá. Entendi qual é a de vocês aqui... — Miguel deu um passo para trás, soltando Marcel de seu abraço de urso. — Me atrasar! Olha... não tenho tempo pra perder. Se conheço bem o Exilado, ele deve tá tramando alguma coisa, formando um exército. E eu não posso deixar isso acontecerdes. Cês tão ligado, né? O Deus aqui não pode permitirdes que o Inferno vençais. A Bíblia diz isso e eu assino embaixo. É bem fácil de descobrir quem foi. Quem abriu os portões do Inferno é quem tá com a Chave. Quem tá com a Chave é quem libertou Gabriel. Entenderam? Rafael, Cassiel, revistem-lhe a todos aqui!

— Não é preciso! — disse Beatriz, tirando o objeto de dentro de sua bolsa. — Aqui tá a Chave!

Miguel revirou os olhos. Ao se aproximar da sibila, disse, cerrando os dentes:

— Me dá a Dádiva, garota. Sem truque, tá?

Beatriz hesitou, mas acabou entregando a ele a réplica da Chave que havia trazido da cabana. Miguel tomou o objeto em suas mãos e analisou-o por uns segundos.

— A Chave já está com as três Pedras? Falei que vocês tavam tramando alguma coisa... Falei ou não falei, Cassiel?

O arcanjo de cabeleira longa e prateada respondeu com um meneio de cabeça.

— Mas essa não é a cha... — Marcel foi interrompido por um cutucão tão forte de Beatriz que ele chegou a ensaiar uma reclamação em voz alta. Mas viu o olhar de censura da garota e calou-se, resignado. Será que ele havia entendido que ela estava tentando evitar que a verdadeira Dádiva caísse nas mãos de Miguel?

— Eu fiz o ritual de Abramelin — Beatriz continuou —, fui eu que fiz o contato com o Santo Anjo Guardião. E ele veio. Em minha defesa, saiba que eu nem sabia que ele estava preso.

— Olha só, mocinha... — disse Miguel, guardando a Chave dentro de seu gibão. — Ritual poderoso esse, hein? Não sabia que podia dar certo. Pelo visto, deu. E como você foi honesta comigo, será recompensada: ganhou de brinde uma viagem pro Inferno com o Deus todo poderoso!

— Você já tá com a Chave. Não precisa mais de mim.

— Peeeeim! — Miguel fez um barulho estranho com a boca. E continuou: — Resposta errada! Eu não preciso da Chave para ir ao Inferno. Sou Deus, lembra? Passe-livre pelos mundos! Mas você será útil para chegarmos até o Exilado. Pelo visto, vocês dois têm uma ligação bem próxima. Você servirá de chamariz e escudo. Vou levar a Chave comigo só pra vocês aqui não tentarem nenhuma gracinha. Mau, me ajuda a lembrar: a Pedra verde abre os portões superiores, a vermelha, os inferiores. E a amarelinha aqui?

— Abre teu cu, *Senhor!* — interveio Marcel.

Marcel deu dois passos à frente e ficou frente à frente com Miguel: o mirrado e baixo comediante batia na altura do tórax de Deus.

Cassiel e Rafael cruzaram suas espadas para proteger Miguel de um possível ataque, mas, ao sinal dEle, logo baixaram as armas. Mesmo assim, tomado de uma coragem repentina e insana, Marcel tentou empurrar Deus-Miguel com toda sua força. Miguel, impassível, não se moveu um milímetro sequer. Era como se Marcel estivesse empenhado na tarefa de derrubar um muro de concreto usando somente a força de suas mãos. Como a tentativa de intimidação física havia sido precocemente frustrada, ele resolveu apelar para a violência verbal:

— Nem a pau que você vai levar minha mulher daqui, seu bosta!

— Olha só... — Miguel disse — Como é o nome disso mesmo, Cassiel?

— Blasfêmia — o arcanjo respondeu.

— E machismo! — completou DJ. — *Sua* mulher?

— Diria que é falta de amor-próprio — disse Miguel. — Vou dar-lhe a vós um desconto que tu perdestes-te-lhe o vosso próprio pai.

— Não pode me matar, né? — o comediante perguntou num tom desafiador.

— Sou um Deus misericordioso.

— Sei... — Marcel ironizou. — A Lei. Mas pode me condenar ao inferno.

— Saquei. Quer ir também, né? Desculpa, mas já tá lotado o bonde pro Inferno, *seu bolha*!

— Me leva no lugar dela, deus-cuzão!

— Você não escutou nada do que eu falei até agora, garoto?

— Leve-me no lugar da garota, Deus! — Caliel interveio. — Eu terei mais serventia no Inferno do que ela. Já reinei sobre ele. Ela é somente uma humana.

— Por que tá querendo tanto ir? Hein, Mau? Me conta-me! Quer morar no Inferno, né? Nada disso, amigão. Vai ficar aqui na Terra. Castigo pior do que esse não existe. Mesmo grávida, ela vai ser mais útil do que vocês dois juntos, não é, Beatriz?

Beatriz ficou muda.

— V-você tá... grávida? — Marcel perguntou, atônito.

Beatriz assentiu, com olhos lacrimosos. Era ela quem deveria ter dado a notícia a Marcel. Notícia que nem ela tinha digerido bem e que ainda teimava em acreditar ser verdadeira. Gabriel havia dito que aconteceria e como aconteceria: *Se não crê no que te revelo, espera que a confirmação virá de Deus!* Ela só não imaginava que ele se referia a Deus-Miguel. A Verdadeira Vontade era real: contra todas as probabilidades e impossibilidades, ela geraria um bebê.

— Bora pro Inferno? — Miguel disse, estalando os dedos mais uma vez, fazendo com que a chuva retornasse, um temporal mais impiedoso e devastador do que antes.

Beatriz viu-se incapaz de reagir. Sentia dor na altura de seus antebraços, tamanha era a força usada pelos arcanjos Cassiel e Rafael para segurá-la.

Uma luz envolveu a todos, um clarão tão intenso que a sibila foi obrigada a cerrar os olhos.

Depois, um estrondo.

Eu te amo pra sempre, Marcel, ela disse. Ou pensou ter dito. Não sabia ao certo.

Primeiro ela percebeu algo queimando por dentro. Uma sensação de dormência. Como se estivesse anestesiada. Depois, veio a dor aguda. Queria entender a situação. *Eu bati minha cabeça?* Sentia uma pressão, como se algo tivesse sido empurrado com muita força para dentro de sua testa. E de dentro da escuridão, fios luminosos escorriam de cima para baixo, como minúsculas minhocas incandescentes. E um zunido teimoso ecoava em sua cabeça. Muito alto. Parecia que ela estava dentro de um barril fechado.

Tentou se lembrar dos detalhes. Ah... os sons. Ela recordou, escutara dois sons bem distintos milissegundos antes da luz: um disparo seco de uma arma de fogo e a voz de Marcel gritando algo ininteligível.

O segundo tiro?

Era ela a segunda a morrer?

Estou morrendo!

Era assim então? E aquela coisa do filme de sua vida passando à sua frente?

Não.

É como um livro que se fecha...

Lamentou. Poderia, queria ter sido uma pessoa melhor do que foi.

Mais bondosa...

Quando ela abriu os olhos, já não estava mais na mesma plataforma das Cataratas do Iguaçu. Olhou para si e viu sua camisa empapada de sangue. Seu sangue. Procurou pelo ferimento. O vermelho escorria de seu peito e manchava a sua roupa. Um tiro no coração? Era assim que tudo terminava para ela?

Seu pesadelo, enfim, chegaria ao fim e ela iria descansar.

O fim do seu sonho era o seu fim apenas.

O escuro era sua morte.

Simples assim.

O Apocalipse não importava mais.

Nada mais importava...

Tristeza.

Ausência e... medo?

Não, não havia mais medo nenhum. Só saudades... e esquecimento...

... e sono.

Beatriz dormiu, mergulhando em um túnel escuro e infinito.

E pela primeira vez em muito, muito tempo, ela não sonhou.

Marcel

[3 horas e 2 minutos depois]

— V-você tá... grávida? — Marcel questionou com a voz embotada.

Beatriz balançou a cabeça desenhando um longo sim.

Era um blefe? Marcel entendia que não, afinal ela chorava copiosamente. Parecia real. Era real. E qual seria o propósito em mentir sobre algo assim especialmente agora? A quem ela queria enganar e por quê? Mas, se era verdade... como ela sabia? Gabriel... a Verdadeira Vontade. Decerto era esse o segredo que ela guardava. *Se eu soubesse antes!* Em sua cabeça, Marcel via dezenas de perguntas e "ses" acumulando-se sem que nada fosse respondido de forma satisfatória. *Se eu pudesse fazer alguma coisa... se eu tivesse evitado seguir com o jogo...*

— Bora pro Inferno? — Deus-Miguel falou, lançando olhares para seus dois Guardiões que entenderam a ordem de imediato, prendendo Beatriz por ambos os braços.

Marcel rosnou alguns insultos, sacou o revólver e apontou o cano da arma na direção dos arcanjos. Miguel respondeu ao rompante de Marcel com uma gargalhada sádica e prolongada, típica dos vilões de filmes de baixo orçamento. Somente quando pareceu estar farto de sua própria risada foi que Ele estalou os dedos dando um tipo de permissão para que o temporal voltasse, agora mais intenso: uma chuva espessa, fria e pesada que rapidamente apagou o sol. Cuspindo frases estranhas em uma língua desconhecida (provavelmente estava se gabando de seu grande poder), Deus deu um passo à frente, diminuindo a distância que o separava de Marcel.

O comediante copiou o gesto, dando também um passo.

Os dois estavam frente a frente de novo, mas, dessa vez, Marcel empurrava o cano triplo de seu revólver contra o tórax saliente do Deus-Miguel.

Os arcanjos tentaram proteger Deus, mas foram instruídos por Ele a não interferir.

O comediante não hesitou e sem aviso algum, puxou o gatilho.

Um disparo: um estampido seguido de um som de carne sendo perfurada.

O ruído da morte, Marcel pensou.

Mas e essa anarquia de vozes?

Não pode ser!

Os eventos que se seguiram ficaram obscuros por um bom tempo e geraram uma confusão tremenda na mente de Marcel, uma mistura estranha de sensações e pensamentos.

Miguel não havia sido atingido?

Impossível! E... o cheiro de pólvora em suas mãos. E os gritos?

Caliel e Beatriz gritaram.

Ela o chamou pelo seu nome? Não tinha certeza.

E o velho? Ele certamente disse alguma coisa sobre o Inferno.

Mas será que...?

A luz.

Brutal.

Feérica.

— Biaaaaa! — Marcel urrou a plenos pulmões, já cego pela luz.

Somente quando a claridade se esvaiu por completo e as nuvens que enegreciam as cataratas tiveram o seu protagonismo trazido de volta foi que ele entendeu o que acabara de acontecer: Beatriz, os dois arcanjos e Deus-Miguel haviam desaparecido dali. Marcel ficou paralisado numa espécie de torpor com seus pés confusos, parafusados ao chão de concreto da plataforma. Boquiaberto, com as sobrancelhas em arco, ele olhava com olhos dilatados e sobrecarregados pelo pânico para a poça de sangue no chão da plataforma. Quanto à arma, pareceu-lhe mais pesada agora que suas mãos estavam trêmulas. A água do temporal, que voltava a lhe martelar a cabeça, escorria pelo rosto, pelo pescoço e descia pelos braços, onde encontrava a cor vermelha.

— É o sangue dela? — Marcel perguntou a Caliel, que acabara de abrir seu enorme guarda-chuva. Ele temeu pela resposta que poderia vir do malaquim.

— Presumo que sim, meu caro.

— Mas... como? Eu tenho certeza que o acertei.

— Teria acertado. — o velho ponderou. — Se Ele não fosse quem é agora.

— Deus, né! — completou DJ com uma voz esganiçada e desprovida de sentimentos.

— A bala atravessou seu corpo físico sem atingi-lo. Agora, que mal lhe pergunte... uma questão ainda me inquieta: qual munição usou?

— C-como assim?

— Qual era o símbolo gravado na munição?

— O que isso importa? — Marcel elevou o tom de voz, respondendo ao velho de forma ríspida. Logo arrependendo-se da indelicadeza, disse num tom mais ameno: — O círculo.

Uma série de raios rasgaram o firmamento, colorindo as nuvens melancólicas, e os relâmpagos que os acompanharam iluminavam momentaneamente as cataratas.

— Os Guardiões — ou arcanjos, que é como vocês os chamam por aqui —, são inexoravelmente Pedras. E as Pedras, você sabe...

— Papel embrulha Pedra — Yesalel completou com sua característica voz metálica. Marcel ainda não havia se acostumado com aquela voz robótica e era surpreendido toda vez que ela saía do pequeno e potente alto-falante da malaquim.

— Esta aqui... — Marcel exibiu a munição — É a única bala que sobrou. É a que tem o símbolo do Papel: o quadrado. Se eu tivesse escolhido esta ao invés da outra, Beatriz pelo menos teria alguma chance? O mais estranho é que foi ela que me orientou a usar as balas nessa ordem. Foi um pedido do Gabriel, ela disse. Xis, círculo, quadrado. Tesoura, pedra, papel.

O zerador ameaçou puxar uma nova tira de carne do bolso, mas deteve-se.

— É... deveras inusitado — Caliel ponderou, intrigado. — Agora, em se tratando de Gabriel, me parece até suspeito, visto que ele já foi um Alvo, um arcanjo como Miguel. Mas... se isso te der alguma paz, fique sabendo que nada adiantaria ter escolhido a outra bala, meu caro. Ainda que usasse a munição com o símbolo correto, poderia eliminar Cassiel ou Rafael. Miguel? Ah... ele não! Ainda não inventaram bala, espada ou qualquer arma que possa destruir um Deus.

— Meu pai devia saber como... — Marcel argumentou, sem convicção alguma.

Todos ali ficaram calados por um tempo.

— Analisemos os fatos, meu caro. Já que a bala com o círculo atingiu o corpo de Beatriz mortalmente — o velho disse, aproximando-se de Marcel —, duas coisas são certas: a primeira é que ela é uma Tesoura. Pedra quebra tesoura.

— Mas pelo que eu tinha entendido, as balas são ineficazes contra humanos.

— E são! — DJ interveio, impaciente. — Mau, vamos?

— Eu não entendo... — Marcel balbuciou.

— Isso nos leva à segunda certeza: ela não é humana.

— A Bia é como vocês? — Marcel disse e pigarreou. — Quer dizer, *era*? — corrigiu. — Desculpa, eu não consigo me referir a ela no passado...

— Tudo bem, Marcel — disse Caliel —, tudo bem. Mas respondendo à sua pergunta... não! Ela não tem sangue malaquim, não é uma tombada, prófuga ou mesmo uma longeva.

— E o que... que ela é?

— Lamentavelmente, não tenho uma resposta satisfatória para lhe dar. Digamos que ela seja... diferente. Há muitos seres andando pelos mundos que também não se encaixam em definições simples.

Marcel refletiu por um instante.

— Sabe... por muito tempo, tive vocês como adversários, mas percebo agora que estava errado. Meu pai sempre foi o vilão da história e nos jogou para lados opostos. É... eu que não quis ver isso, apesar dos vários indícios. Era o grupo dele que tentava despertar Lúcifer, não o seu.

— É compreensível, Marcel. Mas, devo lembrar, meu caro, que você ainda não reivindicou seu prêmio.

— O quê?

— Pelo jogo que venceu.

— Esquece isso, cara.

— Não. Enquanto você não pleitear o que lhe é de direito, estarei em dívida para com a sua pessoa, e isso seria ruim para mim. Diga, meu jovem, o que posso fazer por você? É para o meu próprio bem que você deve aceitar algo que eu tenha, que eu possa lhe oferecer.

— Tem alguma coisa que pode você fazer em relação à Beatriz, se ela ainda estiver viva?

O velho arqueou as grossas e despenteadas sobrancelhas brancas e balançou a cabeça em uma longa negativa.

— Você tem como saber ao menos se ela está viva? — Marcel reformulou. — Acha que está viva, Caliel?

— Meu ângulo me favorecia; no entanto, tive pouco tempo para ver o que aconteceu. Devo dizer somente que me pareceu que o ferimento foi gravíssimo. No coração.

— Então, quer dizer que...

— Não há por que perdermos a esperança, sobrinho. É sempre bom lembrar que, como Beatriz é uma peça crucial na busca por Gabriel pela conexão que os dois têm, pode ter a certeza que, neste momento, no Inferno, o trio de Alvos está tentando de tudo para mantê-la viva.

Marcel girou a cabeça para o céu e, de olhos fechados, abriu a boca, esticando a língua para sentir o gosto da chuva.

— Se Deus quiser — ele murmurou.

— E Miguel quer — DJ disse, sorrindo de um jeito cortês.

Marcel abaixou a cabeça e retribuiu o sorriso, ainda que de um modo contido.

— E respondendo à sua indagação, Marcel... Não, eu não tenho como saber se ela está viva. Quero dizer, não *ainda*. Mas é possível fazê-lo, do Trono. Se me der a honra de deixar portar a sua Chave, a verdadeira Chave que foi um dia de Israfil. Com ela, somente com ela em meu poder, isso seria viável.

— Não tenho mais a Chave. Miguel a levou, lembra? — mentiu.

— Sabia que Yesalel deixou uma réplica da Chave na cabana? Um presente para Beatriz.

Yesalel confirmou com um suave meneio de cabeça.

— E como a Pedra âmbar ainda permanece aqui, em poder de Haziel — o velho continuou —, aquela chavezinha que Miguel levou, aquela com as três pedras, só poderia ser a falsa. Ah, e como se não bastasse, sei que você viajou daqui até a porta do banheiro que é o Ponto 1 do jogo há pouco, vencendo o Ligue os Pontos. Dito isso, só posso chegar à conclusão de que você usou a Chave verdadeira e que ainda está com o sagrado objeto em seu poder. Estou certo?

— Ora, ora, parece que temos um Xeroque Rolmes aqui! — DJ zombou.

— O que disse, DJ? — o velho perguntou.

— Esquece, Mau, é só um meme idiota! — ela explicou.

— Meme? — perguntou Yesalel, tentando entrar na conversa e sendo prontamente ignorada.

— Tá bom, tio Caliel, digamos que eu te dê a Chave. Você faria o que com ela?

Caliel retirou a tira de carne do bolso e Marcel teve que esperar ele terminar mastigar calmante o primeiro pedaço até ouvir o seu plano:

— Deus não precisa de nenhuma Dádiva para entrar na sala do Trono ou mesmo para se mover pelos mundos. Miguel levou a chave, ou o que ele pensava ser a Chave, apenas para evitar que eu a usasse. Ele teme que eu a use para abrir os portões superiores.

— É o que você faria, não?

— Fala logo, Mau! — DJ bufou. — Ô caraio! Como gosta de uma historinha!

— Digamos que Miguel... vamos dizer que Ele tenha caído em uma armadilha. Há pouco, saiu da Morada, foi obrigado a deixar abertos os portões dos reinos superiores para que seu exército, caso a guerra iminente se iniciasse, pudesse fazer a travessia para este ou para outro mundo inferior. Já faz alguns dias que Ele se prepara para a batalha. Anseia por ela. Ninguém mais do que Miguel ama uma contenda envolvendo o Inferno e o Céu. Mebahel, "O Artista" que você bem conhece, plantou a ideia do confronto final na mente dEle, sugeriu que Gabriel, Metraton, Israfil e possivelmente até Lúcifer teriam a intenção de reunir um exército nos mundos inferiores. Uma dose de temor aqui, outra de dúvida ali. O Artista é muito bom nisso. Uma paranoia crescente por certo fixou-se dentro daquela cabecinha fraca. Depois, eu O convenci (na verdade Ele acha que a ideia veio dEle), a levar Haheuiah para a sala do Trono para que analisasse as rachaduras. As rachaduras, antes que me pergunte, são uma manifestação das falhas no tecido da realidade nas paredes da Morada. Elas são a resposta para o que foi e o que será. Ele precisava de Haheuiah lá em cima, dos cálculos precisos de meu irmão para avisá-lo sobre o que fazer e aonde ir.

— O Bom?

— Sim. Haheuiah foi o moço que lhe entregou essa mochila aí.

— *Moço*? — Marcel esticou o canto da boca num sorriso involuntário. — Entendi. Mas se Ele deixou os portões abertos e Bom está lá... você não precisa da minha Chave pra abrir nada. Afinal, Bom pode levar vocês usando os telefones.

— Usarei a Chave não para *abrir*, mas para *fechar* os portões superiores e inferiores.

Caliel percebeu a expressão de dúvida estampada no rosto de Marcel e achou por bem explicar-se melhor:

— Bom nos levará até lá. Fato. E quando eu estiver no Trono como o novo Deus, trancarei os portões para que, assim, Miguel e os Alvos fiquem impossibilitados de voltar.

— Não acredito que Miguel seria tão burro a ponto de deixar Bom lá sabendo que ele poderia ajudar vocês na passagem.

— Correto: Ele é tolo, mas não a esse ponto. Bom não pode simplesmente nos levar até lá. Ninguém pode entrar na Sala do Trono a menos que tenha "permissão do Trono". Miguel sabe que o Trono responde somente a Ele. O Trono sabe quem é *o* Deus. E Deus é Miguel. — Caliel remexeu o bolso de sua calça cáqui e sua mão voltou de lá com uma tesoura de bronze entre os dedos amarelados. — Mas Miguel não tem ciência do que nossas Dádivas em conjunto são capazes de fazer. Eu mesmo não tinha até poucos dias atrás.

— Imagino que vá me contar o que essa tesoura velha faz, Caliel.

— Como toda tesoura, ela serve para cortar. Corta ligações, os fios invisíveis que se ligam a tudo que vive e que conectam as coisas que estão vivas às inanimadas. Ela cortará o fio que liga o Trono à Miguel. Agora, se me permite... — Caliel fez sinal a DJ e ela lhe entregou a mochila do Pokémon amarelo e alegre que carregava às costas. O velho passou o controle do seu enorme guarda-chuvas a Yesalel, abriu a mochila e jogou a tesoura em seu interior. Tirou de lá um cálice dourado e um vidro minúsculo contendo um líquido vermelho e escuro.

Enquanto Marcel observava o velho derramar algumas gotas do líquido no interior do cálice, escutou uma voz conhecida, que vinha atrás de si, da passarela:

— Tomai e bebei: isso é o meu sangue!

Mesmo antes que Marcel girasse o corpo, soube quem era o dono daquela voz rouca e grave.

Justo caminhava pela passarela e adentrava a plataforma. Pedra o seguia de perto.

— Bem na hora, Metraton! — Caliel comemorou, levantando o braço com o Cálice num brinde.

Justo se posicionou ao lado de Marcel e o cumprimentou com um aceno de cabeça. Marcel achou estranho Pedra não estar empunhando sua pistola na direção de Justo.

— Marcel, eu lamento por Beatriz — disse o enorme malaquim, demonstrando um sincero pesar. — Não espero que me perdoe.

— Por sua culpa que ela tá no Inferno, morta! — Marcel vociferou.

— Eu tenho esperanças de que ela ainda esteja viva... — Justo disse, de cabeça baixa, evitando encarar Marcel. — Mas entendo sua frustração.

— Frustração? Porra, você só dev...

— Basta! — o velho interferiu. — O tempo que nos resta é ínfimo!

Caliel revirou mais uma vez a pequena mochila de Haziel e pescou dois objetos bem peculiares de lá: um pequeno cubo de madeira e uma Ampulheta de vidro toda entalhada em prata.

— Como combinado, aqui está seu pagamento pelos serviços prestados — disse ao passar o Cubo de suas mãos para as mãos de Justo.

Marcel agitou a cabeça, inconformado.

— Além de mentiroso... traidor? — disse, com os dentes cerrados e a mandíbula travada, parado na frente de Justo.

— Se acheguem mais, por favor — Caliel pediu.

Marcel sentiu um leve empurrão nas costas. Olhou para trás. O autor do golpe fora Pedra, carrancudo como sempre.

Somente quando Caliel certificou-se de que todos estavam bem próximos e formavam uma espécie de círculo, ele posicionou a Ampulheta no centro do grupo, girando-a no ar, fazendo com que a areia do recipiente de vidro triangular da parte de cima começasse a escoar para o vidro de baixo. O que aconteceu em seguida (mesmo depois dos eventos extraordinários e bizarros que Marcel vivenciou naquele dia), deixou o comediante ainda mais perplexo. O temporal cessou. Não como Deus-Miguel havia feito anteriormente. As gotas da chuva torrencial estavam suspensas no ar, estacionadas, assim como tudo ao redor. As cataratas, o rio, as folhas das árvores. Tudo parecia estar magicamente congelado em uma fotografia em três dimensões. Tudo, menos o que estava contido dentro do pequeno círculo que eles formavam. Ali, a água da chuva continuava a desabar, impiedosa. Era como se houvesse um cilindro invisível ao redor do grupo, subindo do chão da plataforma até as nuvens e, dentro dele, as coisas podiam movimentar-se normalmente.

Mas como Marcel logo notaria, sua percepção inicial foi equivocada. Na verdade, havia diferentes velocidades, dentro e fora do cilindro. As coisas não haviam parado de se mexer do lado de fora, mas se deslocavam de uma maneira tão vagarosa que era quase impossível notar alguma mudança.

—- Como é que você fez isso? — o comediante perguntou ao velho.

— A Dádiva de Pahaliah, o Indiferente, altera o tempo — Justo explicou. — Atrasando... ou acelerando.

— Temos menos de 3 minutos — noticiou DJ, depois de bater um diapasão na parte externa de seu enorme fone amarelo. — Não vai demorar muito até que o idiota do Miguel se ligue que o tecido da realidade está sendo esticado de novo.

— Não vamos precisar de tanto tempo — Caliel explicou. — Marcel, a decisão agora é sua!

Marcel entendeu que o velho estava se referindo à Chave que estava em seu poder. Ele relutou, mas ao observar a areia cair na Ampulheta de forma tão implacável e sentindo a crescente tensão criada pela espera de uma resposta da parte dele, o comediante acabou decidindo abrir mão da Dádiva que pertenceu ao pai um dia... Transferiu a Caliel também as Pedras: a vermelha, depois a verde. Não estava muito seguro de que tinha tomado a decisão certa, mas resolveu seguir seu instinto. Assim que Caliel tomou as Dádivas de suas mãos, agradeceu silenciosa e respeitosamente o ato altruísta com um lento movimento de cabeça.

— Aaaaanda, caraio! — DJ impacientou-se ainda mais.

— Preciso que você segure a Ampulheta, Marcel. Pode fazer isso por mim?

Marcel pegou o lindo e decorado objeto das mãos do velho.

— Agora... — O homem com o chapéu-Panamá fechou os olhos e ritualisticamente bebeu o pouco sangue que havia no interior do Cálice dourado. — ...eu sou Miguel. Pelo menos o Trono vai entender assim.

Marcel estalou a língua quando entendeu a estratégia do Zerador.

— Como não se decidiu, espero que aceite isso como seu prêmio pela vitória! — disse Caliel ao entregar o Cálice a Marcel que, de forma desajeitada, lhe devolveu a Ampulheta tomando todo o cuidado do mundo para que ela não saísse de sua posição vertical. O velho então tirou um celular Nokia do bolso e ligou-o. DJ e Yesalel repetiram o gesto. Caliel apertou a tecla 7 de seu telefone azul e, depois de alguns segundos, todos puderam ouvir uma voz abafada saindo do aparelho, perguntando se todos estavam prontos.

— Sim... ah, só um momento, Haheuiah — Caliel falou ao telefone. Depois, pressionando o aparelho contra o peito, dirigiu-se a Marcel, fitando-o nos olhos: — Se toda a humanidade soubesse quem um dia salvou o mundo de seu fim prematuro...

— Agradeço o presente, o elogio, mas não fiz isso sozinho. Devo a você e principalmente devemos muito a Beatriz — discursou Marcel, convencido de que tomou a decisão certa ao dar a Chave para o malaquim. Um peso imenso estava sendo tirado de seus ombros e ele se sentiu aliviado como há tempos não se sentia.

— Preciso que você deixe seu telefone ligado — o velho solicitou. — O do seu pai, quero dizer. Pode fazer isso por mim?

— Sim, mas... por quê?

— Nunca se sabe quando Deus pode querer falar com você, não é mesmo? — Caliel deu uma piscadela e sorriu, mostrando a gengiva e os dentes amarelos e podres, cheios de pedaços de carne que haviam escapado de forma heroica da mastigação.

Yesalel entregou um pequeno espelho a DJ. Depois, ela mesma segurou um à sua frente e posicionou outro perto do rosto de Caliel, que tinha as duas mãos ocupadas. Depois de conferir a maquiagem, ela fez um sim com a cabeça.

— Leve-nos para cima, Scotty! — ordenou o velho Zerador assim que colocou o celular de volta ao ouvido.

Assim que fizeram a travessia, os três espelhos caíram, despedaçando-se no chão da plataforma. O temporal fora do cilindro invisível retornou e o tempo voltou a fluir normalmente para onde quer que se olhasse.

— A gente tem que sair daqui! — Justo alertou.

Marcel ainda resmungava uma sequência de palavrões direcionados a Justo quando o Nokia jurássico dentro de seu bolso vibrou.

— Alou... Deus? — Marcel perguntou, segurando com uma mão o Cálice e com a outra, o celular contra o ouvido.

— Passe imediatamente o telefone para o Pedra! — disse a voz que saía do celular. Era Caliel, agora mais sério e impaciente. O tom amistoso de antes havia sumido totalmente.

— Tá tudo bem aí? Conseguiu sentar no Trono, Deus-Caliel? — Marcel perguntou.

— Eles estão com a Ampulheta — Justo explicou a Marcel. — O tempo ainda transcorre de uma forma muito mais lenta para eles lá do que para nós, aqui.

— PASSE O TELEFONE PARA O PEDRA, ASSIM COMO A BALA QUE LHE RESTA. AGORA! — A voz de Caliel se tornou tão poderosa e assustadora que Marcel teve que afastar o aparelho de seu ouvido. Sua cabeça latejava, seu corpo doía. Não teve alternativa que não obedecer à ordem. Imaginou que só assim a dor iria embora e o sangramento do ouvido pararia.

— Alou? — Pedra falou ao telefone. — Padre? Fala, Deus... É o Pedra. Não? — O brutamontes colocou a bala de Marcel no tambor de seu revólver. — Mas... sim... Sim!... Sim, Deus... Tá, Deus... eu passo pra ele.

— O Padre quer falar com você de novo — disse o capanga, devolvendo o aparelho a Marcel. — Só lembra que o Padre é Deus, tá? Respeito é bom e mantém os dentes!

— Tenho uma notícia ruim e uma péssima para te dar... — Caliel disse do outro lado da linha. — Qual você quer ouvir primeiro?

Marcel não respondeu, apenas apertou o botão que encerrava a chamada de seu telefone Nokia. Ao virar a cabeça, pôde ver, do outro lado da plataforma, Pedra murmurar uma oração. Depois do sinal da cruz, o assassino colocou o cano triplo do revólver na boca, disse o que pareceu ser um amém em voz alta e atirou. O som do tiro ressoou pelas cataratas e Pedra desabou no chão molhado da plataforma como um saco de cimento.

Marcel soltou um grito de horror.

O cão de guarda de Caliel havia mesmo se matado? O sangue que jorrava ao lado de seu corpo e se misturava à água afirmava que sim. Apavorado, o comediante largou o Cálice, que tocou o chão e saiu rolando até a beirada da plataforma e só não passou por debaixo da grade e caiu no abismo porque foi detido pelo providencial pé de Justo. Agora, o malaquim fazia um malabarismo danado, apoiando a Dádiva dourada usando a lateral de seu sapato. Precisou usar a ponta do outro sapato para deixá-la na posição vertical no chão da plataforma. Só então ele se agachou para pegá-lo com um cuidado extremo.

— A gente tem que ir embora daqui! — Justo repetiu, impassível, com o Cálice agora nas mãos.

— Tá puto que eles não te levaram pro céu, né? Espero que tenha valido a pena, cara! Trair seus amigos, condenar o mundo inteiro por uma merda de cubo?

— Marcel, não espero que nos entenda agora.

— *Nos* entenda? Nós *quem*, cara pálida?

— Os Profetas. Eu... e Israfil, seu pai.

— Meu pai tá morto, babaca! Agora me dá a merda do Cálice, vai!

— Ele não foi muito esperto em te dar isso — disse Justo, ainda com o Cálice nas mãos. — O que me preocupa, pois não é típico de Caliel.

Justo esticou o braço na direção de Marcel, que arrancou o objeto dourado da mão dele com um vigor excessivo.

— É meu troféu, porra! Ele me deu porque eu venci a merda do jogo.

— Ele podia ter te dado qualquer outra coisa — comentou Justo ao desviar de Marcel e seguir até onde o corpo de Pedra jazia. — Mas... o Cálice? Não faz o menor sentido.

— O que pensa que tá fazendo, grandão? — disse Marcel ao ver Justo arrastar o corpo de Pedra para o lado, tirando-o de cima do segundo número 3 pichado em vermelho na plataforma.

O malaquim não respondeu de imediato. Estava concentrado demais golpeando o chão com um tipo de mini pá com picareta dobrável que ele tirou de um dos bolsos.

— Ah, aí está você! — ele disse com certa dose de surpresa ao retirar uma bolinha multicolorida e translúcida do pequeno buraco que acabara de fazer — Algo que nos fará sair vivos daqui.

— É outra Dádiva? — Marcel perguntou, agachando ao lado do malaquim.

— É apenas uma parte da minha: a décima terceira esfera! Observe!

Justo abriu a mão e a esfera começou a flutuar acima de sua palma. Com o dedo indicador da mesma mão, ele empurrou a esfera na direção do Cubo que estava apoiado na outra mão e, no instante que a bolinha tocou a superfície de sua Dádiva, ele começou a vibrar, respondendo ao contato, como se ansiasse por ele. Não demorou, o Cubo abriu-se como uma flor desabrochando, dividindo-se em milhares de minúsculos cubos que se movimentavam, giravam e se contorciam a fim de acomodar a bolinha em seu centro oco. Parecia haver ali dentro mais lugares reservados para esferas como aquela. O malaquim então fechou os dedos, um tipo de ordem mental para que o processo inverso acontecesse e o Cubo voltasse à sua forma original depois de ter engolido a esfera.

Marcel teve a impressão de que a tormenta estava só esperando que o Cubo de Metraton emitisse um apito agudo e emanasse um parco brilho azulado para que se esquecesse de seu ímpeto e se transmutasse numa leve e fina garoa.

— É isso que ele faz? — Marcel perguntou.

— Não entendi a pergunta.

— O Cubo. Ele faz a chuva parar?

— Não, de forma alguma! — Justo explicou, ajeitando os enormes óculos escuros. — Isso foi uma tremenda coincidência. Marcel não teve certeza se aquela explicação continha ironia. Pareceu-lhe, àquela altura, que ele falava a verdade. — E saiba que pra nossa sorte, Deus deve estar bem ocupado agora, evitando um levante de malaquins, mas em breve vai se lembrar de terminar o serviço aqui embaixo. Vai se lembrar de mim.

— Cê tá falando de Caliel ou de Miguel?

— Esquece o Miguel. Tá pior do que a gente, preso no Inferno. Nosso problema agora se chama Caliel. E ele fará Miguel parecer até bonzinho no quesito "ser Deus".

— E por que caralhas você o ajudou?

— Você fez o mesmo, quando deu a ele a Chave de Israfil.

— Fui manipulado.

— Já eu, não — Justo defendeu-se.

— Por que ele te deu o Cubo? Ele não tem medo de você?

— Ele não teve escolha, Marcel. Eu podia ajudá-lo no que necessitava e ele tinha em seu poder o que eu desejava. Eu dei as informações sobre Gabriel e Israfil, e ele, em troca, me prometeu que me daria o Cubo. Não quebramos nossa palavra. As palavras têm poder entre nós, os malaquins. Acordos, jogos... O que é prometido deve ser cumprido. Além do mais, o Cubo é uma coisa pequena diante do poder absurdo que é voltar a ser Deus. Ele sabe que o Cubo sem as 13 esferas é nada. E sim, ele sempre temeu a mim, ainda que não o assuma.

— Meu pai sabia que você iria traí-lo?

— Isso tudo foi ideia dele. Se acha que Caliel é frio e calculista, precisa conhecer melhor seu pai...

— Infelizmente, sua sugestão chegou um pouco atrasada — Marcel corrigiu.

O malaquim ficou pensativo.

— Onde estão as outras esferas?

— Longe. Neste momento, algumas delas estão a mais de um milhão de quilômetros daqui e se afastando mais e mais.

— E o que o Cubo faz com uma esfera só? Não deve ser muita coisa.

Justo nada disse, olhava fixamente para o céu e Marcel entendeu que aquele silêncio deveria significar que o Cubo, incompleto como estava, não era nada ou quase nada comparado às outras Dádivas. Resolveu olhar para cima também, à procura do motivo de tanto interesse pelo firmamento do gigante negro ao seu lado. Notou que as nuvens haviam desaparecido quase por completo sem que, no entanto, a claridade do dia voltasse. Ao invés disso, a abóbada celeste, agora vestida de negro como a noite, estava perfurada por centenas de estrelas.

— O que cê tá vendo, hein? — Marcel conferiu as horas. — Já tá pra acontecer? Não vai rolar mesmo a profecia, né? Os sonhos da Bia diziam que a tempestade começava às 19h07. Ou seja, daqui a 11 minutos. E já que a tempestade foi embora, então... tamo ok, né?

— A Última Tempestade ainda não começou — Justo disse, apontando o dedo para uma faixa de céu localizada acima da Garganta do Diabo. — Veja!

Os olhos atentos de Marcel passeavam por todo céu antes que se detivessem do outro lado das cataratas, no lado argentino. E o que ele viu foi algo ao mesmo tempo deslumbrante e assustador: o paredão escuro formado pelas rochas, águas em queda e vegetação delimitavam o horizonte e serviam agora como parte de uma moldura de um quadro surrealista. Havia uma diversidade de cores vivas, fosforescentes e ágeis que surgiam e o firmamento parecia contorcer-se todo a fim de acomodar o rastejar das diversas serpentes ígneas que, com seus corpos cilíndricos e alongados, deixavam seus rastros nas cores verde, azul, lilás, vermelho e laranja para trás.

Era uma aurora boreal. Estonteante e diferente das que Marcel tanto viu em fotos e vídeos.

— Meu Deus, que coisa mais linda!

— É um sinal.

— *Mau* sinal?

— Péssimo! Aurora boreal aqui, no sul do Brasil? E o que dizer do aumento repentino do volume de água das cataratas?

Marcel custou a acreditar que aquele espetáculo único e exuberante da natureza pudesse significar um mau presságio. Mesmo depois de ver e confirmar que a vazão de água aumentava gradativamente (apesar de o temporal ter cessado). O rio agora passava por cima do chão de parte do conjunto de passarelas suspensas. Mesmo depois que as luzes do Parque

Nacional do Iguaçu se apagaram, uma a uma, Marcel não quis pensar que algo ruim estava por vir. *O pior já se foi*, ele pensou. Afinal, Reali o havia alertado que essas coisas aconteceriam. Aurora boreal, aparelhos elétricos e eletrônicos falhando, quedas de energia... tudo por conta da tal grande tempestade geomagnética.

Somente quando a terra tremeu numa fúria inédita e derrubou os dois foi que ele mudou de ideia. Talvez Justo estivesse certo.

Marcel e Metraton tentaram se levantar. Sem sucesso. A plataforma se movimentava de modo frenético e eles eram jogados de um lado a outro, escorregando pelo chão. Se não fosse pelas grades, teriam caído da plataforma para o rio.

Um rangido alto seguido de um baque seco e grave chamou a atenção de Marcel que, agarrado à grade, levantou a cabeça com dificuldade e teve a chance de assistir à parte da passarela que unia-se à plataforma partir-se, derramando uma dúzia de cadáveres nas águas daquele rio bestial. Arrastados, os defuntos, agora misturados aos destroços de concreto e metal, passaram ao lado deles até mergulharem no precipício das cataratas inferiores. Quando ele e Beatriz haviam visto aquelas quedas, de cima da alta torre, pareciam menores, belas e até inofensivas. Mas somente quando vistas de baixo para cima, como ele as via agora, deitado contra a grade, é que teve a dimensão exata do quão intensas, perturbadoras e intimidativas eram aquelas cataratas: uma imensa quantidade de água que despencava incessantemente e se debatia nas rochas. Águas que continuavam furiosas e se transformavam em um volumoso rio barrento e colérico que, num breve e repentino encontro com a passarela, chocavam-se contra as colunas de sustentação, levantando enormes ondas de espuma branca que carregavam o restante dos mortos consigo.

Para piorar, parte das frágeis grades verdes eram arrancadas pela força das águas. Apenas algumas finas e teimosas estacas de metal da rampa do sinuoso mirante estavam de pé. Marcel sabia que, logo, o restante daquele caminho que insistia em se projetar sobre as águas iria ruir e ir por água abaixo. Literalmente.

Já era difícil para Marcel conseguir se manter no mesmo lugar, como se isso não bastasse, a grade onde ele se prendia guinchava em agonia e contorcia-se de dor. Não demorou, acabou por romper-se, movendo-se para baixo, alinhando-se ao chão deformado, presa somente a uma corajosa estaca metálica. O comediante anteviu o desastre e escalou a grade molhada para que ainda pudesse ter o chão sob seus pés. A poucos metros dele, arrastando-se com dificuldade pela plataforma inclinada, vinha ao seu encontro o enorme e encharcado malaquim que, de forma prodigiosa, ainda mantinha os óculos escuros presos à cabeça.

— Marcel, o Cálice! — Justo gritou, estendendo o braço em sua direção. Havia urgência em sua voz.

— A gente tá fodido, cara! — Marcel estava apavorado. — Não vai ter mais como sair daqui!

— Rápido! — o malaquim insistiu, usando o cadáver de Pedra como apoio para um de seus pés para, assim, mover-se pelo chão da plataforma.

Marcel pensou em argumentar, mas acabou desistindo e entregou a Dádiva a Justo, que percorreu com o polegar a borda finíssima e afiada da taça dourada. Assim que um fio de sangue veio à pele, ele contraiu o dedo contra o Cálice e o seu sangue escorreu para dentro do objeto dourado. Quando decidiu que havia uma quantidade de sangue suficiente, devolveu a taça a Marcel, que assistia a tudo, perplexo.

— Bebe! Eu te imploro! — Justo disse assim que, enfim, conseguiu levantar-se, depois de apoiar um pé na grade fendida e outro no chão íngreme da plataforma. Ele se equilibrava como podia.

— Que nojo! Cê tá bem louco que vou beber isso, né?

O malaquim não respondeu.

Até aquele momento, de todo o conjunto de rampas e passarelas das Cataratas do Iguaçu, os dois mirantes em formato de cabeça de serpente eram os menos afetados, pois ambas as plataformas eram construções claramente mais reforçadas que as demais e se deitavam sobre as paredes e colunas de sustentação mais extensas e espessas de um modo que pudessem suportar um fluxo maior de turistas. No entanto, dada a ferocidade das águas e o ímpeto cada vez mais perverso do terremoto (que não dava o mínimo indício de estar no fim), o muro em formato de Y e os dois pilares cilíndricos, que sustentavam a grande plataforma onde os dois se agarravam, começaram a rachar até que uma das colunas, a que ficava próxima da margem do abismo, colapsou, tombando e arrastando com ela uma terça parte do mirante para a queda fatal nas cataratas. Para a felicidade de Marcel e Justo, eles estavam do lado oposto, nos dois terços restantes. Mas a sorte não os acompanharia por muito tempo: agora era a vez da pele do grande muro de concreto armado sob eles rasgar-se por completo e exibir vergalhões como se fossem ossos de aço num tipo de fratura exposta. Pendendo para o lado de fora, a parede rachou, levando consigo a parte do chão onde Justo tentava se manter de pé, separando-a do que ainda restava da plataforma e de Marcel. O malaquim, ao lançar-se habilmente à frente esticando os longos braços, só conseguiu sobreviver por puro milagre. Foi assim que ele pôde fincar os dedos de uma das mãos no buraco que escavara previamente no chão bem no último segundo antes da base de formato triangular onde estava ser tragada pelas águas e sumir no desfiladeiro líquido. Agora, a metade superior do corpanzil de Justo estava apoiada em cima do cimento e a metade de baixo, afundada na água. A correnteza impiedosa puxava suas pernas para trás e ele lutava com todas as forças que lhe restavam para se manter preso àquela pequena fatia da plataforma que agora deslizava morosamente em direção ao precipício. Justo dobrou-se, tentando puxar suas pernas para cima quando outro naco do seu chão trincou. Não houve tempo (ou força em seus braços) para que o malaquim subisse: a base do mirante onde ele se prendia finalmente desprendeu-se das rochas e do último vergalhão que ainda o segurava e, assim, num último suspiro antes de escorrer pelo abismo, aquele pedaço mínimo de concreto elevou-se perpendicularmente, arremessando Justo para trás, fazendo com que o anjo batesse as costas contra as grades de modo violento e as pernas, contra as rochas do rio. O gigante só não foi lançado ao abismo e fez companhia aos demais defuntos porque, antes da queda, conseguira entrelaçar os dedos de uma das mãos na trama de ferro verde retorcido do que sobrara da antiga grade de proteção. Sem seus característicos óculos escuros, Marcel podia ver agora o terror estampado nos olhos de labaredas daquele imenso malaquim. Ele e a grade eram agora um só conjunto feito de metal, carne e sangue. Justo urrava de dor. Seu braço direito dobrava de uma forma estranha, deslocado do ombro, e suas pernas balançavam soltas no ar.

Marcel, em meio a uma careta, bebeu o conteúdo do Cálice.

— Agora eu sou você? — ele gritou.

— Pro meu Cubo, sim! — Justo grunhiu, entredentes, arrebatado pela dor. — Anda, vem aqui!

— Como, cacete? — ele perguntou, baixinho, mais para si do que para Justo.

Marcel se levantou e observou o cenário: havia um vão que o separava de Justo e lhe parecia imenso. Ele teria que correr um pequeno e desnivelado trecho de concreto e pular. A má notícia era que, do outro lado, havia apenas um fiapo de concreto para aterrissar. Mesmo que executasse o arriscado salto da maneira correta, ainda assim, teria que ter a sorte de conseguir cair pisando com precisão naquela faixa estreita de chão e, ao mesmo tempo, agarrar-se na grade onde estava Justo. E mais: ainda teria que torcer para que aquele arremedo de grade de proteção aguentasse o peso dos dois e não os levasse para baixo.

Saltar, segurar, se equilibrar, mentalizou Marcel. Ou fazia isso corretamente ou ele despencaria para o abismo. Era uma aposta muito arriscada.

Mas era a única alternativa. Isso, se ele optasse por tentar salvar a vida do malaquim. Teria forças, depois de um salto improvável, para puxar o enorme anjo ferido para cima? Provavelmente não. Ou... ou então, ele poderia simplesmente virar as costas para o anjo traidor, tentar correr pelo que sobrou da passarela e, saltitando sobre as lacunas de concreto, fugir dali. Conseguiria assim salvar-se? Ainda que difícil, havia uma chance maior de êxito nessa linha de ação, ele pensou.

Justo era um homem forte, mas já começava a exibir sinais de fadiga, seus dedos escorregavam pela grade e Marcel sabia, ele poderia se desgarrar e cair a qualquer momento. A gravidade e seu enorme peso corporal estavam contra ele.

Marcel teria que se decidir rápido. Agir rápido.

O que vai ser, Marcel? Você não é herói, então, por que a dúvida? Foge daí!

O comediante tirou uma das alças do ombro e trouxe a mochila do Bob Esponja sorridente para a frente do corpo. Guardou o Cálice e voltou a mochila amarela às costas, apertando as alças até que ficassem mais firmes.

Vou contar até cinco, corro e pulo!, enfim decidiu, sem convicção alguma.

Encostou a sola do tênis do pé direito na base da grade.

Respirou fundo.

Um...

Concentrou-se.

Dois...

Três...

Empurrou a grade com o pé, tomando impulso, e correu como louco.

Foda-se a contagem!

E pulou um salto impossível, torcendo para que seus músculos não o traíssem.

Quando a ponta dos seus pés tocaram o chão do outro lado, Marcel foi para frente e os ossos de sua cintura se chocaram contra a grade causando-lhe uma dor aguda. Suas mãos procuraram apoio, mas ele calculara mal, estava bem mais alto que o parapeito da grade.

Ele oscilou, seu corpo curvando-se para trás.

Merda! Devia ter deixado a mochila na frente!

Marcel balançava os braços freneticamente numa tentativa desesperada de encontrar equilíbrio. Quando teve certeza de que iria cair de costas no abismo, lançou uma das pernas para cima numa manobra desesperada, enfiando a ponta do tênis esquerdo em um dos vãos da grade. Deu certo. *Uma chance em um milhão, Marcel!* E devagarinho, como se estivesse numa apresentação circense, conseguiu restabelecer aos poucos o equilíbrio, jogando seu peso todo para frente. Agora teria que se contorcer até que, com os braços esticados, suas mãos agarrassem o metal molhado da grade. Foi o que fez e, no meio do movimento, algum osso de seu braço estalou.

Avaliou as ações que teria que fazer na sequência com mais cuidado. Sabia de suas limitações agora. De sua flexibilidade. Ou melhor, da falta dela. Desencaixou o pé do vão da grade e tocou com ele a faixa estreita de chão. Somente depois que tinha ambos os pés plantados na estrutura mínima da plataforma e que seu corpo estava totalmente colado à grade, ele comemorou:

— Chupa, Cirque de Soleil! — gritou, exultante.

Marcel não devia, mas olhou para baixo, para a espuma branca e a água marrom que despencavam daquela altura absurda. Seu corpo tremeu e o coração veio à boca. *Merda, por que foi olhar, Marcel, seu medroso de merda?* Justo se mantinha pendurado, seu corpo lançado de um lado a outro pela ventania forte.

— Aguenta firme, anjo! — Marcel disse, ofegante, emulando uma confiança que não possuía. O negro de quase 2 metros tossiu e provavelmente nem ouvia o que o comediante estava dizendo a ele. Mesmo assim, soltou uma risada nervosa em resposta.

— Nem tenta me puxar! — ele disse.

— Você não pode me impedir de tentar!

Marcel passou o cotovelo direito por cima do parapeito, dobrou o braço e segurou a grade pelo lado de fora. Só então movimentou seu corpo para o lado, arrastando os pés lentamente no estreito corredor de cimento. Quando chegou ao fim dele, abriu a perna esquerda num compasso e encaixou novamente seu pé no gradil, de forma que ficasse bem próximo ao ombro direito de Justo. Inclinou-se e agarrou o metal com a mão esquerda. A mão direita veio depois e enganchou na grade úmida. Todo torto, com as pernas flexionadas, seu pé direito era a única conexão que Marcel ainda possuía com a plataforma. Esticou o braço e, mesmo próximo a Justo, gritou, já que o barulho das águas despencando era ensurdecedor:

— Vai, pega minha mão!

— O Cubo tá no bolso da minha jaqueta!

— O quê?

O volume do rio subiu rapidamente e já cobria toda a passarela. Era impossível ver dali quais trechos da estrutura ainda sobreviviam por baixo das águas. E se ainda estavam lá, como não ser levado pelo impiedoso rio barrento? Marcel teve só uma certeza: o caminho seguro de volta para a terra ou não existia mais ou não era viável. Estavam num beco sem saída. — Pega a porra da mão! — Marcel irritou-se.

— Não consigo... Vai, Marcel! Pega... o Cubo

Marcel hesitou.

A cabeça de Justo de repente pendeu para baixo: ele parecia pronto a desistir, entregar-se.

— Aguenta aê, maluco!

O comediante não tinha bolado um plano e agiu por puro instinto, trazendo seu outro pé até que pudesse encaixá-lo no vão da grade que, não suportando o peso dos dois, uivou como um animal ferido e mais uma vez se dobrou, entortando diagonalmente. Estancou metros abaixo e o solavanco fez com que Marcel escorresse com o corpo para baixo, perdendo o apoio dos pés, que agora balançavam, perdidos, no ar. Pior, batera o nariz na grade, que agora sangrava. Justo urrou algo em uma língua estranha. O comediante voltou a procurar os tais buracos na grade para encaixar a ponta do tênis. Quando sentiu-se estável de novo, dentro do possível, esticou o braço e revirou o bolso apertado do casaco do malaquim. Puxou o Cubo com a ponta dos dedos e trouxe o pequeno objeto com dificuldade para fora.

— Tá. E agora?

Justo não respondeu, apenas rangeu os dentes num sorriso dolorido e impreciso enquanto seus olhos encaravam debilmente o comediante. Quando Marcel retribuiu-lhe o sorriso, ele soltou os dedos da grade que o mantinha vivo. Ao ver o gigante despencar e sumir no meio da espuma, Marcel gritou algo indecifrável. E seu bramido ainda ecoava pelas cataratas quando o terremoto cessou por completo.

Mais um dos péssimos sinais a que Justo se referia, ele pensou.

Marcel procurou, vasculhou com o olhar, através da grade, todo o largo e extenso rio que fluía na parte mais baixa do parque. Esperou a carcaça do malaquim surgir, boiando no meio da espuma. Nada. Achou estranho, mas tinha problemas maiores para se preocupar àquela altura. Depois refletiria mais sobre o sumiço de defuntos. Estava exausto, seu corpo todo reclamava na forma de espasmos de dor, mas, estranhamente, ele se sentia mais leve. A descarga de adrenalina fora tão grande que ele parecia não estar mais sujeito às leis da gravidade. Sim, definitivamente ele se tornou mais leve. Ausência de peso. Era isso. Chegou a fantasiar que, caso se desgrudasse da grade, flutuaria. Como os astronautas comumente fazem no espaço. Em seguida, concluiu que aquilo só podia se tratar de algum tipo de alucinação causada pela ingestão do sangue do malaquim. Provavelmente era uma alucinação, uma pane da mente. Ele chegou até a ouvir uma voz que imaginou vir da própria cabeça. *Solta a mão, pula!*, a voz disse, abafada pelo barulho opressor das cataratas. Marcel imediatamente rechaçou o pensamento suicida. Era comum esse tipo de voz lhe dizer essas coisas, desde criança. Quando estava na beirada de um prédio ou perto de um precipício, às vezes a ouvia lhe dizendo: *Pula!*. Achava-se estranho tendo tais pensamentos, ouvindo vozes dentro da cabeça, até que uma noite falou sobre isso no palco, em um show, na forma de uma piada. Soube que, na plateia, mais pessoas haviam passado pela mesma experiência. A verdade é que ele nunca havia considerado a possibilidade de tirar a própria vida. Nem de longe pensou alguma vez em se suicidar. Nunca. Então, por que essa vontade repentina de pular de cima dos prédios? Ouviu de um amigo estudante de medicina certa vez que aquilo era uma resposta imediata e irracional do cérebro ao medo de lugares altos. O corpo quer encerrar logo o sentimento agonizante e, embora a ideia não faça o menor sentido, o cérebro tende a priorizar os efeitos de curto prazo. *Como resolver o pânico de altura? Pulando, ué!* Logo na sequência, viria o medo de morrer e tudo ficaria ok. E nós, a maioria, pelo menos, não pulamos. Simples assim. Como achou a explicação do amigo convincente, parou de se importar com as vozes.

Mas agora era diferente. A voz não parecia ser a sua voz.

Se solta, Marcel!, ele ouviu mais alta e nítida: era a voz de Justo, saindo do meio da espuma branca, o malaquim agora elevava-se no ar.

Quando ele se posicionou à sua frente, Marcel observou que, de sua roupa, pingavam gotas inchadas de água e de sangue para o abismo enquanto seus pés, inexplicavelmente, pisavam no vazio.

Pedra

[3 horas e 26 minutos depois]

Pedra permanecia parado, aguardava por novas instruções vindas do Padre. Tinha cumprido todas as tarefas de seu caderno. Terminei, Padre! Tá tudo muito louco! Não. Louco era pouco. Estava uma loucura da porra. Do cacete. Loucura fodida. *"Perdão, Padre!"*, ele pediu em pensamento. Mas você estava aqui, agora não tá mais. Tinha outro cara que falou que era Deus que estava aqui, também não tá mais. Que porra fodida é essa? É milagre isso? O Padre que é Deus. E Deus tá no céu agora. Junto dos outros anjos. Pedra nunca vira o Padre fazer esse tipo de coisa. Já presenciara maravilhas. Adivinhações. O Padre frequentemente falava o que ia acontecer com a sua vida. Chegava a hora e pá! Acontecia mesmo. Quando não acontecia, ele mesmo fazia acontecer. Mesmo que Pedra tivesse que matar alguém para que o Padre estivesse certo. Para que ele adivinhasse o futuro. O Padre via o futuro. Era diferente. O Padre fazia contas. O resultado era sempre certo. Dois mais dois? Não. Conta complicada, de multiplicar, subtrair, raiz quadrada e os caraio todo. Deus calculava certo por contas erradas. Não era assim? Era. Ditado popular. E a voz do povo é a voz de Deus. Mentira. A voz do povo é só uma gritaria nos estádios quando sai gol do time. Nas ruas, os caras vendendo de tudo. Essa é a voz do povo. Voz de Deus é uma ordem. E sempre é boa. Deus é bom. Eu espero Deus falar comigo. Ele me falou tudo. Falou não, escreveu no meu caderno. Eu decorei. Os horários, tudo. Esse porra de moleque com mochila do Bob Esponja tá falando comigo? Gostou da minha camisa da Holanda? Tô concentrado nas tarefas! Pedra esperava as ordens de Deus. Acabaram as linhas do caderno. Fiz tudo direitinho, Deus! Sem sujeira? Quase. Pedra não falava nada, só pensava. Fala, moleque, o que cê quer? Quer alguma coisa, porra?

— É pra você — Marcel disse a Pedra e entregou-lhe um telefone velho.

Pedra analisou o aparelho. Igual ao do Padre. Telefone santo.

Linha direta com Deus.

— Alou — disse ao celular —, Padre?

— Deus — disse a voz que vinha de dentro do aparelho.

— Fala, Deus!

— Quem fala? — a voz de Deus perguntou.

— É o Pedra.

— Não, você não é mais o Pedra.

— Não? Mas... sim...

— Você agora é Dorothy Gale.

Pedra ficou mudo até que Deus voltasse a falar pelo telefone:

— Entendeu?

— Sim!

— E sabe o que tem que fazer?

— Sim, Deus.

— Passe antes o telefone para Marcel — a voz de Deus ordenou.

— Tá, Deus... eu passo pra ele — disse ao telefone. E esticando o braço com o aparelho na mão, disse a Marcel: — O Padre quer falar com você de novo. — O moleque puxou o telefone de Deus. — Só lembra que o Padre é Deus, tá? Respeito é bom e mantém os dentes!

Marcel assentiu, claramente apavorado com a presença de Pedra. Um moleque como ele não deveria falar com Deus. Ele não respeita Deus. Por que Deus não deixa nunca eu matar ele? O brutamontes puxou sua pistola do coldre. A de matar demônio. Colocou a munição que o moleque pecador deu para ele dentro do tambor. "Eu sou Dorothy Gale", ele repetiu mentalmente três vezes até que se convencesse. Não demorou muito, teve certeza de que era Dorothy Gale. Se o Padre falou, eu sou! E sendo quem sou agora, não tinha alternativa que não atirar em si mesmo. Ele sabia. Era o certo. Colocou o cano dentro da boca, gentilmente. Murmurou uma prece com dificuldade. Deus, perdoa meus pecados. Todos os pecados. Todos aqueles que eu não te contei, mas que você sabe. Perdoa as outras pessoas. Mas só as que eu gosto. As outras, foda-se muito. Salva minha alma. Salva minha memória. Salve o Corinthians...

Pedra fez o sinal da cruz.

Antes de puxar o gatilho, com extrema dificuldade por causa do cano triplo do revólver enfiado em sua goela, ele gritou:

— Arméim!

Marcel

[3 horas e 41 minutos depois]

Marcel olhava alternadamente para Justo e para as espumas da catarata de onde o malaquim saiu: custava acreditar no que seus olhos enxergavam. Após a boca abrir e fechar por duas vezes sem emitir som, disse:

— Então... você voa?

— O quê? — Justo berrou de volta, fazendo uma enorme concha com a enorme mão ao redor da pequena orelha. — Você vai ter que falar mais alto! E já pode se soltar. Tenha fé!

Marcel teve fé: tirou primeiro a mão que o prendia à grade e manteve-se ereto. Em seguida, desencaixou os pés, um após o outro, dos vãos de metal.

Tal qual o malaquim à sua frente, ele agora flutuava no ar.

Ao redor deles, pedras, troncos e destroços da passarela de tamanhos e formas diferentes erguiam-se do rio até a altura dos dois e lá permaneciam, parados, como se fios invisíveis os segurassem e os mantivessem suspensos.

— Acho melhor a gente ir até ali! — disse Justo, apontando para a torre que estava às costas de Marcel. — E rápido!

Justo foi na frente, sua mão prendia o braço destroçado junto ao corpo.

Marcel deteve-se. Divertia-se com a nova sensação de ausência de gravidade. Subiu, desceu, virou-se e deu várias cambalhotas no ar. Depois, não resistiu e fez a clássica pose do Super-Homem com o braço estendido à frente do corpo e punho cerrado para seguir o anjo, voando em maior velocidade, ultrapassando-o.

Imaginava que o Cubo era o responsável pelo seu recém-adquirido superpoder. Não sabia como ou por quanto tempo a Dádiva sustentaria os dois no ar, mas, pela urgência na voz do malaquim, concluiu que não deveria ser por muito tempo.

Assim que pousou no mirante mais alto da torre, Justo tomou o Cubo das mãos de Marcel e tudo o que flutuava, de repente, despencou, como se os fios invisíveis fossem cortados de uma só vez.

Marcel notou que dois fios de lágrima escorriam dos olhos do malaquim.

— Tá chorando *só* agora, Justo? — Marcel perguntou num tom de desprezo. — É... nunca é tarde para arrependimentos...

— Trata-se de uma reação espontânea ao estiramento da membrana da realidade — Justo explicou e, apontando para a loja atrás deles, sugeriu: — É melhor nos abrigarmos embaixo de um teto quando acontecer.

Marcel não entendeu a explicação de pronto. Pelo menos não até que pequeninas brasas e faíscas começassem a cair do céu, como se fugissem da grande fogueira invertida que era a aurora boreal. Era como se o céu inteiro estivesse em chamas. Labaredas azuis, verdes, lilases, vermelhas e alaranjadas tremulavam numa graciosa dança e sumiam antes de tocar o solo, enquanto davam lugar a mais brasas e faíscas.

— Meus olhos são hipersensíveis a esse tipo de coisa. O tecido da realidade está finalmente cedendo. As brasas e as minhas lágrimas são só avisos do que vai acontecer. E vai acontecer.

— A calmaria que precede a tempestade — o comediante disse, esperando que a frase soasse profunda. Acabou se dando conta de que tinha dito o óbvio, repetindo apenas um maldito ditado popular.

— Venha — Justo disse ao entrar na lojinha onde Marcel roubara o chaveiro de onça para presentear Beatriz. Com a lembrança, a tristeza de novo apoderou-se do coração do comediante. — Não vai demorar — o malaquim avisou.

— O quê?

Justo não respondeu.

Uma nova chuva teve início antes que Marcel conseguisse formular qualquer outra pergunta. Só que agora eram corpos que despencavam do céu. Milhares e milhares de cadáveres que surgiam do alto viajavam com extrema velocidade e eram despedaçados com os impactos. Desnudas, aquelas carcaças cadentes acumulavam-se sobre os cadáveres dos homens, mulheres e crianças pelo chão.

Tão repentina como começara, a tempestade de defuntos cessou depois de segundos.

Justo saiu da lojinha para examinar os novos defuntos mais de perto.

— São anjos? — Marcel perguntou, indo ao encontro do malaquim.

— A Guarda de Miguel. A elite dos guerreiros, treinados para defender as fronteiras do Primeiro Céu. Os melhores entre os melhores.

— Mas como? Como Caliel fez isso?

— Caliel é Deus de novo. A Morada é novamente seu parque de diversões. Pelo visto, agora quer brincar sem medo de ser retirado de seu brinquedo favorito.

— O Trono! — Marcel disse, evidenciando o ponto de exclamação no fim da frase.

Justo assentiu.

— Já passamos das 19h07, horário que Beatriz disse que o mundo acabaria. Então... acho que não teremos mais a guerra, o Apocalipse?

— Por ora, não.

— Uma boa notícia, enfim — Marcel respirou aliviado, mas ainda não estava satisfeito com a resposta e resolveu insistir: — E... no futuro?

Justo voltou ao balcão da lojinha de bugigangas, puxou um par de óculos escuros do mostruário e cobriu os olhos vermelhos e aquosos. Respondeu a Marcel com outro dito popular:

— O futuro a Deus pertence...

Até passou pela cabeça de Marcel apontar o absurdo que era o malaquim usar óculos escuros à noite, porém, ele acabou perdendo o *timing*. Ainda considerava mentalmente todas as implicações do que Justo acabara de lhe contar ao mesmo tempo que observava o malaquim enrolar, com enorme dificuldade, uma pequena toalha com estampa de quati em volta do braço esquerdo triturado pela queda da plataforma. Cortes profundos brotavam através dos rasgos de seu sobretudo, logo acima da altura do cotovelo. O tecido branco da toalhinha não demorou a tingir-se de vermelho.

— É bom você ver isso aí meio rápido — Marcel alertou, apontando para o ferimento.

— Sim, eu vou cuidar disso. Espero me recuperar antes que Caliel tente me achar e...

Marcel cortou-o, dizendo:

— Caliel nunca quis o Apocalipse! Então, por que a pressa?

— Não espero que entenda, Marcel, mas o Apocalipse teria que ter acontecido hoje, como na Profecia, como nos sonhos de Beatriz. Para o nosso bem.

— Você só pode estar brincando!

— Somente assim Lúcifer despertaria!

— E ele poderia derrotar esse Deus-Caliel?

— Sem Lúcifer, sem a volta de Cristo. Caliel nunca se preocupou com Lúcifer, seu maior medo sempre foi de uma possível volta de Deus.

— Ué. Se Deus "renascer", tudo não voltaria aos trilhos? Caliel seria de novo um malaquim próximo a ele, com todas as regalias.

— Fale isso para alguém que já teve a sensação de sentar-se no Trono. Caliel nunca assumiria, mas ele teme Yahweh. Teme ser julgado por Ele, pelas coisas que fez quando esteve em Seu lugar. Por isso, espalhamos o boato de Dorothy.

— Dorothy, do Mágico de Oz?

— Era o nome que usávamos para nos referir a Deus. Uma brincadeira interna entre os Profetas. Por causa dos nossos apelidos maldosos, sabe? Homem de Lata, Espantalho... Era necessário que Caliel acreditasse que Dorothy poderia surgir por aí, a qualquer momento. Assim, o manteríamos ocupado.

— E funcionou?

— Se funcionou! Ele simplesmente surtou quando a notícia chegou aos ouvidos dele, dizem — disse em meio a um sorriso. — E colocou, desde então, todos seus esforços na missão de encontrá-la. A vida dele se resumia a isso. Até que, recentemente, desistiu de procurar.

— Ele não me parece ser o tipo de "pessoa" que *desiste* de algo.

— Digamos que ele partiu para um plano mais eficaz. Um plano desesperado.

— Virar Deus?

— Não. Isso não impediria Yahweh de tomar Seu lugar de volta. Isso, se pudesse voltar mesmo.

— Então... Ele não vai voltar? Mas você acabou de dizer...

— Deus está morto. É o que sabemos. É tudo o que sabemos. Ele voltaria se Cristo voltasse? Ninguém sabe. A maioria de nós, inclusive, nem acredita que o primeiro Cristo era nosso Deus.

— O que ele era?

— Seu pai e eu sempre acreditamos em Cristo. Completamente.

— Sabe... eu tive meio que umas visões de Cristo, na cruz.

— Memórias do seu pai. Ou... simplesmente ecos de sua infância cristã.

Marcel deu um muxoxo.

— Então meu pai conviveu mesmo com Cristo?

— Todos nós.

— Até Caliel-Baltazar? O lance lá dos Reis Magos?

— Sim, foram os Zeradores, inclusive, que calcularam a chegada do Filho de Deus com uma precisão impressionante. Mas a verdade é que eles nunca tiveram a convicção de que Jesus era realmente Yahweh.

— E era?

— Eu e seu pai fomos os únicos entre os Primeiros a ver em Cristo uma chance real de que a consciência de Deus pudesse estar tentando se reorganizar. Mas como ele morreu aos 33 anos, continuamos sem resposta para sua pergunta. Há, no entanto, como sabe, a Profecia de que Cristo voltará.

— Tá, mas você não falou qual foi o plano desesperado de Caliel. Para evitar o retorno de Deus/Yahweh/Cristo/Dorothy.

— Para impedir o nascimento de Dorothy, ele condenou toda a humanidade.

Justo ficou pensativo por tanto tempo que Marcel viu-se na obrigação de demonstrar irritação. Bufou. E como o malaquim pareceu não se importar, desabafou:

— Que merda de mania de falar as coisas pela metade!

— Os humanos não mais procriarão.

— Você tá querendo dizer que...

— Não nascerá nenhuma criança daqui para frente. A doença, sabe?

— E ele *pode* fazer isso?

— Não. Obrigatoriamente tem que ter vindo de algum humano. Mas Caliel está envolvido de alguma forma.

— Então... é isso? Nos rendemos e... desistimos? A morte de Beatriz, do meu pai, tudo foi em vão?

Houve um novo silêncio até que Justo decidisse abaixar-se a fim de pegar duas sacolas pretas do chão por detrás do balcão. Entregou uma delas a Marcel, a que tinha uma etiqueta grudada com seu nome.

— Essa outra sacola aí... — Marcel disse, puxando para si a etiqueta da outra sacola, onde havia escrito: BEATRIZ THILLI KIEPERT. — ...acho que a ideia era que nós dois sobrevivêssemos à esta noite, não?

— Sim. — Justo devolveu a sacola que segurava ao chão. — O plano sempre foi esse.

— Não previram que Miguel pudesse entrar no jogo?

— A chance era mínima, mas... sim. Mas Miguel não foi o problema. Previmos essa e todas as demais possibilidades. A única coisa que não acreditávamos ser possível é...

— ...que Beatriz fosse morta — Marcel completou. — Por mim.

— Sem sangue malaquim correndo nas veias, nós achamos que... bem, você sabe... que ela estaria fora de perigo. O ritual tinha o objetivo de deixá-la mais forte e, ao mesmo tempo, de protegê-lo. Beatriz tinha um potencial imenso. Poderia ter salvo a todos nós.

— De que adiantou ela me proteger se, no fim, eu a matei? — o tom de voz de Marcel voltou a elevar-se. — A Verdadeira Vontade, por que não nos contaram antes?

— Somente o Santo Anjo Guardião dela poderia fazê-la descobrir qual era a Verdadeira Vontade. Na verdade, dependia mais dela do que de Gabriel.

— Então vocês sabiam que ela poderia engravidar? Ela me falou que não podia, que…

— Torcemos muito para que a gravidez fosse a Verdadeira Vontade de Beatriz. Aliás, foi por isso que os unimos.

Justo empalideceu: parecia ter se arrependido do que acabara de falar.

— Éramos o que pra vocês? — Marcel teve que ficar na ponta dos pés para conseguir apontar o dedo na cara de Justo. — Ratos de laboratório?

Justo recuou um passo, deslizou a mão pela sua careca suada e suspirou.

— Havia muita coisa em jogo, Marcel. Forças imensas que nem eu e nem mesmo Israfil controlamos. Forças maiores que nós e que nos movem. Colocamos vocês no caminho um do outro. Agora, vocês se apaixonarem… certamente não foi uma escolha nossa.

— Duvido muito! Por que *tínhamos* que ficar juntos?

— Porque… bem… você não tem noção da mente poderosa de Beatriz, a maior sibila que já existiu. E você? Porque é filho de quem é. Não à toa, Israfil dividiu o fruto entre os dois.

— E metade da mente dele perdeu-se para sempre! — Marcel disse, indignado.

— Se servir de consolo e acho que não serve… — Justo disse, escolhendo as palavras. — O filho de vocês não sobreviveria ao vírus aqui na Terra.

Marcel encarou o malaquim e travou a mandíbula.

Pensou em dizer várias coisas a ele. Mas o ódio e a tristeza estavam misturados demais em seu interior para que se expressasse com clareza e ele acabou desistindo. Tudo o que queria naquele momento era ir embora dali. Agachou-se, calado, e abriu a sacola. Dentro, encontrou uma enorme capa amarela de chuva, um par de luvas, uma calça impermeável e uma bota de cano alto.

Marcel pensou que não seria mau trocar suas roupas molhadas por outras, secas.

— Veste tudo — Justo pediu —, inclusive as luvas. É importante não tomar nenhuma chuva daqui pra frente. Tem ainda sua máscara?

Marcel assentiu.

— Use-a. É um Artefato que te protegerá contra a chuva e todo tipo de maldições. — O malaquim retirou um pequeno envelope encharcado de dentro do bolso interno e mostrou-o a Marcel. — Tem só mais uma coisinha...

Marcel virou o envelope pardo à procura de alguma coisa escrita. Como não encontrou, abriu os braços à espera de uma explicação.

— É do seu pai — justificou, arqueando uma sobrancelha e colocando a mão no ombro de Marcel. — Ele me pediu que eu entregasse a você caso... bem, você sabe.

— É, eu sei — murmurou Marcel.

Justo levantou o capuz e cobriu totalmente a careca. Depois, vestiu uma máscara que emulava uma cabeça de espantalho e que tapou totalmente seu rosto. Tentou, em vão, colocar os óculos escuros por cima de tudo, mas as hastes não alcançaram suas orelhas. Marcel achou graça da cena e mais uma vez abdicou de fazer uma piada.

— Antes você me perguntou se a gente deveria desistir — Justo disse, andando até a grade de proteção.

— E então?

— Você, sim. Não há nada mais que possa fazer além de torcer para que Gabriel desperte Lúcifer.

— E quanto a você?

O gigante negro olhava para o céu estrelado e incandescente.

— Assim que me recuperar, irei atrás das minhas esferas e da minha irmã perdida.

— Ué, não disse que as esferas estão longe daqui, a milhões de quilômetros? Ou era uma metáfora?

— Cinco das esferas de meu Cubo estão viajando pelo espaço no interior de uma nave. E as sete restantes... acredito que estão espalhadas pelo seu mundo.

— E como pretende alcançá-las? As cinco? Anjos podem cruzar o espaço? Você pode, com o Cubo?

— Não, meu sobrinho — ele sorriu. E tirou de um dos bolsos internos de seu sobretudo uma esfera totalmente branca, que parecia uma pérola. — Chegarei até a nave de uma forma mais rápida. Afinal, os tripulantes devem dormir. E sonhar.

— Essa esfera é igual à que Gabriel deu para Beatriz, na cabana.

— Pois é a mesma. Beatriz entregou-me hoje em Ciudad del Este, no Paraguai, a pedido de Gabriel.

— Então vocês se encontraram? Que horas?

— Acho que foi quando vocês estavam na casa de um amigo.

— Ah... quando ela foi ao banheiro com minha mochila... Que bom que ela soube que estava vivo. Tivemos algumas discussões sobre isso.

— É, eu sei — Justo disse, cabisbaixo.

— E ela disse alguma coisa... sobre mim?

— Disse que o amava. Mais de uma vez. E que o filho de vocês foi a coisa mais maravilhosa que aconteceu na vida dela.

— Justo, por que ela não me contou nada sobre a gravidez?

— Porque sabia que você não permitiria que ela viesse até aqui, hoje, se soubesse.

— É... eu faria qualquer coisa para deixá-la em segurança.

— Ela fez o mesmo em relação a você.

Marcel emudeceu.

— Peço desculpas de antemão por não permanecer junto a você. Depois de recuperar minhas sete esferas aqui no Terceiro Céu, irei ao único lugar onde Caliel não poderá me alcançar.

— Sonhadeiro.

Justo assentiu. Então, colocou a esfera leitosa dentro de seu Cubo e pediu a Marcel:

— Leia a carta. E perdoe seu pai, se puder. E a mim.

Dentro do envelope, Marcel encontrou uma carta de seu pai endereçada a ele. A mensagem era bem curta e, logo abaixo dela, havia uma pequena tira de papel grampeada. Tratava-se do famigerado papelzinho dos biscoitos da sorte com uma combinação numérica. Tão logo terminou de ler, o comediante pensou em perguntar a Justo sobre o significado de seu pai ter escrito a carta em inglês e sobre os números, mas o malaquim já havia desaparecido. Sem despedidas, sem conselhos, avisos ou charadas.

— O cara acha que é quem...? — ele resmungou, perguntando para os cadáveres espalhados ao seu redor. Felizmente, não obteve nenhuma resposta. Por isso, ele mesmo completou: — ...o Batman?

Depois de guardar o envelope em sua mochila maltratada do ainda sorridente Bob Esponja, Marcel fez o que o malaquim lhe aconselhou. Vestiu a capa, as calças, a bota e as luvas. Colocou a mochila de volta ao ombro e, com a máscara pendurada em uma das mãos, fez o caminho de volta à mesma rua onde antes havia avistado a manada de ônibus e vans. Como imaginara, tudo ali permanecia no mesmo lugar, à sua espera.

Escolheu o único veículo que não tinha nenhum corpo em seu interior. A chave da van ainda estava no contato como sempre acontecia nos filmes de ação. *Obrigado hein, Deus!,* em pensamento, ele agradeceu. Checou o celular. Ainda sem sinal. Jogou a mochila e a máscara no banco do passageiro. Deu a partida, acendeu a luz alta, fechou todos os vidros e manobrou o furgão prata pela estrada que o levaria para fora do parque. Ligou o rádio e um rangido de estática escapou dos alto-falantes. Girou o botão, passeando por todo o dial e não encontrou nenhuma estação funcionando. Desligou o rádio, libertando-se daquele chiado contínuo que lembrava o som das cataratas, e abriu os vidros da van à procura de algum barulho vindo da estrada ou da mata: o parque todo era um imenso cemitério.

Os trovões, raios e relâmpagos foram suas únicas companhias até a rodovia que o levaria para a cidade de Foz do Iguaçu. Quando uma chuva fina começou a cair, Marcel fechou os vidros do carro e acelerou o máximo que pôde.

Tinha pressa. Muita pressa.

Ele queria saber o mais rápido possível o quanto ainda restava do mundo.

[extraído do diário de Marcel Duran]

PONTO 33: A GARGANTA DO DIABO

- 1º de janeiro de 2018 -

Hoje é o primeiro dia do ano.

Três dias depois do que deveria ter sido o último dia da Terra, 28 de dezembro de 2017. Estou ainda em Foz do Iguaçu por motivos de: a cidade tá toda alagada! Somente hoje, depois das sete da noite, que parou de chover, finalmente. Um temporal que durou três dias. Ainda não pude sair do hotel para ver o tamanho do estrago. A TV está fora do ar e adivinhe, leitor, nada de internet ou telefone. O que sei, sei do cara aqui da recepção do hotel que também não saiu. Ou seja...

Então, primeiramente, um bom ano novo para mim, para você, leitor, e para o mundo! Gosto de pensar que eu e Beatriz salvamos o mundo da guerra final, do Apocalipse. Não rolou a grande batalha entre Deus e Lúcifer. A verdade é que o cramulhão não deu as caras e Deus... bem, ele deve ter coisas mais importantes pra fazer agora que Caliel sentou no Trono.

Venci o jogo se ainda quer saber, leitor. E ganhei um Cálice dourado como prêmio. Prêmio de consolação, já que perdi tudo: meu pai, minha Beatriz e meu filho.

Todos mortos.

Sei que ainda não falei nada sobre a gravidez dela e não vou dar detalhes de mais nada relacionado a ela.

Desculpe, leitor, mas quem sabe... outro dia. Tá?

Sobre o meu prêmio, tinha uma inscrição no Cálice, na base dele, mensagem de Caliel para mim:

DEUS ESTEVE AQUI!
ESTE É MEU PRESENTE PARA MARCEL
PELA SUA VITÓRIA JUSTA E INCONTESTÁVEL
INDO DO PONTO 1 AO 1 DO LIGUE OS PONTOS

Ao lado da inscrição em baixo relevo, havia, é claro, a famosa carinha de mau. A sua marca registrada. É... eu tenho que tirar o chapéu para esse filho da puta (nem vem me falar que é blasfêmia xingar Deus, porque não o aceito como tal!). A verdade é que Caliel sabia desde o começo como ganhar o jogo. Não sei se Justo o ajudou. Deve ter ajudado. A verdade é que ele me deixou ganhar e tudo não passou de uma piada.

E a piada sou eu!

Resumo da minha vitória: Eu voltei ao Ponto 1, o barzinho de comedy, onde comecei o jogo, lembra? Mais sobre o Ponto 1: eu havia batido uma foto da porta do reservado do banheiro logo no começo do jogo (tirava foto de tudo, do que era pista e do que achava que era pista). E tirei outra quando retornei, ao final do Ligue os Pontos. Comparando as duas fotos agora, percebo que poucas coisas mudaram nesses 4 anos. Nesse tempo todo, a porta não havia sido limpa ou trocada.

Algumas pirocas haviam sido adicionadas ao conjunto de rabiscos, junto a algumas frases de efeito, xingamentos, mas... o que mais me chamou atenção foi uma frase (relacionada a meu pai) que foi refeita. Na primeira foto da porta, tirada no dia 22 de dezembro de 2014, a noite que recebi a mochila, a frase era:

28.12.17 *LEMBRE-SE DO HOMEM DE LATA.*

Homem-de-Lata era o apelido de meu pai e essa era a frase que ele usava para ter controle mental sobre mim. A data marcava com antecedência o dia em que eu deveria estar no Ponto 33. O dia em que morreu pela segunda vez pelas minhas mãos.

A segunda foto da porta (tirada no dia 28 de dezembro de 2017) mostrava que alguém havia riscado uma parte da data e, por cima, escrevera um ano diferente. Ah, e também acrescentou duas letras com uma caneta de mesma cor. Ficou assim:

28.12.20 *RELEMBRE O HOMEM DE LATA*

O que isso significa? Ainda não faço ideia. Se foi coisa do Caliel, certeza que é algum tipo de ironia. Uma piada de mau gosto. Se foi coisa do meu pai... bom, meu pai adorava enigmas e adivinhações...

E eu tô de saco cheio disso. Na boa, espero que não seja nada demais. Chega de bancar o herói e falhar miseravelmente.

Muita gente morreu por causa disso.

Sobre a carta do meu pai: claro que ele poderia ter escrito algo direto. Algo mais pessoal. Poderia simplesmente dizer que me amava. Ou um pedido de desculpas pelo lance do controle mental, por exemplo. Mas não! O que ele escreveu? Nada. Só grampeou a porra de um bilhete da sorte com um verso que, com certeza, tem algum significado obscuro qualquer. Ou então, é um novo gatilho para alguma coisa que ele queira que eu faça. De qualquer forma, aí vai:

E LÁ, ONDE A TERRA REFLETE O CÉU, O VIDRACEIRO ESTARÁ!

Do outro lado da merda do papelzinho branco, números. Sim, as famigeradas e malditas tiras de papel com combinações numéricas:

81 80 94 28 69 24

O que são esses pares de números? Provavelmente coordenadas, como meu pai já fez em outras vezes, durante o jogo. Fiz uma busca rápida, fazendo combinações, ora colocando sul e norte, leste e oeste. Não obtive correspondências e, quando obtive, era somente parcial. A única coordenada que rolou legal caía no meio do oceano. Ou seja... sei lá! Aí você me pergunta: Marcel, chegamos ao fim? Não, né?

Mistérios e mais mistérios... Que mané vidraceiro, pai? E onde é que a terra reflete o céu? No mar? Será que é uma dica que a coordenada é no oceano mesmo? Mas o oceano não reflete o céu, reflete? Talvez um lago. É isso? Se não for, pra ser bem sincero contigo, foda-se! Foda-se tudo!

Mas nem lago nem oceano são "terra"...

Quero viver minha vida mundana e sem sustos, sem medo de morrer a cada esquina.

Acabo por aqui?

Sim. Acho que sim.

Então é isso.

Se me der na telha, eu volto a escrever aqui um dia...

Se o que Justo me disse antes de partir for verdade, estamos fodidos: não vai nascer mais criança daqui pra frente. Por causa da maldita gripe.

Calma! Se te assustei à toa com isso, minhas sinceras desculpas, leitor.

Não deve ter sido a primeira vez que te decepcionei. Em algum trecho, você já deve ter pegado ranço de mim. Raiva. Ou as duas coisas.

É... se tem uma coisa em que nunca decepciono é em sempre decepcionar...

:/

- 31 *de dezembro de* 2019 -

Daqui a pouco, em minutos, um novo ano virá.

Como a minha última entrada neste diário data de um ano atrás, achei que teria que "dar as caras" por aqui de novo. Provavelmente será a última vez que eu escrevo. Os dias têm sido longos e enfadonhos. E as noites, iguais aos dias.

Não sinto mais nada. Abro os olhos e acordo e vivo mecanicamente. Sem ter prazer em momento algum, em coisa alguma. Dias para cumprir tabela. Prazos. Shows. Riscar deveres e tarefas e compromissos de uma lista. Nunca mais vi Justo ou qualquer anjo ou demônio. E não sei se isso é uma boa ou uma má notícia.

De sobrenatural mesmo, somente a Chuva do Esquecimento. Explicá-la a você, leitor, é perda de tempo, afinal, vive no mesmo mundo que eu. Assim como os dois anos de infertilidade humana devido à pandemia de gripe que pode levar a humanidade à extinção. Mesmo as famosas 144 *mil crianças (hoje esse número não é mais redondo) ao redor do mundo que sobreviveram ao parto e estão vivas não são motivos para comemorar. Elas poderão procriar um dia? Aparentemente, sim, mas você sabe, leitor, que só saberemos mesmo quando elas atingirem a idade adulta e... transarem entre si. Que triste isso, não? Mas dizem, é a única chance da humanidade. E isso vai demorar um pouco, né? Até lá, só pânico e loucura e gente dizendo que estamos condenados.*

Mas este texto não tem a intenção de te dizer como está o mundo, não, meu nobre leitor. É mais uma despedida. Quero que você saiba mais sobre mim.

Cinco anos atrás eu recebi a maldita mochila no metrô.

Muita coisa ficou para trás. Muita.

Tá me achando amargo agora? Sim, eu sei que tá. Quer saber como eu já fui?

Então, lá vai:

Eu adorava muita coisa nesta vida.

Adorava conversar por horas com meu pai sobre futebol e ouvi-lo reclamar do governo, adorava quando descobria um esboço de sorriso no rosto dele depois de algum comentário engraçado que eu tinha feito. Adorava quando ele me contava as anedotas dele, as mesmas de sempre. E adorava quando, ao final delas, ele me explicava o significado (mesmo eu dizendo que as tinha entendido). Adorava quando ele se mostrava animado com a vida, adorava, porque ele sempre foi muito muito triste em relação a tudo e a todos.

Adorava encontrar a bondade em estranhos, invejar a bondade deles, adorava quando eu ajudava as pessoas, quando podia fazer isso sem perceber. Adorava quando pessoas que nem esperava me ajudavam, adorava isso, de coração.

Adorava virar noites e noites escrevendo piadas, tentando achar humor em sentenças estranhas, adorava fazer planos pro futuro, falar sobre os dias que viriam, adorava imaginar o que ainda não tinha acontecido e talvez nunca aconteceria. E adorava viajar. Viajar com meu pai, com amigos. Viajar para longe, escutar outras línguas, viajar para destino certo, por caminhos incertos, adorava planejar, adorava pesquisar, adorava ouvir histórias, adorava aprender.

Adorava quando me reconheciam na rua, quando repetiam minhas piadas, quando uma pessoa falava para mim que estava triste e que um vídeo meu a tinha alegrado. Adorava começar um set de piadas novas, de errar e depois acertar e depois errar de novo. Adorava olhar para cada um no bar, para as fileiras mal iluminadas nos teatros, adorava ouvir as pessoas se acomodando nas cadeiras das casas de espetáculo, escutar por trás das cortinas o murmurinho e poder falar com essas pessoas durante o show, saber o que faziam de suas vidas, ah, como eu adorava improvisar...

Adorava tudo que ainda não sabia fazer, adorava ouvir velhos falando sobre tempos que não vivi, crianças falando sobre coisas que já vivi e adorava também ficar sozinho. Adorava ficar na presença dos meus pensamentos, imaginando mundos inteiros. Adorava pensar em histórias improváveis, brigar com o Reali e fazer conexões malucas sobre teorias que não faziam o menor sentido. Adorava ir ao cinema sozinho num fim de tarde de um dia da semana, adorava aquela sensação de ser transformado por um filme, por um livro, por um bate-papo, uma música ou por uma lembrança. Adorava recordar, voltar a lugares e a cheiros que me faziam mudar, que me faziam parar o meu ritmo alucinante, que me faziam pensar. Adorava pensar. Adorava o raciocínio, adorava quando eu avançava, quando eu corria, adorava quando eu recuava para pegar impulso. E adorava quando eu parava para admirar a paisagem.

Adorava quando o coração batia mais forte, quando as pernas tremiam diante de um desafio. Adorava tentar, testar, flertar com o improvável, buscar o desconhecido.

E adorava a Beatriz...

Minha namorada, minha companheira e mãe de um filho que nunca conhecerei, adorava quando ela me perguntava o que íamos comer e eu dizia para ela decidir e ela nunca decidia. E depois, quando eu escolhia, adorava ela sempre reclamando da minha escolha. Adorava quando ela queria saber como tinha sido o meu dia, se eu estava cansado, adorava quando ela chorava de emoção por eu ter feito alguma coisa para ela, qualquer coisa, adorava isso nela. Adorava a sua simplicidade, aquele sotaque paranaense, adorava até quando ela dormia, agitada, e acordava, assustada. Ela sempre me abraçava. Adorava quando ela fazia carinho na minha nuca, remexendo suavemente meus cabelos enquanto eu dirigia pelas estradas da Argentina. Adorava a esperança que ela possuía, uma alegria que nunca acabava, adorava quando ela sorria pra mim, quando ela me olhava... meu Deus, como eu adorava olhar para aqueles olhos enormes e azuis que pareciam saídos de algum anime. Adorava a facilidade dela em dizer o que sentia, de dizer que me amava. Amava isso nela.

Hoje, eu só odeio.

Odeio tudo que me afastou dessas coisas.

Epílogo [PETRICHOR]

Com a chave na mão quer abrir a porta, não existe porta; quer morrer no mar, mas o mar secou; quer ir para Minas, Minas não há mais. José, e agora?

— E AGORA, JOSÉ?, CARLOS DRUMMOND DE ANDRADE

Marcel

[agora]

O celular de Marcel apitou com a notificação.

No escuro, ele tateou até achar e trazer o aparelho para dentro de seu campo de visão. Seus olhos, ainda embaçados pelo sono, apenas confirmavam o óbvio. Adormeceu ali mesmo, na sala de seu apartamento, rodeado de mapas, anotações, fotos, abraçado a embalagens de salgadinho, restos de pizza e latas de refrigerante. Suas pálpebras decerto não aguentaram esperar que o relógio virasse a meia-noite. Havia passado as noites anteriores acordado, atento, buscando, pesquisando, concatenando as ideias, esperando pelo dia de hoje. Ele queria, precisava estar preparado para o que poderia vir a acontecer. Se é que havia ainda algo extraordinário para ocorrer. Seria paranoia? Não sabia direito o que fazer, como se prepararia para a data que se avizinhava. Pensou que se Beatriz estivesse ali com ele tudo seria mais fácil. Sensata e calma, ela saberia exatamente como conduzir as coisas. Mas Marcel estava só. E depois de eliminar todas as hipóteses (por mais absurdas que fossem), restava-lhe ainda um palpite. Apenas um. A cartada final que seria posta em prática e o motivo da atual excitação que lhe percorria o corpo.

Deslizou o dedo pela tela e abriu o aplicativo de agenda do iPhone. Leu o que estava escrito na página do evento:

28 de dez | Detalhes do Evento ⌄ | Editar

A HORA DA VERDADE
Tentar de novo, agora no dia certo! Vai dar certo? Tem que dar!

Embaixo, havia a combinação numérica, os doze números impressos no bilhete da sorte grampeado na carta de seu pai, agrupados de uma forma que Marcel considerou mais coerente: 81/80/94286924. Ele havia decidido (fazia tempo) que aquele conjunto de números seria o de um telefone e ponto final. Tinha que ser. E pelo código internacional, segundo ele descobrira, pertencia a um morador do Japão. Mais especificamente, um morador de Tóquio. Claro que, ansioso como era, já havia ligado para o número algumas vezes. No entanto, ninguém havia atendido. Imaginou então que o chip de celular poderia não estar ativado e que provavelmente funcionaria no dia certo. E o dia certo, queria acreditar, havia chegado: 28 de dezembro de 2020. A data que encontrara na porta do banheiro do *comedy bar*, reescrita sobre a data do começo do jogo Ligue os Pontos.

Três longos anos haviam se passado desde a morte de Beatriz. Desde o trágico dia em que ela, Marcel e um punhado de seres angelicais decidiram o futuro da humanidade à beira das cataratas. A notícia do adiamento do Apocalipse, entretanto, não saíra em nenhum jornal do Brasil ou do mundo. Nada de Prêmio Nobel da Paz para Marcel. Não houve nem mesmo uma mísera nota de agradecimento. Nada. A humanidade nunca soube (e se depender dele, nunca saberá) que, naquela passarela, o destino de todos os seres humanos havia sido selado. O que diriam as pessoas quando descobrissem que Deus está morto há tempos? Ou se chegasse a elas a informação de que Miguel, o arcanjo poderoso, famoso por derrotar Lúcifer nas Escrituras Sagradas, agora queimava no fogo no Inferno? O que fariam as pessoas, crentes ou não, se tomassem conhecimento de que Caliel, o novo Deus, não passava de um indivíduo egoísta, manipulador e essencialmente mau? Imagino que muitos perderiam a fé e muitos mais, a vontade de viver. Certamente haveria suicídios em massa. Pior ainda seria se soubessem da possibilidade real de Lúcifer ser um dia despertado de seu sono profundo. *Será que já foi?*

Mas quem no mundo, além de Marcel, sabia de toda a verdade? Afinal, ele nunca mais havia sido perseguido ou mesmo contatado por nenhum ser misterioso. Nem vindo céus ou das sombras. Nada de jogos, adivinhas ou pistas. Indícios de que o mundo, o seu mundo, estava diferente, havia aos montes: mudanças climáticas, acidentes nucleares, atentados terroristas, chuvas estranhas e a maldita pandemia que exterminou cerca de um terço da população mundial e causou infertilidade. Os fanáticos da Igreja do Mofo, os Acumuladores, os Cobradores, místicos, pastores e milagreiros talvez soubessem de algo. Mas saberiam apenas de uma parte da verdade. O restante da população, assim como seus governos, os sábios e os cientistas, todos eles possuíam preocupações mais urgentes.

Estavam todos apavorados com a real chance de a humanidade ser extinta em questão de uma década. Havia ainda a "Chuva do Esquecimento", precipitação incomum que se deu logo após a ascensão de Caliel e que apagou a memória de quem foi exposto a ela. Marcel escapou graças ao aviso de Justo. Desde aquele dia, novas chuvas como aquela desabaram das nuvens sobre o globo terrestre. Não havia padrão, não havia como prevê-las. Apesar de cada vez mais raras, elas ainda aconteciam. E como conter a paranoia? A "fobia do esquecimento", um medo generalizado de perder a memória por completo, pouco a pouco, contagiou toda a raça humana. Ou o que havia restado dela.

Marcel, no entanto, lembrava-se demais.

Não havia um momento em que ele não se recordasse daquele dia na plataforma. Não necessitava nem fechar os olhos para ver diante de si todos os detalhes, as cores, os cheiros. Ele lembrava-se especialmente de um, que sempre adorou, que trazia lembranças vívidas da sua infância, do futebol na rua debaixo do temporal, das férias na casa da avó no interior, no meio do mato. Cheiro que ganhou uma nova conotação desde o fatídico dia que passou na borda do abismo. Petrichor: o cheiro da chuva. Era impossível não se lembrar de Beatriz cada vez que chovia. Ele se sentia compelido a interromper fosse lá o que estivesse fazendo e prestar atenção na chuva caindo do céu. Necessitava ouvir todos os sons provindos do temporal. Precisava ver todo o espectro das cores melancólicas impregnadas nas nuvens. Ele queria notar as gotas escorrendo pelo vidro, formando caminhos que ora se encontravam, ora se afastavam. E sempre quando podia, Marcel saía dos ambientes fechados que o aprisionavam, abria a porta do carro, deixava o escritório, o shopping... tão rápido quanto fosse possível. E lá fora (sob o olhar perplexo de todos ao seu redor), com os braços abertos, escancarava a boca, colocava a língua para fora. E permitia que a água da chuva entrasse nele: pela boca, olhos, nariz, através dos poros. Tanta água quanto fosse possível. Como o velho Antônio, na Argentina, anos atrás, ensinara-o. *Fugir da chuva é como tentar fugir de nosso destino*, ele disse, um pouco antes de morrer.

Se Reali não tivesse levado sua garrafa com a água do rio Lete, por engano, Marcel provavelmente já teria bebido todo o seu conteúdo. Porque lá no fundo, ele queria apenas esquecer. Sim, era isso. Esquecer de tudo. Apagar de sua memória o que de ruim lhe aconteceu para que assim, quem sabe, pudesse iniciar uma nova vida. Seria de novo o mesmo indivíduo medíocre e medroso de antes. Todavia, também seria alguém que não carregava mais o peso da morte de tantos sobre os ombros.

Nem mesmo visitar o túmulo de Beatriz ele tinha vontade, pois nunca houve corpo para ser velado e sepultado. Então, era assim que ele prestava a sua homenagem a ela: molhando-se na chuva. Só que, ao invés de esquecer, lembrava-se mais. Nas gotas de chuva, ele sabia, havia um pouco dela. E como o androide ao final de Blade Runner, ele sempre chorava, misturando suas lágrimas às gotas de chuva e às lágrimas de Beatriz.

Era quase como um ritual sagrado a que se acostumara.

Uma penitência.

Ou seria um pedido de perdão?

Marcel se ajeitou no sofá, olhou o relógio do celular. *Onze horas de diferença*, pensou. Fez um cálculo rápido de cabeça. *Se aqui é meia-noite e meia, lá no Japão já são 11h30. Acho que não vou acordar ninguém a esta hora. Se acordar também, foda-se!*

Respirou fundo.

Digitou os números e colocou o aparelho no viva-voz.

Do outro lado da linha, o primeiro toque.

Tá chamando!

Segundo toque.

Atende, caraio!

Veio o terceiro toque e nada aconteceu.

Fala em japonês, inglês, mas fala alguma coisa!

Depois do quarto toque, finalmente a ligação foi atendida.

— Alô! — Marcel gritou, com o coração quase à boca.

Recebeu apenas o silêncio vindo do outro lado da linha.

— Alô-ou! — insistiu.

Nenhuma resposta. Decidiu que tentaria outra coisa.

— Moshi moshi — ele disse, de um modo não natural. Marcel havia estudado um pouco da cultura japonesa e chegou a essa repetição de palavras. Torceu para ter pronunciado do modo correto.

Depois de alguns segundos de uma espera infinita, veio uma voz de menino:

— Moshi moshi.

— A-alô? — repetiu Marcel, retornando ao bom e velho português já que seu vasto conhecimento da língua japonesa havia chegado ao fim. *Uma criança? Como assim?*

Um novo silêncio.

— Alô? — respondeu a mesma voz infantil.

— Quem é você? — Marcel perguntou.

— Não sou uma raposa, como acabo de provar pra você! — o garoto disse de uma forma muito bem articulada e até pretensiosa. Se Marcel não tivesse pesquisado sobre o assunto, nunca teria entendido o significado da resposta da criança, que fazia referência a uma lenda nipônica em que a raposa seria uma criatura mágica e poderosa com más intenções, um pequeno demônio que possuía vários poderes especiais, entre eles o de se transformar em humanos para roubar e bagunçar suas vidas. Segundo o mito, as raposas não conseguiam dizer palavras inteiras, portanto falar moshi moshi seria uma prova de que a pessoa não é uma raposa.

— Nem eu, garotinho! — retrucou, num tom desafiador. Marcel entendeu que falava com uma criança pequena e que teria que entrar na brincadeira se quisesse que ela colaborasse.

— De quem é o telefone, menino-que-não-é-uma-raposa?

A criança riu.

— É meu, ué!

— Mas você não é muito novinho pra ter um celular?

— Hoje é meu aniversário. — ele disse, orgulhoso. — Eu faço 3 aninhos!

Marcel fez as contas. Se a voz era realmente de um garoto, se ele estivesse falando a verdade, certamente fazia parte dos que ficaram conhecidos como "Os 144 mil Anjos", as 139.998 crianças que haviam nascido ao redor do mundo no mesmo dia e no mesmo horário: às 19h07 (horário de Brasília), do dia 28 de dezembro de 2018, e que haviam sobrevivido. Sem nenhuma explicação aparente, elas eram as últimas crianças do mundo e fontes da última esperança de manutenção da raça humana.

— Que legal! Chama a mamãe pra mim? Ou o papai.

— Por quê?

— Porque eu preciso falar com um adulto. Tá?

— Por quê?

— Porque eu tenho perguntas de adulto pra fazer para eles.

— Por quê?

— Porque eles... — Marcel respirou fundo. — ...eles devem querer falar comigo.

— A mamãe tá na cozinha. Papai foi trabalhar já. — O menino fez uma pausa. — Fala comigo, vai!

— Chama a mamãe que está na cozinha pro tio, chama?

— Mas você não me *disse*!

— Não disse o quê?

— Você tem que me dizer *a coisa*!

— Qual o seu nome?

— É Sam.

— Sam, chama a mamãe!

— E a *coisinha* que você tem que dizer?

— Por favor? — Marcel arriscou. — *Por favor*, chama a mamãe!

O garotinho soltou uma gargalhada.

— Não é isso, seu bobo! — ele explicou.

— Que coisa, Sam?

— É *você* que tem que dizer. A frase.

— Hum... — Marcel vasculhou a memória. *Malditos enigmas!* Lembrou-se da frase do banheiro, a que fora riscada e modificada.

— *Relembre... o Homem de Lata*? É isso?

Sam, do outro lado da linha, ficou mudo.

— Alou? Sam? Você tá aí ainda?

— Oi, Marcel — A voz, agora, ainda que soasse mais séria e grave, ainda assim, estranhamente, permanecia a mesma voz da criança.

— O-oi! Como sabe meu nome?

— Não tenho muito tempo, então preciso ser breve — Sam disse secamente.

— Quem é você?

— *Filho*, escuta!

— Filho? Olha, que tipo de...

— Filho — o menino repetiu com firmeza —, aqui é Euzébio, seu pai. Que já foi Leam. E que já foi José Antenor de Alcântara. E foi Ray Douglas Mckean. E antes disso, foi Dimas. E teve tantos outros nomes e alcunhas...

— Que macumba é essa? — Marcel interrompeu, impaciente.

— É alguma brincadeira?

— Marcel... — a voz no telefone sussurrou.

— É o espírito do meu pai ou coisa assim?

— Não. Sou eu mesmo, filho. Escuta... você precisa acreditar em mim. Não tente me achar, pois já estou na última casa, a casa 10.

— Casa 10? De que rua? Você não morreu?

— Morri de novo. Pela nona vez. Ah... você não se lembra, né? — Sam suspirou. — É claro que não, afinal, perdeu metade da minha cabeça. É outro jogo que eu estou jogando, filho.

— Que jogo?

Novo silêncio.

Marcel escutou outra voz, feminina e adulta, quase inaudível ao fundo. A mulher parecia preocupada com a ligação.

— É o pai da minha amiguinha, a Dorothy! — a voz do menino voltou a ser doce e infantil. Parecia estar falando com outra pessoa. — Não, mamãe, você não conhece ela! Tá... tá bom, mamãe! Eu falo pra ele sim! Sim... vou! Estou sim! Não, mamãe!

— Dorothy? — Marcel perguntou. — Por que falou isso?

— Isso... Dorothy! — A voz da criança parecia distante. Depois, voltou a ficar nítida: — Mamãe falou que quer falar com você!

— Eu não sei se entendi, Sam.

— Tá bom, mamãe! — a voz do menino agora era abafada e distante.

— Olha, você precisa ser mais direto! Pai?

O garoto não respondeu e Marcel ouviu um som de uma porta batendo ao fundo.

— Pronto, Marcel. — Sam disse. Havia urgência em sua voz.

— Ela voltou pra cozinha. Escuta...

— Pai?

— Só escuta!

Marcel obedeceu.

— Em tempos imemoriais, construí uma estrada com a ajuda de aliados. Um caminho entre os mundos. Quero que você a encontre e dirija por essa estrada. Até o final dela, ok?

— T-tá bom... mas... pra onde vai essa estrada?

— É hora de partir para a Terra de Oz e salvar Dorothy, trazê-la para cá em segurança. E rápido! Saiba, porém, que precisará da ajuda do Mágico de Oz. Ele está preso há tanto tempo que não sabe o que é. E deve ser despertado.

— Você pode falar sem rodeios? Só desta vez, pai? Onde é Oz? Quem é o Mágico, quem é a Dorothy?

— Me perdoe, meu filho, mas... é só o que sei. *A frase* que disse anteriormente deve ter desbloqueado essas informações na minha mente. Acredite, eu lhe falei apenas o que deveria ser dito. Tenho somente 3 anos e minha memória... quem sabe se, aos poucos, ela não vai voltando, não é mesmo?

— E como vou saber quem é Dorothy?

— Não estava prestando atenção, filho? Eu acabei de dizer ao telefone: você é o pai dela!

Marcel emudeceu.

— Me promete que vai tentar? — Sam perguntou, sem abandonar o tom pueril. — Mamãe pediu pra eu desligar, tá? Ela tá aqui agora. Disse que o papá tá pronto.

— Mas... mas então... quer dizer que... Beatriz está...?

— Oi, papai da Dorothy! — uma voz feminina e adulta disse ao telefone. — Ei! Traz sua filhinha aqui um dia pra brincar com o meu Samzinho, viu? São tão poucas as crianças hoje em dia...

Marcel não soube o que responder.

— Alô! — a voz da mulher mudou para um tom mais enérgico. — Você não é um daqueles jornalistas abutres que ficam tentando se aproximar da gente para fazer alguma matéria sensacionalista. Ou algum cientista ou fanático religioso, né?

— N-não, minha senhora. Sou o pai da Dorothy. Dorothy Gale.

Marcel podia ouvir a voz Sam, longe do telefone, tentando acalmar a mãe.

— Tá bom! — a mulher disse, voltando a ser simpática. — Ele quer falar de novo. — A mãe fez uma pausa. — Tá bom, filho! Olha, ele quer te dar tchau! Educadinho o meu Sam, né?

— É sim, minha senhora! Um amor de criança.

— Vou ter que desligar, tá bom? — o menino avisou, de volta ao telefone. — Tchau!

— Pai! Como é que eu acho a estrada?

— Encontre os sete erros.

— O quê?

— Desculpa, isso é tudo que eu sei, papai da Dorothy — a voz de Sam tornara-se melancólica.

A ligação encerrou-se de forma abrupta.

— Merda do cacete! — Marcel atirou seu iPhone contra a parede e movimentou o corpo violentamente para trás, batendo a cabeça contra a parede. Praguejou. Esfregou a nuca até a dor ir embora. Depois, ergueu-se e foi até o aparelho caído no chão da sala. Apesar da tela trincada, ainda funcionava. — Puta merda da porra do caralho, pai! Porra!

Apertou o botão de rediscagem.

Esperou até o sexto toque e, como ninguém atendeu, encerrou a ligação.

Hesitou por um instante.

Insistiria até quando?

Foda-se!

Marcel ligou para o mesmo número mais três, vinte vezes, e nada. Deixou vários recados na caixa postal com diversas perguntas curtas. O tom de sua voz nas mensagens ia do calmo, passava pelo ansioso e chegava ao histérico.

Não obteve, entretanto, nenhuma ligação de volta.

Nenhuma mensagem.

Nada.

Somente depois de algumas horas, quando o chip japonês pareceu ter sido desativado, foi que desistiu. Passava das quatro da madrugada e, mesmo sem ter respostas para as perguntas, Marcel tentou se convencer de que já sabia o suficiente para iniciar o jogo. Acreditou que as memórias de seu pai, perdidas em sua cabeça, iriam lhe ajudar em algum momento. Ainda que isso não acontecesse, não haveria problema, afinal, depois de tudo que vivera, já se considerava um verdadeiro perito em montar quebra-cabeças sem ter a caixa com foto impressa para o guiar, para usar como referência. Ele não sabia como faria o que seu pai lhe pedira, mas algo iluminara-se dentro dele.

Se havia uma chance, ainda que mínima, de Beatriz estar viva no Inferno, ele iria até lá.

Dirigir até o Inferno e despertar Lúcifer? Molezinha, não é mesmo?, pensou, olhando para o celular apagado.

Estaria pronto para mais um jogo? Sabia que não. Mas... o que mais teria a perder? Era isso ou passar mais três, seis, doze anos ou até sua existência inteira vivendo uma vida sem sentido, esperando, quem sabe, que um milagre ou alguma catástrofe resolvesse as coisas. Definitivamente, ele não iria morrer pensando no que poderia ter feito.

Nem mesmo quando um turbilhão de pensamentos negativos invadiu sua mente, nem assim ele desanimou. Bufou, chacoalhou a cabeça negativamente arremessando as ideias de derrota e morte para longe até que o pessimismo se divorciasse dele.

Então, de repente, uma euforia invadiu seu coração e o encheu de esperanças.

Por ora, ele teria paz.

Adorava jogos e seu pai sabia disso.

Seu apartamento estava insuportavelmente abafado por culpa do verão. Ligou a TV da sala: precisava ouvir alguma voz que não fosse a sua interna, gritando por atenção. Foi até o quarto, ligou o ar-condicionado e se jogou na cama, escutando, ao longe, o vendedor de tapetes do canal 452 falando sozinho em sua sala quente e abarrotada de lembranças boas e más espalhadas pelas paredes na forma de post-its.

É isso mesmo, pai? Eu entendi direito?

Sou o pai do novo Cristo? É isso? E Gabriel é Lúcifer, ainda que não saiba?

Marcel se convenceu de que fazia todo sentido. *O Keyser Söze é real então?* Era a única explicação. Ou então, como Gabriel poderia ter sobrevivido por tanto tempo, preso, em Sonhadeiro?

Respirou fundo e, antes que começasse a passar para o papel todas as teorias malucas que pipocavam aos montes em sua cabeça, sorriu de canto de boca, sem saber direito o motivo de estar fazendo isso.

Preparação. Surpresa. Risada.

A fórmula básica de toda e qualquer piada.

E a piada era esta: ele estava de volta ao jogo. Um novo jogo.

— E agora, José? — ele disse, baixinho, para si.

Marcel tomou então um novo caderno Moleskine nas mãos, ainda em branco e, com sua letra de forma mais caprichada, escreveu na etiqueta de capa:

JOGO DOS 7 ERROS - DIÁRIO 1

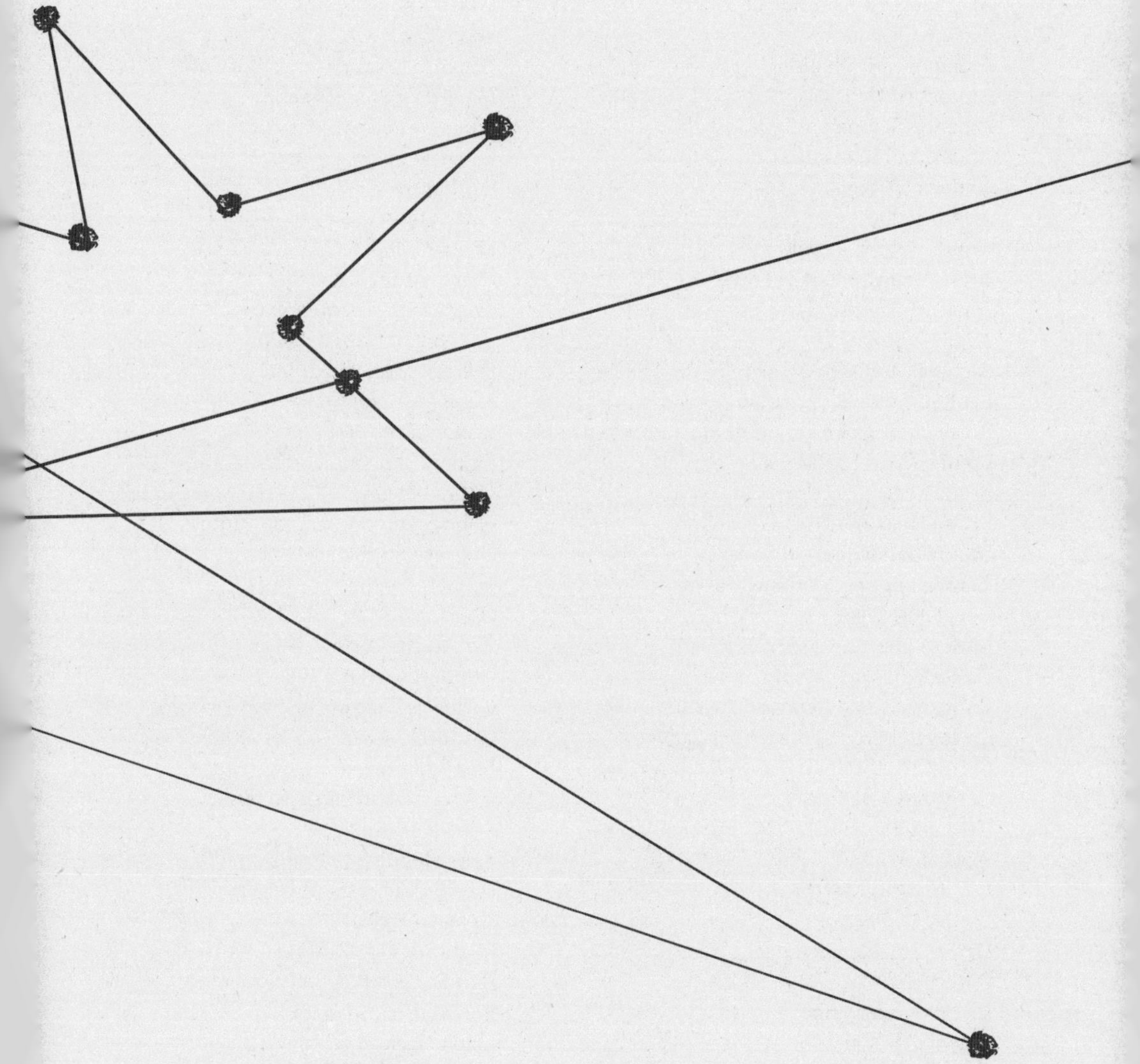

Apoiadores

Abner e Daniele Diaz
Alan Rickson Andrade de Araujo
Alcides Giacon
Aldinei Pereira Junior
Alexandro Uehara
Amanda Pampaloni Pizzi
Anderson Luis Souza dos Santos
Anderson Pereira
André Fialho
André Henrique Mildemberg
André Ricardo Nóvoa Ferreira
Antonio Cascelli
Augusto Stolai
Bárbara Monteiro Nunes
Benhur Golowniczy Brião
Brasil Paralelo Entretenimento e Educação S/A
Brenno Carrara Vianna
Bruna Seda
Bruno Henrique Torres
Bruno Trindade
Camila Lopes e Matheus Castro
Canal do Mega
Carlos Alberto Ronchi Filho
Carlos eduardo Crispim
Carlos Helvecio Reinaldo Alves
Carlos Roberto Fiad Mendonça Neto
Celso Ferreira de Camargo Sallum Filho
César A. O. de Souza
Crislaine Pimenta
Cristian Yto
Daniel Aires Martins Filho
Daniel Leal Freire
Daniel Ruiz de Oliveira
Daniel Shaman
Daniel Vasconcelos
Danielle de Carvalho
Dedé Nolasco
Dener Soares Lucena
DeNeRoots
Diego Costa da Rocha
Diego da Silva
Dimitriu Bezerra
Edson Ramos Sobrinho
Edu Costa
Eduardo "Rosa Negra" Martins
Eduardo Berlim Vianna
Eduardo Rossetti Augusto
Eduardo Severo Souza
EduQuiro
Ellen Monteiro
Elton Zveibil
Ernesto Very Sexy
Everton de Andrade Souza
Everton Henrique de Ponti
Everton Vogado
Felipe Brinker
Fillipe Lima Costa
Frederico Sigaud
Gabriel Pagin
Gabriel Pereira da Cruz Santos
Gabriela Souza
Geraldo Netto
GSimonato
Guilherme Ferreira Silva
Guilherme Mafra Oliveira
Gustavo Chacon (Revit em foco)
Gustavo Nunes
Igor Assumpção
Ionara Stefani Santa Catarina
Isabella Muniz
Italo Mendes
Jackson Luiz Amaral
Jailson Simões
Janduirdes Coutinho
Jéssica Carmo Brandt Braga
Jhonatan de Oliveira
João Gabriel Trajano da Silva
Joao Lobo
João Pedro Salvador da Silva
Johnny Trainoti
Jonas Passos da Silva
Jorge Azevedo

José Antonio dos Santos Neto
Juliana Furlan
Julio Gonzalez Villelia
Junior Evangelista e Daiane Evangelista
Kadu Gardinalli
Kae Vinícius
Leandro "Woody" Seixas
Lemuel Prudêncio de Souza
Leonardo Alves Souza e Silva
Leonardo Digilio Vieira da Silva
Luan Figueredo
Luana Jesus de Arruda
Lucas Negro
Lucas Teixeira Alves
Lucas Weber
Lucca Kauffmann Morandini
Luís Felipe Antunes
Luís Fernando Sousa Freitas
Luis Gustavo M. de Oliveira
Luisa Bruno e Eduardo Balthar
Luiz Felipe Cidral da Costa
Luiz Orlando Teixeira Tupini
Luiz Ricardo Clemente Monteiro
Luiz Zandonai
Lukas Guilherme R. C. de Magalhães
Marcelo Azuma
Marcelo Paschoal
Marcelo Petry
Marcos Matheus Roncaglia
Marcus Colz
Marina Clara Soares de Araujo Oliveira
Mateus L. Santos
Mateus Santos
Maurício Vulcão Vasconcelos
Max M. Mota
motinha
Otávio da Silva Ferreira
Otavio Sousa
Patrick Bard
Paulo César Félix
Pedro Padilha
Phaëton Florêncio de Athayde
Plínio de Andrade Vieira
Preguinho Esteves
r0123456789
Rafael Derencio
Rafael Gregorio Mendes
Rafael Guilherme Martins
Rafael Mrás Farias
Rafael Silva Garutti
Raphael Lina do Nascimento Affonso
Reinaldo Barusco
Renata Lisa Maeda
Ricardo Carvalho
Richard Zozimo
Roberto S. Vianna
Robson Luiz Franco
Rodrigo do Patrocinio Malaquias
Rodrigo Guimarães de Andrade
Rodrigo Prazeres Rodrigues
Rodrigo Ragni
Rodrigo Santos Norkivicius
Ronaldo Hasselman Nascimento
Sâmia Cristine Farias de Albuquerque
Samuel Eurico Heinemann Pereira
Sergio Leandro Farias dos Santos
Tamyra Hack
Thaisa Naoh
Theus Veloso
Thiago Danilo da Cruz
Thiago Rodrigo Fernandes da Silva
Thiago Terra
Thiago Tonoli Boldo
Tiago Maria Curvelo Brandão
Ubirajara Souza
Valeria Lira
Victor Alvarez
Vinicius "Infinito" Costa
Vinícius Luiz Rodrigues Martins
Vinicius Portilho
Vitor C. Laudares
Yuri Machado dos Santos
Yuri Rodrigues Santos

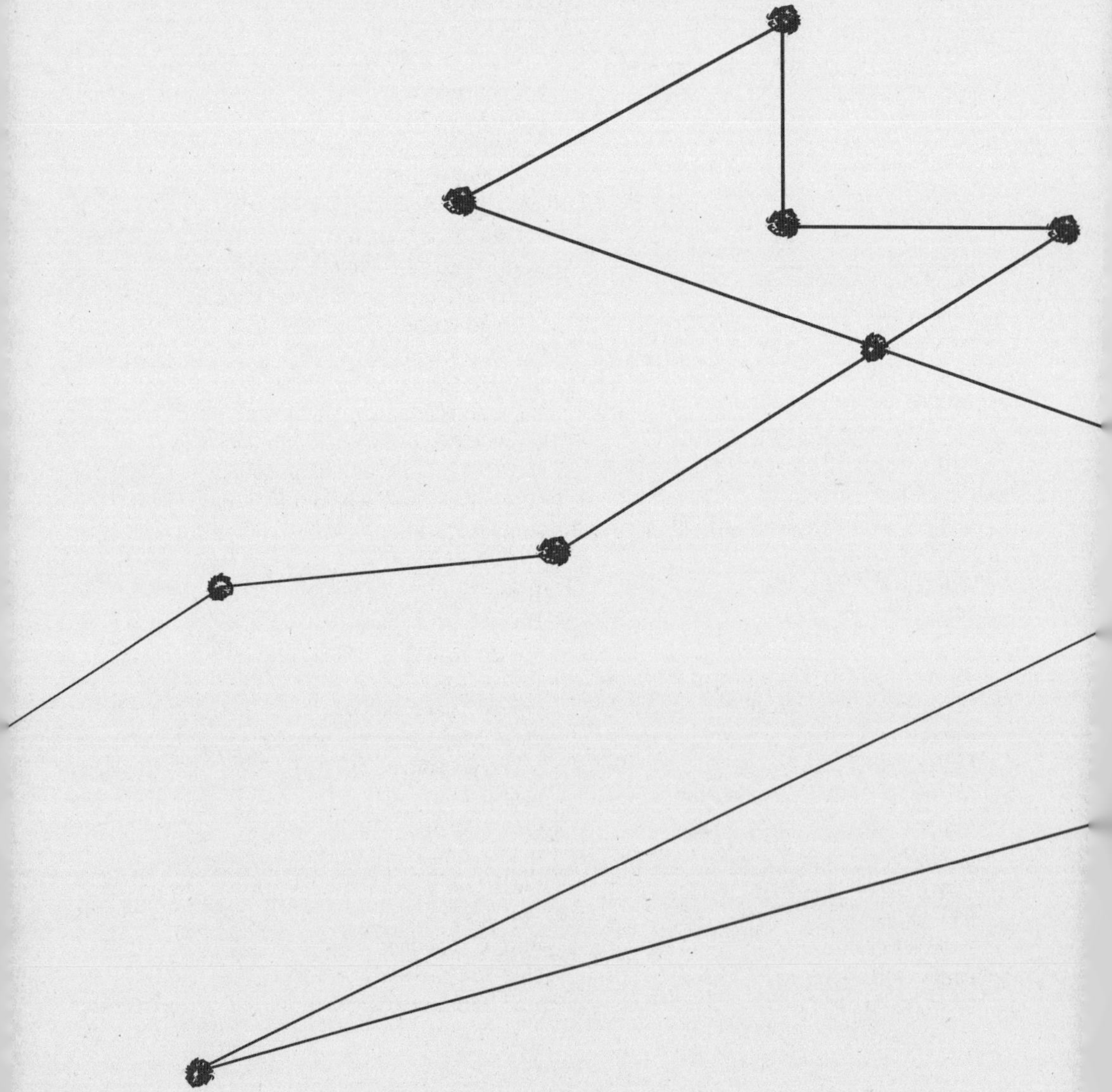

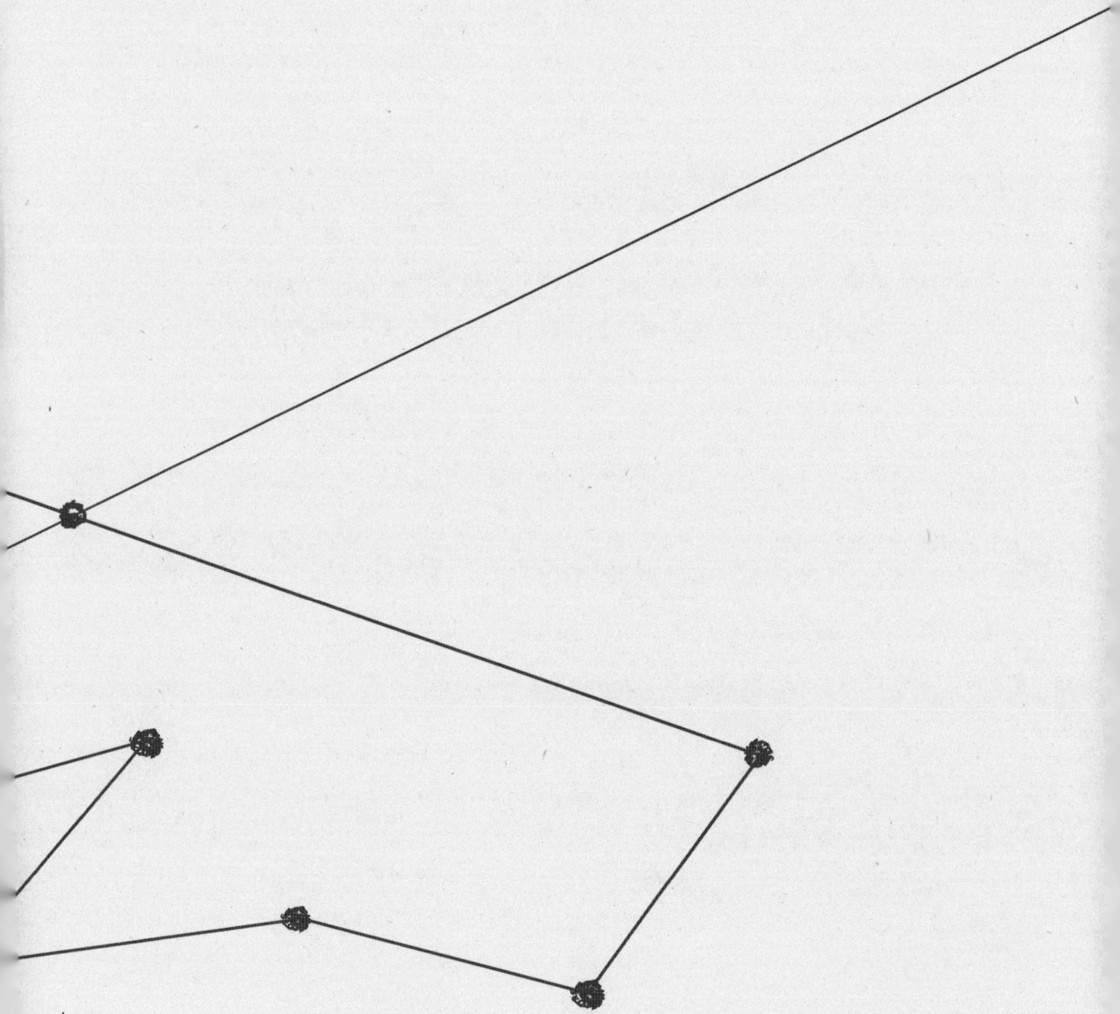